Die Tochter des Webers

Elizabeth Jeffrey

Die Tochter des Webers

Roman

Aus dem Englischen
von Sabine Schlimm

Weltbild

Die englische Originalausgabe erschien 2003 unter dem Titel *The Weaver's Daughter* bei Piatkus, London.

Besuchen Sie uns im Internet:
www.weltbild.de

Genehmigte Lizenzausgabe für Verlagsgruppe Weltbild GmbH,
Steinerne Furt, 86167 Augsburg

Übersetzung: Sabine Schlimm
Redaktion: Claudia Wuttke
Umschlaggestaltung: zeichenpool, München
Umschlagmotiv: Bridgeman Art Library, Berlin
www.shutterstock.com
Gesamtherstellung: GGP Media GmbH, Pößneck
Printed in the EU
ISBN 978-3-8289-9777-6

2013 2012 2011 2010
Die letzte Jahreszahl gibt die aktuelle Lizenzausgabe an.

1. KAPITEL

Anna schlich über den Flur zu dem Raum gleich neben dem Hauseingang. Dort spähte sie durch einen Spalt in der Tür. Zwei Männer saßen drinnen am Tisch. Dass das Treffen in der besten Stube des Hauses stattfand, zeigte ihr, wie wichtig es sein musste.

Einer der beiden war ihr Vater, ein hagerer, schwarz gekleideter Mann, der im Stehen andere Männer gewöhnlich überragte. Ins Gespräch vertieft, strich er sich gelegentlich über den ordentlich gestutzten Bart, der grau schimmerte. Wachsam und ernst blickten Cornelis Fromenteels Augen unter den buschigen Brauen. Er betrachtete das Leben genau wie die Religion als ernste Angelegenheit. Anna erinnerte sich kaum, ihren Vater je lächeln gesehen zu haben. Gelacht hatte er noch nie.

Der andere Mann war älter, mit einem geröteten Gesicht und einer Nase, die von seiner Vorliebe für Rotwein kündete. Tatsächlich wurde der Pokal, der vor ihm stand, regelmäßig von seinem Gastgeber aus einem irdenen Krug nachgefüllt. Doch obwohl Cornelis Fromenteel die Pflichten der Gastfreundschaft ernst nahm, trank er selbst kaum etwas. Anna wusste, dass ihr Vater es nicht schätzte, die Kontrolle über seinen eisernen Willen zu verlieren.

In diesem Augenblick hob der Besucher, Otto de Hane, den Pokal und nahm einen großen Schluck. Ein paar Tropfen Rotwein rannen an seinem Bart hinab und tropften auf die Halskrause, wo sie sich mit unzähligen anderen Flecken vereinten. Unwillkürlich schauderte es Anna. Dieser Mann, ein zweifacher Witwer mit Töchtern, die älter waren als sie selbst, verhandelte da drinnen mit ihrem Vater über eine Heirat – ihre Heirat. Und zu ihrem äußersten Entsetzen sah sie Cornelis Fromenteel zufrieden nicken. Nun hob er sogar seinen Pokal, um mit dem Gast auf den erfolgreichen Abschluss zu trinken!

Da hielt es Anna nicht länger an ihrem Beobachtungsplatz. Sie raffte die Röcke und lief den Flur entlang, ohne dass ihre weichen Schuhe auf den hübschen Fliesen ein Geräusch machten. Hinaus, nur hinaus in den ersten Sonnenschein des Vorfrühlingstages! Draußen legte der Gärtner gerade letzte Hand an die neuen, kunstvoll verschlungenen Knotenornamente aus Kräutern und Buchsbaum. Doch Anna schenkte ihm keine Beachtung, sondern eilte zu der Hecke, die einen alten, heruntergekommenen Weberschuppen vor den Augen der Hausbewohner verbarg. Hastig schlüpfte Anna in ihr Versteck.

Dieser Schuppen war ihr Zufluchtsort. Niemand sonst kam hierher. Obwohl Annas Vater mitunter davon sprach, den Schuppen abzureißen und an seiner Stelle Gemüse anzubauen, sobald der Knotengarten vollendet war. Und sobald er es sich leisten konnte.

Genau das war der springende Punkt: Cornelis Fromenteel lebte über seine Verhältnisse. Um die Stellung in der Gesellschaft einzunehmen, die er für angemessen hielt, benötigte man ein Vermögen. Aber genau dieses Vermögen nannte er nicht länger sein Eigen. Das große Haus mit den Erkerfenstern, das etwas vor der Stadt lag, war viel zu groß für Cornelis, seine Frau Judith, ihr einziges Kind Anna und die Magd Bettris. Doch es war ein gutes Haus in einer standesgemäßen Lage, und Cornelis wollte es keinesfalls für ein bescheideneres Anwesen aufgeben.

Leider entwickelten sich in diesem Jahr des Herrn 1580 die Geschäfte für den flämischen Tuchhändler nicht vorteilhaft. Billigere, aus England eingeführte Stoffe ließen die Preise sinken. Einen Großteil davon fertigten Weber an, die während der Zeit der größten Glaubensverfolgungen vor zwanzig Jahren aus Flandern auf die Insel jenseits des Kanals geflohen waren.

Cornelis, damals ein junger Mann, hatte keine Notwendigkeit gesehen, sein Vaterland zu verlassen. Bei aller Bedeutung seines Glaubens erlaubte er religiösen Angelegenheiten doch nie, den Geschäften im Weg zu stehen. Er hatte die Entscheidung, in Flandern zu bleiben, niemals bereut.

Nun jedoch hatten sich seine Geschicke zum Schlechteren gewendet: Vor Kurzem erst hatte er, um seinen Geschäften Aufwind zu verschaffen, Anteile an einem Schiff gekauft, das seine Tuche nach Portugal bringen sollte. Doch die Karavelle war im Golf von Biskaya gesunken und hatte nicht nur die gesamte Besatzung, sondern auch den Großteil seines Vermögens mit sich auf den Meeresgrund genommen.

In seiner Bedrängnis kam dem Tuchhändler der einzige Vermögenswert in den Sinn, den er noch besaß: seine achtzehnjährige Tochter. Selbstverständlich hätte er den Vorwurf weit von sich gewiesen, er verkaufe sie wie einen Ballen Stoff. Es ging ihm lediglich darum, Anna gut zu verheiraten – das redete er sich jedenfalls ein.

In dieser Lage traf es sich günstig, dass der reiche Otto de Hane gerade nach einer jungen Ehefrau Ausschau hielt. Anna befand sich im heiratsfähigen Alter. Was hätte also passender sein können, als dass Cornelis Fromenteel sie mit dem Freund – wenn man ihn denn nach so kurzer Bekanntschaft bereits so nennen mochte – und künftigen Geschäftspartner vermählte?

An diesem Nachmittag wurden die letzten Einzelheiten des Ehevertrags besprochen. Die Stube, in der die beiden Männer saßen, verriet nichts über die bedrängten Verhältnisse des Gastgebers. Auf den Tischen aus solidem Eichenholz lagen gemusterte Läufer. Die Bodenfliesen waren sauber geschrubbt, und mit Bibelszenen bemalte Kacheln schmückten die Fußleisten. Mit Bedacht hatte Cornelis die der Tür gegenüberliegende Wand mit goldverzierter Ledertapete bespannen lassen, damit die Eintretenden dieses Zeichen seines Wohlstands sofort sahen. An den anderen drei Wänden hingen Tapisserien. Die silbernen Wand- und Tischleuchter hatte Bettris poliert, bis sie glänzten, und der Wein funkelte rubinrot in den Pokalen. Zufrieden schenkte Cornelis seinem Gast nach. Die Dinge entwickelten sich ganz nach seinen Vorstellungen.

Im Schuppen lehnte sich Anna gegen den alten, verstaubten Webstuhl, die Augen fest geschlossen. Ihr Busen hob und senkte sich – nicht nur, weil sie wegen ihrer hastigen Flucht außer Atem war. In ihrem Innern tobte ein Gefühlsaufruhr. Nach wenigen Augenblicken öffnete sich die Tür mit einem leisen Klicken. Jan trat ein, der Gärtnersbursche, der Mijnheer Fromenteels Garten neu anlegen half. Hier im Weberschuppen trafen Anna und er sich, wann immer er auf dem Grundstück war.

Jan nahm Anna in die Arme, und sie lehnte sich gegen ihn. Tief sog sie den vertrauten Geruch ein: eine Mischung aus Erde, den würzigen Kräutern, die er gerade gepflanzt hatte, und seinem eigenen, sehr männlichen Duft. Doch als Jan mit dem Finger ihr Kinn anhob, um sie zu küssen, fing sie an zu zittern, und Tränen liefen über ihre Wangen.

„Was hast du, Liebste?“, fragte er besorgt. „Was ist geschehen?“

„Oh Jan, was soll ich nur tun? Genau das, wovor ich mich am meisten gefürchtet habe, ist eingetreten: Mein Vater handelt gerade den Ehevertrag mit Mijnheer Otto de Hane aus, dem widerwärtigen, reichen Händler, der in dem großen Haus gleich am Marktplatz wohnt.“

„Wie bitte?“ Entsetzt trat Jan einen Schritt zurück und starrte sie an.

Anna nickte, während sie einen Schluchzer unterdrückte. „Doch, es ist wahr. Genau in diesem Augenblick schenkt mein Vater ihm von seinem besten Wein ein, damit dieser grässliche Kerl sich möglichst großzügig zeigt. Vorhin erst musste ich einen frischen Krug hineinbringen, damit der alte Lüstling sich die Ware noch einmal ausgiebig ansehen konnte. Am liebsten hätte er sie wohl auch schon getestet, aber ich habe mich schnell aus dem Staub gemacht. Auch so hatte er die Hand schon halb unter meinem Rock, bevor ich entkommen konnte." Die Erinnerung ließ sie schaudern, und sie schluchzte verzweifelt auf. „Was soll ich nur tun, Jan? Ich kann diesen alten Mann nicht heiraten – ich kann einfach nicht!"

„Natürlich nicht. Wir heiraten, genau wie wir es abgemacht haben", erwiderte Jan fest und schloss sie erneut in die Arme. „Du weißt, dass ich jeden Groschen spare, den ich entbehren kann. Bald kann ich deinem Vater beweisen, dass ich dir ein standesgemäßes Leben ermöglichen kann …" Er hielt Anna leicht von sich ab. „Du willst mich doch heiraten, nicht wahr, Anna?"

„Ich wünsche es mir mehr als alles andere auf der Welt, das weißt du. Aber es ist zu spät, Jan. Genau in diesem Augenblick verspricht Vater mich diesem alten Mann." Verzweifelt weinend klammerte sie sich an den Geliebten.

Eine Weile strich er ihr nur stumm übers Haar, in seine eigenen Gedanken versunken. Schließlich sagte er, als sei es die natürlichste Schlussfolgerung der Welt: „Dann muss ich dich eben fortbringen."

Abrupt hob sie den Kopf. „Aber du kannst doch … Ich meine … Wo sollten wir denn hingehen? Er wird uns finden, und dann bringt er mich zurück und zwingt mich …" Sie brachte es nicht über sich, die Worte auszusprechen.

„Nicht wenn wir nach England gehen."

„England?“

„Warum nicht? Viele unserer Landsleute haben dort in der Zeit der Glaubensverfolgung durch die Spanier eine neue Heimat gefunden. Ich weiß, das ist eine ganze Weile her, aber sicherlich finden auch wir dort irgendwo freundliche Aufnahme.“ Um zuversichtlich zu klingen, legte er mehr Überzeugung in seine Worte, als er insgeheim verspürte.

Anna nickte langsam. „Man hat mir erzählt, dass auch meine Großeltern nach England geflohen sind. Aber sie kamen nach ein paar Jahren zurück.“ Mit gerunzelter Stirn fügte sie hinzu: „Ich glaube, ihnen hat England nicht sonderlich gefallen.“

„Ihnen vielleicht nicht. Aber viele Flüchtlinge sind dort geblieben“, erklärte Jan mit Nachdruck. „England kann nicht so schlimm sein, wenn so viele Menschen immer noch dorthin gehen. Ich habe gehört, dass man dort ein gutes Auskommen finden kann, wenn man willens ist, hart zu arbeiten. Daran soll es bei mir nicht fehlen.“ Er zwinkerte ihr zu. „Und ich glaube kaum, dass dein Vater uns in England suchen würde.“

„Nein, er würde die Insel niemals betreten. Schließlich macht er die Engländer dafür verantwortlich, dass seine Geschäfte nicht gut laufen.“ Die Augen noch tränenfeucht, wagte Anna ein vorsichtiges Lächeln. „Glaubst du wirklich, es würde uns gelingen, Jan? Glaubst du, wir könnten nach England fliehen?“

„Wir können alles tun, was dich vor einer Heirat mit Otto de Hane rettet“, verkündete er entschieden. Er ließ Anna los und ging zum Fenster. Es war beinahe vollständig mit Spinnweben verhangen, aber das bemerkte er gar nicht. „Als Erstes müssen wir irgendwie nach Nieuwport gelangen“, überlegte er laut. „Wenn wir nur den Hafen erreichen, dann finden wir sicher ein Schiff, das uns nach England bringt.“

Jetzt trat auch Anna zu dem Fenster. „Es ist ein weiter Weg bis dort. Wie lange müssen wir laufen, um Nieuwport zu erreichen?“

„Zwei Tage vielleicht …“, antwortete er abwesend. Doch plötzlich bekam seine Stimme einen anderen Klang. „Aber wenn ich ein Boot hätte …“ Als er sich zu ihr umdrehte, leuchteten seine Augen voller Tatendrang. „Das ist es! Wir nehmen ein Boot.“

„Wann?“

„Wir dürfen keine Zeit verschwenden. Lass uns noch heute Nacht aufbrechen. Hör zu – ich sage dir, was du zu tun hast …“

Als Anna eine Weile später zum Haus zurückging, fühlte sie sich unendlich viel leichter als bei ihrer überstürzten Flucht aus dem elterlichen Flur. Auf dem Weg sammelte sie die Wäsche ein, die zum Trocknen über den Sträuchern hing, und sah dem Gärtner einen Augenblick bei seiner Arbeit zu. Nachdem sie Bettris in der Küche gefunden und ihr geholfen hatte, die Wäsche zu falten und in den Truhen zu verstauen, entwischte sie in ihre Kammer.

Die niedrige Decke und die verblichenen Tapisserien mit langweiligen Jagdszenen hätten den Raum dunkel und bedrückend wirken lassen, wären da nicht die zwei Fenster gewesen, durch die das Licht hereinfiel. Mit hellgelben Bettbehängen, vielen über die Jahre angesammelten Bildern und hübschen Kleinigkeiten hatte Anna sich hier einen geliebten Rückzugsort geschaffen. Oft saß sie auf der gepolsterten Bank im Erker und sah durch das geöffnete Fenster auf die Straße hinab. Dort unten herrschte stets buntes Leben. Männer gingen eiligen Schrittes ihren Geschäften nach oder blieben zu einem kurzen Austausch mit einem Nachbarn stehen. Frauen kamen mit vollen Körben vom Markt heim, und Kinder spielten lachend und schreiend mit Bällen.

Doch heute fehlte Anna die Zeit, um aus dem Fenster zu sehen. Sorgfältig wählte sie die Kleidung aus, die sie für die bevorstehende Seereise brauchte. Schlicht und dunkel sollte sie sein – das hatte Jan ihr geraten, damit sie keinerlei unerwünschte Aufmerksamkeit auf sich zogen –, außerdem warm, aber nicht zu dick, um sie nicht bei der Reise zu behindern.

Anna nahm ein dunkelgraues Wollkleid und einen weißen Spitzenkragen aus der Kleidertruhe. Wenn sie es unter ihrem schwarzen Mantel aus schwerem Tuch trug und die modischen Hüftpolster wegließ, würde sie sich kaum von gewöhnlichen Bürgersfrauen oder Mägden unterscheiden. Mit zitternden Fingern steckte sie die paar Münzen, die sie besaß, zusammen mit ihren wenigen Schmuckstücken in einen Beutel. Den würde sie sich unter den Unterröcken um die Taille binden.

Derartig in ihre Reisevorbereitungen vertieft, erschreckte das plötzliche Klopfen an der Tür Anna beinahe zu Tode. Hastig sammelte sie die Sachen, die auf dem Bett lagen, ein und warf sie in den Schrank. Dann öffnete sie die Tür.

Vor ihr stand ihr Vater, gleich dahinter die Mutter. Als Anna zur Seite trat, kam er hinein. Um sich nicht an dem niedrigen Türsturz den Kopf zu stoßen, musste er sich etwas bücken. Annas Mutter folgte ihm, bleich wie ein Gespenst. Einst musste Judith Fromenteel eine schöne Frau gewesen sein, mit goldblondem Haar und zarter Haut. Aber im Laufe der Zeit war sie immer mehr ergraut, und ihr jugendlicher Schwung schwand immer mehr dahin, je länger sie an der Seite eines ernsten und strengen Gatten lebte.

Anna knickste ehrerbietig und blieb dann abwartend neben dem Bett stehen. Ihr Gesichtsausdruck war wachsam, und ihre Finger spielten unruhig mit den Bettvorhängen.

Mit einem zufriedenen Nicken sagte Cornelis: „Anna, ich

komme, um dir zu sagen, dass alles vereinbart ist. Mein guter Freund Mijnheer Otto de Hane ist erfreut darüber, dich zur Frau zu nehmen. Wie er mir sagte, erhofft er sich einen Sohn aus dieser Verbindung. Ich setze mein Vertrauen in dich, dass du ihn nicht enttäuschst."

Sein Blick war streng, beinahe drohend, als er weitersprach: „Du wirst ihm nächste Woche einen Besuch abstatten. Die Vermählung findet noch diesen Monat statt. Was sagst du dazu?"

Plötzlich hatte Anna das Gefühl, ihr Mund wäre trocken. Sie schluckte und erwiderte dann leise: „Nichts, Vater."

Ungläubig hob er die Augenbrauen. „Kein Wort des Dankes dafür, dass ich eine solch vorteilhafte Ehe für dich arrangiert habe?"

„Danke, Vater", murmelte Anna gehorsam.

„Schon besser." Er nickte. „Nun gut. Ich gehe nun zum Gildehaus. Die Geschäfte warten nicht, und für einen Tag habe ich genügend Zeit verschwendet." Damit drehte er sich um und verließ die Kammer. Anna sah stumm ihre Mutter an. Kurz darauf fuhren sie beide zusammen, als Cornelis Fromenteel die Haustür hinter sich zuschlug.

Nach einem tiefen Atemzug hob Anna das Kinn. „Es tut mir leid, Mutter, aber ich kann es nicht." Im nächsten Augenblick verbesserte sie sich: „Ich will es nicht. Ich werde diesen furchtbaren alten Mann nicht heiraten."

Judith ging zum Fenster, öffnete es einen Spalt und sah hinunter auf die Straße, wo ihr Ehemann eilig in Richtung Gilde verschwand. Nachdem sie ihm einen Augenblick lang nachgeschaut hatte und sicher war, dass er nicht wieder kehrtmachen würde, drehte sie sich zu ihrer Tochter um. Ihre Augen glänzten wie schon lange nicht mehr. „Selbstverständlich kannst du Otto de Hane nicht heiraten", flüsterte sie und hob erregt die Hände an die Schläfen. „Wir müssen uns etwas ausdenken, einen Ausweg finden …“

Plötzlich hob sie den Kopf. „Natürlich, das ist es. Du musst von hier verschwinden. Geh zu deiner Tante Dionis in Amsterdam. Sie findet Mittel und Wege, um dich zu verstecken.“

Anna glaubte ihren Ohren nicht zu trauen. „Das heißt, du bist auf meiner Seite?“

„Selbstverständlich“, entgegnete Judith ungeduldig. „Hör zu. Du musst noch heute Nacht fliehen. Ich kümmere mich um alles …“ Tief in Gedanken schritt sie in der Kammer auf und ab. „Sorge dich nicht. Ich sage Jan, wo er dich finden kann.“

„Du weißt von Jan?“

Da blieb Judith stehen und lächelte ihre Tochter zärtlich an. „Ich habe Augen im Kopf, mein Kind. Vergiss nicht, dass auch ich einmal jung war.“ Sie ließ sich auf dem Bett nieder und seufzte verträumt.

Sofort setzte Anna sich neben sie und nahm ihre Hand. „Dann verstehst du sicher, dass ich mich nicht bei Tante Dionis verstecken muss, Mutter. Jan will mich von hier fortbringen.“

„Fortbringen? Aber wohin denn?“ Aus Judiths Worten klang Erstaunen. „Wohin kannst du gehen, ohne dass dein Vater dich findet und zurückbringt? Du weißt selbst, dass er ein Mann ist, der sich seine Pläne nicht einfach so durchkreuzen lässt. Wenn du ihn mit deinem Verschwinden lächerlich machst, wird er alles daransetzen, seinen Willen durchzusetzen.“

„Wir gehen nach England, Mutter“, erklärte Anna aufgeregt.

„England!“ Augenblicklich erhellte sich Judiths Miene. „Oh, dem Himmel sei Dank! Geh, mein Kind. Geh mit meinem Segen.“ Sie küsste ihre Tochter auf die Stirn. „Ihr habt eine gute Wahl getroffen. Dorthin wird er euch niemals folgen, denn er verabscheut das Meer. Erzähl mir von euren Plänen.“

„Eine Stunde nach Einbruch der Dunkelheit soll ich Jan

bei der alten Walkmühle am Kanal treffen. Dort holt er mich mit einem Boot ab, das uns zur Küste bringt. Wenn wir Glück haben, begegnen wir unterwegs einem der Schleppkähne, die Tuche nach Nieuwport bringen, und können an Bord gehen. Wenn nicht, werden wir uns schon auf eigene Faust durchschlagen. In Nieuwport suchen wir uns ein Schiff, das nach England segelt. Jan sagt, dass wir bestimmt keine Schwierigkeiten haben, eines zu finden, denn es laufen immerzu welche in Richtung London aus.“

Sie zögerte kurz, dann fuhr sie etwas weniger überzeugt fort: „Was geschieht, sobald wir England erreicht haben, weiß ich nicht. Aber Jan meint, Arbeit für Gärtner gibt es immer.“

Einen Augenblick dachte Judith über die Worte ihrer Tochter nach, aber dann nickte sie. „Jan ist ein guter Mann. Ich habe ihn beobachtet und gesehen, dass er hart zu arbeiten weiß. Ihm vertraue ich dich gern an, denn ich weiß, dass er sich um dich kümmern wird. Lass mich überlegen. Du brauchst Geld und etwas zu essen für die Reise. Welche Kleider nimmst du mit?“

Anna zog die Sachen hervor, die sie beim Eintreten ihres Vaters hastig im Schrank versteckt hatte.

Bei dem Anblick des grauen Kleids nickte ihre Mutter zustimmend. „Gut. Warm, aber nicht zu schwer. Aber du musst noch etwas zum Wechseln einpacken.“

„Viel kann ich nicht mitnehmen, da wir vielleicht weite Strecken laufen müssen“, erinnerte Anna sie.

„Ein kleines Bündel reicht, aber du brauchst ein paar Hauben und Kragen, eine Schürze, dazu Leibchen und Strümpfe. Du musst um jeden Preis reinlich aussehen, um in der Fremde einen guten Eindruck zu machen.“

Die ganze Zeit über hatte Judith aus tiefster Überzeugung gesprochen, aber jetzt sah sie Anna besorgt an. „Ruh dich am besten aus. Du wirst all deine Kraft für die Mühen und

Anstrengungen brauchen, die vor euch liegen. Heute Abend musst du nicht zum Essen erscheinen. Ich erzähle deinem Vater, dass du unpässlich bist und in deiner Kammer etwas zu dir nimmst.“

Ein verhaltenes Lächeln erschien auf ihren Lippen. „Ich gehe davon aus, dass du nicht erpicht darauf bist, mit ihm am Tisch zu sitzen und zuzuhören, wie er sich seines Triumphes brüstet, deine Heirat mit diesem Greis eingefädelt zu haben.“

Plötzlich presste sie die Lippen zusammen. „Das, was er heute getan hat, werde ich ihm nie verzeihen. Niemals. Aber genug davon. Ich sorge dafür, dass die Haustür heute Nacht nicht verschlossen ist. In der Küche lege ich Proviant für die Reise bereit.“

„Danke, Mutter.“ Anna beugte sich vor und gab Judith einen Kuss. „Und danke für dein Verständnis.“ Plötzlich kamen ihr die Tränen, und sie warf sich der Mutter in die Arme. „Ach, ich werde dich vermissen!“

„Genau wie ich dich, mein Kind. Denke immer daran, wie sehr ich dich liebe.“

Einige Sekunden klammerten sich die beiden Frauen aneinander, doch dann schob Judith ihre Tochter etwas von sich. „Es kann sein, dass ich dich nie wiedersehe, Anna. Daher muss ich dir etwas erzählen.“ Bevor sie fortfuhr, hielt sie kurz inne und versuchte, ihre Fassung wiederzugewinnen. „Vielleicht hätte ich es dir schon früher sagen sollen, aber mir fehlte der Mut. Möglicherweise bist du entsetzt über das, was du nun hören wirst.“

Anna konnte sie lediglich mit großen Augen anblicken. „Mutter, was meinst du?“

Abwesend zupfte Judith an den Bettvorhängen. „Ich spreche nur darüber, weil du nach England gehst. Denn dorthin ist er damals auch geflohen. Natürlich ist die Insel sehr groß, und vermutlich werdet ihr euch nie begegnen. Andererseits …“

„Mutter, wovon redest du?“

Judith sah auf. „Von deinem Vater.“

Vor Überraschung verschlug es Anna einen Augenblick lang die Sprache. „Meinem Vater?“

„Ach nein, nicht von Cornelis“, erklärte Judith ungeduldig. „Sondern von Henrick, dem Mann, den ich im selben Weberschuppen zu treffen pflegte, in dem du deine Stelldicheins mit Jan hast. Mit dem Unterschied, dass Henrick kein Gärtner war, sondern ein Weber, der für meinen Mann arbeitete.“ Ein verträumter Ausdruck erhellte ihr Gesicht. „Er war ein stattlicher Mann, und wir haben einen wunderbaren Sommer miteinander verlebt. Wann immer wir konnten, trafen wir uns. Ich wusste, dass er nicht gern für Cornelis arbeitete, denn er war ehrgeizig. Und dann ging er nach England, auf der Suche nach einem besseren Leben.“

Wieder hielt sie inne, in Erinnerungen versunken. „Damals bat er mich, mit ihm zu kommen, aber ich hatte Angst. Wenn Henrick nun sein Glück nicht finden würde? Wir hätten hungern müssen. Und obwohl ich Cornelis nie geliebt habe, fürchtete ich mich davor, das behagliche Leben an seiner Seite aufzugeben. Außerdem hatte ich Angst davor, was aus Henricks Kind werden würde. Aus dir, Anna.“

Sie seufzte. „Ich war töricht. Es wäre besser gewesen, wenn ich ihm vertraut hätte. Wie oft habe ich mir gewünscht, ich wäre mit ihm gegangen! Noch heute denke ich an ihn.“

Mit ungläubig aufgerissenen Augen hatte Anna den Worten der Mutter gelauscht. Sie konnte kaum fassen, was sie da hörte. „Aber was ist mit meinem … mit deinem Ehemann?“, brachte sie schließlich heraus. „Hat er denn nichts mitbekommen?“

„Selbstverständlich weiß Cornelis davon nichts. Er ist so von sich selbst überzeugt, dass er den Gedanken weit von sich weisen würde, ich könnte jemals einen anderen Mann auch nur angesehen haben. Er ahnt bis heute nicht, dass das Kind, das ich unter dem Herzen trug, nicht seines war."

Judith lächelte Anna zu. „Du hast viel von deinem Vater – deinem wahren Vater. Er war ein gut aussehender Bursche mit blonden Haaren und dunkelblauen Augen. Augen wie die ersten Veilchen im Frühling – so wie deine, Anna. Einzig ihre ungewöhnliche Farbe ließ mich je fürchten, Cornelis könnte Verdacht schöpfen. Aber die Sorge war unbegründet. Cornelis interessiert sich nur für das Geld, das er anhäuft. Henrick war ganz anders, er war ein aufmerksamer Liebhaber und Freund. Schon oft habe ich mich gefragt, was wohl aus ihm geworden ist. Ich wüsste es zu gern."

Ein geheimnisvolles Lächeln umspielte ihre Lippen. „Nur die Erinnerung an die wunderbaren gestohlenen Stunden im Weberschuppen hat mir geholfen, die letzten achtzehn Jahre zu ertragen. Die Erinnerung und die Ähnlichkeit mit Henrick, die ich in deinen Zügen entdecke."

Als sie den Kopf hob, klang ihre Stimme auf einmal entschlossen. „Das ist der Grund, warum ich dich mit Jan fortgehen lasse und dir meinen Segen dazu gebe. Ich lasse es nicht zu, dass Henricks Tochter als Bettgefährtin an einen alten Greis verkauft wird."

Mit diesen Worten stand Judith auf. „Leg dich nun hin, mein Kind. Du hast eine lange Nacht vor dir. Möge der Herr mit dir sein und dich behüten."

Nach einer letzten Umarmung verließ Judith Fromenteel die Kammer, ohne dass Anna auch nur eine der vielen Fragen hätte stellen können, die ihr auf der Seele brannten.

2. KAPITEL

Nachdem ihre Mutter gegangen war, legte Anna sich aufs Bett. Aber sie war so aufgewühlt, dass sie keine Ruhe fand. Allein die Aussicht, noch am selben Abend mit Jan fortzugehen, erfüllte sie mit Aufregung und auch ein wenig Angst. Zusätzlich musste sie sich an einen neuen und überraschenden Gedanken gewöhnen: Der Mann, den sie ihr ganzes Leben lang als Vater gekannt hatte, war gar nicht ihr wirklicher Vater!

Doch als sie ihr bisheriges Leben vor ihrem inneren Auge vorbeiziehen ließ, stellte sie fest, dass diese Neuigkeit sie kaum verstörte. Sie hatte sich Cornelis niemals nahe gefühlt. Ihr vermeintlicher Vater, der in seiner ewigen schwarzen Kleidung einem unheilvollen Raben glich, war ihr fremd geblieben. Als Kind hatte sie seine Strenge gefürchtet; später war sie ihm aus dem Weg gegangen, wo sie konnte. Zwar hatte er seine Tochter niemals körperlich gezüchtigt, aber nur zu gut erinnerte Anna sich an scharfe Zurechtweisungen, die sie zum Weinen gebracht hatten.

Cornelis Fromenteel war mit Leib und Seele Geschäftsmann. Mit Kindern konnte er nichts anfangen, und dass Anna zur Frau heranreifte, machte ihn verlegen. Ohnehin war in seinen Augen alles, was Familie und Kindererziehung betraf, die gottgegebene Aufgabe seiner Gattin. Er selbst nahm daran keinen Anteil.

Sicher, in manchen Augenblicken wünschte er sich statt der Tochter einen Sohn, der den Namen Fromenteel weitertragen konnte. Doch im Grunde war es ihm ganz recht, dass Judith nur ein Kind geboren hatte, selbst wenn es eine Tochter war. Er brauchte keine lärmenden, schreienden Bälger, die die Ruhe und den Frieden in seinem Haus störten. Und niemals wäre ihm ein Zweifel daran in den Sinn gekommen, dass das einzige Kind, das seine Gattin ihm geschenkt hatte, sein eigen Fleisch und Blut war.

Auf dem Bett liegend, die Hände hinter dem Kopf verschränkt, versuchte Anna sich ihren wirklichen Vater vorzustellen. Ihre Mutter hatte von einem blonden Mann mit tiefblauen Augen gesprochen, Augen wie Veilchen. Ganz offensichtlich hatte Judith ihn sehr geliebt. Anna schloss die Lider. Wie mochte ihre unscheinbare Mutter als junge Frau ausgesehen haben, die ungeduldig und voller Erwartung zum Weberschuppen eilte? Vermutlich hatte sie ähnlich für ihren Henrick empfunden wie ihre Tochter achtzehn Jahre später für Jan. Doch Judith und Henrick hatten ihr Verlangen nacheinander offensichtlich nicht im Zaum gehalten …

Anna lächelte unwillkürlich. Sie ahnte, wie die beiden sich gefühlt haben mussten. Ihr eigener Atem beschleunigte sich ein wenig, als sie sich an die Male erinnerte, als sie und Jan beinahe … aber doch nicht ganz …

Verwirrt schlug sie die Augen wieder auf und runzelte die Stirn. Während sie gegen den gelbseidenen Betthimmel starrte, fragte sie sich, wovor ihre Mutter Angst gehabt hatte. Sie hatte so viel für ihre heimlichen Treffen mit dem Geliebten riskiert, hatte sogar sein Kind empfangen! Und trotzdem hatte sie sich gescheut, den letzten Schritt auch noch zu gehen und mit Henrick zu fliehen. Warum?

Insgeheim ahnte Anna die Wahrheit: Obwohl Judith zugegeben hatte, Cornelis niemals geliebt zu haben, so schätzte sie doch die Sicherheit und den Luxus des Lebens mit ihm. Beides hätte ihr blonder Weber ihr niemals bieten können.

Doch Anna teilte die Bedenken ihrer Mutter nicht. Nichts würde sie davon abhalten, mit Jan fortzugehen. Sie freute sich sogar auf das Abenteuer, das vor ihr lag. Natürlich verspürte auch sie ein bisschen Furcht – aber die Aussicht, zu bleiben und Otto de Hane heiraten zu müssen, ängstigte sie noch viel mehr.

Gegen Abend brachte Judith ihrer Tochter Suppe, Käse, dunkles Brot und einen Krug Dünnbier in die Kammer. Sie bestand darauf, dass Anna sich für die Reise stärkte.

„Ich lege dir in der Küche Proviant zurecht“, flüsterte sie. „Aber du musst essen, solange noch Zeit ist.“

„Geh nicht, Mutter“, bat Anna, während sie gehorsam den ersten Bissen nahm. „Es gibt so viele Fragen – so viele Dinge, die du mir noch erzählen musst.“

Ängstlich blickte Judith über ihre Schulter zur Tür. „Dann beeil dich damit, mein Kind. Ich darf nicht zu lange fortbleiben.“

„Sag mir, wohin wollte Henrick sich in England wenden? Vielleicht kann ich dort nach ihm suchen.“

„Ich erinnere mich nicht ganz genau, aber ich glaube, es gab drei Orte, die Menschen aus Flandern gastfreundlich aufgenommen haben.“ Nachdenklich runzelte sie die Stirn. „Eine Stadt namens Norwich, der Hafenort Sandwich ... Aber wie hieß der dritte? Colchester? Ja, so ähnlich klang der Name.“

„Aber was war sein Ziel?“, hakte Anna nach.

„All das ist lange her, mein Kind. Soweit ich mich erinnere, wollte er in London sein Glück versuchen. Ich weiß nicht, welcher der drei Orte dieser Stadt am nächsten liegt.“ Hilflos hob sie die Hände. „Aber welche Rolle spielt es schon, welche Pläne er hatte? Vermutlich musste er sich ohnehin danach richten, welchen Hafen das Schiff anlief, das ihn übers Meer brachte.“

„Hat er dir niemals eine Botschaft geschickt?“

Die Mutter schüttelte traurig den Kopf. „Henrick konnte nicht lesen und schreiben. Wäre ich mit ihm gegangen, hätte ich es ihn lehren können.“

Nachdem Anna aufgegessen hatte, umarmten sie sich ein letztes Mal. Judith drückte ihre Tochter fest an sich. Dann drehte sie sich mit einem geflüsterten „Gott sei mit dir, mein Kind“ um und verschwand. Anna wusste, dass sie die Mutter niemals wiedersehen würde.

Da alle Vorbereitungen getroffen waren, blieb Anna nichts übrig, als sich aufs Bett zu legen und zu beobachten, wie die Dämmerung in die Kammer kroch. Lange Zeit hörte sie nichts als das Klopfen ihres Herzens, und obwohl sie versuchte, ein wenig zu schlafen, fand sie kaum Ruhe.

Endlich war es so weit. Anna nahm ihr Bündel und schlich aus der Kammer. Die weichen Sohlen ihrer Schuhe machten kein Geräusch auf der Treppe, und so glitt sie beinahe wie ein Gespenst durch das dunkle, stille Haus. In dem Alkovenbett, das in die Wandvertäfelung der Küche gebaut war, hörte sie Bettris schnarchen. Aber sie wusste, dass sie nicht befürchten musste, die Magd aufzuwecken. Bettris schlief fest, und Anna fand sich in der Küche zurecht, ohne ein Talglicht anzünden zu müssen. Nachdem sie das bereitliegende Bündel mit Proviant an sich genommen hatte, schob sie den Türriegel zurück und schlüpfte hinaus in die Dunkelheit.

Obwohl es mittags für einen Märztag schon recht warm gewesen war, zitterte Anna jetzt in der kalten Nachtluft. Über ihrem Kopf glitzerten unzählige Sterne wie Eiskristalle am Himmel. Der bleiche Halbmond gab genügend Licht, sodass sie den Weg vor ihren Füßen erkennen konnte. Ängstlich darauf bedacht, im Schatten zu bleiben, um nicht von Dieben oder anderen Unholden gesehen zu werden, lief Anna durch die engen Gassen.

Bald hatte sie das Kopfsteinpflaster der städtischen Straßen hinter sich gelassen und blieb kurz stehen, um die leichten Pantoffeln gegen robuste Lederschuhe einzutauschen. Beim Weitergehen achtete sie darauf, möglichst auf Gras zu treten, um kein Geräusch zu verursachen. Hin und wieder sah sie sich um, ob ihr auch niemand folgte.

Endlich erblickte sie in der Ferne den dunklen Umriss der alten Walkmühle. Die Mühlenflügel kamen Anna wie ausgebreitete Arme vor, die sie willkommen hießen. Sie sandte ein Stoßgebet zum Himmel, dass Jan mit dem Boot bereits auf sie wartete, und beschleunigte ihre Schritte.

Als sie die Mühle erreichte, klopfte ihr Herz zum Zerspringen – zum einen weil sie so schnell gelaufen war, zum anderen vor Sorge. Wenn sie Jan hier nun nicht antraf?

„Anna? Hier bin ich!“ Sie erkannte Jans Stimme sofort, obwohl er nur geflüstert hatte.

Um die Mühle herum eilte sie zum Kanalufer. Dort stand Jan neben einem Boot, das er an den halb verrotteten Steg gebunden hatte.

Sie flog ihm förmlich in die Arme. „Oh, Gott sei Dank! Ich hatte schon Angst …“

„Du Dummerchen! Du wusstest doch, dass ich hier sein würde.“ Ein paar Augenblicke hielt er sie an sich gedrückt, dann löste er sich von ihr. „Schnell, wir dürfen keine Zeit verlieren. Gib mir die Hand, und steig ein.“

Kurz darauf stand er schon am Heck und stakte das Boot lautlos über die Wasserfläche. Anna saß vorn im Bug, zusammengekauert. Sie zitterte vor Kälte – und auch ein bisschen vor Furcht. Aber das hätte sie noch nicht einmal vor sich selbst zugegeben.

„Ich kann deine Zähne bis hierher klappern hören“, flüsterte Jan hinter ihr, und in seinen Worten lag eine Spur von Belustigung. „Du brauchst keine Angst zu haben, Anna. Schließlich bist du jetzt bei mir, und du weißt doch, wie sehr ich dich liebe. Mach dir keine Sorgen, und zerbrich dir nicht den Kopf. Ich habe mir geschworen, auf dich aufzupassen, und das werde ich auch tun. Wenn wir Glück haben, nimmt uns am Fluss ein Boot mit, das Waren nach Nieuwport bringt."

„Wie lange dauert es, bis wir den Fluss erreichen?"

„Ach, noch vor Anbruch der Morgendämmerung. Wenn alles gut geht, können wir schon morgen Abend in Nieuwport sein."

Jan sollte mit seiner Zuversicht recht behalten. Nicht weit hinter der Mündung des Kanals in den Fluss begegneten sie einem Frachtkahn, der Schafe und Schweine zum Viehmarkt brachte. Im Austausch gegen ihre kleine Nussschale, die schon zu lecken begonnen hatte, erklärte sich der Bootsmann bereit, sie mitzunehmen. Anna wäre es lieber gewesen, wenn das Schicksal ihnen eine etwas sauberere Reisegelegenheit geschickt hätte. Der Gestank der Tiere nahm ihr fast den Atem. Doch sie wusste, dass sie Glück gehabt hatten, überhaupt mitgenommen zu werden. Etliche andere Kähne waren einfach an ihnen vorbeigefahren.

Jan und sie saßen nebeneinander im Bug und beobachteten, wie die Morgenröte den Horizont überzog, während hinter ihnen aus den Pferchen lautes Grunzen und Blöken erklangen.

Noch am selben Tag erreichten sie Nieuwport, eine geschäftige Hafenstadt, in der der Handel florierte. Nachdem sie sich bei dem Bootsmann bedankt hatten, kletterten sie an Land und gingen staunend über die Docks. Die hohen Masten der Seeschiffe ragten weit über die Dächer der niedrigen Hafengebäude hinaus. Jan ließ Anna auf einem Poller zurück und machte sich auf die Suche nach einem Schiff, das nach England segelte und bereit war, sie mitzunehmen.

Während er fort war, beobachtete Anna mit großen Augen, wie betriebsam es um sie herum zuging. Hier wurden Schiffe beladen, dort Waren an Land gebracht. Männer, die riesige Tuchballen, Holzbalken oder Säcke mit Getreide oder

Kohlen geschultert hatten, liefen Gangways hinauf und hinunter. Auch unter den schwersten Lasten schienen sie nicht zu wanken. Anna sah nicht ein einziges Mal einen von ihnen auf den schmalen Stegen straucheln.

Am anderen Ende des Kais wurden Tiere auf Schiffe verladen oder von Frachtkähnen an Land getrieben. Als plötzlich ein Schwein entwischte und auf seiner wilden Flucht Fässer und gestapelte Waren umwarf, bevor die Männer es wieder einfangen konnten, lachte Anna unbeschwert. Wenig später herrschte erneut Aufregung, als eine Kuh auf der schmalen Planke rutschte und ins Wasser fiel. Das Tier ertrank, bevor man es herausziehen konnte, und musste auf der Stelle geschlachtet werden. Sofort waren verwilderte Hunde zur Stelle und balgten sich um die Abfälle.

Anna sah Matrosen, die leichtfüßig zwischen Masten und Rahen umherkletterten, um die Takelage zu überprüfen und Segel zu setzen oder einzurollen. Dabei riefen sie einander unablässig Bemerkungen zu. Der Wind verwehte ihre Worte, sodass Anna nicht wusste, ob sie scherzten oder fluchten.

Ein- oder zweimal gewahrte sie am Kai hochgewachsene Männer, die ihrem Vater so sehr ähnelten, dass sie erschrak. Zitternd hüllte sie sich enger in ihren Mantel und wandte sich ab, um nicht erkannt zu werden.

Endlich sah sie zu ihrer großen Erleichterung Jan zurückkehren. Er bahnte sich eilends einen Weg durch das Gewühl, aber sie wartete nicht auf ihn, sondern stand auf und lief ihm mit ausgestreckten Armen entgegen. „Dem Himmel sei Dank! Ich bin so froh, dass du zurückgekommen bist“, rief sie.

Überrascht sah er sie an. „Dachtest du etwa, ich würde einfach verschwinden?“

„Nein, aber …“ Unruhig sah sie sich um. „Ich werde mich erst sicher fühlen, wenn wir das Land verlassen haben. Während du fort warst, dachte ich mehrmals, ich hätte meinen Vater gesehen. Aber er würde doch nicht nach Nieuwport kommen, um hier nach mir zu suchen, oder? Meine Mutter wird ihm bestimmt einreden, dass ich zu meiner Tante Dionis nach Amsterdam geflüchtet bin. Sicher wird er sich zuerst dorthin wenden, glaubst du nicht auch?"

„Ja, das glaube ich auch, Liebes. Aber du musst dich nicht länger ängstigen, denn morgen mit dem ersten Sonnenstrahl stechen wir in See", erklärte er stolz, sah sie dann aber ein wenig zweifelnd an. „Der einzige Haken ist, dass das Schiff ausgerechnet Salzheringe geladen hat. Es könnte also unangenehm riechen."

„Bestimmt nicht so schlimm wie der Kahn mit den Schweinen und Schafen", entgegnete sie lächelnd.

Er erwiderte ihr Lächeln. „Bestimmt nicht. Meinst du, du wirst seekrank?"

„Ich weiß es nicht, denn ich war noch nie auf einem richtigen Schiff." Erneut sah sie sich auf dem Kai um. „Aber es ist mir gleichgültig, solange wir nur schnell von hier wegkommen."

„So ist's recht", antwortete Jan und drückte ihre Hand. „Wir gehen gemeinsam einem großen Abenteuer entgegen."

Gleich darauf öffnete er seinen Beutel und suchte darin herum, bevor er eine kleine Reiseflasche hervorzog und öffnete. „Auf den Beginn unseres gemeinsamen Lebens", sagte er, nahm einen Schluck und gab die Flasche an Anna weiter.

Sie folgte seinem Beispiel, der scharfe Schnaps hätte sie beinahe zum Husten gebracht. „Auf den Beginn unseres gemeinsamen Lebens!", wiederholte sie.

Es dauerte nicht lange, bis Anna ihre zuversichtlichen Worte bereute. Sie hatten erst die Hälfte der Überfahrt hinter sich gebracht, als der Wind plötzlich auffrischte und Schaumkronen auf den Wellen tanzten. Die Segel knatterten in der steifen Brise. Selbst an Deck, wo Anna und Jan sich in einem Winkel am Heck zusammengekauert hatten, war es unmöglich, dem Gestank der Salzheringe zu entkommen.

Als das Schiff in den aufgewühlten Wogen immer stärker stampfte und schlingerte, glaubte Anna, ihr letztes Stündlein hätte geschlagen. Um sie herum verriet das Stöhnen und Seufzen der anderen Passagiere, dass sie nicht als Einzige furchtbar litt. Sogar eine Vermählung mit Otto de Hane erschien ihr auf einmal verlockender als die Qualen der Seekrankheit.

„Sobald wir den Fuß wieder auf festes Land setzen, geht es dir besser“, versprach Jan. Er hielt ihr die Stirn, als die Übelkeit übermächtig wurde und Anna sich würgend über die Reling beugte. Erschöpft sank sie danach in seine Arme.

„Und wie lange dauert das noch?“, fragte sie kaum hörbar.

„Morgen gegen Mittag ist es so weit. Der Kapitän sagt, dass die frische Brise uns gute Fahrt beschert.“

„Frische Brise! Wie sieht denn dann erst ein Sturm aus?“, empörte sich Anna fassungslos. „Und morgen kommen wir erst an? Bis dahin bin ich sicherlich tot.“

Auf einer Taurolle in der Nähe saß ein schwarz gekleideter Prediger der flämischen Kirche. Er beobachtete mitfühlend, wie Jan seiner Geliebten die Stirn mit einem Lappen kühlte, den er in brackiges Trinkwasser getaucht hatte.

„Ich habe diese Reise schon mehrere Male unternommen“, bemerkte er, „und nehme immer Orangen und Zitronen mit. Ich kaufe die Früchte am Hafen, direkt von den Schiffen, die aus Spanien und Italien kommen. Man hat mir vor vielen Jahren erzählt, dass es kein besseres Mittel gegen Seekrankheit gibt, und ich habe das immer bestätigt gefunden.“ Er hielt Jan einen Beutel hin. „Darf ich Euch Orangen für Eure Gemahlin anbieten?“

„Anna ist noch nicht meine Frau", erklärte Jan, da er einem Gottesmann die Wahrheit nicht verschweigen wollte. „Aber ich hoffe, dass wir heiraten können, sobald wir englischen Boden erreicht haben. Euer großzügiges Angebot nehme ich gern an, denn ich bin dankbar für alles, was ihre Leiden ein wenig erleichtert."

Fürsorglich presste er Anna etwas von dem Saft einer Orange in den Mund. Die ersten paar Tropfen konnte sie kaum bei sich behalten, aber nach einer Weile tat die Erfrischung ihre Wirkung. Schließlich gelang es Anna sogar, erst eine und dann noch eine Fruchtspalte zu essen. Nachdem sie in kleinen Bissen die gesamte Orange zu sich genommen hatte, fielen ihr erschöpft die Augen zu, und sie schlief in Jans Schoß ein.

Der Prediger kam herüber und setzte sich zu ihnen. „Wohin führt Euer Weg, junger Mann?", erkundigte er sich freundlich.

„Wohin dieses Schiff uns bringen mag", erwiderte Jan und erzählte dem Fremden die Geschichte ihrer Flucht.

Aufmerksam hörte der Prediger zu, als Jan ihm von der Vermählung erzählte, die Annas Vater fur sie vorgesehen hatte, und seiner eigenen Entschlossenheit, die Geliebte vor diesem Schicksal zu bewahren.

Er ließ Jan ausreden, strich sich über den Bart und sagte: „Möglicherweise kann ich Euch helfen. Dieses Schiff läuft den Hafen von Harwich an, der an der Küste der Grafschaft Essex liegt. Reist man von dort aus ungefähr zwanzig Meilen ins Landesinnere, erreicht man die Stadt Colchester. Wendet Euch dorthin, denn an diesem Ort haben sich etliche Landsleute niedergelassen. Sicherlich findet Ihr dort freundliche Aufnahme in der Gemeinde der Fremden, wie man sie nennt. Ich kann Euch einen Empfehlungsbrief für den dortigen Prediger mitgeben. Sein Name ist Mijnheer Tobias Terhuysen, und er wird Euch sicherlich unterstützen. Sagt ihm, dass Abraham van Migrode Euch schickt."

„Das ist sehr freundlich von Euch", dankte Jan ihm eifrig. „Aber sagt: Ich bin Gärtner. Werde ich in England Arbeit finden? Und ein Dach über dem Kopf?"

„Bestimmt kann Mijnheer Terhuysen Euch dabei helfen." Der Prediger nahm Papier, Tinte und eine Feder aus seiner Tasche und begann seinen Brief. Als das Werk vollendet war, streute er Sand aus einem Beutel darüber, den er am Gürtel trug, und gab das gefaltete Papier Jan. „Könnt Ihr lesen und schreiben?"

Selbst im trüben Licht der Dämmerung war Jans Erröten deutlich zu sehen. „Nein, aber Anna." Fürsorglich strich er der Schlafenden übers Haar. „Ich hoffe, sie kann es mir beibringen, sobald wir uns irgendwo häuslich niedergelassen haben."

„Ich sehe, Ihr besitzt Ehrgeiz, junger Mann. Das ist eine löbliche Eigenschaft." Der Prediger erhob sich. „Nun will ich sehen, ob ich den anderen leidenden Seelen meine Hilfe anbieten kann. Euch beiden wünsche ich gutes Geschick und Gottes Segen. Ich selbst werde einige Tage in Harwich verbringen. Aber wer weiß – vielleicht begegnen wir uns eines Tages wieder."

Er hob grüßend den Hut und bahnte sich einen Weg durch die Menschen, die an Deck lagerten.

Erst am dritten Tag nach ihrem Auslaufen in Flandern erreichten sie gegen Mittag Harwich. Der Wind hatte sich gelegt, und auf den nunmehr harmlos aussehenden Wellen glänzte das Sonnenlicht. Als das Schiff in den Hafen einlief, lehnten Anna und Jan an der Reling. Am Kai herrschte noch größeres Gewühl als in Nieuwport. Schiffsladungen Kohle, Salz, Wolle und Fisch türmten sich an jedem freien Platz. Die

Masten eines Kriegsschiffs, das zur Reparatur im Dock lag, überragten die Dächer der Häuser. Ein weiteres Marineschiff ankerte in der Flussmündung. Im Vergleich dazu wirkte der Segler, der Passagiere und Salzheringe aus Flandern brachte, wie eine Nussschale.

Endlich konnten Anna und Jan den Fuß wieder auf festen Boden setzen. Ihre Vorräte waren sehr zusammengeschmolzen, aber nun, da die Qualen auf See vorüber waren, verspürte Anna großen Hunger. Bei einem Verkäufer, der seine Ware am Kai feilbot, kaufte Jan zwei Hammelpasteten. Sie verzehrten sie im Gehen und spülten mit großen Schlucken Bier nach, das Jan im Gasthaus „Jolly Sailor" kaufte, als er sich dort nach der Straße Richtung Colchester erkundigte.

Frohen Mutes verkündete er Anna, was er erfahren hatte. „Es ist nicht sehr weit. So Gott will, erreichen wir die Stadt noch vor Einbruch der Dunkelheit."

Zweifelnd runzelte Anna die Stirn. „Woher weißt du das? Verstehst du denn, was sie sagen? Die englische Sprache hört sich sehr merkwürdig an. Ich glaube, ich werde sie niemals lernen."

„Doch, bestimmt", entgegnete Jan lachend. „Mit der Zeit wird sich deine Zunge an die Laute gewöhnen. Aber vergiss nicht: Wir sind hier in einem Hafen. In der Schänke saßen flämische Matrosen, und etliche der Engländer hier verstehen zumindest ein paar Worte unserer Sprache. Es war also nicht schwer, mich verständlich zu machen." Genüsslich biss er in den Rest seiner Pastete. „Hmm, das schmeckt gut. Möchtest du noch eine essen?"

„Ja, jetzt, wo ich wieder festen Boden unter den Füßen habe, bin ich entsetzlich hungrig." Sie lächelte den Geliebten an, während sie nach einer zweiten Pastete griff. Dann klemmte sie ihr Bündel fester unter den Arm. „Also, in welche Richtung gehen wir?"

„Zuerst müssen wir die Stadt durchqueren und dann die Straße gen Mittag nehmen, bis wir an eine Wegkreuzung gelangen. Am Meilenstein wenden wir uns Richtung Sonnenuntergang."

„Hast du den Brief des Predigers noch?"

„Ja." Jan klopfte sich gegen das Wams. „Hier ist er sicher."

Gestärkt durchquerten sie die Stadt Harwich auf Gassen, die kreuz und quer zwischen geduckten Fachwerkhäusern hindurchführten. Nach und nach wurden die Gebäude höher und standen weiter auseinander, bis sie schließlich die Stadtgrenze hinter sich gelassen hatten. Hier draußen kamen sie nur noch an wenigen lehmverputzten Hütten vorbei, und die Straße verwandelte sich in einen Karrenweg, der sich entlang hoher Hecken und Felder wand.

Während sie liefen, vertraute Anna Jan das Geheimnis ihrer Geburt an.

„Willst du damit sagen, dass Cornelis Fromenteel gar nicht dein Vater ist?", fragte Jan ungläubig.

„Ja." Selbstbewusst hob sie das Kinn. „Und ich bin froh darüber. Nun kann ich ihn für das hassen, was er mir antun wollte, ohne mich dafür schuldig fühlen zu müssen."

Doch nach einem Augenblick des Schweigens veränderte sich der Ausdruck auf ihrem Gesicht. Träumerisch bemerkte sie: „Denk nur, Jan: Meine Mutter und Henrick haben sich damals in demselben alten Weberschuppen verabredet, in dem wir uns getroffen haben." Sie lächelte. „Nur dass ich jetzt kein Kind erwarte."

„Du weißt gar nicht, wie schwer es mir manchmal gefallen ist, Zurückhaltung zu üben", antwortete er seufzend.

Sie drückte ihm den Arm. „Doch, ich glaube, ich weiß es. Und ich hätte dich sicherlich nicht abgewiesen."

Eine Weile gingen sie schweigend weiter, während jeder

seinen Gedanken nachhing. Dann sagte Anna: „Wäre es nicht herrlich, wenn mein Vater – mein richtiger Vater – in Colchester wohnte und wir ihn finden würden?"

Jan blieb stehen und drückte ihr einen Kuss auf die Lippen. „Das wäre wirklich wunderbar, meine Liebste, aber es ist nicht sehr wahrscheinlich. Wir wissen schließlich nur, dass er nach England gegangen ist, und das Land ist groß. Vielleicht ist er sogar ..."

„Gestorben? Ich weiß. Daran habe ich auch schon gedacht. Aber vielleicht haben wir Glück und finden ihn trotzdem. Gottes Wille ist unerforschlich."

„Amen."

Nach einer Weile blickte Jan plötzlich auf Annas Füße hinab. „Was ist los? Du humpelst!"

„Nur eine Kleinigkeit. Mir ist ein Steinchen in den Schuh geraten, das ist alles."

„Dann lass uns hier etwas verschnaufen. Wir wandern ja schon eine ganze Zeit."

Dankbar ließ Anna sich auf der Böschung nieder und öffnete ihre Schuhschnallen.

Jan setzte sich neben sie, pflückte einen Halm und kaute darauf herum. „Zu lange dürfen wir uns hier nicht aufhalten, wenn wir noch vor Einbruch der Nacht Colchester erreichen wollen", ermahnte er sie und ließ sich auf die Ellbogen zurücksinken. Doch im nächsten Augenblick fuhr er mit schmerzverzerrtem Gesicht wieder hoch und schüttelte die Hand. „Was war das? Mich hat etwas gebissen." Er deutete ins Gras, wo blitzartig etwas Gelbbraunes verschwand. „Dort!"

„Ich konnte es nicht sehen – was war es?" Anna drehte sich um und suchte das Gebüsch mit den Augen ab.

„Eine Schlange, glaube ich. Ja – sieh nur!" Er streckte die Hand aus. Am Ballen zeigten sich zwei kleine Blutstropfen, wo die Zähne des Tiers die Haut durchbohrt hatten.

„Gibt es in England giftige Vipern?“, fragte Anna ängstlich.

„Ich weiß es nicht. Die Schlange sah aus wie eine Kreuzotter, aber ich konnte sie nicht genau erkennen. Vermutlich hat sie sich nach der Winterstarre in den ersten Sonnenstrahlen gesonnt.“ Er starrte auf seine Hand, die um den Biss herum bereits anschwoll.

„Das sieht nicht gut aus“, bemerkte Anna besorgt. „Lass mich die Wunde aussaugen. Wenn es wirklich eine Giftviper war, könnte das helfen.“

„Nun gut. Aber schluck nichts herunter.“

Stumm sah Jan zu, wie Anna die Lippen an seine Hand legte und saugte. Das Blut spuckte sie aus. Nach einer Weile sah sie auf. „Lässt der Schmerz schon nach?“

Er bewegte vorsichtig die Finger und nickte dann. „Ja. Ich glaube, es hat geholfen. Komm, wir haben schon genügend Zeit verschwendet. Wenn wir unser Ziel noch vor Einbruch der Nacht erreichen wollen, müssen wir uns sputen.“ Nachdem er aufgestanden war, half er auch Anna auf die Füße, und sie setzten die Wanderung fort.

Doch an der nächsten Wegkurve, an der eine winzige Hütte stand, murmelte er: „Mir wird ganz merkwürdig, Anna.“ Er fuhr sich über die Stirn, und Anna sah, dass Schweißtropfen darauf standen. „Ich weiß nicht, was mit mir los ist … Mein Kopf … Alles dreht sich …“ Sein Blick wurde glasig. Im nächsten Moment brach Jan zusammen und sank zu Boden.

3. KAPITEL

Entsetzt ließ Anna sich neben dem Geliebten auf die Knie fallen. Sie nahm seine Hände und rieb sie, während sie wieder und wieder seinen Namen rief – doch vergeblich. Er regte sich nicht. In höchster Not deckte sie ihn mit ihrem Mantel zu, sprang auf und lief zu der nahen Hütte, wo sie laut gegen die Tür hämmerte.

Ein uraltes Mütterchen öffnete die Tür. Es trug eine Schürze aus Sackleinen und rauchte eine lange Tonpfeife. Anna sank der Mut. Wie sollte diese Greisin ihr helfen, Jan zu tragen? Aber da niemand anders zu sehen war, ergriff Anna die Hand der Alten. „Bitte – bitte helft mir!“, flehte sie.

Verständnislos sah die Frau sie an. Es war offensichtlich, dass sie kein Flämisch verstand. Aber Anna kannte kein Wort der englischen Sprache.

Erneut versuchte sie es. „Bitte!“ In einer Art Zeichensprache deutete sie erst auf Jan, dann machte sie eine schlangenartige Bewegung mit der rechten Hand, bevor sie sich in den Ballen der linken kniff. Erwartungsvoll sah Anna die Alte an.

Diese hob die Brauen. „Ach, du meinst, eine Viper hat ihn gebissen? Nun, nun, dann will sich die alte Betty den Burschen mal ansehen.“ Eilig legte sie die Pfeife beiseite, nahm einen Korb mit Blättern und Kräutern von einem Tisch vor der Tür und lief zu dem Bewusstlosen hinüber. Dabei bewegte sie sich so schnell, dass Anna kaum Schritt halten konnte. „Komm, Kind, worauf wartest du?“, rief die Alte ihr über die Schulter hinweg zu.

Jan hatte sich nicht bewegt, aber sein Gesicht war aufgedunsen, und er hatte sich übergeben.

„Je nun, das sieht wahrhaftig nach einem Schlangenbiss aus“, murmelte die Alte vor sich hin. Sie nahm ein großes

Blatt aus ihrem Korb, zerrieb es zwischen den Fingern und legte es auf die roten Male an Jans Hand. „Das wird ihm Linderung verschaffen. Und jetzt tragen wir ihn hinein." Damit wandte sie sich zu Anna und wies auf die Schultern des Kranken. „Du die Schultern, ich die Füße", bestimmte sie.

Anna nickte zum Zeichen, dass sie verstanden hatte, packte Jan unter den Achseln und hob ihn an. Er hatte zwar kein Quäntchen Fett am Körper, war aber groß und muskulös. Es gelang Anna und der überraschend kräftigen alten Frau nur mit Mühe, den Bewusstlosen halb tragend, halb ziehend in die Hütte zu bringen. Als sie es endlich geschafft hatten, legten sie ihn auf das Bett – eigentlich eher eine Strohschütte in einer Ecke.

Kopfschüttelnd blickte die alte Betty auf den Kranken. „Das sieht böse aus. Ob ich ihn noch retten kann, das weiß Gott allein. Ich werde es jedenfalls versuchen."

Da sie die Worte nicht verstand, lächelte Anna die Greisin hoffnungsvoll an. Langsam gewöhnten sich ihre Augen an das Dämmerdunkel in der Hütte, und sie sah sich um. Das Elend, das sich ihren Blicken darbot, bestürzte sie. Die einzigen Lichtquellen waren die geöffnete Tür und die Glut in der Feuerstelle, denn die Fensterluken waren mit Läden verschlossen. Durch ein Loch im Dach zog der Rauch mehr schlecht als recht ab, sodass der Qualm Anna schon jetzt in den Augen biss.

Gegenüber der Feuerstelle führte eine Leiter zu einer Art Heuboden, auf dem eine Glucke saß und die Szene unverwandt betrachtete. Zwei andere Hühner scharrten auf dem gestampften Lehmboden der Hütte. Der Geruch von Rauch, ungewaschenen Körpern, Kräutern und verrottendem Gemüse nahm Anna fast den Atem.

Wenn alle Häuser in England so aussehen, dachte sie,

dann wünschte ich, ich hätte nie einen Fuß in dieses Land gesetzt!

Ängstlich darauf bedacht, nichts zu berühren, zog sie ihre Röcke enger um sich und beobachtete die alte Frau. Diese nahm Kräuterbündel, die von den Dachbalken hingen, und pflückte hier ein Blatt, dort eine Wurzel heraus, um sie in eine irdene Schüssel zu werfen. Nachdem sie etwas von einer Flüssigkeit zugegeben hatte, zermörserte sie die Pflanzen zu einer Paste. Dabei murmelte sie die ganze Zeit etwas vor sich hin, was in Annas Ohren wie fremdartige Beschwörungen klang.

Als die Paste offenbar zu ihrer Zufriedenheit geraten war, nahm die Alte einen Lappen und strich das grüne Gemisch darauf. Sie legte Jan das Pflaster auf die verletzte Hand und band es sorgsam mit zwei Striemen fest. Dann stand sie auf, betrachtete den immer noch Bewusstlosen mit schräg geneigtem Kopf und ging schließlich zu einem Bord in einer Ecke der Hütte, auf dem weitere irdene Töpfe standen. Sie schien etwas sorgfältig abzuwägen, bevor sie das kleinste Gefäß herunternahm und auf den Tisch stellte. Nach einigem Suchen fand sie einen Lumpen, tauchte ihn in das Gefäß und strich damit über Jans Lippen.

Mit einem Nicken bedeutete sie Anna, sie solle damit fortfahren. Sie drückte ihr das Tuch und den Tiegel in die Hand. Doch Anna sah den schmutzigen Lumpen mit Widerwillen an und schüttelte den Kopf.

„Je nun, willst du ihn retten oder nicht?“, brummte die alte Betty ungehalten.

Statt zu antworten, kramte Anna fieberhaft in ihrem Kleiderbündel. Schließlich zog sie einen ihrer sauberen Kragen hervor und tauchte ihn anstelle des Tuchs in den Tiegel.

Betty zuckte die Schultern. „Ganz wie du willst, aber befeuchte ihm immer wieder die Lippen. Am besten wäre es, er würde davon trinken, und zwar so viel wie möglich. Wer weiß, vielleicht ist es seine Rettung." Beim Sprechen verdeutlichte sie Anna mit Gesten, was sie meinte. Das Mädchen nickte eifrig.

Die Zeit verrann zäh, während Anna geduldig neben Jan in der elenden kleinen Hütte saß. Wieder und wieder benetzte sie ihm die Lippen mit ihrem einst schneeweißen Kragen. Irgendwann tropfte sie dem Kranken etwas von der Flüssigkeit auf die Lippen, und er leckte sie ab, ohne aus seiner Ohnmacht zu erwachen. Als Anna sah, dass er schluckte, benutzte sie einen hölzernen Löffel aus ihrem Bündel, um ihm den Trank einzuflößen.

Von Zeit zu Zeit trat die alte Betty zu ihr und beobachtete Annas Werk. Sie nickte zustimmend. „So ist's recht, mein Mädchen, immer recht sanft." Prüfend hielt sie Jan eine ihrer verkrümmten Hände an die Wange, ging dann weg und kehrte mit ein paar fleischigen Blättern wieder, die sie ihm zum Kühlen auf die Stirn legte.

Anna wusste nicht, wie lange sie schon dasaß und Jan von dem Trank einflößte. Als die Alte sie von seiner Seite wegzog und ihr eine hölzerne Schüssel mit dampfender Suppe in die Hand drückte, überraschte es sie daher, dass es draußen dunkel geworden war. Ihre Gastgeberin hatte das Feuer im Herd geschürt, das nun ein warmes Licht verbreitete. Auf einmal sah die Hütte trotz des gestampften Lehmbodens und der armseligen Einrichtung gemütlich aus.

Nach einem Blick auf die Suppe schüttelte Anna wiederum den Kopf. Sie konnte sich nicht vorstellen, etwas herunterzubringen, was in dem schwarz verkrusteten alten Kessel über der Feuerstelle gekocht worden war. Und auch der gesprungene Holznapf sah nicht gerade vertrauenerweckend aus. Außerdem – wie konnte sie an Essen auch nur denken, solange Jan mit dem Tod kämpfte? Allerdings musste sie zugeben, dass die Suppe verführerisch duftete.

Betty runzelte die Stirn. „Du musst essen", befahl sie streng. „Essen!" Sie hielt Anna den Napf unter die Nase.

Um die Alte zu besänftigen, probierte Anna einen Löffel voll. Zu ihrer Überraschung stellte sie fest, dass die Suppe überaus schmackhaft war. Noch einmal führte sie den Löffel zum Mund und erkannte auf einmal, wie hungrig sie war. Fragend sah sie die alte Frau an und wiederholte langsam und betont: „Essen." Es war ihr erstes englisches Wort.

„Ganz recht." Betty nickte grinsend und offenbarte dabei, dass ihr nur noch ein einziger schwarzer Zahn einsam aus dem Oberkiefer ragte. „Gut?", fragte sie, als Anna weiteraß.

Die junge Frau rang sich ein schüchternes Lächeln ab. „Gut", wiederholte sie bestätigend.

Zufrieden nickte Betty erneut. „So ist es recht, Mädchen. Du musst essen, um bei Kräften zu bleiben." Erst dann schöpfte sie sich selbst Suppe aus dem Kessel in einen zweiten Napf und setzte sich neben Anna, um geräuschvoll zu schlürfen.

Nach dem Mahl bedeutete Betty ihrer jungen Besucherin, dass sie selbst weiter bei dem Kranken wachen würde. Sie zeigte auf Anna und machte dann die Geste für schlafen. „Da oben", erklärte sie und wies zu der Leiter. „Dort liegt jede Menge Stroh. Du wirst es weich haben."

Anna verbiss sich eine abwehrende Bemerkung. Obwohl sie einen misstrauischen Blick auf das Huhn warf, das immer noch oben auf dem Heuboden thronte, beschloss sie, dass es einfacher war, der alten Frau zu gehorchen. Nach einer Weile konnte sie immer noch wieder hinunterklettern und behaupten, sie hätte keinen Schlaf gefunden.

Also stieg sie die Leiter hinauf, wickelte sich in ihren Mantel und legte sich ins Stroh. Dabei verbot sie sich jeden

Gedanken daran, was alles hier oben herumkrabbeln und -kreuchen mochte.

Als sie die Lider wieder aufschlug, schien bereits helles Tageslicht in die Hütte. Die Tür stand offen, und Betty hatte bereits das Feuer geschürt und den Kessel aufgesetzt.

„Soso, bist du also doch noch aufgewacht“, bemerkte sie, als Anna die Leiter heruntergeklettert kam, und zeigte grinsend wieder ihren Zahn. Mit dem Kinn wies sie auf Jan. „Er hat es geschafft. Das Schlimmste hat er überstanden.“

Voller Schuldgefühle, weil sie geschlafen hatte, statt bei Jan zu wachen, trat Anna an das Lager. Zu ihrer Besorgnis sah sie, dass sein Gesicht nun nicht mehr gerötet, sondern aschfahl aussah. Er hatte dunkle Ringe unter den Augen, und die Haare klebten feucht auf seiner Stirn. Aber das Fieber war verschwunden, und er atmete gleichmäßig. Ein neues, halbwegs sauberes Stück Stoff bedeckte die verletzte Hand.

In der Zwischenzeit hatte die alte Frau Brot und Käse auf den Tisch gelegt. „Komm her, und iss etwas. Dein Bursche wird noch ein paar Stunden schlafen.“ Um Anna zu verdeutlichen, was sie meinte, legte sie das Gesicht auf die gefalteten Hände und schloss die Lider.

Diese schaute wieder zu Jan. „Schlafen?“, wiederholte sie und machte die Geste der Alten nach.

„Ganz recht. Schlafen.“ Betty nickte. „Es wird ihm mehr als alles andere helfen zu genesen.“

Tief in Gedanken verzehrte Anna ein Stück Brot und etwas Käse. Sie erinnerte sich an die großen, stattlichen Häuser, die sie am Vortag auf ihrer Wanderung durch Harwich gesehen hatten. Also sahen nicht alle Behausungen in England so aus wie diese Hütte. Möglicherweise konnte sie in diesem Land eine behagliche neue Heimat finden. Aber dazu musste sie die Sprache lernen. Drei Wörter kannte sie schon: „essen“, „gut“ und „schlafen“. Im Kopf wiederholte sie die fremdartigen Laute noch ein paarmal. Sie sah ihre Gastgeberin fragend an und deutete auf das kärgliche Mahl vor sich auf dem Tisch.

„Brot", sagte die Alte. „Käse."

„Brot", ahmte Anna sie nach und hielt den Kanten hoch. „Käse."

Als Betty sah, dass die junge Frau begierig war zu lernen, zeigte sie nacheinander auf die wenigen Gegenstände in der Hütte und nannte die entsprechenden Begriffe. „Tür." „Tisch." „Stuhl." „Feuer." „Becher." „Krug."

Von Zeit zu Zeit warf eine der Frauen einen Blick zu Jan hinüber, aber er schlief ruhig.

„Mann", erklärte Betty und wies auf ihn. Dann deutete sie auf sich selbst und Anna. „Frau."

Anna wiederholte die Wörter eifrig. Dann zeigte sie selbst auf die Dinge und benannte sie richtig.

„Du lernst rasch", staunte die alte Betty. „Bald wirst du die Sprache können."

Hoffnungsvoll fragte Anna: „Gut?"

„Sehr gut", bestätigte Betty und lächelte.

Der halbe Nachmittag war verstrichen, als Jan endlich erwachte, ein merkwürdig benommenes Gefühl im Kopf. Verwirrt sah er sich in der winzigen Hütte um und flüsterte: „Anna? Anna, wo bist du?"

Sofort eilte sie an seine Seite. „Hier bin ich, Jan. Bei dir."

„Wo sind wir? Was ist das für ein Ort?" Er klang aufgeregt.

Anna nahm seine unverletzte Hand und hielt sie in ihrer, während sie ihm berichtete, was geschehen war. Dabei versuchte sie, ihrer Stimme einen sanften, beruhigenden Tonfall zu verleihen. „Du bist von einer Schlange gebissen worden. Eine freundliche alte Frau hat uns aufgenommen und dir mit ihren Heiltränken das Leben gerettet. Du wärst sonst gestorben, das weiß ich sicher."

Schweigend versuchte er, ihre Worte zu verstehen. „An die Schlange erinnere ich mich." Wieder sagte er eine Weile nichts, dann flüsterte er: „Ich bin durstig, Anna."

Seine Geliebte wandte sich an die alte Frau. „Trinken?", fragte sie auf Englisch.

Erfreut lächelte die Greisin, offenbar zufrieden mit ihrer Schülerin. „Ja, das denke ich mir, dass er Durst hat." Sie reichte Anna einen Becher. „Gib ihm etwas von dem Holunderblütensaft. Alles andere ist noch zu stark für ihn."

Anna hob seinen Kopf an, damit er von der süßen Flüssigkeit trinken konnte. „Ah", seufzte Jan und ließ sich wieder zurücksinken. „Das war gut."

Lächelnd gab Anna der Kräuterfrau den Becher zurück. „Sehr gut."

Auch Betty kam an das Krankenlager und musterte Jan prüfend, legte ihm eine Hand auf die Stirn und untersuchte seine Verletzung. Endlich nickte sie befriedigt. „Er wird wieder gesund. Nun braucht er vor allem Ruhe."

Den Großteil der nächsten paar Tage verbrachte Anna damit, neben der alten Betty vor der Hütte zu sitzen, während Jan im Innern schlief. So gut es ging, erklärte sie der alten Frau mit Hilfe von Gebärden und in den Sand gezeichneten Bildern, wo sie herkamen und dass sie nach Colchester wollten.

„Colchester?" Bedauernd schüttelte Betty den Kopf. „Dort bin ich nie gewesen. Das ist weit, weit weg, soweit ich weiß." Mit dem Kinn wies sie auf Jan, der inzwischen weit genug genesen war, um gelegentlich auf einem Stuhl am Feuer zu sitzen. „Dieser junge Bursche wird noch eine ganze Weile nirgends hingehen. Dafür ist er zu schwach."

„Er ist stark", widersprach Anna. „Er wird … bald …

besser.“ Obwohl sie noch Fehler machte, war es erstaunlich, wie viel von der fremden Sprache sie sich in den paar Tagen bereits angeeignet hatte.

„Ist er dein Mann? Bist du seine Ehefrau?“, erkundigte sich Betty mit einem Blick von der Seite.

Verständnislos fragte Anna zurück: „Ehefrau?“

Betty deutete auf ihren Ringfinger. „Seid ihr verheiratet?“

Errötend schüttelte Anna den Kopf. „Wir brauchen ... ein Prediger ... er soll ...“ Weil ihr die Worte fehlten, gestikulierte sie hilflos mit den Armen.

„Ein Prediger soll euch trauen?“

Unsicher sah Anna sie an. „Dann bin ich ... Ehefrau?“

„Ja, dann bist du seine Ehefrau.“

Ein nettes junges Paar, dachte die alte Betty im Stillen. Sie hoffte von Herzen, dass die beiden ihr Glück finden würden. Doch dann überkam sie eines ihrer Gesichter, ihrer „Ahnungen“, wie sie sie nannte, und sie starrte Anna unverwandt an.

„Es wird sich nicht alles fügen, wie du es erwartest“, erklärte sie. „Zwar wird es dir wohlergehen, aber ...“ Sie unterbrach sich. Mitunter war es besser, nicht alles zu offenbaren, was sie in der Zukunft erkannte. „Es wird dir wohlergehen“, wiederholte sie stattdessen bestimmt. „Viel Geld.“

Freudig lächelte Anna sie an und bemerkte nicht, wie die alte Frau den Blick abwandte. „Geld heißt nicht immer auch Glück“, bemerkte sie düster. Sie nahm ihre Pfeife aus dem Mund, presste mit dem bloßen Daumen die Füllung hinunter und klemmte sich das Mundstück wieder zwischen die zahnlosen Kiefer.

Mehr sagte Betty nicht, obwohl Anna sie fragend ansah, da sie nur einen Teil von dem verstand, was die Kräuterfrau ihr sagen wollte.

Jan genas nur langsam. Doch mit der Zeit zeigten Bettys Kräuterkünste und ihre nahrhaften Suppen Wirkung, und er erholte sich zusehends. Um ihr die Freundlichkeit und Gastfreundschaft wenigstens ein bisschen zu vergelten, erbot er sich, ihr in dem kleinen Gärtchen zur Hand zu gehen. Anfangs konnte er nur für eine kurze Zeitspanne arbeiten, aber mit der Zeit kehrte seine Kraft zurück, und er grub und pflanzte immer länger. Zum Entzücken der alten Frau legte er ihr sogar ein verschlungenes Kräuterornament an.

Während er draußen beschäftigt war, kümmerte Anna sich um das Innere der Hütte. Aber obwohl sie mit Inbrunst fegte und schrubbte, waren ihre Bemühungen nur von geringem Erfolg gekrönt. Die Hühner hinterließen überall Federn und Schmutz, und der Rauch des Feuers überzog die frisch gesäuberten Töpfe und Tiegel gleich wieder mit einer rußigen Schicht. Wenn Anna sich gar über einem hölzernen Kübel hinter der Hütte wusch, sah ihr Betty fassungslos zu. „Du wirst dir noch den Tod holen, Kind", prophezeite sie düster.

Bald waren März und April ins Land gegangen. Der Mai überzog die Erde schon mit seinem Blütenkleid, als Jan sich endlich stark genug fühlte, um die Wanderung nach Colchester fortzusetzen. Stumm verfolgte Betty, wie die jungen Leute sich aufbruchsfertig machten. Das rührte Anna, weil sie dachte, die alte Frau wäre traurig über den bevorstehenden Abschied. Ein anderer Grund kam ihr nicht in den Sinn.

„Ihr dürft keiner Menschenseele erzählen, dass ihr bei der alten Betty gewohnt habt", ermahnte die Alte sie, als sie ihr schließlich Lebewohl sagten.

„Warum nicht? Wir wollen gern berichten, wie gut du bist", erwiderte Anna in ihrer langsamen, sorgfältigen Sprechweise. „Du hast Jan geheilt, ihn wieder gesund gemacht."

Doch Betty schüttelte den Kopf. „Sagt nichts. Niemandem.“

„Aber warum?“

„Die Leute glauben, ich sei eine Hexe, weil ich das zweite Gesicht habe.“ Die alte Frau lachte freudlos auf. „Nach Einbruch der Dunkelheit kommen sie her, um ihre Beschwerden behandeln zu lassen, aber bei Tageslicht verschreien sie mich als Hexe.“

„Hexe? Was heißt das ... Hexe?“, fragte Anna mit gerunzelter Stirn.

„Eine Hexe ist ...“ Betty machte eine wegwerfende Geste. „Ach was, es ist unwichtig. Ein schlechter Mensch. Böse.“

„Aber du bist kein schlechter Mensch! Du bist gut!“ Ungläubig sah Anna ihre Retterin an. „Ich denke nicht, du bist ... eine Hexe.“

„Dennoch darfst du niemandem erzählen, dass ihr hier wart“, beharrte Betty. „Sagt kein Wort darüber, dass ich einen Schlangenbiss behandelt habe. Nur wenige Menschen haben den Biss einer Viper überlebt. Wenn die Leute erfahren, dass ich Jan geheilt habe, werden sie glauben, dass ich Zauberkräfte besitze.“

„Aber ich habe gesehen ...“, wollte Anna einwenden.

Betty unterbrach sie. „Du hast gesehen, was du gesehen hast. Und dein Jan ist nun wieder gesund. Also brauchst du nicht mehr darüber nachzudenken.“

Dankbar umarmte Anna die Alte. „Wir vergessen dich nicht, Betty. Niemals.“

„Fort mit euch, und zwar schnell“, antwortete die Kräuterfrau mürrisch, wandte sich ab und tat so, als suchte sie ihre Pfeife. Dabei wollte sie nur verhindern, dass das glückliche junge Paar die Tränen sah, die ihr in die Augen gestiegen waren. Zu lange war es her, dass sie eine freundliche Umarmung gespürt hatte.

Jan und Anna brachen in Richtung Colchester auf. In ihre Bündel hatte Betty ihnen etwas Brot und Käse geschnürt, dazu eine irdene Flasche mit Holunderblütenwasser.

„Und passt auf, wenn ihr euch das nächste Mal in der Sonne an die Böschung setzt!“, rief die alte Kräuterfrau ihnen noch hinterher, bevor sie in ihrer winzigen Hütte verschwand.

Den ganzen Tag wanderten die beiden. Der Weg führte sie durch kleine Dörfer, an Bächen entlang und zwischen Feldern hindurch. Endlich, am späten Nachmittag, sahen sie in der Ferne Kirchtürme, Dächer und Windmühlen, überragt von einer Burg. Das musste Colchester sein.

Eine ganze Weile schien die Stadt nicht näher kommen zu wollen, aber irgendwann erkannten sie bunte Flecken auf den grünen Hängen unterhalb der Burg.

„Wir sind am richtigen Ort“, erklärte Jan glücklich. „Man hat mir gesagt, dass hier Tuche gefertigt werden. Sieh, da drüben sind die Felder, auf denen das Tuch auf Spannrahmen getrocknet wird, damit es die Form behält. Genau wie zu Hause in Flandern!“

Obwohl sie vom langen Wandern bereits erschöpft waren, verlieh ihnen die Nähe des Ziels neue Kräfte, und sie beschleunigten ihre Schritte. Allmählich wurde die Straße breiter, aber wegen der zahlreicher werdenden Reiter und Pferdekarren auch morastiger. Immer mehr Fußgänger gingen jetzt mit Jan und Anna auf der Straße in Richtung Stadt.

Bald erreichten sie den Fluss, an dessen Ufer Frachtkähne lagen. Nachdem sie die Brücke überquert hatten, führte der Weg leicht bergauf zur Hauptstraße der Stadt.

Ängstlich umklammerte Anna ihr Bündel. Sie hielt sich dicht bei Jan, um nicht in den immer dichter werdenden Menschenmassen von ihm fortgedrängt zu werden.

„Hast du den Brief noch, den dir der Prediger auf dem

Schiff gegeben hat?“, fragte sie. Vor lauter Aufregung war ihre Stimme kaum mehr als ein Flüstern.

Jan klopfte sein Wams ab. „Oh nein – du lieber Himmel!“, rief er. „Er ist nicht mehr da. Vermutlich ist er herausgefallen, als ich krank war, und später habe ich keinen Gedanken mehr darauf verwendet.“

„Ach Jan, was sollen wir nur tun?“, klagte Anna.

Beruhigend legte er einen Arm um sie. „Sorge dich nicht. Wir werden auch ohne die Empfehlung zurechtkommen, meine Liebste.“

Beim Weitergehen spürte Anna weiterhin Jans Arm um sich, und die Berührung tat ihr wohl. Dennoch fühlte sie ihre Furcht ansteigen, je weiter sie den Hügel, auf dem die Stadt lag, hinaufstiegen. Um sie herum herrschte die Geschäftigkeit des Markttreibens kurz vor dem Abbau. Hausfrauen gingen von Stand zu Stand und feilschten um die besten Preise, während die Bauern und Händler, die ihre Waren feilboten, versuchten, einander mit Angeboten zu überschreien. Niemand von ihnen wollte mit welkem Gemüse, unverkauften Eiern oder trockenem Brot nach Hause zurückkehren.

Dicht an dicht drängten sich die Leute, und mehr als einmal wurde Anna grob mit einer Schulter beiseitegeschoben oder bekam einen Ellenbogen in die Rippen. Wer noch Einkäufe zu erledigen hatte, musste sich recken, um herauszufinden, welcher Marktstand die beste Ware bot.

Zwischen den Ständen boten Jongleure, Akrobaten und Feuerschlucker ihre Künste dar. Doch jetzt, gegen Ende des Tages, machten sie immer häufiger Pause, um mit schäbigen Hüten von den Umstehenden Münzen einzusammeln. Keiner von ihnen wollte offenbar weichen, solange noch ein Farthing zu verdienen war. In einer Ecke versuchte ein Mann mit schrillen Flötentönen, einen räudig aussehenden Bären an einer Kette zum Tanzen zu bringen.

Anna und Jan drängten sich durch die Menschenmassen, bis sie die Kirche in der Mitte des Marktplatzes erreicht hatten. Hier hielten sie erschöpft inne und sahen sich, an die Kirchenmauer gelehnt, um.

„Ich hätte mir nicht träumen lassen, dass es hier so ... voll ist", murmelte Anna, den Tränen nahe. „Wie sollen wir in diesem Gewühl jemals eine freundliche Seele finden, die uns sagen kann, wo wir den Prediger finden? Ohne den Brief wissen wir noch nicht einmal seinen Namen! Ach Jan, was sollen wir nur anfangen?"

4. KAPITEL

Jan zog Anna tröstend an sich. „Keine Sorge, Liebste. Ich habe bereits etliche unserer Landsleute hier gesehen. Sie werden uns helfen."

Verständnislos sah Anna ihn an. „Aber woher willst du das denn wissen? Bei diesen vielen Menschen ..."

„Sieh nur, da drüben, den Mann mit dem hohen Hut! Seine Kleidung ist flämisch: dunkel, schlicht und mit schmaler Halskrause, wie sie sonst niemand hier trägt. Und die Frau neben ihm mit dem grauen Kleid und der weißen Schürze trägt eine Haube mit langen Bändern, genau wie du sie hast."

„Aber auch andere Leute sind dunkel und schlicht gekleidet", wandte Anna ein. „Und auch ähnliche Hauben gibt es viele."

„Ähnliche ja, aber nicht die gleichen. Sieh genau hin: Die Frauen tragen das Haar nicht so streng gescheitelt und geflochten wie du und die Begleiterin dieses Mannes. Nein, diese beiden sehen anders aus. Außerdem halten sie sich etwas abseits von den anderen Leuten. Wie auch immer, wir werden es herausfinden. Ich spreche mit ihnen. Warte hier."

„Nein! Ich möchte hier nicht allein zurückbleiben. Lass mich mit dir kommen." Anna umklammerte seine Hand und folgte ihm.

„Verzeihung, Mijnheer, könnt Ihr mir sagen, wie wir zum Haus des Predigers finden?", fragte Jan höflich, als sie das Paar erreichten.

„Aber natürlich", antwortete der Mann freundlich auf Flämisch. „Er wohnt in der Stockwell Street, der Straße, die an der Moot Hall vorbeiführt. Es ist das vierte Haus rechter Hand. Ihr könnt es gar nicht verfehlen, denn es hat schwarze Fensterläden."

Dankend neigte Jan den Kopf. „Ich danke Euch, Mijnheer. Ihr habt uns einen sehr freundlichen Dienst erwiesen." Damit wandte er sich zum Gehen.

„Wartet!", hielt ihn der Mann zurück. „Seid Ihr Neuankömmlinge in dieser Stadt?"

„Ja, wir kommen aus einem kleinen flandrischen Ort in der Nähe von Ypern."

„Ach ja, Ypern", murmelte der andere und nickte. „Ich erinnere mich an die Stadt, die ich in meiner Jugend gesehen habe. Dann wünsche ich Euch Gottes Wohlgefallen und Eurer Gattin natürlich auch."

„Danke, Mijnheer."

Gerade wollten Anna und Jan gehen, als die flämische Frau Anna am Arm berührte. „Ihr werdet Mut und Stärke brauchen", sagte sie. „An diesem Ort ist es nicht immer leicht für unseresgleichen ..."

„Sophia!", ermahnte ihr Mann sie scharf.

Die Frau biss sich auf die Lippe, bevor sie lächelte. „Zweifellos sehen wir Euch in der Kirche. Die Gemeinde der Fremden, zu der wir zählen, feiert die Gottesdienste dort drüben in All Saints." Sie deutete auf eine Kirche aus Bruchstein am Ende einer kleinen Straße.

Zum Zeichen, dass sie verstanden hatte, nickte Anna. „Danke, Mevrouw."

Erneut drängten sie sich zwischen den vielen Menschen hindurch, um in die Richtung zu gehen, die der Landsmann ihnen gewiesen hatte.

„Siehst du? Ich habe doch gesagt, dass es Landsleute sein müssen", bemerkte Jan. „Man erkennt es an der Kleidung."

„Ja, du hast recht. Seitdem du mich darauf aufmerksam gemacht hast, habe ich noch etliche andere gesehen. Was wohl die Frau damit meinte, dass es hier nicht immer leicht ist für unseresgleichen?"

„Das werden wir schon noch herausfinden", entgegnete Jan leichthin. Inzwischen waren sie in der beschriebenen Straße angekommen. „Aha, das muss das Haus des Predigers sein."

Schutzsuchend hängte Anna sich bei Jan ein, als er an die Tür klopfte. Eine Magd öffnete ihnen, und nachdem sie ihr Begehr vorgebracht hatten, führte sie die beiden in ein Zimmer mit dunkler Holzvertäfelung, um dort zu warten. Über dem Kamin hing ein großes Gemälde, das die Kreuzigungsszene in allen grausamen Einzelheiten darstellte. Sie waren so in die Betrachtung des Bilds versunken, dass sie erst durch ein Räuspern hinter ihnen merkten, dass sie nicht mehr allein waren.

„Guten Tag. Wie kann ich Euch zu Diensten sein?"

Als Anna und Jan sich umdrehten, sahen sie einen beleibten Mann mittleren Alters mit einem grauen Bart, dessen Haar sich bereits lichtete. Abgesehen von der weißen Halskrause, die ihn als Pfarrer auswies, und goldenen Schuhschnallen war er von Kopf bis Fuß schwarz gekleidet. Nachdem sie einen Gruß gestammelt hatten, stellte er sich als Tobias Terhuysen vor. Aufmerksam ließ er den Blick zwischen seinen beiden Besuchern hin- und herschweifen.

„Ich wäre Euch dankbar, wenn Ihr Euch kurzfassen könntet. Ich bin ein viel beschäftigter Mann."

Nach einem Räuspern fasste Jan sich ein Herz und erzählte ihre Geschichte, angefangen von der Begegnung mit dem Prediger auf dem Schiff bis zu ihrer Ankunft in Colchester. Nur den Schlangenbiss und den erzwungenen Aufenthalt bei der alten Betty ließ er aus.

Mijnheer Terhuysen schüttelte den Kopf. „Ich kenne keinen Prediger, auf den Eure Beschreibung passt", erklärte er. „Aber das spielt keine Rolle. Fahrt fort."

Am Ende fügte Jan sehr ernst hinzu: „Aber zunächst möchten wir heiraten."

Während Jans Bericht hatte der Prediger beinahe die ganze Zeit Anna gemustert, doch nun wandte er sich wieder ihm zu. „Habt Ihr denn genügend Geld, um eine Ehefrau zu ernähren?“ Sein Tonfall verriet, dass er daran zweifelte.

Stolz hob Jan den Kopf. „Ich bin Gärtner, und zwar ein sehr guter. Sobald ich Arbeit gefunden habe, kann ich für uns beide aufkommen.“

„Das ist ja alles schön und gut. Aber wenn Ihr jetzt heiratet und doch nicht so leicht einen Erwerb auftreiben könnt? Dann seht Ihr Euch womöglich sehr bald in der Pflicht, nicht nur zwei hungrige Mäuler zu stopfen, sondern drei!“ Beim Sprechen hob Mijnheer Terhuysen streng den Zeigefinger. Ohne auf Antwort zu warten, fuhr er fort: „Nein, ich kann Euer Begehr unmöglich erfüllen. Solange Ihr kein Dach über dem Kopf Euer Eigen nennt und genug verdient, um Eurer Gattin ein Einkommen zu bieten, könnt Ihr nicht heiraten. Würde ich es Euch erlauben, würde ich meine Fürsorgepflicht verletzen.“

Enttäuschung malte sich in Annas Züge, aber Jan gab sich noch nicht so schnell geschlagen. Stur erwiderte er: „Gut, Mijnheer. Dann seid so gut und verratet mir, wo ich in dieser Stadt schnell Arbeit finden kann, um Geld für eine baldige Hochzeit beiseitezulegen.“

Nachdenklich strich der Prediger sich über den Bart. „Soweit ich weiß, braucht der Färber Lukas Hoofd einen Gehilfen ...“

„Aber wie ich Euch schon sagte: Ich bin Gärtner!“

Ein kalter Blick aus grauen Augen traf Jan. „Ihr wollt doch Arbeit finden, guter Mann, nicht wahr? Nun, ich sage Euch, wer Euch welche geben kann. Erst letzte Woche hatte der Gehilfe von Lukas Hoofd einen Unfall. Ich habe ihn heute Morgen beerdigt. Nun ist die Stelle offen.“

Darauf ließ Jan mutlos die Schultern sinken. „Also gut,

Mijnheer. Dann gehe ich zu dem Färber und bitte ihn um Arbeit."

„Aber Jan!" Anna ergriff seine Hand. Entsetzen stand überdeutlich in ihren Zügen geschrieben. „Dieser Mann ... er ist gestorben! Was wird, wenn du ..."

Beruhigend tätschelte ihr der Geliebte den Arm. „Sei frohen Mutes, Anna, ich passe schon auf mich auf." Mit gesenkter Stimme setzte er hinzu: „Und es ist ja nicht für lange. Sobald ich mich ein bisschen in dieser Stadt auskenne, finde ich schon etwas Besseres."

„Aber was wird aus mir?", rief sie aus. „Wo soll ich hingehen?"

Mit einer einladenden Gebärde hob Mijnheer Terhuysen die Arme. Ein dünnes Lächeln erschien auf seinen Lippen. „Ihr könnt in diesem Haushalt bleiben, wenn Ihr wollt."

„Das ist sehr freundlich von Euch", murmelte Anna. „Aber ich besitze kaum Geld. Ich kann Euch Eure Gastfreundschaft nicht vergelten."

„Meine Frau ist schwach. Sie erwartet in den nächsten Wochen ein Kind und verbringt die meiste Zeit im Bett. Daher können wir ein weiteres Paar zupackende Hände nur zu gut gebrauchen. Unsere Magd Maria hat mehr als genug zu tun. Ihr könnt ihr helfen."

Strahlend nahm Jan Annas Hände. „Wenn ich nur weiß, dass du eine sichere Bleibe hast, ertrage ich alles, meine Liebste. Und ich verspreche dir, dass es nicht lange dauern wird, bis wir einander endlich auch vor Gott angehören."

Obwohl sich alles in Anna dagegen sträubte, von Jan getrennt zu werden, erkannte sie, dass es keine andere Möglichkeit gab, als das freundliche Angebot des Predigers anzunehmen. Sie lächelte Jan an. „Wenn du sogar die schwere Arbeit eines Färbergehilfen auf dich nimmst, dann werde ich es wohl ertragen, für ein paar Wochen hierzubleiben und im

Haushalt zu helfen."

Hastig sah sie sich nach Mijnheer Terhuysen um, der am Schreibpult stand und ein paar Zeilen zu Papier brachte. Dann stellte sie sich auf die Zehenspitzen und drückte Jan einen schnellen Kuss auf die Lippen. „Ich werde Tag und Nacht auf dich warten, mein Liebster", flüsterte sie.

„Nehmt dieses Schreiben mit zu Lukas Hoofd, damit er weiß, dass ich Euch schicke", erklärte der Prediger, als er Jan das Blatt Papier überreichte. „Sein Haus ist nicht schwer zu finden. Geht einfach diese Straße hinunter, vorbei am Brunnen, bis Ihr den Fluss seht. Dort wendet Ihr Euch nach links. Ihr könnt den Ort nicht verfehlen."

Als Anna hörte, wie sich die Tür hinter Jan schloss, fühlte sie sich einsamer als jemals zuvor in ihrem Leben.

Doch schon im nächsten Moment trat Mijnheer Terhuysen mit einem Lächeln auf sie zu. „Nun gut, meine Liebe. Folgt mir. Ich stelle Euch meiner Familie vor."

Da er die Rechte ausstreckte, fühlte Anna sich gezwungen, sie zu ergreifen. Doch seine schweißfeuchte Handfläche flößte ihr Widerwillen ein.

Als Erstes führte der Prediger Anna nach hinten in einen großen Raum. Sicherlich handelte es sich um das Zimmer, das Besuchern den Wohlstand des Besitzers zeigen sollte. Denn die Wände bedeckten Tapisserien mit Szenen aus dem Alten Testament. Vor dem Fenster stand ein langer Tisch mit Bänken zu beiden Seiten und je einem geschnitzten Stuhl am Kopf- und Fußende. Offenbar nahm hier die Familie ihre Mahlzeiten ein.

Doch das Auffälligste war ein großes Bett auf einer Art Podest am anderen Ende des Raums, das alle Blicke auf sich zog. Mit seinen hellblauen Seidenbehängen, die von seidenen Kordeln gerafft wurden, musste es das kostbarste Möbelstück im Haus sein. Zu Annas Überraschung lag darin, inmitten von Kissen und Decken, die hochschwangere Hausherrin. Sie trug ein besticktes gelbes Nachtgewand, und ihr Haar fiel in zwei nachlässig geflochtenen Zöpfen unter einer schief sitzenden Haube hervor. Müßig zerkrümelte sie süßes Gebäck zwischen den Fingern.

Mijnheer Terhuysen ging nachsichtig lächelnd auf sie zu und küsste sie auf die Stirn, bevor er Anna vorstellte. „Ich bringe dir jemanden, der dir das Leben ein bisschen erleichtern kann, Geertruida. Das ist Anna, soeben aus unserer alten Heimat hier in England eingetroffen."

Wortlos steckte sich Geertruida ein Stück Kuchen in den Mund, während sie den Neuankömmling anstarrte. Anna wurde auf einmal peinlich bewusst, wie fleckig ihr Rock nach der Reise und dem Aufenthalt in Bettys Hütte war. Immerhin hatte sie vor ihrer Ankunft in der Stadt noch schnell weiße Ärmelaufschläge und einen gestärkten Kragen sowie eine frische weiße Schürze und Haube aus ihrem Bündel gekramt und angelegt.

Doch Geertruida schien ohnehin nichts von alledem wahrzunehmen, sondern bemerkte stirnrunzelnd zu ihrem Mann: „Sie wirkt so dünn, Tobias. Ich kann nur hoffen, dass sie wenigstens kräftig ist."

Sie musterte Anna von Kopf bis Fuß, bevor sie sagte: „Hilf mir, mich aufzusetzen, Mädchen. Mich schmerzt jedes Glied am Körper, weil ich hier den ganzen Tag herumliege, ohne dass jemand kommt und mir hilft, mich umzubetten."

Mijnheer Terhuysen trat beiseite, sodass Anna der Aufforderung seiner Frau nachkommen konnte. Anna musste all ihre Kräfte zusammennehmen, um Geertruida in so etwas wie eine sitzende Position zu hieven. Sicherlich wäre die Hausherrin auch ohne die deutlich sichtbaren Anzeichen ihres gesegneten Standes nicht gerade schmächtig gewesen.

Endlich fragte Anna außer Atem: „Ist es besser so, Mevrouw?"

„Zumindest für eine kleine Weile." Ermattet lehnte sich Geertruida in die Kissen zurück, die Anna ihr in den Rücken gestopft hatte, und schloss die Augen. „Mein lieber Gemahl, ich weiß wirklich nicht, weshalb du mich immer noch ständig mit unwichtigen Haushaltsdingen belästigst. Bring sie in die Küche. Soll sich Maria um sie kümmern. Glaubst du nicht, dass ich auch so genügend Sorgen habe?" Mit einem lauten Seufzer griff sie wieder nach dem süßen Gebäck.

„Also gut, meine Liebe." Der Prediger verabschiedete sich mit einem Kuss und brachte sie zum Kichern, als er so tat, als müsse er den Rüschenbesatz am Ausschnitt des Nachtgewands zurechtnesteln. Dass er sie zur Zeugin eines so vertraulichen Augenblicks zwischen Eheleuten werden ließ, erstaunte Anna sehr.

Nachdem er sich wieder aufgerichtet hatte, folgte Anna ihm hinaus und in die Küche. In dem warmen Raum mit dem Steinfußboden duftete es nach frisch gebackenem Brot. Annas Blick glitt über den großen, sauber geschrubbten Tisch in der Mitte und die große offene Feuerstelle am einen Ende. Nebenan in der Spülküche, deren Fußboden mit Ziegeln gepflastert war, stand ein etwa zwölfjähriges Mädchen und putzte Gemüse.

„Das ist Anna. Sie soll dir bei allem zur Hand gehen, was du ihr zu tun gibst", erklärte Mijnheer Terhuysen der rundlichen Frau mittleren Alters, die am Küchentisch gerade ein Kaninchen ausnahm. Dann wandte er sich an Anna: „Maria wird sich um dich kümmern. Sieh zu, dass du tust, was sie dir sagt." Im nächsten Augenblick war er schon gegangen – noch bevor Anna sich von ihrem Erstaunen darüber erholt hatte, dass er bereits wie mit einer Dienstmagd mit ihr sprach.

Aus der Spülküche erklang ein Klirren, als das Messer

zu Boden fiel und das Mädchen, das eben noch Gemüse geputzt hatte, herausgestürmt kam. Im Laufen band es sich die Schürze ab.

„Das ist gut“, rief es. „Jetzt kann *sie* dir helfen. Ich gehe wieder nach oben zu meinen Geschwistern.“

Ohne die Antwort abzuwarten, warf die Zwölfjährige die Schürze hin und eilte hinaus. Draußen hörte man sie die Treppe hinaufpoltern.

„Das ist Helkyn“, erklärte Maria seufzend. „Ein ungezogenes Kind, und dazu noch faul.“ Sie wies mit dem Kopf in Richtung Spülküche. „Nun ja, dann musst du eben das Gemüse fertig putzen. Ich warte darauf.“ Sie musterte Anna und wischte sich mit dem Unterarm eine lose Strähne aus der Stirn. „Also hat er endlich nachgegeben“, bemerkte sie spöttisch.

„Was meinst du damit?“, erwiderte Anna verständnislos.

„Wieder und wieder habe ich ihm gesagt, dass zwei Hände allein die Arbeit im Haushalt nicht bewältigen können. Aber er hat immer nur geantwortet, dass die Herrin ihre Pflichten schon wieder übernehmen wird, sobald das Kind geboren ist. Pah!“ Mit Wucht warf sie das Fell, das sie dem Kaninchen über die Ohren gezogen hatte, in den Eimer unter dem Tisch. „Sobald sie das Wochenbett überstanden hat, wird sie sich schon wieder in gesegneten Umständen befinden. Dafür wird er schon sorgen. So geht es die ganze Zeit.“

Sie wischte die blutigen Hände an einem nicht minder blutbefleckten Tuch ab. „Mach schon, Mädchen. Sieh zu, dass du die Möhren schneidest. Wenn du schon hier bist, solltest du dich lieber schnell an die Arbeit gewöhnen.“

Erst viel später konnte Anna der Magd erklären, dass sie nicht als Dienstbotin eingestellt worden war, sondern dass der Prediger angeboten hatte, sie vorübergehend bei sich aufzunehmen, wenn sie sich dafür im Haushalt nützlich machte.

„Es ist nur, bis Jan genügend Geld zusammengespart hat, damit wir heiraten können", schloss sie ihren Bericht.

Mit vom Küchenfeuer geröteten Wangen nickte Maria. „Das hat er dir also erzählt, ja?", bemerkte sie bloß trocken, und Anna wusste ihren Gesichtsausdruck nicht zu deuten. „Nun, nun, das bleibt abzuwarten. Aber ich warne dich gleich: ‚Sich ein bisschen nützlich machen' und die Arbeit einer Dienstmagd tun bedeuten in diesem Haushalt ein und dasselbe."

„Ich komme schon zurecht", behauptete Anna heiter. „Und es ist ja nicht für lange."

Sowohl das eine als auch das andere sollte sich als vorschnelle Behauptung erweisen. Zu Hause hatte Anna ihrer Mutter stets zur Hand gehen müssen und fürchtete sich daher nicht vor Arbeit. Aber noch nie war sie so geschunden worden wie im Haushalt des Predigers. Jeden Tag mussten die Steinfußböden geschrubbt werden, und das gehörte genau wie das Fegen, Abstauben und Möbelpolieren in den oberen Zimmern zu Annas Pflichten.

Im Erdgeschoss, mit Fenstern zur Straße hin, lag Mijnheer Terhuysens Arbeitszimmer, daneben der Raum, in dem Geertruida tagein, tagaus im Bett lag. Die Kinder hatten ihre Schlafzimmer im oberen Stockwerk, aber es kam Anna so vor, als hielten sie sich dort nie auf. Stattdessen verbreiteten sie Lärm und Unordnung im ganzen Haus. Debora, das selbst noch junge Kindermädchen, hatte alle Hände voll damit zu tun, die ungezogene Horde einigermaßen im Zaum und bei Laune zu halten.

Doch Anna fand kaum jemals Zeit, mehr als ein Wort mit Debora zu wechseln. Dazu gab es einfach zu viel zu tun. Neben der Aufgabe, die Böden und Möbel reinlich zu halten, war ständig Wasser zu holen. Täglich mussten Zinngeschirr und die Töpfe geschrubbt werden, entweder mithilfe eines trockenen Büschels Zinnkraut oder mit Sand und Asche.

Es kam Anna so vor, als warteten immer schon neue Arbeiten auf sie, sobald sie eine beendet hatte: Kräuter pflücken, bündeln und zum Trocknen aufhängen, Gemüse putzen, Brot backen. Bei alledem entging Marias Adleraugen nicht der kleinste Augenblick des Müßiggangs.

Allerdings arbeitete Maria nicht weniger hart. Ihr fiel zusätzlich zu den Haushaltspflichten auch noch die Aufgabe zu, jeden Tag am frühen Morgen auf den Markt und zu den Läden der Metzger zu gehen, um die besten Früchte, das frischeste Gemüse, das preiswerteste Fleisch oder an den zwei Fastentagen der Woche Fisch zu ergattern. Das Einzige, worum sich Anna und Maria nicht kümmern mussten, war die Wäsche. Dafür kam einmal im Monat eine Waschfrau ins Haus.

Waren die Kleidungsstücke, Tücher und Laken allerdings getrocknet, nachdem die Waschfrau sie über Büsche im Garten gebreitet oder in der Spülküche aufgehängt hatte, fielen sie wieder in Annas und Marias Verantwortungsbereich. Die beiden Frauen mussten die Kleider der Kinder, die feine Leinenwäsche und die Betttücher bügeln und sie dann fein säuberlich in nach Lavendel duftende Truhen und Schränke legen.

Nach ihrem anstrengenden Tagewerk war Anna abends froh und dankbar, ihr Kastenbett unter dem Küchentisch hervorziehen und sich darauf ausstrecken zu können. Obwohl Maria in dem Alkoven neben der Feuerstelle laut schnarchte, schlief Anna meist sofort ein.

Sonntags ging sie zusammen mit Maria, Debora und sämtlichen Kindern in die Kirche, wo sie stundenlang auf harten Bänken saßen und zuhörten, wie Mijnheer Terhuysen von der Kanzel herab predigte. Er ermahnte seine Gemeinde, dass Gott schon vor Anbeginn der Zeiten die Menschen in Erlöste und Verdammte eingeteilt hätte und dass an diesem unergründlichen Ratschluss nicht zu rütteln sei. Der Stand der Gnade könne nicht erworben werden durch gute Werke oder Gottesfurcht, denn wer einmal zu den Verdammten gezählt sei, der sei durch nichts vor der Hölle zu retten. Jene aber, die ein gottesfürchtiges, arbeitsames Leben führten, nicht sündigten und dabei Wohlstand erwürben, denen glückte all dies sicherlich nur mit Gottes Hilfe. Das sei ein Zeichen dafür, dass sie zu den Erwählten gehörten.

Stundenlang erging der Prediger sich in düsteren Schreckensbildern, welche Qualen die Verdammten, zu denen die Sünder unter ihnen mit Sicherheit gehörten, in der Hölle erwarteten. War er endlich heiser und brachte seine Predigt zum Ende, gingen die Gemeindemitglieder nach Hause, durchdrungen von Furcht vor dem Herrn und der Angst, womöglich nicht zu den Seligen zu gehören. Doch lange währte ihre kleinlaute Stimmung nie, denn sie hatten diese Predigt bereits zu häufig gehört.

„Hmm“, machte Debora leise. Sie waren gerade vor die Kirchentür getreten, und die Kinder tobten zwischen den Grabsteinen umher. „Wenn man ihn so reden hört, möchte man meinen, dass er einer der Erwählten höchstpersönlich ist und nie eine Sünde begangen hat.“

„Was meinst du damit?“, wisperte Anna zurück.

„Das findest du schon noch selbst heraus, wenn du dich nicht vorsiehst.“ Deboras Stimme hatte einen warnenden Unterton angenommen. „Gib acht, und geh ihm aus dem Weg. Lass dich bloß nicht von ihm allein auf einer Stiege oder in einem Gang erwischen, sonst hast du seine Hand unter dem Rock oder im Mieder, bevor du dich versiehst. Und wenn du nicht willfährig bist und dich beschwerst, setzt er dich im Handumdrehen auf die Straße. Ich bin nur noch in diesem Haus, weil ich mich nie darin bewege, ohne mindestens eines der Kinder am Rockzipfel hängen zu haben. Ich weiß, dass er seine Finger bei sich behält, solange die Kleinen dabei sind."

Sie gab ein verächtliches Geräusch von sich, das fast wie ein Schnauben klang. „Da kann er noch so lange predigen, dass es ein Zeichen der Gnade ist, die Zehn Gebote einzuhalten! Er selbst würde das siebte – ‚Du sollst nicht ehebrechen' – an jedem einzelnen Tag in der Woche brechen, wenn er nur könnte."

„Danke für die Warnung, ich werde mich vorsehen", versprach Anna. „Aber ich bleibe ohnehin nicht lange hier. Ich brauche nur übergangsweise ein Dach über dem Kopf, bis Jan und ich heiraten können." Dabei reckte sie sich, um über die Köpfe der anderen Kirchgänger hinwegsehen zu können. „Ich halte ständig Ausschau nach ihm, aber hier sind so viele Leute …"

„Sie kommen doch nur zum Gottesdienst, weil sie sonst eine Buße zahlen müssten", erklärte Debora verächtlich. „Niemand ist hier, um der Predigt zu lauschen."

„Ich wünschte nur, ich könnte mal wieder mit Jan sprechen …" Anna hatte ihr nur mit einem Ohr zugehört. „Seit er gegangen ist, um bei dem Färber Lukas Hoofd Arbeit zu suchen, habe ich ihn nicht mehr zu Gesicht bekommen."

Plötzlich sah sie eine hochgewachsene Gestalt, die ebenfalls die Menge absuchte. „Jan!" Aufgeregt winkte sie und lief auf ihn zu. Er drängte sich durch das Gewühl, um zu ihr zu gelangen.

„Wie ist es dir ergangen, meine Liebste? Bist du glücklich im Haus des Predigers?", erkundigte er sich unruhig und ergriff ihre Hände. Doch bevor sie antworten konnte, rief er erschrocken: „Was ist mit deinen Fingern passiert, Anna? So rau waren sie doch früher nie!"

„Nichts Schlimmes", versuchte sie ihn zu beruhigen. „Das liegt nur an der Seifenlauge, mit der ich die Böden schrubbe."

Verlegen wollte sie ihm die Hände entziehen.

„Schrubben? Du solltest keine Böden schrubben müssen, Anna." Entsetzt zog er ihre Finger an die Lippen. „Ich dachte, du bist ein Gast im Haus des Predigers!"

„Ich muss arbeiten, um meinen Unterhalt zu verdienen", erinnerte sie ihn.

„Ach, meine Liebste! Je früher ich das Geld zusammenhabe, um dich von dort fortzuholen, desto glücklicher werde ich sein."

„Desto glücklicher werden wir beide sein." Die Stimme drohte ihr zu brechen. „So habe ich mir unsere gemeinsame Zukunft nicht vorgestellt."

„Ich auch nicht, meine Geliebte", gestand er mit einem Seufzer. „Die ganze Zeit denke ich an dich."

„Mir geht es genauso, Jan. Aber wie ist es dir bisher bei dem Färber ergangen?"

Seine Miene verdüsterte sich. „Die Arbeit ist schwer und der Meister hart, aber ich schlage mich durch." Mit gesenkter Stimme erzählte er: „Weißt du noch, wie der Prediger sagte, der alte Färbergehilfe sei gestorben? Besagter Gehilfe war Lukas Hoofds zehnjähriger Sohn. Er wurde von seinem eigenen Vater so hart angetrieben, dass er vor Erschöpfung in einen Bottich mit siedender Färberlauge stürzte. Kannst du dir nun vorstellen, was für ein Mann Lukas Hoofd ist? Außerdem behält er für jede Kleinigkeit, die ich falsch mache, einen Teil meines Lohns ein. Und ständig zieht er über die Engländer her, was ich nicht verstehe. Schließlich ist er doch hierher ausgewandert, und sie haben ihn aufgenommen."

Gleich darauf sah Jan sich unruhig um. „Ich muss gehen, sonst zieht er mir für meine verspätete Rückkehr von der Kirche wieder einen Penny vom Lohn ab. Und ich bemühe mich doch nach Kräften, genug zu sparen, dass wir heiraten können! Aber mit einem so geizigen Meister bedeutet das harte Arbeit. Wie sehr ich mich nach dem Geruch von Erde und Pflanzen sehne!“ Mit einem letzten Kuss, den er Anna auf die Hände drückte, verschwand er.

Traurig kehrte Anna mit Debora, Maria und den Kindern ins Haus des Predigers zurück. Ihr Mut sank noch weiter, als sie die Haustür öffneten und Geertruidas klagende Stimme hörten, die nach jemandem rief, der ihr auf den Nachttopf half.

In der folgenden Woche kamen Anna Deboras warnende Worte vor dem Hausherrn wiederholt in den Sinn. Aber der Prediger, der in bescheidenem Schwarz, häufig die Hände vor dem rundlichen Leib gefaltet, durchs Haus wandelte, bot ein solches Bild frommer Tugend, dass Anna nicht glauben mochte, er könnte sündige Gelüste hegen.

Eines Tages jedoch fegte sie auf Knien die Treppe, als sie plötzlich ein Kitzeln an ihrem Fußgelenk spürte. In dem Glauben, es handele sich um einen Floh, schlug sie danach und drehte sich gleichzeitig um. Hinter ihr ging Mijnheer Terhuysen vorbei. Obwohl er sie keines Blickes würdigte, fragte sich Anna, ob er sie wohl berührt hatte … Schnell rief sie sich zur Ordnung. Ein solcher Gedanke wäre ihr sicherlich niemals in den Sinn gekommen, wenn Debora nicht ihr Misstrauen geweckt hätte.

Am nächsten Tag allerdings geschah dasselbe. Diesmal beherrschte Anna sich. Statt sich sofort umzudrehen, wartete sie ab, bis das Kitzeln ihren Schenkel erreichte, und fuhr dann herum. Wieder ging Mijnheer Terhuysen mit unschuldiger Miene an ihr vorbei, doch sie sah, wie er hastig die Hand zurückzog.

Als er lächelte, entblößte er gelbe Zähne. „Ich hoffe, Maria schindet dich nicht zu hart, meine Liebe“, bemerkte er, als wäre nichts geschehen.

Ohne ihn einer Antwort zu würdigen, setzte Anna ihre Arbeit fort. Insgeheim beschloss sie, sich in Zukunft stärker vor ihm in Acht zu nehmen. Was leichter gesagt als getan war, wie sie bald feststellten musste. Mijnheer Terhuysen bewegte sich lautlos, beinahe so heimlich wie ein Dieb, durchs Haus, und seine schwarze Kleidung machte es ihm leicht, mit den Schatten zu verschmelzen. Als sie sich eines Morgens reckte, um ein weit oben hängendes Bild abzustauben, bemerkte sie ihn erst, als er dicht hinter ihr stand und von hinten ihre Brüste umfasste.

„Vorsicht mit diesem Gemälde. Es ist sehr wertvoll", flüsterte er ihr ins Ohr. Bevor sie sich von ihrem Schrecken erholt hatte, war er schon verschwunden.

Nach diesem Vorfall wurde sie schreckhaft und furchtsam. Ständig blickte sie sich um, ob er ihr gefolgt war, nur um festzustellen, dass er ihr entgegenkam und sie im Vorbeigehen streifte. Häufig gelang es ihm, seine Hände wie zufällig zu ihrem Busen, ihren Schenkeln oder ihrem Ausschnitt wandern zu lassen. Doch sein tugendhafter Gesichtsausdruck strafte jeden Lügen, der ihm sündhafte Absicht unterstellen mochte. Anna wusste genau: Wenn sie sich die Übergriffe verbäte, würde er ihr vorwerfen, dass sie sich die Dinge bloß einbildete.

5. KAPITEL

Als Maria Anna eines Morgens bat, an ihrer Stelle zu den Metzgerläden zu gehen, freute diese sich. Zumindest während des Einkaufens durfte sie aufatmen und musste nicht den Prediger und seine unwillkommenen Aufmerksamkeiten fürchten.

„Es wird Zeit, dass du mit den Engländern umzugehen lernst“, meinte Maria und überreichte Anna den Einkaufskorb. „Mal sehen, ob ein hübsches Gesichtchen uns einen Vorteil verschafft. Die Metzger haben guten Hammel, aber ich erwische jedes Mal ein sehniges Stück Hals.“

„Ist es das, wonach du fragst?“, erkundigte sich Anna. „Nach Hals?“

„Nein, ich verlange immer Schulter, aber sie wollen mich einfach nicht verstehen, da kann ich schreien, wie ich will.“

„Vielleicht wäre es besser, wenn du es auf Englisch versuchen würdest“, schlug Anna vor.

„Ich kann kein Englisch und sehe auch keinen Sinn darin, diese unverständliche Sprache zu lernen.“ Maria blickte verstockt drein.

Froh über die Abwechslung nahm Anna den Korb und ging. Es war das erste Mal seit dem Gottesdienst am Sonntag, dass sie das Haus verließ, und sie hatte das Gefühl, dass ihr eine Last von den Schultern fiel. Im Heim des Predigers fand sie niemals Frieden: Vom Bett aus erteilte Geertruida von morgens bis abends Befehle, die Kinder schrien und tobten durchs Haus, und vor allem musste sie sich ständig davor hüten, sich nicht vom Hausherrn allein erwischen zu lassen. Das Leben dort war eine Qual.

Obwohl es noch früh am Morgen war, herrschte bereits reges Leben auf den Straßen. Pastetenverkäufer priesen ihre Ware an, Weber eilten mit großen Tuchballen auf der Schulter zur Bay Hall, um die Stoffe dort untersuchen und mit dem Gütesiegel der Stadt Colchester auszeichnen zu lassen. Gleichzeitig strömten Hausfrauen zu den Fleischerständen, um sich die zartesten Stücke zu sichern. Anna überholte einen Jungen, der einen Karren mit Schafvliesen schob – so hoch beladen, dass der Bursche nicht sehen konnte, was vor ihm auf der Straße geschah. So hätte er fast einen Wasserträger umgefahren, der das kostbare Nass eimerweise verkaufte. Er fand immer Abnehmer, die zu beschäftigt oder zu faul waren, es selbst vom Brunnen zu holen.

Zwar fand an diesem Tag kein Markt statt, aber trotzdem waren etliche rotgesichtige Bauern in die Stadt gekommen, um mit ihren Gemüsekarren von Tür zu Tür zu ziehen. Stämmige Bäuerinnen verkauften Eier. Mitten in dem Gewühl strichen Hunde umher, die sich gegenseitig von den Blutlachen vor den Metzgerständen fortjagten.

Vorsichtig, um ihren Rocksaum nicht zu beschmutzen, suchte Anna sich einen Weg zu dem Stand, dessen Waren am saubersten und appetitlichsten aussahen. Der Metzger zerlegte gerade ein halbes Schwein mit dem Beil, als sie herantrat. Sie lächelte ihn an.

„Guten Morgen", grüßte sie und probierte dabei ihr Englisch aus.

Der Mann sah erfreut aus. „Was kann ich für Euch tun, Mistress?", erkundigte er sich höflich.

„Hammel, bitte." So gut sie konnte, ahmte Anna das Wort nach, das sie von einer Hausfrau an einem anderen Stand gehört hatte. „Schönes Stück."

„Eine Keule?" Dabei hielt er das Fleisch hoch.

„Ja. Gut. Danke." Anna bezahlte die Keule und legte sie in ihren Korb.

Indem sie den Wünschen der anderen Kunden sorgfältig lauschte und das Gehörte nachsprach, gelang es Anna, an einem der Gemüsekarren Zwiebeln, Möhren und Kohl und von einer Bäuerin zusätzlich sechs Eier zu kaufen. Zufrieden mit ihren Einkäufen, kehrte sie zum Haus des Predigers zurück.

Maria rümpfte missbilligend die Nase, als sie den vollen Korb sah. „Ich hoffe nur, dass du nicht zu viel Geld verschwendet hast“, bemerkte sie.

Doch von dem Tag an fiel die Aufgabe, Fleisch und Gemüse einzukaufen, immer an Anna. Wofür diese sehr dankbar war, denn beim Zuhören und Nachsprechen konnte sie allmählich ihre Englischkenntnisse verbessern. Schließlich beherrschte sie die Sprache sogar gut genug, um mit den Händlern um die Preise zu feilschen.

Obwohl sie sich in Geduld übte und bemühte, das Beste aus ihrer Lage zu machen, fieberte sie die ganze Woche über dem Sonntag entgegen, weil sie nach jedem Gottesdienst ein paar Worte mit Jan wechseln konnte. Doch währte die Begegnung immer nur kurz, da Jan schnell zurück an die Arbeit eilen musste.

„Lukas Hoofd versäumt es zwar nie, sich in der Kirche sehen zu lassen, aber ansonsten betrachtet er den Sonntag wie jeden anderen Werktag“, erzählte Jan. „Allerdings müssen wir die verschwendete Zeit hereinholen, indem wir doppelt so hart arbeiten. Aber wie ergeht es dir, meine Liebste? Schinden sie dich sehr?“

Anna zog ein Gesicht. „Hier muss ich all die Dinge tun, für die wir zu Hause Bettris hatten.“ Doch dann lächelte sie. „Wenn ich jemals Bedienstete haben sollte, werde ich sie gut behandeln. Jetzt weiß ich, was es heißt, immer springen zu müssen, sobald jemand einen Befehl äußert.“

„Ach, meine Ärmste!“ Jan zog sie hinter den breiten Stamm einer Ulme und nahm sie in die Arme.

„Es geht schon, Jan, wirklich“, beteuerte Anna tapfer. „Außer …“

„Außer?“

„Außer dass ich Mijnheer Terhuysen nicht mag“, gab sie zu.

„Warum nicht? Ist er denn nicht freundlich zu dir? Ich dachte, er würde dich wie ein Mitglied der Familie behandeln.“ Die Besorgnis stand Jan im Gesicht geschrieben.

Trotzdem zögerte Anna. Sie konnte Jan nichts von den unwillkommenen Aufmerksamkeiten des Predigers erzählen, denn er war machtlos, etwas dagegen zu unternehmen. Und dieses Wissen würde ihn lediglich wütend machen. Also zuckte sie nur die Schultern. „Ach, es ist nur, dass er sich manchmal selbst nicht an das hält, was er von der Kanzel predigt.“

„Was meinst du damit?“

„Ach, nichts. Lass uns nicht unsere kostbare Zeit damit verschwenden, dass wir über ihn reden.“

„Du hast recht. Gleich muss ich schon wieder gehen, denn wenn ich nicht arbeite, bekomme ich kein Geld.“ Seufzend ließ er Anna los. „Obwohl ich weiß Gott auch dann nur einen ziemlich kärglichen Lohn erhalte, wenn ich schufte wie verrückt. Lukas Hoofd ist ein Geizkragen. Solange ich bei ihm arbeite, werde ich nie genug zur Seite legen können, um dich zu heiraten.“

Er nahm ihre Hand und drückte sie. Da sie inzwischen wieder auf den belebten Kirchhof getreten waren, konnte er ihr kein deutlicheres Zeichen seiner Zuneigung geben. „Und weil ich dich so schnell wie irgend möglich als meine Gattin heimführen will, werde ich keinen Tag länger als unbedingt nötig dort bleiben.“

Als er sie lächelnd ansah, las Anna in seinem Blick nichts als überwältigende Liebe für sie.

„Aber was willst du denn tun, Jan?“, fragte sie ängstlich. „Wo willst du bessere Arbeit finden?“

Nachdem er geprüft hatte, ob niemand sie beobachtete, schlang er ihr den Arm um die Taille und zog sie an sich. „Ich weiß es noch nicht, Anna, aber ich werde eine Lösung finden. Das verspreche ich dir."

Am nächsten Sonntag schien die heiße Junisonne auf die Kirchgänger nieder. Doch die flandrischen Einwanderer trugen trotzdem wie stets tiefes Schwarz. Die Gemeinde der Fremden, wie sie in Colchester hießen, hielt ihren Gottesdienst in der All-Saints-Kirche. Das Gebäude hatten die Stadtväter Colchesters ihr zur Verfügung gestellt, bis die Gemeinde sich ein eigenes Gotteshaus bauen konnte.

Mit diesem Abkommen war gewährleistet, dass die beiden Bevölkerungsgruppen friedlich nebeneinanderlebten. Denn obwohl Engländer wie Flamen sich als gute Christenmenschen bezeichneten, hingen die Einheimischen einer weitaus weniger strengen Glaubensrichtung an. Für sie stand die Nächstenliebe im Mittelpunkt, auch wenn sich diese Haltung nicht immer auch auf Fremde erstreckte. Die calvinistischen Einwanderer dagegen hielten an der Überzeugung fest, dass niemand sich durch Nächstenliebe oder gute Werke den Himmel verdienen konnte, der nicht von Anbeginn der Zeiten von Gott erwählt worden war. Gemeinsam war beiden Gemeinden lediglich, dass sie nicht zu viel mit der jeweils anderen zu tun haben wollten.

Obwohl auch die Engländer zum Kirchgang ihre besten Kleider anlegten, waren die Fremden nicht zu verkennen. Die Männer trugen hohe Filzhüte und den schwarzen Sonntagsstaat, dessen Strenge nur die weißen Halskrausen oder großen Leinenkragen etwas milderten.

Auch die Frauen waren schwarz gekleidet. Ein wenig Eitelkeit zeigte sich lediglich in dem makellosen Weiß der Ärmelaufschläge und Spitzenkragen und dem breiten Spitzenbesatz an den Schürzen, die sie über dem schwarzen Kleid trugen. Alle hielten Bibeln in der Hand, sogar die Kleinkinder, die wie Miniaturausgaben ihrer Eltern ausstaffiert waren.

Heute war es sogar im normalerweise kühlen Kircheninneren heiß und drückend. Einige der Frauen fächelten sich mit ihren Schürzen Luft zu, auch wenn sie sich bemühten, es unauffällig zu tun. Annas Aufmerksamkeit war wie gewöhnlich geteilt: Mit einem Auge behielt sie die Kinder im Auge, die wegen der Hitze noch unruhiger waren als sonst, und mit dem anderen versuchte sie, Jan in der Menge zu erspähen.

Ihr Herz tat einen kleinen Sprung, als sie ihn an seinem üblichen Platz hinter einer Säule entdeckte. Dort verbarg er sich gewöhnlich, weil er keine Sonntagskleidung besaß und seine Hose fleckig war von der Arbeit.

Anna kam es so vor, als unterdrücke er nur mühsam seine Aufregung. Als sich ihre Blicke begegneten, schenkte er ihr ein strahlendes Lächeln. Verwundert wandte Anna sich wieder der Kanzel zu und betete insgeheim, dass Mijnheer Terhuysen seine Predigt bald beendete. Sie wollte endlich herausfinden, was Jan für Neuigkeiten hatte.

Sobald der Gottesdienst vorüber war, eilte Anna aus der Kirche zu der Ulme, unter der sie sich gewöhnlich trafen.

„Ich habe es geschafft, Anna!“, rief Jan ihr übersprudelnd vor Freude entgegen. Er packte sie an den Händen und führte im Schutz des dicken Baumstamms einen kleinen Tanz mit ihr auf. „Ich kann wieder als Gärtner arbeiten!“

„Oh, wie wunderbar! Das sind gute Neuigkeiten.“ Anna erwiderte seine Umarmung und strahlte ihn an.

„Und dazu ist die Arbeit auch noch gut bezahlt.“ Ohne sich darum zu kümmern, ob jemand sie sah, ließ er den Arm um Annas Hüfte liegen. „Das heißt, dass ich bald genug sparen kann und wir heiraten können. Es wird nicht mehr lange dauern, das verspreche ich dir."

„Ach Jan, ich hoffe so sehr darauf."

Augenblicklich wich die Freude in seinem Gesicht einem Ausdruck der Überraschung. „Ist irgendetwas nicht in Ordnung, Anna? Bist du unglücklich? Du musst es mir sagen, wenn ..."

„Nein, nein, es ist nichts." Sie schüttelte heftig den Kopf. Insgeheim schalt sie sich dafür, dass sie ihn ihre Verzweiflung hatte sehen lassen. „Es ist alles in Ordnung. Erzähl mir mehr über deine neue Arbeitsstelle." Während sie sprach, rang sie sich ein Lächeln ab. Nichts sollte Jans Freude trüben.

Aufmerksam musterte er ihr Gesicht. Sie sah ein bisschen blass und abgekämpft aus, aber als sie jetzt lächelte, wirkte sie wieder wie die alte, unbeschwerte Anna. Aufgeregt zog er sie neben sich auf die Bank, die unter der Ulme stand.

„Setz dich, dann kann ich dir alles erzählen. Hast du genug Zeit dafür, oder musst du schnell heimkehren?"

„Ich brauche mich heute nicht zu beeilen. Das Gemüse habe ich schon vor dem Gottesdienst geputzt, sodass Maria mich noch nicht so bald braucht." Anna ließ sich neben dem Geliebten nieder. „Nun erzähl mir schon, was geschehen ist. Spann mich nicht auf die Folter."

„Also, es war so", begann er so hastig, dass er beinahe über die Worte stolperte. „Ist dir in der Kirche jemals ein großer Mann mit grauen Haaren und gestutztem Bart aufgefallen? Er steht immer für sich allein und trägt sehr teure Kleidung mit einer sehr breiten Halskrause."

Anna musste lächeln. „Das trifft auf viele Männer zu. Aber ich glaube, ich weiß, wen du meinst. Hat er einen Samthut mit einem Schmuckstück vorn?"

„Genau den meine ich."

„Er sieht freundlich aus."

„Soweit ich weiß, ist er auch ein freundlicher Mann. Er

heißt Samuel Hegetorne und handelt mit Tuch. Bei Lukas Hoofd bin ich ihm zum ersten Mal begegnet, denn er ist schon häufiger in der Färberei vorbeigekommen. Als Tuchhändler kennt er jeden Arbeitsschritt vom Schafescheren bis zum fertigen Stoff ganz genau, und offenbar ist er unzufrieden mit dem Tuch, das Lukas Hoofd für ihn färbt. Aber Genaueres weiß ich darüber nicht. Samuel Hegetorne muss jedenfalls ziemlich reich sein, denn er hat sich gerade ein großes Haus in Lexden bauen lassen. Das ist ein kleines Dorf hier ganz in der Nähe, gleich an der Straße nach London gelegen."

Als er innehielt, zupfte Anna ihn ungeduldig am Arm. „Weiter! Was hat das alles mit dir zu tun?"

„Nur Geduld, meine Liebste! Ich erzähle es dir schon, so schnell ich kann! Neulich habe ich gehört, wie er Lukas Hoofd von dem neuen Haus erzählt hat. Als er gegangen ist, habe ich all meinen Mut zusammengenommen, bin hinter ihm hergelaufen und habe ihn gefragt, ob das Haus einen Garten hat."

Voller Bewunderung fragte Anna: „Und was hat er gesagt?"

„Er sagte, im Augenblick gäbe es noch keinen, weil die Bauleute gerade erst fertig geworden seien. Aber er selbst habe immer die wunderbaren Gärten in fremden Ländern bewundert. Ich glaube, er sprach von Persien und der Türkei. Jedenfalls sucht er jemanden, der ihm einen solchen Garten anlegen kann."

Enttäuschung malte sich in Annas Miene. „Aber Jan, du bist doch nie in diesen Ländern gewesen!"

„Das macht nichts. Samuel Hegetorne besitzt Zeichnungen und weiß genau, was er will. Als ich ihm erzählt habe, dass ich Gärtner bin, hat er mir eine Menge Fragen über Pflanzen und Gartenkunst gestellt, und ich konnte sie alle beantworten. Daher weiß er, dass ich nicht nur geprahlt habe." Aufgeregt ergriff Jan Annas Hand. Er strahlte vor Glück. „Morgen fange ich an, bei ihm zu arbeiten, Anna! Natürlich ist es am Anfang harte Arbeit, denn zuerst muss der Boden vorbereitet werden. Aber Samuel sagt, dass er mir einen Stundenlohn zahlen will. Er sucht sogar eine Unterkunft für mich."

Er zog ihre Hand an die Lippen. „Nun dauert es nicht mehr lange, Anna. Ich werde arbeiten, so hart ich nur kann, und jeden Penny sparen. Bald, bald werden wir heiraten, das verspreche ich!"

„Aber spar dir das Geld nicht am Munde ab, Jan", warf Anna ein. „Wenn die Arbeit so hart ist, musst du auch genug essen."

„Das werde ich tun, sobald du für mich kochst, meine Herzallerliebste."

„Solltest du nicht zu Hause sein und Maria helfen?" Jan und Anna fuhren erschrocken zusammen, als plötzlich Mijnheer Terhuysen dicht neben ihnen auftauchte. Unwillkürlich drängte sich Anna Schutz suchend an Jan, aber dann gewann das schlechte Gewissen die Oberhand, und sie sprang auf.

„Ich komme schon, Mijnheer", antwortete sie demütig.

„Gut", erwiderte der Prediger und lächelte sie an. „Wir gehen gemeinsam."

Ein Ausdruck der Angst huschte über Annas Züge, und sie erklärte hastig: „Nein, nein, ich sollte die Beine in die Hand nehmen. Ich bin schon spät dran." Bevor Mijnheer Terhuysen ein weiteres Wort sagen konnte, war sie davongeeilt.

Lange sah Jan dem Prediger nach, der ihr auf dem Fuß folgte. Die Art, wie Tobias Terhuysen seine Anna angelächelt hatte, gefiel ihm gar nicht. Darin hatte etwas wie Gier gelegen. Und auf ihr plötzliches Weglaufen hatte er auffällig ungehalten reagiert. Warum hatte Anna nur so ängstlich ausgesehen und wollte dem Prediger ganz offensichtlich aus dem Weg gehen?

Auf dem Heimweg zum Haus des Färbers wich Jans Freude über die neue Stelle allmählich der Sorge um Anna. Verbarg sie etwas vor ihm? Gab es Schwierigkeiten?

Hätte Anna ihm die Wahrheit anvertraut, wäre er jedoch noch weitaus ängstlicher gewesen. Denn Mijnheer Terhuysen hatte mit der Zeit alle Zurückhaltung fallen lassen. Es kam Anna so vor, als schliche er ständig durchs Haus, um seine Hilfsmagd bei jeder sich bietenden Gelegenheit zu berühren, sich an sie zu drängen, „zufällig" ihre Brüste zu streifen.

Wie sehr sie sich auch bemühte, ihm aus dem Weg zu gehen, sich vorzusehen und sich niemals in dunklen Gängen aufzuhalten – er schien überall zu sein. Manchmal fragte sie sich, ob er überhaupt irgendetwas anderes tat, als ihr aufzulauern.

Von Anfang an hatte dieser Mann etwas an sich gehabt, das sie abstieß. Nun, da sie wusste, was es war, verwandelte sich ihre Abneigung in Hass. Sonntag für Sonntag hörte sie ihn darüber predigen, dass die Sünde das sicherste Anzeichen sei, dass jemand zu den Verdammten gehöre. Gleichzeitig tat er so tugendhaft und bemühte sich so sehr, das vollendete Bild eines von Gott Erwählten zu verkörpern, dass ihr ganz schlecht wurde. Dabei wusste sie nur zu gut, dass hinter der Fassade die Sünde lauerte.

Während sie nun, so schnell sie konnte, nach Hause lief, fürchtete sie unentwegt, der Prediger könnte eine Abkürzung kennen und sie einholen. Erhitzt und atemlos kam sie endlich an – und fand den Haushalt in Aufruhr. Während Mijnheer Terhuysen über gottgefällige Keuschheit gepredigt hatte, hatte seine Frau dem neunten Sohn das Leben geschenkt.

„Wenn sie schwanger ist, macht sie nichts als Schwierigkeiten und erwartet, dass man sie von vorn und hinten bedient. Aber ihre Entbindungen sind beinahe so leicht und glatt wie Erbsen auspalen“, bemerkte Maria, die eine Schüssel mit heißem Wasser ans Bett der Wöchnerin brachte. Aus Sicht der Magd bedeutete die Geburt des Säuglings keinerlei Anlass zum Jubel. Es hieß lediglich, dass nun noch ein Kind mehr Schmutz und Arbeit verursachte. Außerdem würde sich Geertruida, sobald sie wieder auf den Beinen war, sicherlich wieder in alles einmischen, und Maria betrachtete gerade die Küche als ihren ureigensten Bereich.

Glücklicherweise vergaß Mijnheer Terhuysen seinen Ärger über Anna in dem Augenblick, als er eintraf und man ihm die freudige Nachricht von der Geburt seines Sohnes überbrachte. Er rief den gesamten Haushalt zusammen, um stolz den jüngsten Spross der Familie zu präsentieren. Während er das tat, saß er auf der Bettkante, herzte und küsste seine Frau, nestelte an ihren Rüschen herum und flüsterte ihr Worte ins Ohr, die sie erröten ließen wie ein junges Mädchen. Abgestoßen von seinem Verhalten, flüchtete Anna bei der ersten Gelegenheit zurück in die Küche.

„Benimmt er sich immer so, wenn seine Frau ihm ein neues Kind geschenkt hat?“, erkundigte sie sich bei Maria.

„Was meinst du?“ Die Magd, die gerade in dem Schmortopf über dem Feuer rührte, drehte sich um.

„Dass er sie vor aller Augen küsst und streichelt.“

„Ach das.“ Maria probierte das Gericht und verdrehte zufrieden die Augen. „Das ist nichts Neues, er macht das ständig. Dieser geile Bock kann einfach seine Finger nicht von ihr lassen. Du wirst schon sehen, noch bevor das Jahr herum ist, erwartet Geertruida das nächste Kind. Aber sie ist genauso schlimm wie er.“

Über die Schulter hinweg sagte sie: „Komm schon, Mädel, hol das Geschirr. Steh nicht einfach dort herum und halte Maulaffen feil.“

Anna dachte lange über Marias Worte nach. Je besser sie den Prediger kennenlernte, desto mehr hasste sie ihn. Dieser Mann war nicht würdig, der Gemeinde der Fremden als Pfarrer vorzustehen. Hinter seinem salbungsvollen Lächeln lauerte etwas Bedrohliches, das ihr Angst machte. Darum beschloss sie, ihre Wachsamkeit zu verdoppeln und dafür zu sorgen, dass sie ihm so wenig wie möglich begegnete.

Doch dieser gute Vorsatz verschaffte ihr lediglich zwei Tage lang Frieden. Am dritten legte sie gerade einen Stapel Wäsche in die Truhe neben der Treppe, als zwei starke Arme sie von hinten um die Taille packten und in ein leeres Schlafzimmer trugen. Mijnheer Terhuysen hatte sich so lautlos herangeschlichen, dass sie vor Überraschung sogar vergaß zu schreien. Im nächsten Augenblick hatte er bereits die Tür mit dem Fuß zugeschlagen und sie zum Bett gezerrt, wo er sie in die Federkissen presste.

„Es wird langsam Zeit, dass wir die Geburt meines jüngsten Sohnes ein bisschen feiern, du und ich“, brachte der Prediger außer Atem hervor. In seinen Augen stand pure Lüsternheit. „Auf diesen Augenblick habe ich gewartet, seit ich dich zum ersten Mal gesehen habe.“

Mit einer Hand begann er, ihr Mieder aufzunesteln, während die andere ihre Handgelenke fest gepackt hielt. Anna schrie auf, aber bereits im nächsten Moment wurde jeder Laut von ihr erstickt, denn Tobias Terhuysen presste seine widerwärtigen Lippen auf ihren Mund. Sein Atem stank nach Wein, und er erstickte Anna fast. Panisch kämpfte sie und wand sich hin und her, um sich aus seinem Griff zu befreien. Dies musste, dies konnte nur ein Albtraum sein!

Doch sosehr sie sich auch bemühte, sie musste einsehen, dass er zu stark für sie war. Sein Gewicht machte sie bewegungslos. Inzwischen war es ihm gelungen, ihr Mieder zu öffnen, und nun wandte er seine Aufmerksamkeit ihrem

Rock zu. Er schlug ihn hoch und ließ seine Hand an Annas Schenkel hinaufwandern, während er gleichzeitig in ungezügeltem Verlangen Küsse auf Annas Brüste drückte.

Pures Entsetzen erfasste Anna. Die Angst verdoppelte ihre Kräfte, und so gelang es ihr endlich, ihre Hände aus Mijnheer Terhuysens eiserner Umklammerung zu befreien. Sofort schlug und kratzte sie auf Gesicht und Hals des Predigers ein. Und obwohl ihre Fingernägel rote Striemen auf seiner Haut hinterließen, schien ihn ihr Widerstand nur noch mehr zu erregen. Er rollte sich etwas zur Seite, um die Hose zu öffnen. Diese winzige Gelegenheit nutzte Anna, um ihr Knie mit aller Kraft zwischen seine Beine zu stoßen.

Augenblicklich fiel der Prediger zu Boden und krümmte sich vor Schmerzen. Während er sich hilflos auf dem Boden wälzte, stieß er zwischen Stöhnen und Schmerzensschreien Flüche hervor, die Anna niemals von einem Mann seines Standes zu hören erwartet hätte.

Doch sie verlor keine Zeit, sondern sprang auf, rannte aus dem Zimmer, die Treppe hinunter und aus dem Haus. Erst als sie die Kirche auf dem Marktplatz erreichte, von der sie inzwischen wusste, dass sie St. Runwald hieß, verlangsamte sie ihre Schritte und verbarg sich in einer Mauernische. Ihre Hände bebten noch, und es gelang ihr kaum, das Mieder wieder zuzuschnüren und die Haube geradezurücken.

Am ganzen Körper zitternd, kauerte sie lange im Schatten der Kirche, die Arme um ihren Oberkörper geschlungen. Nach einer Weile gelang es ihr, sich zusammenzureißen und zu überlegen, was sie jetzt anfangen sollte. Sie besaß nun nichts mehr als die Kleider, die sie am Leib trug. All ihre kümmerliche Habe hatte sie bei ihrer wilden Flucht im Haus des Predigers zurückgelassen. Doch eines stand fest: Dorthin konnte sie niemals mehr zurückkehren.

Allerdings kannte sie außer Jan keine Menschenseele, und

sie wusste noch nicht einmal, wie sie ihren Geliebten finden konnte. Verzweifelt zermarterte sie sich das Hirn. Was hatte er noch erzählt? Samuel Hegetornes großes Haus stand in einem Dorf namens … Lexden, war das der Name gewesen? Angestrengt nachdenkend zog Anna die Brauen zusammen. Ja, Lexden hieß das Dorf, da war sie sich sicher. Und es lag an der Straße nach London.

Allmählich nahm sie das rege Treiben um sich herum wieder wahr. Die Leute gingen wie gewöhnlich ihren Geschäften nach. Ein streunender Hund kam auf sie zu und beschnüffelte ihren Rock. Davon abgesehen kümmerte sich keine Menschenseele um sie. Niemals in ihrem ganzen Leben hatte Anna sich so allein gefühlt.

Plötzlich schoss ihr ein Gedanke durch den Kopf: Wenn einer der Vorübergehenden nun ihr eigener leiblicher Vater war? Wenn er hier in Colchester lebte? Würde sie es jemals erfahren? Gleichzeitig ahnte sie, dass sie ihn niemals finden würde, und die Einsicht verstärkte ihre Einsamkeit noch.

6. KAPITEL

Bei der St.-Runwald-Kirche stehen zu bleiben war gefährlich, dachte Anna, denn das Haus des Predigers lag nicht weit entfernt von hier. Wenn er nun nach ihr suchte, sie fand und erneut mit sich zerrte ... Hastig lief sie die nächstbeste Straße hinunter. Sie hoffte nur, dass sie nach London führte.

Bald erreichte sie den Rand des Marktplatzes und stand vor einer Schenke, dem „Three Crowns Inn“, unschlüssig, welche Richtung sie einschlagen sollte. War es besser, sich rechts zu halten und den Hügel hinab in Richtung Fluss zu gehen oder links zur Head Street abzubiegen?

Während sie noch zögerte, bog ein Mann mit einer Leiter um die Ecke. Anna fasste sich ein Herz und sprach ihn in ihrem besten Englisch an: „Bitte, wo geht es nach London?“

Der Angesprochene, der eine schmutzige Hose und ein Wams voller Löcher trug, musterte sie von Kopf bis Fuß. Erst dann brummte er eine Antwort – allerdings so undeutlich, dass sie ihn nicht verstand. Ungehalten zeigte er auf das große Gebäude auf der anderen Straßenseite, spuckte ihr vor die Füße und ging seines Wegs.

Offenbar war der Mann über irgendetwas verärgert, das in diesem Gebäude vor sich ging, aber Anna hatte keine Ahnung, worum es ging und warum er sich so unhöflich verhalten hatte. Sie sah hinüber zu dem prächtigen Fachwerkbau, dessen oberes Stockwerk weit vorsprang. Ständig gingen dort Männer mit Tuchballen ein und aus, und ein Karren vor der Tür wurde soeben mit Stoffen beladen.

Das musste die Bay Hall sein, das Gildegebäude, von dem sie schon gehört hatte. Hier brachten die Stoffhändler die Tuchballen hin, um sie untersuchen und mit einem offiziellen Siegel versehen zu lassen, bevor sie verkauft wurden. Auf diese Weise stellten die Stadtväter von Colchester sicher, dass nur erstklassige Stoffe auf den Markt kamen.

Nun dämmerte es Anna. Hieß es nicht, dass die Bay Hall von der flämischen Gemeinde betrieben wurde? Vielleicht war es das, was dem Mann nicht passte.

Sie raffte die Röcke, um sich nicht den Saum zu beschmutzen, und überquerte die Straße, sorgsam darauf bedacht, dem Unrat auszuweichen, der überall herumlag. Beinahe wäre sie dabei von einem Pferdefuhrwerk mit einer Ladung Kohlköpfe gestreift worden. Doch schon im nächsten Moment stand sie vor der Bay Hall. Wenn es stimmte, was sie gehört hatte, fand sie in diesem Gebäude womöglich Leute, die sie verstanden und ihr die Straße nach London weisen konnte.

Innen war es dämmrig, und ihre Augen hatten sich noch nicht ganz an das trübe Licht gewöhnt, als bereits ein Mann auf sie zutrat.

„Was wollt Ihr? Habt Ihr hier Geschäfte zu tätigen, Mistress?“ Selbst Anna erkannte, dass er Englisch mit einem deutlichen Akzent sprach.

Erleichtert seufzte sie auf und antwortete in ihrer Muttersprache: „Nein, ich möchte nur wissen, wo es nach London geht. Könnt Ihr mir weiterhelfen, Mijnheer?“

Nun lächelte er sie breit an. „Selbstverständlich“, erwiderte er ebenfalls auf Flämisch, führte sie zur Tür und zeigte die Straße hinunter. „Dort drüben an der Schänke mit dem Namen ‚Three Crowns Inn‘ müsst Ihr in die Head Street einbiegen. Die Straße, die an ihrem Ende rechts abgeht, ist die Crouch Street. Sie führt Euch geradewegs nach London.“

„Vielen Dank, Mijnheer. Man hat mir gesagt, dass sie auch nach Lexden führt. Stimmt das?“

Er nickte. „Lexden ist ein Dörfchen, das etwa eine Meile von Colchester entfernt liegt.“

In diesem Augenblick glaubte Anna, sein freundliches

Gesicht schon einmal in der Kirche gesehen zu haben. Ermutigt durch sein Lächeln, fragte sie weiter: „Und wisst Ihr zufällig, ob Mijnheer Samuel Hegetorne in Lexden wohnt?"

Wieder nickte der Mann. „Ja, er hat sich dort ein großes Haus errichten lassen. Wenn Ihr danach sucht, könnt Ihr es nicht verfehlen."

„Danke, Mijnheer, für Eure freundliche Hilfe."

Zum Abschied verbeugte der Mann sich leicht. „Gott sei mit Euch, meine Tochter."

Eilig machte sich Anna auf den Weg in die angegebene Richtung. Sie wollte so schnell wie möglich eine große Entfernung zwischen sich und Tobias Terhuysen bringen. Unwillkürlich dachte sie, welch ein himmelweiter Unterschied zwischen dem Mann bestand, dem sie gerade begegnet war, und dem, vor dem sie flüchtete.

Die Head Street war die Hauptstraße. Sie führte mitten durch Colchester und war zu allen Tageszeiten belebt. Die meisten Leute gingen zu Fuß, aber es gab auch ein paar Reiter. Einmal sah Anna sogar eine reich verzierte Kutsche, die von zwei Rappen gezogen wurde – ein so ungewöhnlicher Anblick, dass die Passanten stehen blieben und mit offenen Mündern gafften. Der Mann in der Kutsche, dessen Kleider seinen Wohlstand verrieten, tat so, als bemerke er nicht, welches Aufsehen er erregte. Stattdessen sah er starr geradeaus und versuchte krampfhaft, seine würdevolle Haltung aufrechtzuerhalten, obwohl die Kutsche auf ihren hohen Rädern gefährlich hin und her schwankte.

An der Ecke bog Anna in die ebenso breite Crouch Street, wie es ihr der Mann in der Bay Hall beschrieben hatte. Hier standen zu beiden Seiten dicht gedrängt Wohnhäuser, zwischen denen schmale Gässchen verliefen. Die oberen Stockwerke der Gebäude standen so weit über, dass die Frauen sich beim Schwatz an den Fenstern der gegenüberliegenden Häuser beinahe die Hand reichen konnten. Unten strichen Katzen und Hunde um die Abfälle in der Gosse herum und jagten sich gegenseitig knurrend und fauchend die besten Stücke ab, während neben ihnen Kinder spielten.

Allmählich ließ Anna die Menschenmengen hinter sich. In diesem Teil der Straße lehnten die Gebäude nicht mehr so eng aneinander, und die Gassen und Hofdurchgänge wurden weniger. Nach einer Weile hörte die Bebauung ganz auf, und Anna ging durch Felder, deren Ränder Weißdornhecken umsäumten. Nur ab und zu kam sie an einer Hütte vorbei, die sie an das Heim der alten Betty erinnerte. Wie lange lag es schon zurück, dass sie während Jans Krankheit und Genesung dort so freundliche Aufnahme gefunden hatten!

Die Straße war teilweise gepflastert, aber die vielen schweren Karren und Kutschen, die jeden Tag darüberrumpelten, hatten tiefe Spuren eingegraben, und Anna sah viele Schlaglöcher. Um nicht zu viel Staub aufzuwirbeln, hielt sie sich auf dem schmalen Grasstreifen daneben und atmete in tiefen Zügen die würzige Luft ein. Der Duft von Feldblumen und Erde kam ihr wie eine Wohltat vor nach dem Gestank, den sie in der Stadt so lange ertragen hatte.

Trotzdem ging sie, so schnell sie konnte. Nur weg von der Stadt, nur weg von Tobias Terhuysen! Der bloße Gedanke an den Prediger ließ sie schaudern. Ängstlich warf sie immer wieder Blicke über die Schultern zurück, um sich zu vergewissern, dass ihr keine schwarz gekleidete Person folgte. Nichts ersehnte sie mehr, als sich an Jans tröstende Schulter zu lehnen und bei ihm Schutz zu finden.

Endlich erblickte sie in der Ferne eine Ansammlung von Dächern und beschleunigte ihre Schritte nochmals. Das musste Lexden sein! Als sie näher gekommen war, bemerkte sie am Rand des Dorfes ein neu gebautes Haus. Es lag ein Stück von der Straße entfernt inmitten von Feldern auf einer leichten Anhöhe und verriet den Wohlstand seines Besitzers. Zweistöckig und im Mauerfachwerk errichtet, besaß es ein ziegelgedecktes Dach, hohe Schornsteine, zweiflügelige Fenster und eine eisenbeschlagene Eichentür.

Anna hielt inne. Bei dem stattlichen Haus konnte es sich nur um das neue Heim des Tuchhändlers Samuel Hegetorne handeln. Hier würde sie Jan finden. Sie bog von der Straße ab und ging auf das Gebäude zu. Als sie eine Weide überquerte, streichelte der hoch stehende Klee ihre Knöchel und sandte mit jedem Schritt Wolken von Blütenduft in ihre Nase.

Das Haus besaß weder Zaun noch Zufahrt. Lediglich Karrenspuren führten über einen Vorplatz voller Bauschutt zur Eingangstür. Nirgends sah Anna ein Anzeichen von Leben.

Ihr Herz schlug schneller. Was sollte sie nur tun, wenn sie Jan hier gar nicht fand? Möglicherweise hatte Samuel Hegetorne beschlossen, ihn doch nicht einzustellen. Was wurde dann aus ihr? Wohin sollte sie gehen, um den Geliebten zu finden? Sie besaß kein Geld, nicht einmal die kleinste Münze. Zum ersten Mal fragte sie sich, ob es klug gewesen war, so unvermittelt aus dem Haus des Predigers zu flüchten, ohne ihre geringe Habe mitzunehmen.

Eilig überquerte Anna die freie Fläche vor dem Haus und umrundete das Gebäude. Auf der Rückseite spiegelten noch mehr Fensterscheiben das Sonnenlicht, und durch eine offen stehende Tür sah sie in einen Korridor mit Steinfußboden. Einen Augenblick zögerte sie, dann sah sie sich nach dem Garten um, denn sie hoffte verzweifelt, dort Jan anzutreffen.

Aber sie entdeckte keinen Garten. Stattdessen erblickte sie lediglich eine gerodete Freifläche mit einer Vielzahl in regelmäßigen Abständen eingeschlagener Pflöcke. Neben dem Wohnhaus stand noch ein kleineres, lang gestrecktes Gebäude – ein Stall vielleicht oder eine Brauhütte. Anna schirmte ihre Augen gegen die Sonne mit der Hand ab und sah sich um, aber alles war still. Die gesamte weite Umgebung lag verlassen da.

Während Anna noch mit sich zurate ging, was sie als Nächstes tun sollte, ging eine Tür in dem kleineren Gebäude auf, und zwei Männer traten heraus. Sie unterhielten sich angeregt und wiesen immer wieder auf die gerodete Fläche vor ihnen.

In dem einen erkannte Anna den Mann, den Jan ihr beschrieben hatte und der ihr selbst bei den Gottesdiensten aufgefallen war. Er war hochgewachsen, grauhaarig und etwas älter, als sie zuerst gedacht hatte. Der andere war Jan. Augenblicklich lockerten sich Annas verkrampfte Schultern, und sie lief erfreut auf die beiden zu.

„Anna! Was tust du denn hier?“ Aus Jans Worten klang keine Freude, nur Erschrecken und Überraschung.

Während ihrer wilden Flucht hatte Anna sich wieder und wieder vorgestellt, wie sie sich in Jans Arme werfen und ihren Tränen freien Lauf lassen würde. Doch seine ernste Miene zwang sie, sich zusammenzureißen. „Ich kann nirgendwo anders hingehen, Jan.“ Obwohl ihre Stimme zitterte, gelang es ihr, eine würdevolle Haltung zu bewahren.

„Aber du solltest doch im Haus des Predigers bleiben“, erwiderte er vorwurfsvoll.

„Ich musste fort.“

„Warum? Was hast du getan? Wie konntest du einfach weglaufen? Du hattest dort ein Dach über dem Kopf, und man hat auf dich aufgepasst.“ Sein Tonfall klang immer noch streng.

Mit gesenktem Kopf murmelte Anna: „Es ist etwas vorgefallen …“ Mehr brachte sie unter dem aufmerksamen Blick des Mannes neben Jan nicht heraus. „Ich musste sehr überraschend gehen und hatte keine Zeit, meine Sachen zu holen. Jetzt bleibt mir gar nichts mehr, kein Geld und auch sonst nichts.“

Immer noch zeigte Jans Gesichtsausdruck keine Veränderung. Anna las darin weder Mitgefühl noch Wärme, sondern nur Ärger und Scham, weil sie ihn vor seinem Arbeitgeber bloßstellte. War das der Jan, den sie kannte und liebte? Es kam ihr vor, als bemühte er sich nicht einmal, sie zu verstehen. Genauso gut hätte sie gegen eine Mauer reden können.

Anna hob das Kinn und sagte leise: „Es tut mir leid, Jan. Ich hätte nicht hierherkommen sollen. Aber ich wusste wirklich nicht, wohin ich mich sonst wenden sollte." Nach diesen Worten wandte sie sich an den Mann neben ihm und knickste. „Verzeiht mir, dass ich ungefragt Euren Besitz betreten habe, Mijnheer."

Ohne eine Antwort abzuwarten, drehte sie sich um und ging fort. Dabei hielt sie den Kopf hoch erhoben und hoffte inständig, dass keiner der beiden die Verzweiflungstränen gesehen hatte, die ihr in die Augen gestiegen waren.

Nachdem sie erst wenige Schritte zurückgelegt hatte, rief der Tuchhändler hinter ihr her: „Einen Augenblick, Mevrouw!"

Mit gerunzelter Stirn drehte er sich zu Jan um. „Ist das nicht die Frau, von der Ihr mir erzählt habt? Die Frau, die Ihr heiraten wollt?"

„Ja, Mijnheer", nickte Jan. „Aber ich versichere Euch, dass wir den Bund erst schließen, wenn ich genug gespart habe, um für sie sorgen zu können. Es liegt mir fern, der Gemeinde der Fremden auf der Tasche zu liegen, und das weiß sie auch." Er warf Anna einen verärgerten Blick zu. „Der Prediger war so freundlich, ihr ein Heim zu bieten, bis ich das Geld zusammenhabe." Ganz deutlich war zu hören, dass er wünschte, sie wäre dort geblieben, statt hier bei seinem neuen Arbeitgeber aufzutauchen. „Ich weiß wirklich nicht, warum sie seine Gastfreundschaft auf diese Art und Weise missbraucht."

In Annas Blick mischten sich Überraschung und Furcht. „Verstehst du denn nicht, Jan?“, flüsterte sie. „Ich habe seine Gastfreundschaft nicht missbraucht. Es war … ich kann nicht dorthin zurückgehen.“

Das hier musste ein Albtraum sein. Nie hätte sie erwartet, dass ausgerechnet Jan sie zurückweisen würde. Plötzlich schienen sich die glänzenden Fensterscheiben des Hauses vor ihren Augen zu drehen, und ihr wurde schwindlig.

Die ganze Zeit über ließ Samuel Hegetorne sie nicht aus den Augen. Doch sein Gesichtsausdruck verriet nichts von dem, was er dachte. Als Anna schwankte, streckte er den Arm aus, um sie zu stützen. „Ihr seht totenbleich aus, Mädchen“, bemerkte er nicht unfreundlich. „Wann habt Ihr die letzte Mahlzeit zu Euch genommen?“

Mit Mühe riss sie sich zusammen und sah ihn verwirrt an. Essen war wirklich das Letzte, woran sie gerade dachte. „Ich … ich weiß nicht, Mijnheer. Heute Morgen wahrscheinlich. Ein paar Haferkekse.“ Es kam ihr vor, als läge das bereits eine Ewigkeit zurück.

„Dann habt Ihr sicher Hunger.“ Mijnheer Hegetorne rieb sich die Hände und befahl Jan: „Geht in die Küche, und bittet Griete, Euch Brot, Käse und Bier zu geben. Dann könnt Ihr Euch in die Sonne setzen und beim Essen besprechen, was zu tun ist. Ganz offensichtlich hat Eure Anna nicht aus einer bloßen Laune heraus beschlossen hierherzukommen. Ich selbst muss mich im Haus um die Bauarbeiter kümmern. Sobald ich dort fertig bin, komme ich wieder, und Ihr könnt mir sagen, was Ihr beschlossen habt.“

Damit ging er. Doch nach ein paar Schritten drehte er sich noch einmal um und sagte zu Anna: „Von mir habt Ihr nichts zu fürchten, meine Liebe.“

Ein freundliches Lächeln begleitete seine Worte, und Anna fragte sich unwillkürlich, ob sie sich getäuscht hatte. War er womöglich gar nicht ungehalten über ihr Auftauchen?

Im nächsten Augenblick waren sowohl Mijnheer Hegetorne als auch Jan im Haus verschwunden. Als Jan wiederkam, trug er einen Zinnteller mit Brot, Käse und einer Zwiebel sowie einen Krug Bier.

„Komm, wir setzen uns hier ins Gras“, äußerte er kurz angebunden und ging voran.

Zwar folgte Anna ihm, doch sie zögerte, sich hinzusetzen. „Es tut mir so leid, dass ich hierhergekommen bin, Jan. Ich weiß, dass ich dir ungelegen komme. Aber ich wusste mir wirklich keinen anderen Rat, schließlich kenne ich außer dir in der ganzen Stadt nicht eine Menschenseele.“ Wie um sich zu schützen, schlang sie die Arme um den Leib. „Aber ich will wirklich nicht bleiben und dir zur Last werden. Vielleicht kannst du mir nur ein bisschen Geld leihen, sodass ich etwas zu essen und ein Dach über dem Kopf bezahlen kann. Dann gehe ich und behellige dich nicht länger. Vielleicht kann ich bei der alten Betty …“

Bevor sie den Satz beenden konnte, war Jan aufgesprungen und hatte sie in den Arm genommen, offenbar tief getroffen von ihren Worten. Sacht zog er sie neben sich ins Gras.

„Ach Anna, sag doch so etwas nicht! Es ist nicht so, als wollte ich dich nicht hier haben. Es ist nur so … Was glaubst du, was es für einen Eindruck macht, wenn du so einfach auftauchst? Schließlich habe ich erst vor zwei Tagen meine neue Stelle angetreten, und diesen Garten anzulegen ist eine großartige Gelegenheit für mich. Ich habe Mijnheer Hegetorne erklärt, dass ich noch nicht so schnell heiraten will. Und was meinst du, was er nun denkt? Vielleicht glaubt er sogar, ich habe ihn angelogen.“

Zornig warf er einen Stein nach einer vorüberhuschenden Maus. „Wenn er mich nun fortschickt? Wo soll ich sonst eine Arbeit finden, bei der ich meine Fähigkeiten unter Beweis stellen kann? Womöglich lande ich wieder bei Lukas Hoofd und färbe für den Rest meiner Erdentage Tuch. Und das nur, weil du plötzlich beschlossen hast, nicht länger bei dem Prediger zu bleiben." Er biss so heftig in die Zwiebel, dass der Saft spritzte.

„Ich verstehe ja, wie unangenehm die Lage für dich ist, Jan", erwiderte Anna. Sie hatte noch nichts von dem Essen angerührt. „Und es tut mir so leid! Aber ich wäre wirklich nicht gekommen, wenn ich nicht verzweifelt gewesen wäre. Ich bin nicht einfach weggelaufen, nur weil es mir bei Mijnheer Terhuysen nicht gefallen hat. Es hat mir nichts ausgemacht, Fußböden zu scheuern, Wäsche auszubessern und mich wie eine Magd behandeln zu lassen – obwohl du genau weißt, dass ich von früher anderes gewöhnt bin." Einen Augenblick betrachtete sie ihre roten, aufgesprungenen Hände.

„Warum bist du dann weggelaufen?", fragte Jan. Es gelang ihm immer noch nicht ganz, seinen Ärger zu verbergen.

„Weil Mijnheer Terhuysen versucht hat, mir Gewalt anzutun." Sie hielt den Blick gesenkt, und ihre Finger kneteten unablässig den Schürzensaum. Nach kurzem Zögern sah sie ihm gerade in die Augen. „Wäre es dir lieber gewesen, wenn ich geblieben wäre und zugelassen hätte, dass er mit mir nach Gutdünken verfährt?"

Die Hand mit dem Stück Käse, das Jan gerade zum Mund hatte führen wollen, verharrte wie eingefroren in der Luft. „Tobias Terhuysen? Der Prediger?", fragte er ungläubig.

Anna nickte. „Ja. Genau derselbe Mann, der sonntags von der Kanzel herunter predigt, dass nur, wer ein keusches und tugendhaftes Leben führt, hoffen darf, zu den Auserwählten zu gehören."

Aus ihren Worten klang Bitterkeit. „Vom ersten Tag an hat er mir aufgelauert: in dunklen Ecken, hinter Türen und auf der Treppe. Ständig hat er mich gestreift und unsittlich berührt, nur um dann so zu tun, als wäre es ein Versehen gewesen oder als hätte ich es mir nur eingebildet. Ich habe wirklich alles getan, um ihm aus dem Weg zu gehen. Trotzdem ist es ihm immer wieder gelungen, mich allein anzutreffen – sogar wenn ich die Wäsche zum Trocknen über die Büsche gebreitet habe."

Ihre Stimme zitterte ein bisschen. „Ich hatte solche Angst, Jan. Das Kindermädchen Debora hat mich gewarnt. Von da an habe ich ihn gemieden und mich nie allein in einem Raum mit ihm aufgehalten. Aber ich hätte nicht gedacht, dass er versuchen würde ... nicht so bald nachdem seine Frau ihm wieder ein Kind geschenkt hat."

Hilflos hob sie die Hände. „So, jetzt weißt du alles. Das ist der Grund für meine Flucht. Nur deshalb bin ich zu dir gekommen, Jan." Sie sah ihn entschlossen an. „Und was auch immer geschieht – ich gehe nie wieder zurück. Lieber sterbe ich in der Gosse."

Schon während ihrer letzten Worte war der Zorn in seiner Miene einem Ausdruck von Zärtlichkeit gewichen. Und jetzt zog Jan sie an sich und streichelte ihr übers Haar. „Du Ärmste", flüsterte er, „verzeih mir, dass ich ein so gefühlloser Klotz war. Was ich gesagt habe, tut mir unendlich leid. Aber ich hätte nie im Leben gedacht ... ausgerechnet der Prediger! Natürlich kannst du nicht dorthin zurückkehren. Uns fällt schon ein Ausweg ein, selbst wenn Mijnheer Hegetorne mich jetzt vor die Tür setzen sollte und ich wieder bei Lukas Hoofd arbeiten muss. Und wenn wir es uns nicht leisten können zu heiraten, dann gründen wir eben einen Hausstand, ohne den Bund geschlossen zu haben. Wir müssen es ja niemandem auf die Nase binden. Ich verspreche dir jedenfalls hiermit, dass ich immer für dich sorgen werde und dich nie wieder alleinlasse."

Als er ihr Kinn anhob und Anna küsste, rannen beiden Tränen über die Wangen.

Erst nach geraumer Zeit lösten sie sich wieder voneinander. Zu lange war es her, dass sie miteinander allein gewesen waren. Doch schließlich beendete Jan den Kuss. „Du musst etwas zu dir nehmen, mein Liebling. Mijnheer Hegetorne sorgt für gutes Essen, aber jede Art von Verschwendung ist ihm ein Dorn im Auge." Er brach etwas Brot vom Laib und fütterte sie damit, dem Brot folgte ein Bissen Käse. „Siehst du? Es geht doch. Und der englische Käse schmeckt gut, findest du nicht auch?" Aufmunternd lächelte er sie an.

Obwohl ihre Augen noch feucht waren, erwiderte Anna sein Lächeln. „Aber was sollen wir jetzt tun, Jan?", fragte sie, nachdem sie den Bissen heruntergeschluckt hatte.

Statt zu antworten, steckte er ihr nur ein weiteres Stückchen Brot in den Mund. „Es kommt mir vor, als würde ich einem hungrigen Vögelchen Futter in den aufgesperrten Schnabel stopfen", bemerkte er und lachte, während er zärtliche ihre Lippen mit dem Daumen berührte.

Erst als er überzeugt war, dass Anna genug gegessen hatte, nahm er den Gesprächsfaden wieder auf. „Ich muss Mijnheer Hegetorne berichten, was du mir erzählt hast. – Ja, daran führt kein Weg vorbei", bekräftigte er, als Anna zusammenzuckte. „Er ist ein freundlicher Mann, und selbst wenn er mich fortschickt, so hilft er mir vielleicht, eine andere Arbeit zu finden."

Beinahe sehnsüchtig ließ er den Blick über die Brachfläche hinter dem Haus schweifen. „Schade, ich hatte großartige Pläne für den Garten. Ich habe ihn schon vor mir gesehen: dort drüben die Gemüsebeete, mit einer Hecke vom Rest des Gartens abgeschirmt, dann Rasenflächen mit hineingeschnittenen Ornamenten und dicht beim Haus einen Knotengarten. Aber es spielt keine Rolle, solange wir nur zusammen sind, meine Liebste.“ Damit küsste er sie auf die Nasenspitze.

„Das würdest du wirklich alles für mich aufgeben, Jan?“, fragte Anna unsicher.

Er nickte mit Nachdruck. „Natürlich. Gärten gibt es viele, und sicher kann ich irgendwann wieder einen anlegen. Aber dich gibt es nur einmal.“ Noch einmal umarmte er sie kurz, bevor sie beide aufsprangen, als sie Mijnheer Hegetorne herankommen sahen.

„Nun“, begann er, als er vor ihnen stand. „Habt Ihr geklärt, was zu tun ist?“ Dabei strahlte er sie beide an. „Ich hoffe es sehr, denn die Arbeit am Garten wartet. Eure Gestaltungsideen gefallen mir ausnehmend gut, Jan. Welch ein angenehmer Gegensatz zu dem Bauarbeiter, mit dem ich gerade gesprochen habe! Der Mann ist ein Halunke. Wann immer ich ihm den Rücken zukehre, verwendet er minderwertige Baustoffe oder arbeitet schlampig. Und der Zimmerer ist auch nicht besser. Gerade habe ich festgestellt, dass er nicht die soliden Balken genommen hat, die ich bestellt habe, sondern viel schmalere.“

Wieder rieb Mijnheer Hegetorne sich die Hände – eine Geste, die Anna nun schon öfter bei ihm gesehen hatte. „Aber darüber müsst Ihr Euch nicht den Kopf zerbrechen, das sind meine Sorgen. Seid Ihr zu einem Ergebnis gekommen?“ Während er von einem zum anderen blickte, erhellte ein Lächeln seine Züge. „Zumindest seht Ihr beide deutlich glücklicher aus als noch vor einer Stunde, das muss ich sagen.“

„Meine Anna hat das einzig Richtige getan, als sie zu mir gekommen ist, Mijnheer“, sagte Jan und legte schützend den Arm um seine Liebste. „Sie hat mir erzählt, was ihr widerfahren ist. Was auch immer geschieht: Ich werde bei ihr bleiben und dafür sorgen, dass ihr nichts zustößt. Wenn das bedeutet, dass Ihr lieber auf meine Dienste verzichtet, muss ich das leider akzeptieren und anderswo Arbeit finden."

Mijnheer Hegetorne hob die Augenbrauen. „Auf Eure Dienste verzichten? Warum das denn? Vielleicht erzählt Ihr mir erst einmal die ganze Geschichte, bevor Ihr übereilte Schlussfolgerungen zieht", antwortete er geduldig.

Fragend sah Jan seine Geliebte an. Obwohl sie sich auf die Lippe biss, nickte sie.

Während Jan berichtete, was im Haus des Predigers vorgefallen war, hörte Mijnheer Hegetorne aufmerksam zu. Dabei strich er sich immer wieder nachdenklich über den Bart.

„Welche Summe hat Euch der Prediger genannt, die Ihr verdienen müsst, bevor Ihr heiraten könnt?", unterbrach er zwischendurch. Da erklärte Jan ihm, dass er genug haben sollte, um eine Ehefrau und ein Kind ernähren zu können, und Mijnheer Hegetorne nickte gedankenverloren.

Als Jan von dem Vergewaltigungsversuch erzählte, stieg Anna die Schamesröte ins Gesicht, und sie musste sich abwenden. So sah sie den Ausdruck des Entsetzens nicht, der im Gesicht des Zuhörers erschien.

„Und deshalb hat Anna gut daran getan, zu mir zu kommen", schloss Jan. „Nach allem, was sie durchmachen musste, braucht sie jemanden, der sie liebt und beschützt. Und ich werde alles daransetzen, um ihr diesen Schutz und diese Liebe zu geben." Dabei sah er zu ihr, und in seinem Blick lag so viel Zärtlichkeit, dass sie einen Augenblick überwältigt war.

„Natürlich, Ihr habt recht", murmelte Mijnheer Hegetorne und räusperte sich. Offenbar fühlte er sich durch diese offene Zurschaustellung von Gefühlen leicht peinlich berührt. Eine Weile schwieg er, dann sagte er: „Lasst uns hineingehen. Wir müssen ein ernsthaftes Wort miteinander sprechen. Aber hier draußen ist es mir zu heiß dafür."

Damit drehte er sich abrupt um, schritt zum Haus und gab Jan und Anna mit einer Handbewegung zu verstehen, dass sie ihm folgen sollten. Sie betraten das Gebäude durch die Hintertür und gingen durch den Korridor in das Zimmer gleich neben dem Eingang. Durch die hohen Fenster fiel strahlendes Sonnenlicht herein und erfüllte den Raum mit Helligkeit, obwohl alle Wände holzvertäfelt waren. In der Mitte prangte ein schwerer Eichentisch, und an den Wänden standen etliche Truhen und Beistelltische mit reichem Schnitzwerk. Auf Wandborden darüber glänzte wertvolles Zinngeschirr, und zu beiden Seiten des Kamins luden hochlehnige Bänke zum Sitzen ein. Jemand hatte sie mit bunten Stoffen geschmückt, die dem Zimmer einen freundlichen Eindruck verliehen. Von irgendwo aus dem oberen Stockwerk ertönte Gehämmer.

Samuel Hegetorne ließ sich auf einer der Bänke nieder und deutete einladend auf die andere. Nachdem auch Jan und Anna Platz genommen hatten, begann er: „Also gut. An Eurem Bericht gibt es ein oder zwei Punkte, die ich nicht recht verstehe. Zum einen: Was soll das für ein aberwitziger Einfall sein, dass Ihr erst heiraten könnt, wenn Ihr genügend Geld gespart habt?“

„Das hat uns der Prediger erklärt“, verteidigte sich Jan überrascht. „Er sagte, wenn ich meine Familie nicht aus eigener Kraft ernähren könnte, würde ich der Gemeinschaft zur Last fallen.“

„Das ist Unsinn. Solange Ihr Arbeit habt, könnt Ihr auch Frau und Kind unterhalten. Und selbst wenn das nicht der Fall wäre, könnte Euch kein Gesetz am Heiraten hindern.“

„Meinen Sie wirklich?“, fragte Jan erfreut.

Mijnheer Hegetorne nickte. „Ein solches Gesetz gibt es nicht, und das weiß auch Mijnheer Terhuysen.“ Er wandte sich an Anna. „Aller Wahrscheinlichkeit hat er Euch diesen Floh nur deswegen ins Ohr gesetzt, um Euch in seinen Haushalt zu locken, sodass er …“

Hier unterbrach er sich und schüttelte den Kopf. „Ich

werde mit dem Ältestenrat der Gemeinde sprechen. Ganz offensichtlich ist Tobias Terhuysen nicht würdig, der Kirche als Prediger zu dienen.“

Einen Augenblick schwieg er, doch dann erhellte sich seine Miene. „Aber das soll nicht Eure Sorge sein. Ihr möchtet heiraten?“ Er lachte. „Diese Frage muss ich wohl gar nicht erst stellen. Also gut, dann werde ich alles Notwendige dafür veranlassen und Euch ein Dach über dem Kopf suchen. Auf meinem Grund und Boden gibt es einige Hütten. Sicher ist etwas Passendes für Euch dabei.“

„Wollt Ihr damit sagen, dass ich bleiben und weiter für Euch arbeiten kann?“, erkundigte sich Jan und schien sein Glück nicht fassen zu können. „Selbst wenn Anna und ich …?“

„Aber selbstverständlich. Ihr seid ein fähiger junger Mann, und Eure Ideen für die Anlage meines Gartens haben meine Erwartungen bereits jetzt überstiegen. Ihr glaubt doch nicht, dass ich Euch einfach so wieder ziehen lasse! Außerdem werde ich Euren Lohn so erhöhen, damit Ihr Eure Frau ernähren könnt.“

Nach diesem Satz erhob sich Mijnheer Hegetorne und trat vor die Tür, um Griete zu rufen. „Holt Wein, gute Frau. Ich möchte auf die Gesundheit dieses jungen Paars trinken. Bringt vier Pokale her, und nehmt auch selbst einen Schluck.“

Im Überschwang des Glücks ergriff Jan die Hand seiner zukünftigen Frau und drückte sie mit aller Kraft. Anna ihrerseits konnte nicht aufhören, den vornehmen Herrn anzulächeln, der alle ihre Träume in erreichbare Nähe gerückt hatte. Es kam ihr wie ein Wunder vor, dass ein Tag, der so entsetzlich begonnen hatte, so freudig zu enden versprach. Als sie den Pokal an die Lippen hob und ihr ein kalter Schauer den Rücken hinunterlief, schüttelte sie das Gefühl ab. Vermutlich lag es einfach daran, dass der Wein kalt war.

7. KAPITEL

Samuel Hegetorne hielt Wort und ließ alles für die Vermählung von Anna und Jan vorbereiten. Er sorgte sogar dafür, dass Anna bis zur Eheschließung Unterschlupf bei Grietes Eltern fand.

Endlich kam der große Tag: Am 15. Juli im Jahre 1580, kaum ein halbes Jahr nachdem sie ihre Heimat verlassen hatten, heiratete Anna Fromenteel den jungen Gärtner Joannes Verlender.

Obwohl die Feier schlicht verlief, hielt sich das Brautpaar an die Tradition. Anna trug ein neues Kleid, und die Locken, geschmückt mit einem Kranz aus Myrte und Rosenknospen, fielen ihr lose über die Schultern. Anders als üblich geleitete jedoch nur ein einziger Brautführer sie in die Kirche. Samuel Hegetorne versah dieses Amt mit vornehmer Würde. Am Altar wartete Jan in neuer Festtagskleidung auf sie. Er trug Kniehosen, Wams, Schnallenschuhe und ein Hemd mit breitem Spitzenkragen. Zwei Brautjungfern – Griete und ihre Schwester Sophia – standen neben ihm und hielten Rosmarinzweiglein als Symbol seiner Liebe und Beständigkeit in den Händen.

Während Jan seiner Braut entgegenblickte, schoss ihm der Gedanke durch den Kopf, dass er Anna niemals schöner gesehen hatte.

Die Kirche war voll. Eine Hochzeit gab der Gemeinde einen willkommenen Vorwand zum Feiern, gleichgültig, wie eng man dem Brautpaar verbunden war. Die meisten Gottesdienstbesucher hatten sich für den festlichen Anlass mit bunten Tüchern und farbigen Handschuhen herausgeputzt. Selbst Maria und Debora war es gelungen zu kommen, um bei Annas Hochzeit zugegen zu sein. Sie hielten sich allerdings hinter einer Säule versteckt, damit der Prediger sie nicht sehen und aus seinem Haushalt entlassen konnte.

Denn Mijnheer Hegetornes Bemühungen, Tobias Terhuysen als Prediger der Gemeinde ablösen zu lassen, waren erfolglos geblieben. Deshalb musste sich das Brautpaar von Annas früherem Arbeitgeber trauen lassen. Doch es war nur zu offensichtlich, dass Mijnheer Terhuysen diese Aufgabe alles andere als erfreut ausführte. Düster schweifte sein Blick über die Gemeinde. Die fröhliche Kleidung und die Freude der Anwesenden am Glück des jungen Paars waren ihm ein Dorn im Auge.

Auch die Hochzeitsbräuche schienen ihm zu missfallen. Anna trug bunte Bänder am Rock, welche die jungen Männer der Gemeinde nach der Zeremonie abreißen und als Gunstbeweis der Braut am Hut tragen sollten.

In seinem Zorn gab Mijnheer Terhuysen sich alle Mühe, die Trauung so wenig feierlich wie möglich zu gestalten. Er nuschelte die meiste Zeit und gab dem Brautpaar kaum Zeit, das Gelöbnis zu sprechen. Schließlich ließ er sogar den Ring fallen – Jan schwor nachher, er hätte ihn absichtlich hinuntergeworfen –, sodass der Bräutigam auf dem Boden herumkriechen musste, um das Schmuckstück wiederzufinden. Zuletzt beendete der Prediger die Zeremonie, ohne dem frisch vermählten Paar und seinen Trauzeugen Gelegenheit zu geben, einen Schluck Wein zu trinken, wie es der Brauch eigentlich vorsah. Kurz: Er ließ seine schlechte Laune an den Brautleuten aus, wo es nur ging.

Doch nichts konnte Annas und Jans Freude an diesem Tag trüben. Um ihr Glück zu krönen, hatte Mijnheer Hegetorne eigens zusätzliche Köche eingestellt und in seinem schönen Haus ein Festessen ausrichten lassen, zu dem er neben den wenigen Bekannten des jungen Paares auch seine eigenen Freunde einlud. Er hielt die Hochzeit für eine gute Gelegenheit, sein neues Heim einzuweihen.

Die Tische schienen sich unter der Last der Speisen zu biegen. Neben Hammelkeulen und Rinderbraten ließen sich die Gäste riesige gekochte Schinken, gesottenen Fisch in feinen Soßen, Pasteten und Puddings schmecken. Salate, verziert mit den violetten und rosa Blüten von Borretsch und Rosmarin, und schmackhafte Gerichte aus Rüben, Blattgemüse und Kohl begleiteten die Fleischgänge. Danach luden die Dienstmädchen süße Törtchen, Fruchtgelees und elegante Cremes auf die Tafeln.

Als festlicher Höhepunkt des Mahls wurde schließlich ein aufwendiges Gebilde aus Marzipan hereingetragen. Niemand wusste genau, was es darstellen sollte. Man munkelte, dass Griete sich an einer süßen Skulptur versucht hatte, die Masse aber nicht gehalten hatte und auseinandergebrochen war. Aber niemand nahm Anstoß daran, und es entspann sich ein heiteres Ratespiel darüber, was die Köchin wohl hatte abbilden wollen.

Kaum hatte auch der letzte Gast gesättigt den Löffel aus der Hand gelegt, da stimmten Musikanten im Festsaal des Hauses die erste Tanzweise an. Wer sich noch auf den Beinen halten konnte, hüpfte und drehte sich bald im Takt der Musik. Noch nie hatte Anna die stets in strenges Schwarz gewandeten, fleißigen und tugendhaften Mitglieder der flämischen Gemeinde so fröhlich erlebt. Am nächsten Tag würden sie alle wieder ihrer gewohnten Arbeit nachgehen – einige von ihnen allerdings blasser als sonst und mit Augenringen –, aber dieser Abend gehörte der Lebenslust.

Die Feier war noch in vollem Schwung, als Jan die Hand seiner frisch angetrauten Ehefrau ergriff und sich mit Anna davonstahl.

„Lass uns gehen. Die Gäste haben auch so ihren Spaß, ohne dass sie uns zum Ehebett geleiten“, flüsterte Jan. Anna nickte und folgte ihm zu dem kleinen Häuschen, das Mijnheer Hegetorne ihnen auf seinem Besitz zur Verfügung gestellt hatte.

Während sie die Brachfläche überquerten, auf der bald der Garten des Kaufmanns entstehen sollte, legte Anna den Kopf gegen die Schulter ihres Mannes.

„Bist du müde, Liebes?“, erkundigte er sich sanft.

„Ein bisschen. Aber es war ein wunderbarer Tag. Ich wünschte nur …“

„Was denn?“

„Ich wüsste so gern, ob mein Vater – mein richtiger Vater – auch in Colchester lebt. Vielleicht wäre er zu unserer Hochzeit gekommen. Das wäre schön gewesen.“ Sie seufzte sehnsüchtig.

„Vielleicht war er ja da, und wir wissen nur nichts davon. Ich glaube, Mijnheer Hegetorne hat die Hälfte der Gemeinde von Colchester und noch etliche Gäste aus anderen Orten zu dem Fest eingeladen.“

„Das ist ein schöner Gedanke.“ Anna lächelte.

Zärtlich küsste Jan sie auf das Haar. „Eines Tages werden wir ihn finden, Anna. Irgendwo gibt es sicher jemanden, der weiß, wo er sich aufhält. Ah, da sind wir.“ Er blieb stehen und verkündete stolz: „Unser Zuhause.“

Einen Augenblick betrachteten sie glücklich das Häuschen mit seinen Lehmwänden und dem Reetdach.

„Hoffentlich ist es dir nicht zu bescheiden“, äußerte Jan, plötzlich unsicher. „Schließlich bist du von früher weitaus Besseres gewohnt.“

Mit vor Freude glänzenden Augen schlang sie die Arme um ihn. „Das Beste ist, dass wir unser gemeinsames Glück gefunden haben, Jan. Denk nur daran, wie unglücklich ich in dem reichen Haushalt meines Vaters war, als ich an Otto de Hane verheiratet werden sollte. Wo du bist, da ist mein Zuhause. Solange wir beide zusammen sind, ist alles andere unwichtig.“

Obwohl das Häuschen sehr klein war, hatte Mijnheer Hegetorne für alles gesorgt: Von den Möbeln bis zur letzten Tasse war der ganze Hausstand vollständig. Jan wusste, dass ihr Gönner ein ums andere Mal Griete hergeschickt hatte, um sicherzugehen, dass es dem jungen Paar an nichts fehlte.

Im schwindenden Licht des Tages sahen sie sich gemeinsam im Wohnraum um. Der Boden war mit Ziegeln gepflastert. Vor der Feuerstelle hingen an Haken ein Kessel und ein Kochtopf herab, und es gab sogar einen kleinen gemauerten Backofen neben dem Rauchabzug. Ein solider hölzerner Vorratsschrank hing an der Wand gegenüber der Eingangstür, sodass Mäuse und Ratten nicht an die Lebensmittel gelangen konnten. Und Mijnheer Hegetorne hatte sogar den Schrank füllen lassen.

Teller, Schüsseln und Tassen standen aufgereiht auf Regalbrettern neben dem Herd. Den größten Raum nahm der Tisch in der Mitte ein, mit jeweils einem Hocker zu beiden Seiten und einem Stuhl am Kopfende. Als Anna die Schublade aufzog, entdeckte sie darin Messer und Löffel. Unter dem Fenster, das sich zum Schutz gegen Zugluft mit Fensterläden verschließen ließ, lief ein niedriges Bord über die Breite des Zimmers und bot weiterem Kochgeschirr Platz. Zwei irdene Krüge waren randvoll mit frischem Brunnenwasser gefüllt.

„Mijnheer Hegetorne hat wirklich an alles gedacht", staunte Anna beeindruckt.

Jan lächelte und zeigte auf die Leiter, die in der hinteren Ecke an der Wand lehnte. „Das ist noch nicht alles. Schau nur, da oben geht es weiter!"

Schnell kletterte sie hinauf und fand unter dem Dach eine Schlafkammer vor, die beinahe halb so groß war wie der Wohnraum. Jan war ihr gefolgt, ein Öllicht in der Hand. Gemeinsam betrachteten sie das große Bett, das unter dem Giebel stand und einladend und bequem wirkte. Beim Anblick der frischen Leinenbettwäsche und dicken Federkissen stieß Anna einen Seufzer der Erleichterung aus. Bei Mijnheer Terhuysen hatte sie sich mit dünnen Decken und zerschlissenen Laken begnügen müssen und schlecht geschlafen, weil sie aus ihrem Elternhaus anderes kannte.

Neben dem Bett standen auf der einen Seite eine Wäschetruhe und auf der anderen ein Kasten, den Jan öffnete. „Sieh mal, meine Liebste, hier haben wir sogar noch ein paar zusätzliche Wolldecken, damit wir im Winter nicht frieren müssen.“ Er drehte sich zu ihr um. „Gefällt es dir?“

Anna konnte nur nicken, aber das Glück strahlte aus ihren Augen. Natürlich war sie in größerem Luxus aufgewachsen, aber dies hier war das Zuhause, das sie mit Jan teilen würde. Und in diesem Augenblick konnte sie sich nichts Schöneres vorstellen. „Es ist einfach vollkommen.“

Erleichtert zog er sie an sich. „Draußen wird es dunkel. Lass uns zu Bett gehen, denn morgen muss ich früh aufstehen, um mit der Arbeit zu beginnen.“ Bei diesen Worten spürte er, wie sie sich in seinen Armen versteifte. Darum sagte er sanft: „Ich gehe nur kurz hinunter und lege Feuerholz für morgen früh bereit. Es dauert nicht lange, meine Liebste.“

Natürlich wusste Anna so gut wie er, dass die Scheite bereits im Kamin lagen, aber sie widersprach nicht. Obwohl sie diesem Moment so lange entgegengefiebert hatte, schüchterte der Gedanke, sich in Jans Gegenwart auszuziehen, sie plötzlich ein.

Als er hinabgeklettert war und sie hörte, wie er unten umherging, legte sie das Hochzeitskleid ab, bürstete sich die Haare und flocht sie zu Zöpfen. Mit einem Seufzer der Erleichterung schlüpfte sie zwischen die nach Lavendel duftenden Laken und wartete auf ihren Bräutigam. Sie sehnte sich nach seiner Umarmung, aber die Erinnerung an das, was im

Haus des Predigers vorgefallen war, ließ sie trotzdem zittern.

Bald kam Jan zurück und zog sich aus, die ganze Zeit leise vor sich hin pfeifend. Ohne jede Scheu zeigte er sich ihr nackt, da er wusste, dass der Anblick nichts Neues für sie war. Immerhin hatte Anna ihn nach dem Schlangenbiss in der Hütte der alten Betty wochenlang gepflegt. Doch als er ins Bett stieg, fühlte er sie erneut beben.

„Hab keine Angst, meine Liebste", flüsterte er und fing an, sie sanft zu streicheln. „Ich gebe mir alle Mühe, dir nicht wehzutun."

Tatsächlich dauerte es nicht lange, bis Jans Zärtlichkeiten jeden Gedanken an Tobias Terhuysen aus Annas Sinn verdrängt hatten. Sie hörte auf zu zittern und gab sich der Umarmung ihres Mannes hin.

Dicht an ihn gedrängt, schlief sie schließlich ein und erwachte in der Morgendämmerung von den Geräuschen, die von unten aus der Hütte zu ihr heraufdrangen. Jan hatte bereits den Kessel über das lustig flackernde Feuer gehängt und pfiff fröhlich vor sich hin, während der Kessel zu summen begann. Schnell stand Anna auf und zog ihr altes graues Kleid mit einem frisch gestärkten Kragen und einer weißen Haube an. Stolz flocht sie ihr Haar nach dem Bürsten zu zwei langen Zöpfen, wie es sich für sie als verheiratete Frau nun ziemte.

Als Jan sie sah, wünschte er ihr einen guten Morgen und bemerkte: „Ich war schon beim nächsten Hof und habe Milch geholt. Master Pitt hat nichts dagegen, uns mit allem zu versorgen, was wir brauchen: Milch, Butter, Sahne, Käse ..."

Anna runzelte die Stirn. „Warum sollte er etwas dagegen haben, wenn wir dafür bezahlen?"

„Weil wir Flamen sind, meine Liebste – Fremde. Hier in Colchester sind wir nicht immer wohlgelitten. Aber das weißt du doch, nicht wahr? Du musst doch gemerkt haben, wie die Engländer versuchen, uns auf dem Markt die Waren anzudrehen, die sie sonst nicht mehr verkaufen können."

„Ja, natürlich habe ich das schon häufig gesehen. Aber ich habe auch festgestellt, dass sie mich nicht ganz so herablassend behandeln. Schließlich spreche ich ein bisschen Englisch – nicht sehr gut, aber zumindest ausreichend, um meine Wünsche verständlich zu machen."

„Bringst du es mir bei? Ich möchte die Sprache ebenfalls lernen. Schon länger denke ich mir, dass man nicht in ein fremdes Land kommen sollte, ohne mit den Leuten dort reden zu können. Mijnheer Hegetorne spricht fließend Englisch. Er sagt immer, dass es für seine Geschäfte in der Bay Hall sehr nützlich ist."

„Was genau geschieht eigentlich in der Bay Hall?", erkundigte sich Anna, während Jan ihr ein Stück Brot reichte. Dann schnitt er eine Scheibe von dem Speck herunter, den er im Vorratsschrank gefunden hatte.

„Das musst du Mijnheer Hegetorne selbst fragen", erwiderte Jan. „Ich bin nur ein Gärtner und weiß nichts über Tuch, abgesehen davon, dass die Färberlauge irgendwann überall ist: auf den Händen, den Kleidern, im Haar ... Bäh." Er schüttelte sich. „Ich habe die Arbeit bei Lukas Hoofd verabscheut. Da wühle ich doch tausendmal lieber in guter brauner Erde."

Anna goss Milch in zwei Becher, und sie frühstückten gemeinsam, während draußen die Sonne am Himmel aufstieg und ihre wärmenden Strahlen durch die offene Tür schickte.

„Heute Morgen backe ich Brot", verkündete Anna, als Jan in die Stiefel schlüpfte, um sich an sein Tagewerk zu machen. „Wenn es fertig ist, bringe ich dir etwas davon als Mittagessen, ganz frisch und warm."

„Ganz wie du selbst", neckte er sie, kam um den Tisch herum und küsste sie zärtlich. Der Kuss dauerte länger, als sie es vorgehabt hatten.

Endlich stieß Anna ihn von sich. „Fort mit dir, sonst kommst du noch zu spät zur Arbeit!" Doch sie lachte dabei. „Vergiss nicht, ich werde später vorbeikommen, um mir anzusehen, was du geschafft hast."

Nachdem Jan gegangen war, räumte sie das Geschirr weg und machte sich dann auf den Weg zum Haupthaus, um sich in der Küche etwas Sauerteig geben zu lassen. Der Rest des Vormittags verging wie im Fluge. Anna knetete den Brotteig und stellte ihn zum Gehen an den Herd, während sie das Häuschen fegte und die Möbel abstaubte – nicht, dass es tatsächlich notwendig gewesen wäre. Aber die Arbeit erfüllte sie mit Zufriedenheit, und sie sang fröhlich vor sich hin.

Nach dem Backen, als der wohlige Duft von frisch gebackenem Brot den ganzen Raum erfüllte, wickelte sie einen Laib in ein sauberes Tuch und legte es zusammen mit zwei Stücken Käse und zwei Äpfeln in einen Korb. Mit diesem Imbiss machte sie sich auf den Weg zu Jan.

Es war ein wunderschöner Julitag. Nur ein paar weiße Schäfchenwolken standen am blauen Himmel, und die Sonne schien sommerlich warm auf die Felder. Als Anna das Haupthaus erreichte, war ihr heiß, und sie trat dankbar in den Schatten des Stallgebäudes. Sie winkte Jan zu, der das Hemd geöffnet hatte und einen alten Strohhut auf dem Kopf trug. Geschäftig vermaß er mit Schnur und Elle das Gelände vor dem Haus, auf dem der Knotengarten entstehen sollte.

Hier war der Boden bereits gerodet und umgegraben. Zwei Männer gruben auf dem Rest des Grundstücks nun ebenfalls Baumstümpfe und Wurzeln aus, entfernten Dornengebüsch und ebneten die Erde.

Als Jan seine Frau erblickte, kam er auf sie zu, wischte sich mit dem Unterarm den Schweiß von der Stirn und setzte sich neben sie ins Gras, den Rücken an den Werkzeugschuppen gelehnt.

„Hoffentlich schmeckt dir das Brot", bemerkte Anna ein wenig schüchtern. „Ich habe zwar zu Hause auch welches gebacken, aber da hat mir Bettris geholfen. Außerdem fehlt mir noch die Erfahrung mit dem Ofen in unserem neuen Häuschen."

Nachdem er einen Bissen probiert hatte, musste Jan grinsen. „Nun ja, es ist ein bisschen fest", gestand er, „aber es schmeckt gut." Er küsste Anna auf die Wange. „Du brauchst nur ein bisschen Übung. Hast du noch mehr davon mitgebracht?"

„So schlecht kann es ja nicht sein, wenn du noch etwas haben möchtest." Lächelnd gab sie ihm noch ein Stück. „Willst du auch ein Stück Käse?"

Als sie aufgegessen hatten, verschwand Jan kurz im Brauhaus und kam mit zwei Bechern Bier zurück. „Mijnheer Hegetorne hat mir erlaubt, mich selbst zu bedienen. Er weiß, dass es durstig macht, in dieser Hitze zu arbeiten."

„Was ist mit den beiden anderen Männern?", erkundigte Anna sich. Die zwei, die eben noch mit Roden beschäftigt gewesen waren, saßen inzwischen ebenfalls im Schatten der Hecke und verzehrten ihren Mittagsimbiss.

„Mijnheer Hegetorne hat gesagt, ich solle ihnen geben, was ich für richtig halte. Natürlich bekommen sie auch Durst, aber wenn man sie sich selbst überlässt, geben sie sich dem Suff hin und arbeiten nicht mehr", erklärte er lachend.

Interessiert studierte Anna, was sich im Garten getan hatte. Ein kleiner Teil des Geländes war bereits umgegraben, andere Beete erst abgesteckt. Etwas abseits hatten die Männer die gerodeten Wurzeln und Gebüschreste zu Haufen aufgetürmt. Einiges davon würden sich die benachbarten Kleinbauern und Tagelöhner als Brennstoff holen; mit dem Rest würde ein großes Feuer entzündet werden.

„Ist Mijnheer Hegetorne zufrieden mit eurem Fortschritt?“, fragte sie.

„Aber ja! Natürlich kann man im Moment noch nicht viel erkennen, aber die Pläne sind fertig. Ich ziehe sogar in den Frühbeeten schon Blumen aus Samen vor, um sie im Herbst auszupflanzen. Im nächsten Frühjahr sieht hier alles ganz anders aus, das verspreche ich dir!“ Aus Jans Worten klang Begeisterung, und jetzt sprang er auf und erklärte Anna die Einzelheiten.

„Da drüben, wo die Männer gerade den Boden vorbereiten, entstehen die Gemüsebeete. Sie sollen vom Rest des Gartens mit einer Mauer abgetrennt werden, an der wir zusätzlich Spalierobst ziehen können. Davor lege ich eine Rasenfläche mit Wegen und Blumenornamenten an. Die Stelle vor dem Haus, an der ich heute arbeite, wird der Knotengarten. Mijnheer Hegetorne wollte unbedingt einen haben, denn so etwas kennt man bisher in Colchester noch nicht. Aber es ist sehr kompliziert, ihn anzulegen, und ich muss alles genau abmessen und planen.“ Mit einer ausladenden Geste wies er auf das Gelände. „Nächstes Jahr um diese Zeit grünt und blüht hier alles.“

„Wer weiß schon, was das nächste Jahr bringen wird“, murmelte Anna. Vor ihrem geistigen Auge sah sie sich bereits sanft eine Wiege schaukeln.

„Jedenfalls keinen fertigen Garten, wenn ich mich nicht langsam wieder an die Arbeit mache.“ Jan hatte nicht bemerkt, in welche Richtung Annas Gedanken gewandert waren. Er sprang geschäftig auf. „Ach, da kommt Mijnheer Hegetorne. Bleib noch, und sprich wenigstens ein paar Worte mit ihm. Er fände es sicher merkwürdig, wenn du ihn nicht wenigstens begrüßen würdest.“

Der Kaufmann kam eiligen Schrittes auf sie zu, nahm sich aber in Acht, die abgesteckten Gartenbereiche nicht zu betreten. Wegen der Hitze hatte er den Rock abgelegt. Trotzdem wirkte er so elegant und vornehm wie immer.

„Aha, die junge Gattin", begrüßte er Anna. „Wie geht es Euch? Habt Ihr in Eurem Haus alles vorgefunden, was Ihr braucht?"

„Ja, Mijnheer, und noch viel mehr darüber hinaus! Ihr wart sehr großzügig. Und unsere Hochzeitsfeier ..."

„Gut", unterbrach er sie unvermittelt. „Das freut mich. Ich bringe außerdem Neuigkeiten. Angesichts des würdelosen Verhaltens von Mijnheer Terhuysen pflichten mir die Gemeindeältesten inzwischen bei, dass dieser Mann als Prediger nicht länger tragbar ist. Er muss gehen, und zwar je früher, desto besser."

Dann rieb er sich ein weiteres Mal die Hände und wandte sich an Jan: „Gehen die Arbeiten planmäßig voran?"

„Ja, und ich zeige Euch gern alles. Meint Ihr, an der Mauer zum Gemüsegarten würden sich ein paar Statuen gut machen?"

„Ich wüsste nicht, weshalb nicht. Natürlich müsste man dazu Nischen in der Mauer vorsehen ..."

In ihre Überlegungen vertieft, gingen die beiden Männer davon und überließen es Anna, die Reste der Mahlzeit wieder in den Korb zu packen, um nach Hause zurückzukehren.

Doch nach ein paar Schritten drehte Mijnheer Hegetorne sich noch einmal um und rief: „Beinahe hätte ich es vergessen, Mevrouw: Geht noch hinüber zur Küche. Griete hat etwas für Euch."

Überrascht gehorchte Anna und fand Griete in der Küche bei der Vorbereitung der Mahlzeit. Trotz der Hitze des Sommertags und obwohl an dem einen Ende des Raums ein großes Feuer brannte, wirkte es hier beinahe kühl, denn die Küche lag auf der Nordseite des Hauses.

Griete war viele Jahre älter als Anna und hatte bereits mit

zwölf Jahren angefangen, als Küchenmagd zu arbeiten. Nach und nach hatte sie sich von der Spülküche bis zur Köchin hochgedient. Nun, bei Samuel Hegetorne, herrschte sie über die gesamte Küche und stand etlichen Mägden vor.

Als Anna am Morgen den Sauerteig geholt hatte, war Griete nicht da gewesen. Daher erkundigte sich die Köchin als Erstes, ob Anna im Häuschen alles nach ihren Vorstellungen angetroffen hatte.

Anna ließ sich Griete gegenüber am großen Tisch nieder und antwortete begeistert: „Es ist alles wunderbar!"

„Das will ich auch meinen", erwiderte Griete knapp. „Ich weiß wirklich nicht, wie oft ich hin und her rennen musste! Immer wollte der Herr wissen, ob ich auch nicht dies oder jenes vergessen hätte! Zum Schluss taten mir die Füße weh, das sage ich dir!"

„Nein, wirklich, es ist alles da", versicherte Anna ihr, der auffiel, dass Griete von den Umständen, die ihr Mijnheer Hegetorne gemacht hatte, nicht allzu begeistert war. Dankbar lächelte sie die Köchin an. „Ich bin wirklich sehr dankbar für die Mühe, die du dir gemacht hast."

„Nun ja. Der Herr hat gern selbst ein Auge darauf, dass alles nach seinen Vorstellungen geschieht", erklärte Griete, offensichtlich durch Annas Dank besänftigt. Sie stand auf und holte zwei Becher Bier.

„Mijnheer Hegetorne ist ein sehr freundlicher Mann", bemerkte Anna zwischen zwei Schlucken.

„Oh ja, solange er seinen Willen bekommt, ist er schon freundlich. Und er ist es gewohnt, seinen Willen zu bekommen. Dafür kann er schließlich bezahlen." Griete nahm einen tiefen Zug und stellte den Becher ab.

Überrascht erkundigte sich Anna: „Magst du ihn nicht?"

Griete zuckte die Schultern. „Ich bekomme einen guten Lohn, habe einen guten Arbeitsplatz und ein Dach über dem

Kopf. Alles andere schert mich nicht." Noch einmal ging sie fort und brachte ein Stück Rinderschulter aus der Vorratskammer. „Das sollst du mitnehmen, hat er gesagt. Fürs Abendessen. Nichts von dem Hammel, nichts von dem Schinken, nichts von der Schweinefleischpastete, sondern ausgerechnet das Rindfleisch. Ich persönlich weiß nicht, was das soll, aber nun gut. Von der Feier gestern ist ja genug übrig geblieben, da kannst du genauso gut etwas davon mitnehmen."

„Aber warum wollte er unbedingt, dass ich das Rindfleisch nehme?", fragte Anna erstaunt.

„So ist er immer", erklärte Griete. „Alles muss er selbst bestimmen, noch die kleinste Einzelheit."

„Das ist sehr großherzig von ihm."

„Ach was. Immerhin ist ihm hier ein erfahrener Gärtner ins Haus geschneit, und den möchte er so schnell nicht wieder verlieren."

Während Anna das Stück Fleisch, das für Jan und sie viel zu groß war, nach Hause trug, gingen ihr Grietes Worte noch einmal durch den Kopf, und sie fühlte sich sehr unbehaglich. Ob die Köchin eifersüchtig war, weil Mijnheer Hegetorne Jan und ihr so viel Aufmerksamkeit schenkte?

8. KAPITEL

Im Laufe der Sommermonate nahm Mijnheer Hegetornes Garten allmählich Gestalt an. Die ersten Blätter verfärbten sich schon, als endlich das gesamte Grundstück gerodet und umgegraben war. Im Knotengarten hatte Jan Buchsbaum in komplizierten Ornamenten gepflanzt und Kieswege angelegt. Auch die Rasenflächen waren so weit vorbereitet, dass das Gras gesät werden konnte, und die Blumenbeete waren abgesteckt. Bauleute errichteten die mannshohe Mauer, die den Gemüsegarten umschließen sollte. Man konnte sogar schon die Torbögen darin erkennen.

Endlich konnte Jan sich daranmachen, die Pflanzen zu setzen, die er aus Samen gezogen hatte. Er versprach Mijnheer Hegetorne, bereits im nächsten Jahr die Küche mit Gemüse und Kräutern und die Wohnräume mit Blumen zu versorgen.

Der Kaufmann war begeistert von Jans Erfolgen und besichtigte voller Besitzerstolz täglich die Fortschritte.

„Ich wette, er sieht es sogar, wenn ein Grashalm über Nacht aus der Erde kommt“, bemerkte Jan scherzhaft zu seiner Frau, während er sein Frühstück hinunterschluckte. Aber das Interesse seines Arbeitgebers schmeichelte ihm sichtlich.

Anna sah ihm nach, als er die Tasche über die Schulter warf und sich auf den Weg zu seinem Tagewerk machte. Während der vergangenen Monate war er noch schmaler und sehniger geworden, und durch die Arbeit in der Sonne hatte seine Haut beinahe die Farbe der Erde angenommen. Sein helles Haar dagegen war inzwischen fast weiß, obwohl er fast immer den alten Strohhut trug. Jan strotzte nur so vor Gesundheit.

Aber wenn er abends nach Hause kam, war er von Tag zu Tag erschöpfter. Die langen Sommertage, an denen er vom ersten Sonnenstrahl bis zum letzten Schimmer der Abendröte im Garten schuftete, forderten allmählich ihren Tribut. Manchmal schlief er beim Abendessen fast ein. Aber Anna brachte ihm täglich seinen Mittagsimbiss und zwang ihn dazu, sich neben sie zu setzen und das Stückchen Brot und Käse in ihrer Gegenwart zu verzehren. Sie war sich sicher, dass er anderenfalls pausenlos durcharbeiten würde.

„Du arbeitest zu hart, mein Liebster", bemerkte sie eines Mittags, während sie ihm ein Stück von der Schweinesülze reichte, die sie selbst zubereitet hatte. „Wenn du so weitermachst, wirst du noch krank. Und was soll dann aus uns werden?"

„Harte Arbeit hat noch niemandem geschadet, und schon gar nicht, wenn es um eine Herzensangelegenheit geht wie die Gestaltung dieses Gartens." Er legte einen Arm um Anna. „Schon jetzt geht die Sonne wieder später auf und früher unter. Wenn erst der Winter mit Eis und Schnee kommt, beginnt für den Garten die Ruhezeit – und für mich auch."

„Ruhezeit? Für dich? Das will ich sehen. Du findest doch immer etwas zu tun!", gab sie lachend zurück.

Plötzlich ernst geworden, sah er ihr in die Augen. „Bist du einsam, Anna? Bereust du unsere Heirat etwa?"

Nachdrücklich schüttelte sie den Kopf. „Nein, nicht einen einzigen Augenblick lang. Und ich habe gar keine Zeit, mich einsam zu fühlen. Schließlich lege ich auch nicht die Hände in den Schoß. Griete hat mir beigebracht, Seife zu sieden und Kerzen zu ziehen. Das haben mir meine Mutter und Bettris zu Hause nie erlaubt. Und du musst zugeben, dass ich gutes Bier braue!"

„Das tue ich gern", erwiderte er grinsend und nahm einen tiefen Zug von dem Krug Dünnbier, den sie ihm mitgebracht hatte.

„Außerdem gehe ich jeden zweiten Tag zum Markt.

Manchmal begleitet mich Margery Frith. Sie ist Spinnerin und wohnt in einem der Häuschen ein Stück die Straße herunter. Allerdings ist mir schleierhaft, wie sie es schafft, ihr Soll an Wolle zu spinnen – schließlich hat sie das ganze Haus voller Kinder!"

Anna verstummte, und Jan betrachtete sie verstohlen über den Rand des Bierkrugs hinweg. Er wusste genau von ihrer heimlichen Enttäuschung darüber, dass sie immer noch nicht guter Hoffnung war. Wie häufig hatte er ihr bereits erklärt, dass sie schließlich erst drei Monate verheiratet waren! Sie hatten noch alle Zeit der Welt, um eine Familie zu gründen. Und wenn erst die langen Winterabende kämen …

Er freute sich auf die kalte Jahreszeit, wenn die Arbeit im Garten ihn weniger in Atem halten würde. Es würde bereits nachmittags zu dämmern anfangen, und um Kerzen zu sparen, würden sie früh ins Bett gehen und später aufstehen. Bei dem Gedanken lächelte er verstohlen. An ihm sollte es jedenfalls nicht liegen, wenn Anna nicht bis Neujahr ihren Herzenswunsch erfüllt bekäme!

Mit einem Ruck kehrte er in die Gegenwart zurück und zwang sich, seiner Frau zuzuhören.

„Bis zum Stadtrand laufen wir gemeinsam, aber dann trennen wir uns, damit man Margery und mich nicht zusammen sieht."

„Warum sollte man euch denn nicht zusammen sehen?"

Ungeduldig sah sie ihn an. „Ach Jan, du weißt doch so gut wie ich, warum das so ist. Weil ich Flämin bin natürlich. Margery selbst macht das überhaupt nichts aus. Ich bin mir sicher, dass sie mich nett findet, und außerdem bringt sie mir Englisch bei." Gedankenverloren biss Anna in einen Apfel. „Ich glaube, dass die Engländer uns so wenig gewogen sind, liegt an den vielen Gemeindemitgliedern, die sich weigern, auch nur ein einziges Wort der fremden Sprache zu lernen."

„Ist das Margerys Meinung?“, erkundigte sich Jan lächelnd.

„Nein. Sie sagt, die Engländer mögen uns Flamen nicht, weil wir ihnen die Arbeit wegnehmen.“

„Das ist doch Unsinn! Es gibt sicher für alle genug zu tun.“

„Außerdem muss selbst das englische Tuch zur flämischen Bay Hall gebracht werden, um dort das Prüfsiegel zu bekommen. Auch das geht vielen Leuten hier gegen den Strich.“

„Nun ja, das kann man ihnen wohl kaum verübeln“, räumte Jan ein. „Immerhin ist das hier ihr Heimatland.“ Er stand auf. „Aber ich muss weitermachen. Heute pflanzen die Männer den Frühlingskohl, und ich will die letzten Kräuter in den Knotengarten setzen. Stell dir vor, was das gerade für eine aufregende Zeit ist, Anna: Was wir jetzt pflanzen, wird uns nächstes Jahr mit Gemüse und Blumen versorgen!“ Nach einem kurzen Abschiedskuss eilte er wieder an die Arbeit.

Während sie über die Feindseligkeit zwischen den Bürgern Colchesters und ihren Landsleuten nachdachte, räumte Anna die Überreste des Mittagessens zusammen. Anfangs hatten die Engländer die Flamen mit offenen Armen empfangen, aber nun nannten sie ihre neuen Nachbarn „Fremde“ oder sogar „Eindringlinge“. Es kam sogar vor, dass sie verrottetes Gemüse nach ihnen warfen. Traurige Zustände herrschten in dieser hübschen Stadt!

Tief in Gedanken versunken, wollte Anna gerade aufstehen, als Mijnheer Hegetorne auftauchte. Obwohl er den Vormittag mit Jan im Garten verbracht, hier Fortschritte begutachtet und dort die Planungen besprochen hatte, war er wie immer tadellos gekleidet. Sich die Hände schmutzig zu machen, überließ er seinen Arbeitern.

„Ah, Mevrouw“, begrüßte er Anna lächelnd. „Wie geht es Euch an diesem schönen Tag?“

Sie knickste. „Danke, gut, Mijnheer." Trotz der Güte, die er ihr und Jan gegenüber an den Tag legte, fühlte sie sich in seiner Gegenwart immer ein bisschen befangen. Es konnte nicht daran liegen, dass sie sich von seinem Reichtum und seiner Vornehmheit eingeschüchtert fühlte. Im Haus ihres Vaters war sie genauso reichen und vornehmen Männern begegnet. Nein, es kam ihr immer ein wenig so vor, als betrachte er sie als notwendiges, aber lästiges Übel; eine zusätzliche Belastung, die er um seines erfahrenen Gärtners willen in Kauf nahm.

Gleichzeitig schalt Anna sich für diesen Gedanken. Schließlich hatte sich Mijnheer Hegetorne ihr gegenüber nie anders als aufmerksam und zuvorkommend gezeigt. Er hatte alles darangesetzt, ihr und Jan die Heirat zu ermöglichen, und ihnen sogar ein fertig ausgestattetes Heim zur Verfügung gestellt.

Manchmal fragte Anna sich, was ihr Gönner wohl sagen würde, wenn er wüsste, dass sie in einem mindestens ebenso luxuriösen Haus wie seinem aufgewachsen war. Der Mann, den sie ihren Vater genannt hatte, war ein ebenso großer Kaufmann wie Samuel Hegetorne. Darüber würde sie diesem gegenüber jedoch niemals ein Wort verlieren. Es war durchaus denkbar, dass er Geschäfte mit Cornelis Fromenteel machte, und sie wollte nicht riskieren, dass dieser ihren Aufenthaltsort entdeckte.

Eine Weile unterhielt Mijnheer Hegetorne sich mit ihr darüber, wie sehr er seinen neuen Garten bereits jetzt genoss. Zum Schluss fragte er sie wie üblich, ob sie in dem kleinen Häuschen alles hatten, was sie brauchten. Sie bejahte und dankte ihm.

Da teilte er ihr unvermittelt mit: „Tobias Terhuysen verlässt in den nächsten Tagen die flämische Gemeinde in Colchester."

Anna sah Mijnheer Hegetorne überrascht an. Auch nach ihrer unschönen Trauung gingen sie und Jan weiterhin in Colchester zum Gottesdienst, denn ihr Fernbleiben hätte eine Geldbuße nach sich gezogen. Und es gab keine andere Kirche, die sie besuchen konnten. Woche für Woche hoffte Anna, Mijnheer Terhuysen möge die Gemeinde verlassen haben, nur um Woche für Woche enttäuscht zu werden. So hörte sie sich stundenlang seine zornigen Predigten an und unterdrückte ihren Zorn über seine heuchlerische Art, so gut es ging.

Nun erklärte Mijnheer Hegetorne: „Leider hat seine Entlassung viel mehr Zeit in Anspruch genommen, als ich gehofft hatte. Aber jetzt hat er eine Vorladung bekommen und muss nach London zur Synode der flämischen Gemeinde in Austin Friars reisen. Dort wird man schon auf angemessene Weise mit ihm verfahren."

„Weiß man denn dort, was er getan hat?", erkundigte sich Anna.

„Ja. Ich habe ihnen einen Brief geschrieben und die Sache dargelegt." Er senkte die Stimme. „Leider hatte ich zum Schluss keine andere Wahl, als den Ältesten und der Londoner Synode deutlich zu sagen, was Ihr in seinem Haushalt erdulden musstet. Dabei stellte sich heraus, dass die hiesigen Ältesten bereits von ähnlichen Vorgängen Kenntnis hatten. Offenbar waren ihnen schon andere Klagen zu Ohren gekommen."

Verständnislos runzelte Anna die Stirn. „Aber warum ist dann nicht schon viel früher etwas gegen ihn unternommen worden?"

„Möglicherweise gab es bisher niemanden, der genügend ...", er zögerte, „Mut oder vielleicht auch Macht besaß, um Mijnheer Terhuysen bloßzustellen. Schließlich war er bis jetzt ein höchst geachteter Prediger der flämischen Gemeinde mit großem Einfluss. Und wer schenkt schon dem Wort einer bloßen Dienstmagd mehr Glauben als dem des Gemeindeoberhaupts? Es kam also immer, wie es kommen musste: Er hat alle Vorwürfe als absurd hingestellt, woraufhin man sie fallen ließ."

Anna nickte. „Natürlich." Einen Augenblick schwieg sie, während sie über die Ungerechtigkeit der Welt nachsann. Wäre Mijnheer Hegetorne nicht gewesen, so könnte der Prediger vermutlich immer noch ungestört seinen Gelüsten nachgehen.

Endlich fragte sie: „Hat man schon jemanden gefunden, der seinen Platz einnehmen wird?"

„Ja, einen Mann namens Abraham van Migrode. Soweit ich weiß, ist er ein würdiger Vorsteher für diese Gemeinde."

Augenblicklich hellte sich Annas Miene auf. „Das ist der Prediger, den mein Mann und ich auf der Überfahrt nach England getroffen haben! Wie schön. Er hat sich uns gegenüber damals sehr freundlich gezeigt. Ich freue mich darauf, ihn wiederzusehen. Dann kann ich ihm endlich dafür danken, dass er uns hierhergeschickt hat."

Mijnheer Hegetorne lächelte. „Das heißt also, dass Ihr hier in Colchester glücklich seid, Mevrouw?"

„Oh ja, sehr!"

„Gut. Es freut mich, das zu hören." Zum Abschied neigte er leicht den Kopf und ging.

Ein paar Tage später machte Anna sich allein auf den Weg zum Markt. Margery Frith konnte sie dieses Mal nicht begleiten, weil sie ihr Soll noch nicht erfüllt hatte und sich mit dem Spinnen beeilen musste. Am nächsten Tag sollte der Agent kommen, der das fertige Garn einsammelte. Deshalb war Margery gezwungen, zu Hause zu bleiben. Sie bat

Anna, ihr ein paar Dinge vom Markt mitzubringen.

Ohne die Ablenkung durch Margerys Geplauder kam Anna der Weg lang vor. Endlich bog sie in die High Street ein, an deren Ende der Red Row genannte Tuchmarkt lag. Gleich daneben stand die Bay Hall, die so viele Engländer missgünstig beäugten, weil hier die „Fremden" das in der Stadt gefertigte Tuch prüften. Wie üblich herrschte vor dem Gebäude ein Gedränge von Karren, die Stoffballen entluden oder fortbrachten. Die Rufe und Flüche der Lastträger schallten Anna schon von fern entgegen. Kurz meinte sie, die hochgewachsene Gestalt von Samuel Hegetorne in der Bay Hall verschwinden zu sehen, aber vielleicht war das auch eine Täuschung gewesen.

Auf dem Markt herrschte wie immer geschäftiges Treiben. Die Verkäufer an den Obst- und Gemüseständen versuchten sich gegenseitig zu überschreien. Dazwischen zeigten ein Feuerschlucker, ein Jongleur und ein Tanzbär ihre Kunststücke. Ein paar grellbunt gekleidete Schausteller mit hohen Hüten überragten die Menge. Als sie näher kam, stellte Anna fest, dass sie auf Stelzen liefen.

Im ersten Augenblick verursachte der Gestank, eine Mischung aus fauligem Gemüse, Abwasser und ungewaschenen Menschen, Anna Übelkeit, bis sie sich wieder daran gewöhnt hatte. Nicht zum ersten Mal dankte sie dem Himmel, dass sie weit vor der Stadt in Lexden wohnen durfte. Dort konnte sie jeden Tag die gute, frische Luft genießen.

Zuerst kaufte Anna Eier für Margery und Fisch für sie beide ein, bevor sie zu einem Stand mit Kurzwaren ging. Sehnsüchtig betrachtete sie die Bänder und Spitzen und träumte davon, endlich winzige Kleidungsstücke damit schmücken zu dürfen.

Gerade als ihr bewusst wurde, wie sehr sie diesen Bummel in der Stadt genoss, berührte jemand sie am Arm.

„Maria!“ Überrascht begrüßte Anna die Magd der Familie Terhuysen. „Ich hätte nicht erwartet, dich hier zu treffen.“

„Das war auch nicht zu erwarten, denn bei uns tut sich einiges“, antwortete Maria bedeutungsvoll und tippte sich an die Nase.

„Meinst du …“, begann Anna, nur um sich sofort zu unterbrechen. Womöglich wusste noch niemand von dem, was Mijnheer Hegetorne ihr erzählt hatte. „Was meinst du damit?“, erkundigte sie sich stattdessen.

Eifrig zog Maria sie beiseite. „Mijnheer Terhuysen ist fort“, flüsterte sie Anna zu. „Vor drei Tagen hat er alles zusammengepackt und ist abgereist – mit Frau, Kindern, dem gesamten Haushalt.“

„Aber wohin denn?“ Anna tat immer noch so, als wüsste sie von nichts.

„Nach London, glaube ich, aber Genaueres weiß niemand. Es ging alles ganz schnell.“ Verstimmt schniefte sie. „Nicht, dass es mir wichtig wäre, wohin er verschwunden ist. Soll er doch bleiben, wo der Pfeffer wächst. Wir waren nur froh, ihn von hinten zu sehen.“

„Aber was wird nun aus dir, Maria? Und aus den anderen Dienstboten? Wo findet ihr jetzt Arbeit?“

„Dafür wurde gesorgt“, erklärte Maria. „Der neue Prediger ist schon in das Haus eingezogen und hat mich übernommen. Und Debora heiratet ohnehin und ist bald weg. Das ist auch besser für sie. Der neue Prediger ist nicht verheiratet. Was braucht er da ein Kindermädchen?“

Betont beiläufig erkundigte sich Anna: „Und dein neuer Herr – ist er nett?“

„Oh ja! Abraham van Migrode ist ein wirklich vornehmer Mensch. So wirkt er zumindest“, fügte sie hastig hinzu. „Er ist erst gestern angekommen, also ist es zu früh, um Näheres zu sagen.“

„Er heißt Abraham van Migrode?“ Anna bemühte sich, überrascht zu klingen.

„Ja“, bestätigte Maria.

„Dann bin ich sicher, dass du es gut getroffen hast. Mijnheer van Migrode ist der Prediger, der während unserer Überfahrt von Flandern so freundlich zu mir und ein paar Mitreisenden war. Als wir seekrank wurden, hat er uns Orangen gegeben, an denen wir lutschen konnten, um die Übelkeit zu bekämpfen. Und als Jan und ich in England ankamen und nicht wussten, wohin wir uns wenden sollten, hat er uns geraten, nach Colchester zu gehen.“

„Was du nicht sagst!“ Maria starrte sie mit offenem Mund an. „Und jetzt ist er sogar selbst hergekommen. Was für eine Überraschung!“

Bevor Anna etwas entgegnen konnte, erhob sich um sie herum lautes Geschrei und Gekreische. In wilder Flucht drängten sich Menschen zwischen den Marktständen hindurch, die einer nach dem anderen umstürzten.

„Der Bär!“ – „Der Bär ist los!“

Entsetzte Hausfrauen und Bauern stolperten über die umgestürzten Tische. Überall auf dem Boden rollte Gemüse herum, auf dem die Marktbesucher ausrutschten, als sie in wilder Panik dem riesigen Tier zu entkommen versuchten. Der gleichfalls verängstigte Bär tappte orientierungslos hierhin und dorthin, und die zerrissene Kette schwang klirrend an seinem Halsband.

Maria ergriff Anna bei der Hand und zog sie hinter eine Säule am Hauptportal der St.-Runwald-Kirche. Von dort konnten sie aus sicherer Entfernung beobachten, wie plötzlich einer der Metzger seinen Stand verließ und sich dem Tier von hinten näherte. Der Bär, der sich immer noch in blinder Panik um sich selbst drehte, sah ihn nicht kommen. Im nächsten Moment stieß der mutige Mann ihm mit aller Kraft ein langes Messer in die Seite. Brüllend vor Schmerzen bäumte sich der Bär auf. Diese Gelegenheit ergriff der Metzger geistesgegenwärtig, riss das Messer zurück und stach es dem Tier mitten ins Herz. Es fiel zu Boden wie ein Stein.

Im nächsten Moment brach Beifall los. Der Mann wurde als Held bejubelt, auf die Schultern von ein paar Umstehenden gehoben und durch die Menge getragen. Er hielt immer noch das lange Messer in der Hand, von dem das Bärenblut tropfte, und schwenkte es triumphierend über dem Kopf.

Beim Anblick des toten Bären, der inmitten von zertretenem Gemüse, Töpfen, Pfannen, Bändern, Fisch und Fleisch auf dem Marktplatz lag, empfand Anna Übelkeit. Das Tier wirkte riesig, war aber offensichtlich schon sehr alt gewesen. Die Augen starrten milchig weiß ins Leere, das Fell war von kahlen Stellen durchsetzt und sah räudig und verfilzt aus. Armes Vieh, dachte Anna traurig. Sicherlich hatte es ebenso viel Angst gehabt wie die Menschen, die vor ihm geflohen waren.

Voller Mitgefühl sah sie sich nach seinem Besitzer um, den der Tod der armen Kreatur aber offenbar nicht scherte. Emsig raffte er von den herumliegenden Waren auf, was er tragen konnte. Als er sich die Taschen zum Bersten gefüllt hatte, rannte er davon, ohne einen Blick auf den toten Bären zu verschwenden, der ihm jahrelang den Lebensunterhalt gesichert hatte.

„Armer Bär“, murmelte Anna, während sie zusah, wie vier Männer das Tier zur Seite zerrten.

„Ach was, armer Bär“, entgegnete Maria schroff. „Du kannst mir glauben, dass dieses Viech morgen als Rindfleisch an den Metzgerständen verkauft wird. Sieh dich lieber vor, sonst erwischst du noch ein Stück Braten, das so zäh ist, dass es höchstens noch zum Schuhebesohlen taugt.“

„Ach Maria, das kann doch nicht richtig sein!“ Der

Schreck saß Anna immer noch in allen Gliedern, und plötzlich wurde ihr schwindlig.

„Das zeigt nur, wie wenig Ahnung du hast“, antwortete Maria mit einem verächtlichen Schnauben. Doch dann sah sie Anna an. „Geht es dir nicht gut? Du siehst ganz grün um die Nase aus. Komm doch einfach mit mir, dann mache ich dir einen heißen Milchpunsch, und du kannst dich ein bisschen ausruhen. Du wohnst in Lexden, nicht wahr? Dann hast du einen weiten Rückweg vor dir.“

Nur zögernd nahm Anna die Einladung an. „Und du meinst, der neue Prediger hat nichts dagegen?“, erkundigte sie sich zweifelnd.

„Ach was, der hat genug damit zu tun, in seinem Arbeitszimmer Bücher und Papiere zu ordnen. Er wird noch nicht einmal mitbekommen, dass du da bist.“

Dankbar folgte Anna ihr zu dem Haus, mit dem sie so schlimme Erinnerungen an den Vorbewohner verband. Doch schon jetzt strahlte es eine ganz andere Stimmung aus. Maria summte vor sich hin, während sie sich in der Küche zu schaffen machte. Der neue Prediger hatte außerdem zwei weitere Dienstmägde mitgebracht, junge Mädchen mit rosigen Wangen, die ihrem Herrn treu ergeben zu sein schienen.

In einem allerdings hatte Maria sich getäuscht: Der Prediger erfuhr sehr wohl von Annas Anwesenheit. Er kam in die große Küche und setzte sich zu ihnen, während Anna sich erholte und Maria ihm in den buntesten Farben ausmalte, was am Morgen auf dem Markt geschehen war. Mit weit aufgerissenen Augen lauschten die beiden Mägde der lebhaften Schilderung und liefen dann eilig davon, um noch einen Blick auf den Bärenkadaver zu erhaschen, bevor man ihn auf einem Karren davonschaffte.

„Armes Ding“, bemerkte Rachell bei ihrer Rückkehr.

„Es hat so alt und erschöpft ausgesehen“, stimmte Chrystine ihr zu. „Irgendwie fühle ich mich schuldig, weil ich dem Bären so gern beim Tanzen zugeschaut habe."

„Ja, der Mann hat das Tier immer mit einem Stock in die Seite gepikt, damit es sich dreht." Nachdenklich fragte Rachell: „Was der Bärenführer jetzt wohl macht?"

„Er hat so viele der Münzen aufgesammelt, die überall herumgekullert sind, dass er davon wohl eine Weile leben kann." Mit beiden Händen hielt Anna den Becher mit dem stärkenden Trank aus Milch und Wein umschlungen, den Maria ihr bereitet hatte. Trotzdem zitterte sie immer noch, wenn sie an das Erlebte zurückdachte.

Mijnheer van Migrode schien das Thema wechseln zu wollen, jedenfalls wandte er sich jetzt an sie. „Euer Gesicht kommt mir bekannt vor, Mevrouw, aber ich weiß nicht mehr, woher ..."

Sie lächelte ihn an. „Das letzte Mal, als wir uns gesehen haben, ging es mir sehr schlecht. Es war auf der Überfahrt von Nieuwport Anfang letzten Jahres. Ihr wart sehr freundlich zu mir und meinem Verlobten Jan." Stolz setzte sie hinzu: „Wir sind inzwischen verheiratet."

Ganz langsam erhellte die Erinnerung Mijnheer van Migrodes Miene. „Ach, jetzt weiß ich es wieder! Aber es ist kein Wunder, dass ich Euch nicht gleich erkannt habe. Damals auf dem Schiff lernte ich ein schmales, blasses Mädchen kennen. Heute sehe ich eine blühende junge Frau vor mir, wenn ich das so sagen darf."

„Stimmt, die Luft in Lexden scheint ihr gut zu bekommen", bemerkte Maria.

„Lexden – lebt Ihr dort?", fragte der neue Prediger.

„Ja, mein Mann arbeitet als Gärtner für Mijnheer Hegetorne, der sich dort ein Haus gebaut hat."

„Ja, ich erinnere mich, dass der junge Mann mir damals erzählte, er sei Gärtner."

„Er hat den Garten in Lexden selbstständig entworfen und angelegt. Mijnheer Hegetorne ist sehr zufrieden damit. Allerdings hat er auch weder Kosten noch Mühen gescheut, damit die Anlage wirklich großartig wird.“

„Euer Mann ist zu Recht stolz auf sein Werk. Alles Geld der Welt nützt schließlich nichts, wenn ein Garten wie dieser nicht von einem Künstler seines Fachs angelegt wird.“

„Dann habt Ihr Mijnheer Hegetorne besucht und die Anlage gesehen?“ Überrascht hob Anna die Brauen.

„Natürlich. Es gab einige Dinge zu klären. Der letzte Prediger … Ihr wisst sicher, dass er … nicht ganz den Beifall der Gemeinde gefunden hat.“

Sowohl Anna als auch Maria nickten, aber keine der beiden erwähnte, welche Rolle Anna bei der Entlassung des bisherigen Predigers gespielt hatte.

„Samuel Hegetorne und ich sind seit Langem miteinander befreundet“, fuhr Mijnheer van Migrode fort. „Ich kenne ihn schon aus der Zeit, bevor unsere Familien nach England fliehen mussten. Mijnheer Hegetornes Vater hielt damals mit seiner Meinung über den Herzog von Alba, der die Calvinisten so grausam verfolgte, nicht hinter dem Berg. Darum musste die ganze Familie recht überstürzt das Land verlassen. Seine Eltern leben natürlich inzwischen nicht mehr, und …“ Er unterbrach sich. „Geht es Euch nun etwas besser?“, erkundigte er sich bei Anna. Mit dem plötzlichen Themawechsel nahm er ihr die Gelegenheit, ihm weitere Fragen zu stellen.

„Ja, danke.“ Sie erhob sich und griff nach ihren Taschen. „Ich gehe jetzt besser. Meine Freundin Margery wartet sicher schon sehnsüchtig auf ihre Eier.“

„Margery?“ Mijnheer van Migrode sah sie fragend an.

„Meine Nachbarin. Sie ist eine englische Spinnerin und gute Freundin von mir.“

„Das höre ich gern. Unsere flämische Gemeinde sollte sich

den Engländern gegenüber offener zeigen. Meines Erachtens ist es nicht gut, sich so abzuschotten, wie wir es im Moment tun. Kein Wunder, dass wir in Colchester als Fremde angesehen werden. Sprecht Ihr denn die englische Sprache?"

„Ich bin dabei, sie zu lernen."

„Genau wie ich. Gut." Mijnheer van Migrode bot Anna die Hand. „*Goodbye, Mistress*", verabschiedete er sich auf Englisch.

„*Goodbye*", erwiderte Anna lächelnd.

9. KAPITEL

Als Jan abends von der Arbeit nach Hause zurückkehrte, brutzelte in der Pfanne bereits der Fisch vom Markt. Anna konnte es kaum erwarten, ihrem Mann von den Erlebnissen des Tages zu berichten.

Kaum hatte sie die Geschichte mit dem Bären geschildert, als Jan sie erschrocken unterbrach: „Oh – warst du in der Nähe, als er sich losgerissen hat? Hätte dir etwas passieren können?"

„Nein, ich habe am Rand des Marktplatzes gestanden und mich mit Maria unterhalten. Als der Aufruhr losbrach, haben wir uns hinter einer Säule versteckt und die Sache von dort aus beobachtet."

„Hat es denn Verletzte gegeben?", wollte Jan wissen. „Ein Bär kann einem Mann mit einem Prankenhieb den Kopf abschlagen, habe ich gehört."

„Nein, ich glaube, es ist niemandem etwas passiert. Das arme Tier war fast blind, und vermutlich hatte es größere Angst als die Leute, die vor ihm davongelaufen sind. Maria sagt, dass sein Fleisch jetzt verkauft wird. Aber das kann nicht stimmen, oder, Jan?"

„Doch, ich halte das für durchaus wahrscheinlich." Er sah auf, ein belustigtes Funkeln in den Augen. „Gehst du in den nächsten Tagen auf den Markt, um Fleisch zu kaufen?"

„Auf keinen Fall!", antwortete Anna im Brustton der Überzeugung.

Eine Weile aßen sie schweigend, dann erzählte Anna weiter: „Es gibt noch mehr Neuigkeiten. Maria hat mich nach der Aufregung auf dem Markt mit zu sich genommen, um mir einen Milchpunsch zu machen. Nach dem Schrecken habe ich mich ganz wacklig auf den Beinen gefühlt. Jedenfalls bin ich dort Abraham van Migrode, dem neuen Prediger, begegnet – dem Mann, den wir auf der Überfahrt getroffen haben. Wusstest du, dass er schon eingezogen ist?“

„Ja, Mijnheer Hegetorne hat es mir heute erzählt. Ich freue mich darauf, ihn wiederzusehen“, antwortete Jan, während er eine Gräte aus dem Fisch entfernte. „Schließlich hatte ich damals gar keine Gelegenheit, ihm richtig für seine Hilfe zu danken. Sicher freut es ihn, dass wir inzwischen gut angekommen sind und es uns gut geht.“

„Ich habe es ihm bereits erzählt. Er hat sogar den Garten schon gesehen, wusstest du das?“

„Nein.“ Jan sah erfreut aus.

„Wenn er sich erst etwas eingelebt hat, kann er uns vielleicht helfen, meinen Vater zu finden! Meinen *richtigen* Vater“, setzte Anna hinzu. Nachdenklich stützte sie die Ellbogen auf den Tisch und legte das Kinn in die Hände. „Glaubst du, wir werden ihn jemals finden, Jan?“

Da Jan voll und ganz mit dem Essen beschäftigt war, antwortete er ihr erst nach einer längeren Pause. „Wenn er in Colchester wohnt – warum nicht? Die Stadt ist schließlich nicht besonders groß. Aber es kann auch sein, dass er nach London gegangen ist oder nach Norwich. Und dann …“ Er zuckte die Achseln.

Doch Anna schüttelte den Kopf. „Nein, ich bin mir sicher, dass er hier in Colchester lebt. Das habe ich einfach im Gefühl.“

„Du klingst schon wie die alte Betty“, bemerkte Jan lachend. „Nur gut, dass wir keine Katze haben, sonst würde man dich womöglich noch für eine Hexe halten.“

„Ach, eine kleine Katze hätte ich schon gern.“

„Zumindest könnte sie die Mäuse wegfangen“, stimmte Jan zu.

„Mäuse? Wir haben hier keine Mäuse!“ Empört stemmte Anna die Arme in die Hüften.

„Meine Liebe, Mäuse gibt es überall."

Wie um seine Worte zu bestätigen, hörten sie in diesem Augenblick das Scharren kleiner Füßchen unter dem Dach. Jan zog eine Augenbraue hoch. „Hörst du?"

Anna musste lächeln. „Na gut. Umso wichtiger ist es, dass wir uns eine Katze anschaffen."

Nach dem Essen räumte Anna das Geschirr weg und kehrte mit einer Schiefertafel und etwas Kreide zurück. Jan rollte die Planzeichnungen aus. Seit die Tage kürzer wurden, hatte Anna angefangen, ihrem Mann Lesen und Schreiben beizubringen. Dafür verwendete sie die Namen der Pflanzen, die einmal in Mijnheer Hegetornes Garten wachsen würden.

„Hier und dort drüben sollen Schlüsselblumen gepflanzt werden." Jan deutete auf das Papier, während Anna sorgsam mit Kreide *Schlüsselblume* schrieb. Danach bemühte Jan sich, es ihr gleichzutun.

„Schlüsselblume", wiederholte er befriedigt, als seine ungelenken Buchstaben auf der Schiefertafel standen. Erneut deutete er auf den Plan. „Rosen." Wieder schrieb Anna das Wort vor, und er malte die Buchstaben ab.

Doch die Schiefertafel war erst zur Hälfte gefüllt, als Jan sie ungeduldig beiseiteschob, um sich ganz dem Gartenentwurf zu widmen.

„Ich habe mir gedacht, dass man hier vielleicht ein Stück Weg mit rankenden Pflanzen überdachen könnte. So etwas nennt man Pergola", erklärte er Anna begeistert. „Goldregen würde sich dafür eignen, und wenn man hindurchgeht, gelangt man am Ende zu einer Laube mit Kletterrosen. Hier, in die Mitte, kommt eine Sonnenuhr, von der strahlenförmig Wege wegführen. Dazwischen will ich Beete anlegen. Weißt du, Anna, es ist vor allem wichtig, auf Symmetrie zu achten."

„Und was willst du in den Beeten pflanzen?", erkundigte sie sich.

„Das weiß ich noch nicht genau. Vielleicht Mohn oder Nelken oder vielleicht …“ Er machte eine ungeduldige Bewegung, als sie die Kreide nahm und die Namen aufschreiben wollte. „Das musst du nicht aufschreiben.“

„So wirst du nie Lesen und Schreiben lernen!“, protestierte sie.

Jan gab ihr einen langen Kuss. „Morgen lerne ich es, bestimmt“, versprach er und rollte den Plan zusammen. „Lass uns zu Bett gehen.“

Am nächsten Morgen machte Anna sich wie üblich an die Hausarbeit, nachdem Jan zur Arbeit gegangen war. Vor sich hin summend, knetete sie den Brotteig und stellte ihn zum Gehen ans Feuer, dann sah sie nach dem Bier, das sie zum Gären angesetzt hatte. Nachdem sie das Häuschen gefegt und aufgeräumt hatte, ging sie Milch und Käse holen. Beim Bauern wartete sie wie üblich höflich an der Tür zur Milchkammer, doch die Bauersfrau bat sie hinein.

„Morgens ist es jetzt schon ein bisschen frisch“, bemerkte Mistress Pitt, während sie Anna Milch in die mitgebrachte Kanne goss. Sie mochte die offene, freundliche junge Flämin und freute sich, dass diese sich bemühte, Englisch zu sprechen – selbst wenn es mitunter noch schwierig zu verstehen war. Da gab es ganz andere! Fremde, die Milch und Käse von ihr wollten, sich aber noch nicht einmal die Mühe machten, in ihrer Sprache darum zu bitten, stießen bei Mistress Pitt auf eisige Unfreundlichkeit. Die Bäuerin tat dann so, als verstünde sie nicht, was sie wollten. Doch mit Anna plauderte sie gern ein wenig. „Der Winter ist nicht mehr weit, und das heißt Frostbeulen und aufgesprungene Hände, das sage ich Euch.“

„Ich könnte Euch eine Salbe dagegen bringen. Sie ist gut gegen wunde Finger“, bot Anna an. „Eine Freundin hat mir gezeigt, wie man sie macht."

Freudig entgegnete Mistress Pitt: „Wirklich? Das wäre ein Segen. Mein Mann hat bei Frost manchmal so schrecklich aufgesprungene Hände, dass man beinahe den Knochen sieht. – Was wolltet Ihr noch? Käse?"

„Ja, bitte. Und Buttermilch."

Nach dem Einkauf lief Anna beschwingt über die Felder zu ihrem kleinen Häuschen zurück. Als sie die Tür öffnete, sprang ein kleines schwarzes Kätzchen an ihr vorbei in den Wohnraum, spazierte zum Feuer und begann sich zu putzen.

„Wo kommst du denn her, Mieze?", fragte sie, setzte die Milchkanne ab und hockte sich neben das Tier, das sie vertrauensvoll schnurrend ansah. Dann widmete es sich wieder der wichtigen Aufgabe, sich die Ohren zu putzen.

„Du bist mir wohl hierher gefolgt, was? Vermutlich gehörst du auf Pitts Hof." Seufzend richtete Anna sich wieder auf. „Wenn das so ist, musst du auch wieder dorthin zurückkehren. Niemand soll mir nachsagen, dass ich stehle." Sie hob das Kätzchen hoch und gab im einen kleinen Kuss auf die Nase. „Na gut, wenn ich dich sowieso zurückbringen muss, kann ich Mistress Pitt auch gleich die Salbe mitbringen."

Kurz darauf machte sich Anna zum zweiten Mal an diesem Tag auf den Weg zu dem benachbarten Bauernhof, einen Korb mit dem Kätzchen und einem Tiegel Balsam am Arm. Als Mistress Pitt die Tür öffnete, wirkte sie überrascht, Anna so bald schon wiederzusehen. „Die Milch war frisch", verteidigte sie sich. „Und der Käse kam direkt aus der Form."

„Ach nein, ich komme nicht, um mich zu beschweren", beschwichtigte Anna die Bäuerin. „Ich bringe Euch die Salbe für Euren Mann." Dann hob sie das Tuch von dem Korb, woraufhin die schwarze Katze heraussprang und fortspazierte. „Und ich wollte Euch das Kätzchen zurückbringen. Es ist mir nach Hause gefolgt und gehört vermutlich Euch."

Mistress Pitt lachte. „Ach du liebe Zeit! Die Katze wirft ständig Junge. Wenn Ihr wollt, könnt Ihr dieses behalten. Wir wissen gar nicht, was wir mit den Tieren anfangen sollen.“ Sie hielt den Salbentiegel hoch. „Nehmt es als Bezahlung für den Balsam.“

Bei ihren Worten fing Anna an zu strahlen. „Die Salbe braucht Ihr nicht zu bezahlen, aber wenn Ihr das Kätzchen nicht wollt, nehme ich es gern. Wenn ich es wiederfinde!“

„Es kann nicht weit sein. Vermutlich findet Ihr es im Stall.“

Rufend und lockend suchte Anna den ganzen Hof ab, aber die kleine schwarze Katze blieb verschwunden. Inzwischen hatte es angefangen zu regnen. Enttäuscht, nass und durchgefroren trat Anna den Heimweg an. Sie wünschte, sie hätte es nicht gar so eilig gehabt, das kleine Tier zu den Pitts zurückzutragen.

Doch als sie zu Hause ankam, wartete dort eine Überraschung auf sie. Geduldig saß das Kätzchen auf der Türschwelle, das Fell nass und struppig. Anna hob es auf und drückte es freudig an sich. „Ach, mein Kleines, dann warst du einfach schneller als ich! Es sieht ganz danach aus, als wolltest du unbedingt bei uns wohnen. Na gut, dann herzlich willkommen.“

Sie trug die Katze hinein und stellte ihr ein Schälchen Milch hin. Doch das Tier konnte vor lauter Schnurren anfangs kaum trinken. Als es die Milch wenig später aufgeschleckt hatte, wusch es sich, nieste dreimal und rollte sich dann vor dem Feuer zusammen, um gleich darauf einzuschlafen.

Anna lachte. „Warum niest du denn? Ich habe dir ganz sicher keinen Pfeffer in die Milch getan.“ Behutsam streichelte sie das schlafende Kätzchen. „Lass mich überlegen, wie ich dich nennen soll. Du bist schwarz wie die Nacht, abgesehen von den Schnurrhaaren und diesem kleinen weißen Fleck unter dem Kinn. Hmm, wie wäre es mit Spot? Oder Blackie?"

Bei diesem Wort öffnete die Katze ein Auge, gähnte, nieste noch einmal und schlief wieder ein.

„Na gut, dann also Blackie." Anna streichelte das kleine Fellbündel sanft weiter und ahnte nicht, welch wichtige Rolle diese kleine Katze einmal in ihrem Leben spielen sollte.

Als Jan am Abend heimkam und das Kätzchen sah, das sich vor dem Feuer putzte, rief er überrascht: „Wie merkwürdig! Wo wir doch gerade erst gestern darüber gesprochen haben, dass du gern eine Katze hättest!" Er bückte sich und kraulte das Tier hinter dem einen Ohr. Dankbar hörte es auf, sich zu putzen, und fing stattdessen an zu schnurren. Dabei streckte es die kleine rosa Zunge heraus. „Sieht so aus, als fühlte sie sich schon ganz wie zu Hause."

„Ja, das stimmt. Sie hat sich dieses Heim tatsächlich selbst ausgesucht und dabei ziemlich viel Entschlossenheit bewiesen." Lachend berichtete Anna Jan, wie sie zu der Katze gekommen war. „Jedenfalls muss sie mitbekommen haben, dass Mistress Pitt sie nicht behalten wollte, denn sie ist mir vorausgelaufen und hat hier auf mich gewartet. Ich habe sie Blackie genannt." Während sie sprach, füllte sie Jans Schüssel mit Eintopf und Klößchen.

Ihr Mann zog den Stuhl heran. „Na, dann warten wir mal ab, ob sie auch wirklich die Mäuse in Schach hält." Insgeheim aber hoffte er, dass die Katze Anna von ihrem größten Kummer ablenken konnte. Denn nach vier Monaten Ehe gab es immer noch kein Anzeichen dafür, dass ihnen ein Kind geschenkt würde.

Bald hielt der Winter mit Frost und Kälte Einzug. Eine dicke Schneedecke schützte die Samen, die Jan und seine Gehilfen im Herbst in die Erde gesetzt hatten. Das neue Jahr war noch jung, als Annas Monatsblutung ausblieb. Wenig später setzte morgendliche Übelkeit ein.

Anna war überglücklich. Als sie Jan die freudige Nachricht überbrachte, umarmte er sie erfreut und rief: „Siehst du? Ich habe dir gesagt, dass es so kommen würde. Es gibt ein altes Sprichwort, das lautet: Wer früh zu Bett geht, um Kerzen zu sparen, wird Vater von Zwillingen."

Mit einem Augenzwinkern entgegnete Anna: „Wenn ich mich recht erinnere, hatte es nicht nur etwas mit Kerzensparen zu tun, dass wir früh schlafen gegangen sind." Gleichzeitig legte sie schützend die Hand auf ihren noch flachen Bauch.

„Das stimmt", räumte er lachend ein. „Und dass wir morgens länger liegen geblieben sind, lag auch nicht daran, dass wir nicht genug Feuerholz hatten! Um ehrlich zu sein, finde ich es fast schade, wenn die Nächte wieder kürzer und die Tage länger werden, denn ..."

Ohne die Fortsetzung des Satzes abzuwarten, kletterte Anna plötzlich aus dem Bett und beugte sich würgend über den Eimer.

„Aber mit ansehen zu müssen, wie du leidest, fällt mir schwer", fügte Jan besorgt hinzu.

„Das geht vorüber", versprach Anna erschöpft, als sie wieder sprechen konnte. „Margery sagt, wenn erst die Primeln blühen, wird es mir gut gehen." Sie strich sich das Haar aus der schweißnassen Stirn und versuchte ein Lächeln. „Ich hoffe nur, dass sie dieses Jahr früher ihre Blüten öffnen als sonst. Und jetzt komm. Blackie maunzt schon die ganze Zeit, weil sie Hunger hat."

Beim Frühstück erklärte Jan ihr, welche Arbeiten als Nächstes im Garten anstanden. Zuerst musste das Brachfeld auf der anderen Seite des Hauses gerodet und umgegraben werden. Mijnheer Hegetorne wollte außerdem die Bäume bei den Weberschuppen fällen.

„Ich wusste gar nicht, dass hier in der Nähe Weberschuppen stehen", bemerkte Anna überrascht.

„Doch, es sind die Gebäude hinter dem Gemüsegarten. Die musst du doch schon gesehen haben!"

„Ja, aber ich dachte, das wären kleine Häuschen wie unseres." Sie reichte ihm noch einen frisch gebackenen Haferkeks.

„Nein. In den Schuppen sitzen vier Weber und fertigen die feinsten und teuersten Tuche: Samtstoffe, Damast und so etwas. Dafür brauchen sie so viel Licht wie möglich. Wenn es regnet oder bedeckt ist, können sie nicht arbeiten, weil sie die feinen Fäden nicht sehen. Darum will Mijnheer Hegetorne die umstehenden Bäume fällen lassen, sodass mehr Licht auf die Webstühle fällt." Jan erhob sich und nahm seine Tasche. Es machte ihn stolz, dass sein Arbeitgeber so wichtige Überlegungen mit ihm teilte.

„Es ist schon Wochen her, dass ich den Garten das letzte Mal gesehen habe", stellte Anna fest, als sie ihn zur Tür begleitete. Seit das Wetter so kalt geworden war, nahm Jan seinen Mittagsimbiss morgens mit, denn sie konnten ihn ohnehin nicht gemeinsam im Freien einnehmen. So gab es für Anna keinen Grund mehr, den Weg zum Haupthaus täglich zu gehen. „Wächst schon etwas in den Beeten?"

„Ja, bestimmt, aber man kann noch nichts davon sehen. Das erste Grün wird sich erst zeigen, wenn die Nachtfröste vorüber sind und der Regen wärmer wird. Aber wenn erst der Sommer kommt, wird es überall im Garten blühen. Dann suche ich dir ein schattiges Plätzchen, wo du sitzen und nähen kannst, bis unser Kind geboren wird."

„Darauf freue ich mich jetzt schon, Jan", erwiderte sie glücklich.

Die Tage gingen ins Land, während die Sonne jeden Mittag ein Stückchen höher am Himmel hinaufstieg und die Erde mit ihren Strahlen wärmte. Genau wie Margery vorausgesagt hatte, legte sich Annas morgendliche Übelkeit, als die ersten Primeln und Schlüsselblumen ihre Blüten entfalteten. Eines Tages führte Jan seine Frau in den Garten und zeigte ihr den grünen Schimmer auf den Rasenflächen und die ersten Schösslinge in den Gemüsebeeten. Wenige Wochen später blühte schon der Goldlack neben den Primeln. Der Rasen entwickelte sich langsam zu einem grünen Teppich, und in den Beeten wetteiferten die Farben miteinander.

Samuel Hegetorne war hocherfreut über die Kunst seines Gärtners. Täglich spazierte er durch den Garten und nahm stolz jede neue Blume, jede sprießende Pflanze in Augenschein. Er schnitt sogar mitunter die vertrockneten Blüten selbst ab und wollte unbedingt die ersten Möhren probieren, sobald sie aus der Erde kamen.

„Es ist noch nicht alles so, wie es sein soll", erklärte Jan, als Anna ihm an einem der ersten warmen Tage den Mittagsimbiss brachte. „In dem Beet dort drüben brauchen wir noch etwas Hochwüchsiges, und die Rosen hinten an der Mauer sind nicht gut angewachsen. Aber der Rasen wächst schön dicht und gleichmäßig." Erfreut biss er in eine Zwiebel. „Immerhin ist Mijnheer Hegetorne zufrieden, und ich finde es auch nicht schlecht, wie weit wir gekommen sind. Es ist schließlich das allererste Jahr."

Er lächelte Anna zu. „Hier läuft jetzt manches auch ohne mich weiter, deshalb muss ich nicht mehr so viel Zeit hier verbringen. Ich möchte hinter unserem Häuschen einen Garten anlegen. Das könnte ich abends tun, wenn ich hier mit der Arbeit fertig bin. Dann hätten wir unsere eigenen Kräuter und auch etwas Gemüse. Und was für Blumen wünschst du dir?"

Augenblicklich fing er an, mit einem Zweig Pläne auf den

Boden zu zeichnen. Anna und er waren so in ihre Überlegungen vertieft, dass sie Mijnheer Hegetorne erst bemerkten, als sein Schatten auf sie fiel.

Sie sahen hoch, und Jan sprang auf. „Ich wollte gerade wieder an die Arbeit gehen", erklärte er und nahm einen letzten Schluck von dem Dünnbier, das Anna ihm gebracht hatte.

„Keine Eile. Der Tag ist zu warm dafür." Mijnheer Hegetorne machte eine beschwichtigende Handbewegung und ließ sich neben Anna im Gras nieder. Mit einem Blatt Papier, das er in der Hand hielt, fächelte er sich Luft zu. „Findet Ihr nicht auch, Mevrouw?"

„Das stimmt, heute ist es heiß." Plötzlich fühlte sie sich gehemmt, denn langsam sah man ihr an, dass sie ein Kind erwartete. Bis jetzt hatte Mijnheer Hegetorne ihr gegenüber mit keinem Wort zu verstehen gegeben, dass er davon wusste. Ob Jan es ihm nicht gesagt hatte? Sprachen Männer vielleicht über so etwas nicht, weil sie es für „Frauengeschichten" hielten? Anna wusste es nicht.

„Ich möchte Euch etwas zeigen, Jan", fuhr Mijnheer Hegetorne fort, nachdem er ein paar höfliche Worte mit Anna gewechselt hatte. „Aber setzt Euch erst wieder, guter Mann, denn ich kann nicht richtig mit Euch sprechen, wenn ich immer hochschauen muss." Und Anna, die gerade ihre Sachen zusammensammelte, bat er: „Nein, bleibt bitte auch. Es geht um ein aufregendes Abenteuer, das Euch sicher interessieren wird."

Aufgeregt zeigte er ihnen die Blätter, die er in der Hand hielt. Anna konnte zwar die Worte darauf lesen, verstand aber ihre Bedeutung nicht, und Jan konnte sie noch nicht einmal entziffern. Aber die Zeichnung der zarten Blüten daneben erschloss sich beiden sofort.

„Tulpen", rief Jan. „Ich habe davon gehört, allerdings nie

eine gesehen, nur auf Bildern. Soweit ich weiß, kommen sie aus der Türkei."

„Nein, bis in die Türkei muss man nicht reisen, um sie zu finden", erklärte Mijnheer Hegetorne begeistert. „Einer meiner Freunde züchtet sie in seinem Garten in der Nähe von Amsterdam. Ich fahre demnächst nach Holland, um sie mir anzusehen. Und wenn der Preis nicht zu hoch ist ..." Er unterbrach sich, und ein stolzes Lächeln erhellte sein Gesicht. „Womöglich wäre ich der Erste, der in England Tulpen anpflanzt."

„Wann wollt Ihr denn nach Holland reisen, Mijnheer?", erkundigte sich Jan.

„Schon nächste Woche. Ich will die Blumen sehen, wenn sie noch blühen."

„Aber dann könnt Ihr sie nicht gleich mitbringen", gab Jan zu bedenken. „Man kann Blumenzwiebeln nicht ausgraben, wenn sie in voller Blüte stehen."

Ungeduldig wehrte der Kaufmann ab. „Das weiß ich. Wenn es so weit ist, schicke ich Euch hinüber, um sie abzuholen. Jemand anderem würde ich die kostbaren Blumen nicht anvertrauen, dass müsstet Ihr wissen." Er erhob sich. „Tulpen sind genau das Richtige für die Ecke dort hinten, für die wir noch Frühblüher brauchen."

Eine Weile unterhielten sie sich noch über Tulpen und darüber, an welcher Stelle sie am besten zur Geltung kämen. Schließlich verabschiedete Mijnheer Hegetorne sich, um die Reisevorbereitungen zu treffen.

Jan blieb noch einige Augenblicke in Gedanken versunken sitzen, bevor auch er aufstand. „Ich muss wieder an die Arbeit gehen."

„Was ist mit dir, Jan? Findest du es nicht aufregend, womöglich in dem von dir angelegten Garten Tulpen pflanzen zu können?" Anna sah ihn fragend an.

„Oh doch. Aber ich befürchte, dass Mijnheer Hegetorne mich genau in der Zeit nach Holland schicken könnte, in der deine Niederkunft bevorsteht." Er legte den Arm um sie. „Natürlich verstehe ich, dass er die Zwiebeln möglichst wohlbehalten hierherbringen möchte, aber ich wäre in dieser Zeit lieber an deiner Seite, Liebes."

Um ihn zu trösten, nahm Anna seine andere Hand und drückte sie. „Ach Jan. Du wärst sicher nicht lange weg. Die Reise dauert schließlich keine Wochen. Sicherlich lässt sich alles so einrichten, dass du hier bist, wenn unser Kind geboren wird."

„Ja, bestimmt." Aber Jan klang nicht überzeugt. Samuel Hegetorne war es gewohnt, dass alles nach seinen Wünschen verlief. Etwas so Unbedeutendem wie der Tatsache, dass die Frau seines Gärtners ein Kind erwartete, würde er niemals erlauben, seine Pläne zu durchkreuzen.

10. KAPITEL

Als Mijnheer Hegetorne aus Amsterdam zurückkehrte, sprudelte er beinahe über vor Begeisterung über die Tulpen, die er gesehen hatte. Er wurde nicht müde, die verschiedenen Farben, Formen und Zeichnungen zu beschreiben, und hatte sogar Abbildungen der Blumen mitgebracht. Gleichzeitig ließ er Jan schwören, keiner Menschenseele etwas von alldem zu verraten. Während der Sommermonate gingen etliche Freunde und Geschäftspartner von Mijnheer Hegetorne in Lexden ein und aus, denn er liebte es, seinen wunderbaren neuen Garten vorzuführen. Aber nicht ein einziges Mal erwähnte er den Gästen gegenüber das Wort „Tulpe".

Dennoch sonnte er sich in der Bewunderung seiner Besucher. Alle waren sich einig, dass es sich um den schönsten Garten in der ganzen Stadt handelte. Als Mijnheer Hegetorne jedoch herausfand, dass einige seiner Bekannten Jan um Rat gebeten hatten, weil sie selbst einen Garten anlegen wollten, war er alles andere als begeistert. Um seinen Gärtner nicht zu verlieren, erhöhte er ihm stillschweigend den Lohn um eine erkleckliche Summe.

Von ihrem schattigen Winkel aus und mit dem Nähzeug in der Hand beobachtete Anna das stetige Kommen und Gehen interessiert. Außer den Mitgliedern der flämischen Gemeinde kamen auch Engländer zu Besuch. Mijnheer Hegetorne gehörte zu den wenigen Flamen, die es geschafft hatten, den Graben zwischen beiden Gemeinden zu überbrücken.

Gelegentlich fühlte Anna sich versucht, den reichen Tuchhändler ins Vertrauen zu ziehen und ihm von ihrem Vater zu berichten. Sicherlich konnte er ihr helfen, ihn zu finden. Doch immer wieder schreckte sie davor zurück, ihm die Geschichte zu erzählen. Damit hätte sie schließlich ihre

Mutter verraten müssen. Und das durfte sie niemals tun.

Außerdem bestand die Möglichkeit, dass Mijnheer Hegetorne mit Cornelis Fromenteel bekannt oder sogar befreundet war. Immerhin handelten beide hauptsächlich mit Tuch. Und Anna wollte auf keinen Fall das Risiko eingehen, dass der Mann, den sie immer Vater genannt hatte, ihren Aufenthaltsort erfuhr.

So schwieg sie und betrachtete nur aus ihrem schützenden Winkel heraus das Treiben im Garten. Vielleicht bekam sie ja eines Tages einen Hinweis darauf, wo sie ihren leiblichen Vater finden konnte. Bisher wusste sie lediglich, dass er Henrick hieß, blonde Haare und veilchenblaue Augen hatte – das waren recht spärliche Anhaltspunkte.

Immer wieder löcherte sie Jan mit Fragen. „Hast du heute jemanden gesehen, der mein Vater sein könnte?“ Sie saßen vor der Tür ihres Häuschens und genossen die letzten Strahlen der Abendsonne.

„Meine Liebste, woher sollte ich das wissen?“

„Nun ja, hat Mijnheer Hegetorne beispielsweise einen der Besucher mit Henrick angesprochen?“

„Nicht dass ich wüsste. Die meisten redet er mit Mijnheer an, nur seine engsten Freunde nennt er beim Vornamen.“

„Und ist darunter ein Henrick?“

Jan schüttelte den Kopf. „Ich habe dir doch schon gesagt …“ Er hielt inne. „Jetzt wo du es sagst – letzten Freitag war ein Mann namens Henrick aus Sudbury hier, weil er von dem Garten gehört hatte und ihn besichtigen wollte. Sein vollständiger Name war Henrick van Houten. Daran erinnere ich mich noch gut, weil er eine so laute, durchdringende Stimme hatte. Als er seinen Namen sagte, klang es fast wie eine riesige Glocke: *Hen*rick van *Hou*ten.“

Anna musste lachen, stellte dann aber die unausweichliche Frage: „Könnte er …?“

„Das glaube ich kaum. Dazu sah er viel zu alt aus. Er war ein kleines verschrumpeltes Männchen mit winzigen Schweinsäuglein. Seine Stimme war das Größte an ihm."

Seufzend sagte Anna: „Wie soll ich ihn bloß jemals finden, Jan?"

„Tja, sehr viele Anhaltspunkte besitzt du nicht gerade, meine Liebste. Du weißt nur, dass er Henrick heißt – oder hieß, denn er könnte genauso gut tot sein. Und dass er so dunkelblaue Augen hat wie du. Bisher habe ich niemanden gesehen, der auch nur annähernd so hübsche Augen hatte wie du, Anna. Sicher wäre mir das sonst aufgefallen." Ratlos hob er die Hände. „Wir kennen noch nicht einmal seinen Nachnamen."

„Vielleicht findest du ihn heraus, wenn du nach Amsterdam reist", schlug Anna hoffnungsvoll vor. „Du könntest dort meine Tante Dionis aufsuchen und über sie eine Nachricht an meine Mutter senden. Wenn wir den vollen Namen meines Vaters wüssten, wäre es viel einfacher, ihn zu finden."

„Ich glaube kaum, dass ich mich lange genug in Amsterdam aufhalten werde, um deiner Mutter eine Botschaft zukommen zu lassen und dann auch noch eine Antwort zurückzubekommen. Schließlich möchte ich nicht länger bleiben als unbedingt nötig, sondern lieber bald wieder zu dir zurückkehren."

„Aber meine Mutter könnte mir doch hierher schreiben. Ich würde mich so freuen, von ihr zu hören."

„Warum schreibst du ihr dann nicht selbst?"

„Stimmt, das könnte ich versuchen. Aber wenn ..." Sie zögerte. „Wenn der Brief nun meinem ... Cornelis Fromenteel in die Hände fällt? Dann findet er heraus, wo ich lebe, und ich möchte diesen Mann niemals mehr wiedersehen." Mit Nachdruck schüttelte sie den Kopf.

Jan nahm sie in den Arm. „Schon gut, meine Liebste. Reg

dich nicht auf, das tut dem Kind nicht gut“, beschwichtigte er sie. „Schreib einfach einen Brief an deine Mutter, und ich werde sehen, ob ich ihn irgendwie überbracht bekomme, wenn ich in Amsterdam bin. Das verspreche ich dir. Sicherlich wird sie alles tun, um das Schreiben vor ihrem Mann zu verbergen.“

„Danke, Jan.“ Sie nahm seine Hand und küsste sie. „Weißt du schon, wann du reisen musst?“

„Vermutlich Ende September. Jedenfalls habe ich Mijnheer Hegetorne gesagt, dass ich nicht bereit bin, die Reise später anzutreten. Wenn alles klappt, bin ich wieder bei dir, lange bevor das Kind geboren wird.“

„Mit den Tulpenzwiebeln im Gepäck.“

„Genau. Und für diese Kostbarkeiten ist Mijnheer Hegetorne bereit, fast jeden Preis zu zahlen, das sage ich dir.“

„Gibt es noch jemanden in Colchester, der Tulpen in seinem Garten hat?“

„Nein. Mijnheer Hegetorne wird der Erste sein.“

„Natürlich. Er will immer der Erste sein – oder der Beste.“

Fragend zog Jan die Augenbrauen zusammen. „Willst du damit sagen …“

Doch Anna verschloss ihm den Mund mit einem Kuss. „Ich will gar nichts sagen. Mir ist einfach nur aufgefallen, dass es ihm wichtig ist, in allem, was er tut, eine Vormachtstellung einzunehmen. Daran ist ja auch nichts Verwerfliches, ich sage nur, dass es so ist. Sei nicht so empfindlich, wenn es um ihn geht.“ Sie küsste ihn noch einmal.

Etwas unsicher sah Jan sie an. „Manchmal habe ich den Verdacht, dass du ihn nicht besonders gut leiden kannst. Er ist ein guter Herr, Anna, und hat viel für uns getan.“

Anna fuhr ihm spielerisch durchs Haar. „Das weiß ich doch, und ich bin wirklich dankbar dafür.“ Einen Augenblick schwieg sie, dann setzte sie hinzu: „Ob ich ihn leiden kann oder nicht, spielt keine Rolle. Er ist freundlich, und wir verdanken ihm viel. Aber manchmal habe ich den Eindruck, dass er zu viel von dir verlangt."

„Was denn zum Beispiel?"

„Jetzt zum Beispiel will er dich nach Amsterdam schicken, nur um Blumenzwiebeln zu kaufen, die man genauso gut per Schiff nach England schicken könnte."

„Das stimmt nicht, Anna. Um Zwiebeln richtig auszuwählen, braucht man Erfahrung. Und ich werde gut aufpassen müssen, auch die zu bekommen, die ich gewählt habe. Es ist leicht, übers Ohr gehauen zu werden und mit weichen oder verfaulten Zwiebeln zurückzukehren. Außerdem muss ich darauf achten, dass ich die richtigen Blütenfarben wähle. Weißt du noch – Mijnheer Hegetorne hat uns das Bild einer rot-gelb gestreiften Tulpe gezeigt. Genau so eine Blume möchte er haben, aber bisher scheint niemand genau zu wissen, wie sie sich züchten lässt. Jedenfalls tritt sie immer nur zufällig auf. Manche Liebhaber haben sogar schon versucht, Zwiebeln von roten und gelben Tulpen auseinanderzuschneiden und dann zwei verschiedenfarbige zusammenzubinden. Aber ihre Hoffnung, dass die Zwiebelhälften zusammenwachsen und eine gestreifte Blüte hervorbringen, hat sich bis jetzt nicht erfüllt. Wenn es geht, würde ich gern mit den Gärtnern reden, die solche Versuche machen, um von ihnen zu lernen."

„Oh", lenkte Anna leise ein. „Es tut mir leid, Jan. Ich habe Mijnheer Hegetorne offenbar unrecht getan."

Lächelnd küsste Jan seine Frau auf die Nasenspitze. „Manchmal glaube ich, hinter deinem Misstrauen steckt Eifersucht auf den Herrn."

„Nein, das stimmt nicht." Anna zog ein Gesicht. „Oder nicht ganz. Na ja, vielleicht bin ich ein ganz kleines bisschen eifersüchtig. Aber nur, wenn er dich nach getaner Arbeit noch zurückhält, um mit dir über dieses und jenes zu reden, während du müde bist und ich mit dem Essen auf dich warte."

„Das liegt nur daran, dass ihn alles, was den Garten betrifft, so begeistert." Im nächsten Augenblick erhob Jan sich und half Anna auf. „Aber wir sollten nicht weiter über Mijnheer Hegetorne reden. Lass uns ins Bett gehen. Seit du unser Kind unter dem Herzen trägst, bist du noch schöner und begehrenswerter geworden, falls das überhaupt möglich ist."

Es wurde ein heißer Sommer. Immer häufiger zog Anna sich an ihr schattiges Plätzchen im Garten zurück, nähte oder sah Jan bei der Arbeit zu. Seine Stärke und Ausdauer erfüllten sie stets mit Bewunderung. Gelegentlich lief Blackie hinter Anna her und ließ sich in ihrem Schoß nieder, um sich zufrieden schnurrend streicheln zu lassen. Das winzige Kätzchen war zu einer hübschen Katzendame mit glänzendem schwarzen Fell und einem weißen Fleckchen unter dem Kinn herangewachsen.

Das heiße, schwüle Wetter trug dazu bei, dass Anna sich mit fortschreitender Schwangerschaft immer häufiger müde und schlapp fühlte. Manchmal sehnte sie sich geradezu nach den nebligen Novembertagen, dann wäre Jan bereits wieder sicher zu Hause und ihr Kind schon auf der Welt.

Sehr schnell rückte der Zeitpunkt heran, an dem Jan zu seiner Reise aufbrechen musste. Anna wusste, dass sie ihn vermissen würde, aber sie lenkte sich von dem Gedanken ab, indem sie ihrer Mutter einen langen Brief schrieb. Darin erzählte sie ihr alles, was seit der Flucht von zu Hause geschehen war, und erkundigte sich nach Einzelheiten über ihren leiblichen Vater. Hoffentlich gelang es Jan, ihr den Brief heimlich zukommen zu lassen und womöglich sogar schon eine Antwort mitzubringen.

„Wenn wir erst mehr über Henrick wissen, können wir gezielt nach ihm suchen“, bemerkte sie fröhlich, als sie ihm das Schreiben in die Hand drückte. „Vielleicht kann sie uns ja seinen vollen Namen verraten.“

Und Jan drückte sie fest an sich, um ihr einen ausgiebigen Abschiedskuss zu geben. „Versprechen kann ich dir nichts, meine Liebste, aber ich werde sehen, was ich tun kann. Pass gut auf dich und unser Kind auf, während ich fort bin. Trage keine schweren Lasten, geh lieber zweimal zum Brunnen anstatt nur einmal, und bitte Margery, dir Einkäufe vom Markt mitzubringen, wenn du den langen Weg nicht schaffst.“

Zum letzten Mal wanderte sein Blick durch das kleine Häuschen. „Ich habe genügend Feuerholz gehackt, und die beiden Gärtnerburschen werden dafür sorgen, dass es dir nicht an Gemüse fehlt. Habe ich noch etwas vergessen?“

Anna versetzte ihm einen kleinen Stoß in die Seite. „Ab mit dir. Mijnheer Hegetorne wartet schon, um dich zum Schiff zu begleiten. Man könnte fast meinen, du bereitest dich auf eine Weltreise vor, dabei bist du in einem Monat schon wieder zurück. Ich komme schon zurecht, das verspreche ich.“

Nach einem allerletzten Kuss riss Jan sich endlich los und ging, aber er drehte sich nach jedem zweiten Schritt um und winkte Anna zu.

Schließlich verschwand er hinter der Wegbiegung. Anna stand in der letzten Herbstsonne vor dem Häuschen, und Blackie strich ihr schnurrend um die Beine, den Schwanz steil in die Luft gereckt.

Lächelnd folgte Anna der Aufforderung und bückte sich, um die Katze hinter dem Ohr zu kraulen. „Bald ist er wieder da, Blackie.“ Bei diesen Worten tropfte eine Träne auf das glatte Fell der Katze.

Anna wusste nicht, wie sehr sie sich täuschen sollte.

Nach Jans Abreise erschienen Anna die Tage lang und leer, obwohl die Sonne schon wieder später auf- und früher unterging. Nachts streckte sie immer wieder im Halbschlaf die Hand nach Jan aus, nur um auf der anderen Bettseite ins Leere zu greifen. Häufig lauschte sie mit einem Ohr, ob sie seine Schritte über den Hof kommen hörte. Oder sie nahm sich vor, ihm am Abend von ihren kleinen Erlebnissen und alltäglichen Begebenheiten zu erzählen – nur um sich dann wieder daran zu erinnern, dass er fort war.

Seit ihrer Heirat hatten sie nie mehr als ein paar Stunden getrennt voneinander verbracht, und nun vermisste sie ihn entsetzlich.

Wie gut, dass ihr immerhin Blackie als Gesellschaft blieb! Die Katze wurde ihre ständige Begleiterin und folgte ihr sogar abends die Leiter hoch, um sich am Fußende des Bettes zusammenzurollen. Das hatte sie nie getan, solange Jan da gewesen war.

Eines kalten Oktobertags, ungefähr eine Woche nach Jans Abreise, klopfte Margery Frith an Annas Tür.

„Ich hoffe, du brauchst nichts vom Markt, denn ich kann heute nicht mitgehen. Mein Jüngstes ist krank, und ich bin schon wieder mit dem Spinnen im Rückstand." Ihre Freundin klang völlig aufgelöst.

„Nein, ich habe alles. Seit Jan weg ist, komme ich mit wenig aus", antwortete Anna. „Aber kann ich vielleicht etwas für dich besorgen, Margery? Die Tage werden mir lang so allein, und ich laufe gern in die Stadt, wenn du etwas brauchst."

„Würdest du das wirklich tun? Oh danke, Anna! Donnerstags kommt immer die Eierfrau, und ich brauche Eier, um Dickon damit aufzupäppeln. Meine Hennen legen nach der Mauser noch nicht wieder. Wenn sie nicht langsam damit anfangen, landen sie demnächst im Topf. Ich kann es mir nicht leisten, gutes Korn an sie zu verfüttern, ohne dass sie mir dafür Eier liefern. Und könntest du mir Fisch mitbringen? Morgen ist schließlich Freitag. Ein paar Heringe vielleicht ..."

„Natürlich." Lächelnd griff Anna nach ihrem Umschlagtuch. „Dann kaufe ich mir auch selbst Fisch. Ganz ehrlich, ich bin froh, einmal aus dem Haus zu kommen. Ohne Jan ist es so leer."

„Wann kommt er denn wieder?"

„Das dauert noch ein paar Tage. Zwei Wochen muss man für die Reise auf jeden Fall rechnen, vielleicht sogar länger."

Margery gab ein freudloses Lachen von sich. „Ach, wäre das schön, wenn mein Mann auch einmal wegginge! Dann hätte ich eine Weile meinen Frieden. Ich bin dem Herrn ja beinah schon dankbar, dass ich im Sommer die Fehlgeburt hatte, aber jetzt ist es schon wieder so weit." Sie legte sich die Hand auf den gewölbten Bauch. „Wenn dieses hier zur Welt kommt, sind fünf Mäuler zu stopfen. Vier Kinder haben wir bereits beerdigt, und die Fehlgeburten kann ich schon gar nicht mehr zählen."

Plötzlich unterbrach sie sich. „Aber was stehe ich hier und schwatze – ich muss arbeiten gehen, sonst kann ich dem Agenten mein Soll gesponnener Wolle nicht geben." Damit eilte sie davon.

Kurz darauf machte Anna sich auf den Weg nach Colchester. Während sie die vertraute Straße entlanglief, dachte sie an Jans Fürsorglichkeit und musste lächeln. Der Spaziergang würde ihr nicht schaden, sondern sogar guttun, auch wenn ihr Leib allmählich schwer wurde.

Schützend legte Anna eine Hand auf ihren gerundeten Bauch. Sie liebte dieses Kind, hatte es schon vom ersten Augenblick an geliebt und würde niemals etwas tun, was ihm schaden konnte. Jeden Abend betete sie darum, dass es wohlbehalten das Licht der Welt erblicken würde. Wie sehr sehnte sie sich danach, es endlich in den Armen halten zu dürfen! Oder besser *ihn,* denn Anna war sich sicher, dass sie einen Jungen unter dem Herzen trug.

Ob sie jemals so werden würde wie Margery Frith, die sich über eine Fehlgeburt freute? Nein, niemals! Im Gegenteil – sie konnte sich nichts Schöneres vorstellen, als mit Jan zusammen einen ganzen Stall voller Kinder zu bekommen.

Auf dem Marktplatz von Colchester herrschten wie üblich Geschrei und Gedränge. Die Leute schoben sich zwischen den Ständen hindurch, nur darauf bedacht, die eigenen Besorgungen zu erledigen. Kaum jemand schenkte dem armen Bettler am Straßenrand Beachtung. Grausame Eltern hatten die Glieder des Jungen gleich nach der Geburt gebrochen und verrenkt, um seinen elenden Körper zur Schau zu stellen und damit Geld zu verdienen.

Nur Anna warf ihm eine Kupfermünze in die Mütze und war überrascht, als er mit tiefer, wohlklingender Stimme „Danke, Mistress“ sagte. Erstaunt starrte sie ihn an, aber er lächelte nur. Um sie zu sehen, musste er sich den Hals verrenken, denn der Kopf saß fast auf Höhe der verkrümmten Schulter.

„Der Körper ist nur die sterbliche Hülle, Mistress. Ein Gefängnis, sonst nichts. Der Geist kann nach Belieben die Welt durchstreifen“, erklärte der Bettler.

Nachdenklich erledigte Anna ihre Einkäufe bei den Fischhändlern und ging dann zur Eierfrau.

„Wer ist der Mann dort drüben?“, fragte sie die Bäuerin. „Der mit den verkrümmten ...“

„Ach, der – das ist Krüppel-Joe“, antwortete die Frau. „Er sitzt häufig dort und bettelt. Habt Ihr ihn noch nie gesehen?“

Anna schüttelte den Kopf. „Nein. Der Ärmste.“

„Ja, er lebt von den Almosen, die man ihm gibt.“ Damit

wandte sich die Frau der nächsten Kundin zu. Anna nahm die Eier und ging noch eine Weile zwischen den Händlern umher, um schließlich wie immer vor einem Stand mit Bändern und Spitzen anzuhalten. Dieses Mal erlag sie der Versuchung und kaufte etwas Spitze, denn sie hatte für das Kind eine kleine Mütze genäht, die sie damit verzieren wollte. Nachdem sie auch dem Feuerschlucker eine Münze zugeworfen hatte, machte sie sich auf den Rückweg nach Lexden. Auf dem Weg dorthin stieg immer wieder die Erinnerung an Krüppel-Joe in ihr auf.

Noch nie zuvor hatte sie Margerys Zuhause betreten. Das Häuschen war größer als das, in dem sie mit Jan wohnte. Aus einem Anbau drang das rhythmische Klacken des Webstuhls an ihr Ohr, als sie die Tür öffnete.

Nur spärlich fiel das Tageslicht in die dämmrige Wohnküche. Obwohl nur wenige Möbel in dem Raum standen, wirkte hier alles gedrängt. Es gab einen quadratischen Tisch mit Bänken und ein Bett, auf dem ein kleiner Junge lag. Vor dem Feuer spielten zwei weitere Kinder, und Garnspulen lagen säuberlich in einer Ecke des Raums gestapelt.

Margery blickte kaum hoch, als Anna eintrat. „Oh, Anna, du bist es. Vielen Dank für die Eier! Setz dich doch einen Moment hin, und ruh dich aus. Ich mache das hier nur schnell fertig, dann gebe ich dir das Geld." Während sie sprach, spann sie emsig weiter.

Dankbar sank Anna auf eine der Bänke. Nach dem langen Weg tat ihr der Rücken weh.

Es dauerte eine Weile, bis Margery die Wolle fertig gesponnen hatte, aufstand und die Spule zu den anderen legte. „So, fertig. Möchtest du einen Krug Bier trinken? Du siehst aus, als könntest du einen Schluck vertragen."

„Ohne deine Gesellschaft kam mir der Weg länger vor", gab Anna zu.

Margery schenkte Anna Bier ein und brachte einen Krug nach oben zu ihrem Mann, dann setzte sie sich mit einem eigenen Krug ihrem Gast gegenüber. „Ich muss jede Woche sechs Pfund Wolle spinnen. Normalerweise schaffe ich das auch, aber jetzt ging es Dickon tagelang so schlecht, dass ich in Rückstand geraten bin. Darum konnte ich heute nicht mit dir zum Markt kommen. Heute Nachmittag kommt der Agent und holt das fertige Garn ab."

„Kannst du ihm nicht sagen, dass dein Sohn krank war? Dafür hätte er doch sicher Verständnis, oder?", wandte Anna ein.

Margery lachte auf. „Ein Agent versteht nur eines: sechs Pfund Garn, die abholbereit auf ihn warten. Und er ist ein hinterhältiger alter Fuchs. Das sind sie alle: immer misstrauisch, ob wir sie nicht irgendwo betrügen. Neuerdings behaupten sie, wir machen die Wolle feucht, damit sie mehr wiegt." Sie zuckte die Achseln. „Wenn es zu windig ist, muss man das Vlies anfeuchten, sonst fliegt es im ganzen Haus umher und lässt sich nicht verspinnen. Aber das macht es kaum schwerer."

Durstig trank sie einen Schluck Bier. „Ich habe mal von einem Agenten gehört, der immer Steinchen in der Tasche trägt. Wenn er das Garn abnimmt, holt er sie heraus und versteckt sie in der Spule. Und dann wirft er der Spinnerin vor, sie hätte versucht, ihn zu betrügen, und zieht ihr eine Buße vom Lohn ab. Gott sei Dank ist das nicht der Mann, mit dem ich zu tun habe. Man muss ständig vor ihnen auf der Hut sein. Dick Marsh, der mein Garn abholt, versucht auch immer, mir etwas anzuhängen. So kann er mir ein Bußgeld auferlegen, das natürlich in seine eigene Tasche wandert. Diebische Halunken, das sind sie alle. Aber so schlau wie er bin ich allemal. Ich sehe zu, dass er an meiner Arbeit nichts auszusetzen hat, denn mein schwer verdientes Geld soll mir zugutekommen, nicht ihm."

Sie begann wieder zu spinnen. „Das ist die letzte Spule für dieses Mal. Heute Nachmittag bringt er mir neue Wolle."

„Spinnst du für Mijnheer Hegetorne?", fragte Anna.

„Du liebe Zeit, nein. Mein Mann würde niemals für einen Flamen arbeiten, und mir würde er es auch verbieten." Margery lachte. „Tuch und Garn gehen an Mr. Markham. Er wohnt in dem großen Haus am East Hill."

„Wie sieht Mr. Markham denn aus?" Anna fragte sich, ob sie ihn schon einmal im Garten von Mijnheer Hegetorne gesehen hatte.

„Wie soll ich das wissen? Ich habe ihn noch niemals zu Gesicht bekommen." Annas Frage schien Margery zu überraschen. „Ein so reicher Mann verkehrt doch nicht mit Leuten wie uns!"

Später fielen Anna diese Worte wieder ein, und zum ersten Mal wurde ihr bewusst, wie glücklich Jan und sie es getroffen hatten. Mijnheer Hegetorne schien es nichts auszumachen, Umgang mit seinem Gärtner und dessen Frau zu pflegen.

11. KAPITEL

Als hätte er geahnt, dass Annas Gedanken um ihn kreisten, wählte Mijnheer Hegetorne genau diesen Tag, um nach ihr zu sehen. Bei ihrer Rückkehr von Margery wartete er vor dem Häuschen auf sie. Bis zu diesem Tag war er noch nie zu ihrer Unterkunft gekommen.

Er begrüßte sie mit einem kurzen, beinahe verlegenen Nicken. „Ich musste Eurem Mann versprechen, dass ich ein Auge auf Euch habe, Mevrouw. Fehlt es Euch an irgendetwas?“

„Das ist sehr freundlich von Euch, Mijnheer. Danke, aber ich habe alles, was ich brauche. Dafür hat Jan gesorgt, bevor er gefahren ist.“ Etwas schüchtern lächelte sie ihn an. „Er macht sich viel zu viele Sorgen um mich.“

„Das mag sein. Trotzdem fühle ich mich verantwortlich für Euer Wohlergehen, schließlich habe ich Euren Mann auf die Reise geschickt.“ Die hochgewachsene Gestalt des Kaufmanns ließ das Häuschen auf einmal winzig wirken. Ernst sah er Anna einen Augenblick an, bevor er sich zum Gehen wandte. „Gut. Es freut mich, dass alles in Ordnung ist.“

Erst jetzt besann sie sich auf ihre gute Erziehung. „Wollt Ihr nicht kurz hereinkommen?“, lud sie ihn höflich ein. „Ich habe heute Morgen Haferkekse gebacken. Mögt Ihr nicht einen Krug Honigbier und ein paar von den Keksen probieren?“

„Danke, Mevrouw. Gern.“

„Achtung, Ihr müsst Euch ducken, damit Ihr Euch nicht den Kopf am Türrahmen stoßt.“

Anna schenkte Bier ein und bestrich Haferkekse mit Butter. Während sie sich damit beschäftigte, überkam sie auf einmal ein merkwürdiges Gefühl. Niemals zuvor hatte sie dieses Häuschen so betrachtet, wie es einem reichen Kaufmann vorkommen musste: winzig, bescheiden, ohne allen Luxus, den auch sie selbst einst gewohnt gewesen war. Doch nun saß Mijnheer Hegetorne hier am Küchentisch und wirkte vollkommen fehl am Platze. Seine Kleidung war aus feinstem Tuch gefertigt, mit schneeweißer Spitze an Ärmelaufschlägen und Kragen, und der Bart war sorgfältig gestutzt. Genau so einen Mann hätte die Mutter ihr als Gemahl ausgesucht.

Plötzlich schämte Anna sich für ihr bescheidenes Zuhause. Doch sofort lösten Schuldgefühle die Scham ab. Wie konnte sie nur? Das hier war das Heim, das sie mit Jan bewohnte, dem Mann, den sie von ganzem Herzen liebte und dessen Kind sie erwartete. Was sie besaßen, hatten sie sich hart erarbeitet, seit sie englischen Boden betreten hatten. Sie sollte stolz sein, anstatt sich zu schämen.

„Die Haferkekse sind lecker, besser als die von Griete. Wo habt Ihr so gut kochen gelernt? Darf ich noch einen haben?“ Ihr Gast lächelte.

Anna bestrich zwei weitere Kekse mit Butter und reichte sie ihm. „Bettris, unsere …“ Sie unterbrach sich gerade noch rechtzeitig, bevor ihr das Wort „Magd“ entschlüpfen konnte. „Bettris und meine Mutter haben mich kochen gelehrt.“

„Ihr stammt aus der Nähe von Ypern, nicht wahr?“, erkundigte er sich und betrachtete sie forschend. „Die meisten unserer Landsleute, die sich um Colchester herum angesiedelt haben, kommen von dort.“

„Ja.“ Dabei ließ sie es bewenden.

„Ich habe noch immer Geschäftsverbindungen in die alte Heimat“, fuhr er fort und strich sich über den Bart. „Aber das Land kommt einfach nicht zur Ruhe. Immer noch werden Menschen wegen ihres protestantischen Glaubens eingekerkert, gefoltert oder sogar getötet. Was die spanischen Katholiken unseren Glaubensbrüdern antun, spottet jeder

Beschreibung. Kein Wunder, dass so viele Flamen es vorziehen, nach England zu gehen."

Als er aufblickte, sah er den erschrockenen Ausdruck in Annas Gesicht. „Oh nein, es tut mir leid. Ich hätte das nicht sagen sollen. Aber Euer Mann ist dort drüben sicher. Amsterdam liegt weitab von den Gegenden, in denen die Spanier wüten. Außerdem habe ich ihm Empfehlungsbriefe mitgegeben, und meine Freunde sind wichtige und einflussreiche Leute. Sie sorgen schon dafür, dass ihm nichts passiert."

In Annas Nicken lag kaum Überzeugung. Bilder, die sie lange verdrängt hatte, stiegen in ihrem Innern auf: städtische Würdenträger, die durch die Straßen gezerrt und an Karren festgebunden wurden, um als abschreckendes Beispiel für die Bevölkerung zu dienen. Als Kind hatte sie so etwas mehrfach miterlebt. Von anderen Gräueltaten hatte sie nur gehört. Angeblich hatten die Spanier Protestanten mitunter bei lebendigem Leibe begraben oder Rücken an Rücken zusammengefesselt und in die Schelde geworfen, sodass sie ertranken. Wer reich war, konnte genauso als Ketzer verfolgt werden wie gewöhnliche Leute. Aber Mijnheer Hegetorne hatte recht: Amsterdam lag weit entfernt von den Gegenden, in denen so etwas geschah.

„Wann glaubt Ihr, dass Jan zurückkommt?", erkundigte sie sich.

Erleichtert, zu einem unverfänglichen Thema zurückkehren zu können, antwortete der Kaufmann: „Nächste Woche, wenn alles nach Plan läuft. Ich bin Donnerstag geschäftlich in der Gegend von Harwich und werde nach ihm Ausschau halten. Sicher sehnt Ihr Euch genauso danach, Euren Mann wohlbehalten wiederzubekommen, wie ich es kaum erwarten kann, die Tulpenzwiebeln in meinen Händen zu halten."

„Dann muss Eure Ungeduld tatsächlich groß sein", antwortete Anna lächelnd.

Als Mijnheer Hegetorne aufstand, kam es ihr erneut vor, als ließe er das Häuschen winzig erscheinen. Merkwürdig – mit Jan war ihr das nie so gegangen. Dabei war er genauso groß und sogar breiter gebaut als sein Herr.

An der Tür drehte sich der Kaufmann noch einmal um. „Wenn Ihr irgendetwas benötigt, braucht Ihr es nur zu sagen. Ich habe Eurem Mann versprochen, dass es Euch an nichts mangeln soll.“ Er hielt inne, und sein Blick wanderte dorthin, wo sich Annas Leib unter der Schürze wölbte. „Seid Ihr ... gesund? Ist alles ...?“

„Mir geht es gut, danke, Mijnheer. Vorhin bin ich wie üblich zum Markt gegangen, und das Kind soll erst in mehr als einem Monat geboren werden. Bis dahin ist Jan schon lange wieder zu Hause.“ Ein zärtlicher Ausdruck legte sich bei diesen Worten auf ihr Gesicht.

Mijnheer Hegetorne nickte. „Darauf freuen wir uns beide. Der Garten braucht ihn. Die beiden Gehilfen haben einfach nicht seinen Blick für das, was getan werden muss.“

Nachdem er gegangen war, setzte Anna sich ans Feuer. Blackie, die während des Besuchs nach oben geflüchtet war, kam wieder zum Vorschein und sprang ihr schnurrend auf den Schoß. Gedankenverloren starrte Anna in die Flammen und streichelte die Katze. Was war das nur für ein Gefühl gewesen, das sie vorhin überfallen hatte?

Nie zuvor hatte sie etwas anderes als Stolz auf das Häuschen empfunden, in dem sie mit Jan lebte. Sie liebte jedes einzelne Möbelstück und setzte ihren ganzen Stolz daran, alles sauber und ordentlich zu halten. Selbst die alltäglichen hausfraulichen Handgriffe machten ihr Spaß: Brot backen und Bier brauen, der schwarzen Henne Dilly die Eier wegnehmen, einen Teil der Gemüseernte für den Winter einmachen und den Fußboden mit frischen Binsen und duftenden Kräutern ausstreuen.

Es kam Anna so vor, als hätte sie Jan verraten, weil sie sich plötzlich für die Bescheidenheit ihrer Lebensweise mit ihm geschämt hatte. Dabei hatte sie ihr Zuhause nur auf einmal mit den Augen des reichen Kaufmanns betrachtet – so wie sie selbst es noch vor wenigen Jahren gesehen hätte.

Beschämt erinnerte sie sich an das beinahe überwältigende Bedürfnis, Mijnheer Hegetorne von ihrer eigenen, vornehmen Abkunft zu erzählen. Am liebsten hätte sie ihm gesagt, dass sie ebenfalls in Reichtum aufgewachsen war und das Heim ihrer Kindheit seinem Haus an Eleganz und Luxus in nichts nachstand.

Zurückgehalten hatte sie lediglich die Erwähnung seiner Geschäftsfreunde in der Gegend von Ypern. Möglicherweise kannte er Cornelis Fromenteel, und falls nicht, so doch bestimmt jemanden, der wiederum Verbindungen zu diesem besaß. Oder – noch schlimmer – er kannte Otto de Hane, den sie hätte heiraten sollen.

Ein Schauder überlief Anna. Je weniger Leute wussten, wer sie war und woher sie stammte, desto besser.

Während Anna die Tage bis zu Jans Rückkehr zählte, versuchte sie sich, so gut es ging, abzulenken. Häufig wanderte sie mit Margery nach Colchester zum Markt, ob sie etwas einkaufen musste oder nicht. Und wenn sie Milch und Käse holte, hielt sie regelmäßig ein Schwätzchen mit Mistress Pitt, während ihr die Bäuerin die Milchkanne füllte.

„Vielleicht kommt er heute heim, Blackie“, erklärte sie der Katze aufgeregt, während sie dem Tier ein Schälchen frische warme Milch hinstellte. „Mijnheer Hegetorne ist heute nach Harwich gefahren. Gestern hat er mich noch gefragt, ob ich mitkommen möchte. Das war sehr nett von ihm, aber ich glaube, es ist besser, wenn ich hier warte. Den ganzen Tag auf einem Wagen durchgeschüttelt zu werden ist sicher nicht gut für das Kind. Gott behüte, dass die Wehen vor der Zeit einsetzen! Also habe ich ihm gesagt, dass ich lieber hier bei dir bleibe."

Blackie sah auf, leckte sich die Schnauze und schnurrte.

Doch Anna war so aufgeregt, dass sie kaum stillsitzen konnte. Sie schrubbte und fegte und scheuerte das Häuschen von oben bis unten. Als sie damit fertig war, bereitete sie einen Hammeleintopf zu und ließ ihn über dem Feuer vor sich hin schmoren. Anschließend backte sie Brot und die kleinen Kuchen, die Jan so gern mochte. Zu guter Letzt rückte sie den großen Holzzuber vor das Feuer, badete und wusch sich das Haar. Sie bürstete es, bis es glänzte, und flocht es sorgfältig zu zwei Zöpfen, die sie unter die gestärkte weiße Haube steckte. Nachdem sie noch einen sauberen Kragen und eine frische weiße Schürze angelegt hatte, war sie bereit für Jans Rückkehr.

Doch der Nachmittag wollte einfach nicht vergehen. Es gab für Anna nichts mehr zu tun, außer zu warten und mit Blackie zu sprechen. Aber die Katze kümmerte sich nicht um sie, sondern putzte sich vor der Feuerstelle. Das aufregende Gefühl der Vorfreude ließ Schmetterlinge in Annas Bauch umherflattern, wenn sie daran dachte, Jan endlich wiederzusehen. Sicherlich würde er müde von der Reise sein, wenn er durch die Tür käme, vielleicht sogar ein bisschen blass. Aber ganz bestimmt würde er sich freuen, sie wiederzusehen. Ein Lächeln umspielte ihre Lippen. Beinahe konnte sie ihn schon vor sich sehen, seine Umarmung spüren und seine Küsse …

Sie fuhr aus ihren Träumereien hoch. Unmerklich hatte sich die Dämmerung im Raum ausgebreitet. Wenn sie nicht bald Licht machte, würde er sie nicht sehen, wenn er hereinkam! Sie hielt gerade einen Kienspan ins Feuer, um damit die Talglichter zu entzünden, als sie draußen ein Geräusch hörte. Lauschend legte sie den Kopf schräg. Tatsächlich – es waren Männerschritte zu hören!

Ohne einen weiteren Gedanken an die Lichter zu verschwenden, eilte sie zur Tür und riss sie auf. Einen kurzen Augenblick stand sie da, die Arme ausgebreitet, ein Strahlen in den Augen. Doch dann erkannte sie, dass der Mann vor ihr nicht Jan war, sondern Mijnheer Hegetorne. Seine Miene wirkte düster.

„Mijnheer?“ Verständnislos trat sie beiseite, um ihn einzulassen. Ohne ein Wort ging er an ihr vorbei und sank auf die Bank.

Hier stimmte doch etwas nicht! Zögerlich setzte Anna sich ihm gegenüber. Es kam ihr vor, als führe ihr jemand mit einem eisigen Finger die Wirbelsäule hinunter.

„Jan?“, flüsterte sie. Dann wiederholte sie lauter: „Wo ist Jan? Warum bringt Ihr ihn nicht mit? Ist das Schiff nicht angekommen?“

Immer noch schweigend stand Mijnheer Hegetorne auf und nahm den Kienspan, den Anna kurz zuvor beiseitegeworfen hatte. Er zündete damit die Talglichter an, und sie wies auf die Wandhalter, obwohl sie in Gedanken ganz woanders war. Endlich erhellte ein warmes, weiches Licht den Raum.

Mijnheer Hegetorne blies den Kienspan aus. Ohne sie anzusehen, murmelte er tonlos: „Euer Mann ist nicht wiedergekommen. Er ist tot.“

Da sprang Anna auf, lief zu ihm und packte ihn zornig am Arm. „Was soll das heißen – tot? Er kann nicht tot sein. Ihr wolltet ihn doch abholen!“

Doch er schüttelte sie ab, bevor er sich wieder auf die Bank sinken ließ. „Ich sage Euch doch, er ist tot.“ Seine Stimme war kaum zu verstehen, so leise sprach er.

Ungläubig starrte Anna ihn an. Auf einmal hatte sie das Gefühl, losgelöst von ihrem Körper über der Szene zu schweben und alles aus weiter Ferne zu betrachten. Da stand sie selbst und weigerte sich zu glauben, was ihr der Kaufmann gerade gesagt hatte. Und dort saß Mijnheer Hegetorne, aus dessen Miene pure Verzweiflung sprach.

„Wie das? Was ist geschehen? Waren es die Männer des Herzogs von Alba? Haben ihn die Spanier getötet?“ Anna stieß die Fragen ohne Atempause hervor. Sie war wie benommen, unfähig, etwas zu empfinden, und wunderte sich gleichzeitig über ihre Gefühllosigkeit. Beinahe kam es ihr so vor, als hätte sie in der Tiefe ihres Herzens bereits geahnt, dass so etwas passieren würde.

Aber Mijnheer Hegetorne schüttelte den Kopf. „Nein, es hatte nichts mit der Inquisition zu tun. Euer Mann ist auf dem Schiff gestorben, mit dem er nach England zurückkommen wollte. Die Pest hat ihn innerhalb eines Tages dahingerafft.“ Er sah auf, und Anna erkannte die Qual, die in seinem Blick lag. „Es ist meine Schuld. Ich hätte ihn niemals hinüberschicken dürfen.“

„Hat er Euch die Tulpen mitgebracht?“, erkundigte sich Anna. Gleichzeitig fragte sie sich: Warum will ich das überhaupt wissen?

Der Tuchhändler sah sie an, als hätte er keine Ahnung, wovon sie sprach. „Tulpen? Ach … ja. Ja, er hatte sie dabei.“

„Gut. Dann bleiben Euch zumindest die Zwiebeln.“ Sie nickte. Nach wie vor spürte sie nichts. Gar nichts.

„Nein, Ihr habt mich missverstanden. Alle seine Besitztümer mussten über Bord geworfen werden, damit sich sonst niemand mit der Pest ansteckt. Die Tulpenzwiebeln liegen auf dem Meeresgrund, neben dem Leichnam Eures Mannes.“ Er nahm ihre Hand. „Es tut mir so leid, Mevrouw … Anna. Ganz entsetzlich leid. Mir fehlen die Worte, um Euch zu sagen …“ Ihm brach die Stimme.

„Danke, Mijnheer. Das ist sehr freundlich von Euch.“ Sanft entzog sie ihm die Hand. Sie wollte nicht angefasst werden, wollte niemanden in ihrer Nähe haben. In diesem Augenblick wollte sie nur eines: sich zusammenkauern, sich ganz in sich selbst zurückziehen, an einen Ort, wo nichts und niemand sie erreichte – am allerwenigsten die entsetzliche Trauer, die sie zu überwältigen drohte.

„Ihr solltet hier nicht allein sein", äußerte Mijnheer Hegetorne und sah sich hilflos um. Er wusste nicht, wie er mit Annas gefasster Art umgehen sollte. So viel Selbstbeherrschung war unnatürlich. Diese Frau hatte noch nicht eine einzige Träne vergossen! „Ich schicke jemanden. Griete vielleicht. Sie soll bei Euch bleiben."

„Danke, aber ich wäre lieber allein, zumindest für eine Weile." Ihre Stimme klang ruhig, und es lag eine neue Würde darin. „Es ist sehr freundlich, dass Ihr gekommen seid, um mir Bescheid zu sagen." Sie rang sich sogar ein Lächeln ab.

Noch immer sah der Kaufmann sie besorgt an. Irgendetwas stimmte hier nicht: Sie hätte weinen, schreien, sich die Haare raufen müssen – alles wäre besser gewesen als diese unnatürliche Ruhe. Hätte sie ihm Vorwürfe gemacht, dass er Jan auf diese schicksalhafte Reise geschickt hatte, wäre ihm selbst das lieber gewesen. Obwohl der Herr im Himmel wusste, dass er sich auch so schlecht genug fühlte.

Als er vom Kapitän des Schiffes erfahren hatte, dass Jan an der Pest gestorben war, hatte er an die Zeit vor drei Jahren zurückdenken müssen. Damals hatte ihm der Tod seine Frau Alicia genommen, und er war untröstlich gewesen. Aber Alicia hatte lange gekränkelt, während Jan von einer heimtückischen Krankheit in der Blüte seines Lebens dahingerafft worden war. Samuel strich sich über den Bart. Diesmal mischten sich in die Trauer zusätzlich Schuldgefühle, weil er einen Mann in den Tod geschickt hatte, wenn auch unbeabsichtigt. Und weshalb? Weil er der Gier nachgegeben hatte – der Gier, Tulpen zu besitzen.

Doch dies war nicht der richtige Zeitpunkt, um sich mit Fragen von Scham und Schuld herumzuschlagen. Noch einmal begann er: „Kann ich wirklich nichts …?“

Er wusste nicht, was er tun sollte. Durfte er sie wirklich allein zurücklassen? Ihr Gesichtsausdruck erinnerte ihn an die Ruhe auf See vor einem aufziehenden Sturm. Es war nicht auszudenken, wie sie sich verhalten würde, wenn er ging.

Ein Gefühl der Hilflosigkeit überfiel ihn, und er wusste sich keinen anderen Rat, als aufzustehen und zwei Becher von den Haken unter dem Bord zu nehmen. In der winzigen Vorratskammer fand er das Bierfässchen und füllte die Trinkgefäße. Weil seine Hände so zitterten, verschüttete er dabei Bier. Den einen Becher stellte er vor Anna hin. Wenn er nur daran gedacht hätte, Griete mitzubringen. Vielleicht hätte sie gewusst, was zu tun war. Oder er hätte gleich Griete schicken sollen, um die Nachricht zu überbringen, anstatt selbst zu kommen … Aber nein, das wäre feige gewesen. Er nahm einen langen Zug Bier – es schmeckte überraschend gut – und betrachtete Anna.

Auch sie nahm den Becher, trank einen winzigen Schluck und stellte das Bier wieder ab. Genau so hatte es Jan gemocht: süß, aber mit einem herben Unterton. Im Winter hatte er gelegentlich etwas mehr davon getrunken, als gut für ihn war. Dann hatte sie ihm kichernd die Leiter hinaufhelfen müssen, und sie waren gemeinsam unter Gelächter auf das Bett gefallen. Manchmal hatten sie es kaum geschafft, sich aus ihren Kleidern zu befreien, bevor sie sich der Liebe hingaben …

Gleichzeitig mit der Erinnerung kam die Erkenntnis, dass es niemals wieder so sein würde. Plötzlich überfiel Anna ein Gefühl tiefster Verzweiflung. Sie ließ den Kopf auf die Arme sinken und brach in haltloses Schluchzen aus.

Samuel Hegetorne stand auf und ging zu ihr, um ihr hilflos den Rücken zu tätscheln. Diesen Ausbruch fand er bei nahe noch besorgniserregender als die unnatürliche Gefasstheit zuvor. Nach einer Weile hockte er sich neben Anna und nahm sie unbeholfen in den Arm. Sie barg ihr Gesicht an seiner Schulter.

Es dauerte lange, bis sich ihr Weinen allmählich beruhigte. Bis dahin hatte sich die gestärkte Halskrause des reichen Kaufmanns in einen feuchten Lappen verwandelt. Angesichts dieser tiefen Trauer fühlte er sich vollkommen hilflos. Er konnte nicht mehr tun, als Anna zu halten, während ihr die Tränen über die Wangen liefen.

Endlich entwand Anna sich seinen Armen, das Gesicht rot und verschwollen. Sie war erschöpft, und hin und wieder schüttelte sie noch unterdrücktes Schluchzen.

Samuel Hegetorne erhob sich und streckte die verkrampften Glieder. Dann griff er nach ihrem Becher und reichte ihn ihr.

„Besser?“, fragte er leise, als sie etwas Bier trank, husten musste und noch einen Schluck nahm.

Ihre Antwort war kaum zu verstehen: „Nein, aber das wird es auch niemals mehr werden.“ Im selben Augenblick liefen ihr wieder Tränen über die Wangen, aber diesmal weinte sie lautlos.

Aufmerksam betrachtete der Kaufmann sie eine Weile, den Kopf nachdenklich zur Seite geneigt. Langsam schien sie sich etwas beruhigt zu haben, aber ihm gefiel der Gedanke trotzdem nicht, sie hier allein zurückzulassen. „Ihr könnt hier nicht bleiben. Vielleicht …“

Anna hob überrascht den Kopf. „Aber wohin soll ich denn sonst gehen? Das ist mein Zuhause. In diesem Haus habe ich mit Jan gewohnt …“ Halbherzig versuchte sie sich die Wangen mit einem Schürzenzipfel zu trocknen. „Ich gehe nicht fort, Mijnheer. Hier gehöre ich hin.“

„Aber Mevrouw … Anna …“ Noch nie in seinem Leben hatte er sich so hilflos gefühlt.

„Ich komme schon zurecht. Wirklich“, versicherte sie ihm matt. „Blackie ist ja hier, um mich zu trösten und mir Gesellschaft zu leisten. Danke, dass Ihr so lange bei mir geblieben seid.“ Sie warf einen Blick auf das Fenster, hinter dem nichts als tiefe Schwärze zu sehen war. Oh, was würde sie darum geben, um die vergangenen Stunden ungeschehen zu machen! Sie schluckte. „Ihr müsst jetzt wohl gehen, denn es ist spät, und ich bin müde. Morgen werde ich …“

Doch sie unterbrach sich und schüttelte den Kopf. „Nein, ich kann jetzt nicht an morgen denken. Nicht an ein Morgen ohne Jan …“ Sie presste sich die Hand gegen den Mund. Alles, was sie noch herausbrachte, war: „Geht. Bitte.“

Schwerfällig stand sie auf und ging zur Tür, um Mijnheer Hegetorne hinauszulassen. Im selben Moment durchfuhr sie ein so stechender Schmerz, dass sie sich zusammenkrümmte. Warmes Wasser schoss zwischen ihren Beinen hervor.

„Oh Gott!“ Als der Krampf nachließ, sank sie in einen Stuhl.

„Was … was ist los?“ Sofort war Mijnheer Hegetorne an ihrer Seite.

„Das Kind – das Kind kommt!“ Schützend schlang Anna die Arme um den Bauch, als könnte sie damit das Unabwendbare verhindern. „Aber es ist noch viel zu früh. Es darf noch nicht geboren werden! Erst in einem …“, wieder krümmte sie sich unter einer neuen Welle des Schmerzes, „… Monat.“

12. KAPITEL

Entsetzt fuhr Samuel zurück. Er wusste nicht das Geringste davon, wie man Babys zur Welt brachte, und wollte es auch gar nicht wissen. Das war Frauensache. Während er verzweifelt nachzudenken versuchte, saß Anna immer noch da und hielt sich den Leib, als könnte sie das Kind dadurch schützen.

Kinder wurden im Bett geboren, das war selbst ihm klar. Doch ein Blick auf die Leiter zur Schlafkammer sagte ihm deutlich, dass er sie niemals dort hinauftragen könnte. Und selbst wenn – was dann? Nein, es musste eine andere Lösung geben.

Die Finger gegen die Schläfen gepresst, zwang er sich, ruhig zu überlegen. Es gab keine andere Behausung in Hörweite. Außerdem hatten jetzt, zur Nachtzeit, sicher alle Leute Türen und Fenster fest verschlossen. Deshalb brauchte er auch gar nicht erst vor das Häuschen zu treten und zu rufen. Es half nichts – er musste Anna hier zurücklassen und Hilfe holen.

Doch kaum hatte er den ersten Schritt zur Tür getan, als Anna in Panik die Hand ausstreckte. „Nein, bitte – verlasst mich nicht!“, flehte sie. Wieder krümmte sie sich unter einer Wehe zusammen. „Bitte! Ich habe Angst.“

„Ich will nur …“ Als er ihre Verzweiflung bemerkte, kehrte er wieder an ihre Seite zurück. „Gut. Dann gehen wir zusammen. Könnt Ihr laufen?“

„Ja, ich glaube schon.“

Er half ihr auf die Beine, und sie stützte sich schwer auf seinen Arm. Langsam machten sie sich auf den Weg. Samuel Hegetorne tat sein Bestes, um ihr über die Unebenheiten des Wegs zu helfen, aber bei dem spärlichen Mondschein konnte man kaum die Hand vor Augen sehen.

Alle paar Schritte mussten sie innehalten, weil eine neue Schmerzwelle Anna den Atem nahm. Sie lehnte sich gegen ihren Begleiter, aber mit jeder Welle wurde sie schwächer und erschöpfter. Als sie endlich zum Garten gelangten, trug Samuel Hegetorne Anna mehr, als dass er sie führte. Nur die Furcht, das Kind könnte geboren werden, bevor sie das schützende Haus erreichten, gab ihm genug Kraft. Endlich waren sie nah genug, um gehört zu werden, und er begann, um Hilfe zu rufen.

Im nächsten Augenblick kamen Diener angelaufen, und die schwankenden Lichtflecken der Laternen erhellten die Dunkelheit. Griete warf lediglich einen Blick auf das ungleiche Paar, bevor sie den Küchenjungen nach ihrer Mutter schickte. Einer von Jans Gärtnergehilfen, der bei einem Krug Bier in der warmen Küche gesessen hatte, hob die halb ohnmächtige Anna hoch und trug sie ins Haus. Hinter Samuel Hegetorne, der ihm den Weg wies, ging er zum größten Gästezimmer, wo er Anna vorsichtig auf ein Bett mit reich bestickter Überdecke legte.

Erleichtert wischte der reiche Kaufmann sich den Schweiß von der Stirn und sank auf einen Stuhl am Fenster. Im nächsten Augenblick kam Griete herein und entzündete die Kerzen im Raum, während Anna sich vor Schmerzen krümmte. Mit einem Blick auf ihren Herrn sagte die Magd: „Ihr solltet jetzt gehen, Mijnheer. Wenn ich hier wegkann, bringe ich Euch Wein."

„Wie bitte?" Annas Schreie wurden lauter, und er sprang auf. „Ach ja, richtig. Aber Ihr solltet sie in diesem Zustand nicht allein lassen. Bleibt bei ihr. Meinen Wein kann ich mir auch selbst holen." Er wandte sich zum Gehen. „Wenn es etwas gibt ..."

„Ihr könnt hier nichts tun, Mijnheer. Das hier ist Frauensache." Griete war bereits dabei, mit missbilligendem Blick den Bettüberwurf unter Anna hervorzuziehen, um den kostbaren Stoff zu retten.

„Nun gut.“ Er ging, hin- und hergerissen zwischen Erleichterung und Widerstreben, die Sorge um die Gebärende anderen zu überlassen.

Anna hingegen war inzwischen alles gleichgültig. Der körperliche Schmerz, den sie empfand, war nicht stark genug, um den Schmerz über Jans Tod auszulöschen. Ob sie lebte oder starb, spielte keine Rolle mehr. In den wenigen lichten Augenblicken zwischen den Wehen dachte sie an das Kind: Jans Kind, der körperliche Beweis seiner Liebe – ihre einzige verbliebene Verbindung zu ihm. Der Gedanke flößte ihr die Kraft ein, sich seinetwillen ans Leben zu klammern.

Doch als Stunde um Stunde verging, ohne dass die Qualen nachließen, schwand allmählich auch ihre Entschlossenheit, und sie spürte nichts weiter als Erschöpfung. Endlich gab Anna den Kampf auf und ließ sich in den dunklen Strudel des Vergessens sinken.

Nur einmal kam sie zu sich und sah den Geliebten. „Jan!“, rief sie freudig und streckte die Arme nach ihm aus.

Doch er schüttelte den Kopf. „Nein, Liebste, noch nicht.“ Als sie wieder hinsah, war er verschwunden. Erneut umfing sie Dunkelheit.

Irgendwann schlug sie die Augen auf, nur um sie gleich wieder erschöpft zu schließen. Der unerträgliche, brennende Schmerz hatte aufgehört, aber sie war zu schwach, um die Lider offen zu halten.

„Gott sei Dank, sie lebt!“, hörte sie jemanden flüstern.

Mit beinahe übermenschlicher Anstrengung wandte Anna den Kopf und sah Grietes Mutter Sarah am Bett sitzen. Es dauerte lange, bis es ihr gelang, die aufgesprungenen Lippen zu öffnen und die drängende Frage zu stellen: „Ist es geboren?“

„Ja. Es war ein Mädchen. Und jetzt trink das.“ Sanft hob Sarah den Kopf der Kranken an und flößte ihr eine warme, süße Flüssigkeit ein. Gleich darauf schlief Anna wieder ein.

Als sie das nächste Mal aufwachte, konnte sie schon wieder klarer denken. Ein Mädchen, hatte Sarah gesagt. *Es war ein Mädchen.* War? Anna öffnete die Lider. „Das Kind – wo ist mein Kind?“

Einen Augenblick verharrte Sarah stumm, bevor sie leise sagte: „Es hat niemals geatmet. Die Geburt war zu früh und zu schwer. Das Kind hat nicht überlebt.“

Da breitete sich Herzensruhe in Anna aus. Lächelnd murmelte sie: „Gut. Dann kann ich auch sterben.“ Sie schloss die Augen und gab den Kampf auf.

Die lange, schwierige Entbindung hätte sie beinahe umgebracht, aber Anna war jung und ihr natürlicher Lebenswille stärker als ihr Todeswunsch. Unter der erfahrenen Pflege von Grietes Mutter gewann sie Tag für Tag ein wenig von ihren Kräften zurück. Sarah wachte darüber, dass die Patientin stärkende Fleischbrühe zu sich nahm und flößte ihr Kräutertränke ein, die allmählich ihr Heilungswerk verrichteten.

„Warum habt Ihr mich nicht sterben lassen?“, fragte Anna schwach, während Sarah sie löffelweise mit Suppe fütterte.

„Hör auf, dich zu versündigen, mein Kind. Deine Sterbestunde war noch nicht gekommen. Und glaube ja nicht, dass du die einzige Frau bist, die jemals ihren Ehemann oder ihr Kind verloren hat.“ Doch die strenge Ermahnung wurde von dem Mitgefühl Lügen gestraft, das deutlich in dem runzligen alten Gesicht zu lesen stand.

„Aber beide gleichzeitig?“ Wieder stiegen Anna Tränen in die Augen.

„Das war ein harter Schicksalsschlag“, gab die alte Frau zu. „Aber ich bin mir sicher, dass Gott den Menschen nur so viel aufbürdet, wie sie tragen können. Du wirst den Schmerz überleben und gestärkt daraus hervorgehen."

„Ich fühle mich alles andere als gestärkt", wisperte Anna traurig.

„Ich weiß, Kindchen. Aber du hast dein Leben noch vor dir." Ungewöhnlich zärtlich tätschelte die ältere Frau ihr die Hand.

Als es Anna etwas besser ging, kam Abraham van Migrode, der neue Prediger, um sie zu besuchen. In seiner ruhigen Art spendete er ihr Trost und ermutigte sie, das Leben, das ihr wiedergeschenkt war, dankbar anzunehmen.

„Ich weiß noch genau, wie ich Euch zum ersten Mal gesehen habe – auf dem Schiff, das Euch von Flandern hier herüberbrachte. Schon damals dachte ich, wie viel Mut Ihr haben müsst, Eure Heimat hinter Euch zu lassen, um in ein unbekanntes Land zu gehen. Sicher wird dieser Mut Euch auch jetzt nicht verlassen."

„Bei der Überfahrt hatte ich Jan an meiner Seite", antwortete Anna niedergeschlagen. „Er hat mir Mut gemacht. Ich weiß nicht, wie ich all die kommenden Jahre ohne ihn überstehen soll."

Der Prediger nahm ihre Hand. „Ihr dürft nicht an ‚all die kommenden Jahre' denken. Jeder Tag kommt für sich allein, einer nach dem anderen. Zukunft ist ein großes Wort – denkt einfach nur daran, wie Ihr den nächsten Tag übersteht. Und wenn Ihr den geschafft habt, könnt Ihr Euch dem nächsten stellen." Mitfühlend sah er sie an. „Es wird bestimmt nicht leicht. Das will ich Euch gar nicht einreden. Aber Ihr seid jung, und mit Gottes Hilfe werdet Ihr es schaffen. Gott segne Euch, mein Kind."

Nach diesem Besuch erfüllte Anna ein seltsames Gefühl von Ruhe und Frieden. Als Sarah, die den Prediger zur Tür brachte, wieder hereinkam, erklärte Anna: „Ich würde mich gern eine Weile ans Fenster setzen und den Garten ansehen.

Er muss schön aussehen mit all den bunten Herbstblättern."

Sarah warf ihr einen merkwürdigen Blick zu, antwortete aber nur: „Leg dir ein warmes Tuch um. Auch wenn hier ein Feuer brennt – von draußen kommt es eisig herein."

„Kalt?" Annas Stimme war die Überraschung anzuhören.

„Ja. Draußen scheint die Sonne, aber alles ist weiß vom Frost."

„Aber es ist doch …"

„Anfang Dezember. Du hast fast zwei Monate in diesem Bett gelegen, Mädchen. Langsam wird es Zeit, wieder laufen zu lernen."

Auf Sarahs Arm gestützt, brachte Anna die paar Schritte bis zu dem Stuhl am Fenster hinter sich. Von dort hatte man einen wunderbaren Blick über den Garten. Die Hecken und Rasenornamente waren mit glitzernden Eiskristallen überzogen und sahen aus wie kostbare Spitze. Anna vergoss ein paar Tränen, als sie Jans Werk betrachtete, aber gleichzeitig empfand sie Dankbarkeit: Dieser Teil von ihm würde niemals sterben. Wann immer sie durch den Garten ging, würde sie an ihren geliebten Mann denken.

Nachdem sie eine Weile aus dem Fenster geschaut hatte, sah sie unten Mijnheer Hegetorne aus der Tür treten. Er ging durch den Knotengarten, drehte sich um, erblickte sie am Fenster und hob die Hand, um ihr zu winken.

Schuldbewusst grüßte sie zurück. Schon viel zu lange hatte sie seine Gastfreundschaft in Anspruch genommen. Nun musste sie alles daransetzen, um so schnell wie möglich wieder zu Kräften zu kommen und in ihr Häuschen zurückzukehren.

Doch dieser Gedanke sollte bei Mijnheer Hegetorne eine unerwartete Reaktion hervorrufen.

Die ganze Zeit, während sie bettlägerig gewesen war,

hatte er sie nicht ein einziges Mal besucht. Für einen Herrn schickte es sich nun einmal nicht, das Schlafzimmer einer Frau zu betreten. Trotzdem hatte er sich täglich bei Griete und ihrer Mutter nach Annas Wohlergehen erkundigt. Und er hatte dafür gesorgt, dass sie mit allem versorgt wurde, was ihre Genesung unterstützte.

„Er benimmt sich wie ein liebeskranker Jüngling", grummelte Sarah vor sich hin. „Ständig läuft er vor ihrem Zimmer auf und ab. Meinst du …?" Bedeutungsvoll hob sie eine Augenbraue.

Doch Griete lachte nur. „Ach was, ich glaube nicht, dass er sich in Anna verliebt hat. Schließlich könnte er ihr Vater sein! Er macht sich nur Sorgen um sie, weil er sich für den Tod ihres Mannes verantwortlich fühlt – vielleicht sogar schuldig. Mijnheer Hegetorne ist ein gutherziger Mann, Mutter."

„Ja, ich weiß." Sarah bekräftigte die Antwort mit einem Nicken.

Am Tag nachdem er Anna am Fenster gesehen hatte, beschloss Mijnheer Hegetorne, die Patientin zu besuchen. Das Vorhaben machte ihn allerdings unsicher, denn er war weibliche Gesellschaft nicht mehr gewöhnt. In seiner Welt kamen Frauen nur als Dienstmägde vor, und die konnte er nach Belieben herumkommandieren.

Trotz vorherigen Klopfens an der Tür des Gästezimmers wagte er erst einzutreten, nachdem Sarah ihm mehrmals versichert hatte, dass Anna im Sessel saß und seinen Besuch erwartete.

Endlich ging er hinein, räusperte sich verlegen und trat zum Fenster, um hinauszuschauen. Ohne Anna anzusehen, sagte er steif: „Ich hoffe, Ihr seid wieder vollständig hergestellt, Mevrouw."

Anna versuchte ein Lächeln, und zum ersten Mal seit Jans

Tod kam es von Herzen. Noch nie hatte sie den reichen Kaufmann so verunsichert erlebt. Jetzt war es an ihr, ihm Freundlichkeit zu zeigen.

„Danke, Mijnheer, es geht mir mit jedem Tag besser. Möchtet Ihr Euch nicht setzen? Ich bekomme einen ganz steifen Hals, wenn ich zu Euch aufschauen muss. Sarah hat Euch einen Sessel bereitgestellt."

„Danke." Er setzte sich und starrte auf seine Hände.

„Es war sehr freundlich von Euch, mich hier aufzunehmen", bedankte sich Anna. „Wenn Ihr nicht gewesen wärt, hätte ich wohl nicht überlebt." Traurig blickte sie aus dem Fenster. „Es gab Augenblicke, in denen es mir nichts ausgemacht hätte zu sterben."

Bei ihren letzten Worten hob er ruckartig den Kopf und sah sie zum ersten Mal an. „So etwas dürft Ihr nicht einmal denken, Mevrouw. Ihr seid jung und ..." Er hielt inne. Eigentlich hatte er „schön" sagen wollen, aber im selben Moment erkannte er, dass es nicht mehr stimmte. Annas Schönheit war dahin. Strähnig und glanzlos hing ihr Haar über die Schultern, die Wangen waren bleich und eingesunken. Selbst ihre großen veilchenblauen Augen hatten allen Glanz verloren.

„Ihr seid jung", wiederholte er und sah sich im Raum um. „Ist Euch warm genug?" Wenn es um praktische Dinge ging, fühlte er sich sicherer, und seine Stimme nahm wieder ihren alten, bestimmten Tonfall an. „Lässt man immer ein ordentliches Feuer für Euch brennen? Draußen ist es bitterkalt. Schaut nur, wie der Raureif den Garten bedeckt ..." Wieder geriet er ins Stocken. Sollte er den Garten in ihrer Gegenwart lieber nicht erwähnen? Aus den Augenwinkeln sah er, wie Anna sich unauffällig eine Träne abwischte, und verwünschte sich insgeheim für seine Unaufmerksamkeit. „Habt Ihr alles, was Ihr braucht?" Die Worte kamen schroffer heraus, als er wollte.

„Mehr als das“, antwortete Anna, fügte jedoch im Stillen hinzu: alles, bis auf meinen Mann und unser Kind. Entschlossen hob sie den Kopf. „Ich kann Euch gar nicht genug danken für die Herzensgüte, die Ihr mir erwiesen habt. Die ganze Zeit habt Ihr Euch von einer Kranken den Haushalt durcheinanderbringen lassen. Mir war nicht bewusst, wie lange ich hier gelegen habe – zwei Monate, sagt Sarah.“

„Schon so lange?“, bemerkte er vage. „Aber das tut nichts zur Sache, solange Ihr nur wieder gesund werdet.“ Zum ersten Mal begegneten sich ihre Blicke. „Ihr seid sehr krank gewesen, Mevrouw. Anfangs dachten wir sogar, Ihr würdet sterben. Wir alle haben uns große Sorgen gemacht.“

Der Ausdruck in seinen blaugrauen Augen zeigte ihr, dass seine Worte aufrichtig gemeint waren.

„Danke, Mijnheer“, erwiderte Anna leicht verlegen. Eine Weile erfüllte Stille den Raum, aber nicht mehr das verlegene Schweigen, das am Anfang des Besuchs geherrscht hatte. Schließlich sagte Anna: „Es geht mir schon viel besser, und deshalb möchte ich so schnell wie möglich in mein eigenes Heim zurückkehren. Ich habe Eure Gastfreundschaft schon viel zu lange beansprucht.“

„Unsinn! Ich will nichts davon hören.“ Hier sprach wieder ganz der befehlsgewohnte Kaufmann. „Das Häuschen ist sicher feucht, weil schon seit Monaten kein Feuer mehr dort gebrannt hat. Ihr müsst hierbleiben, bis Ihr stärker seid und das Wetter wärmer wird.“

„Aber Mijnheer …“

Mit erhobener Hand brachte er sie zum Schweigen. „Ihr seid gerade erst aufgestanden und habt noch keinen Schritt nach draußen in die Kälte gesetzt. Wie könnt Ihr auch nur daran denken, allein in das Häuschen zurückzukehren?“

Anna seufzte. „Sicherlich seid Ihr meiner langsam überdrüssig. Schließlich bringe ich Euren gesamten Haushalt aus dem Lot."

„Mache ich etwa den Eindruck, ich wollte Euch los sein? Falls ja, dann ist das vollkommen unbeabsichtigt."

„Nein, nein, überhaupt nicht", versicherte sie ihm schnell. „Aber die Dienerschaft … die ganze zusätzliche Arbeit …"

„Ich bezahle meine Dienstboten gut, und sie haben keinen Grund, sich zu beklagen. Das tun sie auch nicht." Er hob eine Braue und lächelte sie an. „Gibt es sonst noch etwas?"

Unwillkürlich lächelte sie zurück. „Nein, Mijnheer. Außer dass ich Euch für Eure Großherzigkeit danke."

„Gut, damit ist das also geklärt. Und jetzt kein Wort mehr davon, dass Ihr in Euer Häuschen zurückkehren wollt."

„Werdet Ihr mich wieder besuchen kommen?", fragte sie schüchtern. Nachdem das Eis gebrochen war, hatte sie das Gespräch mit ihm genossen.

„Ja, und zwar täglich. Jedenfalls so lange, bis Ihr kräftig genug seid, um dieses Zimmer zu verlassen und mit mir zusammen am Tisch zu essen."

„Oh, aber ich …", begann sie erschrocken.

„Bis dahin komme ich und leiste Euch hier ein bisschen Gesellschaft", unterbrach er sie. Damit erhob er sich und ging zur Tür, wo er sich jedoch noch einmal umdrehte. „Glaubt mir, es verhält sich genau umgekehrt: Ich bin derjenige, der in Eurer Schuld steht."

Nachdem er gegangen war, saß Anna lange Zeit da und starrte aus dem Fenster. Was mochte er mit den letzten Worten gemeint haben? Fühlte er sich verantwortlich für Jans Tod, weil er ihn auf die Reise geschickt hatte? Aber die Pest konnte jederzeit und an jedem Ort zuschlagen. Niemand war in der Lage, das vorauszusehen. Es war purer Zufall, dass die Krankheit Jan dahingerafft hatte, als er gerade mit den Tulpenzwiebeln im Gepäck auf dem Weg von Amsterdam war.

Zum ersten Mal fragte Anna sich, wie viele seiner Mitreisenden wohl ebenfalls an der Pest gestorben waren. Für gewöhnlich begnügte die Seuche sich nicht mit einem einzigen Opfer.

Erschöpft schloss sie die Augen. Mijnheer Hegetorne hatte recht: Sie war immer noch sehr schwach. Trotzdem hatte sie seinen Besuch genossen. Er hatte sie wie eine Gleichgestellte behandelt, nicht wie die Frau eines seiner Arbeiter. Ein gutes Gefühl.

Anna schlief ein.

Das neue Jahr hielt still und friedlich Einzug in Samuel Hegetornes Haus, das inzwischen landauf, landab als Garden House bekannt war.

„Gartenhaus – das hätte Eurem Mann gefallen, meint Ihr nicht?“, bemerkte Mijnheer Hegetorne. Er saß Anna gegenüber an dem großen, polierten Tisch, an dem sie seit einiger Zeit gemeinsam die Mahlzeiten einnahmen.

Sie nickte und lächelte aus tränenverschleierten Augen. Noch immer weinte sie häufig, aber je kräftiger sie wurde, desto besser ertrug sie auch die Trauer um Jan.

Zu seiner Zufriedenheit stellte Mijnheer Hegetorne fest, dass Anna inzwischen längst nicht mehr so bleich aussah wie bei seinem ersten Besuch im Krankenzimmer. Ihr Gesicht hatte einen gesünderen Farbton angenommen, und das Haar unter der hübsch gestärkten Haube glänzte wieder. Allmählich aß sie mit mehr Appetit, sodass ihre Wangen nicht länger eingefallen wirkten. Auch ihre Figur hatte sich wieder an den richtigen Stellen anmutig gerundet. Die guten Gemüsesuppen und Kalbsgelees, die Griete kochte, sowie Sahne und Milch vom Hof der Pitts wirkten offenbar Wunder.

Der Kaufmann betrachtete es ebenfalls als gutes Zeichen, dass Annas Hände nicht mehr müßig in ihrem Schoß ruhten.

Fast immer traf er sie mit einem Buch oder einer Stickarbeit beschäftigt an. Wenn er sich dann zu ihr setzte, unterhielten sie sich über alles Mögliche, von den Wollpreisen bis zu den Protestantenverfolgungen in ihrer alten Heimat.

Zu seiner Überraschung stellte er fest, dass Anna über diese politischen Verwicklungen bestens Bescheid wusste. Dabei hatte der Herzog von Alba, der Gesandte König Philipps von Spanien, am schlimmsten zu Zeiten gewütet, als sie noch nicht einmal auf der Welt gewesen war. Doch sie wusste, dass er mit seiner Armee in die Niederlande gekommen war, um die Leute dort mit Waffengewalt dazu zu bringen, ihren protestantischen Glauben aufzugeben und zum Katholizismus zurückzukehren. Die spanische Inquisition und die furchtbaren Qualen derjenigen, die dem Calvinismus treu geblieben waren, schienen ihr ebenso bekannt zu sein.

Sie erzählte ihm sogar, dass ihre Großeltern genau wie seine eigenen Eltern vor den schlimmsten Verfolgungen nach England geflüchtet waren. Allerdings waren sie nicht geblieben, sondern nach einer Weile wieder in die Heimat zurückgekehrt. Nur ihren Vater und ihre Mutter erwähnte sie zu seiner Verwunderung nie. Dennoch drang er nicht in sie, denn er empfand ihr Verhältnis weiterhin als zu wenig vertraut, um nach solch persönlichen Dingen zu fragen.

Der Januar brachte große Kälte, Schnee und Eis. Anna genoss es, warm und sicher im Garden House zu sitzen. Dort brannten Feuer in allen Kaminen, und große Wandschirme hielten die Zugluft ab. Sie fühlte sich häufig an ihre Kindheit und Jugend erinnert, in denen sie ähnlichen Komfort genossen hatte wie hier. Insgeheim musste sie zugeben, dass sie es nicht eilig hatte, die Bequemlichkeit dieses großen Hauses wieder gegen ihr bescheidenes Heim einzutauschen. Trotzdem regte sich gelegentlich ihr schlechtes Gewissen, weil sie Mijnheer Hegetornes Gastfreundschaft ausnutzte. Deshalb bot sie Griete ihre Hilfe beim Brotbacken und anderen leichten Haushaltstätigkeiten an.

Doch als das Eis zu schmelzen begann und die Sonne ihre wärmenden Strahlen wieder über das Land schickte, wusste Anna, dass sich ihre Zeit als Gast von Mijnheer Hegetorne dem Ende zuneigte. Sie musste wieder in das Häuschen zurückkehren, in dem sie die glückliche, aber viel zu kurze Zeit mit Jan verbracht hatte. Nun, da sie wieder zu Kräften gekommen war, fühlte sie sich bereit, sich den Erinnerungen zu stellen, die dort warteten.

Als sie Mijnheer Hegetorne von ihrem Plan erzählte, ihrem alten Heim einen kurzen Besuch abzustatten, nickte er und sagte zu ihrer Überraschung lediglich: „Zieht Euch warm genug an. Griete kann Euch einen meiner Mäntel heraussuchen. Und bleibt nicht zu lange. Wir wollen schließlich nicht, dass Ihr Euch erkältet."

In den pelzverbrämten Mantel gehüllt, ging Anna den kurzen Weg zu ihrem Häuschen. Ihr Herz klopfte. Griete hatte angeboten, sie zu begleiten, aber sie wollte lieber allein sein. Erinnerungen an glücklichere Tage stiegen auf Schritt und Tritt in ihr auf. Als sie das geduckte Haus erblickte, wurden ihre Augen feucht. Nie wieder würde Jan durch diese Tür treten! Trotzdem musste sie unter Tränen lächeln, denn sie erinnerte sich lebhaft daran, wie häufig sich Jan an dem niedrigen Pfosten den Kopf gestoßen hatte.

Ein tiefer Atemzug, dann stieß sie die Tür auf und ging hinein.

13. KAPITEL

Eine Gänsehaut überlief Anna, als sie zum ersten Mal wieder in dem kleinen Häuschen stand. Wie kalt und klamm es hier war! Doch dann fiel ihr ein, wie wenig verwunderlich das war. Schließlich hatte das Gebäude monatelang leer gestanden und war den ganzen eisigen Winter über nicht geheizt worden.

Einen Augenblick stand Anna bewegungslos da, bis sich ihre Augen an das Dämmerlicht im Innern gewöhnt hatten. Dann sah sie sich um. Alles war noch ganz genau so, wie sie es zurückgelassen hatte. Die zwei Becher standen auf dem Tisch. Der umgeworfene Stuhl daneben erinnerte sie daran, wie hastig Mijnheer Hegetorne ihr zur Hilfe geeilt war. Sofort standen ihr die Ereignisse jenes schicksalhaften Abends wieder lebhaft vor Augen, und sie durchlebte noch einmal die Gefühle von damals: zuerst diese entsetzliche Trostlosigkeit und dann den Schmerz und die Verzweiflung, als sie begriff, dass ihr Kind kommen wollte – viel zu früh. Hastig presste Anna die Lider zusammen, um die Erinnerungen – und Tränen – zurückzudrängen.

Im nächsten Moment tappten über ihr weiche Pfötchen, und Blackie sprang aus der Schlafkammer geradewegs auf den Esstisch hinunter. Mit zwei weiteren Sätzen war das Kätzchen bei Anna und drängte sich an sie.

„Blackie – oh Blackie!“, rief Anna. „Dich hätte ich hier nicht erwartet! Hast du denn die ganze Zeit allein hier gewohnt?“ Sie hob die Katze hoch und drückte sie freudig an sich. „Ich dachte, du wärst längst zum Bauernhof zurückgelaufen oder hättest dir eine neue Bleibe gesucht. Dass du hier auf mich warten würdest, hätte ich nie gedacht!“

Sie streichelte das glänzende Fell. Mager wirkte Blackie jedenfalls nicht. „Aber wo hast du denn etwas zu fressen gefunden? So viele Mäuse kann es hier doch gar nicht gegeben haben!“

Doch Blackie schnurrte nur und rieb die Schnauze an Annas Gesicht.

Ohne das Kätzchen loszulassen, machte Anna einen halbherzigen Versuch, den Wohnraum aufzuräumen. Währenddessen erzählte sie Blackie, was in der Zwischenzeit alles geschehen war. Sie hob den Stuhl auf und stocherte mit dem Schürhaken in der Asche herum. Der Topf, in dem sie das Essen für Jans Empfang zubereitet hatte, lag umgestürzt auf dem Herd – leer.

„Hast du dir den Hammeleintopf schmecken lassen, Blackie?“, fragte sie und öffnete den Vorratsschrank. Alles darin war entweder von einer dicken Schimmelschicht überzogen oder beinahe zu Staub zerfallen.

Mit einem Seufzer murmelte Anna: „Das war wohl nicht anders zu erwarten nach der langen Zeit.“ Sie sank auf einen Stuhl und stützte die Ellbogen auf den Tisch. Es war ein Fehler gewesen, heute hierherzukommen. Dabei hatte sie sich so stark und gesund gefühlt! Aber ihr fehlte die Willenskraft, das Häuschen wieder in ein echtes Heim zu verwandeln. Noch nicht einmal ein Feuer wollte sie anzünden.

Endlich stand sie auf und sagte zu dem schnurrenden Tier auf ihrer Schulter: „Lass uns nur schnell nach oben gehen, damit ich ein paar Kleider mitnehmen kann. Dann gehe ich zurück zum Garden House, und dich nehme ich mit. Mijnheer Hegetorne hat sicher nichts dagegen.“

Müde kletterte sie die Leiter hinauf. Blackie hatte sich offenbar das Bett als Schlafplatz ausgesucht, und nun sprang sie von Annas Schulter und rollte sich in ihrer angestammten Kuhle zusammen. Als Anna die Wäschetruhe öffnete, musste sie daran denken, dass sie immer Lavendel zwischen die Leintücher gestreut hatte, damit sie gut dufteten. Wie stolz sie auf ihre Rolle als Hausfrau und künftige Mutter gewesen war!

Die Kleider lagen immer noch genauso ordentlich gefaltet da, wie Anna sie hineingelegt hatte. Aber inzwischen rochen sie feucht und muffig und wiesen graue Schimmelspuren auf, die sich nicht ausbürsten ließen. Sogar die Leinenbänder, in die sie ihr Kind nach der Geburt hatte wickeln wollen, waren mit Stockflecken gesprenkelt.

Schweren Herzens setzte Anna sich aufs Bett. Sie wünschte, sie würde sich nicht ganz so erschöpft und lustlos fühlen. So würde es ihr nie gelingen, diesen vernachlässigten Haushalt wieder in Ordnung zu bringen. Sie musste sich zusammenreißen. Bald würde sie hierher zurückkehren und die zerrissenen Fäden ihres alten Lebens wieder aufnehmen müssen. Nun, da Jan nicht mehr da war, musste sie allein für sich sorgen.

Fest presste sie die Finger gegen die Schläfen, um sich zum Nachdenken zu zwingen. Geld – sie brauchte Geld. Gab es nicht in der flämischen Gemeinde einen Topf, in den die Bußgelder aus dem Handel in der Bay Hall flossen? Mit diesen Mitteln wurden Arme und Bedürftige unterstützt. Anna schüttelte den Kopf. Solange sie es vermeiden konnte, würde sie nicht darum bitten. Die Tochter von Judith Fromenteel würde niemals so tief sinken, dass sie um Almosen bettelte!

Also musste sie Arbeit finden. Aber was sollte sie tun? Vielleicht konnte Margery Frith ihr beibringen, wie man Wolle spann. Es sah nicht sehr schwierig aus.

Langsam stand sie vom Bett auf und kletterte wieder die Leiter hinunter. Doch plötzlich blieb sie stehen, weil ihr ein furchterregender Gedanke kam. Wenn sie nun gar nicht in ihr Zuhause zurückkehren durfte und Mijnheer Hegetorne sie hinauswarf?

Das Häuschen diente als Heim für Mijnheer Hegetornes Gärtner, und dieser Gärtner war tot. Er lag mitsamt den teuren Tulpenzwiebeln, die er in Amsterdam gekauft hatte, auf dem Grund des Meeres, aufgedunsen vom Wasser und von der Pest. Eisern zwang Anna sich, den grauenhaften Gedanken zu Ende zu bringen, selbst wenn ihr der Schmerz dabei wie ein Messerstich ins Herz drang.

Möglicherweise war es also gar nicht ihre Aufgabe, das Häuschen wieder bewohnbar zu machen, sondern jemand anders würde sich darum kümmern. Sie musste lediglich ihre Besitztümer nehmen und sich ein neues Dach über dem Kopf suchen.

Sicher, Mijnheer Hegetorne hatte sich während ihrer Krankheit rührend um sie gekümmert, und dank seiner Gastfreundschaft hatte es ihr an nichts gefehlt. Aber sie durfte seine Großherzigkeit nicht unbegrenzt ausnutzen. Irgendwann müsste sie ihren eigenen Weg gehen.

Anna kletterte die letzten Sprossen hinunter und setzte sich mutlos wieder auf den Stuhl. Blackie war ihr auf dem Fuße gefolgt. Offenbar hatte das Kätzchen nicht die Absicht, sie wieder fortgehen zu lassen. Es sprang ihr auf den Schoß und stupste sie mit der Nase an, um sich streicheln zu lassen. Abwesend erfüllte Anna ihm den Wunsch, während sie darüber nachdachte, was sie tun sollte.

Wenn sie nur wüsste, wo sie ihren Vater suchen sollte! Bestimmt würde er ihr helfen, wenn er erfuhr, dass er eine Tochter besaß. Aber ihre einzigen Anhaltspunkte waren veilchenblaue Augen und der Vorname Henrick. Jan hatte möglicherweise sogar mehr herausgefunden, sofern es ihm gelungen war, eine Nachricht zu ihrer Mutter zu schmuggeln. Leider lag sein Wissen mit ihm auf dem Meeresgrund.

Da saß sie nun, ohne Jan, der sie liebte und umsorgte, ohne ein Kind, das sie in den Armen halten konnte, heimatlos und in einem fremden Land gestrandet, in dem sie und ihre Landsleute als „Fremdlinge“ bezeichnet wurden. Tiefe

Verzweiflung überkam Anna, und bittere Tränen tropfen auf Blackies Fell.

Sie wusste nicht, wie lange sie so dagesessen hatte, als sich plötzlich die Tür hinter ihr öffnete. Überrascht blickte Anna auf und erkannte Mijnheer Hegetorne.

„Ich …" Verlegen stand sie auf. Mit dem Handrücken wischte sie sich die Tränen ab.

Er streckte die Hand aus. „Kommt jetzt mit. Für heute seid Ihr lange genug hier gewesen", meinte er sanft.

„Seht nur – mein kleines Kätzchen! Es hat hier auf mich gewartet." Anna lächelte unter Tränen.

„Dann nehmt Ihr es am besten mit, meint Ihr nicht?" Behutsam führte er sie hinaus und schloss die Tür hinter ihnen.

„Was soll ich nur tun, Mijnheer?", flüsterte Anna, als die Verzweiflung sie erneut überwältigte. „Ihr braucht das Haus für einen Eurer Arbeiter, das weiß ich. Ich muss nur meine Sachen herausholen …" Sie schauderte, und er legte den Arm um sie.

„Ihr friert, sogar in meinem warmen Mantel. Jetzt erkältet Ihr Euch womöglich noch! Ihr hättet nicht so lange bleiben dürfen", entgegnete er streng, ohne auf ihre Frage zu antworten.

„Ich weiß – es tut mir leid. Ich …" Was für eine schreckliche Vorstellung, erneut krank zu werden und seine Gastfreundschaft noch länger missbrauchen zu müssen!

„Keine Sorge, gleich könnt Ihr Euch am Feuer wärmen", erklärte er etwas freundlicher. „Und Griete hat schon einen fetten Kapaun am Spieß."

So rasch, wie Anna konnte, brachte er sie zum Garden House zurück und war erst zufrieden, als sie in einem Sessel vor dem Kamin im großen Wohnraum saß. Fürsorglich rückte er einen Wandschirm in ihren Rücken, um die Zugluft abzuhalten, und ließ einen Diener einen heißen Milchpunsch servieren. Erst als er sich davon überzeugt hatte, dass sie es bequem hatte, ließ er sie allein. „Ich habe noch dringende Angelegenheiten zu erledigen. Wenn ich zurückkomme, müssen wir uns miteinander unterhalten."

Anna wusste genau, was das bedeutete. Erschöpft lehnte sie sich in die Kissen zurück. Blackie lag schnurrend auf ihrem Schoß. Während sie das Kätzchen streichelte, sah Anna sich in dem Raum um, der ihr inzwischen so vertraut war. Alles hier, von den Tapisserien und bemalten Wandbehängen bis zu den Fliesen auf dem Fußboden, erinnerte sie an ihr Vaterhaus in Flandern. Damals war sie fortgelaufen, um nicht Otto de Hane heiraten zu müssen. Sie hatte ein Leben mit Jan gewählt.

Mit einiger Anstrengung riss sie sich zusammen. Es half nichts, in Selbstmitleid zu baden. Was die Zukunft auch bringen mochte – alles war besser als eine Ehe mit Otto de Hane. Irgendwie würde es ihr schon gelingen, für sich selbst zu sorgen.

Lange starrte sie nachdenklich ins Feuer, während sie sich alle möglichen wilden Pläne ausdachte und gleich wieder verwarf. Endlich glitt ein Lächeln über ihr Gesicht. Natürlich – der Prediger, Abraham van Migrode! Hatte er nicht gesagt, sie könne sich an ihn wenden, wenn sie Hilfe bräuchte? Er würde ihr sicher helfen, Arbeit zu finden – vielleicht als Dienstmagd oder Kindermädchen bei reichen Bekannten von ihm. Zumindest hätte sie dann ein Dach über dem Kopf.

Befriedigt schloss Anna die Augen und schlummerte ein. Sie wollte die Wärme und Geborgenheit dieses Hauses genießen, solange es ihr vergönnt war.

Etwas später weckte Griete sie auf, als sie hereinkam. „Ich soll nachsehen, ob du alles hast, was du brauchst, sagt der Herr. Er ist sehr besorgt um dich. Ah – du hast deine Katze mitgebracht! Mir wollte sie nicht folgen, gleichgültig, wie sehr ich sie gelockt habe. Darum konnte ich ihr nur etwas zu fressen hinstellen. Bestimmt wollte sie in dem Häuschen auf dich warten."

„Ach, dann hast du sie also gefüttert, Griete!", rief Anna dankbar aus. „Ich habe mich schon gewundert, dass sie so wohlgenährt aussieht. Danke, dass du dich um sie gekümmert hast."

„Das war keine Mühe. Ich habe ihr einfach gegeben, was in der Küche übrig geblieben ist. Ein nettes kleines Ding, aber eigensinnig. Ich wollte nicht, dass du dir Sorgen machst, deshalb habe ich nichts davon gesagt."

„Ich fürchte, Blackie und ich haben dir und deiner Mutter in den letzten Monaten eine Menge zusätzlicher Arbeit beschert", bemerkte Anna traurig.

„Dafür konntest du schließlich nichts", erwiderte Griete mitfühlend. „Und du warst eine dankbare Patientin, ruhig und bescheiden, anstatt uns mit Sonderwünschen herumzuscheuchen. Manch andere hätte das sicher getan. Aber wie dem auch sei, der Herr hat uns die Mühe in barer Münze vergolten."

„Das freut mich", sagte Anna. „Er ist ein großherziger Mann. Ich wüsste nicht, was ohne ihn aus mir geworden wäre."

Da grinste Griete. „Nun ja, er hatte schließlich keine Wahl. Wenn er nicht zusehen wollte, wie du unter seiner Gartenhecke dein Kind bekommst, musste er dich wohl aufnehmen. Aber du hast recht, er ist ein guter Herr. Es gibt nicht viele seinesgleichen." Geschäftig zog sie den Wandschirm etwas näher heran. „Und, brauchst du sonst irgendetwas?"

Freudlos lachte Anna auf. „Nichts, was du mir verschaffen könntest, Griete."

„Ja, es gibt Dinge, die kein Mensch ersetzen kann." Tiefes Verständnis lag in dem Blick der Magd. „Ah, ich glaube, ich höre den Herrn kommen. Dann mache ich mich besser mal daran, das Essen aufzutragen. Ich hoffe, du hast Hunger."

Was sollte sie darauf sagen? Dass schon der bloße Gedanke an ihre unsichere Zukunft ihr solche Übelkeit verursachte, dass sie nichts essen mochte?

Doch als der Kapaun auf dem Tisch stand, duftete er so verführerisch, dass Anna ein Stückchen probierte. Das zarte, mit Kräutern gewürzte Fleisch schmeckte hervorragend, und plötzlich kehrte Annas Appetit zurück. Sie aß eine gute Portion und nahm auch von dem Rüben- und Pastinakengemüse.

Als sie sich zum zweiten Mal beim Nachtisch, einer köstlichen Cremespeise, bediente, bemerkte Mijnheer Hegetorne: „Es freut mich, dass Ihr offenbar wieder essen könnt, Anna."

Prompt errötete sie. „Vorhin dachte ich noch, ich könnte vor lauter Sorgen keinen Bissen herunterbringen."

„Worüber, in alles in der Welt, macht Ihr Euch Sorgen?", erkundigte er sich überrascht.

„Ihr habt doch selbst gesagt, dass wir uns unterhalten müssen, und ich weiß, worum es geht. Ich habe selbst schon darüber nachgedacht und beschlossen, was ich tun will. In das Häuschen kann ich nicht zurückkehren, denn Ihr braucht es für ..." Ihre Stimme brach, aber sie fuhr entschlossen fort: „... für den Mann, der Jans Stelle einnehmen wird. Also werde ich ..."

Erstaunt hielt sie inne, als er ihr mit erhobener Hand zu schweigen gebot.

„Sagte ich nicht, dass wir uns *miteinander* unterhalten müssen? Bis jetzt hatte ich noch nicht die Gelegenheit, auch nur ein Wort zu sagen." Seine Augen glitzerten belustigt.

„Oh. Es tut mir leid." Sie senkte verlegen den Kopf.

„Seid Ihr fertig?", fragte Mijnheer Hegetorne, als der letzte Löffel Creme im Mund seines Gastes verschwand.

Schweigend nickte sie.

Er säuberte sich gelassen die Finger in der Fingerschale

und trocknete sie mit dem Leinentuch ab, das neben ihm lag. „Dann kommt, und setzt Euch wieder ans Feuer. Hier zieht es. Selbst bei geschlossenen Fensterläden findet der Wind immer noch Ritzen, durch die er hindurchpfeifen kann."

Auch Anna wusch sich die Hände und setzte sich dann gehorsam ans Feuer, ihm gegenüber.

„Gefällt es Euch hier im Garden House?", fragte er unvermittelt.

„Ja – natürlich. Ihr wart sehr freundlich zu mir, während ich krank war, und ich bin Euch überaus dankbar."

Ungeduldig wischte er ihren Dank mit einer Handbewegung beiseite. „Darum geht es nicht. Jetzt seid Ihr ja wieder gesund." Er sah sie forschend an. „Das seid Ihr doch, oder?"

„Danke, ja", antwortete sie wahrheitsgemäß. „Ich bin noch nicht ganz so kräftig wie früher, aber wenn ich erst ..."

„Gut", unterbrach er sie. „Ich freue mich, dass es Euch hier gefällt, denn ich möchte, dass Ihr hierbleibt und dieses Haus als Euer Heim betrachtet."

„Aber ... ich verstehe nicht ganz ..."

„Ich möchte, dass Ihr in Zukunft hier unter meinem Dach wohnt, sodass ich für Euch sorgen kann, Anna." Seine Miene wurde ernst. „Um Jans willen. Schließlich bin ich schuld an Eurer Lage. Wäre ich nicht so besessen gewesen von der Idee, Tulpen in meinem Garten zu pflanzen ..." Er hob die Hände in einer hilflosen Geste.

„Die Pest kann jederzeit und überall zuschlagen", antwortete Anna. „Ihr dürft Euch nicht die Schuld an Jans Tod geben." Wie ruhig sie inzwischen darüber sprechen konnte, überraschte sie selbst. „Aber selbst wenn Ihr dafür verantwortlich zu machen wärt, so gäbe es keinen Grund, weshalb Ihr Euch meine Anwesenheit hier noch länger aufbürden solltet. Ich möchte nicht die Strafe sein, die Ihr Euch selbst auferlegt."

Als er den Mund öffnete, um etwas zu sagen, war sie es,

die ihn mit erhobener Hand zum Schweigen brachte. „Wartet, lasst mich ausreden. Ihr habt zwar recht, dass ich ein Dach über dem Kopf brauche, aber das finde ich sicher auch anderswo. Gleich morgen bitte ich den Prediger, ob er mir eine Stelle als Kindermädchen vermitteln kann. Oder sogar als Köchin. Maria hat mir eine Menge beigebracht und Bettris auch …“ Sie biss sich gerade noch rechtzeitig auf die Zunge. Mijnheer Hegetorne brauchte nicht zu wissen, dass sie in einem Haushalt mit Bediensteten aufgewachsen war.

„Bettris? Ihr habt diesen Namen schon einmal erwähnt. Wer ist diese Frau?“

„Eine Bekannte aus Flandern.“

„Aha.“ Er musterte sie durchdringend. „Ich weiß nicht, ob Ihr als Dienstmagd richtig wärt. Weder seht Ihr so aus, noch benehmt Ihr Euch so. Schon früher habe ich häufig bemerkt, dass Ihr viel zu vornehm wirkt für jemanden, der niedere Arbeit verrichtet.“

Eine Weile schwiegen beide, während sie in die Flammen sahen. Endlich ergriff Mijnheer Hegetorne wieder das Wort. „Wollt Ihr damit sagen, dass Ihr nicht länger hier im Garden House bleiben wollt? Seid Ihr hier nicht glücklich? Das würde ich sehr bedauern, denn ich genieße Eure Gesellschaft sehr.“ Er lächelte etwas verlegen. „Eure Anwesenheit ist alles andere als eine Strafe für mich, wie Ihr eben vermutet habt. Im Gegenteil: Ohne Euch würde mir das Haus sehr leer vorkommen.“

„Nein, das wollte ich damit nicht sagen. Ich fühle mich hier sehr wohl, und Ihr habt Euch mir gegenüber nie anders als großherzig benommen. Aber ich befürchte, dass ich Eure Gastfreundschaft schon viel zu lange in Anspruch nehme. Wenn es etwas gäbe, was ich tun könnte, um Euch Eure Freundlichkeit zu vergelten – dann würde ich von Herzen gern bleiben.“

„Eure bloße Anwesenheit ist schon Freude genug, Anna", erwiderte er leise. Einen Augenblick sah er schweigend ins Feuer, bevor er fortfuhr: „Ihr habt mir erzählt, dass Eure Großeltern nach England fliehen mussten. Meiner Familie ging es ganz ähnlich. Wir mussten Flandern verlassen, um den Häschern des Herzogs von Alba zu entkommen. Mein Vater hatte aus seiner Unzufriedenheit mit der spanischen Unterdrückung keinen Hehl gemacht. Unglücklicherweise starben meine Eltern, kurz nachdem wir in der neuen Heimat gelandet waren. Ihr Heimweh war einfach zu stark. Meine wunderbare Ehefrau Alicia dagegen liebte die Herausforderung, und dank ihres Weitblicks ging es uns hier bald sehr gut. Sie hatte nämlich vor der Flucht ihren Schmuck und kleinere Wertsachen in ihre Kleidung eingenäht. Nach unserer Ankunft konnten wir all das zu Geld machen und damit den Grundstein zu dem Tuchhandel legen, durch den ich zu einem wohlhabenden Mann geworden bin. Leider kann Alicia diesen Reichtum nicht mehr genießen, sie ist vor drei Jahren gestorben. Bis dahin lebten wir in Boxted, aber nach ihrem Tod konnte ich einfach nicht mehr in unserem Heim bleiben. Darum habe ich dieses Haus bauen lassen. Ich dachte, ein Neuanfang würde die Trauer zurückdrängen, aber ich vermisse Alicia immer noch."

Er warf Anna einen Blick zu. „Das versteht Ihr sicher besser als so manch anderer."

Anna nickte nur und seufzte.

„Seht Ihr. Ich wollte Euch nicht mit meinen Sorgen belasten, aber vielleicht begreift Ihr nun, warum ich Euch einlade, hier zu wohnen. Vielleicht möchtet Ihr ja sogar die Leitung meines Haushalts übernehmen. Ich habe zu viel zu tun, um mich auch noch um die Sorgen und Nöte der Dienerschaft zu kümmern. Könntet Ihr Euch das vorstellen?"

„Oh ja, ganz bestimmt. Ich habe früher schon …" Wieder

biss sie sich auf die Lippe, ohne den Satz zu beenden.

Forschend sah er sie an. Aber anstatt in sie zu dringen, sagte er abschließend: „Außerdem weiß ich, dass Ihr lesen und schreiben könnt. Vielleicht könnt Ihr meinem Schreiber gelegentlich zur Hand gehen. Er wäre sicher froh darüber." Ein Lächeln umspielte seinen Mund. „Wie Ihr seht, wäre Eure Anwesenheit also weder Strafe noch bloße Zierde."

Sichtlich zufrieden mit seiner Lösung erhob sich Mijnheer Hegetorne, schenkte Wein in zwei Kelche und reichte ihr einen davon. „Kommt, lasst uns darauf trinken, dass Ihr in Eurem neuen Heim glücklich werdet, Anna. Und denkt daran, Ihr seid hier zu Hause. Ihr könnt also kommen und gehen, ganz wie es Euch beliebt. Sicher werden wir gut miteinander auskommen."

Als er sah, dass sie immer noch zögerte, glitt ein missbilligender Ausdruck über sein Gesicht. Er räusperte sich. „Ich versichere Euch: Ich werde nicht mehr von Euch verlangen, als dass Ihr mir bei Tisch Gesellschaft leistet und mich im Haushalt unterstützt. *Sonst nichts.*" Durchdringend sah er sie an. „Habe ich mich klar genug ausgedrückt?"

Anna errötete. Waren ihre Befürchtungen wirklich so einfach zu durchschauen gewesen? „Ja", erwiderte sie kleinlaut.

„Gut. Dann lasst uns den Kelch darauf erheben, dass Ihr lange und glücklich unter meinem Dach lebt." Er prostete ihr zu und trank.

„Danke, Mijnheer." Als sie einen Schluck von dem kalten Wein nahm, fröstelte sie. Aber lag das wirklich nur am Wein? Zwar hatte Mijnheer Hegetorne ihr versichert, dass sie sich frei bewegen konnte, aber tief in ihrem Innern fühlte sie sich, als wäre eine Falle zugeschnappt.

14. KAPITEL

In dieser Nacht schlief Anna unruhig. Widerstreitende Gefühle ließen sie nicht zur Ruhe kommen, und sie wälzte sich stundenlang im Bett umher. Bevor sie die Augen schloss, sah sie sich noch einmal in dem warmen Gästezimmer um, das vom Schein einer Kerze erhellt wurde. In diesem elegant möblierten Raum durfte sie nun wohnen, solange sie wollte. Nie wieder würde sie die steile Leiter in ihre winzige Schlafkammer klettern und dabei aufpassen müssen, dass sie sich nicht den Kopf an den Dachbalken stieß.

Doch kaum hatte diesen Gedanken zu Ende gebracht, da schämte sie sich bereits für ihn. Verriet sie mit diesem ungerechten Vergleich nicht Jan und ihr gemeinsames Leben? Schließlich hatte sie sich in dem kleinen Häuschen zu Hause gefühlt – nicht zuletzt, weil sie dort mit Jan gewohnt hatte, den sie von ganzem Herzen liebte. Immer noch sah sie ihn vor ihrem inneren Auge, wie er den Kopf einzog, wenn er von der Arbeit kam: braun gebrannt, müde, aber voller Freude darüber, wie der Garten Gestalt annahm. Sie spürte förmlich seine Umarmung und seine leidenschaftlichen Küsse.

Doch im nächsten Moment trat ihr wieder ins Bewusstsein, dass sie niemals wieder einen Kuss von ihm bekommen, sein lachendes Gesicht sehen, sein fröhliches Pfeifen hören würde. Tiefe Verzweiflung wollte sie überwältigen, und sie legte eine Hand auf ihren flachen Bauch. Sogar das Kind, auf das sie sich so gefreut hatten, war tot. Die einzige Verbindung, die sie über Jans Tod hinaus mit ihm gehabt hätte, war zerrissen.

Noch einmal wanderte ihr Blick durch das große holzvertäfelte Zimmer, über das große Fenster, die geschnitzte Truhe, den bequemen Sessel am Kamin. All diese Dinge würden ihr niemals ersetzen können, was sie verloren hatte: den Mann, das Kind, das einfache, aber glückliche Leben.

Als Anna schließlich einschlief, war ihr Kissen tränennass. Ihr einziger Trost war die kleine Katze, die sich am Fußende des Bettes zusammengerollt hatte.

Doch im hellen Licht der Morgensonne schwanden die trüben Nachtgedanken rasch dahin. Anna musste sich eingestehen, dass sie Mijnheer Hegetorne für sein großzügiges Angebot zu Dank verpflichtet war. Außerdem erinnerte sie sich an den Rat des Predigers, nicht weiter in die Zukunft zu blicken als bis zum nächsten Tag. Auf diese Art und Weise verbrachte sie die nächsten Wochen recht angenehm, auch wenn sie im Herzen immer noch den Schmerz um Jan spürte.

Endlich hielt der Frühling Einzug, und das Wiedererwachen der Natur bescherte auch Anna neuen Lebensmut. Sie ging jetzt häufig im Garten spazieren, denn hier fühlte sie sich Jan so nah wie an keinem anderen Ort. Auf Schritt und Tritt wurde sie daran erinnert, wie begeistert er ihr seine Pläne für den Knotengarten, die Blumenrabatten und den Gemüsegarten dargelegt hatte.

Nun begann seine Arbeit Früchte zu tragen. Anna erkannte die Nelken wieder, die ihn so viel Kopfzerbrechen gekostet hatten, weil er nicht wusste, an welcher Stelle sie am besten zur Geltung kommen würden. Narzissen, Leberblümchen und Traubenhyazinthen schmückten die Beete mit Farbe, und die Rosenstöcke trieben aus. Eine besonders hübsche Rose hatte Jan eigens in den Winkel des Gartens gepflanzt, in dem Anna am liebsten gesessen hatte, damit sie die Blüten riechen konnte. All diese kleinen Erinnerungen machten sie gleichzeitig glücklich und traurig.

Mijnheer Hegetorne war tagsüber entweder in der Bay Hall oder in seinem eigenen Kontor beschäftigt. Meist sah Anna ihn nur während des gemeinsamen Abendessens.

Eines Abends, als sie gerade Grietes köstliche Kaninchenpastete genossen, bemerkte er: „Ihr seht immer noch etwas blass und dünn aus, Anna. Habt Ihr Euch von Eurer …“, er räusperte sich verlegen, „… Eurer Krankheit erholt?“

„Mitunter fühle ich mich immer noch schwach“, gab sie zu. „Aber vor ein paar Tagen habe ich mir einen Trank gemischt, der mir helfen soll, wieder zu Kräften zu kommen.“ Abwesend fuhr sie mit dem Finger die Maserung der Tischplatte nach. „Eine alte Frau hat mir etwas über Kräuter und Heilmittel beigebracht, und ich war froh, dass ich nicht alles vergessen habe.“

Forschend sah Mijnheer Hegetorne sie an. „Vergeht Euch die Zeit zu langsam, Anna?“

„Manchmal ja“, gestand sie. „Ich bin nicht an Müßiggang gewöhnt. Meine Mutter hat mich immer dazu angehalten, mit anzufassen. Ihr habt mich zwar gebeten, mich um den Haushalt zu kümmern, aber es gibt dort kaum etwas für mich zu tun. In diesem Haus geht alles seinen geordneten Gang, ohne dass ich dazu viel beitragen kann.“

Nach dem Essen, als sie sich die Hände in den Fingerschalen gesäubert hatten, setzten sie sich an den Kamin. Obwohl der Tag sonnig gewesen war, wurde es abends noch empfindlich kalt, und Anna war dankbar für das Feuer.

„Würde es Euch Freude machen, mich zur Bay Hall zu begleiten, Anna?“ Mijnheer Hegetorne schob mit der Stiefelspitze einen Holzscheit zurecht, sodass ein Funkenregen aufstob. „Ihr habt monatelang keinen Fuß aus der Tür gesetzt, und die Abwechslung könnte Euch guttun.“

„Dürfte ich das Gildehaus denn überhaupt betreten?“, erkundigte Anna sich überrascht.

Er lachte. „Nun ja, es kommt selten vor, dass Frauen dort auftauchen, aber verboten ist es nicht. Ihr dürft natürlich nicht im Weg herumstehen. Am besten gebe ich Euch ein Kontorbuch, das Ihr mit Euch herumtragen könnt. Dann sieht es so aus, als wäret Ihr geschäftlich dort, und niemand wird Euch belästigen. Aber damit habt Ihr noch nicht meine Frage beantwortet: Würdet Ihr gern mitkommen?"

„Ja, sehr gern!", rief Anna. „Ich möchte schon lange einmal herausfinden, was dort vor sich geht. Immer, wenn ich zum Markt gehe, sehe ich dort Leute ein und aus gehen. Das alles macht einen sehr geschäftigen und vor allem wichtigen Eindruck."

„Der Eindruck täuscht nicht. Ich erkläre es Euch, wenn wir dort sind. Morgen ist es so weit, dann habe ich in der Bay Hall Geschäfte zu erledigen. Könnt Ihr reiten?"

„Ja." Anna wirkte so lebhaft wie schon lange nicht mehr.

„Zieht Euch schwarz an. Farbige Kleidung wäre unpassend", fügte er hinzu.

Zum ersten Mal seit Langem musste Anna lachen. „Aber Mijnheer, das hier ist das einzige Kleid, das ich besitze. Zugegeben, es sieht allmählich etwas abgeschabt aus, aber ich halte es sauber und wasche Flecken jede Woche mit Seifenkraut aus."

Doch Mijnheer Hegetorne stimmte nicht in ihr Lachen mit ein, sondern runzelte die Stirn. „Habt Ihr wenigstens einen Mantel? Und Schuhe?"

„Ja. Wir sind damals sehr überstürzt von Flandern aufgebrochen. Daher konnte ich nur mitnehmen, was ich tragen konnte. Und seit ich hier in Colchester lebe, hat mir das Geld für neue Kleidung gefehlt. Abgesehen davon brauchte ich aber auch nichts." Hatte sie damit zu viel über ihre Geschichte verraten? Würde er sie nach weiteren Einzelheiten fragen? Besorgt sah sie ihn an.

Doch er bemerkte nur: „Ja, es gibt noch immer viele Landsleute, die vor der Verfolgung durch die Spanier fliehen. Aber Ihr müsst etwas Neues anzuziehen haben. Ich lasse

Stoffproben kommen, dann könnt Ihr aussuchen, was Euch gefällt, und daraus ein Kleid schneidern lassen."

„Das ist nicht nötig, Mijnheer", antwortete Anna bestimmt. „Es ist schon sehr großherzig von Euch, dass Ihr mich unter Eurem Dach wohnen lasst. Ihr müsst mich nicht auch noch einkleiden."

„Aber was ist, wenn Euer Kleid endgültig verschlissen ist? Wovon wollt Ihr ein neues bezahlen? Und wie soll ich meinen Bekannten erklären, dass ich kostbare Tuche und Pelze trage, während meine Begleiterin herumläuft wie eine Bettlerin?"

„In der Bay Hall wird mich niemand bemerken. Schließlich ist mein Kleid dunkelgrau", erwiderte Anna dickköpfig.

„Stellt Euch nur vor, wir werden zu Freunden von mir eingeladen oder ich gebe ein Abendessen. Was wollt Ihr dann tragen?"

„Das muss mich nicht betreffen. Ich halte mich einfach im Hintergrund."

„Anna!" Am Ende seiner Geduld, hieb Mijnheer Hegetorne mit den Fäusten auf die Armlehnen seines Sessels. „Benehmt Euch nicht so widerspenstig! Ihr braucht neue Kleider, und ich sorge dafür, dass Ihr sie bekommt. Keine Widerrede. Und wenn Ihr mir die Ausgabe vergelten wollt, dann könnt Ihr mich begleiten, wenn ich Euch darum bitte. Es wird ohnehin nicht häufig vorkommen, denn mir liegt nicht viel an gesellschaftlichen Pflichten. Manchmal sind sie allerdings unumgänglich, schon um der Geschäfte willen." Er betrachtete Anna einen Moment lang. „Setzt morgen einen Hut auf."

„Ich habe keinen", antwortete sie.

Er seufzte. „Na gut, dann tragt eben Eure Haube."

„Ich werde eine saubere Haube, einen frischen Kragen

und eine gestärkte Schürze anlegen. Keine Angst, Mijnheer, ich mache Euch keine Schande."

Plötzlich lächelte Mijnheer Hegetorne sie an. „Schon besser. So lebhaft gefallt Ihr mir."

Als Anna sich am nächsten Morgen für den Besuch der Bay Hall fertig machte, betrachtete sie ihr Kleid zum ersten Mal mit den Augen von Mijnheer Hegetorne. Es sah wirklich ziemlich verschlissen aus. Immerhin waren Kragen und Manschetten schneeweiß, und sie hatte die Schuhe auf Hochglanz poliert. Trotzdem war sie dankbar, das Kleid unter ihrem Mantel verstecken zu können, der aus bestem Wollstoff geschneidert war. Cornelis Fromenteel hatte immer darauf geachtet, seine Tochter standesgemäß auszustatten. Zum Glück war das Kleidungsstück vom Schimmel verschont geblieben, und Anna hatte es wohlbehalten aus dem kleinen Häuschen retten können.

Mijnheer Hegetorne wirkte überrascht, als er Anna auf das Pferd half, das gesattelt für sie bereitstand. Doch was auch immer er davon halten mochte, dass die Witwe eines einfachen Gärtners ein so kostbares Kleidungsstück wie den schweren Wollmantel besaß – er behielt es für sich.

In der Bay Hall herrschte bereits geschäftiges Treiben, als sie an dem Gebäude gegenüber der Schenke „Three Crowns Inn" ankamen. Mijnheer Hegetorne warf die Zügel der Pferde einem Knecht zu und bedeutete Anna, ihm die Treppe hinauf zu folgen. Im Innern ertönte lautes Stimmgewirr, und flämische Worte mischten sich mit englischen. Anna, die inzwischen an die Ruhe im Garden House gewöhnt war, fühlte sich plötzlich verwirrt.

„Ihr wisst sicher, dass hier in der Bay Hall alle Stoffe auf Qualität geprüft werden", erklärte Mijnheer Hegetorne. Sie waren in einem etwas ruhigeren Saal angekommen, in dessen Mitte lange Tische standen. „Das hier ist die Rohhalle, wo der Stoff vor dem Färben und Walken untersucht wird. In der Weißhalle wird er dann danach geprüft und bekommt das Gütesiegel der Stadt."

„Ja, davon habe ich gehört." Anna erinnerte sich genau an die Worte von Cornelis Fromenteel. Er hatte immer wieder erklärt, dass Colchester für die Qualität der dort produzierten Stoffe bürgte. Er als Händler konnte dem Siegel daher blind vertrauen.

Mijnheer Hegetorne hob eine Augenbraue. „Ach ja, davon habt Ihr gehört?"

Plötzlich hörte Anna das Geräusch von zerreißendem Stoff, und gleichzeitig entstand am anderen Ende des Saals ein kleiner Aufruhr.

„Was …?" Fragend blickte sie Mijnheer Hegetorne an.

„Vermutlich wurde ein Stoff gerade für fehlerhaft befunden", erläuterte er. „Und die Engländer beschweren sich, wann immer man ihre handwerkliche Meisterschaft infrage stellt. Kommt, ich muss mich um meine Geschäfte kümmern."

Damit wandte er sich um und eilte mit Anna zu einem weiteren, kleineren Raum. Gleichzeitig sagte er: „Es gibt immer wieder Ärger, weil wir Flamen sowohl unsere als auch die englischen Tuche begutachten. Sie sind der Meinung, dass sie selbst ihre Waren prüfen sollten, und das kann ich sogar verstehen. Ihr könnt Euch sicher vorstellen, dass das eine Menge böses Blut verursacht."

„Was geschieht denn, wenn ein Fehler im Tuch gefunden wird?", erkundigte sich Anna gespannt.

„Derjenige, der den Fehler zu verantworten hat, muss eine Buße zahlen – ob es nun der Weber, der Walker oder der Färber ist. Wenn der Handwerker Flame ist, fließt das Geld an unsere Gemeinde, die damit ihre bedürftigen Mitglieder unterstützt. Ist er Engländer, kommt es Not leidenden Engländern zugute. Auf diese Weise geht es gerecht zu."

„Und um welche Fehler geht es dabei?“

„Hmm, wie erkläre ich Euch das am besten? Lasst mich sehen: Wenn der Schussfaden in einem Stoff zu stark gezogen wurde, dann ist das Tuch an dieser Stelle schmaler und wird aussortiert. Verworfen wird es auch, wenn es nicht dicht genug gewebt ist oder die Farbe nicht gleichmäßig angenommen hat. Der Stoff wird während seiner Herstellung mehrmals geprüft, und erst wenn er alle Schritte tadellos durchlaufen hat, bekommt er das Siegel.“ An dieser Stelle unterbrach der Kaufmann sich. „Ah, da ist der Mann, mit dem ich sprechen muss, Mijnheer Westervelt.“ Laut rief er: „Henrick!“

Dann wandte er sich an Anna und sagte: „Wartet hier, es wird nicht lange dauern.“

Anna sah, wie er auf einen hochgewachsenen Mann mit hohem Hut zuging, der neben der Tür stand. Als Mijnheer Hegetorne bei ihm angekommen war und der andere zur Begrüßung den Hut zog, sah Anna, dass sein Haar hellblond war.

Genau wie ihr eigenes. Und Mijnheer Hegetorne hatte ihn Henrick gerufen …

Aufmerksam beobachtete sie, wie die beiden Kaufleute sich unterhielten. Mijnheer Westervelt wirkte ein wenig älter als Mijnheer Hegetorne – ungefähr im gleichen Alter wie Annas Mutter. Obwohl sein Gesicht gerötet und leicht aufgedunsen war, musste er in jungen Jahren einmal gut ausgesehen haben. Konnte sie in seinen Zügen nicht sogar eine leichte Ähnlichkeit mit ihren entdecken? Die Nase war ähnlich geformt …

Während sie sich den beiden Männern unauffällig näherte, klopfte Annas Herz vor Aufregung. Sie musste einfach feststellen, welche Farbe Henrick Westervelts Augen hatten!

Doch plötzlich hielt sie inne. Wenn sie nun wirklich den gleichen dunkelblauen Ton hatten wie ihre eigenen? Sollte sie dann einfach auf ihn zugehen und sagen: „Guten Tag, ich glaube, ich bin Eure Tochter“? Vielleicht irrte sie sich ja – oder, noch schlimmer, der Mann war ihr Vater, besaß aber Frau und Kinder!

In diesem Moment erkannte Anna, dass sie sich blind an die Hoffnung geklammert hatte, den Mann zu finden, den ihre Mutter einst geliebt hatte. Dabei hatte sie völlig außer Acht gelassen, was danach geschehen könnte. In ihrer Vorstellung hatte ihr Vater sie immer mit offenen Armen willkommen geheißen und der Welt als seine Tochter vorgestellt.

Doch in Wirklichkeit könnte alles ganz anders ablaufen. Auf jeden Fall musste sie sehr umsichtig vorgehen, wenn Henrick Westervelt sie ansprach. Anna beschloss, erst einmal abzuwarten, bis sie mehr über ihn wusste. Trotzdem vermittelte ihr der Gedanke, möglicherweise schon am Ziel ihrer Suche zu sein, ein Gefühl von Wärme. Wenn Mijnheer Westervelt doch nur in ihre Richtung blicken würde, damit sie seine Augen sah! Doch er hörte seinem Gesprächspartner aufmerksam zu und sah nicht ein einziges Mal zu ihr herüber. Kurz darauf verabschiedete er sich und verschwand durch die Tür.

Enttäuscht wartete Anna auf Mijnheer Hegetorne. Als er wieder neben ihr stand, sagte er: „Ich muss zur Moot Hall hinübergehen. Es gibt wieder einmal Streit zwischen unseren Landsleuten und den Engländern. Diesmal beschuldigen sie uns, dass wir Draht aus Flandern importieren. Man braucht ihn für die Drahtbürsten, mit denen die Wolle vor dem Spinnen gekämmt wird – aber sie möchten, dass wir englischen Draht dafür verwenden. Ständig haben sie etwas auszusetzen! Neulich ging es darum, dass wir unser Tuch in ihren Walkmühlen walken lassen. Natürlich – die Mühlen gehören schließlich allesamt den Engländern! Und sie vergessen dabei nur zu gern, dass wir sie für die Nutzung bezahlen. Im

Grunde läuft es auf eine sehr einfache Sache hinaus: Sie sind neidisch, weil die Mitglieder der flämischen Gemeinde härter arbeiten als sie und deshalb zu Wohlstand kommen."

Bevor er ging, fügte er noch hinzu: „Wartet draußen auf mich, Anna. Es dauert nicht lange."

„Nein, wenn Ihr nichts dagegen habt, spaziere ich lieber über den Markt, Mijnheer. Es ist lange her, dass ich das letzte Mal dort war, und ich möchte mich gern mal wieder umsehen."

„Aber seht zu, dass Ihr Euch nicht übernehmt." Er griff in seine Tasche und gab ihr ein paar Münzen. „Hier habt Ihr etwas Geld, falls Ihr etwas findet, was Euch gefällt."

Doch Anna versteckte schnell die Hände hinter dem Rücken. „Das ist nicht nötig. Ich möchte mich einfach nur umsehen", erwiderte sie steif.

„Du lieber Himmel, Frau, jetzt nehmt das Geld! Ich habe mehr, als ich selbst ausgeben kann. Wenn Ihr wollt, dann betrachtet es als Bezahlung dafür, dass Ihr mir den Haushalt führt. Jedenfalls habe ich keine Zeit, hier länger herumzustehen und mit Euch zu streiten." Er drückte ihr die Münzen in die Hand. „Ich warte beim Mittagsläuten mit den Pferden an der St.-Runwald-Kirche. Verspätet Euch nicht. Ich habe heute Nachmittag eine Besprechung mit meinen Verwaltern."

Damit eilte er davon. Widerstrebend steckte Anna das Geld ein, fest entschlossen, es nicht anzurühren. Sie ging die Treppe hinunter und warf unten einen flüchtigen Blick in einen der anderen Räume. Dort lag rostroter, samtiger Stoff auf einem langen Tisch, und zwei Männer mit langen Scheren waren emsig damit beschäftigt, Muster in den Flor zu schneiden. Plötzlich überrollte Anna eine Welle Heimweh. Ihre Mutter hatte ein Kleid aus genau solchem Stoff getragen, und Anna erinnerte sich daran, wie sie als Kind das Muster mit den Fingern nachgefahren war. Sie seufzte. Seitdem war viel passiert.

Auf dem Marktplatz herrschte das übliche Gedränge. Anna ging zwischen den Ständen umher und betrachtete die angebotenen Waren, während um sie her die Jongleure, Feuerschlucker und Stelzenläufer ihre Kunststücke vollführten. Zum ersten Mal fiel ihr auf, dass sich die Mitglieder der flämischen Gemeinde abseits hielten. Sie unterschieden sich durch ihre dunkle Kleidung deutlich von den englischen Bewohnern Colchesters, sprachen in ihrer eigenen Sprache und kauften fast ausschließlich bei ihren Landsleuten.

Die Engländer wiederum machten keinen Hehl aus ihrer Feindseligkeit den „Fremdlingen“ gegenüber. Anna beobachtete einen Mann dabei, wie er ein Grüppchen Flamen mit rüden Gesten und Schimpfwörtern beleidigte. Ein anderer spuckte vor einem schwarz gekleideten Landsmann von ihr auf den Boden und rief wütend, dieser hätte ihm den Lebensunterhalt zerstört. Doch der Flame verstand offensichtlich kein Wort von diesen Vorwürfen und musterte den Engländer lediglich von oben herab.

Entschlossen näherte Anna sich einem Stand, an dem eine englische Bäuerin Obst und Gemüse verkaufte. Während sie ein paar Früchte auswählte, begann sie ein Gespräch mit der Verkäuferin. Sie sprach über das Wetter, über die Ernte – über alles, was ihr gerade durch den Sinn ging –, und das alles in ihrem immer noch leicht stockenden Englisch. Die Bäuerin, die sich anfangs abweisend verhalten hatte, taute allmählich auf, und als sie Anna schließlich das Wechselgeld reichte, lächelte sie sogar.

Auch beim nächsten Stand versuchte Anna ein freundliches Gespräch anzuknüpfen, während sie Gemüse kaufte. Doch diese Bäuerin erwiderte die höflichen Worte nicht, sondern gab Anna unmissverständlich zu wissen, dass ihresgleichen in Colchester nicht erwünscht sei.

„Ihr wollt mir also kein Gemüse verkaufen?“, fragte Anna und wandte sich ab.

Da die Frau befürchtete, eine Kundin zu verlieren, lenkte sie schnell ein. „Kauft, wenn Ihr wollt.“

„Danke. Dann nehme ich von den jungen Rübchen.“ Als die Bäuerin die Hand ausstreckte, unterbrach Anna sie: „Nein, nicht von den verschrumpelten hier. Gebt mir welche von denen da vorn. Euer Gemüse sieht gut aus. Stammt es aus Eurem eigenen Garten?“

„Ja, draußen in Boxted.“ Man hörte der Marktfrau den Stolz auf ihre Ware an. „Wir haben das frischeste Gemüse von allen hier.“

„Das sehe ich. Darum bin ich auch zu Euch gekommen. Danke, Mistress.“ Anna lächelte die Verkäuferin an und wurde mit einem freundlichen Nicken belohnt.

Als sie sich zum Gehen wandte, packte sie jemand am Arm. Neben ihr stand eine Frau, die zur flämischen Gemeinde gehörte. „Gebt Euch besser nicht mit den Engländern ab, Mevrouw“, riet sie Anna. „Sie legen es darauf an, Euch übers Ohr zu hauen. Haltet Euch lieber an unsere Landsleute.“

„Ich bin nicht übers Ohr gehauen worden“, erklärte Anna und zeigte der anderen die jungen Rübchen, die sie gekauft hatte. „Im Gegenteil, die Frau hat mir gutes, frisches Gemüse gegeben. Die gleiche Erfahrung habe ich auch früher schon an den Ständen der Metzger gemacht.“

„Aber sie verstehen unsere Sprache nicht.“

„Warum sollten sie auch? Wir sind schließlich in England. Versteht Ihr denn ihre?“

„Nein.“

„Dann solltet Ihr sie vielleicht lernen.“

„Sprecht Ihr Englisch?“

„Ja. Nicht perfekt, aber ich gebe mir Mühe und lerne

ständig dazu. Schließlich sind wir hierhergekommen, um in ihrem Land zu leben. Wenn wir noch nicht einmal die Sprache lernen, ist es kaum verwunderlich, dass sie uns ‚Fremdlinge' nennen."

Die Frau zuckte hochmütig mit den Schultern. „Wir halten uns eben lieber an unseresgleichen."

„Dann werden die Engländer uns immer mit Misstrauen betrachten."

Tief in Gedanken ging Anna zur St.-Runwald-Kirche, um auf Mijnheer Hegetorne zu warten.

15. KAPITEL

Es dauerte eine ganze Weile, bis Mijnheer Hegetorne kam. Verärgert presste er die Lippen zusammen. „Habt Ihr die Schwierigkeiten nicht klären können, Mijnheer?“, erkundigte Anna sich vorsichtig, als sie nebeneinander aus der Stadt ritten.

Als der Kaufmann antwortete, klang seine Stimme bitter. „Nein, Anna, und ich weiß wirklich nicht, was ich noch tun soll. Die Engländer und unsere Landsleute stehen sich so feindselig gegenüber, als wäre diese Stadt ein Schlachtfeld.“

Anna gingen tausend Fragen gleichzeitig durch den Kopf, aber dies schien nicht der beste Zeitpunkt zu sein, um sie zu stellen. So schwieg sie lieber.

Gleich darauf fuhr Mijnheer Hegetorne schon fort, ihr die Ärgernisse aufzuzählen: „Zum einen geht es immer noch um den Draht für die Wollbürsten: Die Engländer verbieten uns, ihn aus Flandern zu importieren. Zweitens dürfen wir nicht untereinander Handel treiben. Aber wie soll das gehen? Die Engländer nehmen uns die Tuche nicht ab, also müssen wir sie an andere Mitglieder unserer Gemeinde verkaufen. Drittens werfen sie uns vor, dass wir importierte Waren auf Lager liegen lassen, bis die Preise günstig sind. Natürlich tun wir das – wie alle guten Kaufleute! Dafür zahlen wir höhere Zölle und haben verfallene Häuser wieder instand gesetzt – was wollen sie denn noch von uns?!“

Einen Augenblick schwieg Mijnheer Hegetorne, dann sagte er: „Ich will nicht ungerecht sein. Es gibt auch sehr freundliche Engländer, und mit einigen von ihnen habe ich schon gute Geschäfte gemacht. Und das genau ist meines Erachtens die Ursache des Übels. Wenn wir Fremden immer nur unter uns bleiben, wenn wir uns alle im gleichen Viertel ansiedeln, in unsere eigene Kirche zum Gottesdienst gehen, nur unsere Sprache sprechen – wenn wir nichts mit den Engländern zu schaffen haben wollen, dann dürfen wir uns nicht darüber wundern, wie sie uns behandeln. Und die Krönung ist schließlich, dass sie ihr Tuch in unsere Bay Hall bringen müssen, um es von uns begutachten und siegeln zu lassen. Kein Wunder, dass es immer wieder zu Reibereien kommt."

Er warf ihr einen zerknirschten Blick zu. „Es tut mir leid, Anna. Wenn ich in der Moot Hall zu tun habe, rege ich mich immer auf. Die ganze Angelegenheit ist so ... unnötig. Wäre es nicht wunderbar, wenn wir einfach in Frieden zusammenleben könnten, statt ständig Streit vom Zaun zu brechen?"

Zum ersten Mal, seit sie nebeneinanderritten, sah er sie richtig an. „Was habt Ihr denn da? Rübchen? Reicht Euch denn das Gemüse nicht, das wir im eigenen Garten haben?" Doch er lächelte bei diesen Worten.

„Oh, das hier sind englische Rübchen, und ich habe sie an einem englischen Stand gekauft."

Er seufzte. „Ach Anna, wenn nur mehr unserer Landsleute Eurem Beispiel folgen würden!"

„Die meisten sprechen die Sprache nicht", entgegnete sie nachdenklich.

„Das stimmt. Aber offenbar habt Ihr es auch fertiggebracht, sie zu lernen. Vielleicht sollten wir untereinander Englisch reden, damit wir es beide üben können."

„Oh, aber bitte nicht die ganze Zeit!"

„Nein, bestimmt nicht die ganze Zeit", versicherte er ihr lächelnd.

Als sie an diesem Abend nach dem gemeinsamen Mahl vor dem Feuer saßen, bemerkte Mijnheer Hegetorne ruhig: „Anna, ich habe Euch nun meine Geschichte erzählt. Meint Ihr nicht, dass es Zeit wird, mir zu erzählen, wer Ihr seid?"

Überrascht blickte sie auf. „Was meint Ihr damit? Ihr wisst doch, wer ich bin! Ich bin die Ehefrau von Jan Verlender – nein, seine Witwe.“ Bei dem letzten Wort drohte ihr die Stimme zu versagen.

„Ja, natürlich weiß ich das. Aber Euer Verhalten, Eure Umgangsformen – alles deutet darauf hin, dass Ihr nicht in ein solch bescheidenes Leben hineingeboren wurdet. Ihr hattet keinerlei Schwierigkeiten, Euch in meinem Haus einzuleben, als wäre das alles nichts Neues für Euch. Außerdem habe ich den Mantel bemerkt, den Ihr heute getragen habt. Er ist aus teurem Tuch gemacht, und auch Eure Schuhe sehen elegant aus, selbst wenn sie inzwischen abgetragen sind.“

Seufzend unterbrach er sich. „Euer Mann war ein hervorragender Gärtner, Anna, der beste, dem ich jemals begegnet bin. Ich möchte weder ihn noch seine Fähigkeiten herabwürdigen. Im Gegenteil: Wäre er nicht gestorben, hätten ihn seine Kenntnisse sicher irgendwann zu einem wohlhabenden Mann gemacht. Und trotzdem hätte er Euch vermutlich niemals einen Mantel kaufen können, wie Ihr ihn heute getragen habt.“

„Ich habe ihn nicht gestohlen, wenn es das ist, was Ihr damit sagen wollt.“ Anna gab vor, ihn missverstanden zu haben, um Zeit zu gewinnen. Wie viel von ihrer Geschichte konnte sie ihm wohl anvertrauen?

„Ich habe nichts Derartiges gemeint, und das wisst Ihr auch“, antwortete er ungeduldig. „Aber genauso sicher weiß ich, dass Jan einen solchen Mantel niemals hätte bezahlen können.“ Jetzt beugte sich Mijnheer Hegetorne etwas vor. „Ihr habt gesagt, dass Ihr Flandern überstürzt und mit wenig Gepäck verlassen musstet. Warum, Anna? Wovor seid Ihr geflohen? Vor religiöser Verfolgung?“ Er schüttelte den Kopf. „Das glaube ich kaum, denn dann wären Eure Eltern sicher mitgekommen. Was war es also? Und warum glaubt Ihr, es mir nicht sagen zu können?“

Eine Weile herrschte Stille im Raum, während Anna versuchte, das Für und Wider einer Beichte abzuwägen. Als sie schließlich antwortete, sah sie dabei die ganze Zeit in die Flammen des Kamins. „Ich bin Jan begegnet, als er einen Knotengarten für meinen Vater anlegte, und wir haben uns ineinander verliebt. Eine Zeit lang haben wir uns im alten Weberschuppen auf unserem Grundstück getroffen. Wir wollten heiraten, sobald Jan genug verdiente, um eine Familie ernähren zu können. Natürlich wussten wir, dass mein Vater der Verbindung niemals zustimmen würde. Vater war immer sehr stolz auf seine Stellung in der Stadt. Er hätte es als entsetzliche Demütigung empfunden, wenn seine Tochter einen einfachen Gärtner geheiratet hätte. Dabei war Jan ein weitaus besserer Mann, als mein Vater es je sein wird."

Bei den letzten Worten hatte ihre Stimme einen weichen Klang angenommen, doch das änderte sich, als sie weitererzählte: „Dann fand ich heraus, dass mein Vater mich an einen reichen, alten Tuchhändler verheiraten wollte – oder besser gesagt *verkaufen* wollte, denn um nichts anderes ging es dabei. Er versprach Otto de Hane meine Hand, und im Gegenzug sollte dieser alle seine Schulden bezahlen."

Allein bei der Erinnerung überlief sie ein Schauder. „Er war ein grässlicher alter Mann, und er hätte mein Großvater sein können. Als ich Jan davon erzählte, beschloss er, dass wir nach England fliehen sollten. Das ist also meine Geschichte. Nun kennt Ihr sie, Mijnheer."

„Nenn mich Samuel. Nun, da wir uns so gut kennen, sollten wir auch vertraut miteinander umgehen. Aber sag mir eines, Anna: Warum hast du mir nicht früher davon erzählt?"

„Ich habe mit dem Gedanken gespielt, aber ich hatte Angst, dass Ihr ... dass du meinen Vater oder Otto de Hane kennen könntest. Dann hätten sie womöglich herausgefunden, wo ich mich aufhalte, und das wollte ich um jeden Preis vermeiden. Du bist Tuchhändler, genau wie die beiden, und die Handelsverbindungen zwischen England und Flandern sind gut. Der Gedanke war also keineswegs abwegig."

„Und weshalb hast du dich nun doch entschieden, mir alles zu sagen?"

„Zum einen, weil du gefragt hast – das hast du nie zuvor getan. Und zum anderen, weil es keine Rolle mehr spielt. Wenn du meinem Vater verrätst, dass ich hier lebe, bringt er mich womöglich zurück nach Hause und zwingt mich, diesen alten Mann zu heiraten. Aber es ist mir jetzt gleichgültig. Die glücklichste Zeit meines Lebens ist vorüber. Was aus mir wird, ist nicht mehr wichtig, nun, da Jan und unser Kind tot sind."

Über Samuels Gesicht glitt ein Ausdruck tiefen Mitgefühls. „Anna, so darfst du nicht reden! Mit Sicherheit liegt die glücklichste Zeit deines Lebens noch vor dir. Wie alt bist du – zwanzig?"

„Neunzehn", verriet sie ihm.

„Dann hast du noch viele erfüllte Jahre vor dir. Du wirst wieder heiraten …"

„Niemals!"

„Das sagst du jetzt." Er unterbrach sich. „Es tut mir leid, das war wenig einfühlsam von mir. Ich hätte das nicht sagen dürfen. Glaube mir, in ein paar Jahren … Aber das wird die Zukunft zeigen." Nach einem Blick zu ihr wechselte er das Thema. „Jetzt ist anderes wichtiger. Ich habe Stoffproben für dich hierherbestellt. Such dir Tuch aus, das dir gefällt, und lass dir daraus ein paar neue Kleider nähen."

Als sie den Mund öffnete, um zu widersprechen, hob er die Hand. „Natürlich weiß ich, dass du im Augenblick alles andere als Röcke und Ärmelschnitte im Kopf hast. Trotzdem möchte ich, dass du dich neu einkleidest, denn ich will am Mittsommertag ein großes Fest geben. Dann wird der Garten sich in seiner ganzen Pracht zeigen, und ich möchte alle meine Freunde und Geschäftspartner einladen, ihn anzusehen. Meinst du nicht, dass es eine würdige Gedenkfeier für deinen Mann wäre, die Früchte seiner Arbeit auf diese Weise zu feiern?"

Annas Augen füllten sich mit Tränen. „Doch, das wäre es", stimmte sie ihm zu.

„Außerdem habe ich vor, die köstlichsten Speisen aufzutischen, die unsere Küche hergibt. Dazu wird Griete deine Unterstützung und Anleitung benötigen."

Erschrocken setzte Anna an: „Aber ich ..."

„Ich bin sicher, dass du diese Aufgabe hervorragend meistern wirst. Und um zu dem zurückzukehren, was ich eigentlich sagen wollte: Ich brauche dich bei der Feier an meiner Seite, und dazu musst du angemessen gekleidet sein. Die Stoffproben stammen selbstverständlich aus meinen eigenen Webereien. Ich habe besonders einen schwarzen Samt im Auge, der dir hervorragend stehen wird. Wenn du sonst noch etwas brauchst, dann frage einfach. Ich kenne in Colchester eine sehr gute Näherin. Sie wird hierherkommen, um die Kleider zu schneidern. Und das ist mein letztes Wort in dieser Angelegenheit."

Eine ganze Weile blieb Anna still, während sie mit sich kämpfte. Endlich rang sie sich ein Lächeln ab. „Danke, Samuel." Sie neigte leicht den Kopf. „Du bist sehr freundlich."

„Dazu habe ich auch allen Grund", erwiderte er abwehrend.

Wieder senkte sich Schweigen über den Raum, während jeder seinen eigenen Gedanken nachhing. Schließlich fragte Anna: „Hast du den Namen Otto de Hane je gehört, Samuel?"

Er dachte einen Augenblick nach, bevor er den Kopf schüttelte. „Nein, er kommt mir nicht bekannt vor."

„Und Cornelis Fromenteel?"

„Ist das dein Vater?“

„Das ist der Mann, der mich verkaufen wollte, um seine Schulden abzuzahlen“, entgegnete Anna bitter.

„Es kann sein, dass ich den Namen schon einmal gehört habe, aber dein Vater gehört jedenfalls nicht zu meinen Geschäftspartnern.“ Er hob die Hand. „Und bevor du fragst: Ja, dein Geheimnis ist bei mir sicher.“

„Danke.“ Über ihren wahren Vater konnte sie Samuel Hegetorne später immer noch aufklären. Erst wollte sie sichergehen, dass sie in Henrick Westervelt wirklich den richtigen Mann gefunden hatte. Würde er wohl zu dem großen Fest kommen?

Obwohl Anna es nicht für möglich gehalten hatte, machte es ihr ein paar Tage später doch Spaß, Stoffe auszusuchen. Als die Proben vor ihr lagen, griff sie als Erstes zu einem Tuch, in dessen Flor Ornamente geschnitten waren – ähnlich dem rostroten Stoff, den sie in der Bay Hall gesehen hatte. Sofort stand ihr Entschluss fest: Das sollte es sein! Schließlich hatte ihre Mutter ein Kleid aus einem solchen Material besessen. So fühlte Anna sich ihr nahe.

Ob Henrick Westervelt das Tuch ebenfalls wiedererkennen würde? Anna musste lächeln. Es war kaum anzunehmen, dass ihre Mutter das Gewand schon zur Zeit ihrer heimlichen Liebesgeschichte besessen hatte. Selbst der geizige Cornelis Fromenteel hätte seine Gattin nicht gezwungen, so alte Kleider zu tragen.

Während der nächsten Tage verbrachte Anna viele angenehme Stunden damit, Schnitte für die neuen Kleider auszuwählen. Samuel Hegetorne hatte mit Bedacht eine englische Näherin beauftragt. Mistress Sadler zupfte hier etwas zurecht, steckte dort Stoff ab und machte eine Fülle von Vorschlägen. Dieser gelbe Stoff würde sich bestimmt hervorragend als Mieder zu einem grün-gelb gestreiften Rock machen. Und zu einem blausamtenen Kleid passte ein Brusteinsatz aus cremefarben und silbern gemustertem Tuch am besten, zumal das Gewand mit silberner Spitze an Ärmelaufschlägen und Rocksaum verziert werden könnte.

Es dauerte ein wenig, bis Anna die Näherin davon überzeugen konnte, dass für eine Angehörige der flämischen Gemeinde keine anderen Farben als Schwarz oder Dunkelgrau infrage kamen. Nachdem sie auch sämtliche bunten Bänder, Spitzen und sonstige Verzierungen abgelehnt hatte, ergab sich Mistress Sadler seufzend in das Unvermeidliche. Wenigstens an den modischen Schnitten sollte ihre Meisterschaft mit Nadel und Faden zutage treten! Und tatsächlich genoss Anna es, mit der Näherin über die Vorteile von keulenförmigen gegenüber eng anliegenden Ärmeln zu beraten und zu überlegen, wie das Überkleid geschnitten werden sollte.

Weniger angenehm war es, sich von Mistress Sadler in das steife Lederkorsett mit den Hüftpolstern zwängen zu lassen. Doch die Näherin erklärte im Brustton der Überzeugung, dass ein hübsches Gewand nur über fester Unterkleidung richtig zur Geltung kam. Daher ertrug Anna es geduldig, so eng geschnürt zu werden wie nur möglich.

Während Mistress Sadler mit Nadel und Schere zugange war, redete sie unablässig über dies und das. Anna beschränkte sich darauf, gelegentlich eine Bemerkung oder Frage einzuflechten.

„Mein Mann wollte eigentlich nicht, dass ich für einen Fremdling arbeite“, erzählte Mistress Sadler eines Morgens, als sie Anna ein halb fertiges Kleid anhielt. „Aber ich habe ihm gesagt, dass ein Fremdling genauso gutes Geld bezahlt wie jeder andere, und schließlich müssen wir von etwas leben.“

„Mag er die Flamen nicht?“, fragte Anna.

„Nein, nicht mehr. Er macht sie für unsere Schwierigkeiten verantwortlich.“

Da Anna wusste, dass sie nicht lange warten musste, bis sie die ganze Geschichte hören würde, schwieg sie.

„Früher war das anders", plapperte Mistress Sadler weiter, obwohl sie den Mund voller Nadeln hatte. „Mein Mann Ezra war Wollkämmer, müsst Ihr wissen, und er hat für Master Stowteheten gearbeitet. Kennt Ihr sein großes Haus in der Head Street? Nein? Nun ja, das macht nichts. Jedenfalls ging es uns in dieser Zeit sehr gut. Der Herr hat immer dafür gesorgt, dass Ezra pünktlich bezahlt wurde und es reichlich zu tun gab. Nach dem Kämmen habe ich die Wolle sogar häufig gesponnen."

Sie unterbrach sich, während sie eine Nadel umsteckte. Dann trat sie einen Schritt zurück, um den Gesamteindruck zu betrachten. „Aber Spinnen bringt kaum Geld ein. Ich konnte mich schon glücklich schätzen, wenn ich drei Pence am Tag bekam! Darum habe ich angefangen zu nähen. Schon meine Mutter hat immer gesagt, dass ich flink mit der Nadel umgehe. Sie hat mir beigebracht, was ich kann."

„Aber was für Schwierigkeiten gab es denn?", unterbrach Anna sie.

„Unser Haus brannte ab", antwortete die Näherin schlicht. „Wir haben drüben bei der Middle Mill gewohnt."

„Oh, wie entsetzlich! Wie konnte das passieren?" Dabei wusste Anna, dass so etwas häufig vorkam. Ein Funken aus der offenen Feuerstelle genügte, um eines der reetgedeckten Fachwerkhäuschen in Flammen aufgehen zu lassen.

„Ihr müsst wissen, dass man Wolle heiß kämmt, weil sie sich dann leichter entwirren lässt. Man hängt das Vlies an der Wand der Werksstatt auf und fährt mit gewaltigen Kämmen hindurch, bis die Wolle glatt ist. Es ist schwere Arbeit. Die Drahtkämme werden im Kamin heiß gemacht. Mein Mann hatte eine gemauerte Feuerstelle, und er hat höllisch aufgepasst, weil er wusste, wie gefährlich die Flammen sein können."

Beim Erzählen steckte Mistress Sadler den Saum des Kleids noch einmal neu ab. „Jedenfalls war es ein heißer Tag, und Ezra ließ die Tür zur Werkstatt offen stehen. Wahrscheinlich sprang ein Funke durch den Luftzug zu dem Wollballen. Als Ezra es bemerkte, war es schon zu spät. Der Eimer Wasser, der immer bereitstand, reichte nicht mehr aus, um den Brand zu löschen. Als Nächstes griffen die Flammen auf unser Häuschen über, und als das Strohdach Feuer fing, war nichts mehr zu machen. Wir haben gerettet, was wir retten konnten, aber es war nicht viel. Ezra hat sich schwere Verbrennungen zugezogen, als er die Kämme und den Rest der Wolle aus den Flammen holen wollte. Und was hat es genützt? Arbeiten kann er nun nicht mehr."

„Oje, das ist ja schrecklich!" Tiefes Mitgefühl klang aus Annas Worten. „Aber dafür ist doch sicher nicht Mijnheer Stowteheten verantwortlich, oder?"

„Nein, natürlich nicht. Es war nicht seine Schuld, dass wir kein Geld bekommen haben. Das wollte ich auch gar nicht sagen. Schuld haben diejenigen, die in der Bay Hall die Bußgelder einziehen. Die Fremden sagten, wir bekämen nichts aus ihrem Topf, weil wir Engländer sind. Und unsere Leute meinten, wir hätten schließlich für einen Flamen gearbeitet, als das Haus abbrannte – darum sollten auch die Flamen dafür bezahlen. Keine Seite wollte nachgeben, und am Ende haben wir gar nichts bekommen. Keinen Penny. Ezra meint jedenfalls, es liegt an den Fremden, und deshalb wollte er nicht, dass ich hierherkomme."

Nachdenklich hielt sie einen Moment inne. „Ich weiß nicht. Man kann es auch anders sehen. Schließlich waren wir englische Bedürftige, also hätte uns auch das Geld zugestanden, das für die englischen Bedürftigen von Colchester bestimmt ist. Aber was nützt es? Man kann Tag und Nacht darüber streiten, aber das ändert nichts daran, wie die Dinge nun mal stehen. Ich danke dem himmlischen Vater nur dafür, dass ich mit Nadel und Faden umgehen kann. So haben wir wenigstens etwas zu beißen und ein Dach über dem Kopf."

„Wo wohnt Ihr denn jetzt?", erkundigte sich Anna.

„In einem kleinen Häuschen im Bull Yard, gleich bei der Crouch Street. Ich bin zufrieden. Früher habe ich darüber gejammert, dass uns Kinder versagt geblieben sind. Aber heute bin ich dankbar, dass ich nicht auch noch einen Stall Gören ernähren muss. Ich verdiene genug, um uns beide zu versorgen und den Mohntrunk zu bezahlen, den Ezra gegen die Schmerzen braucht. Zum Glück müssen wir keinen Mangel leiden." Sie ließ Annas Saum fallen. „So, ich bin fertig. Ich helfe Euch, das Kleid auszuziehen, und dann kann ich mit dem Nähen anfangen."

Als Mistress Sadler ihre Arbeit beendet hatte, war Anna beinahe enttäuscht, denn sie hatte die Plauderei der älteren Frau genossen. Doch die fertigen Kleider begeisterten sie. Sie besaß genug Urteilsvermögen, um den guten Geschmack der Näherin anzuerkennen. Was sie jetzt in dem großen Spiegel ihres Zimmers sah, gefiel ihr ausnehmend gut: eine hübsche Frau mit auffällig veilchenblauen Augen und einer makellosen Haut. Seit sie unter dem Dach von Samuel Hegetorne lebte, hatte sie gerötete Wangen und an den richtigen Stellen Rundungen bekommen. Diese weibliche Figur wurde noch durch das geschnürte Korsett betont, zu dem Mistress Sadler geraten hatte. Eine schmale gestärkte Halskrause und eine weiße bestickte Schürze vervollständigten den eleganten Gesamteindruck.

Samuel bestand darauf, dass Anna ihm jedes neue Kleid einzeln vorführte. In seinem Blick las sie Überraschung und Bewunderung, doch er sagte lediglich: „Sehr gut." Darauf schwieg Anna, obwohl sie bereits den Mund geöffnet hatte, um ihrem Gönner für die Großzügigkeit zu danken, denn der Kaufmann war mit einem kühlen Nicken gegangen.

Zwischen den Anproben half Anna Griete, sooft es sich einrichten ließ, in der Küche. Gemeinsam zerbrachen die beiden Frauen sich den Kopf darüber, welche Speisen bei dem großen Fest serviert werden sollten. Anna fühlte sich verantwortlich für den Erfolg der Feier und wollte es um jeden Preis vermeiden, Samuel zu enttäuschen. Schließlich setzte er großes Vertrauen in sie, und das, obwohl sie noch nie eine vergleichbare Aufgabe erfüllt hatte.

Darum bat sie Griete, sich bei ihren Freundinnen, die ebenfalls in reichen Häusern angestellt waren, nach geeigneten Speisen umzuhören. Sobald Griete ein neues Rezept nach Hause brachte, wurde es ausprobiert, und Anna überlegte, ob sich der Geschmack mit anderen Zutaten noch verbessern ließe. Manchmal waren diese Versuche erfolgreich, sodass sie sich die Zubereitung merkte. Es gab allerdings auch missglückte Gerichte.

Daneben versuchte Anna sich krampfhaft daran zu erinnern, welche Gerichte Bettris serviert hatte, wenn Cornelis Fromenteel Gäste bewirtete. Doch damit kam sie nicht weit. Cornelis war kein geselliger Mensch. Er lud kaum Freunde ein und war außerdem so geizig, dass er Essen gespart hatte, wo es nur ging.

Stundenlang stand Anna mit Griete in der Küche, um immer neue Rezepte auszuprobieren und bewährte Speisen zu verbessern. Langsam kristallisierte sich heraus, was bei der Feier serviert werden sollte.

Gleichzeitig sorgte Anna dafür, dass die Dienerschaft das Haus vom Keller bis zum Dachboden putzte. Es war ja durchaus denkbar, dass ein Gast sich auf eigene Faust auch außerhalb des Festsaals umsah. Das Zinngeschirr wurde mit Zinnkraut abgerieben, bis es glänzte. Alle Zimmer wurden gefegt und mit frischem Wermut ausgestreut, der Flöhe fernhalten sollte. Die Mägde polierten die Tische und nahmen die Tapisserien und Wandbehänge ab, um sie auszuklopfen.

„Du brauchst dir wirklich nicht so viel Arbeit zu machen“, bemerkte Samuel Hegetorne eines Abends, als Anna beim Abendessen beinahe die Augen zufielen. „Nachher bist du bei dem Fest noch vollkommen erschöpft!“

„Die Gärtner sorgen ja auch dafür, dass draußen nicht ein einziges Hälmchen Unkraut zu sehen ist. Ich möchte nicht, dass du dich dafür schämen musst, wie es in deinem Haus aussieht.“

Er lachte. „Die Gefahr besteht nicht. Seit du dich um den Haushalt kümmerst, glänzt hier alles vor Sauberkeit. Ich habe schon lange keine Wollmäuse mehr unter dem Bett oder Staub in den Ecken gesehen. Sogar die Spinnen mussten auswandern, und die Fenster blitzen förmlich. Dafür stehe ich tief in deiner Schuld.“ In seinem Blick lag ehrliche Anerkennung, und Anna errötete leicht.

„Jede gute Haushälterin hätte das Gleiche getan“, antwortete sie mit einem Schulterzucken.

„Haushälterin? Du betrachtest dich als meine Haushälterin?“

„Ich … du hast mich gebeten, mich um den Haushalt zu kümmern. Das heißt doch …“

Abwehrend hob er die Hand und stand abrupt auf. „Es spielt keine Rolle. Entschuldige mich bitte. Ich muss mich um ein paar Abrechnungen kümmern.“

Nachdem er gegangen war, blieb Anna noch lange sitzen und starrte nachdenklich vor sich hin. Offensichtlich gefiel es Samuel ganz und gar nicht, dass sie sich als Haushälterin bezeichnet hatte. Aber was sollte sie denn anderes sein?

16. KAPITEL

Als Anna an diesem Abend im Bett lag, dachte sie lange darüber nach, welche Stellung ihr im Garden House zukam. Samuel Hegetorne hatte fast beleidigt darauf reagiert, dass sie sich als Haushälterin betrachtete. Warum nur? Fand er es anmaßend, dass sie den Titel beanspruchte, ohne entsprechende Erfahrung vorweisen zu können? Andererseits überließ er ihr immer mehr Entscheidungen, die den Haushalt betrafen. Und hatte er nicht selbst bemerkt, wie sauber alles aussah, weil sie die Dienstboten zu Fleiß und Sorgfalt anhielt? Das machte sie doch zu einer Haushälterin, oder nicht?

Aber vielleicht betrachtete er sie nicht als Mitglied des Personals. Hieß das, dass er anderes für sie im Blick hatte? Noch vor Kurzem hatte er angedeutet, sie werde sicher wieder heiraten. Was selbstverständlich nicht stimmte, denn niemand würde jemals Jans Platz in ihrem Herzen und ihrem Leben einnehmen können. Aber lag hier womöglich die Lösung? Wollte Samuel sie irgendwann selbst heiraten? Doch Anna verwarf diesen Gedanken gleich wieder. Es war kaum denkbar, dass ein Mann seines Standes die Witwe seines Gärtners ehelichte.

Außerdem hatte er sich ihr gegenüber nie besonders zärtlich verhalten. Wenn er einmal ihre Hand berührte, dann nur aus Versehen oder um ihr aufs Pferd zu helfen. Mit keinem Blick hatte er angedeutet, dass er sich zu ihr hingezogen fühlte oder sich gar in sie verliebt hatte.

Andererseits konnte es durchaus sein, dass er seine Gefühle vor ihr verbarg. Sicher wusste er, dass die Trauer in ihrem Herzen noch zu frisch war, um an eine Wiederverheiratung zu denken. Falls das der Grund war, so rechnete Anna ihm das hoch an.

Doch es blieb die andere gewichtige Frage: Welche Gefühle hegte sie selbst für diesen Mann? Während sie in ihrem Zimmer lag und in die Dunkelheit starrte, prüfte sie ihr Herz sorgsam und ehrlich. Selbstverständlich war sie Samuel unendlich dankbar dafür, dass er sie in sein luxuriöses Heim aufgenommen und ihr wieder ein Zuhause gegeben hatte. Sie genoss es, sich um alles zu kümmern und die Dienstboten zu beaufsichtigen, damit der Haushalt reibungslos lief. Insbesondere Griete war ihr im Laufe der Zeit eine wahre Freundin geworden.

Anna lächelte. Die Zeiten, als sie sich in Samuels Gegenwart eingeschüchtert gefühlt hatte, waren längst vorbei. Nun fuhr sie gern mit ihm zur Bay Hall und wurde nicht müde, sich die Feinheiten des Tuchhandels erklären zu lassen. Besonders die Abende genoss sie sehr, wenn sie nach dem Essen noch lange zusammensaßen: sie mit einer Handarbeit und er mit seiner neuen langen Tabakspfeife, die ihn immer noch manchmal zum Husten brachte.

Sie waren gute Freunde geworden. Aber das war auch alles. Anna konnte sich beim besten Willen nicht vorstellen, mit diesem Mann das Bett zu teilen und die Dinge zu tun, die sie mit Jan getan hatte – Dinge, nach denen sie sich häufig sehnte. Dabei spielte der Altersunterschied, immerhin runde zwanzig Jahre, allerdings kaum eine Rolle. Das Verhältnis zwischen ihr und Samuel war einfach rein freundschaftlicher Natur. Anna wünschte es nicht anders, und sie konnte sich gut vorstellen, noch lange auf diese Weise mit ihm zusammenzuleben. Aber sie musste zugeben, dass sie ihm im Ausgleich für seine Großzügigkeit wenig zu bieten hatte. Gut möglich also, dass irgendwann der Tag kam, an dem er einen Gegendienst erwarten würde.

Diesen unangenehmen Gedanken schob Anna vorerst lieber beiseite. Bis sie endlich einschlief, beschäftigte sie sich lieber damit, welche Vorbereitungen für das große Fest noch zu treffen waren.

Der Mittsommertag brach heran und versprach heiß zu werden. Wie Samuel Hegetorne vorhergesehen hatte, präsentierte sich der Garten in vollendeter Pracht: Die Beete leuchteten in allen Farben, der sorgfältig gestutzte Rasen sah aus wie ein dichter grüner Teppich, und im Rosenhain hingen üppige gelbe Blüten an den Ranken.

Tagelang hatten die Gärtner die Buchsbaumornamente im Knotengarten beschnitten, damit nicht ein einziger Zweig aus der Reihe tanzte. Lavendel, Thymian, Salbei und Majoran erfüllten die Luft mit ihrem würzigen Kräuterduft. Nirgendwo war Unkraut zu sehen. Die Gärtnerburschen hatten noch in letzter Minute hier einen Zweig abgestützt und da eine welke Blüte entfernt, um beim Fest alles perfekt zu präsentieren. Selbst der Gemüsegarten sah ordentlich aus: Bohnen und Erbsen rankten an Gestellen empor, und in langen Reihen wuchsen Zwiebeln, Möhren und Rüben.

Bevor die ersten Gäste eintrafen, drehte Samuel Hegetorne mindestens drei Runden durch den Garten, um jeden Winkel zu überprüfen und unter jedes Blatt zu schauen. Bei dem Anblick mussten die Gärtnerburschen, die seit Jans Tod die Arbeit allein versahen, grinsen.

„Meinst du, er glaubt, ein Unkraut könnte plötzlich aus dem Boden wachsen, während er wegguckt?“, bemerkte der eine.

„Kann schon sein. Aber ich gebe dir einen Farthing, wenn er welches entdeckt.“

Im Hausinnern ging es bedeutend hektischer zu. Etliche Lohndiener aus Colchester waren eingetroffen, und so eilten weitaus mehr Dienstboten als sonst zwischen Küche und dem großen Saal hin und her. Hier, so hatte Anna nach längeren Überlegungen entschieden, sollte das Festmahl serviert werden.

Die Tische bogen sich unter den Speisen. Rinderlende und Spanferkel erwarteten die Gäste, daneben drängten sich Schüsseln und Platten mit Kalbszunge in Aspik, Fleischpasteten und herzhaften Puddings. Anna hatte Fisch aus den umliegenden Teichen gekauft und im Ganzen gesotten, aber auch Fischküchlein mit Dill daraus zubereitet. Zu diesen Köstlichkeiten gab es feines weißes Brot aus dem besten Mehl, das zu bekommen war, und verschiedene Gemüsegerichte. Die Soßen wurden einzeln gereicht: säuerliche, würzige und milde, dick eingekochte und dünnflüssige. Ihnen hatten Anna und Griete besondere Aufmerksamkeit und viele Versuche gewidmet, und beide Frauen waren mit den köstlichen Ergebnissen hochzufrieden.

Doch die größte Mühe hatten sie auf die Süßigkeiten verwendet: Weincremes standen neben kandierten Früchten, süße Waffeln neben Pfefferkuchen und Marzipan. Besonders stolz waren sie auf eine Platte mit Zuckerzeug in den verschiedensten Formen, das sie mit Rosmarin verziert hatten. Die Zweiglein hatten sie in Eiweiß und dann in Zucker getaucht, sodass sie aussahen wie von Raureif bedeckt.

Als ein Lohndiener als Letztes die großen Käselaibe aus der Kühlkammer brachte, betrachtete Anna zufrieden ihr Werk. Das üppige Mahl brauchte nur noch aufgetragen zu werden, und der mit grünen Girlanden und Blumen geschmückte große Saal bot einen festlichen Anblick.

Allmählich trafen die ersten Gäste ein. Sie wurden mit einem Likör begrüßt und dann eingeladen, den Garten anzusehen. Samuel Hegetorne führte sie dort persönlich herum, ganz der weltgewandte Kaufmann in schwarzen Kniehosen, einem Samtrock und einem hohen Hut. Nur die breite Halskrause hatte ihm einen Moment der Sorge beschert, weil es seinem Kammerdiener beinahe nicht gelungen wäre, sie zu schließen.

Anna, die sich wohlweislich im Hintergrund hielt, fand, dass er eine elegante Erscheinung abgab, aber sie sagte nichts. Sie selbst trug das Kleid aus dem gemusterten Samtstoff, der sie so an ihre Mutter erinnerte.

Als Samuel Hegetorne sie erblickte, sagte er beifällig: „Du siehst sehr hübsch aus, Anna." In seinen Augen stand ein warmes Leuchten, und im nächsten Moment ließ er fachmännisch den Stoff zwischen den Fingern hindurchgleiten. „Du hast eine gute Wahl getroffen."

„Danke", erwiderte Anna, konnte aber die Enttäuschung in ihrer Stimme nicht ganz verbergen. Offensichtlich bezog sich sein Lob nur auf das Kleid, nicht auf ihr Aussehen. „Ich bin froh, dass ich mich der Kunstfertigkeit deiner Weber nicht ganz unwürdig erweise."

Doch er hörte ihre spitze Bemerkung kaum, da er neu eingetroffene Gäste begrüßen musste.

Sobald Samuel aber seine Begrüßungsrede begann, verzieh ihm Anna alles. Darin lobte er den Verdienst seines verstorbenen Gärtners Jan Verlender um diesen wunderbaren Garten. In allen Einzelheiten erzählte der Gastgeber, wie Jan die Anlage entworfen und wie hart er gearbeitet hatte, um seine ehrgeizigen Pläne zu verwirklichen. Er sprach von der Begeisterung, mit der Jan an die Aufgabe herangegangen war, und von dem Talent, das er bei der Auswahl der Pflanzen bewiesen hatte.

Schließlich berichtete der Redner in ernstem Tonfall, wie er Jan nach Flandern geschickt hatte, um ganz besondere Blumenzwiebeln zu besorgen, und wie der Gärtner auf dem Rückweg an der Pest gestorben war. Natürlich fiel Anna sofort auf, dass Samuel das Wort „Tulpen" nicht in den Mund nahm, und unwillkürlich musste sie lächeln. Es würde sicher nicht lange dauern, bis er den nächsten Boten nach Amsterdam sandte, um doch noch der Erste in Colchester zu sein, in dessen Garten die kostbaren Blumen wuchsen.

Im nächsten Moment stiegen Anna die Tränen in die Augen, als Samuel seine Rede mit den Worten schloss, dass dieser wunderschöne Garten auf ewig vom Talent eines ganz besonderen Mannes künden sollte.

Die Gäste klatschten und murmelten zustimmende Worte, bevor sie erneut auf den Pfaden und Rasenflächen lustwandelten und Jans Werk besichtigten.

Etwas später suchte Samuel nach Anna und fand sie im Haus. „Warst du nicht mit draußen? Hast du etwa nicht gehört, was ich über Jan gesagt habe?“, fragte er leicht ungeduldig.

„Ich habe hier gleich am Fenster gestanden und jedes Wort mitbekommen“, antwortete sie. „Ich danke dir, Samuel. Sicherlich wäre Jan bei so viel Lob verlegen geworden, aber ich habe mich sehr darüber gefreut.“

„Dann ist es gut.“ Schon war er wieder verschwunden, um sich um die Gäste zu kümmern.

Anna stellte sich an die Tür, um das fröhliche Treiben aus sicherer Entfernung zu beobachten. Die meisten der Geladenen waren Männer, aber einige von Samuel Hegetornes Freunden und Geschäftspartnern hatten ihre Gattinnen mitgebracht. Fast alle gehörten zur flämischen Gemeinde, die wenigen Engländer hielten sich abseits. An ihrer bunten Kleidung waren sie unschwer zu erkennen, und sie wirkten außerdem fröhlicher.

Unauffällig durchsuchte Anna die Menge mit den Augen, um Henrick Westervelt zu entdecken. Schließlich sah sie ihn am anderen Ende des Gartens, wo er gerade eine der Statuen betrachtete, die das Ende eines Pfads markierten.

In Windeseile lief Anna zu ihm. „Das Festmahl beginnt gleich“, sprach sie ihn in ihrer Muttersprache an.

Er fuhr herum. „Das hat Zeit, gute Frau. Ich bin noch nicht hungrig." Mit einer ungeduldigen Handbewegung entließ er sie.

„Wie Ihr wünscht, Mijnheer", erwiderte sie und verabschiedete sich mit einem Knicks. Ihr Herz klopfte, als wollte es zerspringen. Das kurze Gespräch hatte gereicht, um die Farbe von Henrick Westervelts Augen zu sehen: Sie waren von einem ungewöhnlichen tiefdunklen Blau, allerdings ohne den violetten Ton ihrer eigenen. Aber vielleicht lag das daran, dass der Mann älter war. Möglicherweise verblasste die Farbe im Laufe der Jahre.

Langsam ging Anna durch den Garten zurück zum Haus. Wie konnte sie Mijnheer Westervelt nur in ein Gespräch verwickeln, um etwas über seine Vergangenheit herauszufinden? Sicherlich würde es nicht einfach werden. Zumal der Ton, in dem er ihr vorhin geantwortet hatte, grob und unhöflich gewesen war. Anna musste sich eingestehen, dass sie den Mann nach diesem ersten Eindruck nicht sehr nett fand.

Als sie um eine Ecke bog, wäre sie fast mit einem jungen Engländer zusammengestoßen. Dass er nicht zur Gemeinde der Fremden gehörte, erkannte sie an seinen dunkelblauen Kniehosen und dem grünblauen Rock. Das Cape, das er über eine Schulter geworfen hatte, war mit Seide in dem gleichen Grünblauton gefüttert und ließ sich mit einer silbernen Schnalle schließen. Auf dem Kopf trug er einen dunkelroten Samthut mit einer Feder daran.

Kaum bemerkte er Anna, da zog er den Hut und machte eine tiefe Verbeugung. „Verzeiht mir, Madam. Beinahe hätte ich Euch in die Hecke gestoßen", bat er und bot ihr den Arm. „Darf ich Euch zu Eurem Mann zurückgeleiten?"

Lächelnd schüttelte Anna den Kopf. „Danke, nein. Ich bin Witwe. Mein Mann war Jan Verlender, Mijnheer Hegetornes Gärtner."

„Ich fühle mich geehrt, die Frau eines so begabten Mannes kennenzulernen. Der Garten ist wunderschön“, antwortete er. „Würdet Ihr Euch eine Weile zu mir setzen und mir von ihm erzählen?“

„Gern.“

Der Mann führte sie zu einer Steinbank, auf der sie sich gemeinsam niederließen. Freudig sprach Anna über Jan und seine Kunstfertigkeit, während ihr neuer Bekannter aufmerksam zuhörte.

„Ich wünschte, mein Vater wäre mit hierhergekommen. Sicher hätte ihn das alles sehr interessiert“, bemerkte er, als sie geendet hatte.

„Dann ist er nicht hier?“, erkundigte sie sich.

Daraufhin zog der Engländer ein Gesicht und beugte sich vertraulich zu ihr. „Ich muss eine Beichte ablegen. Mein Vater schätzt Eure Landsleute nicht“, flüsterte er, um gleich darauf verständnislos den Kopf zu schütteln. „Ich habe ihm schon häufig gesagt, dass das nichts als Vorurteile sind, aber er weigert sich, auf mich zu hören. Seiner Ansicht nach reißen die Fremden den Handel an sich und schaden den Engländern damit. Außerdem macht es ihn wütend, dass die heimischen Tuche in der Bay Hall von Flamen geprüft und mit dem Qualitätssiegel versehen werden müssen.“

Er zuckte die Schultern. „In gewisser Weise kann ich ihn schon verstehen. Es wäre sicher besser, wenn wir Engländer unsere Stoffe begutachten würden und die Flamen die ihren.“

„Vielleicht könnten auch die Flamen das englische Tuch und die Engländer das flämische untersuchen. Das wäre doch ein gerechter Handel, oder?“, schlug Anna lächelnd vor.

„Jedenfalls wäre es besser als das derzeitige Verfahren“, stimmte er zu. „Warum die Flamen hier alles kontrollieren müssen, ist schwer einzusehen. Allerdings muss man ihnen zugutehalten, dass sie ihre Aufgabe sehr gründlich erledigen.

Was auch bedeutet, dass ein Tuchballen, der das Qualitätssiegel der Stadt Colchester trägt, überall fraglos gekauft wird."

Er biss sich auf die Lippe. „Aber mein Vater stößt sich noch an etwas anderem: Er sagt, dass man kaum noch Englisch auf den Straßen hört, weil überall Flämisch gesprochen wird. Seiner Meinung nach sollten alle Flamen unsere Sprache lernen, so wie Ihr es tut. Euer Englisch ist sehr gut, Madam, wenn ich das so sagen darf."

„Ich mache noch viele Fehler", erwiderte Anna. „Einige Wörter sind schwierig für mich."

„Das liegt sicher daran, dass Eure Sprache eher im Hals gesprochen wird, während wir die Laute vorn auf der Zunge bilden. So kommt es mir jedenfalls vor, und der Klang der Wörter ist ganz unterschiedlich."

Nach einer kurzen Pause kam er wieder zurück auf das Ausgangsthema. „Wenn es um Eure Landsleute geht, ist mein Vater stur. Aber ich fand es unhöflich, Master Hegetornes freundliche Einladung ganz abzusagen. Deshalb bin ich gekommen." Er lächelte sie an. „Und ich bin froh darüber. Schließlich wäre ich Euch sonst nicht begegnet." Unter seinem Blick spürte Anna, wie ihr die Hitze in die Wangen stieg.

„Mein Name ist Paul Markham", stellte er sich vor. „Es war mir ein Vergnügen, mich mit Euch zu unterhalten, und ich würde das Gespräch gern fortsetzen. Was sicher nicht einfach wird, denn unsere jeweiligen Landsleute beäugen jede Begegnung mit Misstrauen. Aber ich werde Mittel und Wege finden, Euch wiederzubegegnen."

Damit erhob er sich und bot ihr die Hand, um ihr aufzuhelfen. Bevor er sie losließ, führte er ihre Rechte an die Lippen.

Etwas atemlos sank Anna wieder auf die Bank, nachdem er gegangen war. Sie schloss die Augen und sah sofort wieder Paul Markhams warme braune Augen vor sich, die Locken, die sich unter der Hutkrempe ringelten, die lange, gerade Nase und das feste Kinn. Anders als die meisten Männer trug er keinen Bart, sodass der eigensinnige Zug um seinen Mund herum deutlich sichtbar war.

Ihn hatte sie als ersten Mann seit Jans Tod richtig angesehen, und sie musste zugeben, dass ihr sein Anblick gefallen hatte. Sogar sehr. Doch sofort schob sie den Gedanken erschrocken beiseite. Wie konnte sie sich Jan gegenüber nur so treulos verhalten?!

„Habt Ihr mich nicht vorhin angesprochen?“ Mijnheer Westervelts Stimme riss Anna aus ihren Gedanken.

Überrascht öffnete sie die Augen und sprang auf.

„Ihr sagtet, dass das Essen serviert sei. Wo denn?“, fragte Mijnheer Westervelt brüsk.

„Im Haus, Mijnheer, im großen Saal“, antwortete sie und blieb nur mit Mühe höflich. „Darf ich Euch den Weg zeigen?“

„Nein. Ich bin durchaus in der Lage, mich allein zurechtzufinden.“ Mit dieser unfreundlichen Bemerkung ging er.

Enttäuscht setzte Anna sich wieder und sah ihm hinterher, während er, ohne nach links oder rechts zu schauen, den Garten durchquerte. Konnte es sich bei diesem hochnäsigen Grobian wirklich um den Mann handeln, in den sich ihre Mutter verliebt hatte? Konnte das ihr Vater sein? Wenn sie doch nur mehr Anhaltspunkte hätte! Mijnheer Westervelt hatte blonde Haare – jetzt zwar mit Grau durchsetzt, aber das war nur natürlich –, seine Augen waren dunkelblau, und er hieß Henrick mit Vornamen.

Immer wieder sagte Anna sich, dass es Hunderte von Männern geben musste, auf die diese drei Dinge zutrafen. Aber der Gedanke, dass Henrick Westervelt der Gesuchte sein könnte, ernüchterte sie. Insgeheim hatte sie sich ihren

Vater immer als freundlichen, lächelnden Mann mit höflichem Benehmen vorgestellt. Mijnheer Westervelt dagegen erinnerte sie sehr an Cornelis Fromenteel.

In diesem Augenblick kam Samuel Hegetorne auf sie zu. „Komm, Anna. Das Festmahl beginnt, und ich brauche dich drinnen. Schließlich will ich dich den Gästen vorstellen." Er streckte die Hand aus.

Erschrocken blickte sie hoch. „Oh! Aber ich glaube nicht, dass sich das schickt, Samuel ..."

Er unterbrach sie scharf. „Was sich schickt und was nicht, das entscheide ich. Und nun komm." Damit ergriff er ihre Hand und zog sie auf die Füße.

Während sie durch den Garten gingen, gelang es Anna, einen Schritt hinter ihm zu bleiben, aber im Haus angekommen, zog er sie an seine Seite und stellte sie als Witwe des Gärtners Jan Verlender vor.

Obwohl ihr die Angelegenheit furchtbar unangenehm war, nahm Anna doch ganz genau wahr, wie die Gäste reagierten. Einige Männer verbeugten sich respektvoll und erklärten, sie fühlten sich geehrt, sie kennenzulernen. Andere dagegen gönnten ihr kaum ein herablassendes Nicken. Anna sah etliche gehobene Augenbrauen, doch Samuel Hegetorne tat so, als merke er nichts davon.

Als er erklärte, dass Anna ihm nun den Haushalt führe, brach einer der Gäste in Lachen aus. Laut genug, dass es der ganze Saal hören konnte, raunte er: „Oh ja, was das bedeutet, wissen wir ja alle!" Anna spürte, wie ihr die Röte in die Wangen stieg, aber Samuel zog es vor, die Bemerkung zu überhören.

„Ach Henrick", sprach er stattdessen Mijnheer Westervelt an. Der Mann saß bereits bei Tisch und ließ sich große Bissen Spanferkel schmecken. „Sicher kennt Ihr Mevrouw Verlender noch nicht, die Witwe meines hoch geschätzten Gärtners."

„Doch, wir sind uns schon draußen im Garten begegnet“, äußerte Anna kühl.

Mijnheer Westervelt wischte umständlich das Messer an der Serviette ab, bevor er schroff antwortete: „Tatsächlich? Daran kann ich mich gar nicht erinnern.“

„Ihr habt mich gefragt, wo das Festmahl serviert wird“, erinnerte sie ihn.

„Ach ja? Gut möglich.“ Damit wandte er seine Aufmerksamkeit wieder den Speisen zu.

„Ich hoffe, dass Ihr alles zu Eurer Zufriedenheit vorgefunden habt“, beharrte Anna. Sie hoffte, er würde noch einmal aufschauen, damit sie noch einen Blick auf seine Augen erhaschen konnte.

„Ja. Das Essen ist gut“, knurrte er, ohne sie anzusehen.

Da entschuldigte Anna sich und verschwand in der Küche. Samuel nahm seinen Platz am Kopf der großen Tafel ein, und das Festmahl begann. Während die Gäste tafelten, sorgte Anna für einen reibungslosen Ablauf. Hinter einem Wandschirm verborgen, beobachtete sie das Geschehen und gab den Dienstmägden ein Zeichen, wenn eine leere Schüssel durch eine volle ersetzt oder einem Gast Wein nachgeschenkt werden musste.

Die Engländer saßen etwas abseits an einem Tisch, und obwohl an ihrer Tafel noch Plätze frei waren, gesellte sich keiner der Flamen zu ihnen. Anna seufzte. Ob die beiden Gruppen wohl jemals friedlich zusammenleben würden? Erstaunlich, wie beharrlich sie an ihrem Misstrauen gegeneinander festhielten – und das in einer so kleinen Stadt wie Colchester!

Als das Essen sich dem Ende zuneigte, wies Anna die Dienstmägde an, die leeren Fleischplatten in die Küche zurückzutragen und den Gästen Wasserschüsseln zum Händewaschen zu bringen. Diesen Augenblick wählte Samuel

Hegetorne, um aufzustehen und sich an den Tisch der Engländer zu setzen. Ein Raunen ging durch die Reihen der Gäste, und Anna sah, wie etliche Männer die Augenbrauen hoben. Doch es dauerte nicht lange, bis ihm erst ein und dann ein zweiter Freund folgte. Am Ende waren die freien Plätze am Tisch der Engländer allesamt besetzt, und Samuel musste sogar noch zusätzliche Hocker herüberbringen lassen.

Anfangs herrschte höfliche Zurückhaltung vor. Doch je reichlicher alle dem Wein zusprachen, desto herzlicher und ausgelassener wurde die Stimmung. Schließlich wurden unter viel Schulterklopfen und Witzeleien die ersten Freundschaften zwischen „Fremden" und Engländern geschlossen, auch wenn die meisten davon bereits am nächsten Morgen wieder vergessen sein würden.

Nachdem die Gäste gegangen waren, standen Anna und Samuel Hegetorne allein in dem nun wieder leeren Saal, der alle Spuren eines gelungenen Festes aufwies: umgeworfene Weinkelche, halb gegessene Pasteten, Flecken auf den weißen Tischtüchern und Krümel auf dem Boden.

„Meinst du, die Gäste haben sich gut amüsiert?", fragte Samuel trocken.

„Es sieht ganz danach aus", erwiderte Anna lächelnd. „Ich rufe schnell die Dienstboten, und dann können wir mit dem Aufräumen beginnen."

„Das können sie auch allein. Komm lieber mit mir in den Garten, um eine Runde zu gehen."

Draußen hatte sich die Luft abgekühlt. Grillen zirpten, und irgendwo in den Bäumen schrie ein Käuzchen. Fledermäuse beschrieben ihren Zickzackkurs vor dem Himmel, der noch einen rosigen Schimmer zeigte.

Eine Weile spazierten sie schweigend nebeneinanderher, wie zwei Freunde, die keine großen Worte machen müssen.

Keiner von beiden wollte die vertraute Stimmung durch ein Gespräch zerstören.

Endlich bemerkte Samuel: „Jan hätte die Feier gefallen, meinst du nicht?“

„Er hätte sich vor allem darüber gefreut, dass dieser Garten so vielen Menschen Freude bereitet.“

„Henrick Westervelt war sehr beeindruckt“, meinte er nachdenklich. „Er ist kein einfacher Mann. Komplimente gehen ihm nicht leicht über die Lippen.“

„Hat er seine Frau nicht mitgebracht?“, erkundigte sich Anna vorsichtig tastend. Sie war froh, dass Samuel den Mann selbst erwähnt hatte.

„Seine Frau starb im Kindbett, kurz nachdem sie hier angekommen waren. Er hat nie wieder geheiratet.“

„Wann war das?“ Gespannt hielt Anna den Atem an.

„Hmm, lass mich nachdenken – vor etwa fünfundzwanzig Jahren, glaube ich. Henrick Westervelt hatte schon etliche Jahre hier in Colchester gelebt, als ich hierherzog.“ Mijnheer Hegetorne lächelte ihr etwas verlegen zu. „Warum fragst du? Er ist jedenfalls nicht auf der Suche nach einer zweiten Frau, falls es darum geht.“

„Und ich bin nicht auf der Suche nach einem zweiten Mann“, erwiderte sie heftig. Ihre Augen blitzten. „Weder jetzt noch sonst irgendwann.“

Versöhnlich streckte er die Hand aus. „Ach Anna, es tut mir leid. Ich hätte das nicht sagen dürfen. Vermutlich ist mir der Wein zu Kopfe gestiegen. Er war stärker, als ich dachte. Bitte verzeih mir.“

„Da gibt es nichts zu verzeihen“, antwortete sie kühl. „Aber wenn du nichts dagegen hast, gehe ich jetzt hinein und sehe nach, ob die Dienstboten schon mit dem Aufräumen fertig sind. Und dann muss ich schlafen. Ich bin sehr müde. Gute Nacht.“ Ohne auf Antwort zu warten, drehte sie sich um und eilte ins Haus.

Eines wusste Anna jetzt jedenfalls mit Gewissheit: Henrick Westervelt konnte nicht der Geliebte ihrer Mutter gewesen sein. Das erleichterte sie sehr. Sicherlich würde sich ihr Vater, wenn sie ihn denn fand, nicht als so ein grober, unhöflicher Mann erweisen. Aber wo steckte er? Ob sie ihn jemals finden würde?

17. KAPITEL

„Man hat mich zu einem der Vorsteher der Bay Hall ernannt“, verkündete Samuel Hegetorne eines Abends. Inzwischen lebte Anna seit fast einem Jahr im Garden House. Sie hatten gemeinsam zu Abend gegessen und saßen nun im Garten, um die letzten Strahlen der Spätsommersonne zu genießen.

„Was bedeutet das?“, erkundigte sich Anna vorsichtig. Hoffentlich hielt er sie nicht für dumm! Schließlich war sie schon häufig mit ihm in der Bay Hall gewesen.

Aber Samuel erklärte ihr nur zu bereitwillig, worum es ging. „Es gibt zwei Vorsteher …“

„Einen englischen und einen flämischen?“ Eigentlich ahnte Anna schon, dass das nicht der Fall war.

„Nein. Wie du sehr wohl weißt, gehören beide Vorsteher zur flämischen Gemeinde. Außerdem gibt es einen zweiundzwanzigköpfigen Rat, der gewählt wird, um alle Stoffe zu prüfen, die in die Bay Hall gebracht werden.“ Er hob die Hand, als sie den Mund aufmachte. „Ich weiß schon, was du sagen willst: Ja, auch die Ratsmitglieder sind Flamen. Dafür gibt es sogar einen Grund: Bei der Gründung dieser Einrichtung wurden bestimmte Tuche erst seit Kurzem in England gefertigt. In Flandern dagegen besaß man damit bereits langjährige Erfahrung. Also war es nur natürlich, dass wir Flamen die Bay Hall gründeten und das Prüfsiegel einführten. Da dieses System bis zum heutigen Tag gut funktioniert, hat die Obrigkeit nie Veranlassung gesehen, daran etwas zu ändern.“

„Aber den Engländern ist es ein Dorn im Auge“, erwiderte Anna. „Und ständig gibt es Streit und Aufstand deswegen.“

„Mir ist klar, dass es den Engländern nicht gefällt. Aber auch sie müssen zugeben, dass alles mit rechten Dingen zugeht. Die Zahlungen werden ganz genau zugeteilt: Englische Bußgelder gehen an die Bedürftigen der englischen Gemeinde, flämische an die der flämischen Gemeinde. Aber das habe ich dir schon erklärt."

„Ja, und du betonst jedes Mal, dass es ein gerechtes System ist. Trotzdem habe ich beobachtet, dass in den englischen Tuchen häufiger Fehler gefunden werden. Mal ist das Garn ungleichmäßig, mal der Stoff verzogen; dann ist die Farbe verlaufen oder die Bahn zu kurz. Es kommt einem so vor, als wäre an der Arbeit der Engländer immer etwas auszusetzen."

„Dann sollen sie das ihren Handwerkern erzählen." Er stand auf. „Es wird kühl. Ich gehe hinein. Morgen wird ein anstrengender Tag – mein erster als Vorsteher." Stolz straffte er die Schultern.

„Hoffentlich hast du ein genaues Auge auf die Prüfer, damit sie nicht das eigene Tuch dem der Engländer vorziehen."

„Möchtest du vielleicht mitkommen und aufpassen, dass ich meine Arbeit anständig tue?" Sein Ton klang kalt.

„Nein, danke, Samuel." Sie lächelte ihn an. „Es tut mir leid, ich hätte das nicht sagen sollen. Du hast viele Freunde unter den Engländern, das weiß ich. Ganz bestimmt wirst du ein guter und gerechter Vorsteher."

Mit einem leichten Neigen des Kopfes nahm er ihre Entschuldigung an. „Kommst du mit hinein?" Er bot ihr den Arm.

„Ich möchte lieber noch ein bisschen hier draußen bleiben." Anna zog sich das Tuch enger um die Schultern. „Abends finde ich den Garten am schönsten. Manchmal kommt es mir fast so vor, als käme Jan gleich um die Ecke und …" Verlegen brach sie ab. „Sicher hältst du mich für töricht."

„Nein, ganz und gar nicht", entgegnete er ernst. „Im Gegenteil, gelegentlich geht es mir wie dir. Dann stelle ich mir vor, dass Jan immer noch durch den Garten wandert und nach dem Rechten sieht. Und ich versuche dafür zu sorgen, dass alles so bleibt, wie er es gewünscht hätte." Man hörte seiner Stimme die Rührung an, doch im nächsten Moment war er wieder ganz der befehlsgewohnte Kaufmann: „Bleib nicht so lange hier draußen sitzen. Nicht dass du dir noch eine Erkältung holst."

Nachdenklich sah Anna ihm hinterher. Samuel Hegetorne war ein seltsamer Mann. Manchmal fragte sie sich, ob sie ihn überhaupt kannte.

Sobald er verschwunden war, kam Blackie aus dem Gebüsch geschlichen und sprang ihrer Herrin auf den Schoß. Lange saß Anna in der heraufziehenden Dämmerung, streichelte die Katze und genoss den Duft des Lavendels, der an der Hauswand wuchs.

Sie war hier glücklich, und sie liebte diesen Garten. Aber je länger sie hier wohnte, desto mehr Unbehagen bereitete ihr die Frage, welche Stellung sie eigentlich in Samuel Hegetornes Haushalt einnahm.

Sie war weder Ehefrau noch Bedienstete, sondern irgendetwas dazwischen. Allmählich belastete es schon ihre Freundschaft mit Griete, dass Samuel Anna zunehmend wie seinen Besitz behandelte. Er umsorgte sie, er räumte ihr immer größere Befugnisse ein – aber nicht die offizielle Position als seine Ehefrau.

Allerdings hatte er auch nie das geringste Anzeichen dafür erkennen lassen, dass er sie in seinem Bett wünschte.

In Augenblicken gedrückter Stimmung stand Anna manchmal in ihrem Zimmer, betrachtete ihr Spiegelbild im Fenster und fragte sich, ob sie womöglich auf Männer nicht mehr anziehend wirkte. Sie wusste, dass sie früher hübsch gewesen war. War ihre Schönheit verblasst?

Eigentlich konnte das nicht der Fall sein. Zu häufig hatte sie lüsterne Blicke aufgefangen, wenn sie Samuel in die Bay Hall begleitete. Die meisten dort schienen sie für seine Geliebte zu halten, und der Gedanke daran trieb ihr die Schamesröte in die Wangen. Nur allzu offensichtlich hätten die Männer sie am liebsten verächtlich behandelt, wollten sich aber nicht Samuel Hegetornes Zorn aussetzen. Der wiederum schien von alledem nichts zu bemerken.

Ähnlich erging es Anna auch in der neuen Kirche, die sich die flämische Gemeinde endlich gebaut hatte. Der große hölzerne Bau stand in der Head Street und beherbergte in einem Anbau den Haushalt des Predigers. Eigentlich wünschte Samuel, dass Anna während der Sonntagsgottesdienste an seiner Seite saß. Es war ihr nur schwer gelungen, ihn zu überzeugen, dass sie ihren Platz besser bei Griete und den anderen Dienstboten einnahm. Trotzdem geleitete er sie in die Kirche und auch wieder nach Hause, und Anna wusste genau, dass die Gemeinde hinter ihrem Rücken darüber tuschelte. Ihre Situation war nicht immer angenehm.

Bald jährte sich Jans Todestag zum ersten Mal. Ihr verstorbener Mann würde stets einen festen Platz in ihrem Herzen einnehmen, und manchmal wurde Anna immer noch von Trauer über ihren Verlust überwältigt. Aber das kam inzwischen seltener vor und ging auch wieder vorüber. Das Leben ging weiter, das wusste sie nun. Auch Jan hätte nicht gewollt, dass sie auf ewig Vergangenem nachhing.

Ob Samuel etwas davon ahnte? Wartete er einfach nur das Trauerjahr ab, um dann seine wahren Gefühle ihr gegenüber zu enthüllen? Und wenn ja – was sollte sie ihm bloß antworten?

Anna hob Blackie von ihrem Schoß, stand auf und ging eine Runde durch den Garten, um besser nachdenken zu können. Sie liebte Samuel nicht – jedenfalls nicht so, wie eine

Frau ihren Mann lieben sollte. Andererseits verband Samuel und sie eine vertraute Freundschaft. Und Anna kannte viele Ehen, die auf weniger gegründet waren.

Wenn sie ihn heiratete, konnte sie in diesem schönen Haus wohnen bleiben. Eigentlich würde sich an ihrem Leben wenig ändern. Abgesehen davon, dass sie Kinder haben würde ... Sie erinnerte sich an das Baby, das sie geboren, aber nie gesehen hatte. Wie sehr wünschte sie sich, eines Tages Kinder zu haben!

Aber was geschah, wenn sie Samuels Frau wurde und sich eines Tages in jemand anderen verliebte?

Entschlossen schob sie diesen Gedanken beiseite. Was für eine lächerliche Vorstellung! Sie würde nie wieder lieben, das stand fest. Doch im nächsten Moment stieg vor ihrem inneren Auge ungebeten das Bild eines jungen Manns mit warmen braunen Augen, einem entschiedenen Zug um den Mund und dunklen Locken auf: Paul Markham, der Engländer.

In einen solchen Mann konnte man sich leicht verlieben.

Bei ihren Besuchen in der Bay Hall mit Samuel hatte sie ihn gelegentlich gesehen, aber immer in sicherer Entfernung. Trotzdem war es ihr mitunter so vorgekommen, als würde er gern mit ihr sprechen. Ob er auch wie alle anderen dachte, sie wäre Samuels ... was? Sekretärin? Geliebte? Künftige Ehefrau?

Seufzend drehte Anna sich um. Sie wollte ins Haus zurückgehen. Wieso wussten eigentlich alle anderen so genau, welche Stellung sie in Samuel Hegetornes Haushalt einnahm, wenn sie es noch nicht einmal selbst verstand?

Einen Monat nachdem man Samuel zum Vorsteher ernannt hatte, bat er Anna wieder einmal, ihn zur Bay Hall zu begleiten.

„Ich bin sicher, dass du es interessant finden wirst. Außerdem kannst du so mit eigenen Augen sehen, womit wir täglich zu kämpfen haben." An der Art, wie er sich die Hände rieb, war klar zu erkennen, dass er seine neue Stellung als Vorsteher genoss.

„Ach, einige der Schwierigkeiten kann ich mir durchaus vorstellen", antwortete sie. „Und wahrscheinlich kannst du jetzt als Vorsteher auch dafür sorgen, dass alle gerecht behandelt werden."

Er warf ihr einen scharfen Blick zu. „Woher solltest du etwas darüber wissen, ob jemand gerecht oder ungerecht behandelt wurde?"

Erstaunt hob Anna die Augenbrauen. „Oh, Mistress Sadler hat mir einiges erzählt, während sie meine Kleider genäht hat. Oder weißt du etwa nicht, was ihr und ihrem Mann zugestoßen ist?"

„Ich weiß nur, dass sie mir als beste Näherin in der Stadt empfohlen wurde."

„Das ist sie bestimmt. Aber mir ging es eher um ihren Mann. Er war Wollkämmer und hat für einen flämischen Tuchhändler gearbeitet. Als ihr Haus abbrannte, wurde er so schwer verletzt, dass er nicht mehr arbeiten kann."

„Und weiter?"

„Unsere Gemeinde wollte ihm nichts aus der Armenkasse bezahlen, weil er Engländer ist. Und die Engländer weigern sich, weil er für einen Fremdling gearbeitet hat. Also hat er überhaupt kein Geld bekommen, von niemandem. Die beiden müssten sicher hungern, wenn Mistress Sadler nicht so geschickt mit der Nadel wäre."

„Das wusste ich nicht. Ich werde der Sache nachgehen."

„Inzwischen sind die Sadlers nicht mehr auf barmherzige Spenden angewiesen. Aber es wäre gut, wenn so etwas nicht wieder geschehen würde." Anna schwieg eine Weile, bevor sie nachdenklich fortfuhr: „Ich weiß nicht, ob es gut ist, wenn ich mit dir zur Bay Hall komme, Samuel.“

Überrascht sah er sie an. „Aber warum denn nicht?“

Wie konnte sie ihm nur erklären, warum sie sich unbehaglich fühlte, wenn sie an seiner Seite in der Öffentlichkeit auftrat? Alles lief darauf hinaus, dass sie nicht wusste, welche Rolle sie für ihn spielte. Doch sobald sie ihn das fragte, würde es wie eine Aufforderung wirken, sich ihr zu erklären. Sie konnte ihm noch nicht einmal erzählen, dass sie sich seinetwegen immer wieder anzüglichen Bemerkungen und verstohlenen Berührungen ausgesetzt sah – nicht zuletzt von seinen Freunden. Laut auszusprechen, dass diese Männer sie als seine Geliebte betrachteten, wäre zu peinlich.

„Also … jetzt, in deiner neuen Stellung … Sicher sind Frauen nicht gern gesehen dort.“

„Unsinn. Es wird dir gefallen.“ Sein Tonfall machte deutlich, dass er keinen Widerspruch duldete.

Die Bay Hall war so laut und voll wie üblich. Zuerst betraten sie die Raw Hall, wo das ungefärbte, ungewalkte Tuch untersucht wurde. Die Stoffe wurden auf langen Tischen ausgerollt und genauestens geprüft. Überall standen Männer umher und unterhielten oder stritten sich. Anna hörte sowohl Englisch als auch Flämisch und häufig sogar eine Mischung aus beidem, wenn Angehörige der verschiedenen Gemeinden sich untereinander verständlich machen wollten.

Um an den Ausdünstungen ungewaschener Körper und dem durchdringenden Geruch des frisch gewebten Wolltuchs nicht zu ersticken, hielt Anna sich ein Sträußchen Lavendel unter die Nase.

Samuel und sie kamen gerade rechtzeitig, um zu hören, wie der englische Weber Jonas Brand beschuldigt wurde, sein Tuch sei ungleichmäßig gewebt.

„Das ist nicht meine Schuld“, verteidigte er sich. „Wie soll ich denn einen glatten Stoff weben, wenn ich lauter unregelmäßig gesponnenes Garn geliefert bekomme? Dafür könnt Ihr mir keine Buße auferlegen. Bestraft stattdessen die Spinnerin!“

Samuel gesellte sich zu dem Stoffprüfer, der den Mann hilflos ansah, weil er kein Englisch verstand.

„Welche Schwierigkeiten gibt es?“, erkundigte sich Samuel.

Der Weber brachte seine Klage erneut vor.

„Und wer ist Euer Herr?“

„Der Tuchhändler Silas Markham.“

„Bekommt Ihr das Garn von seinen Spinnern?“

„Ja, und das sind ein Haufen Nichtsnutze! Mit dem, was ich von ihnen bekomme, kann man einfach kein gutes Tuch weben. Und das nur, weil Master Markham seinen Spinnern zu wenig Geld zahlt, sodass sie immer noch mit Rocken und Spindel arbeiten statt mit dem Spinnrad. Kein Wunder, dass das Garn unregelmäßig ist! Am Ende schiebt man mir die Schuld in die Schuhe, weil ich keinen glatten Stoff vorlegen kann. Und mir wird die Buße abgezogen. Dem alten Markham ist das gleichgültig, obwohl er für all den Ärger verantwortlich ist.“

Vermutlich hätte er sich noch endlos weiter über seinen Herrn beschwert, wenn Samuel ihn nicht mit erhobener Hand unterbrochen hätte. „Ich werde die Angelegenheit mit Mijnheer Markham regeln. Gleich morgen statte ich ihm einen Besuch ab.“

„Nicht nötig.“ Der Weber deutete zur Tür der Raw Hall. „Ihr könnt gleich hier mit ihm sprechen. Er ist in der Whitehall – bestimmt macht er dort auch nichts als Schwierigkeiten.“

Samuel wandte sich zum Gehen. „Ein unzufriedener Arbeiter ist eine schlimme Sache“, murmelte er. „Komm, lass uns den Stier gleich bei den Hörnern packen."

Gehorsam folgte Anna ihm nach nebenan in die Whitehall. Hier roch es ganz anders. Nur die Ausdünstungen ungewaschener Körper waren die gleichen, denn auch hier drängten sich die Männer, die Stoffe brachten oder prüften. Aber das Tuch, das hier lag, war bereits gefärbt und gewalkt worden. Selbst nach mehrmaligem Waschen verströmte es noch einen strengen Geruch nach Urin und Bleicherde, den beiden Substanzen, die man beim Walken benutzte. Er verband sich mit dem kräuterigen Duft der Pflanzenfarben.

Auch hier herrschte lautes Stimmengewirr, gelegentlich übertönt von dem scharfen Geräusch zerreißenden Stoffs, wenn einem Tuch das begehrte Siegel versagt wurde.

„Silas Markham?", rief Samuel.

„Er ist im Schneidesaal", antwortete jemand.

Samuel seufzte. „Hier entlang", sagte er zu Anna.

Auch im nächsten Raum bot sich der vertraute Anblick langer Tische, aber an diesen Tischen hantierten Männer mit großen Scheren. Einige waren dabei, lose Fäden zu entfernen – eine Folge des Verarbeitungsschritts, bei dem die Stoffe mit Hilfe von Distelköpfen aufgeraut wurden. Andere schnitten Ornamente in den Flor von Tuchen – ähnlich dem, aus dem Annas Lieblingskleid gemacht war. Dabei kam es darauf an, so viel zu entfernen, dass der Kontrast gut sichtbar, die Haltbarkeit des Stoffes aber nicht beeinträchtigt war.

Wieder rief Samuel: „Silas Markham?"

„Wer will etwas von mir?", antwortete ein stämmiger Engländer mit gerötetem Gesicht.

„Der Vorsteher", hörte Anna einen der Männer laut genug flüstern, dass alle es mitbekamen.

„Und wenn es der Bürgermeister von London wäre – was schert es mich?", entgegnete Silas Markham aufsässig. Erhobenen Hauptes kam er auf Samuel zu. „Was wollt Ihr von mir?"

Ohne seine unverschämte Haltung weiter zu beachten, erklärte Samuel ihm, weshalb er gekommen war.

Nach längerem Gespräch fasste er zusammen: „Also gut. Die Spinner können nicht mit Buße belegt werden, und zwar aus zwei Gründen: Zum einen verdienen sie nicht genug, um sie zahlen zu können, und zum anderen ist es nicht ihre Schuld, dass sich mit Rocken und Spindel kein gleichmäßiges Garn spinnen lässt. Und auch Jonas Brand kann man nicht belangen, denn wer schlechtes Garn bekommt, kann keinen glatten Stoff weben. Deshalb schlage ich vor, dass Ihr die Buße bezahlt, Mijnheer Markham." Er nickte abschließend. „Damit ist die Angelegenheit auf gerechte Weise beigelegt."

Vor Verblüffung blieb dem anderen der Mund offen stehen. „Ihr könnt wohl nicht ernsthaft verlangen, dass ich eine Strafe bezahle, nur weil mein Weber schlechte Arbeit abliefert!"

„Doch, genau das kann ich", gab Samuel zurück. „Sowohl Spinner als auch Weber arbeiten für Euch. Wenn Ihr den Frauen Spinnräder zur Verfügung stellen würdet, könnten sie glattes Garn herstellen. Und wenn der Weber glattes Garn bekäme, könnte er Stoffe fertigen, die nicht zu beanstanden sind. Daher tragt Ihr die Verantwortung, Mijnheer Markham. Zahlt die Buße dort drüben bei dem Kassierer. Er wird das Geld an die englischen Büttel geben, die es unter den Armen verteilen."

„Ausgeschlossen! Ich zahle nicht. Ich lasse mich doch nicht von einem dahergelaufenen Fremdling herumkommandieren! Ausgeburten der Hölle seid ihr alle miteinander! Englisches Tuch sollte von Engländern geprüft werden, nicht von euresgleichen!"

Hilflos in seiner Wut, sah er sich nach jemandem um, an dem er seinen Zorn auslassen konnte. Im nächsten Moment hatte er den Sündenbock auch schon gefunden. „Dafür wird mir Jonas Brand büßen! Soll sich der Mann doch einen neuen

Arbeitgeber suchen! Einen so hinterhältigen Nichtsnutz beschäftige ich nicht länger!"

„Ich finde, der Vorsteher hat ein gerechtes Urteil gefällt, Vater. Lasst uns die Buße zahlen", erklang eine ruhige Stimme neben ihm. „Und Jonas Brand ist einer unserer besten Leute. Wir können es uns nicht leisten, auf ihn zu verzichten."

Nun wandte sich Paul Markham an Samuel. „Verlasst Euch darauf, die Buße wird bezahlt. Ich werde persönlich dafür sorgen."

„Gut, danke." Damit wandte Samuel sich zum Gehen.

Bevor Anna ihm folgen konnte, sprach Paul Markham sie an: „Mistress Verlender! Ich habe Euch schon mehrmals hier gesehen, aber bisher gab es nie eine Gelegenheit, ein paar Worte mit Euch zu wechseln. Erinnert Ihr Euch an mich?" Hoffnungsvoll lächelte er sie an. „Wir haben uns bei Eurem ...", nach kurzem Zögern setzte er neu an, „bei Mijnheer Hegetornes Feier kennengelernt. Mein Name ist Paul Markham."

„Natürlich erinnere ich mich an Euch", erwiderte Anna erfreut.

„Geht es Euch gut?"

„Ja, danke. Und Euch?"

Leicht gequält verzog er das Gesicht, aber er lächelte dabei. „Ganz gut. Aber ich leide unter Wutausbrüchen – den Wutausbrüchen meines Vaters, um genau zu sein. Manchmal glaube ich, es gibt auf der ganzen Welt keinen Mann mit einem schlimmeren Temperament! Ich scheine mein halbes Leben damit zu verbringen, ihm zu folgen und die Wogen zu glätten, die er aufwühlt. So wie jetzt gerade. Bitte entschuldigt sein Verhalten. Er ..."

„Er hasst uns Fremdlinge", beendete sie seinen Satz.

Überrascht sah er sie an. „Woher wisst Ihr das?"

„Ihr habt es mir bei der Feier selbst erzählt", erinnerte sie ihn, ein schelmisches Glitzern in den Augen.

Die Antwort schien ihn zu freuen. „Ihr erinnert Euch an unser Gespräch?"

Anna nickte. „Mein Gedächtnis ist gut."

„Dann wisst Ihr vielleicht sogar noch, dass ich sagte, ich möchte Euch gern wiedertreffen", fuhr er mit gesenkter Stimme fort.

„Oh ja, auch daran erinnere ich mich durchaus." Sie lächelte.

„Anna!" Samuels Stimme unterbrach die Unterhaltung brüsk. „Wir müssen gehen. Auf Wiedersehen, Mijnheer Markham."

Höflich neigte Paul den Kopf. „Auf Wiedersehen, Master Hegetorne." Als er sich wieder Anna zuwandte, las sie etwas wie freudige Verwirrung in seinem Blick. „Und auch Euch einen guten Tag, Mistress Verlender."

Nachdenklich sah er den beiden nach, als Mijnheer Hegetorne Anna hinausführte, die Hand besitzergreifend unter ihren Ellbogen gelegt.

„Zur Kirche", befahl Samuel, als sie auf den Pferden saßen. „Es gibt ein paar Dinge, die ich mit dem Prediger besprechen muss."

„Was denn?", erkundigte Anna sich.

„Was? Ach, lediglich geschäftliche Angelegenheiten", antwortete er abwesend.

„Dann kann ich vielleicht schon heimreiten. Ich war fast den ganzen Vormittag fort, und Griete braucht meine Hilfe."

„Sie hat doch wirklich genügend Unterstützung. Die anderen Dienstboten ..."

„Man kann ihnen nicht alles allein überlassen. Vor allem beim Einkochen müssen sie überwacht werden. Außerdem muss ich die Apfelernte einkellern, und das Schwein, das wir gestern haben schlachten lassen, muss eingesalzen werden. Das Bier ist fertig und wartet darauf, in die Fässer gefüllt zu werden. Es gibt noch Erbsen und Bohnen zu trocknen – um diese Jahreszeit wollen Hunderte von Dingen gleichzeitig getan sein."

„Überlass das Griete. Du kannst doch kein Schweinefleisch einsalzen! Wie sehen denn deine Hände danach aus!"

„Es gibt auch so genug zu tun: Brot backen ..."

„Hör auf damit. Wir besuchen jetzt den Prediger, und das ist mein letztes Wort."

Da Anna wusste, dass Protest keinen Sinn hatte, straffte sie die Schultern und versuchte, ihren Ärger zu unterdrücken.

Kurz darauf hielten sie an dem Tor zu einem großen Hof, der an einer Seite von der Kirche und an den anderen vom Haus des Predigers und den zugehörigen Ställen und Wirtschaftsgebäuden begrenzt wurde.

Abraham van Migrode trat hinaus, um sie zu begrüßen und ins Innere zu geleiten. Gleichzeitig rief er nach Maria, damit sie den Gästen Bier und Kuchen brachte.

Als Samuel ein Gespräch mit dem Prediger begann, nutzte Anna die Gelegenheit, um sich zu entschuldigen. Unter dem Vorwand, Maria um Rat für das Pökeln von Schweinefüßen fragen zu wollen, schlüpfte sie davon.

Keiner der beiden Männer schien davon Notiz zu nehmen. Im Gehen hörte sie Mijnheer van Migrode sagen: „Aber Samuel, unsere Landsleute leben hier teilweise schon in der zweiten und dritten Generation. Warum betrachten die Engländer sie immer noch als Fremdlinge?"

Anna wartete Samuels Antwort nicht ab, sondern eilte in die Küche, wo Maria sie freudig begrüßte. Die beiden Frauen setzten sich an den langen Tisch vor der Feuerstelle und unterhielten sich bei Bier und Kuchen über alles, was seit ihrer letzten Begegnung geschehen war.

Als alle Neuigkeiten ausgetauscht waren und eine kurze Pause eintrat, äußerte Maria harmlos: „Ist es nicht schon länger als ein Jahr her, dass dein Jan gestorben ist?"

Anna starrte in die Flammen. „Ja, aber manchmal kommt es mir so vor, als wäre es erst gestern gewesen ..."

„Es wird langsam Zeit, an deine Wiederverheiratung zu denken", unterbrach Maria sie. Dann beugte sie sich vor und fragte in vertraulichem Ton: „Wollte Mijnheer Hegetorne darüber mit dem Prediger sprechen?" Altklug tippte sie sich an die Nase. „Ja, ja, ich habe so das eine oder andere läuten hören. Die Spatzen pfeifen es von den Dächern, dass er dich überall mit hinnimmt – zur Bay Hall zum Beispiel."

Einen Augenblick verschlug es Anna die Sprache, doch sie riss sich zusammen. „Was hast du genau gehört, Maria?"

„Ach, das tut nichts zur Sache", wich Maria aus. „Ich sage nur so viel: Wenn er hier ist, um eure Hochzeit zu besprechen, dann ist es wahrlich nicht zu früh dafür."

Plötzlich stieg Übelkeit in Anna auf, und sie schob den Bierkrug von sich. Ging es bei Samuels Gespräch mit dem Prediger wirklich darum? Und wenn ja – warum hatte er ihr dann nichts davon gesagt? Besaß sie denn überhaupt kein Mitspracherecht?

18. KAPITEL

Master Markham ist ein unangenehmer Geselle", bemerkte Samuel nachdenklich, als er mit Anna heimritt. „Die meisten Engländer, mit denen ich zu tun habe, benehmen sich wenigstens höflich, auch wenn wir nicht immer einer Meinung sind. Aber diesen Mann finde ich unausstehlich grob."

„Sein Sohn wirkt nett", entgegnete Anna unschuldig.

„Ja, ich habe gesehen, dass ihr euch unterhalten habt. Du solltest dich ein bisschen mehr zurückhalten, sonst fangen die Leute noch an, über dich zu reden."

„Soweit ich es mitbekomme, reden sie ohnehin schon", antwortete sie ruhig.

„Was meinst du damit?"

Anna seufzte. „Nichts."

Obwohl Samuel die Augenbrauen zusammenzog, verfolgte er das Thema nicht weiter. Sobald sie beim Garden House angekommen waren, eilte Anna hinein und stürzte sich in die Arbeit.

Doch wohin sie auch ging und was sie auch tat, Marias Worte gingen ihr nicht aus dem Kopf. Im Laufe der nächsten Tage ärgerte sie sich immer mehr über sich selbst. Warum hatte sie die Gelegenheit nicht ergriffen, Samuel offen auf das anzusprechen, was ihr so viel Kummer bereitete? Andererseits wäre die offene Straße sicher nicht der richtige Ort dafür gewesen. Aber was waren der richtige Ort und der richtige Zeitpunkt für ein solches Gespräch?

Die Stimmung bei den gemeinsamen Mahlzeiten wurde immer angespannter, und danach zog Anna sich meistens schnell in ihr Zimmer zurück. Plötzlich kam es ihr unvorstellbar vertraulich vor, wie früher lange Abende mit Samuel vor dem Kamin zu verbringen. Ihre Beziehung hatte sich unmerklich verändert, ohne dass Anna erklären konnte, wie. Und sie wich dem Gespräch mit Samuel darüber aus, falls ... Falls was? Sie wusste es nicht.

Samuel entging ihr gewandeltes Verhalten keineswegs.

„Warum flüchtest du neuerdings wie ein verängstigtes Kaninchen, sobald die Tafel abgeräumt ist?", verlangte er eines Tages zu wissen, als Anna aufstand und sich anschickte zu gehen.

„Ich bin müde. Der Tag war anstrengend", wich sie aus und täuschte ein Gähnen vor.

„Unsinn. Dein Tag war sicher nicht anstrengender als meiner. Komm mit, lass uns am Feuer sitzen. Sonst wechseln wir ja nie ein Wort miteinander."

Anna sah keine andere Möglichkeit, als ihm zu gehorchen.

Es dauerte eine Weile, bis Samuel seine Pfeife in Gang bekommen hatte und nicht mehr husten musste. Doch dann sagte er: „Nun gut. Irgendetwas liegt dir auf der Seele, und ich will wissen, was es ist. Versuch erst gar nicht, dich herauszureden, denn ich habe schließlich Augen im Kopf."

Wie sollte sie ihm die Angelegenheit nur erklären? „Es geht um etwas, das Maria mir bei unserem Besuch im Haus des Predigers gesagt hat", begann sie vage.

„Aha. Und was hat sie gesagt?" Samuel betrachtete sie durch eine Rauchwolke hindurch.

„Die Leute reden."

„Ach ja? Das ist nichts Neues. Menschen sprechen miteinander, dafür haben sie schließlich einen Mund."

Obwohl er sie nur aufzog, um ihr das Gespräch zu erleichtern, machte das die Sache leider für Anna noch schwieriger. „Sie reden über uns."

„Aha? Und was sagen sie?" Samuel nahm die Pfeife aus dem Mund, betrachtete sie mit gerunzelter Stirn, um dann den Tabak herunterzudrücken und sich die Pfeife wieder zwischen die Zähne zu klemmen. Schließlich sah er auf. „Nun?“

„Du hast gut lachen, Samuel“, ereiferte sich Anna. „Es ist ja nicht dein guter Ruf, der auf dem Spiel steht. Kein Mensch verliert ein Wort darüber, wenn du dir eine Geliebte nimmst, denn das ist bei Männern schließlich so üblich. Für mich ist das anders. Wenn die Leute glauben, dass ich deine Geliebte bin, werden sie mich verachten.“

„Aha. Und das ist es also, was die Leute glauben?“

„Sie finden es jedenfalls merkwürdig, dass du mich überall mit hinnimmst ...“

„Was ich nicht tun würde, wenn du meine Geliebte wärst“, wandte er ein.

„Kann sein.“

„Es ist ganz sicher so. Was hat Maria noch gesagt?“

„Sie dachte, du wolltest mit dem Prediger darüber reden, dass du mich heiraten willst. Und sie scheint zu finden, dass es höchste Zeit wird.“

„So ist das also.“ Schweigen senkte sich über den Raum, während Samuel nachdenklich die Stirn runzelte. Endlich blickte er Anna an. „Darf ich dich etwas fragen? Ich möchte, dass du mir wahrheitsgemäß antwortest, auch wenn ich mir sicher bin, die Antwort zu kennen. Hast du dich in mich verliebt?“

„Diese Frage habe ich befürchtet“, murmelte sie.

Die Andeutung eines Lächelns umspielte seine Lippen. „Sie liegt in Anbetracht der Umstände ja auch nahe.“

Entschlossen holte Anna Luft. „Ich spreche es nicht gern aus, denn du hast sehr viel für mich getan, Samuel, und ich möchte deine Gefühle nicht verletzen. Aber ich habe mich nicht in dich verliebt.“ Sie riskierte einen Blick in sein Gesicht, bevor sie hastig fortfuhr: „Bitte sei nicht gekränkt.

Ich schätze dich als Freund, aber ich liebe dich nicht – nicht wie ..."

Mit erhobener Hand hinderte er sie am Weitersprechen. „Gut. Dann habe ich mich also nicht getäuscht." Er hielt seine Pfeife einen Moment unschlüssig in der Hand, bevor er sie beiseitelegte. Diese neue Sitte, Tabak zu rauchen, sagte ihm überhaupt nicht zu. Nicht nur, dass die Kleider danach rochen – nein, der Rauch hinterließ auch einen unangenehmen Nachgeschmack im Mund. Warum tat bloß alle Welt so, als wäre es ein Genuss?

Nachdenklich sah er Anna an. „Ich hätte nicht gedacht, dass unsere Freundschaft Anlass für üble Nachrede bietet, Anna. Es tut mir leid. Du solltest wissen, dass ich dir nicht absichtlich schaden will."

Nach einer Pause fragte er: „Hättest du gern, dass wir heiraten, Anna?"

„Nein!" Im nächsten Moment klang ihr die Antwort viel zu unfreundlich in den Ohren, und sie setzte hinzu: „Das heißt, ich weiß nicht recht. Ich habe darüber noch nicht nachgedacht ..."

Doch Samuel lachte. „Nach deiner ersten Antwort zu urteilen, hast du das sehr wohl. Und das Gleiche gilt für mich. Aber ..."

„Ich sollte fortziehen", fiel sie ihm hastig ins Wort. „Es wird das Beste sein, wenn ich nicht länger hier wohne. In der Stadt finde ich bestimmt ein Dach über dem Kopf und eine Arbeit. Sicher kann ich genug verdienen, um davon zu leben." Sie verstummte. Ihre Verlegenheit hatte sie dazu verleitet, unbesonnen das Erstbeste zu sagen, was ihr in den Sinn kam.

„Ich halte das für alles andere als eine gute Idee. Wenn du ausziehen würdest, wäre ich sehr traurig. Ich genieße es, für dich zu sorgen." Samuel zuckte mit den Schultern. „Darin sehe ich nichts Schlechtes. Schließlich brauchst du jemanden, der auf dich aufpasst, und ich könnte immerhin dein Vater sein."

Doch sie runzelte die Stirn. „Trotzdem ..."

„Ich möchte nicht, dass du gehst, Anna", unterbrach er sie. „Und ich würde dich sogar heiraten, wenn das hieße, dass du bleibst." Er schwieg einen Moment, bevor er leiser fortfuhr: „Aber du sollst wissen, dass wir auch in diesem Fall niemals als Mann und Frau zusammenleben und das Bett miteinander teilen würden. Bitte versteh, dass ich kein junger Mann mehr bin. Ich habe in dieser Hinsicht ... gewisse Schwierigkeiten." Dabei wandte er den Kopf ab, aber schon im nächsten Moment hatte er sich wieder im Griff. „Trotz alledem wäre ich durchaus bereit – nein, es wäre mir eine Freude, dich zu heiraten, wenn du dich dann in diesem Haus wohler fühlst."

Was für ein merkwürdiger Heiratsantrag! Annas Augen füllten sich mit Tränen, und sie schüttelte den Kopf. „Ich weiß nicht, Samuel. Ich weiß wirklich nicht, was ich sagen soll."

Augenblicklich verwandelte er sich wieder in den selbstsicheren Kaufmann, den sie kannte. „Natürlich nicht. Nimm dir Zeit, und denk darüber nach. Ich werde nicht länger in dich dringen. Wenn du dazu bereit bist, kannst du mir deine Antwort geben, aber es eilt nicht." Samuel lächelte ein wenig. „Ich bitte dich nur um eines: dass du nicht länger jeden Abend in dein Zimmer flüchtest, sobald wir den letzten Bissen gegessen haben. Ich habe in der letzten Zeit deine Gesellschaft vermisst."

„Morgen gebe ich dir meine Antwort", versprach Anna.

In dieser Nacht schlief sie nicht. Stattdessen ließ sie wieder und wieder das Gespräch mit Samuel Revue passieren.

Welche Möglichkeiten hatte sie? Wenn sie Samuel heiratete, würde ihr Leben auch in Zukunft genauso verlaufen wie während der letzten Monate. Sie könnte in diesem wunderschönen Haus wohnen bleiben und in dem Garten umherspazieren, den Jan angelegt hatte und in dem sie sich ihm nahe fühlte. Obwohl Samuel es niemals ausgesprochen hatte, ahnte Anna, dass er selbst den Garten als Ort des Gedenkens an seine verstorbene Frau Alicia betrachtete.

Die Heirat mit Samuel würde ihr weiterhin ein Leben ermöglichen, wie sie es im Haus ihres Vaters gewohnt gewesen war. Ein Leben mit Dienstboten und gutem Essen, mit behaglichen Kaminabenden, luxuriösen Möbeln und Stoffen. Und sie konnte sich darauf verlassen, dass Samuel sie immer gut behandeln würde.

Andererseits würde sie niemals wieder das vertrauliche Miteinander zwischen Eheleuten erleben, wie sie es mit Jan so sehr genossen hatte. Samuel und sie würden niemals die Ehe vollziehen, und das hieß auch, dass sie niemals Kinder haben würde. Noch jetzt stiegen Anna Tränen in die Augen, als sie an die glücklichen Monate dachte, in denen sie Jans Kind unter ihrem Herzen getragen hatte. Wie sehr hatten sie sich beide gefreut! Und wie schrecklich war der Augenblick gewesen, als sie erfuhr, dass das Baby nicht überlebt hatte!

Wollte sie wirklich diesen hohen Preis für ein Dasein in Wohlstand und Bequemlichkeit zahlen? Oder war sie bereit, das Garden House zu verlassen, um anderswo ein selbstständiges Leben zu führen? Aber selbst wenn sie ein kleines Häuschen in der Stadt fände – wovon sollte sie leben? Sie brauchte Arbeit, aber das würde sicher nicht einfach werden. Schließlich betrachtete man sie und ihresgleichen in der Stadt als Fremdlinge.

Stundenlang lag Anna schlaflos da und wälzte Gedanken. Und immer wieder kehrte sie zu einem zurück: wenn sie Samuel nun heiratete und sich danach in einen anderen Mann verliebte? In einen Mann, der ihr womöglich eine echte Ehe und die Aussicht auf Kinder bieten könnte – wenn sie noch frei wäre?

Allerdings bestand ebenfalls die Möglichkeit, dass sie einem solchen Mann niemals begegnete. Wollte sie wirklich all das, was sie mit Samuel teilte, für eine vage Hoffnung in den Wind schlagen? Wollte sie auf Wärme und Freundschaft zugunsten eines Wunschtraums verzichten?

Als Anna aufstand, fühlte sie sich müde und erschöpft. Während der Nacht war sie einer Lösung keinen Schritt näher gekommen. In der Küche lehnte sie den frisch gebackenen Haferkeks ab, den Griete ihr anbot, und begnügte sich mit einem Schluck Dünnbier. Dann ging sie hinaus in den Garten – Jans Garten.

Die letzten bunten Blätter hingen an den Bäumen und Büschen, aber der nächste Sturm würde sie abreißen und durch die Luft wirbeln. Schon jetzt roch es überall nach Feuchtigkeit und Herbst. Ein Gärtner fegte das Laub von den Wegen. Anna blieb stehen und sprach ihn an.

„Gibt es denn gar keine Spätblüher, mit denen man den Garten um diese Jahreszeit etwas freundlicher gestalten könnte? Ich weiß, dass der Winter vor der Tür steht, aber es sieht alles ein bisschen … trostlos aus."

„Doch, es gibt ein paar Stauden, aber der Herr erlaubt mir nicht, sie zu pflanzen", erwiderte der Gärtner und schüttelte den Kopf. „Er will nicht, dass irgendetwas im Garten verändert wird. Gestern habe ich ihn gefragt, ob ich ein paar Blumenzwiebeln fürs Frühjahr setzen kann, und er hat mir beinahe den Kopf abgerissen. Er sagt, der Garten muss haargenau so bleiben, wie er angelegt wurde. Weiß der Himmel, warum!"

Anna lächelte ihn an. „Das macht Eure Arbeit sicher ein wenig schwierig."

„Nein, Mistress. Es heißt nur, dass ich nicht mehr zu tun

habe, als hier ein bisschen Ordnung zu halten." Plötzlich sah er sie mit gerunzelter Stirn an. „Geht es Euch gut? Ihr seht blass aus."

Bei der letzten Frage war sein Blick unauffällig zu ihrem Bauch gewandert. In diesem Augenblick wusste sie, dass nicht nur in der Bay Hall über ihre Beziehung zu Samuel geredet wurde.

„Ich habe vergangene Nacht schlecht geschlafen", antwortete sie. „Ein Spaziergang wird mir wieder einen klaren Kopf verschaffen, hoffe ich."

„Bestimmt tut Euch die frische Luft gut. Aber bleibt nicht zu lange draußen, damit Ihr Euch nicht erkältet."

Anna hielt sich nicht lange im Garten auf, sondern zog sich bald in einen der Hauswirtschaftsräume zurück. Dies war ihr Refugium. Die getrockneten Kräuter, die von der Decke hingen, verströmten einen beruhigenden Duft. Sie genoss es, stundenlang Salben zu rühren, Tränke zu brauen und Pulver zu mischen, so wie sie es von der alten Betty gelernt hatte.

Wie lang war es her, dass sie und Jan bei der alten Frau Unterschlupf gefunden hatten? Es kam Anna vor, als wäre es in einem anderen Leben gewesen.

Während sie Kräuter mörserte und Blüten zerdrückte, ordneten sich ihre verwirrten Gedanken allmählich, und plötzlich wusste sie genau, was sie wollte und was sie tun musste. Kaum stand ihr Entschluss fest, da fragte sie sich, warum sie dafür so lange gebraucht hatte.

Samuel wirkte beim Abendessen höchst aufgeräumt. Er erzählte ihr überaus begeistert von den Leuten, die er tagsüber getroffen hatte, und berichtete von seinen Plänen, weitere Weber für sich arbeiten zu lassen. Doch Anna hörte ihm nur mit einem Ohr zu. In Gedanken weilte sie ganz woanders – bei ihrer eigenen Zukunft.

Als die Mahlzeit beendet war, setzte sie sich auf ihren gewohnten Platz vor dem Kamin, und Samuel ließ sich ihr gegenüber nieder. Im Feuer knackten riesige Holzscheite, verbreiteten heimeligen Duft und ließen immer wieder Funken aufstieben. Dicht neben Anna saß Blackie und putzte sich gewissenhaft.

„Ich habe meine Entscheidung getroffen, Samuel", begann Anna ruhig, sobald er seine Pfeife entzündet hatte.

Er warf ihr einen Blick zu, um gleich wieder wegzuschauen. „Ja, meine Liebe?" Für gewöhnlich benutzte er keine Kosenamen. Dass er es jetzt tat, kam Anna wie ein Versuch vor, ihr die Ankündigung zu erleichtern.

„Ich fühle mich geehrt, dass du mich heiraten möchtest …"

„Die Ehre ist ganz meinerseits, meine Liebe", unterbrach er sie.

„Lass mich bitte ausreden, Samuel."

„Natürlich. Es tut mir leid."

Erneut setzte sie an: „Ich schätze dein Angebot, mit mir die Ehe zu schließen, wirklich sehr, aber es wäre nicht richtig. Für keinen von uns beiden."

Offenbar hatte er mit dieser Antwort nicht gerechnet. „Aber wir könnten sicher …"

„Nein, Samuel. Ich bin fest entschlossen, dich nicht zu heiraten."

„Also gut, meine Liebe." Er seufzte. Täuschte Anna sich, oder hörte sie wirklich eine Spur von Erleichterung? „Aber was sollen wir dann tun? Möchtest du ganz offiziell meine Haushälterin werden? Das sollte dem Klatsch eigentlich ein Ende setzen. Eigentlich hätten wir schon früher auf diese Idee kommen können."

„Nein. Ich werde ausziehen und mir ein kleines Häuschen in der Stadt suchen."

„Aha. Und wovon willst du leben, wenn ich fragen darf?" Ganz offensichtlich nahm er sie nicht ernst.

„Ich weiß genug über Kräuter und Heilkunde, ich kann lesen und schreiben, und ich spreche Englisch. Sicher kann ich damit genug Geld verdienen, um mich zu ernähren."

Samuel zog an seiner Pfeife, musste husten und versuchte es erneut. „Es sieht ganz danach aus, als hättest du dir das alles genau überlegt."

„Das habe ich auch."

„Und hast du schon ein Häuschen im Blick?"

„In der Nähe des Stadttors, das Schere Gate genannt wird, steht eines leer. Es besitzt sogar einen kleinen Garten …"

„Ich gehe gleich morgen hin und kaufe es für dich."

Anna presste die Lippen zusammen. „Danke, Samuel, das ist sehr freundlich, aber ich möchte das nicht. Ich kann das Häuschen sicher für sehr wenig Geld mieten."

„Unsinn. Das ist wirklich nicht nötig. Morgen kümmere ich mich darum."

„Ach Samuel." Bekümmert senkte Anna den Kopf.

„Was ist denn?", fragte er überrascht.

„Nichts." Wie sollte sie ihm auch erklären, was ihr am Nachmittag beim Salbenrühren zu ihrer Entscheidung verholfen hatte? Nämlich die Erkenntnis, dass sie im Garden House wie in einem bequemen, warmen goldenen Käfig lebte. Samuel engte sie mit seiner besitzergreifenden, väterlichen Fürsorge ein. Offenbar fühlte er sich noch immer schuldig an Jans Tod und damit auch am Verlust ihres Kindes.

Aber Anna wollte ihr eigenes Leben führen. Und sie musste den Käfig verlassen, bevor es eines Tages zu spät war und sie Samuel zu hassen begann. Denn das verdiente er nicht, dazu war er viel zu großherzig und fürsorglich. Um ihn nicht eines Tages zu verletzen, musste sie auf eigenen Beinen stehen.

Anna lächelte ihn an, und die Entschlossenheit in ihrem Blick war unverkennbar. „Danke, Samuel. Es ist sehr freundlich von dir, mir das Häuschen zu kaufen.“ Zumindest konnte sie sein großzügiges Angebot annehmen, um ihn nicht vor den Kopf zu stoßen.

„Gut.“ Er sah erfreut aus. „Und du brauchst keine Sorge zu haben, dass du verhungern könntest. Ich gebe dir Geld, von dem du leben kannst.“

„Danke, Samuel“, wiederholte sie. Er brauchte ja nicht zu wissen, dass sie seine Münzen nicht anrühren würde. Im Moment empfand sie nichts als Dankbarkeit dafür, dass er ihr das Gehen nicht noch schwerer machte.

„Ich werde dich vermissen, Anna“, gestand er bekümmert.

„Ich dich auch. Aber ich weiß, dass es das einzig Richtige ist.“

„Du musst gelegentlich hierherkommen und dir Alicias Garten ansehen.“

„Ja, vielleicht.“ Obwohl sie nicht sicher war, ob sie tatsächlich kommen wollte, nickte sie. Der Garten würde sich nicht mehr verändern, da Samuel ihn als Denkmal für seine verstorbene Frau betrachtete. Sicher hätte das Jan nicht gefallen. Er hatte gewusst, dass Leben Wandel bedeutet. Anna sah ihn noch vor sich, wie sie ihn so oft erlebt hatte: übersprudelnd vor Einfällen für Verbesserungen und Veränderungen.

Genau dies war einer der Gründe, weshalb sie gehen musste. Aber wohin, und was würde sie dort erwarten? Anna wusste es nicht.

Erst viel später erkannte sie, was der Weggang von Samuel ebenfalls bedeutete: Indem sie ihm und seinen Kreisen den Rücken kehrte, schlug sie die Möglichkeit in den Wind, ihren leiblichen Vater zu finden. Sofern er überhaupt in Colchester lebte.

19. KAPITEL

Samuel ließ Anna nur widerwillig gehen. Immerhin konnte er sie überreden, Weihnachten noch im Garden House zu verbringen. Insgeheim war Anna froh darüber. Hier genoss sie Geborgenheit, ein gutes Festmahl und Ruhe, während die Engländer die Zeit bis zum Dreikönigstag mit ausgelassenen Feiern verbrachten. Nicht selten kam es dabei in der Stadt zu Unruhen unter Betrunkenen, wie Samuel ihr erklärte.

So war die dritte Januarwoche bereits angebrochen, als Anna sich schließlich von Griete und den anderen Dienstboten verabschiedete und das Garden House verließ. Schneeflocken stoben im eisigen Wind umher und drohten die Landschaft unter einer weißen Decke zu begraben. Obwohl Anna fröstelte, machte sie sich entschlossen auf den Weg. Sie hatte den Zeitpunkt ihres Gehens mit Bedacht gewählt: Samuel war zur Bay Hall geritten und würde dort den ganzen Tag beschäftigt sein. So vermied sie es, sich von ihm verabschieden zu müssen. Denn sicherlich würde er sie wieder zu überreden versuchen, doch in seinem Haus zu bleiben.

Anna zog den warmen Mantel enger um sich, straffte die Schultern und ging in Richtung Stadt. Zum Glück musste sie nur das Deckelkörbchen tragen, in dem Blackie saß. All ihre andere Habe war am Vortag schon von einem der Gärtner in das Häuschen am Schere Gate gebracht worden. Es war wenig genug. Ihre erste Aufgabe würde es sein, ein paar Möbel für ihr neues Heim zu besorgen.

Durchgefroren kam sie endlich an dem Häuschen an, das gegenüber einer bescheidenen Häuserzeile inmitten eines kleinen Gartens lag. Doch wie groß war ihre Überraschung, als sie die Tür öffnete und feststellte, dass es fertig eingerichtet war! Genau wie damals in dem Heim, das sie mit Jan bezogen hatte, fehlte es auch hier an nichts.

Doch diesmal ging die Ausstattung weit über das Notwendige hinaus. Auf dem Stuhl neben dem Kamin lagen weiche Kissen, und der Eichentisch war auf Hochglanz poliert. Ein Geschirrschrank enthielt mehr Zinnteller und Gläser, als Anna für sich allein verwenden konnte. Als sie den Vorratsschrank öffnete, entdeckte sie genug Lebensmittel für die nächsten Tage.

Im oberen Stockwerk bot sich ihr ein ähnliches Bild: Auf dem Bett lagen eine dicke Federmatratze und weiche Kissen, bedeckt von einer bunten Decke. Eine große, geschnitzte Truhe für Kleider stand am Fußende, und Wäsche konnte man in einer hübschen Kommode unterbringen.

Hin- und hergerissen zwischen Ärger und Dankbarkeit, schüttelte Anna den Kopf. „Ach Samuel, hast du denn gar nichts begriffen? Was sollen die Nachbarn denken?“

Sie befreite Blackie aus dem Korb und machte Feuer, während das Kätzchen sich in dem neuen Zuhause umsah. Es strich durch sämtliche Winkel, beschnupperte alle Möbel und wagte sich schließlich auch über die Treppe ins obere Stockwerk – eine richtige Treppe diesmal, nicht nur eine Leiter. Als Blackie wieder zu Anna herunterkam, offensichtlich befriedigt von dem, was sie vorgefunden hatte, brannte bereits ein warmes Feuer im Kamin. Das Kätzchen setzte sich davor und begann sich zu putzen.

Anna streichelte ihre kleine schwarze Freundin. „Gefällt es dir hier, Blackie?“

Schnurrend widmete sich die Katze weiter ihrer Fellpflege. Da wickelte Anna den Käse und das frische Brot aus dem Bündel, das Griete ihr in die Hand gedrückt hatte. Inzwischen hatte sie Hunger und aß mit viel Appetit ihren Mittagsimbiss, während sie sich in der neuen Umgebung umsah. Das Häuschen kam ihr schon jetzt wie ein Zuhause vor. Die

Flammen warfen tanzende Schatten auf die weiß verputzten Wände, und Anna saß im Warmen, obwohl draußen Schnee fiel. Im Grunde ihres Herzens hatte sie Samuel bereits für seine Einmischung vergeben und empfand nun tiefe Dankbarkeit. Sie selbst hätte Monate gebraucht, bis sie auch nur die Hälfte des Hausrats beisammengehabt hätte.

Mit einem Becher Bier spülte Anna Käse und Brot herunter, während sie über Samuel Hegetorne nachdachte. Dieses Häuschen zeigte ihr einmal mehr, was für ein freundlicher und großherziger Mann er war. Und sie? War sie denn von allen guten Geistern verlassen, dass sie ihm und seinem Haushalt unbedingt den Rücken kehren musste? Das Leben im Garden House war bequem und gleichförmig verlaufen, ohne Sorgen und Nöte. Sobald Anna einen Wunsch auch nur gedacht hatte, war er ihr erfüllt worden.

Samuel hatte sie verwöhnt, umsorgt und von sich abhängig gemacht. Doch Anna ahnte, dass er aus Einsamkeit so handelte – und weil er sich die Schuld an Jans Tod gab. Es ging ihm dabei nicht um sie. Weder liebte er sie, noch wollte er sie für sich haben.

Vielleicht würde sie nie wieder jemandem begegnen, der sie liebte. Aber zumindest konnte sie in diesem Häuschen einfach nur Anna Verlender sein. Wer sie liebte, liebte sie um ihrer selbst willen, und wer sie hasste, hasste sie um ihrer selbst willen – und nicht etwa, weil sie Jans Witwe war. Es war richtig gewesen, Samuels Haus zu verlassen.

Es schneite beinahe eine Woche lang. Wenn Anna das Haus verließ, um auf dem Markt Gemüse und Pökelfleisch zu kaufen oder mit einem Krug Wasser von einem der Wasserverkäufer zu holen, musste sie aufpassen, um nicht in den vereisten Gassen auszurutschen. Wäre sie bei Samuel geblieben, hätte sie am warmen Feuer sitzen können, während Dienstboten diese Aufgaben für sie erledigten. Aber Anna bereute ihre Entscheidung keinen Augenblick. Im Gegenteil: Wenn sie nach solchen Besorgungen in ihr Häuschen zurückkehrte, spürte sie eine wohlige Zufriedenheit in sich aufsteigen.

Nach Tagen bitteren Frosts verwandelten hartnäckige Regenfälle den Schnee in schmutzigen Matsch. Und als die grauen Wolken sich verzogen, tauchte Samuel bei Anna auf. Sie hatte schon längst mit seinem Besuch gerechnet.

„Nun, wie gefällt es dir, hier ganz allein dem schrecklichen Wetter ausgesetzt zu sein?“, erkundigte er sich. Mit eingezogenem Kopf trat er ein, aber sein Hut blieb trotzdem am niedrigen Türsturz hängen und fiel herunter. Siegesgewiss lächelte Samuel Anna an. „Hast du schon genug? Kommst du wieder nach Hause?“

„Ich *bin* zu Hause“, erwiderte Anna. „Blackie und ich fühlen uns wohl hier.“

Sein Lächeln schwand. „Hm. In dieser winzigen Hütte? Erstaunlich.“

„Das Haus ist größer als das in Lexden, in dem Jan und ich gewohnt haben. Für mich reicht es, und nachdem du es so luxuriös ausgestattet hast, fehlt es mir an nichts.“

„Soso. Eines sage ich dir: Ich war hart in Versuchung, die Hütte leer zu lassen. Diese kleine Lektion hätte dir schnell bewiesen, dass du allein nicht zurechtkommst.“ Dabei sah er sie durchdringend an, als wollte er sie dazu zwingen, ihm zuzustimmen.

„Samuel, ich bin dir überaus dankbar für alles, was du für mich getan hast.“ Anna wollte sich kein Zugeständnis abringen lassen. Außerdem wusste sie so gut wie er, dass er der Versuchung, ihr das Haus einzurichten, niemals hätte widerstehen können. „Dass du mich damals bei dir aufgenommen, mich gesund gepflegt und mir ein Dach über dem Kopf geboten hast, das ist etwas, was ich dir niemals vergelten kann.

Aber ich will und kann deine Großzügigkeit nicht länger in Anspruch nehmen. Du hast mir beim Start in mein neues Leben geholfen, aber von nun an musst du mir zugestehen, dass ich für mich selbst sorge. Ich werde dir nicht mehr zur Last fallen."

„Rede keinen Unsinn. Du warst nie eine Last für mich." Er machte eine Geste, die das ganze Häuschen einschloss. „Wie sollst du denn hier allein leben? Beantworte mir nur die Frage, wie du dein Brot verdienen willst." Kampfbereit sah er sie an.

„Für die erste Zeit habe ich noch ein bisschen Geld, und danach komme ich schon zurecht. Ich muss auf eigenen Beinen stehen, Samuel."

Da hieb er mit der Faust auf den Tisch. „Aber dazu besteht überhaupt keine Veranlassung! Ich kann dir alles geben, was ..."

„Es ist notwendig, glaub mir, Samuel. Und du hast mir schon genug gegeben – mehr als genug."

„Nicht mehr, als meine Pflicht war. Nachdem Jan gestorben war und du das Kind verloren hattest, war es das Geringste, was ich tun konnte."

„Aber das ist jetzt vorbei. Deine Schuld ist bezahlt – falls man überhaupt jemals von Schuld sprechen konnte. Du musst dich mir nicht mehr verpflichtet fühlen." Noch während sie sprach, erkannte sie, dass sie seine Fürsorge vermissen würde: seine leitende Hand, die Sicherheit, das beruhigende Gefühl, dass er da war. Doch sie wusste, dass sie genau das hinter sich lassen musste. „Bitte vertrau mir, Samuel. Ich weiß einfach, dass ich das Richtige tue. Und ich möchte mich nicht mit dir streiten."

„Also gut. Offenbar willst du meine Hilfe nicht", versetzte er beleidigt.

Anna legte ihm eine Hand auf den Arm. „Bitte sei nicht

verletzt. Lass mich meinen Weg gehen."

„Kommst du mich wenigstens mitunter besuchen? Wir könnten zusammen in Alicias Garten spazieren gehen", schlug er vor. In seinem Eifer wirkte er beinahe jungenhaft.

„Vielleicht – im Sommer. Aber es wäre besser, wenn du nicht mehr hierherkämest. Ich weiß noch zu wenig über meine Nachbarn und möchte Tratsch vermeiden." Sie lächelte. „Nicht dass sie noch mit faulen Eiern nach dir werfen."

„Oh nein, nur das nicht!" Er zog ein Gesicht. „Aber ich weiß wirklich nicht, weshalb du ausgerechnet in dieses Viertel ziehen musstest, wo sonst nur Engländer wohnen. Warum konntest du dir nicht ein Haus in der Nähe von Stock Well aussuchen? Dort wohnen unsere Landsleute, und es wäre sicherer für dich gewesen."

„Weil dieses Häuschen nun einmal zufällig leer stand und außerdem einen Garten hat, in dem ich Kräuter ziehen kann. Außerdem weißt du genau, was passiert, wenn wir uns immer nur an unseresgleichen halten. Wir lernen keine Engländer kennen, werden bis in alle Ewigkeit als Fremdlinge betrachtet und hier niemals willkommen geheißen."

„Eine sehr edle Einstellung – und eine sehr dickköpfige. Du wirst schnell merken, dass du nicht im Alleingang die Schwierigkeiten zwischen den Engländern und uns Flamen beilegen kannst." Einen Augenblick sah er sie forschend an. Als er merkte, dass sie entschlossen war zu bleiben, hob er seinen Hut auf und setzte ihn wutentbrannt auf. „Also gut. Du musst tun, was du nicht lassen kannst. Wenn du auf deiner Meinung beharrst, gibt es nichts mehr zu sagen."

„Vielen Dank für dein Verständnis und deine Freundlichkeit", sagte Anna, als sie ihm zur Tür folgte.

„Weder war ich freundlich, noch verstehe ich irgendetwas", gab er zurück. „Ich dachte, du musst hier nur ein paar Tage wohnen, um einzusehen, dass du es bei mir am besten hast. Eigentlich wollte ich dich nach Hause holen. Aber ich sehe, dass ich mich getäuscht habe. Tu, was du willst. Ich wasche meine Hände jedenfalls in Unschuld.“ Damit schwang er sich aufs Pferd und ritt davon, ohne sich noch einmal umzusehen.

Anna schloss die Tür, hob Blackie auf und drückte sie an sich. Das war ihr kleines Häuschen. Ihr Zuhause. Hier gehörte sie hin, und hier würde sie bleiben – auch wenn die Nachbarn sich bisher alles andere als freundlich gezeigt hatten. In den wenigen Tagen, die sie hier wohnte, war ihr Häuschen mehrmals mit Schlamm und einmal sogar mit einem faulen Ei beworfen worden. Und Annas Säuberungsarbeit hatten hämische Bemerkungen und Drohungen begleitet. Davon hatte sie Samuel wohlweislich nichts erzählt. Sie hoffte nur, dass er nicht wieder zu Besuch kam. Sicher würde sein Anblick die Nachbarn nur noch mehr gegen sie aufbringen.

Der Winter zog sich in die Länge. Während der kalten, dunklen, schwierigen Monate fühlte Anna sich manchmal einsam. Mitunter wünschte sie, sie wäre bis zum Frühling im Garden House geblieben. Doch sie verbrachte auch viele Stunden damit, zufrieden die Kräuterbündel aufzuhängen, die sie mitgebracht hatte, und daraus Salben und Tinkturen zu mischen.

Mit der Zeit gewöhnte sie sich an die Schimpfworte, die man ihr hinterherrief, wenn sie die Stufen zum Schere Gate hinauf und zum Markt ging. Die Bewohner der gegenüberliegenden Häuserzeile waren größtenteils Spinner und Weber. Anna wusste genau, wie feindselig diese Leute alle flämischen „Fremdlinge“ betrachteten. Doch gelegentlich, wenn die Drohungen lauter erklangen als üblich, sank ihr der Mut. In solchen Augenblicken zweifelte sie an ihrer Entscheidung, sich in dieser Gegend anzusiedeln. Hätte sie nicht lieber Samuels Vorschlag folgen und in das sogenannte

Holländische Viertel ziehen sollen?

Aber trotz allem war Anna entschlossen, nicht aufzugeben. Eines Morgens, als sie mehr Brot gebacken hatte, als sie für sich selbst brauchte, nahm sie all ihren Mut zusammen und klopfte bei einem der Nachbarhäuser. Eine junge Frau öffnete die Tür einen Spaltbreit. Durch den Spalt sah Anna gerade noch, dass die Nachbarin einen kleinen Jungen am Schürzenzipfel und einen Säugling auf dem Arm hatte. „Was wollt Ihr? Fremdlinge sind hier nicht willkommen", fuhr die Frau sie an.

„Ich will gar nichts von Euch, Mistress", antwortete Anna und bemerkte die Überraschung in der Miene der anderen, weil sie Englisch sprach. „Ich habe heute mehr Brot gebacken, als ich brauche. Deshalb bringe ich Euch einen Laib." Gleichzeitig hielt sie der Nachbarin das duftende Brot entgegen. Der kleine Junge riss die Augen weit auf.

„Von Fremdlingen nehme ich nichts", murmelte die Frau, aber in ihrer Stimme lag Unsicherheit.

„Darf ich dem Kleinen vielleicht einen Kanten geben?" Anna riss ein Stück Brot ab und reichte es ihm. Bevor die Mutter Einspruch erheben konnte, war der Bissen verschwunden.

„Mehr!", forderte der Junge und zupfte Anna am Rock.

„Hier, ich gebe es deiner Mama, dann bekommst du sicher etwas von ihr." Erneut hielt sie der Frau den Laib hin.

„Was wollt Ihr dafür?", fragte die Nachbarin misstrauisch.

„Ein Lächeln und einen Gruß, wenn ich morgens die Stufen vor meinem Haus fege. Mehr nicht." Anna schenkte der Frau ein wehmütiges Lächeln. „Manchmal ist es etwas einsam, niemanden zu haben, mit dem man sich unterhalten kann." Anschließend fuhr sie dem Jungen durchs Haar. „Magst du Haferkekse?"

Er nickte eifrig, die großen blauen Augen staunend auf sie gerichtet.

„Dann darfst du bei mir klopfen, wenn du morgen welche riechst – sofern deine Mama es erlaubt. Ich gebe dir einen zum Frühstück." Mit einem Lächeln verabschiedete sie sich. „Ich wünsche Euch einen guten Tag, Mistress."

Die Frau erwiderte den Gruß mit einem Nicken. „Ich heiße Martha", murmelte sie widerstrebend. „Danke für das Brot."

„Und ich heiße Anna."

Schnell ging sie über die Straße zurück. Als sie die Tür ihres Häuschens hinter sich geschlossen hatte, lehnte sie sich mit klopfendem Herzen dagegen. Seit Wochen hatte sie diesen Schritt tun wollen, und heute hatte ihr Mut endlich gereicht. Das war immerhin ein Anfang.

Aber wie sich herausstellte, hatte Anna sich zu früh gefreut.

Am nächsten Morgen klopfte es an ihrer Tür, als sie gerade die Haferkekse von der Feuerstelle nahm. Mit einem zufriedenen Lächeln öffnete sie.

Vor ihr stand Martha, wie am Vortag den Säugling im Arm und den Jungen neben sich. „Mein Mann sagt, ich darf nichts von dir annehmen", erklärte sie verlegen. „Ich soll dir das hier zurückgeben." Damit reichte sie Anna den halben Brotlaib. Leise fügte sie hinzu: „Ich habe ein Stück probiert – es schmeckt sehr gut. Ich wünschte, du könntest mir zeigen, wie man es macht. Mein Dick fand es auch lecker. Es tut mir leid, Anna."

„Ich verstehe schon. Es wäre nicht richtig, hinter dem Rücken deines Mannes Freundschaft zu schließen. Aber mir tut es auch leid. Weißt du, dass es Wochen gedauert hat, bis ich mir ein Herz gefasst und bei euch geklopft habe? Aber immerhin haben wir ein paar Worte miteinander gewechselt. Und du weißt jetzt, dass ich nichts Böses im Schilde führe."

Martha nickte und warf einen ängstlichen Blick über die

Schulter zu ihrem Haus hinüber. „Ich muss gehen und mich an meine Spinnerei machen. Heute kommt der Agent, um die fertigen Garnspulen abzuholen."

„Für wen arbeitest du?"

„Für Master Nightingale. Er ist ein guter Herr, der ordentlich für seine Weber und Spinner sorgt. Mein Mann webt für ihn." Sie wies mit dem Kopf auf ihr Haus, aus dem das Klacken des Webstuhls drang. „Master Nightingale wohnt in einem großen Haus am North Hill." Die Stimme zu einem bloßen Flüstern gesenkt, setzte sie hinzu: „Die Fentons von nebenan arbeiten für den alten Markham. Ein fürchterlicher Mann! Seine Wutanfälle sind berüchtigt. Wenn sie etwas nicht rechtzeitig fertig haben, müssen sie Strafe zahlen, und wenn in der Bay Hall ein Fehler im Tuch gefunden wird, dann auch – sogar zusätzlich zu der Geldbuße, die die Bay Hall verlangt. Der Mann ist so geizig, dass er jeden Vorwand nutzt, um ihnen Geld abzuknöpfen."

„Meinst du Silas Markham?"

„Ja, der ist es. Kennst du ihn?"

„Nein." Anna spürte, wie ihr die Hitze in die Wangen stieg. „Aber ich bin seinem Sohn Paul mal begegnet."

„Soweit ich gehört habe, soll der ein netter Mensch sein. Gar nicht wie sein Vater."

Während der Unterhaltung hatte Anna Dick unauffällig einen Haferkeks gegeben. Als er ihn aufgegessen hatte und sie flehentlich ansah, reichte sie ihm einen zweiten – diesmal offen. „Möchtest du auch einen kosten, Martha?", fragte sie beiläufig.

„Nein, danke. Ich muss gehen." Wieder sah Martha über die Schulter zu ihrem Häuschen. „Na ja, vielleicht einen einzigen. Sie riechen so gut. Hmm! Köstlich."

„Ich könnte euch welche backen", bot Anna an.

„Dann müsste ich sie dir bezahlen, denn mein Mann will

nicht, dass wir Almosen annehmen. Und ich dürfte ihm nicht sagen, dass sie von dir sind."

„Dann backe ich dir lieber keine. Ich möchte nicht der Grund für Heimlichkeiten zwischen euch sein."

Erstaunt sah Martha sie an. „Alle sagen, dass die Flamen raffgierig sind, aber auf dich trifft das offenbar nicht zu. Nun ja, ich habe auch noch nie zuvor mit einem Fremdling gesprochen. Du bist die Erste. Mir kommst du nicht viel anders vor als ich."

Anna lächelte. „Im Innern sind wir Schwestern."

„Ach, na ja. Ich weiß nicht."

Damit ging die Nachbarin wieder zu der Zeile der vier kleinen reetgedeckten Häuschen zurück, wo sie wohnte. Während Anna ihr nachblickte, öffneten sich in zwei Nachbarhäusern die Türen, und Frauen mit Rocken am Schürzenbund traten heraus. Scheinbar beiläufig und ohne auch nur einen Augenblick im Spinnen innezuhalten, gingen sie auf Martha zu. Anna erkannte an den Blicken, die gelegentlich in ihre Richtung geworfen wurden, dass es in der Unterhaltung der drei um sie ging. Am liebsten wäre sie hinausgegangen und hätte sich zu dem Grüppchen gesellt. Aber sie wusste, dass es keinen Sinn hatte. Die Frauen würden sich bestimmt sofort in ihre Häuser zurückziehen, wenn sie einen Fremdling sahen.

Immerhin lag in den Blicken der Engländerinnen mehr Neugier als Feindseligkeit. Anna lächelte den Frauen zu, dann ging sie ins Haus und schloss die Tür.

20. KAPITEL

Sonntags ging Anna weiterhin zur Kirche, ganz wie sie es auch getan hatte, solange sie noch im Garden House wohnte. Doch nun saß sie allein hinten und nicht vorn bei Griete und den anderen Dienstboten, über die Samuel von seiner erhöhten Kirchenbank aus wachte.

Während des Gottesdienstes betrachtete Anna die Gemeindemitglieder in ihrem Sonntagsstaat – immer in der Hoffnung, eines Tages einen blonden Mann zu entdecken, dessen Züge Ähnlichkeit mit ihren aufwiesen oder der auffällig veilchenblaue Augen besaß.

Doch sie ahnte, dass sie sich an einen Strohhalm klammerte. Sie wusste ja noch nicht einmal, ob der Geliebte ihrer Mutter jemals nach Colchester gelangt war! Noch viel weniger konnte sie sichergehen, dass er sich in der Stadt niedergelassen hatte. Womöglich war er längst gestorben. Trotzdem setzte sie die Suche fort – sie konnte einfach nicht anders. Tief in ihrem Innern bewahrte sie den Glauben, dass sie irgendwann, irgendwo ihren leiblichen Vater finden würde.

Eines Sonntags ging Anna nach dem Gottesdienst zum Haus des Predigers, nachdem sich die Gemeinde zerstreut hatte. Es war ein einfacher Holzbau wie die Kirche und kündete mit seiner schlichten Einrichtung von der Bescheidenheit des Besitzers. Alles war praktisch und reinlich, aber es fehlte jede Spur von Gemütlichkeit, wie eine Frau sie verbreitet hätte.

Abraham van Migrode schien nichts zu vermissen. Er bat Anna in sein Arbeitszimmer und bot ihr einen harten Stuhl mit hoher Lehne an, während er selbst sich hinter dem Schreibtisch niederließ. Aufmerksam hörte er ihr zu, als sie ihm ihr Anliegen schilderte. Von Zeit zu Zeit nickte er nachdenklich.

„Und Ihr sagt, er ist auf den Namen Henrick getauft?“, bemerkte er endlich. „Einen anderen Namen kennt Ihr vermutlich nicht.“

Bedauernd schüttelte Anna den Kopf. „Möglicherweise hat mein verstorbener Mann mehr über ihn herausgefunden, als er in Flandern war. Er wollte zumindest meine Mutter aufsuchen und sie fragen. Aber falls er etwas entdeckt haben sollte, ruht es jetzt mit ihm auf dem Meeresboden. Pesttote wirft man mitsamt ihrem Besitz über Bord, habe ich gehört.“ Ein bitterer Zug erschien um ihren Mund.

„Das stimmt“, antwortete der Prediger mitfühlend. „Die Pest ist eine Geißel der Menschheit.“ Er überlegte einen Moment. „Ich könnte in den Kirchenbüchern unserer Gemeinde nachsehen, aber ich bin mir nicht sicher, ob Euch das etwas nützt. Henrick ist ein häufiger Name. Was sagtet Ihr noch, wann er hier angekommen ist?“

„Genau weiß ich es nicht, vermutlich vor rund zwanzig Jahren. Falls er überhaupt nach Colchester gekommen ist. Aber dessen bin ich mir fast sicher. Warum sollte es sich damals sonst so ergeben haben, dass Jan und ich in diese Stadt kamen? Ich glaube fest daran, dass es mir bestimmt ist, meinen Vater zu finden. Als wir Nieuwport damals verließen, ahnten wir noch nicht, wohin Gott uns führen würde – das wisst Ihr; Ihr wart ja dabei. Hättet Ihr nicht Colchester als Ziel vorgeschlagen, wären wir niemals in diese Richtung gegangen. Also muss Gott es so gewollt haben.“

„Gottes Wege sind unerforschlich, mein Kind, und nicht alles geschieht so, wie wir es glauben. Trotzdem will ich in den Büchern nachschauen, ob ich etwas herausfinden kann. Aber setzt nicht zu hohe Hoffnungen darauf. Ist Euch je der Gedanke gekommen, dass Euer Vater – falls er hier in Colchester lebt – möglicherweise verheiratet ist und Kinder hat? In diesem Fall würde er sicher nicht begeistert reagieren, wenn Ihr als Schatten der Vergangenheit plötzlich vor ihm steht und seinen häuslichen Frieden gefährdet."

„Ja, darüber habe ich nachgedacht. Falls ich herausfinde, dass er eine Familie hat, würde ich natürlich nicht im Traum daran denken, mich ihm vorzustellen." Lächelnd fügte sie hinzu: „Aber dann wüsste ich, dass er es ist, und das würde mir reichen."

„Das sagt Ihr jetzt, mein Kind. Ich befürchte, dass Ihr anders denkt, wenn es erst so weit ist", gab er warnend zu bedenken. „Aber ich will sehen, was ich herausfinden kann. Ich sage Euch Bescheid und überlasse es Euch und Eurem Gewissen, was Ihr damit anfangt. Es kann natürlich auch sein, dass ich überhaupt nichts erfahre."

„Vielen Dank schon einmal dafür, dass Ihr es versuchen wollt."

Sie verabschiedete sich von ihm und kehrte zu ihrem Häuschen zurück. Der Rest der flämischen Gemeinde war längst nach Hause gegangen. Doch in den Straßen begegnete sie vielen Engländern, denn in der Kirche St. Mary at the Walls hatte der Gottesdienst gerade erst geendet.

Als Anna die Head Street überquerte, hörte sie neben sich plötzlich eine Stimme. „Mistress Verlender! Guten Tag."

Als sie sich umdrehte, stand sie Paul Markham gegenüber, der sie anlächelte. „Was für eine unerwartete Begegnung!", strahlte er. „Darf ich Euch ein Stück begleiten?"

„Natürlich", antwortete sie erfreut. „Ich freue mich über Eure Gesellschaft."

Als sie in die Gutter Street abbog, fragte er erstaunt: „Aber – lauft Ihr nicht in die falsche Richtung? Master Hegetorne …"

„Ich wohne jetzt in meinem eigenen kleinen Häuschen", erklärte Anna stolz.

„Das überrascht mich. Ich dachte, Master Hegetorne …

das heißt, ich dachte, Ihr …" Verlegen lächelte er sie an. „Um ganz ehrlich zu sein, ich weiß nicht, was ich eigentlich dachte. Jedenfalls glaubte ich, Ihr wohnt dauerhaft bei ihm."

„Aber nein, das hatte ich nicht vor. Mijnheer Hegetorne wollte zwar, dass ich bleibe, aber ich fand, dass ich seine Gastfreundschaft schon viel zu lange ausgenutzt hatte. Es wurde Zeit, dass ich auf eigenen Beinen stehe. Jedenfalls wohne ich jetzt in einem kleinen Häuschen beim Schere Gate."

Da runzelte er die Stirn. „Wir beschäftigen – das heißt, eigentlich mein Vater – Weber und Spinner aus der Schere Gate Alley. Aber ich wüsste nicht, dass dort auch Flamen wohnen. Fühlt Ihr Euch nicht ein bisschen einsam und abgeschieden so ohne Landsleute um Euch herum?"

„Ich komme schon zurecht. Allerdings scheinen mir die Nachbarn nicht recht zu trauen, weil mein Häuschen größer ist und allein steht." Doch im nächsten Augenblick berichtigte sie sich: „Nein, daran liegt es nicht. Sie misstrauen mir, weil ich ein Fremdling bin."

Trotz der Bitterkeit in ihren Worten lachte sie, als sie den jungen Master Markham ansah. „Ich habe mich bemüht, mit ihnen Freundschaft zu schließen, aber bis jetzt ohne Erfolg. Meine Nachbarn scheinen zu glauben, dass wir ihnen den Lebensunterhalt streitig machen wollen. Dabei spielt es keine Rolle, dass ich weder spinnen noch weben kann und insofern überhaupt keine Bedrohung darstelle."

„Es ist sehr mutig von Euch, dass Ihr Euch diese Gegend ausgesucht habt."

„Zufällig war es das einzige Häuschen mit Garten, das ich finden konnte." Nach einem Augenblick des Schweigens setzte sie hinzu: „Aber ich wollte auch nicht im Holländischen Viertel leben. Kein Wunder, dass man uns nachsagt, wir würden uns nur mit unseresgleichen umgeben und den Engländern den Rücken kehren. In den Straßen um Stock

Well herum wohnen ja tatsächlich nur Flamen. Die Ersten von uns sind schon vor mehr als dreißig Jahren nach England gekommen. Damals hat man sie in dieser Stadt willkommen geheißen und sie ermutigt, sich hier anzusiedeln. Was ist nur in der Zwischenzeit passiert, dass heutzutage so viel Feindseligkeit zwischen den beiden Gruppen herrscht?"

„Das ist eine lange Geschichte, und sie hat mit den neuartigen Tuchen zu tun, die Eure Landsleute hier eingeführt haben", erklärte Paul Markham. „Soweit ich weiß, wurden sie anders gefertigt als die heimischen Stoffe. Ganz genau erinnere ich mich nicht, denn ich war damals noch ein Kind. Offenbar war mein Großvater ganz versessen darauf, die neuen Methoden auszuprobieren, aber mein Vater wollte unbedingt am Altbewährten festhalten. Darüber haben sie eine Zeit lang furchtbar gestritten. Aber am Ende musste das Alte natürlich dem Neuen weichen."

Er sah Anna an. „Mein Vater hat meinem Großvater nie verziehen, dass dieser mit den Fremdlingen zusammenarbeiten wollte, auch wenn der Handel dadurch Aufschwung genommen hat. Wahrscheinlich liegt genau da das Problem: Mein Vater kann einfach nicht zugeben, irgendwo mal nicht recht gehabt zu haben."

„Beschäftigt Euer Vater denn flämische Handwerker?"

„Du liebe Zeit – natürlich nicht! Zu Zeiten meines Großvaters hatten wir welche, aber als Großvater krank wurde und mein Vater das Geschäft übernahm, hat er sie hinausgeworfen. Heute beschäftigen wir ausschließlich englische Weber und Spinner. Ich finde das schade, denn wir könnten viel voneinander lernen, wenn wir nur wollten."

„Das ist ganz meine Meinung", stimmte Anna ihm zu. „Höchste Zeit, dass wir in Frieden zusammenleben, statt uns nur mit unseren jeweiligen Landsleuten abzugeben. Nicht auszudenken, was geschehen würde, wenn zwei Menschen …" Hastig biss sie sich auf die Zunge. Sie hatte sagen wollen: „wenn zwei Menschen unterschiedlicher Herkunft sich verlieben würden". Aber im gleichen Augenblick war ihr bewusst geworden, dass sie – eine Flämin – gerade neben einem jungen gut aussehenden Engländer herging.

Offenbar hatte er ihren Gedanken erraten. „Irgendwann wird es geschehen", erwiderte er leise. Nach einer Pause setzte er noch leiser hinzu: „Vielleicht ist es sogar schon passiert."

Kurz darauf erreichten sie Annas Häuschen. „Wir werden uns wiedersehen, Anna Verlender." Damit drehte er sich um und ging eilig fort, bevor sie ihm antworten konnte.

Drinnen setzte Anna sich vor den Kamin. Abwesend streichelte sie das Kätzchen, das ihr sofort auf den Schoß gesprungen war. Paul Markhams Worte hallten in ihr wider, und ein warmes Gefühl stieg in ihr auf. Ganz bestimmt hätte er so etwas nie gesagt, wenn sie noch unter Samuels Dach wohnen würde. Anna lächelte. Was auch immer an Schwierigkeiten vor ihr liegen mochte: Sie bereute es nicht, das Garden House verlassen zu haben.

Zu Annas Kummer hatte Martha sich offenbar von ihren Nachbarinnen beschwatzen lassen, nicht mehr mit ihr zu sprechen, wenn sie sich begegneten. Nur der kleine Dick zerrte seiner Mutter am Schürzenzipfel und verlangte „Hafertetse". Immer wieder musste Anna Schlamm – und Schlimmeres – von ihrer Hauswand putzen, und niemand hielt die Kinder zurück, wenn sie ihr zotige Verse hinterherriefen. Stellte sie allerdings ein Körbchen Eier von ihren eigenen Hühnern vor das Gärtchen, so war es flugs verschwunden. Es kam auch nur selten vor, dass ein Ei gegen ihre Tür geworfen wurde. Von den Haferkeksen, die sie für Vorübergehende herausstellte, blieb ebenfalls niemals auch nur ein Krümel übrig.

Obwohl die Kinder nicht müde wurden, neue Schimpfwörter für sie zu erfinden, gelang es Anna, erhobenen Hauptes an ihnen vorbeizugehen und sie anzulächeln. Nach und nach lernte sie sogar ihre Namen und grüßte sie damit. Den Gören blieb anfangs vor Staunen der Mund offen stehen, doch nach und nach verlor das Spiel seinen Reiz, und sie ließen Anna in Ruhe.

Einsam fühlte Anna sich nicht. Wann immer sie auf den Markt ging, traf sie dort Maria oder Griete.

„Der Herr will sich immer noch nicht damit abfinden, dass du nicht mehr da bist", vertraute Griete ihr eines Tages an. „Er ist fest davon überzeugt, dass du dich früher oder später nach den Bequemlichkeiten seines Hauses sehnen wirst und zurückkehrst. Für diesen Fall hat er uns sogar erklärt, wie wir uns zu verhalten haben. Wir sollen dich begrüßen und so tun, als wärst du nie weg gewesen."

Betrübt schüttelte Anna den Kopf. „Es tut mir leid, das zu hören. Aber Samuel wird einsehen müssen, dass ich nicht wiederkomme. Ich bin glücklich, wo ich jetzt bin – auch wenn die Nachbarn sich nicht besonders freundlich verhalten."

„Beschimpfen sie dich?"

„Ja, aber das darfst du Samuel auf keinen Fall erzählen. Sag ihm einfach nur, dass es mir gut geht." Beinahe hätte sie hinzugefügt: „und dass ich die Freiheit genieße", aber sie biss sich gerade noch rechtzeitig auf die Zunge. Das würde Samuel verletzen, was sie unbedingt vermeiden wollte.

Endlich hielt der Frühling Einzug, und Anna konnte ihren Garten bestellen. Während sie umgrub, Gemüse säte, Kräuter pflanzte und Unkraut jätete, weilten ihre Gedanken bei Jan. Manchmal kam es ihr so vor, als stünde er neben ihr. Sie konnte ihn beinahe hören: „Grab noch ein bisschen tiefer, Liebste". „Ah ja, das ist gut – fette Erde. Hier werden die Pflanzen gedeihen." Oder: „Setz sie einen Spann auseinander, dann haben sie Platz zum Wachsen."

Anna hoffte sehr, dass ihr der Garten eine reiche Ernte bescheren würde, denn sie wollte einiges von dem, was sie anbaute, auf dem Markt verkaufen. Zwar besaß sie noch ein wenig Geld, ganz wie sie es Samuel gesagt hatte, aber langsam ging es zur Neige, obwohl sie sparsam lebte. Von dem Beutel Münzen, den Samuels Diener ihr jeden Monat brachten, mochte sie nichts anrühren. Bisher hatte sie gelegentlich ein paar Eier zum Markt gebracht. Außerdem baten Maria und ihre Freundinnen sie von Zeit zu Zeit um eine Salbe oder einen Trank. Doch die wenigsten Leute wussten von ihrem Wissen um Kräuter und Heilmittel, und Anna wollte die Kunde davon lieber nicht verbreiten.

Diese Gedanken gingen ihr durch den Kopf, als sie eines Tages beim Unkrautjäten Rauch aus einem der gegenüberliegenden Häuschen dringen sah. Ohne sich Sorgen zu machen, bückte sie sich nach der nächsten hartnäckigen Pflanze. Sicher hatte nur wieder jemand mit feuchtem Holz Feuer angezündet.

Doch als Anna das nächste Mal hochblickte, sah sie Flammen aus dem Schornstein schlagen. Schon leckten die feurigen Zungen gefährlich nach dem Reetdach. Das war kein ärgerlicher Qualm – dort drüben brannte der Kamin! Im Handumdrehen würde das Dach in Flammen stehen. Hastig warf Anna die Forke beiseite und rannte über die Straße. Gleichzeitig schrie sie aus Leibeskräften: „Feuer! Feuer! Es brennt! Zu Hilfe, zu Hilfe!“

Aus der offenen Tür des Häuschens drang bereits schwarzer Rauch. Als Anna hineinlief, bekam sie kaum noch Luft. In dem verqualmten Inneren konnte sie kaum mehr erkennen als die vielen kleinen Brandherde auf dem Boden, die durch herunterfallenden Ruß entstanden waren.

Plötzlich hörte sie aus einer Ecke ein Röcheln, genau dort, wo sie die Leiter zur Schlafkammer vermutete. Kurz entschlossen fiel Anna auf die Knie, drückte sich die Schürze gegen Mund und Nase und kroch auf allen vieren durch den Rauch. Dabei warf sie einen schwelenden Hocker um und verbrannte sich den Arm an einer Garnspule, die lichterloh brannte. Endlich fand sie die Quelle des Geräuschs: ein kleines Kind, das sich hustend und weinend in einen Winkel verkrochen hatte. Anna nahm es auf den Arm, legte ihm schützend die Schürze über den Kopf und kroch, so schnell sie konnte, zurück in Richtung Tür. Inzwischen fühlte sie sich selbst halb erstickt.

„Peter!“ Der Kleine wand sich schreiend in ihren Armen und deutete zurück in die Ecke. „Peter, da!“

Draußen legte Anna das Kind auf die Erde, nachdem sie sich davon überzeugt hatte, dass es Luft bekam. Sie nahm einige tiefe Atemzüge, dann lief sie zurück, um auch das zweite Kind zu holen. Inzwischen waren die anderen Nachbarn aus ihren Häusern geeilt. Die Frauen hatten die Spindeln, die Männer die Webstühle verlassen und sahen hilflos zu, wie der Wind Funken von dem brennenden Gebäude auf die angrenzenden Reetdächer regnen ließ. Im Nu stand die ganze Häuserzeile in Flammen.

Bevor Anna wieder in die brennende Hütte laufen konnte, fasste jemand sie am Arm. „Lasst nur, Mistress. John ist schon hineingegangen, um das Kleine zu holen.“

Dankbar lächelte sie den Mann an und wandte sich wieder dem ersten Jungen zu. Er kämpfte immer noch mit krampfartigen Hustenanfällen und zitterte außerdem vor Angst. „Wer war noch drinnen? Nur du und Peter?“, fragte Anna ihn vorsichtig.

„Nein“, antwortete Martha, die unbemerkt herangetreten war. „Seine Mutter Sal liegt mit dem Jüngsten noch im Wochenbett, oben in der Schlafkammer.“

Sie hatte kaum ausgesprochen, als eine Gestalt an der

Fensterluke unter dem brennenden Dach erschien.

„Wirf das Kind zuerst herunter, dann spring selbst!“, schrie jemand aus der Menge zu ihr hinauf. „Es ist nicht tief – wir fangen den Kleinen. Keine Angst!“

Doch die Frau hörte ihn nicht. Da der Boden unter ihren Füßen bereits Feuer gefangen hatte, zwängte sie sich in Todesangst durch die winzige Fensteröffnung. Einen Augenblick verharrte sie dort wie versteinert, das Kind in den Armen, dann ließ sie sich fallen. Ein Aufschrei ging durch die Menge. Doch schon war einer der Männer herbeigesprungen, fing Mutter und Kind in seinen starken Armen auf und trug sie in Sicherheit.

Nun schlugen schon aus zwei Dächern lodernde Flammen zum Himmel. Verzweifelte Männer kletterten auf Leitern, Stühle, ja sogar auf die Schultern ihrer Nachbarn und versuchten, die Glut mit Reisigbesen auszuschlagen. Derweil hatten die Frauen und Kinder eine Kette gebildet, um Wassereimer vom Brunnen heranzureichen.

Alle packten mit an, ohne lange zu fragen, denn die Angst vor einem Brand saß jedem tief in den Knochen. In einer Stadt, in der die Häuschen sich dicht aneinanderdrängten und zumeist mit Stroh gedeckt waren, konnte schon ein einziger Funke eine Feuersbrunst entfachen. Und wie leicht geschah es, dass eine Flamme den Kamin hochzüngelte oder ein Talglicht zu Boden fiel!

Mit vereinten Kräften konnten sie das Feuer schließlich löschen. Zwar blieb von dem Häuschen, in dem der Brand ausgebrochen war, nichts als ein Haufen qualmende Asche, aber vom Nachbarhaus standen zumindest noch die geschwärzten Mauern. Die anderen Nachbarn, darunter auch Martha, dankten Gott, dass ihr Heim verschont geblieben war.

Langsam erstarb die hektische Betriebsamkeit. Die Leute standen in Grüppchen zusammen und machten ihrer Erleichterung Luft. Sie zählten ihre Familienmitglieder, um ganz sicherzugehen, dass niemand bei dem Brand umgekommen war. Vor allem aber versicherten sie sich gegenseitig immer wieder, dass das Schlimmste verhindert werden konnte, weil das Feuer frühzeitig entdeckt worden war. Niemand konnte sich jedoch entsinnen, wer zuerst Alarm geschlagen hatte.

Marthas Mann John hatte schwere Verbrennungen an Händen und Gesicht erlitten, als er geholfen hatte, die Flammen zu ersticken. Auch andere Nachbarn hatten sich verletzt, allerdings weniger schwer. Während man den halb bewusstlosen John auf den Boden bettete und ihm ein Kissen unter den Kopf steckte, überboten sich die Nachbarn mit Vorschlägen, wie die Wunden zu behandeln waren.

Derweil war Anna unbemerkt in ihr Häuschen geeilt und kam nun mit einem Tiegel Salbe zurück, das Gesicht immer noch schwarz von Ruß.

„Streich ihm etwas davon auf die Haut, damit die Luft nicht an die Verbrennungen kommen kann", erklärte sie Martha.

Doch diese riss entsetzt die Augen auf. „Aber das kann ich doch nicht machen! Wenn es ihn nun umbringt?!"

„Keine Angst, die Salbe lindert den Schmerz. Sieh nur, ich habe etwas davon auf meine eigenen Verbrennungen geschmiert." Sie zeigte Martha ihren Arm, den sie vom Handgelenk bis zum Ellbogen mit der Salbe bestrichen hatte.

Misstrauisch wanderte Marthas Blick zwischen Annas Arm und ihrem stöhnenden Mann hin und her. „Bist du dir sicher?"

„Ja", bekräftigte Anna. „Sonst würde ich es sicher nicht an mir selbst ausprobieren."

„Kannst du das machen?"

„Natürlich." Anna kniete sich neben John und verteilte Salbe auf seinem Gesicht, dem Hals und den kräftigen Händen und Armen – überall dort, wo die Haut verbrannt und gerötet aussah. Danach hob sie sanft seinen Kopf an und gab ihm aus einer kleinen Flasche zu trinken, die sie aus der Schürzentasche gezogen hatte. Schließlich erhob sie sich wieder.

„Zwei starke Männer sollen ihn ins Bett tragen. Er wird bis zum Morgen schlafen. Wenn er doch vorher aufwacht, dann lass mich rufen, und ich komme vorbei." Suchend sah Anna sich um. „Gibt es noch andere hier, die Hilfe benötigen?"

Die Umstehenden traten einen Schritt zurück und taten so, als hätten sie nichts gehört. Nur eine Frau drängte sich durch die Menge und zerrte ihren Mann hinter sich her. „Abel hat sich Hände und Arme verbrannt. Schaut nur!"

„Sei ruhig, Jenny. Von einem Fremdling lasse ich mich nicht behandeln", blaffte der Mann schroff und wandte sich ab.

Doch ein anderer trat näher. „Fremdling oder nicht – ich nehme gern von Eurer Salbe. Meine Finger sind voller Brandblasen und tun mir weh, und dabei muss ich zurück an den Webstuhl."

„Recht hast du", fiel ein anderer ein. „Wie soll ich unser Dach flicken, wenn sich meine Hände wie rohe Fleischklumpen anfühlen?"

Als Anna Salbe auf alle Verbrennungen gestrichen hatte, drängte sich eine Frau vor, die ein kleines Mädchen an der Hand hielt. „Lettys Augen sind schlimm dran. Sie sind rot und jucken. Habt Ihr auch etwas dagegen?"

„Nicht, Lizzie!", mischte sich eine andere Stimme ein. „Lass bloß keinen Fremdling an Letty heran, sonst wird sie noch blind!"

„Wenn Ihr möchtet, gebe ich Euch etwas, womit Ihr die Augen spülen könnt", antwortete Anna lächelnd. „Ich hole es Euch."

Es dämmerte schon, als Anna in ihr Häuschen zurückkehrte. Zuerst wusch sie sich gründlich vor dem Kaminfeuer, um den Gestank nach Rauch und versengtem Stoff loszuwerden, dann zog sie sich um. Nachdem sie ihre Wunden mit frischer Salbe bestrichen hatte, aß sie hungrig den Eintopf, der den ganzen Nachmittag über der Feuerstelle geköchelt hatte. Kaum hatte sie den ersten Bissen in den Mund gesteckt, da klopfte es an ihrer Tür.

Als Anna öffnete, erkannte sie die Frau, die von den anderen Jenny genannt worden war. Sie stand auf der Schwelle und zwirbelte verlegen den Schürzenzipfel zwischen den Fingern.

„Könntet Ihr vielleicht … Mein Mann leidet furchtbare Schmerzen von seinen Verbrennungen. Falls Ihr noch von der Salbe habt, die alle anderen von Euch bekommen haben … Vorhin wollte er nichts davon wissen, aber jetzt wäre er sicher dankbar für alles, was seine Pein lindert."

Anna lächelte. „Natürlich, gern. Soll ich kommen und …"

„Oh nein, lieber nicht. Das würde er niemals zulassen. Vielleicht könnt Ihr mir einfach etwas davon geben und mir genau erklären, was ich tun soll."

„Sicher, ich verstehe schon." Anna füllte etwas Salbe in einen kleinen Tiegel und reichte ihn Jenny. „Hier, bitte. Bestimmt geht es ihm damit bald besser."

Immer noch verlegen, neigte die Frau den Kopf zur Seite. „Ihr seid sehr freundlich. Dabei gehört Ihr doch zu den Fremdlingen. Wart Ihr es nicht auch, die zuerst um Hilfe gerufen hat?"

„Ich war im Garten und habe die Flammen gesehen", nickte Anna.

„Dann verdanken wir Euch eine Menge."

„Dank brauche ich nicht. Es würde mir schon reichen, wenn ich gelegentlich einen Gruß und ein Lächeln bekäme", erwiderte Anna, einen Hauch Wehmut in der Stimme. „Um mehr bitte ich gar nicht."

21. KAPITEL

Zwei Tage nach dem Brand kam Silas Markham zur Schere Gate Alley, um den Schaden zu begutachten. Sal, die Frau, die mit ihrem Säugling aus dem Fenster gesprungen war, gehörte zu seinen Spinnerinnen. Nachdem mehrere Pfund ihres fertig gesponnenen Garns in Flammen aufgegangen waren, hatte sie voller Verzweiflung ihren Mann zu Master Markham geschickt. Er sollte dem Tuchhändler von dem Unglück berichten und ihn um Verständnis bitten, dass sie ihr Soll nicht erfüllen konnte.

„Das wird ja immer besser – jetzt kommen sie mir schon damit, dass ihre Häuser abbrennen!“, beschwerte sich Master Markham bei seinem Sohn, während sie den Hügel hochritten. „Bei diesen Leuten darf man nichts für bare Münze nehmen. Wahrscheinlich haben sie das fertige Garn verschwinden lassen, um es zu verkaufen und das Geld in die eigene Tasche zu stecken. Ich wette, die Frau dachte, wenn sie ihren Mann schickt, glaube ich ihm eher. Bestimmt rechnet sie nicht damit, dass ich höchstpersönlich vorbeikomme, um diese Lügengeschichte zu überprüfen.“

„Du bist ungerecht, Vater. Natürlich hat der Mann dir die Wahrheit gesagt. Wer würde eine solche Geschichte erfinden?“ Paul Markham bewahrte nur mit Mühe die Geduld. „Und ihren Mann hat sie geschickt, weil sie als Wöchnerin nicht selbst kommen konnte. Du hast ihn doch gesehen! Die Brandwunden an seinen Armen und Händen haben mehr als bewiesen, dass sie sich das Unglück nicht nur ausgedacht haben.“

„Aber ich sage dir eines: Wenn das Garn wirklich verbrannt ist, wird sie dafür bezahlen“, gab sein Vater erzürnt zurück. „Ich werde nicht dulden …“ Abrupt brach er ab, als sie in die Schere Gate Alley einbogen und die Pferde zügelten. Die verkohlte Ruine vor ihren Augen sprach eine deutliche Sprache.

Paul Markham schwieg, während er seinen Vater aus den Augenwinkeln beobachtete. Schließlich bemerkte er: „Die Frau hat in dem Häuschen am Ende gewohnt. Das, von dem nur noch ein bisschen Asche und verkohlte Balken übrig sind."

Als sein Vater nichts erwiderte, fuhr er fort: „Ihr Mann ist Metzger, und sie haben zwei Kinder. Das heißt – drei, mit dem Neugeborenen."

Bass erstaunt drehte Master Markham sich im Sattel zu seinem Sohn um. „Woher weißt du das alles?"

„Ich bemühe mich, so viel wie möglich über die Leute in Erfahrung zu bringen, die für uns arbeiten, Vater."

Der Tuchhändler wandte sich ab und betrachtete erneut die Ruine. „Wo sind sie hingegangen? Weißt du das etwa auch?" Der Anblick hatte ihm einen größeren Schrecken eingejagt, als er zugeben wollte.

Der Nachbar der unglücklichen Familie, ein Zimmermann, stand auf einer Leiter. Trotz der Lappen, die er um die verbrannten Hände geschlungen hatte, war er damit beschäftigt, sein beschädigtes Dach zu flicken. Als er das Gespräch der beiden Markhams hörte, rief er hinüber: „Ihr Mann hat sie und die Kinder zu ihrer Mutter gebracht, Master. Würde mich nicht wundern, wenn der Tod sie holt. Erst die Geburt, dann das Feuer, und zuletzt ist sie noch mit dem Kleinen auf dem Arm aus dem Fenster gesprungen!"

„Hmpf", grunzte Master Markham. „Ärgerlich, ärgerlich, das alles. Es ist auch so schon schwer genug, gute Spinnerinnen zu finden."

Sein Sohn sagte freundlich zu dem Nachbarn: „Wenn Ihr mir sagt, wo ich sie finde, gehe ich zu ihr hin. Ich will sehen, ob sie etwas braucht."

„Ihre Mutter wohnt in der Grub Street." Jetzt stieg der Mann die Leiter hinab. „Ein schlimmes Feuer war das", erzählte er aufgeregt. „Sal kann von Glück sagen, dass sie nicht im eigenen Bett verbrannt ist. Wenn die Fremde nicht gewesen wäre, die gegenüber lebt, wäre die Sache sicher böse ausgegangen." Er wies mit dem Kopf auf Annas Häuschen. „Sie hat die Flammen gesehen, ist herübergerannt und hat Alarm geschlagen. Außerdem ist sie ins Haus gegangen und hat den kleinen Tommy rausgeholt. Eine mutige Frau." Die Anerkennung war seinen Worten deutlich anzuhören.

„Und da ist noch was: Seht Ihr meine Hände? Ich sage Euch: Sie waren so übel verbrannt, dass ich vor Schmerzen nicht aus noch ein wusste. Aber diese Fremde hat eine Wundersalbe daraufgetan, und die hat das Feuer daraus vertrieben. Natürlich tun mir die Finger immer noch weh, das stimmt. Aber wenigstens kann ich wieder arbeiten, wenn ich etwas achtgebe."

Da geriet Silas Markham außer sich vor Wut. „Eine von den Fremdlingen? Dann müsst Ihr auf mehr achtgeben als nur auf Eure Finger, mein Freund. Wer weiß, was diese Leute für Hexenzeug brauen! Ehe Ihr Euch verseht, hat sie Euch in eine Kröte verwandelt."

„Das glaube ich nicht, Master", antwortete der Mann ernsthaft. „Wir alle müssen der jungen Frau dankbar sein für das, was sie getan hat. Ich werde mich jedenfalls hüten, in Zukunft etwas gegen die Fremden zu sagen. Diese Frau hat Alarm geschlagen – wäre sie nicht gewesen, wäre die ganze Häuserzeile abgebrannt."

„Lasst Euch von ihr bloß keinen Sand in die Augen streuen! Diese Fremdlinge sind ein hinterhältiges Pack. Vermutlich hat das Weib den bösen Blick und damit den Brand erst ausgelöst. Und dann hat sie Alarm geschlagen, um sich Euren Dank zu sichern."

In diesem Augenblick erhob Paul Markham zornig die Stimme: „Vater, das ist eine niederträchtige Beschuldigung. So etwas würde Anna … Mistress Verlender niemals tun."

Master Markham fuhr herum und starrte seinen Sohn ungläubig an. „Anna also! Mistress Verlender – soso! Darf ich das etwa so verstehen, dass du diese Fremdlingsfrau kennst?"

„Ja, wir sind uns schon begegnet. Mistress Verlender hat bis vor Kurzem bei Master Hegetorne an der Straße nach Lexden gewohnt. Ihr Mann war bis zu seinem Tod dort Gärtner. Wenn du mit zu dem Fest gekommen wärst, bei dem Master Hegetorne seinen Garten vorgeführt hat, hättest du sie auch kennengelernt."

„Mit Fremdlingen will ich nichts zu tun haben. Sie machen uns den Handel kaputt und sorgen für nichts als Scherereien", erklärte Master Markham abfällig. „Komm jetzt. Wir haben hier schon genügend Zeit vertrödelt. Die Geschäfte warten." Er lenkte das Pferd herum und gab ihm die Sporen. „Kommst du?"

„Nein, Vater. Ich habe hier noch etwas zu erledigen."

Aus zusammengekniffenen Augen sah Paul Markham seinem Vater nach, als er wegritt. Warum besaß dieser harte, verbitterte Mann nur so wenig Ähnlichkeit mit dem alten Josiah? Paul liebte seinen Großvater sehr, doch nach einem Schlaganfall hatte dieser die Geschäfte in die Hände seines Sohnes übergeben müssen. Obwohl der alte Josiah Markham seitdem den Arm und das Bein auf seiner linken Seite kaum noch bewegen konnte, waren ihm Weisheit und Witz geblieben. Paul wusste, dass sein Großvater nur zu häufig den Kopf darüber schüttelte, wie Silas Markham seine Spinner und Weber behandelte.

Endlich war sein Vater aus dem Blickfeld verschwunden. Paul stieg vom Pferd und ging zu Annas Häuschen, um dort zu klopfen.

„Verzeiht, Anna ... Mistress Verlender", sagte er, als sie die Tür öffnete. „Mir ist gerade zu Ohren gekommen, wie tapfer Ihr bei dem Brand geholfen habt, Schlimmeres zu verhindern. Ich wollte mich selbst davon überzeugen, dass Ihr wohlauf seid. Wie geht es Euch?" Jetzt erst bemerkte er den Verband an ihrer Hand. „Oh – Ihr seid verletzt?"

„Ach, das ist nichts. Nur eine Kleinigkeit, die schnell heilen wird", entgegnete sie und lächelte ihn an. „Ich koche gerade Suppe für die Nachbarn. Die Bewohner der Häuser, in denen es gebrannt hat, haben alle Hände voll mit Aufräumen und Reparieren zu tun. Niemand kann die Zeit erübrigen, etwas zu kochen – noch nicht einmal die, deren Herd noch steht."

„Es duftet köstlich. Sicher sind die Nachbarn dankbar dafür", antwortete Paul herzlich. Am liebsten hätte er ihr erzählt, wie sehr er sie für ihren Mut und ihre Tapferkeit bewunderte und dass er sie gern besser kennenlernen würde. Ja, mehr noch: Er wünschte sich nichts sehnlicher, als für sie zu sorgen und sie vor den Feindseligkeiten voreingenommener Engländer wie seinem Vater in Schutz zu nehmen.

Aber Paul befürchtete, ihr mit einem solchen Geständnis zu nahe zu treten. Andererseits sah sie so erschöpft, einsam und verletzlich aus, dass er es auch nicht über sich brachte, einfach wieder zu gehen. Unentschlossen blieb er auf der Schwelle stehen.

„Darf ich Euch einladen, hereinzukommen und einen Schluck Bier zu trinken?", fragte Anna schüchtern.

Ein strahlendes Lächeln erhellte sein Gesicht. „Danke, gern." Er trat ein und setzte sich an den Tisch, während Anna zwei Becher von den Haken am Schrank nahm und Bier aus einem Krug einschenkte. Während er sie beobachtete, fiel ihm auf, wie anmutig sie sich bewegte. Anmutig, hübsch, dazu freimütig und warmherzig – mit so einer Frau würde er gern den Rest seines Lebens verbringen. Eine solche Frau sollte seine Kinder bekommen. Nein, dachte er plötzlich, nicht „eine solche Frau“ – Anna ist genau die Frau, die ich heiraten möchte.

Der Gedanke machte ihn kurzzeitig schwindlig. Schließlich kannte er sie kaum!

Anna setzte sich ihrem Gast gegenüber. Sie genoss die Gesellschaft. Unwillkürlich wünschte sie, sich an ihn lehnen zu dürfen und seine starken Arme zu spüren, die sie von der unfreundlichen Welt abschirmten. Dies war der Mann, den sie lieben könnte und mit dem sie freudig ihr restliches Leben verbringen würde.

Doch keiner der beiden sprach aus, was ihm durch den Sinn ging. Paul lobte Anna für ihr wohlschmeckendes Bier, und sie unterhielten sich über das Schicksal der Menschen in den Häusern gegenüber. Nur kurz streiften sie das Thema der Schwierigkeiten zwischen Engländern und Flamen und waren sich einig darin, dass die Feindseligkeit zwischen den beiden Gemeinden bedauerlich sei.

Endlich erhob er sich widerstrebend, um sich zu verabschieden, und Anna sah ihn gleichermaßen widerstrebend gehen. Keiner von beiden hatte dem anderen sein Herz enthüllt.

Nach dem Brand wurde Annas Leben etwas einfacher. Die Nachbarn grüßten sie nun freundlich, wenn sie vorbeiging. Niemand verbot den Kindern mehr, mit ihr zu sprechen oder einen Haferkeks von ihr anzunehmen. Häufig klopfte jemand an ihre Tür und bat um etwas Verbrennungssalbe, denn inzwischen gab sogar Jennys Mann widerstrebend zu, dass sie schmerzstillend wirkte und die Wunden gut heilen ließ.

Es dauerte selbstverständlich nicht lange, bis die Nachricht von dem Brand und der Rolle, die Anna dabei gespielt hatte, Samuel zu Ohren kam. Augenblicklich machte er sich auf den Weg, um nach ihr zu sehen, und er stürmte in ihr Häuschen, ohne auch nur anzuklopfen.

„Bist du verletzt? Man hat mir gesagt, dass du beinahe verbrannt wärst", rief er aus und hob ungeduldig den Hut auf, der ihm an dem niedrigen Türsturz vom Kopf gefegt worden war.

Lachend erwiderte Anna: „Da hat offenbar jemand maßlos übertrieben. Es geht mir gut, und ich bin unverletzt, abgesehen von einer kleinen Brandwunde an der Hand, die beinahe schon verheilt ist. Im Vergleich zu dem, was einige der Nachbarn erlitten haben, ist das nicht der Rede wert."

„Bist du ganz sicher? Du siehst blass aus."

„Ich habe in letzter Zeit nicht gut geschlafen. Immer wieder verfolgen mich Albträume darüber, wie das Unglück ausgegangen wäre, wenn ich den Rauch nicht gesehen hätte. Womöglich wären die Kinder mit ihrer Mutter in den Flammen umgekommen."

„Über so etwas solltest du dir nicht den Kopf zerbrechen, Anna. Was kümmern dich diese armen Schlucker? Ich habe genug von dem Unsinn. Du siehst ja, was passiert, wenn man die Kluft zwischen den beiden Gemeinschaften im Alleingang überbrücken will. Es hat dir nichts als Kummer und Sorgen gebracht. Deshalb nehme ich dich jetzt wieder mit ins Garden House. Dort kann ich auf dich aufpassen und dir das Leben bieten, an das du im Haus deines Vaters gewöhnt warst."

Anna stand auf.

„So ist es recht." Er lächelte erfreut. „Komm am besten gleich mit. Aus dieser armseligen Hütte brauchst du ohnehin nichts mitzunehmen. Ich kann dir alles geben, was du dir wünschst."

Wortlos ging Anna zur Tür und hielt sie für ihn auf.

„Danke, dass du dir solche Sorgen um mein Wohlergehen machst, Samuel. Aber ich habe dir schon gesagt, dass ich hier durchaus zufrieden bin. Und diese ‚armen Schlucker', wie du sie nennst, verhalten sich mir gegenüber freundlich und hilfsbereit. Wenn ich etwas brauche, geben sie mir, was sie entbehren können, obwohl sie selbst kaum etwas ihr Eigen nennen. Mein Leben ist nicht immer einfach, das stimmt, aber zumindest kann ich selbst entscheiden, was ich tun und lassen möchte, und diese Freiheit ist mir mehr wert als alles andere."

Langsam schüttelte Samuel den Kopf. „Ich weiß wirklich nicht, was dein Jan sagen würde, wenn er dich so hören könnte, Anna."

„Oh, darum brauchst du dir keine Sorgen zu machen. Ich werde niemals vergessen, dass ich Jans Witwe bin. Glaub mir: Ich habe Jan geliebt, und die Erinnerung an ihn wird ewig in meinem Herzen weiterleben. Aber noch bin ich eine junge Frau. Niemand kann verlangen, dass ich der Trauer den Rest meines Lebens widme. Ich bin dankbar für die Liebe und die Zeit, die wir miteinander teilen durften. Aber sicherlich würde Jan auch wollen, dass ich nach vorn schaue."

„Ich weiß wirklich nicht, ob ich dich für eine tapfere oder für eine törichte Frau halten soll." Unschlüssig strich Samuel sich über den Bart. „Jemandem wie dir bin ich noch nie zuvor begegnet."

Lächelnd legte sie ihm die Hand auf den Arm. „Vielleicht bin ich keines von beidem, Samuel. Ich möchte lediglich meinen eigenen Weg gehen. Danke für alles, was du für mich getan hast – ich weiß das zu schätzen und werde es dir nie vergessen. Aber trotzdem muss ich jetzt das tun, was ich für richtig halte."

Sie reckte sich auf die Zehenspitzen und gab ihm einen Kuss auf die Wange. „Es ist nett von dir, dass du nach mir sehen wolltest. Aber du siehst, dass deine Sorge unbegründet war. Mir geht es gut, und ich bin zufrieden mit dem, was ich habe."

„Offenbar bist du fest entschlossen." Er setzte den Hut wieder auf. „Aber solltest du irgendetwas brauchen ..."

„Ich weiß. Danke, Samuel."

„Hmpf."

Nachdem er gegangen war, schloss Anna die Tür und lehnte sich von innen dagegen. Hatte sie ihn verletzt? Hoffentlich nicht. Aber sie wusste genau, dass es richtig gewesen war, auf ihrer Unabhängigkeit zu bestehen.

Eines Nachmittags im Spätfrühling, als Anna gerade die Bohnenpflänzchen in ihrem Garten aufband, bekam sie Besuch von Abraham van Migrode.

„Ich habe die Kirchenbücher durchgesehen", verkündete er, nachdem sie ihn ins Häuschen gebeten und ihm Bier und Haferkekse vorgesetzt hatte. Er lächelte. „Es war keine einfache Aufgabe, denn Henrick ist ein häufiger Vorname."

„Aber sicherlich kamen etliche der Männer ohnehin nicht infrage, weil sie entweder schon verheiratet oder aber zu jung beziehungsweise zu alt waren."

„Das stimmt, aber es bleiben immer noch fünfzehn bis zwanzig übrig." Der Prediger entrollte ein Stück Papier. „Vielleicht wäre es einfacher gewesen, wenn Ihr mir den Beruf des Betreffenden gesagt hättet. Auf meiner Liste stehen zwei Glaser, ein Zimmermann, drei Drahtzieher, zwei Tuchhändler ..."

„Mein Vater war Weber", unterbrach Anna ihn schnell. „Ich bin die Tochter eines Webers."

„Aha. Also gut, das schränkt die Möglichkeiten schon etwas ein." Er fuhr mit dem Finger die Liste entlang. „Lasst mich sehen. Hier habe ich ein, zwei, drei – vier Weber namens Henrick. Der erste ist Henrick Lucas. Er kam mit vierundzwanzig Jahren nach Colchester und zog wenige Wochen später nach London weiter."

Der Prediger blickte auf. „Das Kirchenbuch gibt keine Auskunft darüber, was danach aus ihm wurde. Wenn Ihr mehr über ihn herausfinden wollt, müsst Ihr Euch an die Synode der flämischen Kirche in Austin Friars wenden."

Damit wandte er den Blick wieder der Liste zu. „Henrick Tayspijl. Sein Alter stimmt zwar ungefähr, aber wenn er Euer Vater ist, habt Ihr kein Glück. Er hat zwar nie geheiratet, ist aber letztes Jahr gestorben." Als er Annas enttäuschten Gesichtsausdruck bemerkte, setzte er hinzu: „Wenn Ihr wollt, zeige ich Euch sein Grab auf dem Friedhof von St. Martin."

Sie nickte. „Das wäre schön."

„Aber vielleicht war er gar nicht der Richtige. Auf meiner Liste stehen noch zwei andere. Henrick Outwater war fünfundzwanzig, als er nach Colchester kam. Mehr Angaben finden sich über ihn nicht, also dürfte er bald weitergezogen sein. Und schließlich Henrick Rebow. Dass er der Gesuchte ist, kann ich mir allerdings nicht vorstellen. Denn schon ein Jahr nach seiner Ankunft verzeichnet das Kirchenbuch seine Eheschließung mit Clara Stowteheten."

Er blickte auf. „Ihr habt die Familie vermutlich schon im Gottesdienst gesehen. Sie wohnen in der Stockwell Street und haben drei erwachsene Söhne, die alle als Weber arbeiten. Die ganze Familie ist durch und durch redlich und sittenstreng. Mijnheer Rebow hängt sehr an seiner Frau."

„Würdet Ihr ihn mir zeigen?", fragte Anna eifrig.

Der Prediger zögerte. „Ich weiß nicht, ob das klug wäre."

„Keine Sorge. Ich habe nicht vor, etwas zu sagen, was ihm oder seiner Frau schaden könnte. Wenn Ihr meint, dass ich lieber gar nicht mit ihm sprechen soll, dann halte ich mich daran. Es ist nur … ach, ich würde so gern einmal den Mann sehen, den meine Mutter so sehr geliebt hat – den Mann, der mein Vater ist. Kann das denn so falsch sein?"

„Nein, mein Kind. Also gut", gab Mijnheer van Migrode seufzend nach.

Am folgenden Sonntag kleidete Anna sich besonders sorgfältig zum Kirchgang. Doch während des Gottesdienstes gelang es ihr kaum, den Worten des Predigers zu folgen. Die ganze Zeit musste sie daran denken, dass sie womöglich ihrem Ziel sehr nahe war. Sie wünschte, sie könnte ihrer Mutter davon berichten, und lächelte, während sie die Gemeindemitglieder betrachtete. Irgendwo musste ein Ehepaar mit drei Söhnen sitzen. Aber sie entdeckte lediglich eine Gruppe aus Mann, Frau, drei Söhnen und einer Tochter. Außerdem hatte der Vater graue Haare. Ob die Familie Rebow heute nicht da war?

Ungeduldig wartete Anna darauf, dass der Gottesdienst endete. Auf dem Weg nach draußen riss Griete sie aus ihren Gedanken. „Geht es dir gut? Der Herr behauptet, du hast den Verstand verloren, weil du lieber in deiner armseligen Hütte bleibst, anstatt bei uns in aller Bequemlichkeit zu wohnen."

Lachend antwortete Anna: „Nein, mit meinem Verstand ist alles in Ordnung, Griete. Ich bin glücklich, weil ich kommen und gehen kann, wie ich möchte, und mich nach niemandem richten muss. Außerdem ist mein Heim alles andere als eine armselige Hütte. Samuel hat schließlich selbst sehr großzügig dafür gesorgt, dass es mir dort an nichts fehlt."

Da nickte die andere wissend. „Er kann dich einfach nicht ziehen lassen. Immer muss alles nach seinem Willen gehen. Wenn alles so ist, wie er es sich vorstellt, ist er der freundlichste Mensch auf dieser Erde. Aber du kennst ihn ja. Er hat es nicht gern, wenn man seine Pläne durchkreuzt. Und genau das hast du getan, Anna. Ich wünsche dir alles

Gute." Dann eilte Griete ihrem Herrn hinterher.

Der Prediger stand an der Kirchentür und verabschiedete die Gemeindemitglieder, die an ihm vorbei ins Freie traten. Als Anna hinausgehen wollte, legte er ihr die Hand auf den Arm. „Anna, ich möchte Euch Mijnheer Rebow und seine Frau vorstellen." Anna entging nicht, dass er das Wort „Frau" ein klein wenig betonte. Dann wandte er sich an den Mann neben ihm. „Mevrouw Verlender ist die Frau des Mannes, der Mijnheer Hegetornes Garten angelegt hat."

„Aha. Ich habe schon davon gehört. Es soll ein richtiges Kunstwerk sein, aber gesehen habe ich den Garten noch nie", erwiderte Mijnheer Rebow und erklärte Anna dann: „Meine Söhne und ich arbeiten für Mijnheer Hegetorne. Jacob als Färber, Hans und Wouter genau wie ich als Weber. Wouters Frau ist Spinnerin."

Das erklärte die Anwesenheit der jungen Frau, die sie für eine Tochter der Familie gehalten hatte. „Ihr habt Glück, dass Ihr eine so fleißige Familie Euer Eigen nennen dürft, Mijnheer", lächelte sie, während sie ihm unauffällig in die Augen blickte. „Ich wünsche Euch Glück und Gottes Segen."

Kurz darauf verabschiedeten sie sich voneinander, und die Weberfamilie ging heim. Noch bevor der Prediger ein Wort sagen konnte, schüttelte Anna den Kopf. „Nein, das ist nicht mein Vater. Der Mann hat braune Augen."

22. KAPITEL

Als Paul Markham Anna aus der Kirche kommen sah, beschleunigte er seine Schritte, um sie einzuholen. Fast immer wartete er nun auf sie und begleitete sie nach Hause. Ihr gegenüber behauptete er, fast den gleichen Weg zu haben wie sie. Da er ihr so freundlich seine Begleitung anbot, hielt sie es nur für höflich, ihm danach einen Becher Bier anzubieten. Vor seinem Heimweg sollte er sich mit einem Schluck erfrischen dürfen, denn die Tage wurden allmählich wärmer. Wenn Paul einmal nicht zur Stelle war, verspürte Anna Enttäuschung. Aber das geschah selten, dafür sorgte er.

An diesem sonnigen Junisonntag trug Anna ein fast neues Kleid, das sie von einer Trödlerin auf dem Markt erstanden hatte. Der leichte dunkelgraue Stoff stand ihr ausnehmend gut, und sie hatte frisch gestärkte Ärmelaufschläge, einen Spitzenkragen und eine blütenweiße Schürze angelegt.

Als sie an Pauls Seite nach Hause ging, gestand Anna sich ein, dass sie das Kleid seinetwegen gekauft hatte. Sie wollte für ihn hübsch aussehen, auch wenn sie sich eingeredet hatte, dass sie dringend etwas anzuziehen brauchte.

Pauls bewundernder Blick zeigte ihr deutlich, dass ihre Bemühungen an ihn nicht verschwendet waren. Doch noch etwas anderes las sie in seinen Augen: Besorgnis. „Ihr seid bekümmert, Anna. Versucht nicht, es zu leugnen – ich sehe es Euren hängenden Schultern an. Möchtet Ihr mir sagen, was Euch bedrückt?“

Einen Augenblick schwieg sie. Wie gern hätte sie Paul von der erfolglosen Suche nach ihrem Vater erzählt! Aber das hätte ebenfalls bedeutet, dass er von ihrer unehelichen Herkunft erfuhr, und Anna wollte nicht, dass er schlecht von ihrer Mutter dachte. So zuckte sie nur mit den Schultern. „Ach, es ist nichts. Ich dachte nur, ich hätte einen alten Bekannten meiner Mutter getroffen, aber die Sache hat sich als Irrtum herausgestellt."

„Das muss eine große Enttäuschung für Euch sein." Er blickte ihr mitfühlend ins Gesicht. „Vermisst Ihr Eure Heimat sehr, Anna?"

„Nein, eigentlich nicht. Aber meine Mutter fehlt mir", entgegnete sie ehrlich. „Und das ganze Leben ist hier so anders."

„Möchtet Ihr zurückgehen?"

Entschieden schüttelte sie den Kopf. „Niemals."

„Das freut mich", erwiderte er leise.

Verstohlen warf sie ihm einen Blick zu, aber er schwieg, bis sie ihr Häuschen erreichten. Dann schlug er vor: „Es wäre eine Schande, einen so schönen Tag nicht auszunutzen. Darf ich Euch auf einen Spaziergang in den Wäldern hinter der Abtei einladen, Anna?"

„Ja, gern", antwortete sie, redlich bemüht, nicht zu eifrig zu klingen. „Wartet – ich hole uns ein bisschen Brot, Käse und Bier. Das können wir mitnehmen und in der Sonne essen."

„Was für eine gute Idee!" Er lächelte.

Wenig später gingen sie im kühlen Schatten der Bäume nebeneinanderher. Knorrige Eichen breiteten ein grünes Dach über ihnen aus, und der moosige Waldboden dämpfte ihre Schritte. Die wohltuende Stille wurde nur von Vogelgezwitscher unterbrochen.

Am Ufer eines Bachs fanden sie einen umgestürzten Baumstamm und setzten sich darauf, um den mitgebrachten Imbiss zu verzehren. Beim Essen erzählte Anna ihre Geschichte: wie sie mit Jan davongelaufen war, um einer Vermählung mit dem verhassten Otto de Hane zu entgehen, wie sie Jan geheiratet hatte, von seinem Tod und dem Verlust des Kindes.

„Ihr habt ihn sehr geliebt", bemerkte Paul. Es war keine Frage, sondern eine Feststellung.

„Ja", antwortete Anna einfach. „Er war meine erste Liebe und wird immer einen besonderen Platz in meinem Herzen haben."

„Das verstehe ich gut. Vor zwei Jahren hatte ich mich mit einem reizenden Mädchen verlobt. Aber bevor wir heiraten konnten, wurde sie krank. Das Schweißfieber tötete sie innerhalb einer Woche." Paul schloss für einen Moment die Augen. „Anfangs dachte ich, ich müsste ebenfalls sterben. Die Leute, die mir erzählten, dass die Zeit alle Wunden heilt, hätte ich am liebsten mit bloßen Händen erwürgt. Dieses nichtssagende Geschwätz! Sie hatten nicht die geringste Ahnung, wie es in meinem Innern aussah. Aber nach und nach habe ich erkannt, dass sie trotz allem recht hatten. Die Zeit heilt Wunden, und der Schmerz lässt irgendwann nach."

Er sah Anna in die Augen. „Und gerade habe ich entdeckt, dass es möglich ist, sich wieder zu verlieben." Gleichzeitig legte er seine Hand auf ihre.

„Ja, das habe ich auch festgestellt", antwortete sie leise.

Sanft zog er sie an sich und küsste sie auf die Lippen. „Ist das wahr? Kannst du mich so lieben wie ich dich, Anna?"

„Ja, mein liebster Paul, das kann ich."

Glücklich saßen sie im Licht der Sonne, das grünlich durch das Blätterdach fiel. Sie waren zusammen – das genügte ihnen. An die Schwierigkeiten, die eine Heirat zwischen einem Engländer und einer Fremden mit sich bringen mochte, dachte in diesem Augenblick keiner von ihnen.

„Wahrscheinlich wird mein Vater mich enterben", murmelte Paul, während er Annas Augenlider, Wangen und selbst ihre Ohrläppchen mit zärtlichen Küssen bedeckte. Es klang aber nicht so, als würde ihm der Gedanke viel Kopfzerbrechen bereiten.

Doch Anna setzte sich abrupt auf. „Aber Paul – was willst du denn dann bloß tun?"

„Ich gehe zu meinem Großvater. Er hat immer schon die Meinung vertreten, dass die beiden Gemeinden friedlich zusammenleben sollten. Manchmal behauptet er sogar, dass wir uns alle eines Tages als gleichberechtigte Bewohner der Stadt Colchester betrachten werden. Aber das kann ich mir nicht recht vorstellen."

„Ich habe noch nie von jemandem gehört, der solche Dinge sagt", erklärte Anna erstaunt.

„Nein, und mein Vater und er streiten sich auch ständig darüber."

„Dein Vater hasst meine Landsleute, das weiß ich." Ängstlich sah sie Paul an. „Was sollen wir nur tun?"

„Mach dir keine Sorgen, mein Herz. Wir finden schon einen Ausweg." Er zog sie erneut an sich. „Wird es dir etwas ausmachen, wenn wir arm sind?" Seine Worte klangen gedämpft, weil er gleichzeitig ihre Halsbeuge küsste.

Anna musste lachen. „Nun ja, reich bin ich ja auch jetzt nicht gerade."

Überrascht hielt er inne und sah sie an. „Aber ich dachte, Mijnheer Hegetorne sorgt für dich! Das heißt, sicher war ich mir nie … Eine Zeit lang glaubte ich, ihr würdet heiraten, aber andererseits ist er viel älter als du …"

„Er hat es mir vorgeschlagen. Aber ich konnte einfach keinen Mann heiraten, den ich nicht liebe. Und die Bedingungen waren nicht …" Anna zögerte kurz, bevor sie weitersprach. „Eigentlich wollte er mich nur in seiner Obhut behalten. Er fühlt sich für den Tod meines Mannes verantwortlich, weil Jan in seinem Auftrag unterwegs war, als er starb. Deshalb meint Samuel, er müsse für mich sorgen. Als ich seinen Antrag abgelehnt habe und aus dem Garden House ausgezogen bin, hat er gegen meinen Willen das Häuschen gekauft und mit allem ausgestattet, was ich brauche. Er schickt mir sogar jede Woche Geld, aber ich rühre es nicht an. Lieber verteile ich es an die Armen. Davon weiß er natürlich nichts." Nach einem tiefen Seufzer fuhr sie fort: „Ich wünschte wirklich, er würde mich einfach meinen eigenen Weg gehen lassen. Aber weil er so gut zu mir war, möchte ich ihn nicht verletzen. Das ist nicht immer einfach."

„Was wird er sagen, wenn er erfährt, dass wir heiraten wollen – wir wollen doch heiraten, oder?"

„Oh ja, bitte!" Bevor sie antwortete, küsste sie ihn. „Ich habe Angst, dass er mir vorwirft, Jan zu verraten. Außerdem dürfte es ihm nicht gefallen, dass ich den Bund fürs Leben ausgerechnet mit einem Engländer schließen will."

„Sagtest du nicht, dass er auch dafür ist, dass unsere Landsleute sich annähern?"

„Ja, bis zu einem gewissen Grad. Aber ich fürchte, das bedeutet nicht, dass er meine Ehe mit dir gutheißen wird. Er verhält sich mir gegenüber sehr besitzergreifend."

„Was meinst du damit?"

Doch sie schüttelte den Kopf. Warum mussten sie die ganze Zeit über Samuel reden? „Nichts. Es ist nicht wichtig. Ich liebe dich, Paul, und ich bete darum, dass nichts uns je wieder trennen kann."

„Amen", antwortete er inbrünstig und dachte an seinen Vater.

Seine Befürchtungen erwiesen sich als wohlbegründet. Paul hatte mit seiner Ankündigung bis nach dem Abendessen gewartet, in der Hoffnung, dass die üppige Mahlzeit und der gute Wein seinen Vater milde stimmten. Doch er sah sich getäuscht.

„Was? Eine dieser flämischen Huren willst du heiraten? Niemals!" Wutentbrannt lief Silas Markham im Zimmer auf und ab. „Wie kannst du daran auch nur einen einzigen Gedanken verschwenden!"

„Silas“, ermahnte ihn seine Frau von ihrem Stuhl am Fenster aus. „Beruhige dich doch, sonst trifft dich noch der Schlag. Du hast schon ein ganz rotes Gesicht.“

„Schweig, Eleanor. Das hier ist nicht deine Angelegenheit.“

„Paul ist auch mein Sohn“, erinnerte sie ihn ruhig.

„Dann versuch du doch, ihn zur Vernunft zu bringen, Weib!“

„Anna ist keine flämische Hure, sondern eine anständige junge Frau. Ich kann nicht dulden, dass du so von ihr sprichst, Vater“, erklärte Paul, als es ihm endlich gelang, zu Wort zu kommen.

„Anständige junge Frau? Dass ich nicht lache! Wäre sie eine anständige Frau, dann wäre sie dort geblieben, wo sie hingehört – jenseits des Meeres. Niemand hat sie gebeten, herzukommen und achtbaren Engländern ihren Lebensunterhalt streitig zu machen.“

„Ich werde mich nicht mit dir streiten, Vater. Da ich erwachsen bin, kann ich heiraten, wen ich möchte. Und das ist nun einmal Anna.“

„Dann enterbe ich dich.“

„Daran kann ich dich nicht hindern. Allerdings dürfte es dir schwerfallen, im Geschäft auf mich zu verzichten, denn Großvater hat mich alles gelehrt, was er wusste.“ Obwohl er ebenfalls zornig war, erhob Paul die Stimme nicht.

„Ich würde gern mehr über diese Anna erfahren“, bemerkte seine Mutter leise.

Augenblicklich ging Silas auf sie los. „Halt den Mund, Weib. Du musst überhaupt nichts über sie wissen.“

„Aber wenn Paul sie heiratet …“

„Paul heiratet sie nicht, dafür werde ich schon sorgen.“

Ohne seinen Vater weiter zu beachten, wandte Paul sich an seine Mutter: „Anna ist die Frau, die bei dem Brand in den Häusern am Schere Gate Alarm geschlagen hat. Erinnerst du dich? Ich hatte dir erzählt, dass die Nachbarn dort sie in den höchsten Tönen loben, weil sie ihnen so tapfer geholfen hat.“

Eleanor nickte. „Ach ja. Eine mutige Frau mit einem guten Herz.“

„Unfug!“ Silas Markham ließ sich in seinen Stuhl fallen und hieb mit den Fäusten auf die Armlehnen ein. „Ich verbiete dir, diese Frau oder einen ihrer Landsleute in mein Haus zu bringen.“

„Also gut, Vater. Dann gehe ich.“ Schon wollte Paul sich umdrehen, aber seine Mutter legte ihm die Hand auf den Arm.

„Überstürze nichts, mein Sohn“, ermahnte sie ihn leise. „Ich werde mit deinem Vater sprechen. In seinem Zorn sagt er häufig Dinge, die er nicht meint. Überlass ihn mir.“

Dankbar gab Paul ihr einen Kuss. „Danke, Mutter. Allerdings fürchte ich, dass sanfte Überredung diesmal nichts bei ihm ausrichten wird. Aber ich habe meine Wahl getroffen. Ich werde Anna zur Frau nehmen, ob Vater mir seinen Segen dazu gibt oder nicht.“

Silas schnaubte verächtlich. „Segen? Von mir? Darauf kannst du lange warten. Fahr zur Hölle, und nimm diese Weibsperson am besten gleich mit!“

Von alldem ahnte Anna nichts. Beschwingt von der neuen Liebe, schwebte sie förmlich durch die Tage. In Gedanken war sie bei Paul, ob sie nun die täglichen Handgriffe im Haushalt verrichtete, ihren Garten bestellte, Kräutertränke braute oder auf den Markt ging. Inzwischen war sie dort eine vertraute Erscheinung, die von Flamen und Engländern gleichermaßen herzlich gegrüßt wurde. Von dem armen, verkrüppelten Bettler über den Feuerschlucker bis hin zum Stelzenläufer riefen ihr alle freundliche Worte zu, und die Marktleute gaben ihr das beste Fleisch und das frischeste Gemüse.

Anna wusste, dass Schwierigkeiten vor ihnen lagen, denn noch nie zuvor hatte eine Fremde einen Engländer geheiratet. Sicherlich gab es Menschen wie den Prediger, der diese Verbindung zwischen den beiden Gemeinden freudig begrüßte. Aber die meisten würden sich verständnislos abwenden, darunter Pauls Vater. Niemals würde er eine Flämin als Schwiegertochter anerkennen. Ob Paul ihm bereits von den Hochzeitsplänen berichtet hatte?

Nachdem Anna ihre Einkäufe erledigt hatte, zögerte sie, bevor sie den Rückweg antrat. Zwar hatte der Prediger versprochen, ihr das Grab von Henrick Tayspijl zu zeigen, aber Mijnheer van Migrode war ein viel beschäftigter Mann, und der Friedhof von St. Martin lag nur ein paar Schritte entfernt. Sicherlich war es nicht allzu schwierig, das Grab zu finden.

Von der Blumenfrau kaufte Anna einen kleinen Strauß und machte sich damit auf den Weg zum Friedhof. Während sie den schweren Korb von einer Hand in die andere wechselte, wünschte sie, sie hätte vor ihrem Marktbesuch daran gedacht, das Grab ihres Vaters aufzusuchen.

Auf dem kleinen Friedhof umfing sie wohltuende Ruhe. Zwischen Löwenzahn und Gänseblümchen standen Grabsteine in Reih und Glied – wie Soldaten, die die Kirche bewachten.

Langsam wanderte Anna umher und betrachtete die Inschriften. Immer wieder las sie von jungen Frauen, die im Kindbett gestorben waren, und von kleinen Kindern. Der Gedanke machte Anna traurig. Doch dann stieß sie auf den Namen, nach dem sie gesucht hatte: Henrick Tayspijl, Weber, gestorben im gesegneten Alter von neunundvierzig Jahren. Mehr verriet die Inschrift nicht über ihn.

Lange betrachtete Anna den bescheidenen Grabstein. Obwohl es keine Beweise dafür gab, dass hier der Mann lag, den ihre Mutter geliebt hatte, war sie sich sicher, am richtigen Ort zu sein. Sorgsam, beinahe ehrfürchtig, legte sie den Blumenstrauß auf das Grab.

„Ab jetzt werde ich dir jede Woche Blumen bringen, Papa", flüsterte sie. Damit drehte sie sich um und ging – glücklich, ihren Vater endlich gefunden zu haben, und gleichzeitig traurig darüber, dass sie zu spät gekommen war.

Im Gegensatz zu der kühlen Stille des Friedhofs kam ihr der Marktplatz nun noch lärmiger und hektischer vor. Die Leute schienen sich nur schreiend zu verständigen und drängten einander rücksichtslos beiseite. Bauern trieben ihre Pferdewagen durch die Menge, ohne darauf zu achten, ob jemand unter die Räder geriet.

Anna hielt einen Augenblick auf der Kirchentreppe von St. Runwald inne, die Augen gegen das grelle Sonnenlicht mit der Hand abgeschirmt. Gerade als sie sich wieder an den Lärm gewöhnt hatte, drang schrilles Rufen an ihr Ohr. „Hexe! Hexe!" Das Geschrei kam näher, und im nächsten Augenblick sah Anna einen Karren heranrumpeln, auf dem drei Frauen standen. Mit den Rücken aneinandergefesselt, um ihnen jede Flucht unmöglich zu machen, hielten sie sich auf dem schwankenden Gefährt nur mit Mühe aufrecht.

Entsetzt und ungläubig beobachtete Anna die Szene. Sie hatte zwar schon von Hexenjagden gehört, aber dies war das erste Mal, dass sie so etwas leibhaftig mitbekam. Diese drei Frauen sollten mit dem Teufel im Bunde sein? Dabei sahen sie ganz gewöhnlich aus! Eine von ihnen hielt ein Kind an der Hand, eine andere war vom Alter gebeugt. Im nächsten Moment erkannte Anna die alte Frau: Es war Betty, die Jan das Leben gerettet und sie beide so freundlich aufgenommen hatte, als sie nach England gekommen waren.

Rufend und wild gestikulierend rannte Anna auf den Karren zu. „Haltet ein! Haltet ein! Betty ist keine Hexe, sondern eine weise Frau. Sie heilt Kranke!“

Neben dem Karren ging der Hexenjäger, angetan mit schwarzem Mantel und schwarzem Hut, eine Peitsche in der Hand. Er wirkte hochzufrieden mit seinem Tagewerk. Als er Annas Rufe hörte, sah er sich um und gebot, den Karren anzuhalten.

„Seid Ihr eine Freundin der alten Vettel?“, erkundigte er sich mit trügerischer Freundlichkeit.

„Ja“, antwortete Anna außer Atem. „Die alte Betty hat mir geholfen, als ich hierherkam.“

Sein Lächeln entblößte die Zähne und verlieh ihm etwas Wölfisches. „Aha, dann seid Ihr also eine Fremde. Man hört es Euren Worten an. Vielleicht seid Ihr ja selbst eine Hexe.“

„Nein, natürlich bin ich keine Hexe.“ Anna tat den Vorwurf beiläufig ab – schließlich wusste sie genau, dass er jeder Grundlage entbehrte. „Und das Gleiche gilt für die alte Betty. Lasst sie frei, dann kann ich mich ihrer annehmen. Für die anderen kann ich mich nicht verbürgen, aber dass Betty eine durch und durch gutherzige Frau ist, das weiß ich genau. Schließlich hat sie meinen Mann von einem Schlangenbiss geheilt.“

„Durch Zauberei!“, rief der Hexenjäger höhnisch, und die Menge lachte.

„Nein, mit Kräutern …“

„Schweig still, Anna!“ Die Stimme der alten Betty klang überraschend kräftig. „Kein Wort mehr.“

„Ha!“ Der Hexenfinder ließ den Blick misstrauisch zwischen Betty und Anna hin und her wandern. „Dann seid Ihr also miteinander im Bunde. Bestimmt braut Ihr Eure Zaubertränke gemeinsam und verflucht redliche Leute.“

Plötzlich teilte sich die Menge, um einen Mann auf einem Rappen durchzulassen. „Das stimmt. Ich kann bezeugen, dass diese Frau im Herzen ebenso verderbt ist wie die alte Vettel dort. Ich habe sie mit eigenen Augen ihre üblen Tränke brauen sehen. Außerdem besitzt sie den bösen Blick und hat damit die Häuser meiner Spinner und Weber in Brand gesetzt."

Alles Blut wich aus Annas Wangen, als sie in dem Mann Silas Markham erkannte – Pauls Vater.

„Das stimmt nicht!", rief sie. „Ich habe den Menschen doch sogar geholfen ..."

„Ihr da, wie heißt Ihr?" Mit der Peitsche deutete Pauls Vater auf eine Frau in der Menge. „Ihr wisst, dass ich die Wahrheit sage. Ihr wart schließlich da und habt gesehen, was sie getan hat. Kommt, Weib, sagt es. Wenn Ihr nicht sagt, was Ihr wisst, dann gnade Euch Gott!"

Flehend sah Anna die Frau an. Es war Jenny, die sich so dankbar für die Salbe gezeigt hatte. Anna lächelte ihr zu.

Doch Jenny wich ihrem Blick aus. Offenkundig fürchtete sie ihren Herrn mehr als alles andere. „Der Herr spricht die Wahrheit", murmelte sie. „Es hat gebrannt. Sie wohnt gegenüber – mit ihrer Katze." Bevor sie noch näher befragt werden konnte, verschwand sie zwischen den Umstehenden.

„Da hört Ihr es. Was habe ich gesagt? Die Frau hat alles bestätigt. Und diese Hexe hat auch noch eine Katze als Dämon!", rief Master Markham triumphierend. „Wenn Ihr sie auszieht und untersucht, findet Ihr bestimmt eine dritte Brustwarze als sicheres Kennzeichen."

„Ergreift sie, und fesselt sie an die anderen", befahl der Hexenjäger. Offensichtlich erfüllte es ihn mit tiefer Zufriedenheit, so bequem mit einem weiteren Opfer aufwarten zu können. „Wir ziehen sie später aus, wenn wir in der Burg angekommen sind."

Anna traute ihren Ohren nicht. So fassungslos war sie, dass sie keinerlei Widerstand leistete, als zwei Männer, die hinter dem Karren hergingen, sie ergriffen, ihr die Handgelenke fesselten und sie zu den anderen Frauen stießen. Das Letzte, was sie sah, waren ihre Äpfel und Möhren, die die Menge achtlos zertrampelte.

Und den triumphierenden Blick von Master Markham.

Von der Fahrt zur Burg bekam sie kaum etwas mit – weder die johlenden Schaulustigen, die dem Karren folgten, noch die faulen Früchte und Eier, mit denen sie selbst und die anderen Frauen beworfen wurden.

„Ach Kindchen, damit hast du dir selbst wirklich keinen Gefallen getan“, seufzte die alte Betty, als sie zusammen in ein feuchtes Verlies geworfen wurden. „Du hättest dich besser aus der Sache herausgehalten.“

„Aber das konnte ich nicht, Betty!“ Vor lauter Wut und Hilflosigkeit weinte Anna. „Ich wollte dich retten, schließlich warst du damals so gut zu Jan und mir. Hätte ich einfach mit ansehen sollen, wie man dich als Hexe beschuldigt?“

„Trotzdem hättest du besser geschwiegen. Ich bin alt, aber du bist jung“, erwiderte Betty niedergeschlagen. „Mein Leben nähert sich ohnehin dem Ende. Wenn man mich nicht als Hexe verbrennt, sterbe ich bald an Altersschwäche. Was können mir diese Hexenjäger also groß schaden? Mein Schöpfer weiß, dass ich niemals Zauberei benutzt habe, und am Tag des Jüngsten Gerichts bin ich niemand anderem als ihm Rechenschaft schuldig. Die Hexenjäger dagegen werden in der Hölle enden, und dort werde ich sie bis in alle Ewigkeit brennen sehen.“

„Aber es ist falsch! Du bist keine Hexe. Und ich kann nicht zulassen, dass sie das behaupten.“

Da legte die alte Betty Anna ihren ausgemergelten Arm um die Schulter. „Noch nie zuvor hat sich jemand um mich gesorgt, und es wärmt mir das Herz, dass du mich verteidigen wolltest. Aber du hättest es trotzdem nicht tun dürfen, denn nun werden sie dich gleich mit mir töten. Und du bist noch jung.“ Eine Träne lief über ihre zerfurchte Wange.

23. KAPITEL

Irgendwann verlor Anna den Überblick, wie viele Tage und Nächte sie schon in dem Elend des Kerkers verbracht hatte. Man hatte sie mit der alten Betty zusammen in eine winzige, feuchte und muffige Zelle gestoßen, in die nur aus einer winzigen, vergitterten Luke hoch oben ein wenig Tageslicht fiel. Was aus den anderen Frauen geworden war, wussten sie nicht. Gelegentlich brachte ein Wärter ihnen etwas schimmliges Brot und fauliges Wasser.

„Ihr sterbt ja doch, also braucht ihr auch nicht viel", erklärte der Mann grob und rasselte mit seinen Schlüsseln. „Aber ich schaue mir gern eine gute Hinrichtung an. Nur deshalb gebe ich euch überhaupt etwas."

„Iss du, Kindchen", sagte Betty und hielt Anna den Kanten Brot hin. „Er hat recht, ich sterbe sowieso bald. Inzwischen leide ich unter mehr Krankheiten, als ich zählen kann. Ob ich langsam dahinsieche oder durch ein falsches Gerichtsurteil schnell aus dieser Welt verschwinde, ist mir beinahe gleichgültig. Aber du brauchst deine Kräfte, um hier herauszukommen."

„Herauskommen? Für uns führt kein Weg nach draußen." Anna unterdrückte ein Schluchzen, während sie versuchte, einen Bissen Brot herunterzuwürgen. „Ich habe alle Wände nach einem Spalt abgetastet und nur schleimige Feuchtigkeit und rostige Ketten gefunden. Zumindest hat man uns nicht in Fesseln gelegt. Dafür sollten wir vermutlich dankbar sein. Die Tür ist dick und mit mehreren Riegeln verschlossen, und das Fenstergitter liegt so weit oben und ist so winzig, dass ich nicht einmal hindurchpassen würde, wenn ich es erreichen könnte."

Aus ihren Worten sprachen Mutlosigkeit und Erschöpfung. Anfangs hatte sie wütend gegen die Tür gehämmert und später ihre Empörung so laut herausgeschrien, dass sie eine wunde Kehle bekam. Zuletzt konnte sie nur noch Verzweiflungstränen vergießen, bis sie sich leer und matt fühlte. Die ganze Zeit hatte Betty sie im Arm gehalten und ihr tröstliche Worte zugeflüstert, bis sie schließlich ruhig wurde.

„Ich dachte, ich würde dich retten", klagte Anna immer wieder. „Ich wollte ihnen sagen, dass du meine Freundin bist und dass du ein viel zu gutes Herz hast, um jemals einem Menschen Schaden zuzufügen. Warum wollten sie bloß nicht auf mich hören?" Von Neuem liefen ihr die Tränen über die Wangen.

Anna hatte auf dem Marktplatz für die alte Frau gesprochen, ohne einen Gedanken an ihre eigene Sicherheit zu verschwenden. In den entscheidenden Augenblicken hatte sie nur daran gedacht, wie ungerecht diese Anklage wegen Hexerei war. Nicht im Entferntesten hatte sie mit der Möglichkeit gerechnet, dass sie das Schicksal der alten Frau teilen würde.

Doch Pauls Vater hatte freudig die Gelegenheit ergriffen, sie zu verleumden. Ihm als reichem Tuchhändler schenkte man natürlich Gehör, deshalb war es ihm ein Leichtes gewesen, sich an ihr zu rächen und zu verhindern, dass sie seinen Sohn heiratete. Zufall, nichts als Zufall, dachte Anna. Wäre Silas Markham nicht just in dem Moment über den Markt geritten, als sie die Stimme zur Verteidigung der alten Betty erhoben hatte, dann wären sie und Betty nun frei.

Mutlos sank sie mit dem Rücken an der Wand herab. Wasser tropfte von der Mauer und sammelte sich genau dort, wo Anna saß, zu einer Lache. Längst war ihr Haar verfilzt, sie hatte ihre Haube verloren, und ihre Kleidung stank. Aber das kümmerte sie nicht. Was hatte das alles noch für eine Bedeutung? Ihre Zukunft mit Paul war dahin. Sie hatte ihn lieben, mit ihm Kinder bekommen und alt werden wollen, doch nun brach ihr das Herz.

Was noch schlimmer war: Es würde auch Paul das Herz brechen. Und diesen Gedanken ertrug sie nicht. Verzweifelt schluchzte sie auf.

Behutsam tastete Betty nach ihr. „Gib nicht auf, meine Hübsche. Noch ist nicht alles zu Ende“, befahl die alte Frau streng. „Du hast doch Freunde, nicht wahr? Sie werden sich schon für dich einsetzen.“

„Aber wie sollten sie das tun? Niemand außer dem Mann, der mich verleumdet hat, weiß, wo ich stecke. Und er wird bestimmt keiner Menschenseele davon erzählen.“ Sie schluckte. „Wie lange sind wir schon hier, Betty?“

„Vier Tage, schätze ich. Aber das lässt sich nur erraten. Bei dem wenigen Licht, das hereinfällt, kann man kaum unterscheiden, ob die Sonne oder der Mond scheint. Aber man hat uns viermal Brot und Wasser gegeben.“

„Wirklich? Noch nicht einmal das weiß ich. Ich habe keinen Hunger. Der Gestank hier dreht mir den Magen um.“ Erneut begann sie zu weinen. „Ach, warum holen sie uns nicht aus diesem schrecklichen Loch, um uns endlich zu verbrennen! Dann wäre wenigstens alles zu Ende. Wenn es noch viel länger dauert, verliere ich den Verstand!“

„Sch, sch, meine Hübsche. Die alte Betty ist ja hier. Wenn du still bist, erzähle ich dir meine Geschichte. Dann vergeht wenigstens die Zeit.“ Ihre Stimme half Anna, sich zu beruhigen. „Weißt du, Anna, ich habe nicht immer in der Hütte gewohnt, die du kennst. Mein Vater war Bauer, aber nach dem Tod meiner Mutter überfiel ihn die Gleichgültigkeit. Weil er nicht mehr genügend arbeitete, verlor er schließlich Haus und Hof. Etliche Jahre haben wir zwei auf der Straße gelebt. Wir sind von Ort zu Ort gezogen, und ich habe mit meinen Kräutersalben ein bisschen Geld verdient. Dann starb er am Fieber, und ich war mutterseelenallein auf der Welt.“

Nach einem tiefen Seufzer fuhr Betty fort: „Ich lief einfach weiter und schlief unter Hecken und in Heuschobern, bis ich ein leer stehendes Häuschen fand. Von hier kann mich niemand fortjagen, dachte ich. Deshalb bin ich dort geblieben. Von diesem Tag an habe ich in der Hütte gewohnt, an deren Tür du geklopft hast."

„Hast du dich nicht manchmal einsam gefühlt?", erkundigte Anna sich.

„Nein. Die Tiere und Vögel haben mir Gesellschaft geleistet. Aber seit ihr damals bei mir gewohnt habt, musste ich oft an dich und deinen Mann denken. Ich habe die Zeit mit euch sehr genossen."

Anna seufzte. Natürlich hatte sie Betty bereits von Jans Tod erzählt, daher deutete die alte Frau den Seufzer richtig.

„Das Leben geht weiter, Kindchen. Auch du wirst wieder fröhlich sein."

Doch diese weisen Worte ließen Anna erneut in Tränen ausbrechen. „Wie kannst du so etwas sagen? Mein Leben geht nicht weiter, also kann ich auch nicht wieder fröhlich sein. Man wird mich als Hexe verbrennen!"

„Hab keine Angst, meine Hübsche. Ich werde …" Betty kam nicht mehr dazu, den Satz zu beenden. Plötzlich ertönte Schlüsselrasseln, und die Tür wurde aufgestoßen.

„Raus mit euch beiden! Zeit zu erfahren, was der Richter Schönes für euch beide im Sinn hat. Wahrscheinlich den Scheiterhaufen!" Schadenfroh rieb sich der Gefängniswärter die Hände, bevor er den beiden Frauen Stricke um die Hüften band. Als sie fest aneinandergefesselt waren, zerrte er sie aus der Zelle.

Anna versuchte Betty zu stützen, und gemeinsam stolperten sie den Gang entlang und die Treppe hinauf, die zum Gerichtssaal der Burg führte.

Der Raum war bereits überfüllt. Überall versuchten sensationslüsterne Zuschauer, die besten Plätze zu ergattern –

eine stinkende, lärmende Menge.

Die vier Frauen, die ihren Prozess erwarteten, standen in einer Reihe gegenüber dem erhöhten Stuhl, auf dem bereits der Richter Platz genommen hatte, ein schwergewichtiger Mann mit rotem Gesicht, der die Nase immer wieder in ein Kräutersträußchen steckte.

Der erste Fall war schnell verhandelt, denn die Angeklagte war offenkundig gesegneten Leibes. Sie wurde freigesprochen. Danach wurde Alice Furnival aufgerufen, die Frau mit dem Kind. Ihr warf man vor, einer Nachbarin ein Heilmittel gegen Koliken gegeben zu haben. Doch die Frau war zwei Tage später unter schrecklichen Krämpfen gestorben, und Alice Furnival lebte inzwischen mit deren Witwer zusammen.

Der Mann bezeugte, dass die Schwester der Verstorbenen die Anklage erhoben hatte. Sie sei eifersüchtig gewesen, weil sie ihn für sich gewinnen wollte. Außerdem erklärte er, seine Frau sei an der Ruhr gestorben. Die Krankheit sei schon zu weit fortgeschritten gewesen, niemand hätte sie mehr heilen können. Immerhin hätte Alice Furnivals Trank die Qualen seiner Frau etwas gelindert.

Der Richter wägte die Zeugenaussagen gegeneinander ab und ließ die Anklage wegen Hexerei schließlich fallen.

Dann kam Anna an die Reihe.

„Witwe Verlender?“, fragte der Richter mit gerunzelter Stirn.

„Ja, mein Name ist Anna Verlender.“ Annas Stimme zitterte.

„Wie ich sehe, gehört Ihr zu den Fremden.“

„Ja.“

Der Richter blickte auf. „Wer klagt diese Frau an?“

„Ich.“ Der Hexenjäger trat vor. Mit seinem schwarzen Mantel und dem schwarzen Hut erinnerte er Anna an eine unheilvolle große Krähe. „Diese Frau ist mit der Hexe namens Betty, die neben ihr steht, im Bunde."

„Welche Beweise habt Ihr dafür?"

„Die Junge hat versucht, meine Autorität anzuzweifeln. Mitten auf dem Marktplatz hat sie behauptet, die alte Vettel wäre gar keine Hexe, auch wenn ich das Gegenteil beweisen kann."

„Zu der Alten kommen wir noch. Jetzt geht es um die Fremde. Was habt Ihr noch gegen sie vorzubringen?"

„Ein Mann hat sie der Hexerei bezichtigt."

„Ja. Ich behaupte, dass sie eine Hexe ist, denn sie hat meinen Sohn mit Zauberkräften verführt." Von einem Stuhl an der Seite hatte sich plötzlich Silas Markham erhoben. „Aber das ist noch nicht alles an Beweisen." Er ließ den Blick über die Menge schweifen, um dann auf eine Frau zu deuten. „Ihr dort – diese Hexe hat doch dafür gesorgt, dass Euer Haus niedergebrannt ist. Stimmt das etwa nicht?"

Sein Finger wies auf Sal, die Frau, die bei dem Brand aus dem Fenster gesprungen war. Nun war sie totenbleich und offensichtlich außer sich vor Angst. „Ja, Herr", bestätigte sie fast flüsternd. „Unser Haus hat Feuer gefangen, aber ich weiß nicht, wie. Und diese Frau wohnte uns gegenüber."

„Und Ihr dort", wieder zeigte Master Markham mit dem Finger in die Menge, „was habt Ihr zu sagen? Dass die Frau einen Dämon in Form einer Katze hat?"

Als Anna Jenny erkannte, sank ihr der Mut. Die Nachbarin sah zu Boden, als wünschte sie, die Erde könnte sich auftun und sie verschlingen.

„Ja, Herr. Soweit ich weiß, hat sie eine Katze. Aber …"

„Das reicht", unterbracht Master Markham sie. „Und was ist mit Euch?" Er zeigte bereits auf die nächste Frau.

Auch Lizzie, die nun einen Schritt nach vorn trat, hob die Augen nicht. „Ich habe sie gefragt, ob sie mir etwas für die

Augen meiner Letty geben kann", stammelte sie. „Sie waren ganz rot und entzündet. Aber jemand hat gesagt, ich soll lieber nichts von dieser Frau nehmen, weil sie das Mädchen vielleicht blind macht. Ich weiß nicht, ob das wahr ist."

„Aha! Seht Ihr? Das reicht wohl an Beweisen!" Siegessicher wandte Master Markham sich an den Richter. „An der Schuld der Frau besteht kein Zweifel. Sie muss verbrannt werden."

Erst nach langer Zeit nickte der Richter. „Ja. Die Beweise sind ausreichend. Bringt sie fort – zurück in die Zelle, um die Hinrichtung zu erwarten."

„Die Wasserprobe – lasst sie die Wasserprobe machen!", rief eine Stimme aus der Zuschauermenge.

Daraufhin zog der Richter die Augenbrauen zusammen. „Ihre Schuld steht fest, eine Probe ist nicht mehr nötig. Sie soll verbrannt werden. Das ist mein letztes Wort." Er wechselte einen verschwörerischen Blick mit Silas Markham.

Grobe Hände ergriffen Anna, die einer Ohnmacht nahe war, und brachten sie zurück in den feuchten Kerker.

Eine Weile später wurde die Tür noch einmal geöffnet, und der Wärter stieß die alte Betty zu Anna hinein.

„Was soll aus dir werden?", flüsterte Anna fragend.

„Ich werde verbrannt, genau wie du."

„Wann?"

„Morgen, auf dem Marktplatz."

„Ich wollte nicht sterben, Betty", hauchte Anna tonlos. „Es gab so viel, was das Leben lohnte. Aber jetzt spielt es keine Rolle mehr. Der Mann, der mich verleumdet hat, ist Pauls Vater. Auf diese Weise will er sicherstellen, dass sein Sohn keine Fremde heiratet. Selbst wenn man mich verschont, weiß ich, dass wir niemals heiraten könnten. Und damit hat mein Leben keinen Sinn mehr."

Betty nahm ihre Hand. „Noch ist nicht alles verloren,

meine Hübsche. Gib die Hoffnung nicht auf. Vielleicht sollten wir gemeinsam ein Gebet sprechen."

„Danke, Betty. Zumindest muss ich nicht allein sterben."

Die Nacht schien gar nicht vorübergehen zu wollen, und doch kam der Morgen viel zu schnell. Klirrend schloss der Wärter die Tür zur Zelle auf.

„Kein Frühstück heute", verkündete er fröhlich. „Das wäre pure Verschwendung, schließlich seid ihr beide noch vor dem Mittagsläuten tot. Kommt schon – hier entlang." Wieder fesselte er sie aneinander und zerrte sie hinter sich her.

Anna half Betty, so gut es ging. Grob wurden sie durch Gänge und über Treppen in den Burghof geführt. Nach dem Dämmerdunkel in ihrem Verlies mussten sie die Lider gegen das helle Tageslicht zusammenkneifen. Eine Hand schützend über die Augen gelegt, half Anna mit der anderen Betty auf den Karren, der sie zum Marktplatz bringen sollte.

Die Todesangst machte sie beinahe bewegungsunfähig, und es gelang Anna kaum, auf dem ruckelnden Wagen aufrecht stehen zu bleiben und dabei noch Betty zu stützen. Sollte sie wirklich sterben? Durfte sie nie wieder den Sonnenschein genießen, nie wieder Pauls Lächeln sehen und seine Stimme hören? Nie wieder gutes Brot und sauberes Wasser schmecken? Plötzlich kam ihr die Welt wunderschön vor, und sie konnte sich nicht vorstellen, dass das Leben auch ohne sie weitergehen sollte. Sie wollte leben – leben! Sie wollte mit Paul Kinder haben und mit ihm alt werden.

Wie von Sinnen versuchte sie, in der Menge ein freundliches Gesicht zu entdecken. Aber alles, was ihr entgegenschlug, waren Hass und Hohn. Die Zuschauer schrien und reckten die Fäuste, andere bewarfen sie mit faulem Gemüse. Keiner der Menschen hier würde sie retten.

Abrupt kam der Karren neben zwei hastig errichteten Scheiterhaufen vor der Moot Hall zum Stehen. Anna und

Betty wurden vorwärts gestoßen, während die Menge um sie herum „Hexen! Hexen!“ schrie. Ein faules Ei traf Anna, und die stinkende Flüssigkeit rann ihr über die Wange. Mutlos ließ sie den Kopf sinken und schloss die Augen. Das war das Ende. Es gab keine Hoffnung mehr. Mit letzter Kraft betete sie darum, dass man ihr wenigstens die Angst nicht ansehen würde. Sie wollte tapfer sterben. Ein letztes Mal nahm sie allen Mut zusammen, hob den Kopf und blickte in den Himmel.

Neben ihr schien die alte Betty ganz ähnliche Gedanken zu hegen. Sie straffte den gebeugten Rücken und schien plötzlich über sich hinauszuwachsen.

„Ja, ihr habt recht“, rief sie mit kräftiger Stimme, die über den ganzen Platz hinweghallte. „Ich bin eine Hexe. Mit meinen Zaubersprüchen kann ich Leuten den Verstand rauben oder sie heilen. Ich habe den bösen Blick“, sie sah sich in der Menge um, „und wenn ich will, kann ich dich … und dich … und dich damit treffen.“

Zu verängstigt, um zu merken, dass die alte Frau niemanden direkt angeblickt hatte, verstummten die Leute plötzlich und wichen ein Stück zurück. Einige wandten sich sogar ab und murmelten, sie hätten Besseres zu tun, als eine Hinrichtung anzuschauen. Aber es blieben noch genug, um die Rede der alten Betty anzuhören.

Jetzt beugte sie sich vor. „Ihr glaubt mir nicht? Dann hört zu: Ich habe diese Frau verzaubert, als ich sie in der Menge gesehen habe.“ Damit knuffte sie Anna unsanft in die Seite. „Ein Blick genügte, und schon kam sie und wollte mich verteidigen. Bis zum heutigen Tag steht sie unter meinem Bann. Sie tut, was ich von ihr verlange, denn sie hat keinen eigenen Willen mehr. Schaut nur hin!“ Damit drehte sie sich zu Anna um und sagte laut: „Tanz, Mädchen!“ Flüsternd forderte sie Anna auf: „Um der Liebe Gottes willen, tanz!“

Anna wusste kaum, wie ihr geschah. Dennoch begann sie,

unbeholfen auf und ab zu hüpfen.

„Schneller, Mädchen, schneller!“, befahl Betty mit durchdringender Stimme.

Anna hüpfte und drehte sich so schnell, wie ihre schwindenden Kräfte es zuließen.

„Noch schneller!“

Gehorsam sprang und hüpfte und tanzte Anna, als hinge ihr Leben davon ab. Nur vage stieg ihr ins Bewusstsein, dass genau das der Fall war.

„Bleib stehen!“

Da hielt Anna so abrupt inne, dass sie auf die Knie fiel. Im nächsten Augenblick beugte sich Betty über sie, legte ihr die Hand auf die Schulter und rief in lautem Singsang: „Ich befreie dich von meinem Bann. Du sollst mir nicht länger gehorsam sein.“ Flüsternd fügte sie hinzu: „Du wirst schon sehen, sie nehmen uns diesen Humbug ab. Narren, alle miteinander! Sicher lassen sie dich jetzt gehen. Gott sei mit dir, mein liebes Kind.“

Es war das Letzte, was Anna hörte, bevor sie das Bewusstsein verlor.

Sie kam erst wieder zu sich, als ihr jemand einen Eimer Wasser über den Kopf schüttete. Mit wackligen Knien stand sie auf und bemerkte erst jetzt, dass man die Fesseln gelöst hatte, mit denen sie an Betty gebunden worden war. Als sie den Blick hob, sah sie den brennenden Scheiterhaufen neben sich.

Die Tränen stiegen Anna in die Augen, doch ihr Schluchzen konnte sie gerade noch rechtzeitig unterdrücken. Um sie herum ertönte immer noch das feindselige Gemurmel der Menge. Anna wusste, dass die leichtgläubige Menge sich von der alten Betty hatte täuschen lassen. Aber sie selbst musste das Schauspiel weiter aufrechterhalten, um nicht in den Verdacht zu geraten, von der Zauberei der alten Hexe besessen zu sein.

Schweren Herzens tat Anna deshalb so, als würde sie vor dem Leichnam ihrer Freundin zurückweichen. Sie drehte sich um und rannte davon – geradewegs in die Arme von Samuel Hegetorne.

Er packte sie bei der Schulter. „Ich wusste, dass nichts Gutes dabei herauskommen konnte, als du meinen Schutz verlassen hast", bemerkte er streng, während er sie hastig wegführte. Mit gerümpfter Nase musterte er sie von der Seite. „Du liebe Zeit, wie du stinkst! Sieh dich nur an! So etwas Schmutziges habe ich schon lange nicht mehr zu Gesicht bekommen. Ich weiß wirklich nicht, wie ich es aushalten soll, auf dem Wagen neben dir zu sitzen."

„Ich will aber nicht …"

„Es ist mir gleichgültig, was du willst oder nicht. Ich bringe dich heim ins Garden House, wo ich auf dich aufpassen kann." Damit schob er sie auf den Sitz des wartenden Wagens, bevor er selbst einstieg, ein lavendelgetränktes Tüchlein gegen die Nase gepresst.

„Woher wusstest du von alldem?", fragte sie.

„Solche Dinge verbreiten sich wie ein Lauffeuer. Griete war an dem Tag auf dem Markt, als du so töricht warst, die alte Frau zu verteidigen. Also habe ich Erkundigungen eingeholt und herausgefunden, wann die Hinrichtung stattfinden sollte. Keine Sorge, ich hätte dich gerettet, wenn es notwendig geworden wäre."

Überrascht hob Anna den Kopf. „Wie denn?"

Er streckte die Hand aus und zeigte ihr einen Geldbeutel. „Solche Leute lassen sich immer bestechen."

Anna musste zugeben, dass es unendlich guttat, behaglich im warmen, rosenduftenden Badewasser zu liegen. Während Griete ihr den Rücken schrubbte und die Haare wusch, verflüchtigte sich allmählich sogar die Erinnerung an den Gestank des Kerkers. Doch bevor Anna sich wirklich sauber fühlte, musste das Wasser dreimal gewechselt werden.

Endlich trocknete Anna sich ab und ließ sich von Griete in eines der Kleider helfen, die sie damals zurückgelassen hatte. War das wirklich erst ein halbes Jahr her?

„So", bemerkte Samuel später, als sie ihm an dem langen Esstisch gegenübersaß. Vor ihr stand ein Teller mit gebratener Ente. „Ich hoffe, du hast deine Lektion gelernt, meine Liebe."

Da Anna so lange nichts Ordentliches mehr gegessen hatte, verursachte ihr der Anblick fetter Speisen leichte Übelkeit. Sie brach ein Stück Weißbrot ab und steckte es in den Mund. Wie fein und süß schmeckte es nach dem groben schimmligen Schwarzbrot des Kerkers! Mit Genuss nahm sie den nächsten Bissen. Erst dann sah sie Samuel an. Er wirkte sehr selbstzufrieden.

„Ob ich meine Lektion gelernt habe?", wiederholte sie nachdenklich. „Zumindest habe ich gelernt, dass die alte Betty sich als treue Freundin erwiesen hat. Sie hat mir das Leben zurückgegeben, und das ist das größte Geschenk, das mir jemand machen konnte. Ich werde mich immer voller Dankbarkeit an sie erinnern."

„Sei still, Mädchen! Lass mich solche Worte nie wieder aus deinem Mund vernehmen!" Alle Farbe war aus seinem Gesicht gewichen.

Überrascht lächelte sie ihn an. „Du glaubst doch nicht wirklich daran, dass sie mich in ihren Bann geschlagen hatte, Samuel? Das hat sie nur gesagt, um mich zu retten."

„Ob es die Wahrheit ist oder nicht – es gibt viele Leute, die daran glauben. Es wäre äußerst unklug, ihnen zu widersprechen", erwiderte er steif. „Hexerei ist eine gefährliche Macht."

„Ich versichere dir, dass Betty keine Hexe war, sondern eine sehr weise alte Frau."

„Ich wäre dir dankbar, wenn du in Zukunft deine Meinung für dich behalten würdest.“ Er warf einen Blick auf ihren Teller. „Isst du nichts von der Ente?“

„Nein. Mein Magen ist noch nicht bereit dafür. Wenn du nichts dagegen hast, gehe ich jetzt zu Bett. Es ist zu lange her, dass ich richtig geschlafen habe. Ich weiß noch nicht einmal, wie lange – man konnte im Verlies Tag und Nacht nicht unterscheiden.“

„Du warst mehr als eine Woche dort“, informierte er sie etwas freundlicher. „Ja, natürlich. Du musst müde sein. Griete hat dir das Bett bezogen, und ansonsten findest du in deinem Zimmer alles genauso vor, wie du es verlassen hast. Dafür habe ich gesorgt. Schlaf gut.“

Eine Woche lang ließ Anna sich willig von Samuel herumkommandieren und von Griete verwöhnen. Sie war dankbar für alles, was die schreckliche Erinnerung an das Gefängnis verdrängte. Doch nachts konnte sie kaum einschlafen und hatte Angst, die Kerze zu löschen, weil die Dunkelheit unerträglich auf ihr lastete. Wenn sie dann endlich Schlaf fand, quälten sie Albträume, in denen sie wieder in dem stinkenden, rattenverseuchten Verlies eingekerkert war.

Trotzdem empfand sie tiefe Dankbarkeit dafür, dass ihr das Leben geschenkt worden war. Nachdem sie dem Tod bereits ins Gesicht geschaut hatte, kam ihr jeder Augenblick auf einmal unendlich kostbar vor.

Doch dieses Gefühl hielt nicht lange an.

Wenn sie im Garten herumspazierte und die warmen Sonnenstrahlen genoss, erkannte sie, dass sich nichts, gar nichts verändert hatte. Die Hecken waren genauso beschnitten wie früher, in den Beeten wuchsen haargenau die gleichen Blumen, auch im Knotengarten sah noch alles so aus wie ein halbes Jahr zuvor. Sogar der Gemüsegarten war der gleiche geblieben. Anna fand den Weg zum Kohlbeet mit geschlossenen Augen.

„Ich habe Mijnheer Hegetorne gesagt, dass wir die Gemüsesorten wechseln sollten“, beschwerte sich der Gärtner leise bei Anna. „Wenn man den Kohl jedes Jahr im gleichen Beet zieht, handelt man sich nur Krankheiten und welke Blätter ein. Aber er will nichts verändern. Alles soll genauso bleiben, wie es immer war.“ Der Mann seufzte. „Ich habe ein paar Ideen – gute Ideen, wenn ich das so sagen darf –, aber er hört mir noch nicht einmal zu.“

Nach kurzem Zögern beschloss Anna, Pieter ins Vertrauen zu ziehen. „Wir wussten es damals selbst nicht, weil Samuel es Jan nicht verraten hat, aber er hat den Garten als eine Art Denkmal für seine verstorbene Frau anlegen lassen.“ Hilflos hob sie die Hände. „Als er fertig war, hat er Samuel so gut gefallen, dass er nun alles genauso lassen will, wie es ist. Ich weiß, wie schwierig das für Euch sein muss, Pieter.“

Der Gärtner nickte. „Der Garten ist wunderschön angelegt, das stimmt. Aber wenn man noch nicht einmal eine sinnvolle Fruchtfolge vorschlagen darf …“ Verzweifelt schüttelte er den Kopf.

„Ich weiß. Und ich bin mir sicher, es wäre besser, wenn der Garten wachsen und sich verändern dürfte, statt einfach zu …“ Sie hielt mitten im Satz inne. Eigentlich hatte sie „versteinern“ sagen wollen, aber das kam ihr ungerecht gegenüber Pieter vor. Schließlich gab der Mann sein Bestes, um den Garten prachtvoll und lebendig zu erhalten. So setzte sie hinzu: „… statt einfach so zu bleiben, wie er ist.“

Nachdenklich ging sie zum Haus zurück. Inzwischen empfand sie das Leben hier als einengend und sogar erstickend. Sie wurde mit Luxus überhäuft, ohne etwas Sinnvolles tun zu dürfen. Und da es für sie nichts zu tun gab, wanderten ihre Gedanken immer öfter zu Paul zurück. Sie hatte ihn verloren und mit ihm jede Aussicht darauf, glücklich zu werden. Dafür hatte sein Vater gesorgt. Silas Markham hatte den grausamsten und niederträchtigsten Weg gewählt, um sicherzustellen, dass sein Sohn keine Fremde heiratete.

Dass sie nichts von Paul gehört hatte, überraschte Anna nicht. Für ihn war es schon schwierig genug gewesen, überhaupt an die Heirat mit einer Fremden zu denken. Schließlich kannte er die Abneigung seines Vaters gegenüber der flämischen Gemeinde. Doch seit Anna auch noch unter dem Verdacht der Hexerei stand – wie unbegründet er auch sein mochte –, war eine Verbindung zwischen ihnen vollends unmöglich geworden. Vermutlich würde sie Paul nie wiedersehen. Nachts weinte Anna oft bittere Tränen in ihr Kissen, weil Zukunftsträume aus glücklicheren Tagen sie heimsuchten.

Zu ihrer Überraschung schien Samuel von ihr zu erwarten, dass sie ihre alten Gewohnheiten wieder aufnahm. Nach dem Abendessen sollte sie mit ihm am Kamin sitzen, während er seine Pfeife rauchte und pausenlos über Nichtigkeiten redete. Hatte seine Stimme immer schon so laut und durchdringend geklungen? Früher war es Anna jedenfalls nie aufgefallen. Nach ein paar Wochen wurde sie immer unruhiger und konnte kaum noch stillsitzen. Sie sehnte sich nach der Ruhe und der Freiheit ihres eigenen kleinen Häuschens.

„Es wird langsam Zeit, dass ich nach Hause zurückgehe“, unterbrach sie Samuel eines Abends. Sie wohnte nun schon wieder seit über einem Monat im Garden House. „Du bist sehr freundlich, Samuel, und ich danke dir für deine Gastfreundschaft. Aber inzwischen habe ich mich erholt. Die Albträume werden weniger, und ich kann auch wieder essen. Ich sollte heimkehren.“

„Aber das hier ist dein Zuhause, Anna. Hier gehörst du hin, und ich möchte, dass du hierbleibst.“

Es hielt Anna nicht auf ihrem Stuhl, und sie begann, im Raum auf und ab zu gehen. „Nein, Samuel“, antwortete sie schließlich. „Ich gehöre nicht hierhin. Nicht mehr. Ich habe ein eigenes Leben …"

„Das du beinahe verloren hättest", warf er leicht sarkastisch ein.

„Ich habe nur getan, was ich für richtig hielt. Hätte ich mit ansehen sollen, wie eine gute Freundin ein ungerechtes Schicksal erleidet? Das hätte mein Gewissen bis in alle Ewigkeit belastet."

Samuel gestikulierte mit seiner Pfeife, die einen Rauchfaden hinter sich herzog. „Das mag sein, aber du bist nicht in der Lage, allein zu leben. Einmal habe ich dir nachgegeben, aber noch einmal mache ich diesen Fehler nicht. Vielleicht darf ich dich daran erinnern, dass du nur dank meiner großzügigen Unterstützung genug zu beißen hattest. Hätte ich dir nicht wöchentlich Geld geschickt, wärst du wahrscheinlich verhungert."

Zornig fuhr sie herum. „Ich habe nicht einen Penny von dem Geld angerührt, das du mir geschickt hast, sondern es an die Armen verteilt. Trotzdem bin ich keineswegs verhungert." Mit gerunzelter Stirn sah sie ihn an. „Was glaubst du eigentlich, wer ich bin? Ein hilfloses Geschöpf, das noch nicht einmal allein Wasser kochen kann? Ich bin eine erwachsene Frau, eine Witwe, und durchaus in der Lage, für mich selbst zu sorgen. Und genau das werde ich auch tun."

„Aber ich habe nicht vor, das zuzulassen. Ich werde für dich sorgen, weil Jan mich vor seiner Abreise nach Flandern darum gebeten hat. Damals habe ich es ihm versprochen, und ich halte meine Versprechen, Anna."

„Ach Samuel, das ist inzwischen zwei Jahre her."

„Das spielt keine Rolle. Versprochen ist versprochen."

Zornig hieb Anna mit der Faust auf den Tisch. „Aber ich will nicht, dass du für mich sorgst, Samuel. Ich möchte unabhängig sein. Morgen gehe ich zurück zu meinem Häuschen."

„Das geht nicht“, erwiderte er seelenruhig.

„Warum nicht?“

„Weil ich es verkauft habe.“

Ungläubig starrte sie ihn einen Augenblick lang an, bevor sie seufzte. „Also gut. Dann muss ich mir eben ein anderes Dach über dem Kopf suchen.“

„Nein. Ich lasse dich nicht gehen.“

„Daran kannst du mich nicht hindern.“ Sie setzte sich ihm wieder gegenüber. „Ich möchte wirklich nicht mit dir streiten, Samuel, dazu bin ich dir zu dankbar für alles, was du getan hast. Aber wenn ich auf eigenen Beinen stehen will, hast du kein Recht, mich davon abzuhalten. Und du kannst es auch gar nicht.“ Erneut sprang sie auf und lief auf und ab wie ein Tier im Käfig.

„Ach, das sehe ich anders“, bemerkte er.

„Wie denn?“

„Sicher, ich hätte es vorgezogen, darauf zu verzichten.“ Er rieb sich die Hände. „Aber ich bin sicher, dass es das Beste sein wird.“

Misstrauisch sah sie ihn an. „Wovon sprichst du?“

Er lächelte siegesgewiss. „Ich werde dich heiraten.“

24. KAPITEL

„Nein!“, rief Anna entsetzt aus. Doch als ihr bewusst wurde, wie unhöflich das geklungen haben musste, setzte sie so sanft wie möglich hinzu: „Ich fühle mich sehr geehrt, dass du mich heiraten möchtest, Samuel. Aber ich glaube, das ist für uns beide keine gute Lösung.“

„Oh, es ist keineswegs so, dass ich dich heiraten *möchte*, meine Liebe“, antwortete Samuel. „Aber ich halte es für meine Pflicht. Schließlich habe ich Jan versprochen, für dich zu sorgen, und offenbar bist du selbst nicht in der Lage, auf dich aufzupassen.“

„Das stimmt nicht. Ich kann sehr wohl auf mich selbst aufpassen. Aber auch abgesehen davon kann ich dich auf keinen Fall heiraten. Es tut mir leid, Samuel.“

„Und warum nicht?“ Er hatte fragend die Augenbrauen gehoben.

„Weil ich einen anderen liebe.“

Es verstrichen etliche Augenblicke, bevor er antwortete: „Und hattest du vor, diesen anderen zu heiraten?“

„Ja.“

„Aber nun, nachdem du gerade einer Katastrophe – das Wort scheint mir ganz passend – entronnen bist, hast du Zweifel?“

„Es gibt Schwierigkeiten“, räumte Anna ein.

Samuel lehnte sich in seinem Stuhl zurück. „Ich habe niemals erwartet, dass du mich liebst.“ Hörte sie da aus seiner Stimme einen Anflug von Bedauern heraus? „Schließlich bin ich alt genug, um dein Vater zu sein. Aber das muss einer Ehe zwischen uns nicht im Wege stehen. Und das wird es auch nicht. Gleich morgen statte ich dem Prediger einen Besuch ab.“ Sein Gesichtsausdruck wurde weicher. „Ich kann dir alles geben, was mit Geld zu bezahlen ist, Anna. Viele Frauen würden nur zu gern mit dir tauschen."

„Das weiß ich, Samuel", erwiderte sie seufzend. „Und ich fühle mich wirklich geehrt, dass du mich zur Frau nehmen willst." Sie schwieg eine Weile, bevor sie fortfuhr: „Es tut mir leid. Ich muss mir dein Angebot sorgfältig durch den Kopf gehen lassen. Können wir morgen früh weiter darüber reden?"

„Wie du möchtest", antwortet er und neigte den Kopf.

Anna suchte Zuflucht in ihrem Zimmer, aber sie konnte nicht einschlafen. Die ganze Nacht über schmiedete sie Pläne, nur um sie gleich wieder zu verwerfen. Es gab nur eines, dessen sie sich absolut sicher war: Sie konnte und wollte Samuel Hegetorne nicht heiraten. Damit blieb ihr nur, sein Haus so schnell wie möglich zu verlassen. Aber wohin sollte sie sich wenden? In Colchester konnte sie jedenfalls nicht bleiben, denn dort würde er sie sofort finden.

Vielleicht konnte ihr der Prediger helfen, indem er ihr ein Empfehlungsschreiben für einen Bekannten in London gab. Aber schon auf den zweiten Blick kam ihr der Einfall nicht mehr sonderlich gut vor. Sicherlich würde Mijnheer van Migrode Samuel erzählen, wohin sie gegangen war. Und an Paul konnte sie sich auch nicht wenden, denn sein Vater hatte ihm sicher erfolgreich alle möglichen Lügengeschichten über sie erzählt. Verzweifelt presste sie die Finger gegen die Schläfen. Es musste ein sicheres Plätzchen geben. *Denk nach, Anna, denk!*

Als der Tag sich am Horizont mit einem Farbenmeer aus Blau, Violett und Gelb ankündigte, wusste Anna immer noch nicht, wohin sie gehen und was sie tun sollte. Aber wenn sie das Garden House verlassen wollte, dann musste sie es jetzt tun, solange die Dienstboten noch schliefen.

Schnell kleidete sie sich an und schlich die Treppe hinab

zur Hintertür. Genau auf dieselbe heimliche Art hatte sie vor Jahren das Haus von Cornelis Fromenteel verlassen. Es kam ihr vor wie in einem anderen Leben. Damals wie heute lief sie vor einer unerwünschten Heirat davon, aber bei der Flucht aus Flandern war Jan an ihrer Seite gewesen. Jetzt war sie allein, mutterseelenallein.

Anna zwang sich, diesen Gedanken beiseitezuschieben. Halb gehend, halb laufend, machte sie sich auf den Weg zur Stadt und schaute sich alle paar Schritte ängstlich um, ob ihr jemand folgte. Sie wollte nur eines: dem Gefängnis entkommen, in das Samuels Haus sich für sie verwandelt hatte. Mochte es auch noch so elegant und bequem sein, sie fühlte sich darin ebenso eingesperrt wie im Kerker der Burg. Während sie die Landstraße entlanghastete, versuchte sie verzweifelt, einen Ausweg zu finden.

Als Erstes musste sie zu ihrem Häuschen gehen. Samuel behauptete zwar, er hätte es verkauft, aber ein Teil ihrer Habe war dort geblieben, und den brauchte sie nun – zumindest ihr Kräuterbuch und das wenige Geld, das sie ihr Eigen nannte. Irgendjemand musste es gefunden und aufgehoben haben. Außerdem musste sie herausfinden, was aus Blackie geworden war. Vielleicht kümmerte sich eine der Nachbarinnen um das Kätzchen.

Anna bog in die Schere Gate Alley ein, als die Stadt gerade zum Leben erwachte. Überall rieben sich Männer müde die Augen, während sie sich an ihr Tagewerk begaben, und Frauen warfen den Müll vor die Tür. Sie musste sich beeilen. Sicherlich war das Häuschen der erste Ort, an dem Samuel nach ihr suchen würde.

Als sie endlich vor ihrem ehemaligen Heim stand, schüttete eine Frau gerade einen Eimer Schmutzwasser in die Gosse.

„Bis vor Kurzem habe ich hier gewohnt“, sprach Anna

sie atemlos an. „Wisst Ihr, was aus meinen Sachen geworden ist?"

„Ja. Die Frau aus dem Haus dort drüben hat alles gestohlen", erwiderte die neue Bewohnerin abfällig. „Dieser Diebesbande traue ich nicht über den Weg. Ich werde nicht lange hierbleiben."

„Danke." Damit wandte Anna sich um und ging auf die Häuserzeile gegenüber zu. Im selben Augenblick öffnete sich eine der Türen, und Jenny trat hinaus, um eine Decke auszuschütteln. Als sie Anna sah, lief sie auf sie zu.

„Oh Anna, wie froh bin ich, dass du gerettet worden bist! Ich wollte dich nicht verleumden, wirklich!" Bekümmerung sprach aus ihrer Miene. „Ich schwöre zu Gott, dass ich dir nicht schaden wollte, aber Master Markham … Ich habe mich nicht getraut, ihm zu widersprechen. Bestimmt hätte er uns alle hinausgeworfen!"

„Ich weiß schon, Jenny, und ich verstehe es. Dich trifft keine Schuld. Aber du musst mir helfen. Weißt du, was aus meinen Sachen geworden ist? Es geht mir vor allem um meine Geldbörse, mein Kräuterbuch und um mein Kätzchen, Blackie."

„Oh ja, wo Blackie ist, kann ich dir sagen: bei mir. Meine Kinder haben sie ins Herz geschlossen."

Als hätte das Kätzchen gespürt, dass von ihm die Rede war, tauchte es plötzlich neben den Frauen auf und rieb sich schnurrend an Annas Beinen. Anna hob es hoch und streichelte das seidige Fell.

„Ach, ich habe dich vermisst, Blackie", rief sie erfreut. „Aber ich weiß nicht, was ich mit dir anfangen soll, denn ich muss fortgehen."

Offenbar verstand Blackie ihre Worte, denn sie kletterte Anna auf die Schulter und nahm dort Platz.

„Sie möchte mitkommen", bemerkte Jenny.

Doch Anna hob sie sanft hinunter. „Nein, Blackie, das geht nicht. Es ist besser, wenn du hierbleibst – falls Jenny dich haben möchte."

„Sie kann gern bleiben", nickte die Nachbarin.

„Gut. Danke, Jenny. Aber was ist mit den anderen Sachen? Hast du sie an dich genommen?"

„Ja. Als die Männer kamen, um das Haus leer zu räumen, bin ich hingegangen. Ich habe ihnen erzählt, dass du mich gebeten hast, ein paar Dinge aufzubewahren. Deine Kleider ..."

„Nein, die Kleider kann ich nicht mitnehmen. Nimm sie. Ich brauche nur das Kräuterbuch und die Geldbörse, mehr nicht. Und wir müssen uns beeilen. Wenn Mijnheer Hegetorne später vorbeikommt und nach mir fragt, darfst du ihm nicht erzählen, dass du mich gesehen hast. Versprichst du mir das?"

„Ja, natürlich. Ich werde dich nicht noch einmal verraten, Anna." Jenny eilte ins Haus und kam kurz darauf mit einem kleinen Korb zurück. „Hier. Ich habe alles hineingepackt, was klein genug war: ein paar Broschen und eine Halskette. Die kannst du verkaufen, wenn du Geld brauchst. Außerdem habe ich eine Brosche dazugelegt, die meiner Mutter gehört hat. Ich weiß, dass ich damit niemals wiedergutmachen kann, was ich getan habe. Aber es ist alles, was ich dir anbieten kann. Und hier, nimm auch ein Brot. Wohin du auch gehst – essen musst du."

„Danke, Jenny." In einer Augenblickseingebung drückte Anna ihr einen Kuss auf die Wange und eilte davon, die Stufen am Schere Gate hoch und die Trinity Street entlang. Wenigstens wusste sie nun, wo sie sich hinwenden konnte – zur Hütte der alten Betty. Nun, da die alte Frau tot war, stand das Häuschen leer. Zudem lag es weit genug von Colchester entfernt. Dort würde sie niemand erkennen. An diesem Zufluchtsort konnte sie in Frieden bis ans Ende ihrer Tage leben, genau wie die alte Betty es vorgehabt hatte.

Aber Anna machte sich nicht sofort auf den Weg dorthin. Vorher wollte sie ein letztes Mal das Grab ihres Vaters besuchen. Als sie den Marktplatz überquerte, bemühte sie sich nach Kräften, nicht zu der Stelle vor der Moot Hall zu blicken, an der die alte Betty gestorben war. So schnell sie konnte, drängte sie sich zwischen den Marktständen hindurch und bog in die Stockwell Street ein.

Auf dem Friedhof von St. Martin umfing sie die gleiche Ruhe wie bei ihrem letzten Besuch. Als Anna sich neben das Grab von Henrick Tayspijl hockte, bemerkte sie, dass sie zitterte.

„Lieber Vater“, flüsterte sie und legte die Wange auf den grünen Hügel. „Ich wollte dafür sorgen, dass du deine Judith wiedersiehst, aber es sollte nicht sein. Vielleicht kann ich ihr irgendwann die Nachricht zukommen lassen, dass ich dich gefunden habe. Ruhe in Frieden.“

Alles um sie herum verschwamm, weil ihr die Tränen in die Augen stiegen. Sie erhob sich, nahm den Korb in die Hand – und bemerkte einen dunklen Schatten daneben. Überrascht wischte sie sich die Augen, um klarer sehen zu können.

„Blackie! Du bist mir gefolgt! Ach Blackie – du wolltest mich nicht schon wieder verlieren, stimmt's? Na gut, wenn du so entschlossen bist, dann nehme ich dich wohl besser mit.“ Sie setzte das Tier in den Korb. „Aber ich warne dich: Wir haben einen weiten Weg vor uns. Und wenn du hinunterspringst, werde ich dich nie wiederfinden.“

Als hätte sie jedes Wort verstanden, rollte Blackie sich zusammen und schlief ein.

Noch einmal musste Anna den Marktplatz überqueren, um von dort aus den Hügel hinab zur Straße nach Harwich zu gelangen, an der Bettys Hütte lag.

Am East Hill verlangsamte sie ihre Schritte noch einmal, als sie an dem Haus der Markhams vorbeikam. Hier lebte Paul mit seinen Eltern. Das große Gebäude zeugte vom Wohlstand seiner Bewohner, und ein Torbogen führte zu den Lagerschuppen für Wolle und Tuch. Obwohl es immer noch früh am Morgen war, wurden bereits Karren mit Stoffen beladen, die verschifft werden sollten. Anna konnte Paul nirgends entdecken, wagte es aber nicht, stehen zu bleiben, um gründlicher nach ihm zu suchen.

Hastig machte sie sich wieder auf den Weg und lenkte sich von trüben Gedanken ab, indem sie an das letzte Mal dachte, als sie diese Straße entlanggegangen war. Damals war sie mit Jan zusammen in die entgegengesetzte Richtung gelaufen, voller Hoffnung und voller Pläne für eine gemeinsame Zukunft. Für Jan hatte diese Zukunft jäh geendet. Aber zumindest waren sie glücklich gewesen, solange es ihnen vergönnt war. Ein Lächeln spielte um Annas Lippen, als sie sich daran erinnerte.

Bereits auf halbem Weg nach Manningtree taten ihr Füße und Rücken weh, weil sie es immer noch nicht wagte, langsamer zu gehen. Hinter ihr näherte sich ein Karren, und der Kutscher zügelte sein Pferd, als er sie eingeholt hatte.

„Ich bin auf dem Weg nach Harwich, wenn Euch das etwas nützt“, sprach er Anna an und zeigte einladend auf den Wagen.

Dankbar kletterte Anna hinauf und setzte sich neben ihn.

„Wohin des Wegs, Mistress?“, fragte er, offensichtlich erfreut darüber, sich die Fahrt mit einem Gespräch verkürzen zu können.

Nach kurzem Zögern antwortete Anna: „Ich will eine Freundin besuchen. Sie wohnt hinter Manningtree.“

„Und was habt Ihr da in Eurem Korb? Eine Katze?“

„Ja, für meine Freundin.“

Als er sich zu ihr umdrehte, um sie anzusehen, wandte sie das Gesicht ab. Er durfte sie auf keinen Fall erkennen. „Ihr seid eine Fremde, stimmt's? Man hört es Euch an."

„Ja, ich komme aus Flandern, aber ich lebe schon seit Jahren hier."

„Dieses Tuch soll nach Calais verschifft werden. Man hätte es auch nach Hythe bringen können, aber mein Herr meint, von Harwich aus ist es schneller in Calais. Keine Ahnung, ob er recht hat." Er spuckte an den Straßenrand. „Mir ist es gleichgültig, ob ich nach Hythe oder nach Harwich fahre. Hauptsache, ich werde bezahlt."

Die Sonne hatte den höchsten Stand bereits überschritten, als sie endlich an der Hütte der alten Betty vorbeikamen. Erklärend deutete der Fahrer mit der Peitsche hinüber. „Da hat die alte Hexe gewohnt, die vor ein paar Wochen verbrannt wurde."

„Ach, tatsächlich? Dann lasst uns schnell daran vorbeifahren, sonst werden wir noch verhext", gab Anna mit einem vorgetäuschten Schaudern zurück.

„Ach was, die Alte schmort in der Hölle. Dort kann sie niemandem mehr Schaden zufügen", antwortete der Fahrer großspurig. „Allerdings meide ich diese Straße nach Einbruch der Dunkelheit. Ich habe Gerüchte gehört, dass es in der Hütte spukt. Vielleicht geht das Gespenst der Hexe dort noch um."

„Das kann sein."

Sicherheitshalber wartete Anna noch eine Weile ab, bevor sie sagte: „Ihr könnt mich hier absetzen. Danke."

„Aber hier gibt es doch nichts als Bäume, Mistress!", erwiderte der Kutscher überrascht.

„Ich weiß. Meine Freundin wohnt jenseits des Waldes." Als Anna hinabkletterte und dem Karren nachsah, fielen ihr zum ersten Mal die großen Buchstaben auf der Seite auf:

MARKHAM & SON. Sofort schalt sie sich, nicht gleich darauf geachtet zu haben. Andererseits – was schadete es? Vermutlich würde sie den Mann nie wiedersehen.

Entschlossen lenkte sie ihre Schritte auf das Wäldchen zu. Erst als der Karren vollkommen außer Sicht war, kehrte sie um und ging die Straße zurück, bis sie die Hütte der alten Betty erreichte. Alles war genau so, wie sie es in Erinnerung hatte: die Schlafkammer auf dem Dachboden mit dem Strohlager und der schmutzigen, zerlumpten Decke, der geschwärzte Kessel über der Feuerstelle, der wacklige Stuhl am Tisch. Als Anna eintrat, stoben ein paar Hühner laut gackernd beiseite.

Die ganze Hütte war genauso ärmlich und verdreckt wie damals. Nur der Garten war sorgfältig bestellt worden. Möhren und Rüben, Bohnen und Erbsen warteten nur darauf, geerntet zu werden, obwohl sich überall Unkraut ausgebreitet hatte. Und in dem Kräutergärtlein, das Jan angelegt hatte, gedieh alles.

„Wir werden hier schon zurechtkommen, Blackie." Anna stellte den Korb ab, damit die Katze hinausspringen konnte. „Und wenn die Leute glauben, dass es hier spukt – umso besser. Dann wird uns auch niemand stören." Damit ging sie zum Brunnen, zog einen Eimer mit klarem, frischem Wasser hinauf und trank durstig.

In den folgenden Tagen putzte Anna die Hütte und machte sie bewohnbar. Allerdings ließ sie das Äußere unverändert. Vorüberkommende sollten nicht merken, dass das Häuschen bewohnt war. Sie erntete das Gemüse und aß wilde Erdbeeren, die sie im Wald sammelte. Außerdem entdeckte sie, dass die Hühner überall in der Hütte ihre Eier gelegt hatten. Manche davon waren noch essbar. Zu ihrer Freude fand sie in einer Kiste Mehl. Nachdem sie die Mehlkäfer ausgesiebt hatte, konnte sie sogar Brot backen.

Weil es so viel zu tun gab, wollte sich ein Gefühl von Einsamkeit gar nicht erst einstellen. Zudem leistete ihr Blackie Gesellschaft. Das Kätzchen wich ihr kaum von der Seite, sondern folgte ihr überallhin. Manchmal kam es Anna so vor, als erinnere Blackie sich daran, dass sie schon einmal allein zurückgelassen worden war, und wolle sich nun davor schützen.

Was sie tun sollte, wenn der Winter kam und Mehl und Gemüse zur Neige gingen, daran wagte Anna nicht zu denken. Doch sie schob den Gedanken konsequent beiseite, sobald er sie beunruhigte. Hier und jetzt fühlte sie sich glücklich – glücklicher, als sie jemals zu hoffen gewagt hätte. Trotzdem war sie ständig auf der Hut. Wenn sie draußen das Rumpeln eines Wagens oder Hufgeklapper hörte, nahm sie Blackie und versteckte sich mit ihr im Wald, bis die Gefahr vorüber war.

Allerdings hielt kein Mensch jemals an der Hütte an. Im Gegenteil: Häufig verfielen Reiter in Galopp, und Wagen rollten schneller, bis sie das vermeintliche Spukhaus hinter sich gelassen hatten. Nach einiger Zeit verflüchtigte sich Annas Furcht, und sie lief nicht mehr ganz so weit in den Wald hinein, wenn jemand vorbeikam.

Im Garden House hatte Annas Verschwinden für gehöriges Durcheinander gesorgt. Samuel lief wutentbrannt auf und ab und verwünschte die gesamte Dienerschaft, weil sie Annas Flucht nicht verhindert hatte. Er ging sogar so weit, mit Entlassung zu drohen, wenn man die Entlaufene nicht fand.

Da aber niemand etwas beobachtet oder gehört hatte und Anna noch nicht einmal Griete in ihre Pläne eingeweiht hatte, nützten alles Schimpfen und Drohen nichts.

Irgendwann setzte Samuel sich in seinen Lieblingsstuhl am Kamin und versuchte nachzudenken, wie er am besten vorgehen sollte. Einerseits war er in seiner Wut geneigt,

Anna einfach ihrem Schicksal zu überlassen. Seit dem Tod ihres Mannes hatte er mit ihr nichts als Scherereien gehabt, und eine Ehefrau war ungefähr das Letzte, was er sich wünschte. Andererseits hatte er Jan versprochen, auf sie aufzupassen. Seufzend ergab Samuel sich in seine Pflicht. Vermutlich war das die gerechte Strafe dafür, dass er seinen Gärtner in den Tod geschickt hatte.

Nachdem er vier Tage lang in Haus und Garten das Unterste nach oben hatte kehren lassen und seinen Dienern befohlen hatte, die ganze Umgebung abzusuchen, beschloss er, Annas Häuschen in Colchester einen Besuch abzustatten. Obwohl er es nicht für wahrscheinlich hielt, dass sie dort gewesen war – schließlich hatte er ihr selbst gesagt, dass er es verkauft hatte. Aber als er hinritt, musste er feststellen, dass er sich getäuscht hatte. Die Frau, die inzwischen dort wohnte, erinnerte sich an Anna und sagte ihm, sie hätte mit der Nachbarin gegenüber gesprochen.

Widerwillig überquerte Samuel die Schere Gate Alley und klopfte an die erste Tür – ohne Erfolg. Er versuchte es bei den nächsten, doch auch dort öffnete niemand, bis er zu dem Eckhäuschen kam, in dem Jenny wohnte. Zu diesem Zeitpunkt war sein Geduldsfaden bereits zum Zerreißen gespannt.

Anfangs leugnete die Frau, die ihm die Tür aufmachte, Anna gesehen zu haben.

„Was ist mit ihrer Katze? Sie hatte doch eine Katze, nicht wahr? Wo ist sie?“, fragte Samuel schließlich in drohendem Tonfall.

„Die Katze ist nicht hier.“ Eingeschüchtert blickte Jenny zu Boden und zwirbelte die Schürzenzipfel zwischen den Fingern.

„Wo ist das Tier dann?“

„Es ist ihr gefolgt.“ Als Jenny erkannte, was sie gesagt

hatte, schlug sie sich entsetzt die Hand vor den Mund.

„Aha! Also war sie doch hier!"

Angesichts seines Zorns brach Jennys Widerstand in sich zusammen. „Ja, vor drei oder vier Tagen, frühmorgens. Aber ich schwöre bei Gott, dass ich nicht weiß, wo sie hinwollte. Ich glaube, sie wusste es noch nicht einmal selbst."

„Pah!" Samuel schwang sich auf sein Pferd und ritt davon, während Jenny weinend zurückblieb. Sie hatte Anna nicht schon wieder verraten wollen!

Die nächste Anlaufstelle war der Prediger, aber Mijnheer van Migrode erwies sich als nicht besonders hilfreich.

„Es ist unwahrscheinlich, dass sie sich ausgerechnet an mich gewandt hätte", bemerkte er. „Aber kommt doch herein, und trinkt einen Schluck Wein. Ihr seht ganz aufgelöst aus."

Als die Pokale gefüllt waren und die beiden Männer sich gegenübersaßen, fragte der Prediger vorsichtig: „Seid Ihr Euch sicher, dass Ihr sie überhaupt finden wollt?"

„Natürlich bin ich mir sicher! Ihr bereitet doch schon unsere Hochzeit vor." Samuel nahm einen tiefen Schluck Wein.

Mijnheer van Migrode schenkte ihm nach. „Ich habe Euch gewarnt, dass ich diese Verbindung für ... nicht sehr klug halte. Denkt noch einmal sorgfältig nach ..."

„Ich habe darüber nachgedacht", unterbrach ihn Samuel Hegetorne unhöflich. „Und ich bin fest entschlossen, sie zu heiraten."

„Wie es aussieht, scheint sie ebenso fest entschlossen zu sein, Euch nicht zu heiraten", gab der Prediger zu bedenken.

„Unsinn. Sie wird sich schon an den Gedanken gewöhnen – wenn ich sie finde." Er leerte den Pokal und stand auf. „Wenn Ihr mir nicht helfen könnt, muss ich mich anderweitig umsehen."

Damit verabschiedete er sich. Seine Laune hatte sich

durch das Gespräch mit dem Prediger nicht gerade gebessert. Nun fiel ihm nur noch eine Person ein, bei der er nach Anna fragen konnte: Paul Markham, der junge Engländer. Sein Vater würde den beiden selbstverständlich keinen Unterschlupf gewähren. Schließlich munkelte man, dass es Master Markham gewesen war, der Anna als Hexe verleumdet hatte. Aber vielleicht wusste er trotzdem, wohin sie gegangen war.

Der Gedanke, mit ihm zu sprechen, widerstrebte Samuel zutiefst. Er mochte den Mann nicht, ständig verursachte er Ärger und Streit in der Bay Hall. Aber es musste sein.

Bevor er in die Bay Hall trat, drückte Samuel einem Jungen die Zügel seines Pferds zum Halten in die Hand und warf ihm dafür einen Penny hin. Ein flüchtiger Blick reichte, um sich davon zu überzeugen, dass weder Master Markham noch sein Sohn zugegen waren. Doch sobald Samuel das Gebäude betreten hatte, umringten ihn bereits Bekannte, die ihn begrüßen oder den einen oder anderen strittigen Punkt mit ihm klären wollten. Als Vorsteher hielt er sich gewöhnlich jeden Tag hier auf. In den vier Tagen, die er der Bay Hall ferngeblieben war, waren etliche Angelegenheiten unerledigt liegen geblieben.

Das Mittagsläuten war bereits verstummt, als er sich endlich wieder aufs Pferd schwingen konnte, um über den Marktplatz hinweg zu Master Markhams Haus zu reiten.

Dort wurde er alles andere als herzlich empfangen. Im Hof überwachte Master Markham gerade ein paar Männer, die Tuchballen auf einen Karren luden, während Paul am anderen Ende dafür sorgte, dass eine Ladung Vlies ihren Platz im Speicher fand.

„Was wollt Ihr hier, Fremder?“, rief Master Markham Samuel kurz angebunden zu, als dieser in den Hof ritt. „Ihr seid auf meinem Grundstück nicht willkommen.“

„Willkommen oder nicht, ich suche nach meiner künftigen Ehefrau, Mevrouw Verlender."

„Die Hexe? Hat man sie etwa immer noch nicht gefangen und verbrannt?" Silas Markham lachte höhnisch auf. „Ihr verschwendet Eure Zeit, denn sie dürfte wohl kaum herkommen. Sie weiß ganz genau, dass ich sie in den Kerker werfen würde, sobald sie einen Fuß hierher setzt. Die kleine Schlampe – glaubte doch tatsächlich, sie könnte meinen Sohn heiraten! Ha, da hat sie sich getäuscht! Eure zukünftige Frau, sagt Ihr? Wenn ich wüsste, wo sie steckt, würde ich es Euch sagen, damit sie nicht noch einmal ihre Krallen nach meinem Sohn ausstrecken kann. Aber ich weiß es nicht, also gibt es nicht mehr dazu zu sagen. Und jetzt muss ich mich um meine Geschäfte kümmern. Auf Wiedersehen, Fremder." Damit drehte er sich um und wandte sich wieder den Männern zu.

Wütend machte Samuel kehrt und ritt zurück in die Stadt.

Erst sehr viel später an diesem Tag kam ihm ein Gedanke. Er hatte ein einsames Mahl verzehrt und saß nun vor dem Kamin gegenüber dem leeren Stuhl, auf dem sonst immer Anna saß. Hatte Anna nicht immer wieder diese alte Frau erwähnt – Betty? Sie hatte sich sogar für sie eingesetzt und war dafür selbst im Gefängnis gelandet. Mit gerunzelter Stirn versuchte er sich zu erinnern, was er über die Alte wusste. Genau – Jan und Anna hatten bei ihr gewohnt, solange Jan sich von einem Schlangenbiss erholt hatte. Und zwar, unmittelbar nachdem sie in Harwich gelandet waren.

Ob Anna in der Hütte der alten Betty Zuflucht gesucht hatte? Samuel schenkte sich Wein nach. Wenn das die richtige Spur war, dürfte es ihm nicht schwerfallen, die Verschwundene zu finden. Schließlich gab es nur eine einzige Straße, die von Harwich nach Colchester führte. Lächelnd nahm er einen Schluck Wein. Das hatte Zeit bis morgen. Falls Anna wirklich dorthin gegangen war, fühlte sie sich sicher. Darum bestand kein Grund zur Eile.

Er seufzte tief. Eigentlich war er zu alt, um sich auf diese Art und Weise durchs Land scheuchen zu lassen. Aber es musste sein, und es würde sich lohnen. Bald hätte er Anna wieder dort, wo sie hingehörte.

25. KAPITEL

Als Paul Markham sah, wie Samuel Hegetorne auf den Hof geritten kam, war er gerade damit beschäftigt, Vliese zu zählen. Er hielt sich im Hintergrund, lauschte dem Gespräch zwischen dem Flamen und seinem Vater und schnappte dabei „meine künftige Ehefrau" auf. Augenblicklich wurde sein Herz schwer. Also heiratete Anna doch noch diesen Mann.

Paul zerrte das nächste Vlies vom Karren und warf es dem Mann zu, der es ins Lager bringen sollte. Natürlich war das zu erwarten gewesen. Nie wieder würde sie ihn ansehen – nicht nach alldem, was sein Vater ihr Schreckliches angetan hatte.

Verbissen packte er nach dem nächsten Vlies – und hielt plötzlich inne. Was er hörte, klang so, als suchte Mijnheer Hegetorne nach Anna. Er erkundigte sich, ob sie hierhergekommen war. Unauffällig trat Paul ein bisschen näher, ohne dass die beiden Männer ihm Beachtung schenkten. Nun konnte er dem Gespräch besser folgen. Offenbar war Anna davongelaufen, und Mijnheer Hegetorne wusste nicht, wo sie zu finden war. Deshalb war er gekommen. Er glaubte anscheinend, Anna hätte bei Paul Zuflucht gesucht.

Der Fahrer des Karrens zupfte ihn am Ärmel. „Ich glaube, ich weiß, von welcher Frau der Mann spricht", flüsterte er. „Neulich, als ich Tuch nach Harwich gebracht habe, ist mir bei Ardleigh eine Fremde begegnet, die es mächtig eilig hatte. Sie hat behauptet, sie wollte eine Freundin hinter Manningtree besuchen, also habe ich sie ein Stück mitgenommen. Und eine Katze hatte sie auch dabei. Das muss sie sein, oder? Meint Ihr, ich soll etwas sagen?"

„Nein!", antwortete Paul leise, aber bestimmt. „Haltet am besten den Mund, William. Kein Wort – zu keiner Menschenseele. Macht einfach weiter. Halt – wo habt Ihr sie abgesetzt?“

„Kurz hinter der Hütte der alten Hexe. Daran erinnere ich mich gut, denn wir haben darüber gesprochen, dass es dort spukt.“

„Danke, William. Könnt Ihr mir einen Gefallen tun? Wenn mein Vater fragt, dann sagt ihm, dass ich in dringenden Geschäften weggegangen bin.“ Er machte eine vage Geste. „Ähm, sagt ihm, dass die Lieferung zu wenig Vliese enthielt. Oder dass sie dreckig waren. Ach was, erzählt ihm irgendwas. Aber wenn Euch Euer Leben lieb ist, dann erzählt Ihr weder ihm noch dem Flamen ein Sterbenswörtchen über das, was Ihr mir gerade gesagt habt.“

Als Mijnheer Hegetorne wütend kehrtmachte und in die Stadt zurückritt, war Paul bereits dabei, sein Pferd Blaze zu satteln. Kurz darauf machte er sich auf den Weg in die andere Richtung. Kaum hatte er die Stadtgrenze hinter sich gelassen, da trieb er Blaze zum Galopp an. Er wusste, dass es nur eine Frage der Zeit war, bis Mijnheer Hegetorne Anna fand. Aber immerhin hatte er selbst einen Vorsprung, den er nicht verlieren wollte. Wieder gab er dem Pferd die Sporen.

Während er über die Straße galoppierte, dachte er über Williams Worte nach. Anna hatte behauptet, eine Freundin besuchen zu wollen. Dabei war Paul sich sicher, dass sie niemanden in der weiteren Umgebung von Colchester kannte. Von wem mochte sie also gesprochen haben?

William hatte Anna kurz hinter der Hexenhütte abgesetzt. Die Hexenhütte – das Häuschen der alten Betty. Hatte sie etwa dort Schutz gesucht? Für Paul klang das überzeugend. In der Hütte würde sie sich sicher fühlen, aber dem Kutscher hätte sie ihr Ziel bestimmt nicht anvertraut. Sie war vom Karren geklettert, um später umzukehren. Die Ärmste! Sie musste verzweifelt sein.

Es kostete ihn kaum eine Stunde, die Hütte zu finden, aber zu seiner Enttäuschung sah sie genauso heruntergekommen und unbewohnt aus wie eh und je. Die Fensterläden hingen schief herunter, und vor der Tür wuchsen Unkraut und Efeu beinahe hüfthoch. Paul stieg vom Pferd und ließ Blaze grasen. Dann hämmerte er gegen die Tür.

„Anna, bist du da drin?", rief er. „Ich bin es, Paul. Anna, bitte – wenn du dich versteckt hältst, dann komm heraus!"

Noch immer keine Antwort. Enttäuschung stieg in ihm hoch. Er war sich so sicher gewesen, auf der richtigen Spur zu sein, aber nun wusste er nicht, wo er suchen sollte. Niedergeschlagen drehte er sich um und ging zu Blaze zurück. Nachdem er sich in den Sattel geschwungen hatte, warf er einen letzten Blick zurück auf die heruntergekommene Hütte. Natürlich war Anna nicht hier. Diese Bruchbude eignete sich nicht als menschliche Behausung. Wie dumm von ihm, überhaupt hergekommen zu sein!

In diesem Augenblick hörte er ein leises Geräusch. Er sah sich um und entdeckte, dass sich auf dem Dach etwas bewegte: eine kleine schwarze Katze.

Sofort sprang Paul wieder vom Pferd und rannte zurück. „Blackie!"

Die Katze miaute und streckte vorsichtig eine Pfote vor. Sie hatte sichtlich Angst, vom Dach herunterzukommen.

„Wo ist sie, Blackie? Wo ist Anna?", fragte er aufgeregt, als könnte ihm das Tier antworten.

Noch einmal gab Blackie einen leisen Maunzer von sich.

„Na gut. Ich hole dich gleich runter." Paul sah sich um. Anna musste irgendwo in der Nähe stecken. Aber wo? Eilig lief er um die Hütte herum. Hinten stand die Tür offen, und alles wies darauf hin, dass hier jemand wohnte: Der Wasserkrug war gefüllt, der Fußboden gefegt, und im Garten war Unkraut gejätet worden. Auf dem Boden lag eine Schüssel mit frisch enthülsten Erbsen, als wäre die Bewohnerin hastig davongelaufen. Doch sowohl der winzige Raum als auch die Schlafkammer unter dem Dach waren leer.

Durch das Gärtchen hindurch lief Paul in den Wald. Während er durchs Unterholz stapfte, rief er immer wieder: „Anna, wo bist du? Ich bin es, Paul. Bitte versteck dich nicht vor mir!"

Dann sah er sie. Sie kam zwischen den Bäumen hindurch auf ihn zugelaufen. Gleich darauf lag sie in seinen Armen und lachte und weinte zugleich, während er sie an sich drückte und küsste.

„Samuel will mich heiraten, Paul", erklärte sie ihm atemlos. „Aber ich kann nicht seine Frau werden! Also bin ich davongerannt und hierhergekommen, weil ich hier in Sicherheit bin. Ich dachte, in dieser Hütte kann ich wohnen bleiben, wie es die alte Betty getan hat. Schließlich wusste ich, dass du mich nicht mehr willst."

Er verschloss ihr den Mund mit einem weiteren Kuss. „Ach Anna, wie konntest du so etwas nur denken! Natürlich will ich dich. Aber ich dachte, du hättest dich von mir abgewendet, weil mein Vater dich verleumdet und beinahe auf den Scheiterhaufen gebracht hat!"

Eine Weile standen sie eng umschlungen da, doch dann gab er sie frei. „Mein Liebling, wir dürfen keine Zeit verlieren. Samuel sucht dich, und es wird nicht lange dauern, bis auch er hierherkommt."

„Meinst du wirklich, Paul?", fragte sie, die Augen geweitet vor Angst. „Ich dachte, hier findet mich niemand. Woher wusstest du denn, wo du suchen musst, Paul? Hat euer Fahrer dir den Hinweis gegeben?"

„Ja, er hat erzählt, dass er eine junge Fremde ein Stück mitgenommen hat, die mit ihrer Katze Freunde besuchen wollte. Es war nicht schwer zu erraten, dass du die Frau warst, und ich wusste, dass du so weit von Colchester entfernt keine Freunde hast. Aber wenn ich Blackie nicht auf dem Dach gesehen hätte ..."

„Ich hatte schon befürchtet, dass sie unser Versteck preisgibt. Aber sie kommt von dort oben nicht mehr herunter, und ich kann sie nicht erreichen."

„Dem Himmel sei Dank dafür! Ich wollte schon aufgeben, weil die Hütte so heruntergekommen und unbewohnt aussah."

Arm in Arm kehrten sie zu der Hütte zurück. Im Gehen brach Paul einen langen Ast ab. Als sie vor der Hintertür angekommen waren, kletterte er auf den Baumstumpf, den die alte Betty als Hackklotz verwendet hatte, und streckte den Arm mit dem Ast aus. Doch es fehlte noch ein gutes Stück bis zu dem Kätzchen, das erbärmlich maunzte.

Paul sprang wieder herunter. „Anna, nimm du den Stock, und ich hebe dich hoch. Dann sollte es reichen." Scheinbar mühelos hob er sie hoch und hielt sie, sodass sie der verängstigten Katze den Ast hinstrecken konnte.

„Komm schon, Blackie", lockte sie.

Vorsichtig setzte das Tier erst eine, dann noch eine Pfote auf den Stock. Anna redete ihm gut zu, und endlich gelang es ihr, Blackie zu fassen und mit Pauls Hilfe sanft herunterzulassen. Kaum spürte die Katze wieder festen Boden unter den Füßen, als sie auch schon in die Hütte stolzierte, sich vor der Feuerstelle niederließ und sich zu putzen begann, als wäre nichts geschehen.

Paul und Anna folgten dem Kätzchen hinein. Nachdem Paul Anna sanft gedrängt hatte, auf dem einzigen Stuhl Platz zu nehmen, lehnte er sich gegen die Tischkante. Annas Hand ließ er dabei die ganze Zeit nicht mehr los.

„Was sollen wir nur tun, Paul?" Anna sah mit großen, angsterfüllten Augen zu ihm auf. „Hier können wir nicht bleiben, denn wenn Samuel uns findet ..." Sie schüttelte den Kopf. „Nein, ich kann ihn nicht heiraten. Es muss doch einen Ausweg geben!"

Aufmunternd drückte er ihre Hand. „Nun ja, mir fällt eigentlich nur eines ein, was Samuel daran hindern kann, dich zurückzuholen und zu seiner Frau zu nehmen: Wir müssen ihm zuvorkommen. Willst du mich heiraten, Anna? Kannst du mir all das Schreckliche verzeihen, das mein Vater dir angetan hat, und meine Frau werden?"

„Ach Paul!" Anna sprang auf und küsste ihn. „Du bist doch nicht verantwortlich für die Handlungen deines Vaters. Natürlich will ich dich heiraten – ich wünsche es mir mehr als alles andere! Aber wie sollen wir das zuwege bringen? Wenn wir nach Colchester zurückkehren, wird Samuel davon erfahren, und er wird alles daransetzen, unsere Hochzeit zu verhindern."

„Darüber habe ich schon nachgedacht. Wir kehren nicht nach Colchester zurück, sondern reiten nach Harwich und suchen dort einen Geistlichen, der uns traut."

„Wann?"

„Gleich. Sobald ich mein Pferd getränkt habe und es etwas ausruhen konnte. Armer Blaze – ich habe ihn auf dem Weg hierher ziemlich hart angetrieben, und nun muss er auch noch uns zwei tragen."

„Dann haben wir noch Zeit, etwas Suppe zu essen, bevor wir aufbrechen. Ich zünde immer erst nach Einbruch der Dunkelheit ein Feuer an, damit niemand den Rauch sehen kann. Aber die Asche glüht lange nach, sodass der Kessel noch heiß ist."

Während Paul nach draußen ging, um Blaze zu tränken, rührte Anna die Suppe um und füllte etwas davon in zwei hölzerne Schüsselchen. Als Paul wieder hereinkam, reichte sie ihm eines davon.

„Das ist gut“, lobte er anerkennend und lächelte sie an. „Jedenfalls weiß ich, dass ich nicht verhungern werde, solange ich mit dir verheiratet bin.“

Anna war viel zu aufgeregt, um sein Lächeln zu erwidern. Immer wieder schaute sie sich um, als könnte Samuel jeden Augenblick hier auftauchen. „Gemüse und Kräuter stammen aus Bettys Garten. Es gibt vieles, wofür ich ihr dankbar sein muss.“

Sie versuchte selbst etwas von der Suppe zu trinken, bekam aber vor Angst nichts herunter.

„Komm, iss noch ein bisschen“, forderte Paul sie auf und hob ihr die Schüssel an die Lippen. „Du musst etwas zu dir nehmen. Schließlich will ich nicht riskieren, dass meine Braut am Altar vor Hunger ohnmächtig wird.“ Als er sie anlächelte, nahm sie folgsam noch einen Schluck.

„Schon besser.“ Damit stellte er die Schüsseln auf den Tisch und half Anna auf. „Lass uns jetzt aufbrechen. Du bist unruhig, und ich werde erst aufatmen, wenn wir vor Gott und den Menschen Mann und Frau sind. Blaze hat sich ausgeruht, und er ist jung und stark. Bevor du dich versiehst, sind wir in Harwich.“

Ein paar Sekunden später schwang Paul sich aufs Pferd, hob Anna vor sich in den Sattel, und so brachen sie auf. Der Weg kam Anna sehr lang vor, und sie begrüßte die ersten Häuser der Stadt mit einem Seufzer der Erleichterung. Endlich erblickten sie eine Kirche direkt an der Straße.

Als Paul die Zügel anzog, bemerkten sie, dass auf dem kleinen Friedhof gerade eine Beerdigung stattfand.

„Das trifft sich gut“, flüsterte Paul seiner Braut ins Ohr.

Er half Anna vom Pferd, sprang dann selbst hinunter und band Blaze am Friedhofstor fest, wo er grasen konnte. Gemeinsam betraten Paul und Anna den Friedhof. Die Trauergesellschaft war gerade im Begriff aufzubrechen, und die beiden Neuankömmlinge warteten, bis niemand mehr zu sehen war. Dann betraten sie die winzige Kirche, wo der Pfarrer zusammen mit zwei Kirchenältesten das Geld zählte, das sie bei der Beerdigung eingenommen hatten.

„Ich verdopple die Summe, die Ihr dort habt, wenn Ihr uns traut“, sagte Paul.

Mit zusammengezogenen Augenbrauen blickte der Pfarrer auf. „Wer seid Ihr? Und was kommt Ihr hier einfach so hereingestürzt, um an diesem geweihten Ort zu feilschen wie ein Krämer?“

„Es tut mir leid, aber wir dürfen keine Zeit verlieren“, erwiderte Paul. „Mein Angebot steht. Verheiratet mich mit dieser Frau, und Ihr bekommt das Doppelte von dem, was dort auf dem Tisch liegt. Eure beiden Kirchenältesten können die Trauzeugen abgeben. Kommt schon – es kostet Euch kaum fünf Minuten, die Trauung zu vollziehen.“

Der Pfarrer musterte sie von Kopf bis Fuß. „Ihr seid wohl durchgebrannt, wie?“

„Je weniger Ihr fragt, desto weniger Lügengeschichten bekommt Ihr zu hören. Aber ich schwöre bei der Bibel, dass nichts einer Ehe zwischen uns entgegensteht. Ich frage Euch also noch einmal: Könnt Ihr uns trauen?“

Aufmerksam blickte der Pfarrer das merkwürdige Paar an, das vor ihm stand. Der junge Mann hatte ein offenes Gesicht und wirkte verantwortungsvoll, wenn auch ein bisschen ungeduldig. Neben ihm stand eine junge, hübsche Frau, deren Augen man ansah, dass das Leben nicht immer sanft mit ihr umgesprungen war. Ganz offensichtlich liebten sie einander sehr. Sein Arm lag schützend um ihre Schultern, und sie hielt seine andere Hand fest umklammert.

Der Pfarrer nickte. „Also gut. Ich werde eure Trauung vollziehen. Gerade eben habe ich einen Mann unter die Erde gebracht, der fast vierzig Jahre verheiratet war. Nachdem seine Frau gestorben war, ist er ihr nur wenige Tage später gefolgt. Ihr Tod hat ihm das Herz gebrochen. Solche Ehen werden im Himmel geschlossen, und ich bete darum, dass Eure auch dazugehören möge."

Er führte das Brautpaar, gefolgt von den beiden Kirchenältesten, vor den Altar. Dort hieß er Paul, Annas Hand zu nehmen, und ließ ihn die Worte sprechen: „Ich, Paul Markham, nehme dich, Anna Verlender, zu meiner Frau. Ich gelobe, dich zu lieben und zu ehren und dir die Treue zu halten in guten wie in schlechten Tagen."

Als Nächstes nahm Anna Pauls Hand, um ebenfalls die Trauformel zu sprechen. Paul zog einen goldenen Ring von seinem kleinen Finger und steckte ihn Anna auf den Ringfinger der linken Hand. Mit einem zufriedenen Nicken sagte der Pfarrer: „Damit erkläre ich euch zu Mann und Frau." Als Letztes empfing das Brautpaar kniend seinen Segen.

Nachdem die Trauung vorüber war und Paul seine Frau geküsst hatte, ließ er sich die Namen des Pfarrers und der Kirchenältesten geben. „Sollte irgendjemand anzweifeln, dass dieser Bund rechtmäßig geschlossen wurde, werde ich Euch als Zeugen benennen."

Inzwischen war die ganze winzige Hochzeitsgesellschaft wieder in der Sakristei angelangt. Paul nahm die Geldbörse, die er am Gürtel trug, und legte eine Handvoll Münzen auf den Tisch. Der Pfarrer, der bereits begonnen hatte, sie zu zählen, hielt plötzlich inne und schob sie dem Bräutigam wieder hinüber. „Ihr braucht das Geld sicher nötiger als ich, junger Mann."

„Das glaube ich nicht. Außerdem habe ich feierlich versprochen, Euch für Eure Hilfe zu bezahlen. Täte ich das nicht, könnte ich des Nachts nicht mehr ruhig schlafen. Der Dienst, den Ihr uns heute erwiesen habt, lässt sich mit Geld ohnehin nicht aufwiegen."

Nach einem letzten Dank nahm Paul Anna bei der Hand und verließ mit ihr die Kirche.

An einem Stand mit heißen Pasteten kauften sie sich etwas zu essen. „Ein mageres Hochzeitsmahl, aber etwas Besseres lässt sich im Moment nicht herbeischaffen", bemerkte Paul lachend. „Und die Pasteten schmecken gut."

„Das stimmt." Anna biss mit großem Appetit in eines der Fleischküchlein. „Jetzt, als deine angetraute Frau, fühle ich mich endlich sicher. Und ich habe Hunger!"

„Dann nimm lieber noch eine Pastete. Schließlich wissen wir nicht, wo wir uns heute Nacht zur Ruhe betten werden, Liebling. Ich will Blaze lieber nicht zumuten, uns den ganzen Weg nach Colchester zurückzutragen. Aber nachdem ich den Pfarrer bezahlt habe, reicht mein Geld nicht mehr für eine Unterkunft."

„Daran habe ich schon gedacht. Lass uns einfach zurück zur Hütte gehen", schlug Anna lächelnd vor. „Dort haben wir es gemütlich, und außerdem wartet Blackie auf uns."

Hand in Hand wanderten sie den Weg zurück, den sie gekommen waren. Paul führte Blaze am Zügel, und die warme Nachmittagssonne wärmte sie. Hin und wieder blieben sie stehen, damit Anna Gänseblümchen pflücken konnte. Sie flocht sie im Gehen zu Ketten, die sie sich um den Hals hängte, und Paul steckte ihr ein paar Blumen ins Haar. Schließlich überreichte er ihr noch ein Sträußchen aus Mohn, Kornblumen und Heckenrosen, sagte erfreut: „Jetzt siehst du wirklich aus wie eine Braut" und küsste sie.

Die Sonne ging bereits unter und ließ den Himmel in prächtigen Rot-, Orange- und Lilatönen leuchten, als sie die Hütte der alten Betty erreichten. Eng umschlungen blieben sie vor der Tür stehen und bewunderten das Schauspiel, bis der letzte Sonnenstrahl hinter dem Horizont verschwunden war und die Dunkelheit hereinbrach. Dann erst gingen sie hinein.

Sie verbrachten ihre Hochzeitsnacht auf dem Strohlager, das Anna mit duftenden Rosmarin- und Lavendelzweigen bestreut hatte. Im ersten Morgengrauen erwachten sie glücklich und liebten sich noch einmal, um eng aneinandergeschmiegt wieder einzuschlafen. Die Sonne stand schon hoch am Himmel, als sie unsanft geweckt wurden, weil jemand unten gegen die Tür hämmerte.

Paul gab Anna einen Kuss, zog sich schnell die Hose an und kletterte die Leiter hinab, um zu öffnen. Vor ihm stand, wie nicht anders zu erwarten, Samuel Hegetorne. Der ältere Mann war tadellos gekleidet. In dem schwarzen Samtrock mit dem weißen Kragen wirkte er so elegant, als wäre er gerade erst aus seinem Kontor gekommen. Dabei wusste Paul, dass bereits der lange Ritt von Colchester bis hierher hinter ihm lag.

Mijnheer Hegetorne war die Überraschung, Paul Markham zu sehen, deutlich anzumerken. Einen Augenblick blieb ihm der Mund offen stehen, bis er sich so weit gefasst hatte, dass er wütend hervorbrachte: „Was, in Gottes Namen, habt Ihr denn hier verloren?"

„Dieselbe Frage könnte ich Euch stellen."

Darauf antwortete der ältere Mann nicht. „Wo ist Anna? Woher wusstet Ihr, dass sie hier ist? Ist sie überhaupt hier?"

„Oh ja, sie ist hier", antwortete Paul.

„Dann holt sie her. Ich bin gekommen, um sie mit nach Hause zu nehmen." Er schob sich an Paul vorbei ins Innere der Hütte. Doch plötzlich blieb er stehen und fuhr herum. „Ihr … Habt Ihr etwa …?" Drohend funkelte er Paul an. „Seid Ihr etwa hergekommen, um eine schutzlose Frau zu verführen?"

„Oh, keineswegs, Mijnheer Hegetorne. Ich versichere Euch, dass keinerlei Verführung vonnöten war. Anna war durchaus bereit, das Lager mit mir zu teilen."

Wutentbrannt holte Mijnheer Hegetorne aus, als wollte er Paul ins Gesicht schlagen. Doch in diesem Augenblick erschien Anna. Sie kletterte die Leiter herunter, während sie sich noch das Mieder schnürte. Ihre Wangen glühten rosig vom Schlaf und von der Liebe, das Haar fiel ihr offen auf die Schultern, und sie war barfuß. Paul hatte sie noch nie so glücklich gesehen. „Guten Morgen, Samuel“, grüßte sie.

Paul trat neben sie und nahm ihre Hand. „Ihr seid der Erste, der uns gratulieren darf, Mijnheer Hegetorne. Anna hat mir die Ehre erwiesen, meine Frau zu werden. Gestern in Harwich sind wir getraut worden.“

Einen Augenblick fürchtete Anna, Samuel würde einen Anfall erleiden. Doch gleich darauf hatte er sich bereits wieder im Griff.

„So lohnst du mir also all meine Fürsorge, Anna?“ Obwohl er leise sprach, lag unterdrückte Wut in seiner Stimme. „Indem du hinter meinem Rücken einen Engländer heiratest – ausgerechnet einen Engländer! Schämst du dich denn gar nicht? Wie kannst du nur deine Landsleute verraten! Wie kannst du nur die Erinnerung an deinen Ehemann dadurch entweihen, dass du dir einen Engländer in dein Bett holst? Ich muss sagen, ich bin sprachlos. Sprachlos, traurig und sehr, sehr enttäuscht von dir, Anna. Jan würde sich im Grabe umdrehen, wenn er wüsste, was für eine …“ Er ballte die Fäuste, unfähig weiterzusprechen.

„Liebe ist keine Sünde, Samuel“, gab Anna ruhig zurück, die genau wusste, was er hatte sagen wollen. „Mein Jan hat mich viel zu sehr geliebt, um zu verlangen, dass ich dem Glück auf alle Zeit entsage. Er hätte gewollt, dass ich einen guten Mann heirate und mit ihm Kinder bekomme. Schließlich hätte ich von ihm auch nicht erwartet, dass er wie ein Mönch weiterlebt, wenn ich gestorben wäre.“

Versöhnlich streckte sie Samuel die Rechte entgegen, doch

er wich zurück und verschränkte die Hände hinter dem Rücken. Anna lächelte traurig. „Du bist nicht nur so zornig, weil Paul Engländer ist, nicht wahr? Vor allem geht es dir darum, dass ich das Glück mit einem Mann gefunden habe, den du mir nicht ausgesucht hast. Das ist es, was du nicht verzeihen kannst. Kannst du mir denn wirklich nicht vergeben, Samuel?"

Bevor dieser antworten konnte, trat Paul vor. „Da gibt es nichts zu vergeben. Warum bittest du ihn darum, dir zu verzeihen? Hast du nicht schon genug gelitten? Du hast das Recht, glücklich zu sein."

Sanft erwiderte Anna: „Ach, mein Lieber. Du magst ja recht haben, aber ich weiß, dass Samuel immer nur mein Bestes wollte."

„Davon war bis jetzt nicht viel zu merken." Paul beobachtete Samuel, der sich entsetzt in der Hütte umsah. Offenbar hatte er eine so ärmliche Behausung noch nie zuvor in seinem Leben zu Gesicht bekommen.

„Ich verstehe es einfach nicht", murmelte Samuel, mehr an sich selbst als an sie gewandt. „Obwohl ich dir so viel bieten könnte, ziehst du … das hier vor?" Hilflos beschrieb er eine Geste um sich herum.

„Wir bleiben nicht auf Dauer hier, Samuel", antwortete Anna ruhig. „Bitte sei nicht mehr böse auf uns. Ich liebe Paul, und er wird auf mich achtgeben. Können wir nicht wenigstens Freunde bleiben?"

Samuel räusperte sich geräuschvoll. „All das ist … falsch. Einfach falsch. Ich sollte derjenige sein, der für dich sorgt, nicht dieser da." Er drehte sich um und setzte den Hut wieder auf. „Mehr habe ich nicht zu sagen. Zu keinem von euch beiden." Damit ging er.

Verzweifelt sank Anna auf den Stuhl. „Ich wollte ihm nicht so wehtun, wirklich nicht! Die ganze Zeit ist er so gut, so freundlich gewesen – zuerst zu Jan und mir und dann, nach Jans Tod, zu mir. Er hat für mich gesorgt, und jetzt habe ich das Gefühl, ihn verraten zu haben."

Jeder Anflug eines Lächelns war aus Pauls Gesicht geschwunden. „Bereust du unsere Eheschließung schon, Anna? Wünschst du dir, du hättest an meiner Stelle doch diesen alten Mann geheiratet?"

Augenblicklich sprang sie auf und flog in seine Arme. „Nein, Paul – das darfst du nicht denken! Ich liebe dich mehr als mein eigenes Leben, und ich wäre niemals Samuels Frau geworden. Das weißt du doch! Warum hätte ich denn sonst von ihm weglaufen sollen? Nein, ich dachte einfach nur, er würde mich verstehen. Weshalb sieht er nicht endlich ein, dass es nur seine Schuldgefühle wegen Jans Tod sind, die ihn daran hindern, mich gehen zu lassen? Ich wünschte, er hätte uns seinen Segen geben können, das ist alles."

„Ich fürchte, dazu wird er niemals in der Lage sein, mein Liebling." Er drückte sie an sich.

Den Rest des Tages verbrachten sie damit, im Wald spazieren zu gehen. Sie pflückten süße Beeren und fütterten sich gegenseitig damit, liebten sich in dem weichen grünen Gras einer sonnigen Lichtung, erzählten und lachten und genossen es, beisammen zu sein. Als die Dämmerung hereinbrach, kehrten sie zu der Hütte zurück und schliefen eng umschlungen ein.

„Dieses ländliche Leben gefällt mir zwar wirklich gut, mein Liebling, aber ich fürchte, wir müssen bald nach Colchester zurückkehren", bemerkte Paul eines Morgens, als sie bereits seit fast einer Woche verheiratet waren. Er hatte sich auf den Ellbogen gestützt und sah Anna an, die nackt neben ihm lag.

Lächelnd zog sie ihn an sich. „Könnten wir nicht einfach für immer hierbleiben?"

„Ich wünschte es, aber du weißt selbst, dass es nicht möglich ist."

„Ja, leider weiß ich das nur zu gut. Aber du hast kein Geld mehr, seit du den Pfarrer bezahlt hast, und mir bleibt auch kaum noch etwas. Es reicht noch, um uns ein paar Tage lang mit Brot zu versorgen, aber was dann? Wo sollen wir wohnen? Du weißt so gut wie ich, dass dein Vater uns nicht mit offenen Armen empfangen wird.“ Sie hob den Kopf und küsste Paul auf die Nasenspitze.

„Das wird er tatsächlich nicht, aber er braucht mich im Geschäft. Er kann unseren Tuchhandel nicht allein führen. Dazu gibt es zu viel zu tun. Bist du bereit zu kämpfen, mein Schatz?“

„Ich bin zu allem bereit, solange wir nur zusammen sind.“

Leidenschaftlich erwiderte er ihren Kuss, bevor er sagte: „Dann gehen wir heute zurück und sehen dem Unvermeidlichen ins Auge.“

„Später“, murmelte sie.

Paul liebkoste ihren Hals. „Ich hatte nicht vor, jetzt schon aufzubrechen.“

26. KAPITEL

„Lass uns zuerst meine Großeltern aufsuchen“, schlug Paul vor. Blaze trug sie in gemächlichem Tempo nach Colchester zurück, und Paul tat nichts, um das Pferd zu größerer Eile anzutreiben. „Zumindest sie werden uns willkommen heißen, das weiß ich.“

„Und danach?“, fragte Anna vertrauensvoll.

„Danach bleibt uns wohl nichts anderes übrig, als zu meinem Vater zu gehen“, erwiderte Paul düster. „Aber darüber sollten wir uns jetzt noch keine Sorgen machen.“ Er beugte sich vor und küsste sie auf den Scheitel.

„Erzähl mir von deinem Großvater.“

„Wir haben ein sehr enges Verhältnis zueinander, und ich liebe ihn sehr. Nach Aussage meiner Großmutter bin ich heute genau so, wie er als junger Mann war.“

„Dann weiß ich schon jetzt, dass ich ihn mag“, erklärte Anna im Brustton der Überzeugung. „Lebt deine Großmutter noch?“

„Oh ja. Sie hat Großvater gepflegt, als er so krank war.“ Paul lachte. „Er sagt immer, dass sie sich einfach geweigert hat, ihn sterben zu lassen. Obwohl sie eine kleine, schmale Frau ist, stecken viel Kraft und ein starker Wille in ihr.“

„Wo wohnen sie?“

„An dem Stadttor, das nach St. Botolph benannt ist. Wir sind gleich dort.“

Das große Fachwerkhaus, das Josiah Markham gehörte, stand zwischen zwei ähnlichen Gebäuden in der Nähe des verfallenen St.-Botolph-Klosters. Innen wirkte es warm und einladend, vor allem durch die großen Wandbehänge, die Pauls Großmutter Margaret selbst angefertigt hatte.

Das junge Paar fand Pauls Großeltern im Garten, wo sie im Schatten einer riesigen Eiche saßen. Margaret war mit einer Handarbeit beschäftigt, und Josiah schaute ihr zufrieden dabei zu. Schon auf den ersten Blick erkannte Anna, dass er einmal ebenso stattlich gewesen sein musste wie Paul. Nun war er in sich zusammengesunken, und eine Gesichtshälfte wirkte merkwürdig schlaff. Doch mit dem vollen schneeweißen Haar und den scharfen braunen Augen flößte er immer noch Respekt ein.

„Großvater, Großmama, ich möchte euch meine Frau Anna vorstellen", verkündete Paul stolz.

Anna knickste tief und wurde mit einem Lächeln und einem Kopfnicken von Margaret Markham belohnt. Wie Paul bereits angedeutet hatte, war seine Großmutter winzig. Die grauen Haare bedeckte eine lavendelfarbene Haube, die genau zum Kleid passte. Ihr fein geschnittenes Gesicht verriet, dass sie in ihrer Jugend eine Schönheit gewesen sein musste. Sie musterte Anna einen Augenblick aus ihren klugen grauen Augen, bevor sie sich streng an ihren Enkel wandte. „Du bist verheiratet? Warum hat man uns nichts davon mitgeteilt? Schließlich ist dein Großvater keineswegs so schwach, dass er nicht zu deiner Hochzeit kommen könnte."

„Es gab keine große Hochzeit, Großmama. Ihr seid sogar die Ersten, die überhaupt davon erfahren, denn wir haben vor einer Woche ganz im Stillen in Harwich geheiratet."

„Wozu diese Heimlichtuerei?" Noch einmal musterte sie Anna von Kopf bis Fuß. „Schließlich ist es keine Schande, mit einem Kind unter dem Herzen vor den Altar zu treten. Ich nehme an, das tun die meisten Frauen."

Lächelnd schüttelte Paul den Kopf. „Anna ist keineswegs guter Hoffnung, Großmama. Aber sie gehört zur Gemeinde der Fremden."

„Aha." Dieser Laut, kaum mehr als ein lang gezogener Seufzer, kam von Pauls Großvater. „Das wird Silas überhaupt nicht schmecken." Langsam und etwas undeutlich stieß er die Worte hervor, aber er schenkte Anna ein schiefes Lächeln und streckte die Hand aus. „Willkommen, meine Liebe. Pauls Großmutter und ich teilen Silas' V…V…Vorurteile nicht." Er brauchte drei Anläufe, um das Wort auszusprechen.

„Ich hatte gehofft, dass du das sagen würdest, Großvater, denn wir möchten euch bitten, uns eine Weile Unterschlupf zu gewähren."

„Aber natürlich! Du weißt genau, dass wir dir so etwas niemals abschlagen würden", entgegnete seine Großmutter. „Aber als Erstes müsst ihr etwas essen. Habt ihr schon gefrühstückt?" Ohne die Antwort abzuwarten, beugte sie sich vor. „Und was hast du dort in dem Korb, mein Kind?"

„Meine Katze." Es war das erste Mal, dass Anna in ihrer Gegenwart den Mund auftat, und Pauls Großeltern hörten ihren fremdartigen Tonfall. „Sie hat schon viel mit mir durchgemacht."

„Dann willst du dich sicher nicht von ihr trennen. Wir müssen ihre Pfoten mit Butter bestreichen, damit sie nicht davonläuft." Als Margaret die kleine Glocke läutete, die neben ihr lag, kam gleich darauf eine Dienstmagd herbeigelaufen. „Bring etwas zu essen für meinen Enkel und seine Frau, außerdem etwas Milch für die Katze und Butter für ihre Pfoten."

Danach wandte Pauls Großmutter sich wieder an ihren Enkel. „Und jetzt erzähle uns die ganze Geschichte."

Gehorsam berichtete er von Anfang an: wie Annas Mann gestorben war, wie stur Samuel Hegetorne darauf beharrt hatte, sie zu beschützen, wie er selbst Anna kennen- und lieben gelernt hatte. Mit hörbarem Widerstreben kam er schließlich auf seinen Vater zu sprechen, der Anna sogar als Hexe verleumdet hatte.

„Ja, davon haben wir gehört", warf der alte Mann ein und schüttelte den Kopf. „Ganz Colchester hat über nichts anderes gesprochen."

„Es war eine ungerechte Beschuldigung, Großvater", sagte Paul heftig.

„Es war vollkommen falsch", fügte Anna genauso hitzig hinzu. „Die alte Betty hätte niemals zum Tode verurteilt werden dürfen. Sie war keine Hexe, sondern nur eine alte, arme Frau und meine Freundin. Ihr verdanke ich mein Leben, und ich trauere jeden Tag um sie." Sie wischte sich eine Träne von der Wange.

„Das spricht für dich, mein Kind", bemerkte Pauls Großmutter sanft. „Erzähl weiter, Junge."

„Viel mehr gibt es nicht zu erzählen. Anna ist davongelaufen und hat sich in der Hütte der alten Betty versteckt, wo ich sie gefunden habe. Dann habe ich ihr einen Heiratsantrag gemacht, sie hat ihn angenommen, und wir haben eine Kirche gesucht, in der wir uns trauen lassen konnten. Weil ich all mein Geld dem Pfarrer gegeben habe, bin ich nun mittellos. Und da wir nicht auf Dauer in der Hütte wohnen bleiben konnten, sind wir zu euch gekommen."

„Daran habt ihr gut getan", brachte Pauls Großvater mühsam heraus.

„Und habt ihr diesem – wie hieß er noch gleich –, diesem Master Hegetorne gesagt, dass ihr geheiratet habt?", erkundigte sich die Großmutter.

„Er hat erraten, wo Anna sich aufhielt, und stand am Tag nach der Trauung vor der Tür. Dass wir bereits verheiratet waren, hat ihm gar nicht gefallen."

„Ich finde es traurig, dass wir im Streit auseinandergegangen sind", bemerkte Anna leise. „Aber er ist ein eifersüchtiger Mann."

„Ihr werdet schon wieder Frieden miteinander schließen", versicherte Pauls Großmutter.

„Ich hoffe es", antwortete Anna.

„Gut. Und jetzt setzt euch, und esst, solange die Speisen noch heiß sind." An die Dienstmagd gewandt, sagte die Großmutter: „Lüftet das Bettzeug im zweitbesten Schlafzimmer, und bereitet alles für meinen Enkel und seine Frau vor."

Mit einem herzlichen Lächeln erklärte sie dann Paul und Anna: „Ihr seid hier herzlich willkommen. Bleibt, solange ihr wollt. Wir freuen uns über eure Gesellschaft."

Am nächsten Tag suchte Paul seinen Vater auf. Er fand Silas Markham im Kontor, wo er sich mit der Buchhaltung herumplagte, für die gewöhnlich Paul verantwortlich war.

„Wo, um alles in der Welt, hast du dich herumgetrieben?", rief er ärgerlich. „Das ist ja wohl die Höhe – einfach so zu verschwinden, ohne ein Wort zu sagen. Deine Mutter ist außer sich vor Sorge."

„Das tut mir leid, aber jetzt bin ich wieder da. Soll ich …?" Paul streckte die Hand nach dem Hauptbuch aus.

„Lass das. Erst will ich wissen, wo du gewesen bist."

„Ich habe geheiratet", erklärte Paul ruhig. „In einer kleinen Kirche in der Nähe von Harwich."

Voller Unverständnis sah sein Vater ihn an. „Wozu diese Umstände? Du musst doch ein Mädel nicht gleich vor den Altar führen, nur weil sie brütet."

Sofort verfinsterte sich Pauls Miene. „Ich habe Anna nicht geheiratet, weil sie ‚brütet', wie du es so reizend ausdrückst. Ich habe sie geheiratet, weil ich sie liebe."

„Anna? Du willst mir doch nicht etwa erzählen, dass du dich an diese flämische Schlampe gebunden hast!", brüllte Silas Markham.

Ruhig erwiderte Paul: „Doch. Anna hat mir die Ehre erwiesen, meine Frau zu werden."

Sein Vater sprang auf und warf dabei den Hocker um, auf dem er gesessen hatte. Hochrot vor Wut schrie er: „Wie kannst du es wagen, hierherzukommen und mir so etwas zu sagen? Du weißt ganz genau, was ich davon halte. Meiner Meinung nach ist es höchste Zeit, dass man diese ganze Gemeinde von Fremdlingen wieder dahin schickt, wo sie hergekommen ist! Und du besitzt die verdammte Unverschämtheit, eine von ihnen zu heiraten? Du bist nicht mein Sohn!"

„Ich hoffe sehr, dass du das nicht ernst meinst, Vater." Paul versuchte nach Kräften, die Ruhe zu bewahren. „Schließlich arbeiten wir gut zusammen, und du kannst hier im Geschäft nicht auf mich verzichten. Jetzt gehe ich erst einmal Mutter besuchen. Sie dürfte meiner Meinung sein."

Damit drehte er sich um und verließ das Kontor, während sein Vater wutentbrannt zurückblieb. Silas Markham stieß die Feder so heftig ins Tintenfass, dass er die Spitze abbrach und Tinte über das gesamte Hauptbuch spritzte.

Paul traf seine Mutter allein an, beim Brotbacken. Sie backte das Brot für den Haushalt gern selbst und trug den Mägden dafür andere Haushaltspflichten auf. Als sie Paul sah, erschien ein Lächeln auf ihrem Gesicht, und sie küsste ihren Sohn auf die Wange. „Paul! Du bist zurück. Wo warst du? Ich habe mir Sorgen um dich gemacht."

Er erwiderte ihren Kuss. „Das war vollkommen unnötig. Es geht mir gut. Aber setz dich, Mutter, ich muss dir etwas sagen."

Also setzte sie sich auf die Küchenbank, wischte die mehligen Hände an der Schürze ab und sah ihren Sohn gespannt an – Paul, den sie so sehr liebte wie keinen anderen Menschen auf der Welt. Doch ihr Lächeln wich einem Ausdruck der Sorge, als Paul ihr von seiner Hochzeit und dem Gespräch mit seinem Vater erzählte.

„Oje", seufzte sie. „Du hast dieses Mädchen also wirklich geheiratet. Paul, du hättest dich deinem Vater nicht widersetzen dürfen!"

„Aber ich liebe Anna, Mutter. Sie bedeutet mir alles."

„Ich weiß es. Aber nach allem, was geschehen ist, lässt du deinen Vater damit mehr als dumm dastehen. Und das kann er nicht ertragen."

„Dann hätte er Anna nicht als Hexe verleumden dürfen. Er wusste genau, dass es nicht stimmte, und er hat ihr damit unendliches Leid angetan."

„Ich weiß. Das habe ich ihm damals schon gesagt." Nach einer kurzen Pause fragte sie: „Wo lebt ihr denn jetzt, du und deine Frau?"

„Bei den Großeltern. Sie haben Anna sehr herzlich aufgenommen."

„Genau das hätte ich auch getan, wenn ich die Wahl gehabt hätte", bemerkte sie traurig. Im nächsten Augenblick fuhr sie zusammen, als ihr Mann hereingestürmt kam.

„Hat dir dieser dumme Bengel schon erzählt, was er getan hat?", schrie Silas Markham. „Ja, offensichtlich. Also gut." Er drehte sich zu Paul um. „Du hast die Wahl. Entweder lässt du diese Ehe annullieren, oder du verlässt dieses Haus sofort und kommst nie zurück."

„Nein, Silas – das kannst du nicht tun!", flehte seine Frau verzweifelt. „Er ist doch unser einziges Kind! Es würde mir das Herz brechen."

„Daran hätte er früher denken sollen." Er durchbohrte Paul förmlich mit Blicken. „Was ist also nun, junger Mann?"

Ganz ruhig beugte Paul sich zu seiner Mutter und küsste sie noch einmal auf die Wange. „Es tut mir leid, Mutter, aber ich liebe Anna und werde sie niemals verlassen. Bitte versteh das. Aber du weißt, wo du uns finden kannst, wenn du sie kennenlernen möchtest."

„Das möchte ich, Paul." In ihren Augen standen Tränen.

„Das verbiete ich dir", fuhr sein Vater auf. „Eleanor, du wirst diesen Mann nie mehr wiedersehen. Er ist nicht länger unser Sohn."

„Oh Silas, wie kannst du nur so hartherzig sein!“ Eleanor schluchzte. „Sicher ist Anna eine wunderbare Frau.“

„Ich habe aller Welt erklärt, dass sie eine Hexe ist, und dabei bleibe ich auch.“ Verächtlich sah er seinen Sohn an. „Dich hat sie jedenfalls verhext, du leichtgläubiger Narr.“

Ohne ein weiteres Wort drehte Paul sich um und verließ das Haus. Obwohl er sich bemühte, jeden Gedanken daran beiseitezuschieben, tauchten vor seinem inneren Auge immer wieder das tränennasse Gesicht seiner Mutter und das zornrote seines Vaters auf. Er bebte vor Ärger über Silas' gehässige Worte. Ohne recht darauf zu achten, wohin ihn seine Füße trugen, lief er den Hügel hinab zum Fluss und starrte dort lange aufs Wasser. Erst als er ruhiger geworden war, machte er sich auf den Weg zu seinen Großeltern.

Während Paul bei seinen Eltern war, ging Anna zum Markt. Seit jenem schrecklichen Tag, an dem die alte Betty verbrannt worden war, hatte sie den Ort gemieden, so gut es ging. Ein paar Male hatte sie den Platz mit abgewandtem Gesicht hastig überquert, aber so konnte es nicht weitergehen. Die Zeit war gekommen, sich den Erinnerungen zu stellen.

Pauls Großmutter verstand das, ohne dass Anna viele Worte machen musste. Damit die junge Frau nicht ziellos zwischen den Ständen umherwandern musste, gab Margaret Markham ihr den Auftrag, Seide und farbige Wollgarne für ihre Handarbeiten zu besorgen.

Als Anna auf dem Markt ankam, versuchte sie zunächst den Blick von der Stelle abzuwenden, an der der Scheiterhaufen gestanden hatte. Heute herrschte sogar noch größeres Gedränge als sonst. Angesichts der vielen Stände und der Akrobaten und Narren, die um Kundschaft und Münzen buhlten, fiel es ihr schwer zu glauben, dass ein so düsteres Schauspiel überhaupt stattgefunden hatte.

Anna musste eine Weile suchen, bis sie den Kurzwarenstand gefunden hatte. Sorgfältig wählte sie die Garne aus, die Pauls Großmutter brauchte, und wollte sich schon wieder umdrehen, als jemand sie am Ärmel zupfte. „Anna! Bist du das wirklich?“

Vor ihr stand Griete.

Erfreut rief Anna: „Oh, wie schön, dich zu sehen, Griete! Wie stehen die Dinge im Garden House?“

„Eine gute Frage.“ Griete zog ein Gesicht. „Was ist denn mit dir geschehen? Der ganze Haushalt war in Aufruhr, und wir mussten tagelang …“

Hastig unterbrach Anna sie. „Warte!“ Bei einem Pastetenverkäufer kaufte sie zwei Fleischküchlein und schlug vor: „Lass uns zur Burg gehen und uns dort ins Gras setzen. Dann können wir uns in Ruhe unterhalten.“ Die Pasteten verstaute sie in ihrem Korb.

„Wo bist du denn hingegangen? Und wo lebst du jetzt?“ Während sie sich durch die Menge drängten und zur Burg liefen, stellte Griete der Freundin eine Frage nach der anderen.

Doch Anna schüttelte nur den Kopf, bis sie endlich auf dem Wall saßen, den Rücken gegen die Mauern der Burg gelehnt, in der sie schlimme Tage im Kerker verbracht hatte.

Entschlossen schob sie die Erinnerung beiseite und reichte Griete eine der Pasteten. Unter ihnen erstreckten sich die Felder, auf denen das Tuch nach dem Walken auf Rahmen trocknete, damit es die Form behielt. Anna sah einen Mann, der zwischen den Gestellen umherging und das Tuch nachspannte. Von hier oben wirkten all die farbigen Stoffe wie helle Fahnen.

„Das sieht hübsch aus, findest du nicht?“, fragte sie Griete.

Die biss in ihre Pastete und nickte kauend. Als sie wieder sprechen konnte, sagte sie: „Du weißt, dass der Herr seine

Stoffe lieber in der Nähe seines Hauses spannen lässt. Er sagt immer, dass flämisches Tuch leidet, wenn man es neben englisches hängt."

Da lächelte Anna sie verschmitzt an. „Pass auf, was du sagst, Griete. Immerhin bin ich jetzt mit einem Engländer verheiratet."

„Mit einem *Engländer?*"

Nickend und mit leuchtenden Augen erklärte Anna: „Ja. Er heißt Paul Markham, und ich bin überglücklich, Griete."

Aber die andere erwiderte ihr Lächeln nicht. „Ach Anna, das hättest du nicht tun sollen! Wir Flamen halten uns an unseresgleichen, und so soll es auch sein. Weder mögen die Engländer uns, noch mögen wir die Engländer, deshalb ist es besser, wenn die Gemeinden für sich bleiben. Du lieber Himmel – was wird nur der Herr sagen, wenn er davon hört! Bestimmt bekommt er einen Wutanfall."

„Er weiß es schon, Griete. Und du hast recht, er war wütend. Aber meinst du nicht, dass es Zeit wird, die Dinge zu ändern? Die beiden Gemeinden sollten sich aneinander annähern, sonst werden wir niemals friedlich zusammenleben."

„Hmm." In Grietes Miene stand deutlich zu lesen, dass sie nicht wusste, was sie von der Sache halten sollte. Schweigend aß sie ihre Pastete. Als sie den letzten Bissen hinuntergeschluckt hatte, äußerte sie nachdenklich: „Deshalb hatte der Herr wohl auch so schlechte Laune, als er neulich heimkam. Er ist schnurstracks zu Bett gegangen und zwei Tage dort geblieben, ohne mit einer Menschenseele zu reden. Wir dachten, er wäre krank." Mit verschwörerisch gesenkter Stimme fügte sie hinzu: „Weißt du – ich glaube, er wollte dich selbst heiraten, denn er hat dich sehr gern."

„Und ich habe ihn gern. Aber ich hätte ihn niemals heiraten können", gestand Anna und fügte nach kurzem Zögern hinzu: „Ich liebe ihn nicht, wie man einen Ehemann liebt, wenn du verstehst, was ich meine."

„Oh ja. Du meinst, du bist nicht in ihn verliebt."

„Ja, das stimmt."

„Ich verstehe dich, denn ich weiß, was es bedeutet, verliebt zu sein, Anna." Vor Aufregung hatte Griete ganz rosige Wangen bekommen. „Erinnerst du dich an Pieter, einen der Gärtner im Garden House?"

„Ja, ich habe mich mit ihm unterhalten. Er möchte gern ein paar Dinge verändern, aber Samuel lässt es nicht zu."

„Genau." Sie sah Anna von der Seite an und flüsterte: „Wir haben uns verlobt."

„Oh Griete, das klingt ja wunderbar!" Anna wusste, dass sich unter Grietes reizlosem Äußeren ein gutes Herz verbarg. Wenn ein Mann in der Lage war, das zu sehen, würde er eine gute Ehefrau bekommen. „Weiß Samuel davon?"

„Ja. Er will Pieter zum Obergärtner machen, und dann werden wir jeden Penny beiseitelegen, um bald heiraten zu können."

Begeistert nahm Anna ihre Hand. „Das freut mich sehr für dich, Griete."

„Du kommst doch zu meiner Hochzeit, nicht wahr, Anna? Sie wird natürlich erst nächstes Jahr stattfinden."

„Gern, wenn es geht", antwortete Anna. „Allerdings weiß ich nicht, ob ich im Garden House willkommen wäre. Aber ich komme auf jeden Fall zur Kirche – versprochen!" Sie griff nach ihrem Korb. „Jetzt muss ich gehen. Die Großmutter meines Mannes wartet auf das Garn, das ich ihr gekauft habe. Es war wirklich schön, dich wiederzusehen. Hoffentlich begegnen wir uns wieder einmal auf dem Markt."

Nachdem die beiden Frauen aufgestanden waren, verabschiedeten sie sich und gingen auseinander. Doch Anna war erst ein paar Schritte weit gekommen, als Griete ihren Namen rief.

„Beinahe hätte ich vergessen, dir das hier zu geben, Anna.“ Die Köchin kam zurückgeeilt und schwenkte etwas in der Hand. „Seit Tagen trage ich diesen Brief in der Schürzentasche mit mir herum. Er wurde abgegeben, als du gerade fortgegangen warst, und der Herr hat ihn in seiner Wut zusammengeknüllt und weggeworfen. Zum Glück konnte ich ihn retten. Ich wollte ihn für dich aufheben, bis wir uns wiedersehen.“ Griete überreichte Anna ein zerknittertes Schreiben. „Hier. Das Siegel ist noch unversehrt. Hoffentlich stehen keine schlechten Nachrichten darin.“

Erstaunt nahm Anna den Brief entgegen.

„Ich sage dem Herrn lieber nichts davon, dass ich dich getroffen habe, sonst regt er sich noch auf. Und zurzeit ist seine Laune ohnehin rabenschwarz“, rief Griete ihr über die Schulter hinweg zu, bevor sie verschwand.

Anna ging nachdenklich zurück zum Haus von Pauls Großeltern. Als sie es betrat, musste sie wieder denken, wie einladend und warm es wirkte: Überall duftete es nach frisch gebackenem Brot, und die farbenfroh bestickten Kissen und Wandbehänge schienen geradezu zu leuchten. Nachdem sie Pauls Großmutter die gewünschten Garne ausgehändigt hatte, zog sie sich in das Gästezimmer zurück und öffnete den Brief. Er kam von ihrer Tante Dionis.

Meine liebe Nichte,
ich hoffe, dass dieses Schreiben dich erreicht. Es ist nun schon geraume Zeit her, dass dein Mann Jan Verlender mich aufsuchte, um Nachricht von deinem Verbleib zu geben. Er versprach damals, du würdest über mich Botschaften an deine Mutter senden, doch kein Brief kam je bei mir an. Sicher sind sie in diesen unruhigen Zeiten verloren gegangen.

Unglücklicherweise hatte ich mir den Namen des

Tuchhändlers nicht gemerkt, in dessen Diensten dein Mann steht. Ich wusste daher lange nicht, wohin ich dir schreiben sollte. Immer wieder habe ich Erkundigungen eingezogen, ob jemand einen Kaufmann aus Colchester mit einem besonders schönen Garten kennt. Nun endlich habe ich einen Geschäftspartner eines gewissen Mijnheer Hegetorne gefunden, der diesen Brief für mich mit nach England nehmen will. Ich bete, meine liebe Nichte, dass Mijnheer Hegetorne der Gesuchte ist und dass mein Schreiben dich bei guter Gesundheit antrifft.

Leider muss ich dir traurige Nachrichten mitteilen. Vor einigen Monaten starb dein Vater Cornelis, getötet von diesen spanischen Unmenschen. Er wurde in der Gildehalle gepackt und zum Marktplatz gebracht, um dort hingerichtet zu werden – als abschreckendes Beispiel, wie die Spanier nachher verbreiten ließen. Zumindest ging er dem Vernehmen nach furchtlos und tapfer in den Tod. Oh, warum nur wollen uns diese Katholiken nicht den Herrn verehren lassen, wie wir es für richtig halten?

Seit dem unglückseligen Vorfall lebt deine Mutter bei mir. Sie konnte mit ihrer getreuen Magd Bettris flüchten und sich hierher durchschlagen, aber die Angst und die anstrengenden nächtlichen Wanderungen haben sie erschöpft und ausgezehrt. Als sie hier ankam, war sie krank, und sie erholt sich nur langsam.

Meine Schwester Judith spricht häufig davon, dass sie zu dir nach England kommen möchte. In ihren Fieberträumen hat sie außerdem einen gewissen Henrick erwähnt, den sie suchen will. Aber wir müssen geduldig sein. Sie wird frühestens im nächsten Sommer eine so lange Reise antreten können.

Bettris und ich kümmern uns um sie, und das Schlimmste hat sie überstanden.

Es tut mir leid, dass ich keine besseren Nachrichten für dich habe. Zumindest darfst du dich darauf freuen, deine Mutter bald wieder in die Arme schließen zu können.

Ich bete für dich, mein Kind.
Deine Tante
Dionis Vanderplass

Anna las den Brief dreimal von Anfang bis Ende. Danach saß sie lange da und sah hinaus in den Garten, ohne etwas wahrzunehmen. Cornelis Fromenteel lebte also nicht mehr. Die Nachricht bereitete Anna keinen großen Kummer, aber die Umstände seines Todes bedrückten sie. Zu viele ihrer Landsleute hatten im Lauf der Jahre ihr Leben lassen müssen, weil die Spanier keinen Abfall vom katholischen Glauben duldeten.

Dabei wusste Anna genau, dass Cornelis Fromenteel jahrelang der Verfolgung hatte entgehen können, indem er einen großen Bogen um alle Glaubensdinge machte. Doch offenbar hatte das nicht ausgereicht, und nun war er tot.

Vor allem aber dachte Anna an ihre Mutter. Sie dankte Gott, dass Judith eine sichere Zuflucht bei Tante Dionis gefunden hatte. Wie sehr sie sich darauf freute, ihre Mutter wiederzusehen! Nur eines bereitete ihr Sorgen: Wie sollte sie Judith nur beibringen, dass ihr geliebter Henrick nicht mehr lebte?

27. KAPITEL

Paul kehrte rechtzeitig zum Essen zurück, das beim Mittagsläuten serviert wurde. Als er seinem Großvater von dem Besuch bei seinen Eltern erzählte, gelang es ihm nur mit Mühe, seinen Zorn zu bändigen. Auch Josiah Markham presste missbilligend die Lippen zusammen, als er hörte, wie rücksichtslos und selbstherrlich Silas mit seinem eigenen Sohn umgesprungen war.

„Selbst wenn er mein eigen Fleisch und Blut ist – ich sage, dieser Mann ist ein Narr, und ein gefährlicher obendrein!", rief der Großvater mit seiner zittrigen Stimme aus. „Was glaubt er denn, wie er die Geschäfte ohne dich weiterführen kann, mein Junge? Seit du laufen gelernt hast, bist du bei mir in die Lehre gegangen. Ich erinnere mich noch gut daran, wie ich dich auf den Schultern umhergetragen habe. Du hast mit Vliesen und Spulen gespielt, und irgendwann konntest du feines von grobem Garn und gutes von schlechtem Tuch unterscheiden."

Vor Ärger klangen seine Worte noch undeutlicher als sonst. „Im Kontor hast du schon früh deinen Vater beim Zusammenrechnen von Preisen ausgestochen. Alles schien dir zuzufliegen. Ich weiß nicht, woher du diese Begabung für Zahlen hast, denn Silas hat sich damit immer schon schwergetan."

„Das stimmt", warf seine Frau ein. „Ich erinnere mich genau, wie ich Stunde um Stunde mit dem Jungen dasaß, um ihm Rechnen beizubringen. Aber es wollte ihm nie gelingen, die Zahlen einer Spalte zweimal hintereinander zu addieren und dasselbe Ergebnis herauszubekommen."

Josiahs Mund verzog sich zu einem flüchtigen Lächeln. „Dann wissen wir jetzt, woher du dein Zahlentalent hast, Junge: von deiner Großmutter." Doch sofort verdüsterte sich seine Miene wieder.

Besorgt musterte Paul seinen Großvater. Er hatte ihn noch nie so aufgebracht und zornig gesehen und befürchtete, der alte Mann könnte einen erneuten Schlag erleiden. Darum warf er einen verstohlenen Blick zu seiner Großmutter hinüber, doch sie wirkte gelassen.

„Ich bin sicher, dass kein Grund zur Sorge besteht. Vater wird bald jemanden finden, der meine Aufgaben übernehmen kann", versuchte Paul abzuwiegeln. Er bemühte sich, seine Stimme leicht und fröhlich klingen zu lassen.

„Oh ja!", schnaubte sein Großvater erbittert. „Sicher wird er jemanden finden. Und dieser Jemand bringt ihn dann um sein letztes Hemd, weil Silas nicht in der Lage ist, zwei und zwei zusammenzurechnen – ganz zu schweigen davon, dass er die Bücher prüfen könnte!" Ermattet zuckte Josiah die Schultern. „Ich möchte nicht schlecht über meinen eigenen Sohn reden. Es gibt niemanden, der einen schärferen Blick für gute Vliese besäße, und er weiß sofort, für welche Art Tuch sie sich am besten eignen. Außerdem hat er ein untrügliches Gespür für Qualität und Farbzusammenstellungen. Seine Stärken liegen in Hand und Auge, aber nicht im Kopf."

„Abgesehen davon, dass er ein bemerkenswerter Sturkopf ist", warf Pauls Großmutter ein, bevor sie aufmerksam Anna ansah. Die junge Frau wirkte besorgt und hatte bisher kaum einen Bissen gegessen. „Es tut mir leid, meine Liebe. Das muss alles sehr belastend für dich sein. Aber du darfst diese Dinge nicht persönlich nehmen. In der Vergangenheit hat sich der Hass meines Sohnes schon gegen etliche andere deiner Landsleute gerichtet. Wenn Silas könnte, würde er am liebsten alle Fremden zurück nach Flandern schicken. Er weigert sich einfach anzuerkennen, was für einen wertvollen Beitrag sie zum Wachsen und Gedeihen unserer Stadt leisten."

„Ich werde mit ihm reden", verkündete Josiah. „Schließlich habe ich ein Recht darauf, meine Meinung zu sagen. Mir gehören immer noch Anteile der Firma Markham, und ich möchte nicht zusehen müssen, wie das Geschäft zugrunde gerichtet wird. Was ich in jahrelanger harter Arbeit aufgebaut habe, soll mein eigener Sohn nicht durch seine verbohrten Vorurteile zerstören dürfen."

„Als Silas unseren besten Weber vor die Tür gesetzt hat, ist es dir auch nicht gelungen, ihm ins Gewissen zu reden", erinnerte seine Frau ihn.

„Das stimmt, aber damals war ich krank und nicht in der Lage, mit ihm zu streiten. Und schließlich hat sich noch alles zum Besten gewendet: Harry ist nun Meisterweber und arbeitet mal für diesen, mal für jenen Tuchhändler – wer immer ihn am besten bezahlt." Josiah lachte in sich hinein. „Mir hat er einmal gesagt, dass er Silas sogar dankbar sein muss, dass der ihn hinausgeworfen hat."

Gleich darauf wurde er wieder ernst. „Nein, diesmal stehen die Dinge anders, denn es geht um die Zukunft der Firma. Außerdem kann ich nicht zulassen, dass ein Bruch innerhalb der Familie entsteht. Silas ist unser einziger Sohn und Paul wiederum sein einziger Sohn. Die Erbfolge muss gewahrt bleiben, alles andere wäre lächerlich." Erschöpft vom vielen Reden, sank Josiah in sich zusammen.

„Es reicht", verkündete Margaret. „Du hast deine Kräfte genug beansprucht. Nun wollen wir die Mahlzeit in Frieden beenden."

Als sie zu Anna hinübersah, runzelte sie besorgt die Stirn. „Du liebe Zeit, wie gedankenlos von uns, all das in deinem Beisein zu besprechen! Du siehst ganz mitgenommen und bleich aus, meine Liebe, und gegessen hast du auch nichts."

„Nein, bitte haltet euch nicht meinetwegen zurück." Anna schüttelte den Kopf. „Ich habe Paul geheiratet, obwohl wir beide von Anfang an wussten, dass es Schwierigkeiten geben würde. Gemeinsam können wir alle Hindernisse meistern.

Aber es macht mich traurig, der Anlass für Streit zu sein."

Paul ergriff ihre Hand und drückte sie. „Kann es sein, dass dir noch etwas anderes auf der Seele liegt, Liebste? Sagst du uns, was es ist?"

Zögernd biss Anna sich auf die Lippe, doch schließlich nickte sie. „Es geht um meine Mutter. Ich habe heute meine alte Freundin Griete getroffen, und sie hat mir einen Brief gegeben." Sie zog ihn hervor und legte ihn vor sich auf den Tisch. „Wenn du möchtest, kannst du ihn lesen." Dann hob sie den Kopf und lächelte verlegen. „Ach nein, ihr versteht ja die Sprache nicht. Das macht nichts. Ich übersetze ihn."

Alle hörten schweigend zu. Als Anna geendet hatte, faltete sie das Schreiben wieder zusammen.

Niemand sagte ein Wort, als Anna fortfuhr: „Ich dachte, die spanische Inquisition wäre vorüber und damit auch die Kämpfe, die Folter und die Hinrichtungen. Aber es scheint, als flammten die Unruhen immer wieder von Neuem auf. Mir kommt das merkwürdig vor. Mein Vater war immer so stolz darauf, dass es ihm gelang, sich aus allem herauszuhalten. Ich weiß wirklich nicht, weshalb sie jetzt ausgerechnet ihn töten mussten. Dabei gehörte er noch nicht einmal zu den wichtigsten Männern der Stadt – nicht mehr."

Paul kam um den Tisch herum und nahm sie in die Arme. „Mein armer Schatz! Da sitzen wir und regen uns über Nichtigkeiten auf, während du so schlimme Neuigkeiten erfahren hast. Es tut mir leid, Anna."

Sie lächelte unter Tränen. „Das konntest du doch nicht ahnen, Paul. Du wusstest ja noch nicht einmal etwas von dem Brief. Eigentlich hatte ich kein sehr enges Verhältnis zu meinem Vater, denn er hielt sich fast immer in der Gildehalle und nur sehr selten zu Hause bei Mutter und mir auf."

Abrupt hob sie den Kopf, sah, dass alle sie anschauten, und fügte hastig hinzu: „Das soll natürlich nicht heißen, dass sein Tod mich nicht berührt. Nein, ich bin traurig darüber – und ich bin wütend. Warum sollte ihn jemand umbringen? Was hatte er denn verbrochen? Und wem sollte er als abschreckendes Beispiel dienen? Sicher, im Vergleich zu den Folterqualen, von denen ich gehört habe, ist Hängen noch ein gnädiger Tod. Aber warum musste mein Vater überhaupt sterben?"

Anna schlug die Hände vors Gesicht. Erst als sie sich etwas beruhigt hatte, sprach sie weiter: „Und meine arme Mutter – was muss sie auf der Flucht alles ausgestanden haben! Ihr ganzes Leben lang war sie von Bequemlichkeit und Luxus umgeben, und nun musste sie womöglich tagsüber unter Hecken und in Scheunen schlafen, um nachts den weiten Weg nach Amsterdam zu wandern. In dem Brief heißt es, sie sei krank dort angekommen."

Margaret nickte mitfühlend. „Auf zwei allein reisende Frauen lauern viele Gefahren, nicht nur Räuber. Aber zumindest hast du die Gewissheit, dass deine Mutter nun in Sicherheit ist, und das sollte dir ein Trost sein." Sie deutete auf den Brief. „Aber wer ist dieser Henrick, den deine Tante erwähnt? Du hast ihn bisher nicht erwähnt. Ist er dein Bruder?"

Um Zeit zu gewinnen, trank Anna einen Schluck Wasser. Dies war nicht der richtige Zeitpunkt, um die Umstände ihrer Herkunft zu offenbaren. „Nein, ich habe keine Geschwister. Soweit ich weiß, ist Henrick ein alter Bekannter meiner Mutter, der lange vor meiner Zeit nach England ausgewandert ist. Sie dachte, ich könnte ihn vielleicht finden." Lächelnd fügte sie hinzu: „Anscheinend glaubt sie, England sei nicht viel größer als ein Dorf."

„Sie hofft bestimmt, ihn wiederzusehen", bemerkte Margaret.

„Leider muss ich sie enttäuschen. Wenn sie wieder zu Kräften gekommen ist, werde ich ihr schreiben, dass Henrick wohl nicht mehr lebt. Ich habe seinen Grabstein auf dem Friedhof von St. Martin gefunden." Anna rang sich ein Lächeln ab. „Aber es ist noch zu früh, um ihr das mitzuteilen. Sie kann die Reise ohnehin erst im nächsten Sommer antreten, und bis dahin bleibt noch Zeit genug."

Margaret legte ihre Hand auf Annas. „Du bist ein tapferes Mädchen."

Eine Woche später verkündete Josiah, er wolle seinen Sohn Silas sprechen. Es war ein schwüler Augusttag, und die Luft war so drückend, dass man kaum atmen konnte.

„Bist du sicher, dass du der Anstrengung gewachsen bist?", fragte Margaret ihren Mann, während sie ihm in seinen Lieblingssessel am Fenster half.

„Ja", gab er kurz angebunden zurück. „Schick einen der Diener, ihn zu holen. Und zwar gleich."

„Du kannst Silas nicht genauso herumkommandieren, wie du es mit mir tust", bemerkte sie belustigt und rückte ihm die Kappe zurecht, die er auf dem weißen Haarschopf trug. „Immerhin ist er ein erwachsener Mann, der ein Geschäft führt."

„Wenn er nicht aufpasst, hat er bald kein Geschäft mehr. Er muss nur so weitermachen und Paul weiterhin den Zutritt zum Kontor verwehren!" Josiah schlug mit der Faust auf die Armlehne. „Genau darüber will ich mit ihm sprechen. Dieser Unsinn muss ein Ende haben."

„Sprich mit ihm, aber ob er es einsieht, ist eine ganz andere Frage", antwortete Margaret trocken. „Ich werde dafür sorgen, dass Anna ihm nicht über den Weg läuft, wenn er kommt. Auf keinen Fall soll sie sich noch mehr seiner grausamen Bemerkungen über ihre Landsleute anhören müssen. Die Ärmste hatte schon genug auszustehen."

„Das Mädchen gefällt dir, nicht wahr?"

„Ja. Ich halte sie für eine vernünftige Frau. Paul hätte keine bessere heiraten können. Ganz offensichtlich lieben die beiden sich von Herzen, und es ist ein Jammer, dass Silas die Augen davor verschließt. Aber er konnte noch nie über seinen Tellerrand hinausblicken."

„Wenn ich erst mit ihm fertig bin, wird ihm gar nichts anderes übrig bleiben." Josiah machte eine ungeduldige Handbewegung. „Und jetzt schick jemanden hinüber, ihn zu holen. Ich bin gerade in der rechten Stimmung für unser kleines Gespräch."

Die Aufforderung, Josiah zu besuchen, stieß bei Silas Markham keineswegs auf Begeisterung. Deshalb ließ er sich Zeit damit, ihr Folge zu leisten, obwohl er eigentlich gerade nichts Dringendes zu erledigen hatte. Er konnte sich schon denken, was sein Vater von ihm wollte. Also gab er sich den Anschein eines viel beschäftigten Mannes, als er endlich das Haus bei St. Botolph betrat. „Ich kann nicht lange bleiben, Vater. Es gibt viel Arbeit, die erledigt werden will."

Mit seinem scharfen Blick durchschaute der alte Markham seinen Sohn sofort. „Sicher. Aber bestimmt kannst du einen kurzen Augenblick für mich erübrigen und dich wenigstens setzen. Wir haben uns lange nicht gesehen. Wie laufen die Geschäfte?"

„Oh, gut. Die Agenten haben alle Hände voll zu tun, das fertige Garn bei den Spinnerinnen abzuholen, zu prüfen und zu den Webern zu bringen. Dabei sind sie ein Haufen Schlitzohren. Sicher betrügen sie mich irgendwo, aber ich kann nicht herausbringen, wo." Silas setzte sich und streckte die Beine aus, um einen entspannten Eindruck zu machen.

„In diesen Dingen weiß Paul bestens Bescheid, nicht wahr?", bemerkte sein Vater ruhig. Gelassen zog er seinen Hausmantel enger um die Beine.

Silas' Miene verfinsterte sich. „Aha. Ich wusste, dass es nicht lange dauern würde, bis du das Thema anschneidest. Also gut – aber lass mich zuerst vorbringen, was ich zu sagen habe. Sollte ich Paul etwa mit offenen Armen empfangen, nachdem er die Unverschämtheit besessen hat, eine Frau zu heiraten, die ich noch vor kaum einem Monat öffentlich als Hexe bezeichnet habe? Es wäre schlimm genug gewesen, hätte er sie zur Geliebten genommen – aber sie gleich zu heiraten! Unfassbar. Wenn ich ihn nicht hinausgeworfen hätte, wäre ich zum Gespött von ganz Colchester geworden!"

Nachdenklich sah sein Vater ihn an. „Du hast sie zwar als Hexe bezeichnet, aber daran geglaubt hast du nie, nicht wahr, mein Junge?"

„Ach was, nein. Diese Hexenjagden gehen mir ehrlich gesagt ohnehin zu weit. Aber das tut nichts zur Sache. Ich habe es getan, um einen bestimmten Zweck zu erreichen."

„Du hast Anna also verleumdet, um sie aus dem Weg zu schaffen. Damit wolltest du verhindern, dass Paul sie heiraten kann. Habe ich recht?"

Sein Sohn nickte, offenbar stolz auf seine List. „Nur schade, dass sie dem Scheiterhaufen dann doch entkommen ist."

„Pfui. Ich schäme mich, dass mein eigener Sohn so etwas auch nur zu denken wagt", wies Josiah ihn zurecht. „Hast du je auch nur einen Gedanken daran verschwendet, welche unnötigen Qualen Anna deinetwegen ausstehen musste? Fast eine Woche lang saß sie in einem dunklen Verlies und stand Todesängste aus, weil man sie jeden Augenblick holen und verbrennen konnte. Für ein Verbrechen, das sie nicht einmal begangen hatte!"

Silas zuckte mit den Schultern, wirkte dabei aber weniger selbstzufrieden als noch vor einer Minute.

Etwas ruhiger fuhr sein Vater fort: „Zum Glück ist dein verabscheuungswürdiger Plan nicht aufgegangen. Statt als Hexe verbrannt zu werden, wurde Anna befreit, und nun hat Paul sie geheiratet. Und daran hat er sehr gut getan. Jetzt hör mir einmal gut zu, Silas. Es mag ja sein, dass du es nicht erträgst, wenn dein Wille durchkreuzt wird. Und es mag sein, dass dein Sohn gegen deinen Wunsch geheiratet hat. Aber all das ist noch lange kein Grund, Paul aus dem Geschäft zu werfen. Denn du weißt so gut wie ich, dass er dort dringend gebraucht wird."

Josiah beugte sich vor und tippte sich mit dem Zeigefinger gegen die Brust. „Vergiss nicht, dass dieses Geschäft auch mir gehört. Du riskierst also nicht nur dein, sondern auch mein Geld. Jahrelang habe ich gearbeitet, um die Firma Markham zu dem zu machen, was sie heute ist. Ich werde nicht ruhig zusehen, wie du sie zugrunde richtest, nur weil deine Sturheit dir nicht erlaubt, einen Fehler einzugestehen."

„Fehler? Das war kein Fehler. Diese Frau ist eine Fremde, und mit diesen Leuten will ich nichts zu tun haben. Du weißt selbst, dass ich keine Fremden für uns arbeiten lasse." Entschlossen kniff Silas die Lippen zusammen.

Josiah tat überrascht. „Wer hat denn behauptet, dass Anna für uns arbeiten soll? Wir sprechen hier über Paul, und der ist kein Fremder. Er ist dein Sohn."

„Er hat eine von ihnen geheiratet, und ich will sie nicht in meinem Haus haben."

„Du bist ein Dummkopf. Anna ist eine beeindruckende Frau. Aber gut, es ist deine Entscheidung, und ich schlage auch keineswegs vor, dass du das Paar in deinem Haus willkommen heißen sollst. Im Gegenteil, selbst wenn du es tätest, würde ich Anna abraten. Hier geht es um Paul. Wirst du ihn wieder in das Geschäft aufnehmen?"

„Warum sollte ich das tun? Er hat gegen meinen ausdrücklichen Wunsch gehandelt, und das wird er sicher wieder tun."

„Paul ist ein erwachsener Mann. Erwartest du wirklich, dass du ihm jeden seiner Schritte vorschreiben kannst?"

„Genau das versuchst du mit mir."

„Nein. Ich versuche lediglich, dafür zu sorgen, dass du Vernunft annimmst. Schließlich habe ich dir nicht befohlen, dich mit Paul zu versöhnen, sondern ich habe dich darum gebeten."

„Ich glaube nicht, dass er käme, selbst wenn ich ihn bitten würde."

„Solange du es nicht versuchst, wirst du es auch nicht herausbekommen. Allerdings glaube ich, dass er käme – mir zuliebe."

„Also gut." Der Widerwille war Silas deutlich anzuhören. „Aber diese Frau werde ich niemals als Schwiegertochter anerkennen!"

„Das ist dein eigenes Pech. Aber wie ich eben schon sagte, ich rede nicht von Anna, sondern von Paul", gab Josiah bissig zurück. „Bestimmt bereitet der Bruch zwischen euch Eleanor viel Kummer."

„Eleanor hat keine Ahnung vom Geschäft."

„Das mag sein, aber sie ist eine gescheite Frau, die dich sehr wohl durchschaut. Vermutlich weiß sie so gut wie ich, dass du Paul nur hinausgeworfen hast, um nicht zugeben zu müssen, dass du unrecht hattest."

„Dass ich unrecht hatte, leugne ich. Aber wenn du es unbedingt willst, nehme ich Paul wieder auf."

„Wann?"

„Schick ihn morgen rüber. Wir müssen eine große Tuchladung zum Hafen bringen lassen, und er kann sich darum kümmern, sie in den Büchern zu verzeichnen. Ist das dem Herrn genehm?"

Sein Vater seufzte. „Solange du deine schlechte Laune nicht an ihm auslässt, denn damit tust du dir selbst keinen Gefallen. Trinkst du noch ein Glas Wein mit mir?“

„Nein, dazu habe ich keine Zeit“, entgegnete Silas trotzig.

Josiah versuchte nicht, ihn zu überreden. „Also gut. Ich weiß, dass du ein viel beschäftigter Mann bist. Dann bitte eben deine Mutter, mir Gesellschaft zu leisten, wenn du gehst.“

Als Margaret das Zimmer betrat, sah Josiah äußerst zufrieden aus.

„Du konntest ihn schon immer um den Finger wickeln“, bemerkte sie, als sie ihrem Mann ein Glas Wein reichte. „Wann fängt Paul wieder an zu arbeiten?“

„Morgen.“

Sie setzte sich ihm gegenüber und nahm ihre Stickerei zur Hand. „Erzähl mir, wie du es geschafft hast.“

Nun, da Paul tagsüber seinem Vater im Kontor half, hielt Anna sich meist an der Seite seiner Großmutter auf. Sie half Margaret, Obst und Gemüse aus dem Garten einzumachen. Allmählich wurden die Tage kürzer, das strahlende Sonnenlicht wurde milder, und die Blätter verfärbten sich. Im nahen Wald sammelte Anna jetzt oft Beeren und Wildkräuter, um daraus Salben und Tinkturen herzustellen.

Die Nachmittage verbrachten die beiden Frauen in Margarets Lieblingszimmer, einem kleinen Raum, dessen Fenster auf die Straße hinausgingen. Hier arbeiteten sie gemeinsam an einem großen Wandbehang, der die biblische Szene von Rebekka am Brunnen darstellte. Margaret hatte die Stickerei selbst entworfen.

Anna kam das Leben plötzlich leicht und unbeschwert vor – vielleicht zu leicht. Diesen Gedanken vertraute sie Paul eines Abends an, als sie zu Bett gingen. Sie hatten sich bereits in ihr Zimmer zurückgezogen, einen eichenvertäfelten Raum mit zwei bequemen Stühlen, einem kleinen Tisch, einer großen Eichentruhe für die Kleider und einem großen Bett mit grünen Bettvorhängen.

Nachdem Paul zu ihr unter die Decke geschlüpft war, küsste er Anna und vergrub die Finger in ihren langen Haaren. „Bist du glücklich hier? Du wirkst manchmal ein bisschen still und in dich gekehrt."

„Ja, ich bin sehr glücklich", antwortete sie schnell. „Inzwischen habe ich deine Großeltern so lieb gewonnen, als wären es meine eigenen. Und ich glaube, sie mögen mich auch."

„Das stimmt. Großmutter lobt dich bei jeder Gelegenheit in den höchsten Tönen."

„Es ist nur ..." Anna zögerte und setzte noch einmal an: „Manchmal frage ich mich, ob wir ihre Gastfreundschaft nicht schon zu lange in Anspruch nehmen. Meinst du, sie möchten lieber allein und in Frieden hier leben?"

Da beugte Paul sich über sie und küsste sie erneut. „Nein, das meine ich keineswegs, mein Liebling. Im Gegenteil, sie wären sicher sehr betrübt, wenn sie dich so reden hörten. Sie möchten nicht, dass wir gehen."

Zufrieden schmiegte Anna sich an ihn. „Das freut mich, denn ich wohne sehr gern hier. Ich hatte nur Angst, wir hätten ihre Großzügigkeit schon überbeansprucht."

„So etwas darfst du nicht denken. Erst gestern hat Großvater gesagt, wie sehr er es genießt, dass das Haus seit unserer Ankunft voller Leben ist!" Neckend flüsterte er ihr ins Ohr: „Er erwähnte sogar, dass sich die Räume im oberen Stockwerk gut als Kinderzimmer eignen würden, wenn es erst so weit ist. Ich glaube, er freut sich schon sehr darauf, Urgroßvater zu werden."

Anna seufzte. „Ich fürchte, da wird er sich noch etwas gedulden müssen."

Liebevoll schlang Paul die Arme um sie, denn er spürte ihre unausgesprochene Enttäuschung. „Wir sind doch erst seit ein paar Monaten verheiratet. Du darfst nicht so ungeduldig sein, mein Schatz."

Etwas später, Anna war schon fast eingeschlafen, spürte sie plötzlich, dass Paul immer noch wach lag. Als sie sich zu ihm umdrehte, sah sie ihn ins Dunkel starren.

„Machst du dir Sorgen um irgendetwas?", fragte sie leise.

Beschwichtigend streichelte er ihr den Arm. „Nein, natürlich nicht. Schlaf ein, mein Liebling."

„Ich glaube doch, dass du etwas hast, Paul. Komm schon, erzähl es mir. Ich habe dir schließlich auch meine Befürchtungen anvertraut. Lass uns nicht damit anfangen, Dinge voreinander geheim zu halten."

Er antwortete nicht.

Besorgt stützte Anna sich auf einen Ellbogen und sah ihn an. Doch im schwachen Schein des verlöschenden Feuers konnte sie seinen Gesichtsausdruck nicht deutlich ausmachen. „Fällt es dir schwer, mit deinem Vater zusammenzuarbeiten, Paul?", erkundigte sie sich. „Macht er dir das Leben zur Hölle, weil du mit einer Fremden verheiratet bist?"

„Warum fragst du das?"

„Ich kenne deinen Vater. Und wenn es um etwas anderes ginge, würdest du mir sicher, ohne zu zögern, davon erzählen."

„Es war noch nie einfach, mit meinem Vater umzugehen. Das habe ich dir schon häufig gesagt", erwiderte Paul ausweichend.

„Und seit unserer Hochzeit ist es noch schwieriger geworden?"

„Ja, ein bisschen." Er konnte ihr einfach nichts von den

abfälligen Bemerkungen erzählen, die sein Vater tagein, tagaus über die „Fremdlinge" fallen ließ. Hinzu kamen ständige Spitzen gegen Menschen, die ihre eigenen Landsleute dadurch verrieten, dass sie Ausländer heirateten.

Es war nur eine Frage der Zeit, bis ein Tropfen das Fass zum Überlaufen bringen würde. Paul jedenfalls fiel es von Tag zu Tag schwerer, die Geduld zu bewahren und sich nicht zu einem Ausbruch hinreißen zu lassen.

28. KAPITEL

Der Januar hielt mit Schnee und Kälte Einzug. Draußen vor dem Fenster wirbelten große Flocken wie die Daunen einer frisch gerupften Gans und überzogen die Straße mit einer weißen Decke. Anna und Margaret saßen in ihrem Lieblingszimmer vor dem Kamin, in dem ein wärmendes Feuer brannte.

Wer gezwungen war hinauszugehen, tat das nur dick vermummt, den Hut mit einem Tuch festgebunden und Lappen um die Stiefel gewickelt, um nicht auszurutschen. Doch hier drinnen war es warm und behaglich. Die Frauen arbeiteten eifrig an dem Wandbehang. Während Margaret sich den langen Locken der biblischen Rebekka widmete, vollendete Anna ihr blaues Gewand.

Nach einer Weile hob Anna den Kopf und sah seufzend aus dem Fenster.

„Was hast du, mein Kind?“, erkundigte sich Pauls Großmutter besorgt.

Anna rang sich ein Lächeln ab und beugte sich wieder über die Handarbeit. „Ich bin nur ein bisschen müde, das ist alles.“

„Bist du sicher, dass alles in Ordnung ist? Du siehst blass aus, meine Liebe, und mir ist aufgefallen, dass du in letzter Zeit kaum noch etwas gegessen hast. Geht es dir nicht gut? Oder machst du dir um irgendetwas Sorgen?“

„Ich sorge mich tatsächlich – um Paul. Weil er es im Geschäft seines Vaters so schwer hat, fühle ich mich schuldig“, gab Anna zu. „Das verdirbt mir den Appetit. Aber in den letzten Tagen war mir zudem häufig übel.“

„Vermutlich kannst du wenig tun, um Paul zu helfen, solange mein Sohn in seiner Sturheit darauf beharrt, recht zu behalten. Und bis er zur Vernunft kommt …“ Margaret hielt inne und ließ die Nadel sinken, um Anna mit scharfem Blick zu mustern. „Meine Liebe, sind deine Blutungen regelmäßig?"

„Nein, aber das sind sie schon seit der Zeit im Burgverlies nicht mehr." Allein die Erinnerung an diese Tage jagte ihr einen Schauder über den Rücken.

„Könnte dir übel sein, weil du ein Kind erwartest?"

Überrascht sah Anna die ältere Frau an. „Daran habe ich noch gar nicht gedacht." Ein Lächeln erhellte ihr Gesicht. „Glaubst du wirklich? Oh, ich hoffe so sehr, dass du recht hast! Dass würde auch erklären, dass ich mich ständig müde und erschöpft fühle." Sie legte die Hand auf ihren flachen Bauch. „Großmama Margaret, ich kann dir gar nicht sagen, wie glücklich mich das machen würde – und Paul genauso! Er wäre außer sich vor Freude."

„Wenn es so ist, wäre es dein zweites Kind, nicht wahr?" Margaret versuchte, ihre Worte beiläufig klingen zu lassen.

„Ja, aber letztes Mal war alles anders. Damals war mir nur morgens übel, und ansonsten habe ich mich gesund und stark gefühlt. Darum habe ich bisher auch noch gar nicht in Betracht gezogen, dass …" Sie brach ab und sah lange ins Feuer. „Ich habe mein Mädchen nie zu Gesicht bekommen. Es hat wohl nicht geatmet. Manchmal frage ich mich, wie das Kind jetzt aussähe, wenn es überlebt hätte. Damals wäre ich bei der Geburt selbst fast gestorben und hätte den Tod freudig begrüßt." Verstohlen wischte sie sich eine Träne von der Wange.

„Es tut mir leid, meine Liebe. Ich wollte dich nicht an diese traurige Zeit erinnern", tröstete Margaret und nahm Annas Hand. „Eigentlich wollte ich dir nur Mut machen, denn die Erfahrung zeigt, dass die erste Entbindung meist die schwerste ist. Hab keine Angst. Sicherlich wird die Geburt dieses Kindes viel leichter verlaufen – falls du tatsächlich guter Hoffnung bist. Alles wird gut, daran glaube ich fest."

„Ich bin mir jetzt fast sicher, dass ich ein Kind bekomme",

entgegnete Anna überzeugt. „Plötzlich fallen mir lauter kleine Dinge auf, die darauf hindeuten: In letzter Zeit hatte ich einen unerklärlichen Appetit auf Äpfel. Ist dir das nicht aufgefallen? Und der Geruch von Knochen, die für Suppe ausgekocht werden, verursacht mir Übelkeit. Allein der Gedanke daran …“ Sie schüttelte sich und stand auf. „Jetzt, da ich weiß, was mir fehlt, werde ich mir einen Kamillentee machen. Er hilft gegen die Übelkeit. Bitte entschuldige mich, Großmama Margaret.“

Anna zog sich ihr warmes Tuch enger um die Schultern und ging zu dem kleinen Hauswirtschaftsraum hinter der Küche, in dem sie ihre Kräuter und Heilmittel aufbewahrte. Im Vergleich zu der molligen Wärme, die in Margarets Lieblingsstube herrschte, kam es ihr hier kühl vor. Fröstelnd hängte sie einen Kessel mit Wasser über das Feuer. Damit würde sie eine Mischung aus Mädesüß und Pfefferminze übergießen und den Trank für später ziehen lassen.

Aber vorher kochte sie sich ihren Kamillentee. Während sie ihn in kleinen Schlucken trank, blickte sie aus dem Fenster in den Garten. Vor ihrem inneren Auge sah sie dort draußen bereits ein Kind spielen. Sie wischte eine Freudenträne fort. Doch im nächsten Augenblick musste sie lachen und schalt sich selbst als töricht. Sicher war es besser, den Anblick des Gartens einstweilen so zu genießen, wie er war: Die Schneeflocken fielen inzwischen noch dichter und bedeckten Rasen und Beete. Vor dem Weiß zeichneten sich die dunklen Zweige der kahlen Bäume deutlich ab.

Weil ihr langsam sehr kalt wurde, eilte sie zurück zu Margaret in die behagliche Stube. Dabei kam sie an Großvater Josiahs Arbeitszimmer vorbei, in dem er meistens die Nachmittage verbrachte. Und gerade als Anna die Tür passierte, öffnete sie sich, und ein hochgewachsener grauhaariger Mann trat heraus.

„Ja, Master Markham, natürlich komme ich auch nächste Woche. Sofern ich nicht eingeschneit werde." Er klang fröhlich, und an seinem Tonfall erkannte Anna, dass er flämischer Herkunft war.

„Es braucht mehr als ein bisschen Schnee, um Euch von hier fernzuhalten, Harry", hörte Anna Josiah sagen. „Ich glaube, dazu schmeckt Euch mein Rotwein viel zu gut, habe ich recht? Aber ich genieße unsere kleinen Plauderstunden auch. Ihr seid der Einzige, der mir den neuesten Klatsch aus der Bay Hall berichtet. Also, bis nächste Woche!"

„Bis nächste Woche." Der mit Harry angesprochene Mann drehte sich um und hätte beinahe Anna umgerannt. „Oh, entschuldigt. Bei dem Dämmerlicht hier konnte ich Euch nicht sehen. Habe ich Euch wehgetan?"

„Nein, es ist nichts passiert."

„Ihr seid sicher Anna Markham, die Frau des jüngsten Master Markham. Habe ich recht? Über Euch habe ich schon viel Gutes gehört." Mit einem breiten Lächeln wies er über die Schulter auf Josiahs Arbeitszimmer.

„Großvater Josiah ist ein freundlicher Mann." Das Dämmerlicht im Flur kam Anna sehr gelegen, denn sie spürte, wie sie bei seinem Lob errötete.

„Das stimmt. Sehr freundlich. Wir kennen uns schon sehr lange." Zum Abschied neigte er den Kopf. „Auf Wiedersehen, Mevrouw."

„Auf Wiedersehen, Mijnheer."

Anschließend gesellte Anna sich wieder zu Großmama Margaret in die warme Stube und setzte die Arbeit an der Stickerei fort.

„Geht es dir besser?", erkundigte sich die ältere Frau besorgt.

„Ja, danke."

„Meinst du, du könntest etwas Wein und ein Stück Gewürzkuchen herunterbringen?“

Lächelnd nickte Anna. „Ja, das wäre schön.“

Margaret ging selbst, um die Erfrischung zu holen. Als Anna den ersten Schluck Wein nahm, breitete sich eine angenehme Wärme in ihr aus. „Eben bin ich Harry begegnet. Er ist der Meisterweber, von dem Großvater Josiah so häufig spricht, nicht wahr? Seltsam, dass ich ihm noch nie zuvor über den Weg gelaufen bin.“

„Er ist ein zurückhaltender Mann“, antwortete Margaret. „Ich bin überrascht, dass er mit dir gesprochen hat.“

„Warum wird er Harry genannt?“

Überrascht blickte Margaret von der Stickerei auf. „Weil er so heißt!“

„Nein, das kann nicht sein. Man hört seiner Stimme an, dass er ein Fremder ist, und er hat mich Mevrouw genannt. Aber Harry ist ein englischer Name.“

„Du hast einen scharfen Blick“, bemerkte Margaret. „Aber seit ich den Mann kenne, nennen alle ihn immer nur Harry.“ Nachdenklich runzelte sie die Stirn. „Jetzt, wo du es erwähnst, fällt mir aber etwas ein: Ich glaube, dass Josiah ihn umgetauft hat, als Silas die Verantwortung für die Weberschuppen übernahm. Er hoffte, so würde Silas nicht bemerken, dass er einen Fremden beschäftigt. Aber Silas mag störrisch und fehlgeleitet sein, doch ein Dummkopf ist er nicht. Jedenfalls hat er die Täuschung schnell durchschaut und Harry hinausgeworfen, obwohl der Mann der beste Weber ist, den wir jemals hatten. Der Name Harry ist trotzdem an ihm hängen geblieben.“

„Wie er wohl in Wirklichkeit heißt?“, murmelte Anna.

„Das weiß ich nicht. Frag am besten Josiah. Aber warum interessiert es dich?“

„Ach, aus reiner Neugier.“ Anna schwieg eine Weile, bevor sie bemerkte: „Ich frage mich, ob er wohl den Freund meiner Mutter kannte, der auf dem Friedhof von St. Martin begraben liegt. Es wäre schön, einem Menschen zu begegnen, der mir etwas über … ihn erzählen könnte."

Anna behielt die große Neuigkeit für sich, bis sie sich am Abend unter dem dicken Federbett an Paul schmiegen konnte. Erst dann erzählte sie ihm von ihrer Vermutung, dass sie guter Hoffnung war. Wie erwartet, war er außer sich vor Freude.

„Hoffentlich geht diesmal alles gut, mein Liebling", flüsterte er und strich ihr übers Haar. „Darum bete ich, denn ich könnte es nicht ertragen, wenn …"

Da legte sie ihm einen Finger auf die Lippen. „Sch, sch. Ich bin überzeugt, dass du dir keine Sorgen machen musst."

Er ergriff ihre Hand und küsste sie. „Ich möchte, dass du weißt, dass du mir mehr bedeutest als alles andere, Anna."

„Genauso geht es mir mit dir."

„Ich wünschte nur, ich könnte dich meiner Mutter vorstellen. Bestimmt würde sie dich lieb gewinnen. Aber mein Vater …"

„Ich weiß, Paul."

Am nächsten Abend saßen sie alle gemeinsam nach dem Abendessen vor dem Kamin, als Paul betrübt erzählte: „Mutter geht es nicht gut. Sie leidet unter Schwermut, und zwar so stark, dass sie inzwischen ans Bett gefesselt ist. Heute wollte ich sie etwas aufmuntern und habe ihr berichtet, dass Anna ein Kind bekommt. Daraufhin ist sie in Tränen ausgebrochen." Er schüttelte ratlos den Kopf.

„Sie hätte überglücklich sein sollen", bemerkte Margaret streng.

„Ich glaube, sie hat sich sehr gefreut und deshalb geweint. Aber es macht sie traurig, dass sie Anna noch nicht kennengelernt hat. Ständig bittet sie mich, dass ich mir überlege, wie sich eine Begegnung herbeiführen ließe. Gleichzeitig weiß sie genau, dass das unmöglich ist." Paul seufzte. „Langsam befürchte ich, es ist die Anstrengung, Vater ständig bei Laune zu halten, die so an ihr zerrt. Aber das würde sie niemals zugeben."

„Es muss sich doch eine Lösung finden lassen!", dachte Margaret laut.

„Ja, das sehe ich auch so", stimmte Josiah seiner Frau zu. „Anna kann sie besuchen, wenn Silas außer Haus ist. Er hat eine Menge Verpflichtungen: in der Bay Hall, beim Kauf von Vliesen – hunderterlei Dinge nehmen seine Zeit in Anspruch."

„Leider kann man nie genau voraussagen, wann er zurückkehrt", entgegnete Paul düster. „Und ich möchte nicht, dass Anna aus seinem Mund Beleidigungen über ihre Landsleute hören muss. Und zu diesem Thema geht ihm nicht so leicht der Atem aus." Man sah ihm an, dass er aus leidvoller Erfahrung sprach.

„Trotzdem muss es einen Ausweg geben, Paul", beschwor ihn seine Großmutter. Plötzlich klatschte sie erfreut in die Hände. „Ich hab's! Sobald der Schnee geschmolzen ist, kommt Eleanor eben hierher, um Anna kennenzulernen. Wir alle wissen, wie selten Silas seinen Vater besucht. Die Gefahr, dass sie ihm hier über den Weg läuft, ist also gering. Außerdem kann er seiner Frau kaum untersagen, ihre eigene Schwiegermutter zu besuchen."

Paul schüttelte den Kopf. „Vater hat ihr verboten, dieses Haus zu betreten. Früher hätte sie sich ihm vielleicht widersetzt, aber inzwischen zittert sie so sehr vor seinen Zornausbrüchen, dass sie es nicht mehr wagt."

„Das kann ich verstehen", antwortete Margaret seufzend. „Er hat sich schon als Kind im Zorn manchmal vergessen."

„Im Laufe der Jahre ist es damit eher schlimmer geworden", gestand Paul.

„Er wird doch aber nicht gewalttätig, oder, mein Junge?" Josiah musterte seinen Enkel mit scharfem Blick.

„Nicht mir gegenüber. Aber das mag daran liegen, dass ich größer und stärker bin als er."

„Und deiner Mutter gegenüber?"

„Jedenfalls weiß ich nichts davon." Nun nahm Pauls Gesicht einen grimmigen Ausdruck an. „Aber wenn ich wüsste, dass er Mutter auch nur anrührt, würde ich dafür sorgen, dass es nie, nie wieder vorkäme – auch wenn er mein Vater ist."

„Und ich würde dir keinen Vorwurf daraus machen, Paul, auch wenn er mein Sohn ist", erklärte Josiah mit Nachdruck.

Der Schnee blieb beinahe einen Monat lang liegen, aber es dauerte nicht lange, bis er sein strahlendes Weiß verlor. Auf den Dächern Colchesters lag er als graue Decke, und in den Straßen mischte er sich mit den gefrorenen Abfällen, die der Regen gewöhnlich fortspülte.

Da das Wetter es beinahe unmöglich machte, Güter zu transportieren, kamen die Geschäfte in der Bay Hall fast zum Erliegen. Auch auf dem Marktplatz trotzten nur noch wenige Bauern der Eiseskälte, um ihre kümmerliche Ware feilzubieten. Gegen die Kälte, die ihnen in alle Glieder kroch, stampften sie mit den Füßen und hauchten sich in die Hände, während sie auf die wenigen Kunden warteten.

Doch kaum jemand kam, um ihnen etwas abzukaufen, denn solange kein Tuch gehandelt wurde, verdiente auch niemand Geld. Die meisten Leute verkrochen sich ans heimische Feuer und gingen nur hinaus, um Wasser zu holen oder Feuerholz zu sammeln. Alle beteten, das kalte Wetter möge bald enden. Nur die Kinder genossen den Schnee, lieferten sich Schneeballschlachten und glitten auf knöchernen Schlittschuhen über die zugefrorenen Seen und Kanäle.

Paul jedoch kämpfte sich jeden Tag über Glatteis und durch schmutzige Schneewehen zum Kontor, obwohl es auch bei Markham & Sohn kaum etwas zu tun gab. Sein Vater allerdings zeigte sich keineswegs dankbar für seine Mühen, sondern beschwerte sich in einer endlosen Litanei über die verweichlichten Weber, die ein bisschen Eis und Schnee davon abhielt, ihre Arbeit zu tun.

„Aber sie haben kein Garn, weil es im Augenblick niemand von den Spinnerinnen einsammeln kann“, hielt Paul ihm entgegen. „Und mit Fingern, die steif vor Kälte sind, lässt sich kein glattes Tuch weben.“

„Dann könnten sie die Webstühle putzen“, polterte der ältere Markham.

„Dafür würdest du sie nicht bezahlen.“

Sein Vater wandte sich ab und schaute nach draußen, wo graue Wolken tief und schwer über den Dächern hingen. „Bestimmt gibt es noch mehr Schnee“, murmelte er verbittert.

„Ich glaube, es ist wärmer geworden. Vielleicht bringen die Wolken auch Regen“, bemerkte Paul. Er klappte das Hauptbuch geräuschvoll zu. „Also gut, heute gibt es hier nichts mehr für mich zu tun. Ich will gehen und Mutter besuchen. Geht es ihr besser?“

„Ach was, der Frau fehlt überhaupt nichts“, warf Silas ein. „Sie liegt den ganzen Tag nur im Bett herum und seufzt. Für so etwas habe ich keine Geduld übrig.“

„Hast du schon einen Arzt gerufen?“

„Wozu soll das gut sein? Ein Quacksalber würde mir nur das Geld aus der Tasche ziehen.“

Statt seinem Vater zu widersprechen, ging Paul ins Haupthaus und stieg die Treppe hinauf zum Schlafzimmer seiner Mutter.

„Paul!“ Als sie ihn sah, erschien ein Lächeln auf ihrem Gesicht. Sie lag im Bett, mit Kissen im Rücken und wärmenden Schals um die Schultern gewickelt. Das feuchte Tuch auf ihrer Stirn verbreitete einen durchdringenden Geruch nach Essig. „Ich freue mich jeden Tag auf die Stunde, in der du mich besuchen kommst.“

„Geht es dir etwas besser, Mutter?“, fragte er und küsste sie auf die Wange.

„Ich habe schreckliche Kopfschmerzen und fühle mich ausgelaugt und zerschlagen. Manchmal spüre ich förmlich, wie die Lebenskraft aus mir herausfließt. Inzwischen kann ich nicht mehr allein aufstehen. Selbst für die kleinsten Verrichtungen brauche ich Hilfe.“

Besorgt sah Paul sie an. „Kocht man dir stärkende Suppen, damit du wieder auf die Beine kommst?“

„Hin und wieder bringt Abigail mir ein paar Bissen, aber ich habe keinen Appetit.“

„Du musst etwas essen, Mutter. Ich werde mit Anna sprechen. Sie versteht etwas von Heilkunde. Vielleicht weiß sie ein Mittel, das dir helfen könnte.“

Noch am selben Abend begann es zu tauen, ganz wie Paul vorhergesagt hatte. Während der Regen aufs Dach trommelte und Sturzbäche von Wasser den Abfall auf den Straßen mit sich wegschwemmten, saß Paul mit Anna und seinen Großeltern vor dem Kamin. Mit einer tiefen Sorgenfalte auf der Stirn berichtete er ihnen, wie er seine Mutter angetroffen hatte.

„Ich habe ihr gesagt, dass du ihr womöglich einen heilenden Trank brauen kannst, mein Liebling“, schloss er.

„Dazu muss ich die Kranke erst einmal sehen. Kannst du mich zu ihr bringen?“

„Und wenn du dort meinem Vater begegnest?“

„Jetzt, da das Tauwetter eingesetzt hat, wird er sicherlich viel in der Bay Hall zu tun haben“, gab Josiah zu bedenken. „Bestimmt sind auch bei ihm Geschäfte liegen geblieben, um die er sich jetzt kümmern muss.“

Paul nickte. „Das stimmt. Also gut. Wenn ich morgen weiß, wann er außer Haus ist, schicke ich dir eine Botschaft, mein Schatz.“

Als am nächsten Tag ein Laufbursche die Nachricht überbrachte, dass Silas Markham sich auf den Weg in die Bay Hall gemacht hatte, verkündete Margaret: „Ich werde dich begleiten, Anna. Es ist lange her, dass ich meine Schwiegertochter gesehen habe.“

Die beiden Frauen machten sich auf den Weg zum East Hill. Dabei hielten sie sich dicht an der Stadtmauer, die Schutz vor dem eisigen Wind bot. Nachdem die Wolkenbrüche der letzten Nacht die Straßen sauber gewaschen hatten, wirkte die Stadt so reinlich wie selten. Aber Anna wusste, dass es nicht lange dauern würde, bis die Gossen wieder vor Schmutz überquellen und ihren üblen Geruch verbreiten würden.

Paul geleitete sie hinauf zu Eleanors Schlafzimmer.

Es überraschte Anna, Pauls Mutter angezogen und in einem Sessel am Kamin sitzend vorzufinden.

„Ich wollte euch nicht im Bett empfangen“, erklärte die Kranke. Man sah ihr die Freude über den Besuch an. „Meine Magd Abigail hat mir beim Ankleiden geholfen. Es hat lange gedauert und mich sehr ermüdet, aber ich habe noch einmal eine Weile geschlafen, und jetzt fühle ich mich wach.“

Gleich darauf ergriff Eleanor Annas Hand, und ihre Augen füllten sich mit Tränen. „Anna, ich bin so glücklich, dich endlich zu sehen.“ Die andere Hand streckte sie ihrer Schwiegermutter entgegen. „Und dich auch, Mutter Margaret.“

„Ich wünschte, wir könnten häufiger kommen“, erwiderte Margaret und küsste sie auf die Wange. Dann sah sie die Kranke aufmerksam an. „Woran leidest du, Eleanor? Sicher hat Paul dir berichtet, dass Anna sich mit Heilkräutern auskennt."

„Ich glaube, Paul hat nichts von dem ausgelassen, was es über Anna zu erzählen gibt", lächelte Eleanor. „Er wird nicht müde, von ihr zu erzählen, und ich höre ihm nur zu gern zu. Aber woran ich leide, kann ich dir nicht sagen. Was auch immer es sein mag, es zehrt meine Kräfte auf. Ach, da kommt Abigail mit Erfrischungen. Darf ich euch Wein anbieten? Und ihr müsst unbedingt von dem köstlichen Kuchen probieren, den sie gebacken hat. Davon kann sogar ich etwas essen, auch wenn ich sonst kaum einen Bissen herunterbringe."

„Ihr müsst essen", mahnte Anna sie sanft. „Sonst schwächt Ihr Euch noch zusätzlich."

„Schwächer kann ich kaum noch werden. Aber lasst uns nicht über Krankheiten reden. Heute fühle ich mich schon viel besser, und es gibt viel interessantere Gesprächsthemen. Erzählt mir alles – es ist so lange her, dass ich Gesellschaft hatte."

Lange saßen die drei Frauen zusammen vor dem Kamin und unterhielten sich angeregt. Währenddessen stand Abigail am Fenster Wache, um sofort Alarm zu schlagen, falls Silas Markham unerwartet heimkäme.

„Aber ich glaube nicht, dass das geschieht", stellte Eleanor zufrieden fest. Sie wirkte viel lebhafter als noch zu Beginn des Besuchs. Ihre Wangen waren gerötet, und ihre Augen leuchteten wie seit Monaten nicht mehr. „Silas konnte wegen des Wetters so lange nicht zur Bay Hall reiten, dass er sich nun sicher um lauter wichtige Angelegenheiten kümmern muss. Außerdem wird er hören wollen, was es an Neuigkeiten gibt." Sie faltete die Hände. „Was für eine wohltuende

Stille im Haus herrscht, wenn er fort ist! Manchmal kommt er mir vor wie ein Wirbelwind. Ständig hört man seine laute Stimme, er knallt die Türen und brüllt die Dienstboten an. Man kann es ihm in letzter Zeit kaum recht machen."

„Also bleibst du in deinem Zimmer, wo du ihm nicht über den Weg laufen musst", bemerkte Margaret scharfsichtig.

Eleanor lächelte etwas schuldbewusst. „Nun ja, zumindest habe ich hier meinen Frieden. Hier muss ich mir nicht anhören, wie er die Mägde anschreit. Also liege ich auch nicht nächtelang wach vor Sorge, wo ich neue Dienstboten auftreiben soll, wenn wieder einmal jemand seinetwegen den Haushalt verlässt."

„Und solange du Krankheit vorschützt, lässt er auch seine Wut nicht an dir aus", nickte ihre Schwiegermutter.

„Ich glaube nicht, dass sie ihre Krankheit vortäuscht", warf Anna sanft ein. „Anfangs mag es so gewesen sein, aber nun sind ihre Kräfte verkümmert, weil sie schon zu lange im Bett liegt. Aber es ist noch nicht zu spät, Mutter Eleanor. Wenn Ihr nur jeden Tag ein kleines Stückchen lauft, werden Eure Beine Euch auch wieder zu tragen lernen. Geht ein wenig im Zimmer auf und ab, das genügt schon. Ich schicke Euch einen Balsam, mit dem Ihr die geschwächten Glieder einreiben könnt."

„Außerdem musst du genügend essen", fügte Margaret streng hinzu.

„Aber was die Köchin zubereitet, schmeckt einfach furchtbar", klagte Eleanor und wies mit dem Kopf auf die Magd am Fenster. „Abigail kocht sehr gut, aber wenn ich sie in die Küche schicke, verscheuchen die anderen Dienstboten sie."

„Du musst dich endlich durchsetzen, Eleanor. Mein Sohn hat dir schon viel zu lange die Zügel des Haushalts aus der Hand genommen ..."

„Da kommt er gerade in den Hof geritten, Mistress“, unterbrach Abigail die ältere Frau. „Jetzt ist er abgestiegen.“

„Um Himmels willen, was sollen wir nur tun?“ Verzweifelt rang Eleanor die Hände. „Wenn er euch hier antrifft …“

„Wenn er mich sieht, wird er den Mund halten. Er weiß genau, dass ich ihm sonst gehörig die Meinung sage“, unterbrach Margaret das Gejammer ihrer Schwiegertochter. „Abigail, bring Pauls Frau über die Hintertreppe hinaus, und sorge dafür, dass der Herr sie nicht zu Gesicht bekommt.“

„Sehr wohl, Mistress. Bitte hier entlang.“ Abigail führte Anna rasch zur Tür hinaus. Sie hatten gerade die Hintertreppe erreicht, als sie Silas’ schweren Tritt auf den Stufen der Haupttreppe hörten.

29. KAPITEL

Als Margaret nach Hause zurückkehrte, hatte Anna die kräftigende Salbe für Eleanor bereits fertiggestellt.

„Ich würde dir allerdings nicht raten, sie persönlich dort hinzubringen, meine Liebe", riet Margaret. „Vorhin habe ich ausführlich mit meinem Sohn gesprochen – ich habe gesprochen, er hat gebrüllt. Leider scheint es, als hätte er sich in einen vollkommen grundlosen Hass dir gegenüber hineingesteigert."

Anna schloss kurz die Augen. „Oh Großmama Margaret, und es ist meine Schuld, dass diese Familie nun durch Streit entzweit ist!"

Doch die alte Frau legte ihr tröstend einen Arm um die Schultern. „Es ist nicht deine Schuld, sondern die meines Sohnes. Schon immer waren ihm alle Fremden ein Dorn im Auge, und weder mein Mann noch ich haben je verstanden, warum. Dass du seine Pläne durchkreuzt und ihn damit lächerlich gemacht hast, kann er niemand anderem zuschreiben als sich selbst. Warum musste er sich damals auf dem Marktplatz auch so abscheulich verhalten? Natürlich weiß er das genau, und dieses Wissen nährt seinen Hass nur noch weiter. Manchmal frage ich mich, ob er langsam den Verstand verliert …" Nachdem sie einen Augenblick besorgt ins Leere geblickt hatte, riss sie sich zusammen. „Aber nein, das ist Unsinn. Vermutlich macht er sich nur Sorgen um das Geschäft."

„Kein Wunder, dass Paul nicht gern ins Kontor geht", bemerkte Anna bedauernd.

„Ja, und es ist auch kein Wunder, dass Eleanor lieber das Bett hütet, als ihm zu begegnen. Aber wenn nicht bald etwas geschieht, wird sie noch wirklich krank."

„Paul kann ihr morgen den Balsam mitbringen“, erklärte Anna und bedeckte den Tiegel mit einem sauberen Tuch. „Wie gern würde ich selbst zu ihr gehen! Sie ist so eine warmherzige Frau, und ich möchte sie näher kennenlernen.“

„Ich weiß genau, dass es Eleanor genauso geht. Aber es ist für alle Beteiligten besser, wenn du keinen Fuß in das Haus von Pauls Eltern setzt.“

So musste Anna sich damit zufriedengeben, ihrer Schwiegermutter von Paul gute Genesungswünsche überbringen zu lassen. Im Gegenzug richtete Paul ihr herzliche Grüße von Eleanor aus. Außerdem konnte er schon nach kurzer Zeit berichten, dass der Balsam seine Wirkung tat. Langsam kräftigten sich Eleanors Glieder, und sie gewann ihren Appetit zurück. Dazu trug Margaret einen großen Anteil bei, die der Schwiegertochter fast täglich stärkende Suppen schickte.

Eines sonnigen Morgens Mitte März beschloss Anna, zum Markt zu gehen. Sie hatte ein Mützchen für ihr zukünftiges Kind genäht und wollte passende Bänder dafür kaufen. Nachdem sie fündig geworden war, sah sie sich an den Kurzwarenständen nach einem Geschenk für Margaret um. Ob Pauls Großmutter sich über ein Nadelkissen in Katzenform freuen würde? Anna lächelte und reichte dem Verkäufer ein paar Münzen.

Als sie sich zum Gehen wenden wollte, zupfte jemand sie am Ärmel.

„Griete! Wie schön, dich zu sehen!“, rief Anna fröhlich aus.

„Dem Himmel sei Dank – Anna, ich wollte dich unbedingt treffen!“ Die Freundin wirkte aufgeregt, und ihre Worte schienen sich nur so zu überstürzen. „Ich muss dir doch sagen, dass nun alles ausgemacht ist! Nächsten Monat werden Pieter und ich heiraten. Du erinnerst dich doch an

Pieter, nicht wahr? Unser Herr hat ihn zum Obergärtner gemacht, und er hat uns angeboten, das Häuschen zu beziehen, in dem du und …“ Hier zögerte sie verlegen.

„In dem Jan und ich gewohnt haben“, vollendete Anna den Satz. Sie strahlte über das ganze Gesicht und ergriff Grietes Hände. „Wie wundervoll! Oh, ich wünsche euch beiden, dass ihr dort so glücklich werdet, wie wir es waren.“

„Dann macht es dir also nichts aus?“, fragte Griete unsicher. „Ich hatte Angst, dass es alte Wunden aufreißt.“

„Natürlich macht es mir nichts aus“, erwiderte Anna und drückte ihr noch einmal die Hände, bevor sie sie losließ. „Warum sollt ihr nicht dort wohnen? Das ist doch viel besser, als wenn das Häuschen leer steht. Bestimmt wird es ein gemütliches Heim für euch beide.“

„Aber du und Jan …“ Griete schien noch nicht vollständig überzeugt.

„Jan und ich haben dort eine sehr schöne Zeit verlebt. Und wenn Gott es nicht anders bestimmt hätte, wären wir womöglich immer noch glücklich dort. Doch was geschehen ist, ist nun einmal geschehen. Bei Paul Markham habe ich inzwischen die Liebe wiedergefunden, und noch vor dem Herbst werde ich ein Kind bekommen. Mein Glück ist vollkommen, und dir wünsche ich das Gleiche.“

„Ich bin so froh, dass du das sagst“, antwortete Griete erleichtert. „Du kommst doch zu unserer Hochzeit, nicht wahr?“

„Natürlich! Du wirst mich in der Kirche sehen.“

„Und zu dem Fest? Der Herr wird das Hochzeitsmahl ausrichten.“

Bedauernd schüttelte Anna den Kopf. „Ich glaube nicht, dass Samuel Hegetorne mich in seinem Haus willkommen heißen würde. Wenn du dich erinnerst, sind wir nicht gerade im Guten geschieden.“

„Natürlich, das hätte ich vor lauter Glück beinahe vergessen. Und er hat deinen Namen seitdem tatsächlich nie wieder erwähnt. Aber wenn du zu der Trauung kommst, will ich zufrieden sein. Dagegen kann er wohl nichts haben. Wir heiraten am zweiten Donnerstag im April."

„Ich komme – versprochen!"

Als Anna beim Abendessen von ihrer Begegnung mit Griete berichtete, erwiderte Margaret sofort: „Für die Hochzeit brauchst du ein neues Kleid." Sie wandte sich an ihren Sohn. „Es wird ohnehin langsam Zeit, dass Anna etwas Neues anzuziehen bekommt. Die Gattin eines der wichtigsten Tuchhändler der Stadt kann nicht tagein, tagaus in denselben Röcken herumgehen. Könntest du uns morgen ein paar Stoffproben mitbringen, damit wir etwas aussuchen können?"

Paul spießte bedächtig ein Stück Fleisch auf sein Messer, bevor er antwortete: „Natürlich kann ich Proben mitbringen, aber ich bezweifle, dass ihr darunter etwas findet, das euch gefällt. Markham & Sohn gehört leider nicht mehr zu den wichtigsten Tuchhändlern der Stadt. Wir haben Schwierigkeiten, überhaupt noch gute Weber zu finden."

„Wie kommt das, mein Junge?", fragte Josiah. Doch im nächsten Moment hob er schon die Hand. „Nein, sag es nicht. Silas verjagt sie alle mit seinen Wutanfällen."

„Leider ja, Großvater. Wann immer an einem unserer Tuche in der Bay Hall auch nur der kleinste Makel gefunden wird, beschuldigt er den Weber und entlässt ihn. Und zwar gleichgültig, ob es sich um einen Webfehler handelt oder nicht. Mit unregelmäßigem Garn kann auch der beste Handwerker keinen glatten Stoff machen, und wenn die Farbe verlaufen ist, kann er genauso wenig dafür. Aber Vater kümmert das nicht. Er beharrt auf seinen harten und ungerechten Anschuldigungen, auch wenn die Männer sich beschweren und ich versuche, ein gutes Wort für sie einzulegen. Natürlich findet ein guter Weber leicht anderswo Arbeit, und darunter leidet das Geschäft."

Zu Anna gewandt versprach er lächelnd: „Aber ich will trotzdem sehen, was ich finde."

Sie legte ihrem Mann eine Hand auf den Arm. „Es spielt keine Rolle. Ich möchte wirklich nicht, dass du noch mehr Ärger mit deinem Vater bekommst. Auch so macht es mich traurig genug, wie schwer du es meinetwegen mit ihm hast."

„Es ist nicht alles deinetwegen, mein Liebling. Im Augenblick hat mein Vater an allem und jedem etwas auszusetzen. Manchmal glaube ich, dass sogar sein Pferd einen Schritt zurück macht, wenn es ihn an der Stalltür sieht."

„Paul!" Seine Mutter musste lachen. „Du übertreibst."

„Aber nur ein bisschen."

Zu guter Letzt kam Anna auf unerwartete Art und Weise doch noch an ein neues Kleid. Zwei Wochen vor Grietes Hochzeit überreichte Josiah der Frau seines Enkels ein großes verschnürtes Paket.

„Was ist das?", fragte Anna neugierig.

„Ich weiß es nicht", antwortete Josiah. „Ein Geschenk von Harry. Er kam heute hier vorbei, um mit mir einen Schluck Wein zu trinken. Bevor er ging, hat er mich gebeten, dir das hier zu geben."

„Von Harry? Aber warum sollte er mir ein Geschenk machen?"

„Anna, hör auf, Fragen zu stellen, und öffne es lieber!", mischte Margaret sich ungeduldig ein. Ihre Augen leuchteten vor Aufregung.

Sorgfältig wickelte Anna das Paket aus und förderte ein großes Stück weichen Samt zutage. Der Stoff hatte eine ungewöhnlich kräftige blaue Farbe, die in den Falten beinahe ins

Violette spielte. Was Anna in der Hand hielt, reichte aus für ein Kleid.

Mit Kennerblick beugte Josiah sich vor und befühlte das Tuch. „Das muss er selbst gewebt haben. Nur einem Meister wie ihm gelingt ein so gleichmäßiger Flor."

„Aber warum sollte er mir ein so wunderschönes Stück Samt schenken?", fragte Anna mit gerunzelter Stirn. „Das wüsste ich wirklich gern."

Eindringlich sah Margaret ihren Mann an. „Hast du Harry gegenüber zufällig erwähnt, dass wir über ein neues Kleid für Anna gesprochen hatten?"

„Ich?" Unschuldig erwiderte Josiah ihren Blick. „Wie kommst du darauf, dass ich über solche Nebensächlichkeiten rede, wenn wir uns über die Rolle Colchesters im englischen Tuchhandel und andere wichtige Dinge unterhalten?"

Da nickte Margaret lächelnd. „Dachte ich's mir doch."

„Es mag sein, dass ich es tatsächlich habe fallen lassen", verteidigte er sich. „Aber wie konnte ich ahnen, dass er so darauf reagiert?"

„Sicher, sicher", erwiderte Margaret trocken. „Was hast du ihm bezahlt?"

„Nichts. Er hat sich geweigert, Geld dafür anzunehmen. Wenn ich es richtig verstanden habe, meinte er etwas in der Art von: ‚Ich hatte so etwas schon länger vor'. Vermutlich bekommt er nur selten Aufträge, die sein ganzes Können herausfordern." Josiah hielt seiner Frau den Teller hin. „Ich hätte gern noch etwas von dieser Pastete." Damit war das Thema für ihn beendet.

„Natürlich kann ich es auf keinen Fall annehmen", erklärte Anna später Paul, als sie allein waren. „Ich kenne den Mann ja kaum! Nur wenn er Großvater Josiah besuchen kommt, laufe ich ihm gelegentlich über den Weg, aber das ist auch alles."

„Womöglich hat er es getan, weil ihr Landsleute seid“, gab Paul zu bedenken.

„Das glaube ich kaum – schließlich leben Hunderte von Flamen hier in Colchester. Nein, wahrscheinlich wollte er deinem Großvater einen Gefallen erweisen.“

„Was auch immer seine Beweggründe gewesen sein mögen – vermutlich wäre er gekränkt, wenn du ihm das Geschenk zurückgeben würdest.“ Paul strich über den weichen Stoff. „Einen so feinen Samt habe ich noch nie gesehen. Schau nur, die Farbe entspricht genau der deiner Augen, und sie steht dir ausnehmend gut.“ Lächelnd küsste er Anna auf die Nasenspitze. „Du solltest dir noch vor Grietes Hochzeit ein Kleid daraus schneidern lassen.“

„Meinst du wirklich?“ Der Zweifel stand Anna immer noch im Gesicht geschrieben.

„Ja, mein Liebling, das meine ich wirklich.“ Wieder küsste Paul sie. „Und jetzt komm zu Bett.“

Grietes Hochzeitstag brach an, und die Sonne stand strahlend am blauen Himmel. Obwohl Anna gern in Pauls Begleitung zur Kirche gegangen wäre, entschied sie sich schließlich doch dagegen.

„Ich möchte mich lieber unauffällig im Hintergrund halten, und deine Anwesenheit könnte Aufsehen erregen. Schließlich wissen alle, dass du Engländer bist“, erklärte sie.

Zu ihrer Überraschung brach Paul daraufhin in Gelächter aus. „Meine Liebe, dass ich Engländer bin, dürfte viel weniger Aufsehen erregen als du in diesem Kleid! Du siehst einfach bezaubernd aus, und es wird dir kaum gelingen, einfach in der Menge unterzutauchen.“

Anna sah an sich herab. Zum ersten Mal in ihrem Leben trug sie etwas anderes als Schwarz oder Grau. Sie hatte das neue Kleid auch nur deshalb angezogen, weil das Blau dunkel genug war. In der dämmrigen Kirche würde es nicht auffallen.

Aber wenn sie ganz ehrlich war, musste Anna zugeben, dass sie das Gewand auch gewählt hatte, weil sie sich darin so schön und elegant fühlte wie nie zuvor. Margarets Schneiderin hatte sich selbst übertroffen und einen modischen Schnitt gewählt, der Annas sich rundenden Bauch unter geschickt angeordneten Falten verbarg.

Paul war wieder ernst geworden. „Selbst wenn du dich im Hintergrund hältst – gib acht, dass zumindest Griete dich sieht. Sie hat sich so sehr gewünscht, dich bei ihrer Trauung begrüßen zu können."

„Ich will es versuchen", versprach Anna. „Allerdings weiß ich wirklich nicht, wie ich mich Griete zeigen soll, ohne gleichzeitig von Samuel Hegetorne gesehen zu werden."

Als Anna die Kirche betrat, wählte sie einen Platz ganz hinten. Schon lange war sie nicht mehr hier gewesen. Seit ihrer Hochzeit mit Paul begleitete sie ihn und seine Großeltern sonntags zum englischen Gottesdienst. Genau wie Anna erwartet hatte, kamen viele Gemeindemitglieder zu Grietes Hochzeit. Bestimmt würde sie in der Menge nicht auffallen.

Dann betrat der Bräutigam die Kirche, geführt von drei Brautjungfern mit Rosmarinzweigen. Vermutlich handelte es sich um seine Schwestern, denn sie waren ihm wie aus dem Gesicht geschnitten. Pieter war ein breitschultriger, gut aussehender Mann mit schwarzen Haaren und wettergegerbter Haut, der stolz seinen besten Sonntagsstaat trug.

Kurz hinter ihm führte Samuel Hegetorne Griete zum Altar. Das Glück leuchtete ihr aus den Augen, und ihre Wangen waren gerötet. An ihrem Kleid hingen die Bänder, die die jungen Männer später abreißen würden, um sie als Gunstbeweis der Braut zu tragen.

Abraham van Migrode traute das junge Paar unter den

beifälligen Blicken der Gemeinde, und kurze Zeit später verließen Pieter und Griete als Mann und Frau die Kirche. Hinter ihnen schoben sich die Gottesdienstbesucher aus der Tür in den strahlenden Aprilsonnenschein. Nur Anna blieb sitzen, denn sie wollte ungesehen davoneilen, sobald sich das Gedränge etwas auflöste.

„Anna, meine Liebe", hörte sie plötzlich eine Stimme neben sich. „Wie schön, dich zu sehen."

Keineswegs erfreut erkannte Anna Samuel Hegetorne. Angetan mit einem neuen Wams und einem eleganten Mantel, wirkte er wie der Inbegriff des stolzen, erfolgreichen Kaufmanns. Seinem Tonfall konnte Anna nicht entnehmen, ob er seine Worte ehrlich oder als Spitze gemeint hatte. Vermutlich Letzteres, denn warum sollte er sich freuen, sie zu sehen?

„Griete hat mich gebeten, bei ihrer Trauung dabei zu sein – natürlich nur beim Gottesdienst", antwortete sie hastig. „Sobald sich die Menge etwas verlaufen hat, gehe ich nach Hause."

„Aber nein! Du musst mit zum Garden House fahren und das Hochzeitsmahl mit deiner Anwesenheit beehren. Ich bestehe darauf." Sein Lächeln drückte ehrliche Freude aus.

„Ich habe Griete gesagt, dass ich nur zum Gottesdienst komme", wandte sie ein. „Auf keinen Fall möchte ich mich aufdrängen …"

„Unsinn. Du drängst dich nicht auf, und außerdem möchte ich dir den Garten zeigen. Zu dieser Jahreszeit sieht er prachtvoll aus. Pieter ist ein überragender Gärtner, der sehr hart gearbeitet hat. Ich bin froh, ihn gefunden zu haben."

Noch während er sprach, geleitete er sie hinaus, ohne ihren Widerspruch zu beachten. Anna stellte fest, dass Samuel inzwischen eine dieser neumodischen Kutschen besaß. Im nächsten Augenblick hatte er ihr schon hineingeholfen und dem Mann auf dem Bock Anweisung gegeben, nach Lexden zu fahren. Die restliche Hochzeitsgesellschaft ging in einem langen Zug zu Fuß hinter dem glücklichen Brautpaar her.

„In einer Kutsche zu fahren ist doch viel bequemer", bemerkte Samuel. Er lehnte sich in den Polstern zurück und schloss die Augen. „In meinem Alter werden mir die Sitten und Gebräuche von Hochzeitsfeierlichkeiten allmählich etwas zu anstrengend und lästig." Er hob die Lider und lächelte Anna zu. „Immerhin habe ich für das Festmahl gesorgt, und das berechtigt mich wohl dazu, mich aus dem Rest herauszuhalten."

„Griete hat mir erzählt, wie großzügig du dich ihr und Pieter gegenüber gezeigt hast", bemerkte Anna vorsichtig. Sie wusste immer noch nicht genau, was Samuel eigentlich bezweckte. Beinahe schien es, als hätte er die bitteren Worte vergessen, die bei ihrer letzten Begegnung gefallen waren. Aber Anna traute dem Frieden nicht ganz.

Als sie ihr Ziel erreicht hatten, half Samuel ihr aus der Kutsche. „Willkommen im Garden House", sagte er mit einer angedeuteten Verbeugung. „Später, wenn du gegessen hast, zeige ich dir Alicias Garten."

Augenblicklich sank Annas Mut. Sie wollte Alicias Garten nicht sehen – der Anblick würde zu viele bittersüße Gedanken an das allzu kurze Glück mit Jan in ihr wachrufen. Sie hatte diesen Erinnerungen einen Platz in ihrem Herzen eingeräumt. Dort ruhten sie unvergessen – das erlaubte ihr, das Leben an Pauls Seite unbeschwert von der Vergangenheit zu genießen. „Ich glaube nicht …", setzte sie an.

Doch Samuel unterbrach sie. „Zuerst musst du etwas essen und das Brautpaar beglückwünschen. Pieter ist ein guter Mann, und du wirst ihn bestimmt mögen. Niemand wäre besser geeignet als er, Jans Stelle einzunehmen. Bitte entschuldige mich jetzt. Ich muss mich darum kümmern, dass alles reibungslos abläuft. Schließlich bin ich der Gastgeber."

Nach einer weiteren kurzen Verbeugung verschwand er.

Anna sah sich um. Bereits jetzt schienen etliche Gäste ausgelassener Stimmung zu sein. Vielleicht hatten sie aber auch nur zu eifrig dem Wein mit dem hineingetunkten Kuchen zugesprochen, der dem Brauch folgend nach der Trauung gereicht worden war. Einige der Leute erkannte Anna wieder. An einem Fenster stand Henrick Westervelt, den sie einst für ihren Vater gehalten hatte, und betrachtete die Hochzeitsgesellschaft mit hochmütig gehobenen Augenbrauen. Noch einmal stieg ein Gefühl der Erleichterung in Anna hoch, sich geirrt zu haben.

In diesem Augenblick kam Griete auf sie zu, beinahe hübsch mit ihren rosigen Wangen. An der Hand zog sie ihren Bräutigam hinter sich her.

„Anna, wir freuen uns so sehr, dass du kommen konntest – nicht wahr, Pieter? Zuerst war ich so enttäuscht, als du gesagt hast, du könntest nur zur Kirche kommen. Ich wusste schließlich, wie gern Pieter dir zeigen würde, was er im Garten getan hat."

„Samuel hat darauf bestanden, mich mit herzubringen", antwortete Anna. „Ich war sehr überrascht, denn ich hätte nicht gedacht, dass er mich überhaupt sehen will."

„Ach was, das ist jetzt nicht wichtig. Hauptsache, du bist hier. Sollen wir mit ihr in den Garten gehen, Pieter? Sie wird staunen, meinst du nicht?"

„Ich hoffe, Ihr seid nicht enttäuscht, Mevrouw", bemerkte Pieter ernst. „Euer Mann … Jan …" Verlegen räusperte er sich. „Ich will sagen …"

„Wenn Ihr den Garten genauso liebt, wie Jan es getan hat, dann ist er bestimmt wunderschön geworden", erwiderte Anna. „Und ich möchte ihn sehr gern einmal wiedersehen und ein bisschen darin umherspazieren." Das war es schließlich, was Pieter hören wollte – wenn es auch überhaupt nicht Annas Wünschen entsprach.

Ein Lächeln erschien auf dem wettergegerbten Gesicht. „Dann ist es mir ein Vergnügen, ihn Euch zu zeigen." Liebevoll nahm er Grietes Arm. „Komm du auch mit, meine liebe Frau."

Zusammen traten sie nach draußen. Als sie durch den Knotengarten gingen, fühlte Anna sich in die Zeit zurückversetzt, als Jan ihn angelegt hatte. Damals hatten zwischen Pflöcken gespannte Seile die Blumenbeete markiert. Und Jan hatte mit seinen starken Armen den Boden umgegraben und seine Begeisterung mit ihr geteilt. So viele Erinnerungen …

„Pieter sagt, der Knotengarten ist so vollkommen, dass er so bleiben soll", erklärte Griete.

„Das stimmt", pflichtete Pieter ihr bei. „Er ist ein Kunstwerk. Aber schaut, im Rest des Gartens hat mir der Herr jetzt freie Hand gelassen."

Es stimmte: Abgesehen von dem Knotengarten bot das Gelände einen völlig neuen Anblick. Wo früher Rosen geblüht hatten, plätscherte jetzt ein Brunnen, und die Rabatten waren neu angelegt worden. Eine Eibenhecke begrenzte jetzt eine Seite des Gartens. Sie sollte später – wie Anna sofort erkannte – zu einer Art grünem Tunnel geschnitten werden. Aus allen Richtungen führten Kieswege zu einer Säule in der Mitte, auf der eine bunt bepflanzte Urne stand. Alles sah anders aus. In den Beeten wuchsen sogar andere Blumen als früher.

Eine Weile stand Anna nur stumm da und betrachtete das veränderte Bild. In ihrem Innern tobte ein Aufruhr der Gefühle. Sie wusste nicht, ob sie froh über die Veränderung sein sollte oder ob sie die Umgestaltung des Gartens als Verrat an Jan empfand.

„Also, wie findest du es?", fragte Griete ungeduldig.

Anna schluckte. Plötzlich fühlte sich ihr Mund trocken

an. „Es ist wunderschön“, brachte sie endlich heraus. „So etwas habe ich wirklich nicht erwartet.“ An Pieter gewandt sagte sie: „Ihr müsst sehr hart gearbeitet haben. Aber was hält Euer Herr davon?“

„Mit dem Ergebnis ist er hochzufrieden. Anfangs hatte er seine Zweifel. Aber sobald ich ihm zeigen konnte, was ich vorhatte, war er begeistert.“

„Das stimmt“, warf Griete ein. „Die beiden haben Stunden damit zugebracht, die Pläne zu besprechen.“

Lachend drückte Pieter seine frisch angetraute Frau an sich. „Ich glaube, Griete war manchmal ein bisschen eifersüchtig.“

„Ach was“, widersprach Griete. „Ich habe wirklich Besseres zu tun, als dich ständig zu bewundern.“ Aber der Blick, den sie ihm zuwarf, strafte ihre Worte Lügen.

Pieter lächelte sie an, bevor er fortfuhr: „Mijnheer Hegetorne hat den Blick eines Künstlers. Ah – da kommt er schon. Wir zeigen Mevrouw Markham gerade den Garten, Mijnheer.“

Samuel begrüßte sie mit einem strahlenden Lächeln. „Was hältst du von dem Garten, Anna? Hat Pieter nicht wahre Wunder vollbracht? Er ist zwar ein fauler Bengel, aber hin und wieder kann ich ihn überzeugen, mal einen Spatenstich zu tun.“

Alle lachten. Offenbar war das Verhältnis zwischen Herr und Gärtner so gut, dass es kleine Scherze vertrug. Auf einmal verspürte Anna grenzenlose Erleichterung. Es kam ihr beinahe so vor, als wäre durch die Neuanlage des Gartens Jans Gespenst endlich zur Ruhe gekommen – und mit ihm auch Samuels fehlgeleitetes Schuldbewusstsein ihr gegenüber.

„… und nächsten Herbst schicke ich Pieter nach Amsterdam. Er soll mir Tulpenzwiebeln mitbringen“, fuhr Samuel fort. „Ich habe Erkundigungen eingezogen.“

Anna lächelte ihm zu. „Hoffentlich hast du damit diesmal mehr Glück.“

„Oh, verzeih mir, Anna. Wie gefühllos von mir!“ Er wirkte aufrichtig zerknirscht.

„Das macht nichts.“ Lächelnd stellte Anna sich auf die Zehenspitzen und gab ihm einen Kuss auf die Wange. „Ich verzeihe dir.“

„Alles?“

„Ja, alles, Samuel.“ Damit wandte sie sich wieder an das Brautpaar. „Ich muss jetzt nach Hause. Mein Mann wartet auf mich. Aber bevor ich gehe, möchte ich noch auf euer Wohl trinken – und auf ein langes und glückliches Leben Seite an Seite.“

30. KAPITEL

In Gedanken versunken ging Anna von Grietes Hochzeitsfeier nach Hause. Sie fühlte sich sehr erleichtert, dass nun nichts mehr zwischen ihr und Samuel stand und sie ihre Freundschaft fortsetzen konnten. Schließlich hatte er viel für sie getan – und sie würde nichts davon jemals vergessen. Sein feindseliger Abschied damals in der Hütte der alten Betty hatte ihr wehgetan.

Aber nun schien es, als ob Samuel seinen Frieden gefunden hätte. In dem Maße, wie er Veränderungen in seinem Garten zuließ, konnte er offenbar die Vergangenheit ruhen lassen. Er hatte seine Schuldgefühle wegen Jans Tod überwunden und damit auch sein übersteigertes Verantwortungsbewusstsein Anna gegenüber.

Als Anna bemerkte, wie tief die Sonne schon am Himmel stand, beschleunigte sie ihren Schritt. Heute war Donnerstag, und an diesem Tag besuchte Harry immer den alten Josiah. Anna wollte ihm unbedingt für den wunderschönen Samt danken und ihm ihr neues Kleid zeigen. Hoffentlich kam sie nicht zu spät!

Doch als sie das Haus erreichte, war Harry bereits wieder gegangen.

„Das ist doch nicht schlimm – dann bedankst du dich eben, wenn er das nächste Mal kommt", besänftigte Margaret sie. „Allerdings glaube ich nicht, dass er sich auf eine Unterhaltung einlassen wird. Er ist ein zurückhaltender Mann. Aber jetzt komm mit, und erzähle mir in allen Einzelheiten von der Hochzeit ..."

Aber in der nächsten Woche tauchte Harry nicht auf, und auch in der darauffolgenden wartete Anna vergeblich. Fast ein ganzer Monat verstrich, bis sie endlich das neue Gewand anlegen und an die Tür von Josiahs Arbeitszimmer klopfen konnte.

Zuerst wirkte Großvater Josiah etwas verärgert. Er schätzte Unterbrechungen nicht, vor allem da Harry ihm gerade von den neuen Entwicklungen im Tuchhandel berichtete. Doch als der alte Mann sah, warum Anna gekommen war, lächelte er.

„Eure Kunstfertigkeit ist ungebrochen, Harry", bemerkte er und prüfte den Stoff noch einmal fachmännisch mit den Fingern. „Der Samt fühlt sich gut an. Findet Ihr nicht auch, dass das Kleid an der Frau meines Enkels ausnehmend hübsch aussieht?"

Der Angesprochene musterte Anna mit einer Mischung aus Stolz und Bewunderung, sodass sie nicht wusste, ob sein Blick ihr oder seinem Werk galt. „Die Farbe steht Euch gut zu Gesicht, genau wie ich dachte", bemerkte er zufrieden. „Gefällt Euch der Stoff?"

„Ja, sehr." Anna strich über die weichen Falten des Samts. „Es ist das schönste Kleid, das ich jemals besessen habe."

„Dann bin ich zufrieden", sagte er und bedachte sie erneut mit seinem zurückhaltenden Lächeln.

Da Josiah das unterbrochene Gespräch wieder aufnehmen wollte, nickte er Anna zu, und sie verabschiedete sich.

„Es tut mir leid, dass ich gestört habe. Aber ich wollte, dass Harry …"

„Du wolltest Harry zeigen, wie hübsch du in seinem Samt aussiehst. Schon gut." Er wedelte mit der Hand. „Und nun fort mit dir. Wo waren wir stehen geblieben?"

Lachend ging Anna hinaus und hörte, wie die beiden Männer den Gesprächsfaden wieder aufnahmen.

Erst zwei Monate nach der Hochzeit begegnete Anna Griete wieder. Sie trafen sich auf dem Markt, als Griete gerade bei den Metzgerständen Fleisch in ihren Korb packte.

„Ich kaufe jetzt die besten Stücke, die ich bekommen

kann", vertraute Griete der Freundin an. „Rotes Fleisch hält Männer bei Kräften, wenn du verstehst, was ich meine. Nicht, dass ich bei meinem Pieter da etwa nachhelfen müsste …" Kichernd stieß sie Anna an.

„Du siehst gut aus, Griete", antwortete Anna lächelnd.

Vertraulich beugte die andere sich zu ihr. „Ich bin schon guter Hoffnung – und das, obwohl wir erst seit acht Wochen verheiratet sind! Was sagst du nun?"

„Ich bin sehr froh, dich so glücklich zu sehen."

„Oh ja, das bin ich und Pieter auch. Und euer Häuschen – so nenne ich es immer noch – ist wunderbar gemütlich, genau richtig für uns. Mijnheer Hegetorne hat gesagt, wenn wir etwas brauchen, sollen wir es nur sagen. Was für ein guter Mann!"

„Er hat ein großes Herz", stimmte Anna ihr zu. „Sicher habt ihr es gut bei ihm."

Erfreut verabschiedete Griete sich, und Anna kümmerte sich um ihre eigenen Einkäufe. Als sie nach Hause gehen wollte, sah sie aus den Augenwinkeln einen Reiter, der sich mit der Peitsche Durchgang durch die Menge auf dem Marktplatz verschaffte. Es überraschte sie nicht, als sie Silas Markham erkannte. Der Tuchhändler benahm sich stets so, als gehörten die Straßen der Stadt ihm. Schnell wandte sie das Gesicht ab, damit er sie nicht erkannte.

Doch im nächsten Augenblick kam ihr ein Einfall. Offensichtlich war Silas Markham auf dem Weg zur Bay Hall, und seine Geschäfte dort mussten dringend sein, denn er hatte es eilig. Mit etwas Glück würden sie ihn einige Zeit dort festhalten. Diese Zeit konnte sie nutzen, um Eleanor einen Besuch abzustatten. Natürlich konnte sie nicht lange bleiben, aber sie hatte ihre Schwiegermutter nicht mehr zu Gesicht bekommen, seit sie mit Margaret zusammen dort gewesen war. Und Anna wollte endlich mit eigenen Augen sehen, ob die Salbe ihre heilsame Wirkung entfaltet hatte.

Hastig kaufte sie einem Blumenverkäufer ein kleines Sträußchen ab und eilte in Richtung East Hill zum Haus der Markhams. Dort klopfte sie, etwas außer Atem.

Eine schlampig wirkende Magd öffnete ihr.

„Ich möchte zu Eurer Herrin“, verkündete Anna.

„Sie empfängt keine Besucher“, entgegnete das Mädchen lustlos.

„Mich wird sie empfangen.“ Anna drängte sich an der Magd vorbei und stieg die Treppe hinauf zum Schlafzimmer der Hausherrin.

Eleanor stand am Fenster und starrte in den Hof, wo gerade eine Ladung Vliese von einem Karren ins Lager gebracht wurde. Sie trug ein hübsches blaues Kleid, und eine Spitzenhaube bedeckte ihre grauen Haare. Als sie sah, wer sie besuchte, kam sie mit ausgestreckten Armen auf Anna zu.

„Anna, meine Liebe! Du hättest nicht kommen sollen – aber ich freue mich so sehr, dass du da bist! Abigail, schnell! Hol uns Wein, und halt dann am Fenster Wache.“ Eleanor nahm Annas Hände in ihre. „Du darfst nicht lange bleiben. Silas ist zur Bay Hall geritten und kommt sicher bald wieder.“

„Ich weiß. Eben auf dem Markt habe ich ihn vorüberreiten sehen. Deshalb bin ich hier.“ Anna lächelte ihre Schwiegermutter an.

„Wie schön! Und schau nur – ich kann wieder laufen! Die Salbe, die du mir geschickt hast, hat wahre Wunder gewirkt. Jeden Tag reibt Abigail meine Beine damit ein, und dann gehe ich ein Stückchen, genau wie du es gesagt hast. Bestimmt bin ich bald kräftig genug, um hinunterzugehen und die Dienstboten wieder zu beaufsichtigen. Allerdings muss ich zugeben, dass ich mich bei dem bloßen Gedanken daran ganz schwach fühle. Aber was rede ich hier vor mich hin? Wie geht es dir, meine Liebe? Ist die Zeit der Übelkeit vorüber? Du siehst aus wie das blühende Leben."

„Es geht mir sehr gut, danke, Mutter Eleanor. Seit Kurzem spüre ich, wie das Kind sich bewegt."

„Das ist gut." Als Abigail mit Wein und Gebäck hereinkam, ging Eleanor noch einmal zum Fenster. „Noch ist nichts von Silas zu sehen. Stell dich hierhin, Abigail, und sag Bescheid, sobald er kommt."

„Du brauchst dich nicht zu beunruhigen, Mutter Eleanor", meinte Anna lachend. „Jetzt kenne ich ja den Weg über die Hintertreppe, sodass ich schnell verschwinden kann."

„Weiß Paul, dass du hier bist?"

„Nein. Ich wusste ja, dass mir nicht viel Zeit bleibt, darum habe ich an der Vordertür geklopft. Zuerst wollte die Magd mich nicht einlassen. Sie sagte, du empfängst keine Besucher."

Ihre Schwiegermutter zog ein Gesicht. „Ich wollte, es kämen welche. Mit der Zeit hat Silas es geschafft, alle meine Freundinnen zu vergraulen." Dabei machte sie eine hilflose Geste und stieß den Weinpokal zu Boden. „Oh, wie ungeschickt von mir! Abigail, bitte hol ein Tuch und noch etwas von dem Wein. Ich muss sagen, er schmeckt mir."

Während die Magd die verschüttete Flüssigkeit aufwischte, berichtete Anna: „Großmama Margaret hat mir erzählt, dass sie ihm ins Gewissen geredet hat. Aber er wollte ihr nicht zuhören. Stattdessen hat er sie angebrüllt. Sie macht sich große Sorgen um ihn – und um dich, Mutter Eleanor."

„Ich weiß. Aber wenn ich weiß, dass meine Schwiegermutter mit mir fühlt, fällt es mir leichter, es zu ertragen. Schließlich ist Silas ihr Sohn, und wenn sogar sie ihn schwierig findet ... Ah, danke, Abigail." Die Magd hatte ihr den Pokal gefüllt und nahm ihren Posten am Fenster wieder ein.

Die Frauen waren so in ihr angenehmes Gespräch vertieft, dass keine von ihnen merkte, wie sich hinter ihnen leise die Tür öffnete. Doch im nächsten Moment fuhren sie zusammen, als eine gefährlich ruhige Stimme sagte: „Aha. Als die Magd unten mir sagte, dass sie eine Besucherin eingelassen hat, dachte ich mir schon, dass es sich nur um die flämische Hure handeln kann.“ Mit der Peitsche in der Hand war Silas Markham eingetreten.

Entsetzt sprangen Anna und Eleanor auf. Silas musste genau in dem Augenblick zurückgekehrt sein, als Abigail den verschütteten Wein aufgewischt hatte.

Breitbeinig stand er mitten im Zimmer und schlug drohend mit dem Peitschengriff gegen die Handfläche der anderen Hand. Während er sprach, wurde seine Stimme immer lauter, bis er brüllte. „Wie kannst du es wagen, mein Haus zu betreten und meiner Gattin vergiftete Worte ins Ohr zu flüstern! Hast du denn meiner Familie noch nicht genügend Schaden zugefügt? Du hast meinen Sohn mit einem Bann belegt, sodass er dich gegen meinen ausdrücklichen Willen geheiratet hat – und ich musste es wochenlang ertragen, dass die Männer in der Bay Hall hinter meinem Rücken über mich gelacht haben! Sie hätten dich als Hexe verbrennen sollen, solange sie dich in den Händen hatten!“

Das Gesicht purpurrot vor Wut und mit vorquellenden Augen kam er auf die Frauen zu. Eleanor fasste Annas Hand. Ein Zurückweichen war unmöglich, denn hinter ihnen stand das Tischchen mit den Erfrischungen.

„Geh mir aus dem Weg, Weib“, befahl Silas und wies mit der Peitsche auf den Kamin. „Dort hinüber.“

„Du hast kein Recht dazu, mich in meinem eigenen Zimmer herumzukommandieren“, erwiderte Eleanor mit fester Stimme. „Nimm gefälligst die Peitsche herunter, und befleißige dich eines etwas höflicheren Tonfalls, wenn du mit mir sprichst.“

„Halt den Mund, und tu, was ich dir sage. Oder möchtest

du etwas von der Tracht Prügel abhaben, die diese flämische Hure jetzt erwartet?"

„Du wirst Anna nicht anrühren, Silas!" Eleanor tat ihr Bestes, um Nachdruck in ihre Stimme zu legen. Doch ihre zitternden Finger verrieten ihre Angst. „Und nenn sie nicht Hure – sie ist immerhin die Frau unseres Sohnes."

„Daran brauchst du mich nicht erst zu erinnern", brachte er zwischen zusammengebissenen Zähnen hervor. „Und jetzt geh dort hinüber zum Kamin, sonst vergesse ich mich noch!"

Eleanor warf Anna einen flehentlichen Blick zu, als warte sie auf deren Anweisungen.

„Reiz ihn am besten nicht noch mehr, Mutter Eleanor", riet diese ruhig. „Sicher rührt er mich nicht an, schließlich trage ich Pauls Kind unter dem Herzen. Aber er soll dir nicht meinetwegen wehtun."

Anna wartete, bis Eleanor widerstrebend aus dem Weg gegangen war, bevor sie sich Silas zuwandte. „Ihr tut mir leid, Master Markham. Eure Vorurteile und Euer Hass müssen Euch sehr unglücklich machen."

Außer sich hob er die Peitsche. „Wie kannst du es wagen, so mit mir zu reden, Fremde!"

„Weil es die Wahrheit ist. Ich bedaure Euch, weil Ihr durch den Hass auf meine Landsleute und auf mich zu einem Unmenschen geworden sein. Was habe ich Euch denn jemals getan? Nichts, genauso wenig wie ich sonst irgendjemandem in meinem ganzen Leben bewusst Schaden zugefügt habe." Sie zögerte kurz, bevor sie genauso ruhig weitersprach: „Ich zürne Euch nicht für das, was Ihr mir an jenem Tag auf dem Marktplatz angetan habt, aber vergeben kann ich Euch auch nicht. Dazu haben Eure Bösartigkeit und Eure Lügen zu viel Schaden angerichtet. Nicht nur ich habe Euretwegen unnötige Qualen ausstehen müssen, sondern Eure ganze Familie leidet darunter. Ihr habt Euch grausam und bösartig gezeigt, Master Markham, und Ihr macht Eurem Sohn Paul das Leben zur Hölle, weil er mich so sehr liebt wie ich ihn. Empfindet Ihr denn gar kein Bedauern? Gar keine Reue?"

„Überhaupt keine. Ich bedaure lediglich, dass man dich nicht verbrannt hat, als noch Zeit dazu war", erwiderte er mit gefährlich zusammengezogenen Augenbrauen. „Und ich schwöre bei Gott, wenn ich mit dir fertig bin, wirst du dir noch wünschen, du wärst an diesem Tag gestorben. Zumindest hätte es weniger wehgetan."

Er hob die Peitsche, und das Ende der Schnur hinterließ einen blutigen Striemen auf Annas Wange.

Schreiend rannte Eleanor auf ihn zu und fiel ihm in den Arm, bevor er ein weiteres Mal zuschlagen konnte. „Nein, Silas! Du wirst sie noch dauerhaft verunstalten!"

Doch er lächelte lediglich freudlos. „Gut. Das ist genau das, was ich vorhabe. Schon heute Abend wird mein Sohn sie nicht mehr anschauen wollen, ganz zu schweigen davon, das Bett mit ihr zu teilen." Er schüttelte die Hand seiner Frau ab. „Es gibt ja immer mehrere Wege, die zum Ziel führen. Wenn Paul sich schon nicht hat abhalten lassen, dieses Weib zu heiraten, dann sorge ich dafür, dass er es nicht länger behalten will."

Entsetzt starrte Eleanor ihn an. „Du bist verrückt! Das kannst du Anna nicht antun – ich werde es verhindern." Erneut fiel sie ihm in den Arm. „Sie ist eine wunderbare Frau, und ich habe sie lieb gewonnen wie meine eigene Tochter. Lauf, Anna!", rief sie über die Schulter, „lauf, solange du kannst!"

Aber bevor Anna die Tür erreichte, hatte Silas seine Frau abgeschüttelt und vertrat der Flüchtenden den Weg. „Oh nein, diesmal kommst du mir nicht davon. Letztes Mal bist du mir entkommen, aber noch einmal lasse ich mich von dir nicht lächerlich machen."

Auf einmal fiel ihm die Peitsche aus der Hand. Als er sich bückte, um sie aufzuheben, schüttelte er mehrmals den Kopf, als müsse er ihn klar bekommen.

„Ihr solltet Euch besser setzen, Master Markham", sagte Anna und wischte sich das Blut von der Wange. Zu ihrer eigenen Überraschung klang ihre Stimme ruhig, obwohl sie innerlich bebte vor Angst. „Es geht Euch nicht gut."

„Es geht mir ausgezeichnet!", brüllte er, starrte jedoch die Peitsche in seiner Hand an, als wüsste er nicht, wie sie dorthin gekommen war. Als er sie erneut hob, schwankte er ein bisschen. „Ich bringe dich um", brachte er undeutlich heraus.

„Mach dich nicht lächerlich, Silas." Eleanor hob die Stimme. „Wenn du Anna Schaden zufügst, tötest du dein eigenes Enkelkind – Pauls Kind!"

„Gut. Dann muss ich wenigstens keinen flämischen Bastard in meiner Familie ertragen." Mit gerunzelter Stirn sah er sich um. „Wo ist sie? Wo ist die flämische Hure?" Ziellos fuchtelte er mit der Peitsche in der Luft herum.

Entschlossen, nicht mehr vor ihm zurückzuweichen, sah Anna ihm ins Gesicht. Doch bevor er sie erneut schlagen konnte, öffnete sich die Tür. Eine starke Hand griff nach der Peitsche und entriss sie Silas.

„Hast du den Verstand verloren? Auch wenn du mein Vater bist – wie kannst du es wagen, auch nur den kleinen Finger gegen meine Frau zu erheben!" Blass vor Zorn drängte Paul seinen Vater beiseite und lief auf Anna zu. „Er hat dich verletzt, Anna, meine Liebste! Was ist geschehen?"

„Es geht ihm nicht gut", erklärte Anna mit letzter Kraft, bevor sie sich mit der Hand über die Stirn fuhr und gegen ihren Mann sank.

Silas stöhnte auf. „Mein Kopf – mein Kopf ist voller …" Plötzlich wurde er totenbleich und fiel ohnmächtig zu Boden.

Augenblicklich kniete Paul sich neben ihn und legte ein Ohr auf den Brustkorb seines Vaters. „Er lebt noch“, rief er dann. „Wir müssen ihn sofort ins Bett bringen.“

„Hol den Stallburschen, Abigail“, befahl Eleanor und klatschte in die Hände. „Und schick alle Männer herauf, die du im Hof findest. Sie sollen helfen, ihn zu tragen. Eine der Mägde muss den Arzt rufen, und du kannst einen Ziegel anwärmen, den wir ihm ins Bett legen können.“ Auf einmal war sie Herrin der Lage und tat ohne Zögern das, was getan werden musste.

Es dauerte nicht lange, bis Silas Markham im Bett lag, angetan mit einem frischen Nachthemd und einer Nachtmütze. Im Kamin brannte ein Feuer. Der Arzt kam, untersuchte den Kranken und schüttelte dann den Kopf. Er könne nichts tun, wolle aber in drei Tagen wiederkommen. Sofern Silas Markham bis dahin noch lebe. Damit verabschiedete er sich.

Unterdessen kümmerte Paul sich um Anna, die er in einen Sessel am Kamin von Eleanors Schlafzimmer gesetzt hatte. „Ich kann nicht aufhören zu zittern“, flüsterte sie.

„Das ist nicht weiter verwunderlich, mein Liebling.“ Er stützte sie mit einem Arm und hielt ihr ein Glas Wein an die Lippen. „Schließlich hat er dir einen entsetzlichen Schrecken eingejagt. Und mir genauso! Ich weiß nicht, was geschehen wäre, wenn Abigail nicht zu mir gerannt wäre, um mich zu holen. Er hat sich aufgeführt wie ein Verrückter!“ Paul bedeckte Annas Hand mit seiner. „Aber sag, mein Schatz, was hattest du eigentlich hier verloren? Du wusstest doch genau, dass es gefährlich ist.“

„Als ich gesehen habe, dass dein Vater auf dem Weg zur Bay Hall war, dachte ich, ich besuche kurz deine Mutter. Ich wollte wirklich nur kurz hereinschauen! Aber sie hat sich so gefreut, mich zu sehen, dass ich länger geblieben bin, ohne es zu merken.“ Anna sah ihren Mann an, die Wange immer noch blutverschmiert. „Er ist früher zurückgekommen als erwartet."

„Warum bist du nicht wenigstens ins Kontor gekommen, um mir zu sagen, dass du hier bist? Dann wäre ich gewarnt gewesen und hätte ihn aufgehalten." Er hob sie von ihrem Sitz hoch, ließ sich selbst nieder und zog sie auf seinen Schoß. „Aber es spielt keine Rolle mehr, mein Liebling. Solange du nicht zu Schaden gekommen bist, ist alles andere nebensächlich." Mit zusammengezogenen Augenbrauen musterte er den Striemen in ihrem Gesicht.

„Das ist nur ein Kratzer. Er wird bald verheilt sein", beruhigte sie ihn und hob vorsichtig die Hand, um die Wunde zu berühren.

„Dann komm jetzt. Der Stallbursche soll mein Pferd satteln, und danach nehme ich dich mit nach Hause. Was du jetzt brauchst, sind ein Milchpunsch und Bettruhe. Und es ist schließlich nicht das erste Mal, dass du mit mir zusammen auf Blaze reitest, nicht wahr?"

Er sah sie liebevoll an und wurde mit einem etwas zittrigen Lächeln belohnt.

Drei Tage schwebte Silas Markham zwischen Leben und Tod. Seine Frau sorgte unermüdlich für ihn, und auch seine Mutter kam, um an seinem Bett zu wachen.

„Ich muss immer daran denken, wie freundlich er als junger Mann war", bemerkte Eleanor traurig. „Damals hat er sich mir gegenüber nie anders als rücksichtsvoll und warmherzig verhalten. Wir haben uns anfangs sehr geliebt. Ich verstehe nicht, was ihn so verändert hat. Irgendwann wurde er stur und launisch, und ich weiß nicht, warum."

„Schon als Kind wollte er immer seinen Willen durchsetzen", antwortete Margaret. „Offenbar ist das schlimmer geworden, je älter er wurde. Möglicherweise trägt ja die Krankheit dazu bei, dass er etwas geduldiger und sanfter wird." Sie nahm ihre Tasche und holte eine kleine Flasche heraus. „Anna schickt diesen Heiltrank. Vielleicht nützt er etwas – sofern du Silas nicht sagst, wo er herstammt", murmelte sie trocken.

„Ich weiß nicht, warum sie ihm auch noch hilft, nach allem, was er ihr angetan hat." Niedergeschlagen schüttelte Eleanor den Kopf, aber sie nahm das Fläschchen dankbar entgegen.

Am vierten Tag schlug Silas zum ersten Mal die Augen auf. Doch er konnte weder sprechen noch seine rechte Körperhälfte bewegen.

„Bestimmt hat ihn der Schlag getroffen, genau wie Josiah vor vier Jahren", vermutete Margaret. „Josiah hat sich wieder davon erholt, auch wenn eine Schwäche in seinen Gliedern zurückgeblieben ist und er langsamer spricht als vorher. Es gibt keinen Grund, warum nicht auch Silas wieder gesund werden sollte."

Eleanor lächelte. „Aber er wird tun müssen, was ich sage. Seine Genesung liegt in meiner Hand, nicht wahr, Mutter Margaret? Und Paul kann sich nun ganz um das Geschäft kümmern, ohne dass er sich einmischt." Sie beugte sich über den Kranken und strich ihm liebevoll über den Bart. „So wendet sich doch noch alles zum Guten. Und wir beide werden schon zurechtkommen, du und ich."

Als Silas ihren Blick erwiderte, bemerkte sie Tränen in seinen Augen. Doch mit seiner gesunden Hand griff er nach ihrer und drückte sie mit überraschender Kraft.

31. KAPITEL

Im Laufe der folgenden Tage und Wochen änderte sich einiges im Haus der Markhams am East Hill. Seit Eleanor wieder ein Ziel vor Augen hatte, war ihre Schwäche plötzlich verschwunden. Sie entließ die faulen Mägde und nachlässigen Diener, die Silas eingestellt hatte, weil sonst niemand mehr für ihn arbeiten wollte. An ihrer Stelle fand sie ein paar tüchtige, ehrliche Mädchen, von denen zwei sogar der Gemeinde der Fremden angehörten. Die fröhliche, zupackende Frau von einem der Knechte kümmerte sich als Krankenpflegerin um Silas, und Eleanor verbrachte täglich einige Stunden an seinem Bett.

Niemand ahnte, was der Kranke von diesen Veränderungen hielt, denn er konnte sich nicht mitteilen. Manchmal, wenn seine Frau ihm erzählte, was sie getan hatte und welche Pläne sie verfolgte, glaubte sie etwas in seinen Augen aufblitzen zu sehen. War das Reue? Sie wusste es nicht, aber der Gedanke gefiel ihr. In solchen Augenblicken strich sie ihm die spärlichen Haare aus dem Gesicht und küsste ihn auf die Stirn. Er sollte wissen, dass sie ihn trotz allem immer noch liebte.

Tatsächlich war Eleanor glücklicher als jemals zuvor. Sie hatte jahrelang darunter gelitten, ihrem immer selbstsüchtigeren Ehemann untertan zu sein, und nun fühlte sie sich frei. Endlich konnte sie den Haushalt so führen, wie sie es für richtig hielt, und das tat sie auch.

Margaret, die ihren Sohn regelmäßig besuchte, sah Eleanor aufblühen, während Silas sich von einem bulligen Tyrannen in einen hilflosen Kranken verwandelte.

„Es macht mich traurig, ihn so zu sehen", bemerkte sie eines Tages zu Eleanor und Anna, als die drei zusammensaßen. Von draußen fiel die Sonne durch die Fenster hinein. „Aber manchmal glaube ich, so etwas wie Bedauern in seinen Augen zu sehen. Ob er sich wohl daran erinnern kann, was für ein Leben er die letzten Jahre geführt hat?"

„Das frage ich mich auch häufig, Mutter Margaret", erwiderte Eleanor und schenkte Wein nach, bevor sie ihren Gästen noch von dem köstlichen Gebäck anbot. „Und ich glaube, dass er bedauert, was er getan hat. Vielleicht kann er eines Tages wieder sprechen, und dann werden wir es erfahren."

„Sein Vater hat sich von dem Schlag wieder erholt, und wir müssen beten, dass es auch ihm so geht. Wenn er wieder gesund wird, ist er bestimmt ein anderer Mensch."

„Das hoffe ich", stimmte Eleanor inbrünstig zu und wandte sich dann lächelnd an Anna. „Sicher wird der Anblick seines ersten Enkelkindes zu seiner Genesung beitragen. Du siehst großartig aus, Anna. Ich muss gar nicht erst fragen, ob dir die Schwangerschaft gut bekommt – man sieht es dir an. Und ist es nicht wunderbar, dass du mich jetzt besuchen kannst, ohne Angst haben zu müssen? Vor allem dafür bin ich dankbar."

Während Eleanor sich des Haushalts annahm und Verbesserungen durchsetzte, tat Paul das Gleiche im Geschäft. Er bemühte sich, alte Geschäftsbeziehungen, die Silas durch seine unbeherrschte Art im Laufe der Zeit zerstört hatte, wieder neu zu knüpfen.

Sobald er konnte, stellte er den Spinnerinnen Spinnräder zur Verfügung. Einige der Frauen beäugten diese Neuerung anfangs misstrauisch. Doch schon bald verstaubten Rocken und Spindel in der Ecke, weil die Spinnerinnen mit dem neuen Gerät sehr viel schneller und einfacher arbeiten konnten.

Die Weber wiederum freuten sich, gleichmäßigeres Garn zu bekommen. Da sie wussten, dass der neue Herr sie gerecht behandeln und gut für sie sorgen würde, arbeiteten sie wieder gern für Markham & Sohn. Es dauerte nicht lange, bis die Geschäfte sich wieder zu Pauls Zufriedenheit entwickelten. Nun betrat er die Bay Hall erhobenen Hauptes und in dem Wissen, einen allseits geachteten Namen zu tragen.

Eines Abends Ende Juni zogen Paul und Anna sich nach dem Essen ans offene Fenster zurück, um noch ein wenig frische Luft zu schnappen. Josiah und Margaret saßen wie üblich am Kamin, da der alte Mann auch im Sommer leicht fror. Alle verharrten eine Weile in einträchtigem Schweigen, bevor Paul nachdenklich bemerkte: „Meinst du, ich könnte Harry überreden, wieder für uns zu weben, Vater?"

„Wenn du damit meinst, dass er wieder in unsere Weberschuppen ziehen soll, dann dürfte die Antwort Nein sein. Er lebt sehr gut davon, sich seine Auftraggeber auszuwählen, und er arbeitet beileibe nicht für jeden. Aber er wäre sicher bereit, bestimmte … sagen wir, Sonderbestellungen anzunehmen. So wie den Samt, den er Anna geschenkt hat."

„Harry ist nicht sein richtiger Name, oder, Großvater Josiah?", erkundigte sich Anna.

Der alte Mann lachte. „Nein. Aber er hat sich durchgesetzt."

„Wie heißt er denn?"

„Du liebe Zeit, das ist so lange her, dass ich es tatsächlich vergessen habe", antwortete Josiah und dachte mit gerunzelter Stirn nach. „Warte – ich hab's: Henrick Outwater."

„Henrick! Der Freund meiner Mutter hieß ebenfalls Henrick."

„Anna hat neulich erzählt, dass Harry diesen Bekannten ihrer Mutter vielleicht gekannt hat – den, der auf dem Friedhof von St. Martin begraben ist." Jetzt sah Margaret von ihrer Stickerei auf. „Könnten sie ungefähr gleich alt sein?"

„Ich weiß es nicht." Anna zuckte die Schultern. „Auf dem Grabstein steht, dass der Freund meiner Mutter mit neunundvierzig Jahren gestorben ist."

„Komm doch einfach mit, wenn ich Harry besuche,

Anna", schlug Paul vor. „Dann kannst du ihn fragen, ob er deinen Henrick kannte."

„Meinen Henrick." Anna lächelte. „Das klingt gut."

Eine Weile schwieg Josiah nachdenklich, bevor er sagte: „Sei aber vorsichtig, wenn du mit Harry über die Vergangenheit sprichst."

Alle sahen ihn an, aber es war Paul, der fragte: „Warum das, Großvater?"

Wieder zögerte Josiah mit seiner Antwort und sah stattdessen in die tanzenden Flammen. „Harry muss ungefähr vor zwanzig oder zweiundzwanzig Jahren aus Flandern hierhergekommen sein. Vielleicht ist es auch schon länger her. Ich habe ihn nämlich erst viel später kennengelernt."

„Woher stammt er denn?"

„Auch darüber weiß ich nichts Genaues. Aus der Nähe von Ypern, glaube ich. Aber sicher bin ich mir nicht. Natürlich kenne ich von seiner Geschichte nur das, was er mir selbst erzählt hat. Aber warum hätte er nicht die Wahrheit sagen sollen? Jedenfalls musste er anscheinend seine Geliebte in Flandern zurücklassen, als er nach England kam. Er wollte hart arbeiten und Geld sparen, um sie nachzuholen und zu heiraten. Warum sie nicht von vornherein mit ihm gekommen ist, weiß ich nicht."

„Wahrscheinlich konnten sie sich die Überfahrt nicht leisten", vermutete Margaret.

„Oder er wollte zuerst Arbeit und ein Dach über dem Kopf für sie beide finden", tippte Paul.

Josiah nickte. „Wahrscheinlich war es so. Was auch immer der Grund gewesen sein mag, er bereute es, sie zurückgelassen zu haben. Hier, in dem fremden Land, fühlte er sich unglücklich, und er vermisste die Geliebte. In seiner Einsamkeit fing er schließlich an, Trost in der Schänke zu suchen. Sein ganzes Leben bestand aus Arbeit und den Abenden, die er beim Bier verbrachte. Allmählich blieb er immer länger in der Schänke, trank mehr und spielte Karten. Jahrelang hatte er für die gemeinsame Zukunft mit der Geliebten gespart, doch nun gab er sein ganzes Geld für Bier, Schnaps und Glücksspiel aus. Eines Morgens wachte er auf und musste sich eingestehen, dass er seine Geliebte niemals würde nachholen können. Und er wollte auch gar nicht, dass sie sah, wie er lebte und was aus ihm geworden war."

„Aber das kann doch nicht der Harry sein, der regelmäßig in dieses Haus kommt!", rief Anna. „Nicht derjenige, der meinen wunderschönen Samt gewebt hat!"

„Doch, das ist derselbe Mann. Denn meine Geschichte ist noch nicht zu Ende." Josiah nahm einen Schluck Bier und fuhr fort: „In diesem Augenblick schwor er dem Glücksspiel ab und nahm sich vor, nur noch in Maßen zu trinken. Er zog sich ein sauberes Wams an und ging hinaus, um sich wieder als Weber zu verdingen. Aber seine eigenen Landsleute wollten ihn nicht mehr einstellen, denn er galt als unzuverlässig. Und die Engländer gaben den Fremden damals keine Arbeit. Endlich kam er auch zu mir. Ich sah ihn an, er gefiel mir, und ich gab ihm die Gelegenheit, sich zu beweisen. Diesen Tag habe ich niemals bereut. Wie sich herausstellte, war er der beste Weber, den wir je hatten – zuverlässig und fleißig. Ihr habt alle gesehen, zu welchen Meisterwerken er in der Lage ist."

„Aber als mein Vater das Geschäft übernahm, hat er ihn hinausgeworfen – nur weil er ein Fremder ist", bemerkte Paul bitter.

„Ja." Wieder musste Josiah lachen. „Dabei habe ich ihn sogar Harry genannt, damit Silas ihn für einen Engländer hielt. Ich habe zwar ohnehin nicht geglaubt, meinen Sohn hinters Licht führen zu können, aber versuchen wollte ich es wenigstens. Schließlich war … ist Harry ein hervorragender Weber. Und vielleicht war es im Endeffekt sogar gut, dass

Silas ihn vor die Tür gesetzt hat, denn seitdem verdient er gutes Geld."

„Danke, dass du uns davon erzählt hast, Großvater", sagte Paul. „Wir werden vorsichtig sein, wenn wir Harry auf die Vergangenheit ansprechen. Möchtest du immer noch mitkommen, Anna?"

„Ja, gern", erwiderte sie. „Oben liegt immer noch ein angefangener Brief an meine Mutter, in dem ich ihr berichte, dass ich das Grab ihres ... Freundes gefunden habe. Vielleicht würde es den Schlag etwas mildern, wenn ich ihr etwas über sein Leben hier erzählen könnte."

Als Anna und Paul einige Tage darauf zu dem Besuch bei Harry aufbrachen, wehte ein kühler Abendwind. So konnte Anna das dunkelblaue Samtkleid anziehen und damit dem Mann ihre Ehrerbietung erweisen, der das feine Tuch gefertigt hatte.

Harry lebte in einem Haus in der Lodder's Lane. Das lag nah genug, dass sie laufen konnten, obwohl Anna bereits kurz vor der Entbindung stand. Schon von fern sahen sie, wie sich die Abendsonne in den großen Fenstern des zweistöckigen Gebäudes spiegelte. Als Weber war Harry darauf angewiesen, dass so viel Licht wie möglich ins Innere fiel.

Angesichts dessen, was Josiah ihnen erzählt hatte, fühlte Anna sich etwas unbehaglich, als sie klopften. Sie mussten sehr vorsichtig auf das Thema Vergangenheit zu sprechen kommen, um bei Harry keine unliebsamen Erinnerungen zu wecken. Trotzdem wollte sie unbedingt wissen, ob er ihren Vater gekannt hatte.

Harry öffnete die Tür. Er wirkte überrascht, sie zu sehen, bat sie aber höflich herein. Obwohl er kaum Besuch erwartet haben konnte, trug er reinliche Kleider, und das Innere seines Heims wirkte aufgeräumt. Unten gab es lediglich einen Raum. In der Ecke erblickte Anna ein Bett, halb verdeckt von einer Kleidertruhe. Am Fenster stand der Webstuhl. Ein Tisch, ein einfacher Hocker und ein Stuhl mit einem bunten Kissen vor dem Kamin waren die einzigen anderen Möbel. Vor dem Kamin lag ein Teppich, in ähnlich freundlichen Farben gewebt wie das Kissen, und auf einem Wandbord standen ein paar Töpfe und Teller.

„Was für eine schöne Überraschung“, bemerkte Harry. Er bot Anna den bequemen Stuhl am Kamin und Paul den Hocker am Tisch an. Anschließend holte er aus der Speisekammer einen Krug Wein. „Darf ich Euch einen Schluck anbieten?“

Als seine Gäste das Angebot annahmen, füllte er drei Becher und holte einen weiteren Hocker von oben. Erst als er ebenfalls Platz genommen hatte, kam Paul auf sein Anliegen zu sprechen.

Einen Moment dachte Harry gründlich über das Angebot nach, bevor er antwortete: „Ich möchte nicht wieder für einen einzigen Herrn arbeiten. Aber für einen vereinbarten Preis liefere ich Euch gern das Tuch, das Ihr braucht. Und da ich Eurem Großvater viel verdanke, gebe ich Euren Aufträgen Vorrang.“ Er hielt inne. „Ich werde dem alten Master Markham nie vergessen, was er für mich getan hat.“

Sichtlich glücklich über diesen Vorschlag, stand Paul auf und schüttelte dem Weber die Hand, um das Abkommen zu besiegeln. „Das sollt Ihr niemals bereuen müssen.“ Er hob den Becher. „Auf eine lange und für beide Seiten vorteilhafte Verbindung!“

„Darauf trinke ich gern“, antwortete Harry. „Es freut mich, wieder für Markham & Sohn zu weben.“

Nach kurzem Schweigen erklärte Paul: „Außerdem will meine Frau Euch etwas fragen. Sie … Aber nein, frag Harry selbst, mein Schatz.“

Anna errötete. „Ich wollte mich nur erkundigen, ob Ihr wohl einen Mann namens Henrick Tayspijl gekannt habt. Er liegt auf dem Friedhof von St. Martin begraben."

Wieder dachte Harry eine Weile nach, schüttelte dann aber den Kopf. „Nein, der Name sagt mir nichts. Warum fragt Ihr?"

„Er war ein Bekannter meiner Mutter, und sie hat mir von ihm erzählt, bevor ich Flandern verlassen habe. Deshalb dachte ich, Ihr könntet ihm begegnet sein." Unsicher strich sie sich eine Strähne aus dem Gesicht. „Ich glaube, meine Mutter hat keine Vorstellung davon, wie groß England ist. Aber es ist nicht wichtig." Doch die Enttäuschung strafte ihre Worte Lügen. Anna erhob sich.

Plötzlich streckte Harry die Hand aus. „Nein, bitte setzt Euch. Vielleicht kann ich Euch doch helfen. Wie heißt Eure Mutter?"

„Judith. Judith Fromenteel." Sie glaubte, schnell wechselnde Gefühle in seiner Miene lesen zu können, bevor er ihr geradewegs in die Augen sah – in Augen, die so tiefblau waren wie seine eigenen.

„Ihr seid also die Tochter meiner wunderschönen Judith?", fragte er leise. „Wie häufig habe ich mich an sie erinnert gefühlt, wenn ich Euch angeblickt habe. Aber ich dachte immer, das wäre eine Täuschung …"

„Dann seid *Ihr* Henrick? Der Mann, den sie nie aufgehört hat zu lieben?" Weil Anna die Freudentränen in die Augen stiegen, konnte sie einen Augenblick nichts erkennen. „Und ich dachte, mein Vater wäre Henrick Tayspijl und längst tot, während Ihr hier direkt vor meiner Nase …" Sie unterbrach sich, als sie den Ausdruck der Fassungslosigkeit in seiner Miene sah.

„Euer Vater?", fragte er ungläubig.

„Dein Vater?", wiederholte Paul genauso ungläubig.

Unter Tränen nickte Anna. „Ja. Wenn Harry der verschwundene Geliebte meiner Mutter ist, dann bin ich seine Tochter. Kurz bevor ich nach England aufbrach, hat meine

Mutter mir gestanden, dass nicht ihr Ehemann Cornelis Fromenteel mein Vater ist, sondern Henrick.“ Sie lächelte Harry schüchtern an. „Ich bin das Ergebnis Eurer … deiner heimlichen Begegnungen mit meiner Mutter in dem alten Weberschuppen.“

Fassungslos sank der Weber auf seinen Hocker. „Du liebe Zeit, mein armer Liebling! Ich wusste nicht, dass ich sie …“ Er vergrub das Gesicht in den Händen. „Hätte ich das gewusst, wäre ich niemals …“

Anna stand auf und trat zu ihm. „Du brauchst dir keine Vorwürfe zu machen. Cornelis, der Gatte meiner Mutter und der Mann, den ich achtzehn Jahre lang Vater genannt habe, hat nie davon erfahren, dass ich nicht seine Tochter bin.“

Als Harry aufblickte, schwand die Gewissensqual aus seiner Miene. „Danke, meine Liebe. Niemals hätte ich meiner Judith …“, er unterbrach sich und lächelte, „… in Gedanken habe ich sie immer *meine* Judith genannt – nie hätte ich ihr willentlich Schmerz zugefügt.“

„Du hast ihr keinen Schmerz zugefügt. Wie sie mir sagte, hat sie die ganzen Jahre nur in dem Wissen überstanden, dass dein Kind bei ihr war“, versicherte Anna ihm. „Ich glaube, sie hat immer bereut, nicht mit dir nach England gegangen zu sein.“

Langsam stand er auf. „Du bist meine Tochter“, stellte er staunend fest. Vorsichtig beugte er sich vor und küsste sie auf die Wange, und seine Tränen mischten sich mit ihren. „Dann bin ich also doch nicht ganz allein auf der Welt.“

„Nein! Und sehr bald wirst du auch noch ein Enkelkind bekommen.“ Anna strahlte ihn an.

Fassungslos schüttelte er den Kopf. „Das ist beinahe mehr Glück, als ich ertragen kann. Dass mir eine Tochter geschenkt wurde, ist schon ein Wunder. Aber dass sie mit dem Enkel des Mannes verheiratet ist, den ich mit Fug und Recht als meinen Freund bezeichnen kann, ist … unglaublich.“

„Aber es ist wahr.“ Paul zog Anna an sich und küsste sie. „Wollt Ihr mit zu uns nach Hause kommen und meinen Großeltern die frohe Botschaft überbringen?“

„Sehr gern.“

Nachdem Pauls Großeltern die Neuigkeiten erfahren hatten, verlangte Josiah Wein, um gebührend darauf anzustoßen.

„Jetzt kann ich den Brief an meine Mutter zerreißen. Es ist mir so schwer gefallen, ihr von Henricks Tod berichten zu müssen, dass ich es immer wieder aufgeschoben habe“, verkündete Anna strahlend. „Wenn sie erfährt, dass ich dich gefunden habe, Vater, wird sie bestimmt umso schneller genesen, um endlich nach England zu kommen.“

Gedankenverloren drehte Harry den Weinkelch in der Hand. Anna war bereits aufgefallen, dass er kaum einen Schluck trank. „Würdest du mir erlauben, ihr selbst zu schreiben, Anna?“, fragte er, sah dann aber auf. „Aber nein. Warum diese Nachricht einem Blatt Papier anvertrauen? Nun, da ihr Mann gestorben ist, kann ich selbst nach Amsterdam reisen und sie herholen.“

„Das ist ein großartiger Einfall, Harry“, stimmte Josiah zu. Mit einem verlegenen Räuspern fragte er: „Hast du genug Geld? Ich könnte sonst …“

„Mein guter Freund, dazu besteht keine Notwendigkeit. Geld habe ich genug. Die ganzen Jahre habe ich mir kaum etwas gegönnt, obwohl ich für meine Tuche einen guten Preis verlangen konnte. Was ich beiseitegelegt habe, reicht aus, um meiner Judith hier ein Heim zu bieten, wie sie es gewohnt ist.“

„Ich glaube, dass sie dich wiedersehen darf, erfüllt alle ihre Wünsche, Vater. Mehr wird sie nicht brauchen.“

32. KAPITEL

Harrys Reise nach Amsterdam erforderte etliche Vorbereitungen, aber eines Tages konnte er sich endlich von seiner Tochter verabschieden. In seinem Gepäck trug er Briefe und Geschenke für Judith und Tante Dionis. Außerdem hatte Anna ihm das Versprechen abgenommen, dass er so bald wie möglich mit ihrer Mutter zurückkehren würde.

Eine Woche nach seiner Abreise setzten bei Anna die Wehen ein, und sie wurde von einem gesunden Sohn entbunden. Als sie mit dem Säugling im Arm und Paul an ihrer Seite in weichen Kissen lag, wanderten ihre Gedanken zurück zu ihrem ersten Wochenbett. Damals waren alle Schmerzen, alle Anstrengungen umsonst gewesen. Ohne Kind, ohne Mann hatte sie in tiefer Trauer ein einsames graues Leben vor sich gesehen.

„Du wirkst so nachdenklich“, unterbrach Paul ihre Erinnerungen und küsste sie. „Fehlt dir etwas? Bist du nicht glücklich?“

„Doch, das bin ich, Paul. Sogar so glücklich, dass es mir schon beinahe Angst macht. Aber ich musste an das letzte Mal denken …“

Er nahm ihre Hand. „Das ist nur allzu verständlich, mein Liebling. Aber meinst du nicht, dass alles im Leben seinen Sinn hat? Hätten wir denn beide keine Leidenszeit durchgestanden, könnten wir unser Glück sicher viel weniger schätzen.“

„Und dieses kostbare Leben, das uns geschenkt ist“, ergänzte Anna und zog das Tuch etwas beiseite, um ihren schlafenden Sohn anzusehen. „Wie sollen wir ihn nennen, Paul? Ich finde, er sieht dir jetzt schon ähnlich.“

„Trotzdem finde ich, er sollte den Namen Henrick bekommen, nach deinem Vater", erwiderte er bestimmt.

„Henrick Paul. Das klingt gut", antwortete Anna zufrieden. „Und ihn nach meinem Vater nennen zu können macht mich glücklich."

– ENDE –